KB253064

한국남북문학100선

농　지

유승규／지음

▨ 작품해설
유승규의 작품세계
윤병로

일신서적출판사

책머리에

  언어는 인간만이 유일무이하게 구사할 수 있는 사상의 전달매체이다. 말은 시간적인 의미의 매체이며 글은 시간을 초월하는 공간적인 의미의 매체이다. 문자가 발명되어 기록으로 전해짐으로써 비로소 사상은 고금을 잇는 연결고리를 갖게 되었다. 이렇게 문자를 통해 선조의 사상과 지혜가 후세에 전달됨으로써 인류문명은 비약적으로 발전하게 되었던 것이다.

  우리 나라도 세종대왕께서 세계에서 가장 훌륭한 문자인 한글을 창제하시어 우리만의 문자를 갖게 되었다. 그러나 안타깝게도 한자문화의 영향권에 오랫동안 머물러 있었던 것이 개화기를 맞아 우리 글에 대한 새로운 시각에 눈을 뜨게 되자, 비로소 우리 글로 씌어진 문학작품이 물밀듯이 쏟아져 나오게 되었다. 그러나 이처럼 많은 작품들을 여러분이 모두 읽을 수는 없는 실정이다. 따라서 한국문학사에 길이 남을 훌륭한 작품들을 신중히 선택하여 수록함과 더불어 여러분에게 실질적인 도움을 주고자 교과서에 나오는 작품들을 위주로 하여 《한국남북문학 100선》이라는 표제를 붙여 발간하고자 한다. 여기에는 납북작가들의 작품까지도 자료가 보충되는 대로 수록하여 여러분에게 편중된 작가의 작품만 읽는 우를 범하지 않도록 배려하였다.

  이 《한국남북문학 100선》이 학생들뿐만 아니라 일반인에게도 널리 읽혀 우리 문학작품의 흐름과 이해에 많은 도움이 되었으면 하는 마음 간절하다.

유승규 단편집

차례

유승규(柳承畦 : 1920~1993)

　소설가. 충북 옥천군 북면에서 출생했다. 학력은 많지 않으며 수십년 동안 영농생활을 하면서 특유의 농민소설의 창작에 전념했다. 26세 되던 1945년부터 북한과 만주 등지를 방랑하며 독자적으로 문학 수업을 하였고 1956년 〈자유문학〉에 《예순이》가 당선됨으로써 문단에 데뷔하였다. 이후에도 끊임없이 농촌 생활과 연계된 농민소설을 발표하여 농촌의 소외돼가는 과정을 담담한 필치로 그려내고 있다. 그는 농촌과 도시가 결국은 한 테두리 안에서 공존공생해야 하는 존재임을 직시하여 도시에 비해서 상대적으로 왜소해진 농촌과 농민들의 실상을 형상화시킴으로써 독자들에게 무언의 경각심을 심어준다. 이것이 그의 소설이 중요하게 평가받는 바탕이며 그의 지향하는 목적이기도 하다. 따라서 그의 작품의 제명(題名)만 봐도 확연히 알 수 있다. 그의 작품을 살펴보면 단편에 《두더지》《돌개바람》《아주까리》《종가래》《망녕첨지》《봉쇠》《복사골 내력》《배말양반》《지나간 애기》《농촌 근대화》《원두막 인연》《감나무골 이장(里長)》 등이 있고, 중편소설에 《기연(奇緣)》《중원(中原)에 떨치다》《초라한 말로(末路)》《느티나무》《관리자(管理者)》《가래울 사람들》《덫》이 있다. 또 장편소설에는 《흙은 살아 있다》를 〈새농민〉에 연재했으며 《푸른 별》을 〈우리들〉에 연재했다. 이밖에 《흙은 대가를 준다》《산막골 이변(異變)》《열아흐래 달》《천수골 뙤약볕》《춤추는 산하(山河)》《외롭지 않은 고도(孤島)》《당말사람들》《엉겅퀴 가시내》《귀먹은 항아리》《뚝발이》《말개미뜸 새바람》 등이 있다.

농지(農地)

　버들눈이 어린 새 부리같이 부풀어오르고 하루살이가 햇볕을 즐기며 노닐고 있다.

　앞으로 농사꾼들의 일손은 점차 바빠지는 계절——지난해 묵은 밭 주변을 파 일구고 무너진 논둑도 고쳐야 하고 장마철에 대비해서 전답 주변의 도랑도 모두 쳐놓아야 하는 것이다. 뒤이어 고추, 감자도 갈아야 하고 고구마 씨도 묻어야 하지만 먼지를 뽀얗게 쓰고 한 구석에 걸려 있는 봄씨앗 뒤웅박을 들추어 호박, 상추, 아욱 등 씨앗들을 찾아내어 뿌려두어야 농번기의 부식 마련이 되는 것은 말할 것도 없다. 그러노라면 이어 보리밭 비배관리, 못자리 쥬비, 비닐하우스 손질, 종자 개선 등으로 금년만은 하고 영농의 성공을 다짐해보는 경칩(驚蟄) 계절인 것이다. 말하자면 온 권속이 벗어부치고 식전서부터 어둡도록 논에 가 밭에 가 흙과 더불어 괭이를 잡고 땀 흘려야 하는 너무나 고달픈 계절이 서서히 다가오고 있는 것이다. 그러나 바쁘고 고달프기 때문에 땀흘려 노력하는 계절이기에 농민들에게는 진정 사는 보람을 느끼는 희망에 부푸는 시기가 아닐까. 일년지계는 재어춘(一年之計在於春)이라고 한 해의 영농 계획을 세우고 또는 지난해 영농에 실패했던 점을, 미흡했던 문제들을 분석 검토하고 앞으로 보다 많은 수익을 얻기 위해 새로운 설계를 마련하는 희망적인 계절임엔 틀림없는 것이다.

　한데 봉수 영감은 그러한 희망도 의욕도 없었다. 봄의 소리가 창문을 두드릴수록 마음의 갈피를 잡지 못하고 더 심란하기만 했다. 하루하루 봄의 빛깔이 짙어질수록 해결책이 막연한 가정 문제, 영농 문제 등으로 착잡하고 초조하기만 했다. 할 일은 걷잡을 수 없이 밀어닥치고 손에 일은 잡히지 않고 마치 개가(改嫁)할 과부 심정 같다고나 할는지——.

　봄이 온다는 것이, 농사철이 다가오는 것이 차라리 겁이 나고 답답했다.

　"오늘은 아주 봄날씨구먼…… 분명하게 농사철은 왔넌데…… 그러니 글쎄 기것 참 집구석이 어찌 될라구 휴——."

　사랑방 문을 활짝 열어 젖혀놓고 아침 햇살이 해맑게 쏟아지고 있는 마당을 우두커니 내다보고 앉아 있던 봉수 영감은 중얼거리며 입에서 곰방대를 뽑아들고 담배 연기를 풍성하게 내불었다. 심각한 표정으로 변하며 이마에 주름살이 한결 깊숙이 패여들었다.

　"이려져져 일러루——."

　어디선가 호들갑스런 소 모는 소리가 거듭 들려왔다.

　"고추 갈기는 벌써 늦었는데 기것 참……."

　울컥 설레어오는 가슴을 진정하기에 애가 쓰였다. 소를 홀몰아 밭갈이하는 환상이 거듭거듭 안계를 스쳐 자못 괴롭기까지 했다. 보습날에서 쉴 새없이 솟아오르는 시커먼 흙을 밟으며 밭을 갈고 있는 자신의 모습을 상상하며 빙긋 웃어본다. 그러나 봉수 영감은 그러한 환상을 냉정히 물리치고 의식적으로 시선을 돌려 울안 여기저기를 두루 살펴보았다. 역시 봉수 시계에 비치는 것들은 모두가 불쾌한 것들 뿐이었다. 전 같으면 이미 지난해 가을에 틀어 엎었어야 했을 썩어 비뚤어진 담, 용무새, 오래도록 손을 보지 못해 다 쓰러져가는 돼지막, 살쾡이가 드나들 만큼 벽에 구멍이 뻥 뚫려 있는 닭집, 울짱이 부러져 곧 넘어져가고 있는 굴뚝 모퉁이 울타리는 도둑이 마음대로 드나들 만큼 허술했다. 지체없이 손을 보아야 한다고 벼르면서도 일 년이 넘도록 버려두어 밖에서도 집 안이 훤하게 들여다보이는 일그러져 작대기로 겨우 버티고 있는 삽짝, 어디랄 것도 없이 눈길 미치는 그 무엇이나 허술한 폐허들뿐이었다.

　"응당 집구석을 지키구 돌볼 놈이 딴 짓만 하구 있으니…… 기것 참."

서울에 가 사업하는 돌쇠(아들)를 원망하는 것이었다. 그러나 그의 눈길은 벌써부터 담 밑에 산더미같이 쌓여 있는 두엄더미에 박혀 있었다. 쇠오양, 돼지막을 겨우내 쳐내놓기만 해서 많기도 했다. 요즘 매일같이 눈길이 미칠 때마다 불쾌하고 께름한 두엄더미였다. 해동과 더불어 벌써 실어냈어야 했을 두엄을 그대로 마당에 두고 있다니, 농사꾼의 도리일 수가 없었다. 어서 실어내야만 담장 밑에 호박도 심고 지레 먹을 아욱, 상추도 뿌려놓아야 하는 것이다. 하긴 그런 자잘한 문제보다도 어서 전답으로 실어내서 보리 이랑 사이사이에 고깔두엄(보리 이랑 사이에 펴는 두엄)을 일찍이 해놓아야만 헛이랑에 잡초도 방지되고 거름기를 미리부터 땅이 흡수해서 벼 농사나 콩, 팥, 깨 등속의 가을 작물에 지장이 없기 때문이었다. 너무나 당연한 영농의 진리였다. 어 백사가 그러하지만 특히 농사는 때를 잃으면 다음에는 바로 잡을 수도 없고 일 년 영농이 실패로 돌아가는 것이다. 봄에 씨를 뿌려서 가을에 거두는 것이지 여름에 씨뿌려 겨울에 거둘 수는 없으니까. 헌데 두엄 실어내기가 이미 늦은 것이다. 그러다 봄비라도 흠씬 내리게 되면 두엄이 젖어서 운반에도 지장이 적지 않지만 우선 그 좋은 단물(비료 기운)이 다 빠질 터이니 말이다.

"아무래도 대엿새는 꼬박 실어내야 할 텐데."

봉수 영감은 야릇한 방법으로 침을 찍 갈기며 얼굴을 일층 흉하게 찌푸렸다. 그러면서 두엄더미에서 시선을 돌렸다. 모든 것을 보지도 생각지도 말자는 심산이었다. 절대 자세하게 볼 의무라도 있는 사람같이 두엄더미 위 공간에서 어지럽게 난무하는 하루살이떼를 그렇게 열심히 지켜보고 있었다. 헌데 그러고 있는 사이 그의 눈앞에 보이는 것은 하루살이떼가 아니고 텃골 마당배미논이었다. 아니 샘골 물갈이 논이, 물 건너 포전밭이, 뽕나무골 복숭아밭이 번갈아 눈앞에 떠올랐다간 사라지고 했다. 나아가서는 물꼬에 놓여 있는 돌 모습이, 밭둑에 선 대추나무가, 감나무가, 그 나무들의 가지 뻗은 형용까지 눈앞에 인상 박혀 떨어질 줄을 몰랐다. 그러나 그와 같은 환상은 잠시뿐 지난해 홍수로 형편없이 무너진 논둑들이, 도랑물이 넘어 온통 쓸어덮인 마당배미 구석에 쌓인 사토(沙土)가, 밭마다에 뻗어든 아카시아나무가, 쇠뜨기, 띠바랭이가 무성하게 묵은 밭들이 끈질기게 동공을 피로하게 하는 것이었다.

농사꾼으로서 아니 다른 사람도 아닌 봉수로서 있을 수 없는 일이었다. 농토가 묵다니. 그것을 번연히 알면서도 손을 대지 않고 태연히(실은 초조하기 짝이 없지만) 있다니 농사꾼의 도리가 아니었다.

'지금 이 시간에두 아카시아 뿌리가, 띠바랭이가, 잔디뿌리가 쉴새없이 뻗어들어 땅을 병들게 하고 있지 않은가. 어떤 땅인데, 얼마나 소중한 땅인데…… 땅을 묵히고 어찌 권속들이 살기를 바란단 말이냐…… 어서 이러고 있을 게 아니고 걷어차고 나가서 농토를 못 살게 뻗어들고 있는 나무뿌리들을, 풀뿌리들을 뽑아내야 한다. 어서어서…….'

그러나 마음뿐이었지 의연 몸뚱이는 움직여지지를 않았다. 어쩌면 그런 수수한 상념으로 해서 한층 맥이 풀리는 봉수 영감인지도 몰랐다.

"아무렴, 어서 괭이를 들고 나가야지. 조금이라도 더 뻗어들기 전에 손을 써야지, 그렇고, 말고."

봉수는 중얼거리며 억지로 심신의 용기를 가지려고 노력했다.

그러저러한 농군이라면 또 모르겠다. 가을에 벼가 누르스름하게 고개 숙일 무렵에도(사실상 피사리할 시기는 지난 때) 논배미에 피 한 대만 눈에 띄어도 그래도 보아넘기지를 못하는 그였다. 꽁꽁 동여맨 대님을 풀고 양말을 벗고 바지가랑이를 걷어올리고 지체없이 달려들어 뽑아치워야만 직성이 풀리는 그였다. 하긴 그 정도는 독농자라면 흔히 취하는 태도라 할 수도 있다. 만종(늦모낼 때) 때에는 새벽부터 어둡도록이 아니고 차라리 잠잘 줄도 모르는 봉수였다. 조금이라도 남에게 뒤지지 않으려고 보다 많은 수확을 얻어야 한다고, 밤에도 논바닥에 등불을 밝혀놓고 모를 찌고 논둑을 붙이고 물잡아놓은 논에 풀가지 두엄을 밟아가며 쇠스랑으로 애벌논을 삶는 그였다. 가을 곡을 간 밭골을 켤 때(갈 때)에도 콩포기 하나라도, 깨 한 대라도 흙덩이에 치여서 또 소가 밟아서 부러지면 안 된다고 자신이 소가 되어 보습을 끌고 하는 그였다. 곡식 다루기를 아픈 상처 만지듯 했고 농토 아끼기를 늙은 어버이 섬기듯 했다. 봉수네 전답 어디를 가도 풀 한 포기, 돌 하나 없는 것은 너무나 당연한 상식이었다.

"어서 나무뿌리를 캐내야지, 아무렴……."

자신을 다시 한 번 재촉했다. 그러면서도 그는 새로 담배 피울 준비를 시작하는 것이었다. 그런데 담배를 대통에 담아 피워 물기까지의 절차가 그렇게 장황할 수가 없었다.

우선 담배 쌈지를 펼쳐놓는다. 대통 목을 바짝 잡고 치켜들어 눈에 대고 잠시 동안 대통을 들여다본다. 대통 안에 붙어 있는 것들을—댓돌에다 서너 번 턴다. 그런 다음 다시 들여다본다. 약간만 털려 나오고 아직도 남아 있다. 갈고리같이 생긴 후비개 철사로 대통 안을 후벼낸다. 몇 번이고 몇 번이고 정성껏—목구멍까지 훤하도록 정성을 들여 알뜰하게 다 긁어낸 다음 시원하게 뚫렸나를 확인하기 위해 '통통' 소리가 나도록 서너 번 불어본다. 또 남은 절차가 있었다. 대통을 양말 신은 발바닥에 몇 번이고 문질러 윤이 나도록 닦는다. 그러고도 미흡한 점이 없나 하고 다시 대통을 자세히 살핀 다음 비로소 대통을 일단 방바닥에 놓는다. 바른손 엄지 인지 가운데 세 손가락으로 쌈지에서 풍년초를 몇 번이나 집었다 놓았다 하기를 되풀이한 연후에 적당량이라고 인정되었을 때에 집힌 담배를 왼손바닥에 놓는다. 큰 줄기는 골라내고 웬만한 것들은 분지르고 부수고 한다. 침착한 자세로 다음 바른손 엄지를 혀로 가져다 침을 흠씬 발라 손바닥에 놓인 담배를 비빗 배빗 골고루 침이 묻도록 문지른다. 그 시간이 또 그렇게 지루할 수가 없다. 그 작업이 끝나고서야 비로소 대통 목을 숨도 못 쉬게 잔뜩 잡고서 몇 번이나 다독거려가며 담배를 꼭꼭 눌러 정성껏 담는다. 입을 움질움질 힘을 써가며—. 대물부리를 입으로 가져다 단단하게 물고 손바닥에 붙어 있는 담뱃가루를 쌈지 위에 알뜰하게 비버 떨고 한다. 언제니 치밀 정확한 봉수 영감이기도 했지만 당장의 경우는 될 수 있는 한 보다 많은 시간을 보내자는, 말하자면 억지로 잡다한 생각들을 잊어보자는 심산인지도 몰랐다. 아무튼 그처럼 장황 지루한 절차를 마친 연후에야 성냥을 켜대고 뻑뻑 소리가 나도록 빨기 시작한다.

"우리 집이 이렇게 패운이 들다니 …… 그 땅이 어떤 땅인데, 휴——."
내부는 담배연기와 함께 길게 새어나오는 한숨.

땅 묵는 것이 문제가 아니고 농토가 송두리째 남에게로 넘어가게 되었으니 말이었다. 수년 전 농토를 저당하고 얻어 쓴 채무를 갚지 못해 독촉이

성화 같았다. 벌써 이 년째 이자도 갚지 못해 이자에 이자가 새끼를 쳐서 아무리 생각해도 그 엄청나게 많은 채무를 갚을 길이 없었다. 실은 며칠날까지 지불하지 않으면 법적 수속을 해서 강제집행하겠다는 독촉장을 받고 있는 실정이었다. 그대로 있으면 패가망신 당하는 것은 너무나 뻔한 사실이었다. 도무지 잠을 이루지 못하는 요즘의 봉수 영감이었다.

"그 자식이 집구석을 이렇게 망쳐놓다니, 하——기것 참."

생각할수록 돌쇠(아들)란 놈이 괘씸하기 짝이 없었다. 글쎄 제가 뭘 잘났다고 사업을 합네 하고 주척대다 가정을 궁지에 몰아넣었느냔 말이다. 짚신은 제 날이 격이라고 농사꾼 자식으로 태어나 농촌에서 잔뼈가 굵었고 재주라고는 농사일밖에 모르는 위인이 대체 사업은 무슨 사업이란 말인가. 군대 갔다왔다고 그렇게 변할 수가 있느냔 말이다. 본시 성격은 좀 괄괄한 편이었지만 그런대로 착실한 돌쇠였다. 봉수 영감 교훈을 받아 어른 아이 분별도 할 줄 알았고 예의범절도 지켰고 봉수 영감 시키는 대로 일도 곧잘 하던 돌쇠였다. 그랬었는데 제대하고 오면서부터는 그렇게도 포악스러워질 수가 없었다. 걸핏하면 발끈 성질을 냈고 어른들에게도 눈을 딱딱 부릅뜨고 했다.

"아니 저, 저놈이 눈에 보이는 게 읎나, 어——천하에 고현놈."

봉수 영감이 보다 못 해 준절히 나무라기도 했지만 천만에였다, 콧방귀만 팅팅대며 도무지 안하무인으로 집안을 제마냥 주름 잡는 것이었다. 그런 대로 봉수 영감 시키는 대로 농사일이라도 착실하게는 못 할망정 더러라도 거들어주면 또 몰랐다. 늙은 봉수 영감이 혼자된 며느리하고 그렇게 살겠다고 발버둥치는데도 마당에 싸리비질도 하는 일 없이 고스란히 먹고대학이었다. 그러면서 생판 트집이요 불평이었다. 언제고 해가 새끼나절이나 되어야 일어나서는 반찬이 없네, 입맛이 없으니 명탯국이라도 끓여내라, 왜 와이셔츠를 안 빨아놓았느냐 등 밤골댁(어머니), 형수에게 눈을 부릅뜨고 불평이요 야단이었다. 그런가 하면 한 술 더 떠서 매일같이 술집에 가 술만 퍼마시고 계집애 있는 집 담장이나 넘성거리며 서투른 희영수나 하다 욕이나 먹고——. 그런대로 쌈질이나 하지 않으면 살 것 같았다. 어쩌자고 이틀이 멀다고 쌈질이었다. 군대에서 배웠다는 당수인가 뭔가를 합네 하고 경우도 없이 어른이고 친구고 두들겨패고 말썽을 부리는 것이었다. 속담에 집안꼴이 안 되려면 막내딸이 수염이 난다고, 제가 뭘 잘났다고 허구헌날 양복을 늘씬하게 차려 입고 머리에 기름만 처바르고 싸다니며 일만 퉁퉁 저지르고 다니느냐 말이다. 주먹을 내두르든 당수를 하든 그것도 실상 할 자리인 딴 동내에 가서는 옴짝도 못 하면서 집안에서나, 그럴 수가 없는 사이인 친척 이웃간에만 행세를 하니 말이다. 더욱이 해괴한 것은 애비도 없는 제 조카를 왜 그렇게 못살게 구느냔 말이다. 이제 겨우 국민학교 입학한 그 어린것을 걸핏하면 눈을 딱딱 부릅떠 몰아세우고 번번이 볼때기가 벌겋게 때리고 했다. 아니 대체 집안에 호주가 누구인지 마저 알 수가 없었다. 가정 경제가 어떻게 돌아가는 속셈인지 뒤죽박죽이었다. 식구들이 일이 년씩 공들여 길러놓은 닭, 돼지도 제 마음대로 팔아버렸고 밤골댁이나 형수 말은 들을 것도 없이 장사꾼을 데리고 와서는 쌀이고 콩이고 닥치는 대로 퍼내는 것이었다. 그리고는 계집애나 끌고 서울을 뻔질나게 드나들었다.

"이놈아, 네놈이 뭔데 살림에다 맘대루 손을 대냐 엇……, 이 집의 호주는 당당하게 나란 말야…… 늙은 애비 에미가, 혼자된 네 형수가 먹지두 입지두 못하고 농사 져놓으면 네놈은 허구헌날 돈이나 뿌리구 다녀? 하——— 참 기가 막혀…… 글쎄 이놈아, 사람 가죽을 썼으면 사람 행동을 해야지…… 글쎄 이놈아, 늙은 애비가, 약한 여자들이 벌어놓으면 젊으나젊은 장정놈은 빈들빈들 놀면서 술바라지나 하구 계집질 쌈질이나 하구 잘되겠다. 집구석 꼴. 허허, 이런 변……."

참다 못 해 봉수 영감은 돌쇠를 불러 앉혀놓고 단단히 혼구녁 줄 채비를 시작했다. 그러나 웬걸, 호박 따먹은 염소같이 니밀니밀이었다.

"하 참, 아버지두 그러니까 사고방식이 틀렸다는 거여요. 서울 좀 가보세요. 얼마나 살기 좋은 세상인가…… 그 사람들은 아버지같이 농사 안 져도 모두 좋은 옷에 잘 먹고들 떵떵대고 산단 말여요. 아니 그래, 그렇게 좋은 세월을 젊으나젊은 놈이 촌구석에 처박혀 땅만 파먹고 살란 말여요? 농사만 짓는 아버지 세대는 지났단 말여요. 진짜여요, 저 하는 대로 버려두세요. 신경 쓰시지 말라니까요, 하하———."

"뭣이, 세대가 달라졌다구? 네놈 하는 대로 내버려두라구? …… 그럼

14

이 늙은이는 식구들은 직사하게 일만 하구 네놈은 돈을 뿌리구 다니게 버려
두라구…… 허허…… 이런 망칙한 꼴…… 이 자식아, 분수를 생각하야지
분술——서울 사람들은 그만큼 배웠고, 있으니까 호의호식하지만 우리 성
세에 그렇게 살게 되니? 일도 않고 편하게 잘 먹고 잘 살게 됐느냔 말야.
촉새가 황새를 따를랴면 되겠냐구. 이 무식한 녀석아…… 식구야 다 굶어
죽던 말던 네놈만 홍청대구 다니면 되겠어? 그라구 대관절 사람이 돼야
지, 이 못밴 자식아.”

　“정말 아버지 답답두 하우. 아 소금도 먹은 놈이 물을 켠다구, 다 쓰면
그만큼 또 벌기 마련여요. 진짜여요. 두고만 보시라구요. 아버진 일이나 하
세요. 제가 알어서 살게끔 해놀 터니까요. 어련히 알아서 할까봐 걱정이세
요. 참 나—— 주먹이 아니면 짜식들이 들어먹어야죠.”

　정말 대화불통인 돌쇠였다. 그저 아무런 계획도 실력도 없으면서 된다는
것이었다.

　가정 형편은 너무나 뻔한 일이었다. 남의 빚이라고는 모르고 살아온 살
림에 빚은 누적되어갔고 부실영농(不實營農)으로 농토는 점점 황폐해갔다.
돌쇠 위로 아들 형제가 있었지만 6·25때 하나는 의용군에 가서, 하나는 국
군에 가서 전사했고 앞으로 돌쇠 제놈을 믿었었는데 진정 실망도 그런 실망
이 없었다. 어물전 망신은 꼴뚜기가 시킨다고 십여 대 결백하게, 의리있게
살아온 백씨(白氏)가문에 그런 먹칠이 없었다. 그러던 이 년 전 봄에 결국
은 봉수 영감 도장을 훔쳐내다 농토를 몽땅 잡히는 큰 일을 저지를 줄이야
——평소의 처세로 미루어 무시로 경계를 했었지만 설마하니 감히 농토까
지 잡힐 줄이야 미처 알기나 했었나.

　“이놈아, 내 도장을 훔쳐다 땅을 잡혔다구? 못 한다 못 해. 내 목이 달
아나두 그것만은, 그것만은 못 한다. 당장에 잡힌 걸 물려놔라, 어서 이놈
아.”

　뙤약볕에서 보리밭을 매다 이 소식을 들은 봉수 영감은 하늘이 내려앉는
것 같아 한 걸음에 달려와 작대기를 들고 돌쇠에게 달려들었다. 허나 작대
기쯤 돌쇠의 당수 무기 앞에는 무색한 존재였다. 봉수 영감은 돌쇠란 놈을
당할 기력이나 재간도 없고 너무 답답해서 혼자 작대기로 마당을 두들기며

팔팔 뛰었다. 눈앞에 보이는 것도 없었고 귀에 들리는 것도 없었다. 통곡을 해야 할지 몸부림을 쳐야 할지 가슴만 메어지는 듯했다. 농토 아낄 줄 모르는 농부가 어디 있을까만 봉수 영감의 경우 남다른 농토였다. 십여 대를 물려받은 백씨 가문의 유일한 전유물이기도 했지만 앞으로 후손들에게 길이 물려주어야 할 농토이기에 앞서 백씨 가문의 상징적인 유일한 부동산이었다. 한때 봉수 영감의 선친 백 첨지가 왜놈에게 팔았다기보다 강제로 빼앗기다시피 했던 것을 찾기까지에는 봉수 영감 젊은 시절을 송두리째 바치다시피 했던 농토인 것이다.

"그 땅이 어떤 땅인데, 이놈아. 이 철때기없는 자식아."

봉수 영감은 너무 답답해서 자신의 가슴을 쥐어뜯으며 돌쇠에게 덤벼들었으나 돌쇠는 아무렇지도 않은 태도였다.

"아니 제가 왜 땅을 잡혀서 낭비를 하는 거여요. 빚을 갚는 거요, 당당하게 사업을 하자고 잡혔단 말여요. 아버지나 형수나 힘든 농사일을 하지 않고도 잘 살 수 있을 테니 두구보세요. 틀림없는 사업여요. 괜히 아버진 하하."

치미는 감정 같아서는 당장에 무슨 결판을 내고 싶었지만, 그러나 불출이든 망나니든 역시 자식이었다. 이미 사업을 벌여놓은 이상 그 사업이 잘되어 농토를 도로 찾는 것만이 봉수 영감의 오직 바라는 심정이었다. 헌데 돌쇠가 시작했다는 사업이 도무지 비위에 거슬려 견딜 수가 없었다. 내 노력과 자본을 기울여 하는 생산적인 사업이 아니고 하필이면 남이 버리는 쓰레기 처리하는 사업이냔 말이었다. 그도 한국 사람 쓰레기도 아닌 미군 쓰레기 처리하는 사업이라니 성불성은 차후 문제고 듣기에만도 도무지 입맛이 개운치를 않았다.

"세상에 허구많은 사업이 있는데 어째 하필이면 남이 버리는 쓰레기 치우는 사업이냐?"

"하── 참, 아버진 도통 소식이 깡통이군요. 말이 쓰레기지 우리 한국 사람들은 여간내기는 구경도 못 하는 희귀한 미군 물건이란 말여요. 양물건요…… 뭐가 그렇게 희귀하냐구요? 말 마세요, 그럼 제가 사업하는 경로와 어째서 수지가 맞는가 한 번 들어보실 테요? 아침 저녁으로 미군들이 그 부대 내에서 쓰다버리는 온갖 쓰레기를 추럭에다 싣고 나와서는 부대 앞에 차려놓은 제 쓰레기장에다 부린단 말여요. 저는 가만히 있어도 말여요. 그 버리고 가는 쓰레기가 전부 돈덩어리죠. 미군 물건이 돼서 조그만 부스러기 하나 버릴 게 없단 말여요. 합판, 송판, 드럼통, 깡통, 구두, 양복, 모자, 병, 철근, 철판, 하여간 사람이 사는 데 필요한 것은 무엇이나 없는 게 없으니까요. 심지어는 천막, 침대, 종이, 뭣이든지 다 나오니까요. 그 사람들은 못 써서 버리지만 한국 사람한테는 돈을 줘도 딴 데서는 못 사는 기가 막히게 귀한 것들이죠. 한 마디로 미국 물건은 똥두 좋단 말 못 들었어요, 왜? 앞으루는 시시한 농사 안 해두 문제 웂어요. 진짜여요, 기회 봐서 형수두, 조카두, 모두 부대에 취직시킨단 말여요. 마냥 편쿠 잘 살 수 있죠."
　"뭣이라구? 네 형수, 조카를? 안 된다, 땀 흘려 먹고 살지, 왜? 안 될 소리, 그리고 사람은 사람다운 구실을 하고 살아야지…… 네 말마따나 아무리 노다지가 나온다구 해두 역시 쓰레기 뒤져 먹구 사는 일 아니냐. 우리 백가들은 자고이래 그런 법이 없었단 말야. 앞으로 자손 만대를 그렇게 깨끗하게 살아야 한단 말야."
　"하, 나 참, 이런 답답한 노인데……."
　"이놈, 노인네? 쓰레기 장사하더니 말 뽄새 한 번 잘 배웠구나."
　"글쎄 아버지 들어보세요. 세상은 달라졌단 말여요. 이 땅에두 서양 바람이 거세게 불어닥쳤단 말여요. 세상 사람들이 얼마나 약삭빠른데요. 일단 쓰레기차가 싣고 나와 부리기만 하면 이건 죽기 살기 대가리가 터집니다. 송판이면 송판, 쇠붙이면 쇠붙이, 자기네 팔아먹을 용도대로, 쓸 가치대로 서로 많이 차지하려고 아구쌈이 벌어지죠…… 저는 그 사람들이 다 골라서 놓은 다음 죽 돌아보고 얼마얼마 딱 돈만 받는다 그 말여요. 왜 쓰레기장사 한다니까, 맨날 내가 쓰레기 뒤적이고 있는 줄 아세요. 천만에요…… 마냥 편하죠. 아무튼 그렇게 우데기 뜯기 같은 돈벌이가 없단 말여요. 편하고 돈 생기고 하하…… 그렇기 때문에 땅을 잡혀 시작했지요."
　"허―허―허…… 거 참 듣고 보니 놀랍구나 놀라워. 가만히 앉아서 큰 돈을 번다니. 그렇게 머리를 싸매고 사갈 만큼 귀한 물건을 그냥 갖다버린다니 알다가도 모를 일이다."

"정말이라니까요. 그러구 말씀을 하시니까 생각이 납니다만 다른 물건보다 정말 인기가 좋은 것은 미군들이 먹다 남은 음식물이지요. 칠면조, 양고기, 건빵, 과자, 술, 과일, 이런 것들이 먹다 남은 찌꺼기보다도 번번이 궤짝째로 그냥 나온단 말여요. 한 번 건드려보지도 않은 그대로죠. 칠면조두 왼바리고 양고기두 궤짝째란 말여요. 빵, 밀가루 같은 것은 부대째, 봉지째고요. 그 사람들은 원체 고급이라 약간 맛이 갔네 변했네 하고 내다버리지만 사실 말짱하죠. 그런 것들이 아주 인기 품목이죠. 말이야 바로지 한국 사람들이 그런 고급 음식을 구경이나 했나요. 그렇게 말짱 싱싱한 것들을 골라낸 나머지도 버리느냐 하면 천만에요. 말이 돼지가 먹는다고 꿀꿀이 죽이라구 하지만 지게꾼이나 날품팔이들이 그런 영양있는 음식을 어데가 먹어본단 말여요. 온통 고기 기름, 고급 빵이죠. 그 꿀꿀이 죽을 사다 다시 팍팍 끓여서 비위에 맞도록 양념을 다시 해서 먹으면 일품이죠──얼마 안 먹어서 목자위가 굵어지고 배가 나온다니까요. 저도 먹어봤지만 아주 훌륭한 음식여요."

"그러니까 넌 아주 좋은 일 하는구나. 없는 사람들에게 그런 영양 많은 음식 먹이는 청부업을 하니 말이다, 허, 허, 허──."

"돈을 받는다고는 하지만 따지고 보면 그런 셈이죠, 예. 그리고 또 알진 수지맞는 구찌가 있지요. 뭐냐구요? 이건 정말 누가 알까 싶은 구찌죠. 쓰레기차 모는 미군 운전사들이 쓰레기를 실어내 올 때 그 속에다 슬쩍 숨겨 가지고 나오는 물건이 있단 말여요, 아시겠어요? 그건 진짜 좋은 새것들이죠. 그 물건은 어데다 내놓아도 곱장이가 넘겨 남는단 말여요. 그렇다고 해서 돈을 주느냐 하면 웬걸요. 돈보다도 그 사람들이 바라는 것은 계집이란 말여요. 그까짓 흔해빠진 계집애들 하나씩만 안겨주면 그뿐이죠. 미군이라면 오금을 못쓰는 계집애들이라 까짓거 몇 푼 주면 된다구요. 부대 앞에는 제발로 기어 들어와 양갈보 노릇하는 계집애들이 수백 명이죠. 그러니까요, 아버지 아예 걱정마세요. 빚좀 지고 땅 잡혔다고 걱정말라니까요."

"아니 계집애를 양사람한테 대준다고? 그람 그 계집애 신센 워찌 되지? 허── 참, 기가 막혀. 쓰레기값으로 처녀를 준다, 허허 이런 변……."

"아, 그렇게라도 해서 먹고 사는 게 놀랍지 무슨 말씀여요. 우리 나라 도우러 온 미군들 흥을 풀으니 좋구요, 하하."

"흠…… 이리저리 해서 너는 돈 안 들이고 돈을 번다 그 말이지. 좋은 비싼 물건을 쓰레기로 내다버린다. 아무래도 꿍꿍이 속이 있는 일이다. 왜 서낭나무 잘 크라구 떡 해다 놓고 비는 사람 있다드냐. 아무튼 그 쓰레기 장사 꿀꿀이죽 아예 입맛이 떨어지니 두 번 다시 말두 말구 네가 진 빚이나 어서 갚도록 하구 가까운 시일 내에 잡힌 농토나 빨리 찾아내봐. 알겠지?"

"글쎄 그런 걱정은 일체 말라니까요. 농사 안 져두 잘 살구 식구들 편하게 살릴 수 있다 말여요."

"그 얘긴 내 앞에서 두 번 다시 하지 말라는데 이 자식이……."

봉수 영감은 아예 보기도 싫다는 듯이 외면을 하고 말았다. 돈을 벌든 장사가 되든 일체 간섭이나 알 필요도 없었다. 오직 잡힌 농토나 어서 찾았으면 하는 일념뿐이었다. 헌데 수개월 내에 땅을 찾아주겠다고 그렇게 호언장담하던 녀석이 이 년이 지나도록 감감소식이었다. 늙은 봉수 영감 내외는 죽자하고 농사지어 이자 치닥거리에 여념이 없었다. 전같이 며느리라도 있었다면 그래도 힘이 덜 들겠지만 그렇게 싸움을 해가며 말려도 돌쇠가 며느리를 강제로 끌고 가다시피 데려가는 바람에 그런 고역이 없었다. 농사 짓는 것이 아니고 차라리 죽으려고 몸부림치는 것이었다. 이삼 년래 일도 고달프고 속 썩이고 바짝 짜부러들고 말았다. 아무리 허구헌날 버둥대도 땅은 땅대로 묵고 힘만 들었다. 헌데 그렇게 엄청나게 돈을 번다는 녀석이 어째서 수년이 되도록 땅을 찾아주지 않느냔 말이다.

하긴 날 천냥을 벌면 무슨 소용이냔 말이다. 가끔 다니러오는 며느리 얘기에 의하면 돌쇠는 돈을 쓰는 것이 아니고 그야말로 뿌리고 다닌다는 것이었다. 아직 정식 결혼도 하지 않은 녀석이 계집이 몇인지도 모르고 비싼 양복을 몇 벌인지도 모르게 해놓고 하루에도 몇 번씩 갈아 입고는 흥청대고 다닌다는 것이었다. 엎드리면 코 닿을 데도 택시만 불러 타고 다니며 잠은 호텔에서 자고, 세수는 이발소에서 하고, 식사는 요정에서 하고, 사실상 쓰레기장에는 붙어 있지도 않는다는 얘기였다. 어설프게 주위들은 영어를 해가며, 미군 장교들과 어울려 춤을 추고 양주를 마시며 양식을 먹어가며, 매일같이 흥청거린다는 얘기였다.

"도련님, 너무 그렇게 낭비 말구 실속을 차려야죠."

보다못해 제 형수가 한 마디 할라치면,

"아주머니는 모르면 잠자코 있으란 말예요. 미군들 교제를 해야만 이 사업이 된단 말여요. 요정에 가서 예쁜 계집애나 안겨주고 한 잔 빨리면 다음 날은 쓰레기가 아주 좋은 게 많이 나온단 말여요──그렇지요, 그제도 그래서 그렇게 좋은 물건이 많이 나왔잖아요. 그걸 아셔야죠."

"그렇지만 허구헌날 그렇게 돈을 쓰면 암만 벌면 뭘 해요. 집에서 어머님, 아버님 농사짓는 생각을 해보세요."

"하, 참, 아주머니두 정말 답답하구…… 처음 같으지 않고 미군들도 약았단 말여요. 안 먹이면 쓸 만한 쓰레기가 안 나오는 걸요…… 저희끼리 돌려놨다 뒷차로 처분한단 말여요. 정말 요즘 같아선 물건 안 나와 큰일났단 말여요."

그래서 허구헌날 택시를 타고 다니며 교제를 해야 한다는 얘기였다.

"그래, 잡혀먹은 땅은 언제나 찾아준다더냐 응? 몇 달만에 찾아준다더니 어째서 이 년이 되도록 꿩 궈먹은 자리냔 말야."

너무 답답해서 며느리에게라도 이렇게 화풀이를 할 수밖에──.

"그잔어두 제가 도련님한테 몇 번이나 얘기했어요. 그래도 맨날 곧 될꺼라고만 하며 저러구 있잖아요."

"응, 천하 괘씸한 자식…… 제놈만 흥청대면 사는 겐가 허허 천하에……."

"글쎄, 아버님 고생되시는 걸 생각해서 저라두 집으로 올라구 해두 간단 말만 하면 온통 생 야단 아녀요. 미군 세탁물 나오는 것도 그렇지만 쓰레기장에서 일꾼들 밥은 누가 해주고 자기 없는 새 관리는 누구더러 하라고 갈려고 하느냐고 말여요."

"그렇더라두 너는 집으로 오란 말야. 너두 없으니까 내가 못 살겠단 말야. 가지 말란 말야."

"아버님, 아녀요. 제가 안 가면 저녁에라도 당장 도련님이 쫓아온단 말여요. 종만(아들)이까지 데리고 오라는데요. 거기서 학교 갈치겠다구요.”

“뭣이라구, 종만일? 어림두 없는 소리. 돌쇠란 자식은 아주 버린 자식이구 오직 종만이놈만 믿구 사는데 그놈을 데려가? 안 된다, 어림두 없다.”

봉수 영감은 궁둥이를 들먹여가며 펄펄 뛰었다.

아무튼 호화판 생활을 하는 돌쇠라는 얘기였다. 촌 계집이 아전 서방을 하니까 밤새는 줄을 모른다더니 그 무식한 놈이 군대 가서 어쩌다 주먹질을 배워가지고 정말 꼴불견이지 뭔가.

“에그에그, 못두 생긴 자식. 무식한 자식. 순결한 백씨 가문 긍지를 송두리째 팔아먹는 자식…… 에그에그. 돌쇠라구 별명을 잘 졌지 잘 졌어. 돌씨가 아니고선 우리 백씨 집엔 그런 자식이 없단 말야, 끌끌끌.”

봉수 영감은 침을 찍 갈기며 콧살을 걸메어줘었다.

“글쎄, 그런데 이번만은 틀림없이 본전 일부와 이자를 해가지고 오마던 자식이 이틀이 지나도 안 오느냔 말이다. 법적 수속하겠다는 날도 얼마 남지 않았는데.”

봉수 영감은 또 한 차례 곰방대를 댓돌에다 호들갑스럽게 떨며 혼자 흥분하며 씨근거렸다.

“내라두 있으면사 당장에 이자라도 갚고 사정이라도 해본다고 하지만 있어야지, 천상 있어야지.”

사실 수년래 가정 형편이 말이 아니었다.

‘자식을 기다리는 내가 어리석지. 암, 어리석어. 그러니 어떻게 한다? 이대로 있다가는 법적 수속 당하는 것은 너무나 뻔한 일인데.’

봉수 영감 입에서는 땅이 꺼질 듯이 한숨이 새어나왔다. 가슴에서 불이 확확 타는 듯 답답해 견딜 수가 없었다. 그저 돌쇠란 놈이 곁에 있기만 하면 죽기 살기라도 하고 싶었다.

“에구, 우리 백씨 가문이 이렇게 되다니…… 전통과 긍지를 자랑하던 우리 백씨 가문이, 휴——.”

선영들 산소가 있는 수리봉으로 시선을 보내는 그의 눈에는 이슬이 맺혔다.

“그렇지만 농토만은 안 된다. 안 된단 말이다. 그 땅이 어떤 땅인데, 어떻게 물려온 땅인데. 왜놈들한테 어떻게 해서 되찾은 땅인데, 안 되고 말고. 내 목이 달아나도 안 되고 말고——.”

봉수 영감은 미친 듯 부르짖으며 전신을 부르르 떨었다.

“할아버지, 왜 그래?”

마당에서 혼자 비석치기 장난을 하고 있던 종만이가 달려와 의아한 얼굴로 쳐다보며 물었다.

“오냐, 종만아. 네 삼춘놈이 죽일놈이다. 너만은 부디 네 삼춘 같은 인간이 되지 말아야 한다, 응?”

“할아버지, 삼춘이 왜 워쨌다구그랴. 나두 삼춘 밉단 말야. 맨날 눈 흘기구 때리기만 하구, 공책두 안 사주메 심부름만 시키던 삼춘 밉단 말야, 그지?”

“오냐, 오냐, 종만아, 너는 착한 사람 될라면 할아버지 말 잘 듣지? 그런데 어째 학교를 안 갔지?”

“아이 참, 일요일 아녀요. 할아버진 언제구 일요일두 몰라. 그런데 할아버지, 왜 눈물이 쪼금 나왔지?”

종만이는 계속 걱정스런 눈으로 봉수 영감을 말끄러미 쳐다보았다.

“할애비가 눈물이 나왔다구, 허허 늙어서 눈이 나빠 그런가 부다 잉——.”

“아냐, 나두 알구 있어. 할아버지 오늘두 고추 못 갈구 두엄 못 실어내서 그라지? 할아버지랑, 나랑 실어낼까?”

“어, 허——허, 너넌 그런 걱정 하는 거 아냐. 공부나 부지런히 하라구.”

봉수 영감은 고사리 같은 종만이 손을 잡은 채 언제까지 놓을 줄을 몰랐다. 순간 어쩔 수 없이 어렸을 때의 아버지 백 첨지 환상이 떠오르는 것이었다.

아직 봉수 영감이 어렸을 때, 말하자면 왜놈들이 농민들을, 서민들을 위한다는 구실로 척식회사, 금융조합이 한창 득세할 무렵 백 첨지(봉수 아버지)의 생활은 말이 아니었다. 수 년 거듭 겪은 흉년에, 금융조합 채무가 겹쳐 농토는 왜놈 지주 모리카미(森上)에게 완전히 넘어가고 약간의 소작 농토로 칠팔 명 권속을 꾸려가자니 그럴 수밖에 없었다. 삶을 영위한다기보다 물이 거의 말라가는 웅덩이에서 마지막 기를 쓰는 송사리떼의 팔딱임과 같은 것이었다. 지주들의 행패나 약탈 방법이 그렇게 잔혹할 수가 없었다. 수단 방법을 가리지 않고 어떻게 해야 소작인들로부터 한 톨의 벼라도 더 착취하느냐에만 눈이 벌개서 날뛸 무렵이었다. 가을 논배미에 벼가 누르스름하면 모리카미는 마름(지주 밑에서 소작 관리하는 자)을 대동하고 소작 준 농토를 순회하며 작황(作況) 실태 조사를 다니는 것이 상례였다. 명목인즉 이미 지정된 도조의 양은 있지만 작황을 참작해서, 한발로 벼가 부실하게 되었거나 병충해로 죽었다거나 한 것들을 정상 참작하여 도조(賭租)를 감면해주자는 것이 실태조사의 목적이었다. 헌데 목적만 그러했지 실제 의중은 딴 데 있는 것이 지주들의 답품(踏品) 행각이었다. 현지 답사를 하지 않으면 소작들이 도조 낼 때에 작황이 순조롭지 못했는데 어째서 지정 도조를 전부 내라느냐고 이의와 항의를 할 뿐 도조들을 그런 구실로 잘 내지 않기 때문에 현장을 둘러보고 현장 논배미에서 될 수 있으면 지정 도조를 내게끔 소작들로부터 확약 받자는 데 작황 답사의 본래 목적이 있는 것이었다.

허기 때문에 며칠날 지주가(대개는 관리인 마름이 나오는 것이 상례) 답품을 나온다 하면 백 첨지네 집은 큰 잔치를 앞둔 날같이 법석을 부리는 것이었다. 밤골댁은 사람을 얻어 두부를 하고 무 배추도 농사지은 중에서 제일 좋은 것들로 뽑아다 있는 솜씨를 내어 나박김치, 짠지를 담는 것은 물론이고 지주나 마름의 식성에 따라 청포묵을 끓이고 밥밑할 밤콩, 동부를 미리 준비하고, 감주를, 수정과를 만들고 그 중에도 가장 신경을 쓰고 정성을 들여야 하는 것이 술이었다. 밤골댁은 본시 술솜씨가 좋지 않아서 언제고 아랫말 상순이 어머니를 놉으로 얻어다 술을 해넣는 것이었다. 그런가 하면 백 첨지는 그때에 쓰려고 여하한 곤경에 빠져도 아껴둔 깨, 녹두 등 농곡으로는 가장 값나가는 것들을 걸메고 읍내로 가서 쇠고기, 돼지고기는 물론이고 생선, 다시마 등속 찬감을 골고루 사오는 것이었다. 봉수는 봉수대로 감을 따다 담그고 대추, 밤 등 과일 등속을 준비해야 했고——.

답품을 나오는 날이 딱 닥쳐오면 온 가족이 풀한 옷들을 갈아입고 집 안 청소를 말끔히 하고 지주가 거처할 방에는 돗자리를 몇 잎이고 얻어다 깔고 손님을 맞는 것이 상례였다.

헌데 이렇게 정중하게 맞는 데도 모리카미는 언제고 인색했다. 옛날 어른들 얘기에 의하면 그래도 전에 지주들은 답품 나와 감면하는 예가 허다했는데 여간해서는 감해주지 않는 모리카미였다.

"모리깨나리, 좀 자서히 둘러봐주세요. 얼른 보기엔 벼가 우수하게 된 것 같어두 목잠(죽은 이삭)이 많단 말씀여요. 좀 잘 봐주세요."

모리카미가 첨지 집에서 융숭한 대접을 받고 휴식을 취한 후 논에 가 작황을 답사할 때면 첨지는 갓난 병아리가 어미닭 따라다니듯 모리카미 뒤를 바짝 따라 붙어 우산으로 볕을 가려주며 사정이 아닌 애소를 했다. 제발 잘 살펴보고 도조를 감해달라고.

"이만하면 잘 됐는데 백 첨지상, 무슨 말이요, 엥——."

"아닙니다요, 풋싹은 좋아도 보기에만 그렇지, 결실이 제대로 안 됐단 말씀여요. 좀 자서히 둘러보세요. 목잠이 온통 허옇지 않어요?"

첨지는 모리카미 눈에는 어째서 저렇게 많은 죽은 이삭이 보이지 않는가 싶어 애가 달아 가슴을 죄며 거듭 애소를 했다.

"흠, 에또, 더러 죽은 이삭이가 있긴 해두 이 정도면 잘 된 편이가 아니겠소, 백상."

모리카미는 논둑에 떡 버티어 서서 다시 한 번 벼논을 둘러보는가 하면 단장으로 벼를 이리저리 헤쳐보았다. 순간 첨지의 심정은 마치 선고를 기다리는 죄수의 심정 바로 그것이었다. 모리카미가 신중을 기하는 언질과 행동을 보였기 때문에——.

'제발 열 말만 감해주었으면. 아니 열 말은 몰라도 닷 말이라도 감해주었으면. 닷말이면 봄 판에 한 달 양식이 되지 않는가.'

"예, 잘 보셨어요. 목잠이 더러가 아니고, 상당히 많어요, 자서히 보세요, 여 보세요."

첨지는 바로 이 기회란 듯이 모리카미를 받쳐주고 있던 우산을 곁에 선 어린 봉수에게 들려주고 물이 있는 논배미로 미친 듯이 뛰어내려 벼를 양손으로 휘몰아쥐어 보이며 애원에 찬 눈으로 모리카미를 쳐다보았다.

“알았어요, 백 첨지상. 그러나 이 정도 잘 된 벼를 감할 수는 없소, 지정 도조 내시오.”

“예, 지정 도조를 다 내라구요, 나리? 억울합니다. 예, 보시란 말여요. 이, 이렇게 죽었단 말여요.”

모리카미의 선고가 떨어지자 정신이 아찔해서 자신도 모르는 사이 하얗게 죽은 벼이삭을 몇 개 뽑아서 모리카미 눈앞에 정중히 들이대며 기대에찬 동자를 씀벅였다.

“백 첨지상, 일단 결정됐으니 그만 그만, 하하하…….”

“허지만 억울합니다, 나리. 지정 도조 그대루는 억울해요.”

“하──이 백 첨지상이 왜 이렇게 말이가 많아쏘까 엥──? 정 그렇게 억울하면 땅 내놔 마시다라 될 꺼 아니겠소, 엥?”

모리카미의 불쾌하다는 듯이 표정까지 변하며 거칠게 말했다. 땅을 내놓으라는 말에는 첨지도 찔끔 새 정신이 났다. 그나마 소작이 떨어지면 당장 식구들 호구책이 막연했기 때문이었다. 당시만 해도 소작 몇 마지기 얻는다는 것은 그야말로 하늘에 별 따기 같았으니까──. 백 첨지는 당초 자기네 농토를 모리카미에게 팔 때 소작을 한다는 조건으로 값을 시가보다 많이 덜 받고 넘겨주어서 소작이라도 붙이게 되었지만 생판으로 소작을 몇 마지기라도 얻기 위해서는 마름에게나 지주에게 일 년에 몇 차례씩 귀중한 토산물 상납을 바쳐야 했고, 명절 때도 각별한 처세를 하지 않으면 안 되었던 것이다.

“땅을 내놓으라구요? 아니올시다, 나리. 말씀대로 지정 도조를 다 내지요. 조금도 달리 생각지 마세요.”

“하하하……, 백 첨지상이 좋은 사람이 쪼센징인 줄 알고 있는데 가끔 망령을 한단 말야, 하하하…….”

모리카미는 거짓웃음을 호탕하게 터뜨려가며 첨지의 손을 잡아주는 아량까지 베풀었다. 허나 자신의 가난이라는 약점을 기화로 저의 욕망을 끝까지 채우는 모리카미의 간악한 술책을 모르는 첨지가 아니었다. 울컥 치미는 감정이 있었다. 첨지도 힘꼴이나 쓰는, 동네에서 이르는 장정이었다. 뿐만 아니라 한때 투전판에 다니며 행패도 부려본 만만치 않은 솜씨와 강직한 성격도 있었다.

'이 눈물 한 방울도 없는 짐승 같은 놈아, 내 손에 죽어봐라.'
하고 모리카미를 논수렁에 쳐박고 목을 밟아 없애버리고 싶은 충동이야 어
찌 없겠나. 허나 그에게는 아내와 어린 자식들이 있었다. 오직 자신만을
쳐다보는 봉수를 비롯한 까만 눈동자들을 생각할 때 그럴 수도 없고 오직
가슴만 미어지는 듯했다. 어금니를 지그시 깨물며 불덩이 같은 가슴을 식
히기에 혼자 애를 써야 했다. 좋은 듯이 우산을 받쳐 모리카미 얼굴에 볕을
가려주며 눈둑길을 따라다녀야 했다. 아니 덤불이 나오면 냉큼 앞에 가서
덤불을 헤쳐주었고 올라가는 데는 뒤에서 부축을 해주었고 바위 억설에는
손을 잡아 도와주었고 내나 도랑이 닥치면 몇 번이고 정중히 업어서 건네놓
고 했다. 뿐만 아니라 어린 봉수까지도 그 나름대로 모든 시중을 다 들어야
했다. 답품하는 도중 목이 마르면 마시게 하기 위해 술병, 닭 삶은 것, '미
도리' 담배까지 몇 갑 챙겨 넣은 다래끼를 메고 한쪽 겨드랑이에는 구장네
서 빌려온 돗자리를 끼고 그림자처럼 모리카미 곁을 따라다녀야만 했다.
그러다가 지주나리가 잠시 나무 밑에서 쉬게 될 때면 지체없이 자리를 펴서
앉을 자리를 마련하고 술을 따라 바치고 담뱃불을 켜올리고 소작인의 자식
도리를 지시대로 충실하게 해야만 했었다. 다른 사람도 아닌 십여 대 청렴
결백을 자랑하고 살아온 백 첨지였다. 단일본(單一本)을 오직 가문의 긍지
로 자랑하고 살아온 수원 백씨로서 차마 못 할 일이었다. 그런 굴욕이 없었
고 모욕이 없었다.

"의리와 지조를 목숨같이 알고 살아야 한다. 자타가 인정하는 가문에 오
점을 남기지 말고. 너는 물론, 앞으로 자손들에게도 일러주어야 하고, 아니
꼭 실천에 옮기도록 하고 많지 않은 농토이긴 하지만 소중한 유산임을 가슴
깊이 인식하고. 유일한 유업인 농업을 충실하게 해야 한다. 농은 천하지대
본이란 사실을 떠나서 농사야말로 신성한 업이다. 누구의 간섭도 받을 필
요없고 또 그 어느 사람에게도 아부나 굽실댈 것도 없고, 오직 내땅을 내
손으로 갈아 씨뿌려 가꾸고 거두어 살아간다는 사실이 그 얼마나 숭고하고
자유로우냐 말이다. 노력을 하면 한 만큼의 대가를 어김없이 지불할 줄 아
는 것이 바로 땅이다. 땅을 아끼고 곡식을 사랑할 줄 아는 사람치고 악인은

없으니라.”

이러한 선친들의 유시도 있었는데 그러한 유산인 농토를 송두리째 왜놈 손에 넘겨주고, 도리어 그 왜놈 모리카미에게 매달려 사는 신세가 되다니 생각하면 가슴이 터지는 것만 같았다. 그러나 선친들의 유시는 항상 가슴에 간직하고 있었다. 언젠가는 잃은 농토를 도로 찾아야 한다고, 그날을 위해서는 모리카미에게 여하한 수모를 당해도 참고 견디어야 한다는 일념은 끈질기게 가슴속에서 불타고 있었다.

한데 어린 봉수는 그와 같은 첨지의 심정을 이해할 리가 없었다. 물론 어렴풋이 이해가 가는 것도 같았지만 첨지의 뼈에 사무치는 아픔까지는 알 턱이 없었다. 그래서 무시로 불평이었다.

“뭣 땜에 할아버지 제사 때두, 일 년에 한 번 돌아오는 명절 때두 잡아쓰지 못하는 닭을 모리깨만 오면 잡녀냔 말여요? 턱받이암탉이라 새끼 잘 까겠다구 씨 한다더니 …… 나두 몰라요.”

모리카미를 돌려 보낸 후 온 식구들이 한자리 앉아 손님이 먹고 남은 찌꺼기를 먹을 때 오랜 시간토록 닭뼈를 뜯고 있던 봉수가 퉁명스런 항의를 하며 닭뼈를 마당으로 던졌다. 첨지는 일일이 설명할 수도 없다는 듯이,

“그러고 보니 정말 그렇구나, 허허허…….”

호탕하게 웃는 웃음과는 딴판으로 무거운 한숨을 봉수 몰래 몰아쉬었다. 그러나 봉수의 불평은 그런 문제에만 있는 것이 아니었다. 도조도 감해주지 않는 그까짓 모리카미 때문에 빚만 많이 졌다는 둥, 깨도 베고 수수도 자르고 한창 바쁜 때 일이 얼마나 쳐졌느냐고 두덜대는가 하면,

“글쎄 과일도 그만큼 대접했음 구만이지 뭣 때문에 설에 양말 사 신을라고 한 톨 두 톨 모아놓은 알밤까지 몽땅 싸서 보내냔 말여요? 나도 몰라요, 난 나무 가서 알밤 주울 때 그렇게 까막고 싶은 것도 모아 팔아서 양말 사 신으려고 한 톨두 안 까먹었단 말여요.”

사실 봉수는 모리카미에게 애써 모아놓은 알밤 싸보낸 것이 생각할수록 분하고 원통했다. 그러나 봉수가 아무런 항의를 하든 소작땅 붙이는 것이 원수라는 말만 되풀이할 뿐 별로 하는 말이 없었다.

“소작?”

봉수의 머리 속에는 그 ‘소작’이란 낱말이 다부지게 박혀 일시도 떠날 줄을 몰랐다. 소작, 소작농——물론 내 땅이 아닌 남의 땅을 부친다는 사실을 알 만은 했었다. 아버지 첨지가 어찌어찌 하다 농토를 모리카미에게 넘겨주었기 때문에라는 사실은 짐작이 갔었다. 그러나 아무리 어린 봉수였지만 우울하고 서글펐다. 나무를 가서도, 배추밭에 벌레를 잡으면서도 지주인 모리카미의 그 오만한 태도가, 논배미에서 죽은 벼이삭을 뽑아 모리카미 앞에 들이밀고 모리카미를 기대와 불안에 뒤엉킨 눈으로 쳐다보던 아버지 첨지의 환상이 사라질 줄을 몰랐다. 아니 그처럼 소중히 모아놓은 굵고 잘 여문 알밤이 생각할수록 아까워 견딜 수가 없었다. 논둑에서 꼴을 베다가도 아무 데나 펄썩 주저앉아 거의 다 여문 메뚜기가 톡톡 튀는 것을 지켜보며 소작이란 낱말을 수없이 외워보았고 알밤을 눈앞에 그려보기에 꼴 벨 것을 잊고 있었다. 몇 번이나 바랭이풀 홰기를 뽑아서 손톱여물을 썰며 언제까지고 논둑에 앉아 있었다.

‘소작? 어째서 우리는 소작일까?’

이런 생각에 잠겨서——밤에도 오래도록 잠을 이루지 못하고 보이지도 않는 캄캄한 천장과 눈겨룸할 때가 번번이었다. 모리카미네 소작을 하지 않을 도리는 없는가 하고. 그래서 언제나 먼산을 쳐다보고 한숨 짓는 아버지 첨지를 웃는 얼굴로 해줄 수 없는가 하고, 항상 찌푸려만 있는 그 얼굴을 활짝 웃게 해줄 수는 없는가 하고, 머리를 쥐어뜯으며 생각을 짜보았다.

모리카미의 약탈 행위는 그 정도에만 그치는 것이 아니었다. 도조를 받아들일 때의 행패 또한 그렇게 악랄할 수가 없었다.

“도조는 언제고 깨끗하게 해와야 한다고 했지 않았소. 왜 또 이렇게 텁석하게 해왔소, 백상? 에?”

추수 후 도조를 싣고 가면, 엄연히 도조 받는 일꾼들이 여러 사람 있는데도 반드시 모리카미 자신이 직접 창고 앞에 와서 색대로 벼가마를 이놈저놈 찔러 빼보며 간섭을 했다.

“집에서 다시 개풍(改風)을 해왔는데 텁석다니요?”

“암만 개풍이 했어도 이렇게 나가는 게 많지 않쏘까 에, 백상? 아무튼 다시 부치게 하오, 알았쏘까?”

모리카미는 벼알을 한 주먹 공중에 날려보며 기오코 다시 한 번 풍구로 부치라는 것이었다. 집에서 풍석으로 정성껏 개풍을 했지만 성능 좋은 개량 풍구로 세게 부치면 웬만한 잔 여물들은 벼알까지도 평평 날아갔다. 그러다보니 도조는 언제나 모자라기로 마련이었다. 헌데 부족한 원인은 풍구로 부쳐서이기도 했지만 말질에서 골탕을 먹는 것이었다. 어떻게 담속담속 악착스럽게 되어 넘기는지 눈에서 생열이 나서 볼 수가 없었다. 아무리 읍내에서 말질에 뽑힌다는 덧니배기(모리카미네 일꾼)라고는 하지만 그 말질하는 수법이 그렇게 능숙하고 무자비할 수가 없었다. 수북이 쏟아놓은 볏더미에다 말(斗)을 푹 질러서 말을 일으켜 세울 때 한 손으로 벼를 꾹 누르며 말을 콕 굴러 세우는 솜씨도 번개같이 눈치챌 수 없는 솜씨였지만 일단 말을 세워놓은 다음 무려 네댓 번이나 끌어올려, 그냥 끌어올리기만 하는 것이 아니고 끌어올릴 때마다 누르기 때문에 실상 말 안에 보다 위에 오르는 벼가 더 많은 편이었다.

"저, 저 말질을 저렇게 하——참."

첨지는 덧니배기가 벼를 끌어올려 누를 때마다 안타까워서 이렇게 혼자 애가 달았지만 그 이상 대놓고는 한 마디도 못 했다. 이미 부족한 것은 뻔한 일인데 과연 얼마나 모자랄 것인가 하고 점점 줄어드는 볏더미를 어림잡아보며 가슴을 죄었다. 헌데 예상보다 부족량은 너무도 많았다. 한 가마에 한 말씩 다섯 말이나 모자라니 말이었다.

"도조를 왜 이렇게 많이 부족하게 가져왔소? 에——그럼 부족한 거 닷 말 언제 가져오겠소?"

응접실 문을 열어놓고 안락의자에 기대앉아 지켜보고 있던 모리카미는 입에서 상아 물부리를 뽑아들며 당장에서 독촉이었다.

"집에서는 꾹꾹 눌러 되구 가외루 두 되씩을 더 넣어왔는데 그렇게나 많이? 하——기것 참."

"하, 백 첨지상, 그런 말이 하면 뭐해. 되넌 거 백 첨지상도 잘 보지 않았소. 말은 다 같으지 우리 말이라고 더 크겠소? 벼를 너무 텁석하게 해와서 그렇지. 언제 가져오겠소?"

그러나 백 첨지의 귀에는 이미 모리카미 말은 들리지도 않았다. 집에 남은 양식을 다시 한 번 총괄적으로 따지어보기에 여념이 없었다.

'잡곡까지 전부 훑어먹어도 세전 양식도 안 되는데 …… 닷 말을 더 빼내면 어찌 한다? 그렇다고 안 낼 수는 없고. 설 쇠고서부터 장리를 먹어두 엄청난 빚인데. 아무래도 세전부터 장리곡은 먹을 수 없단 말야. 그러니 어떻게 …….'

"닷 말이 언제 가져오갔소? 왜 대답이가 없소, 에?"

"예? …… 아아 모자라는 거 닷 말 말씀여요?"

"하──몰라서 그라소?"

"그, 글쎄요, 어떻게 모리깨나리 좀 잘 봐주세요."

첨지는 본능적으로 허리를 굽실 뒤통수를 긁으며 말했다. 물론 어떤 의미에서 취한 태도인지 첨지 자신도 몰랐다. 가져오겠다고 할 수도, 그렇다고 못 가져오겠다고 할 수도 없어 답답해서 한 말이요 취한 태도일 뿐이었다.

"가부간 말을 해야 하지 않소, 에?"

"…… 글쎄요, 어떻게 하면 좋겠어요, 나리? 나리께서 좀 잘 봐주세요."

"하──백 첨지상, 이런 땐 정말 답답하단 말야. 가부간 말을 하고 봐달라야지, 에──."

"…… 아무래두 닷 말을 더 내면 당장에 곤란을 받겠단 말여요, 그래서 …… 하──참."

"하하하 …… 그럼 그렇다구 진작 말이를 해야지. 그럼 장리루 따져 보리 때 보리로 내든지 지금 벼 닷 말값을 싯가루 따져 빚으로 뉘든지 해야지. 에?"

"후──놓두룩 해주세요."

첨지는 나중에야 어찌 되었던 당장에 어느 쪽이든 결정을 지어 부담을 따안는 것이 무서워서 대답하고 싶지가 않았다. 물론 잠시 후에는 어떤 방법으로든지 부담이 지워질 줄 잘 알면서도 그 짧은 시간이라도 연장해보자는 심산인지도 몰랐다.

금융조합 빚 때문에 땅을 팔아야 했던 일생을 통해 잊을 수 없는 빚, 말하자면 채무는 생각만 해도 두려워서 결국 벼값을 보리로 환산해서 장리로 보리를 내기로 했다.

'보리 가을에 보리로 가마 반은 내야겠구먼.'

증서에 지장을 찍어주고 돌아서며 땅이 꺼지게 한숨을 쉬었다.

봉수와 같이 빈 길마 진 소를 한 마리씩 몰고 돌아서는 첨지의 발은 그렇게 무거울 수가 없었다. 그러나 발길이 무거운 것은 첨지가 아니고 봉수였다. 도조 신구 가서부터 증서에 도장을 찍어줄 때까지 하나도 빼놓지 않고 모든 현황을 지켜본 봉수였다. 물론 벼를 다시 풍구에 부칠 때, 닷말이나 모자라는 사실, 싸래기라도 몇 주먹은 나올 것이 아니냐면서 풍구에서 불려나온 쭉정이 벼를 알뜰하게 자루에 쓸어담는 첨지의 찌푸린 얼굴과 함께 그 심정은 그런대로 이해가 가는데 종이쪽에 지장을 찍어주고 돌아서서는 곧 울 듯한 첨지의 심정은 정말 알 듯 모를 듯 아리송하니 답답하기만 했다.

"아버지 뭐라구 지장을 찍어준 거야, 응?"

모리카미네 대문을 나서자마자 우선 궁금해 물었다. 그러면서 아직도 반 울상인 첨지의 얼굴을 꿰뚫었다.

"넌 알 거 움써, 어서 가자."

"닷 말 모자란거, 주지 말먼 되잖아. 아버지, 주지 마──."

"줘야 하는 거야."

안 주면 그만일 터인데 왜 줘야만 하는지 그래서 그 때문에 그렇게 속을 썩히는지 정말 알 수 없는 사연이었다. 첨지의 수심겨운 얼굴은 역겨워서 차마 볼 수가 없었다. 그럴수록이 말질하던 덧니배기가 죽이고 싶도록 밉기만 했다. 덧니를 허옇게 드러내고 연신 입을 씰룩대며 다섯 번 여섯 번 벼를 끌어올려 말질하던 덧니배기가──그 자식이 그렇게 벼를 모자라게 되지만 않았어도 아버지 첨지가 그렇게까지 속을 썩히지는 않을 것이 아니냐는 것이었다.

'힝──인제 내가 커서 장정되면 덧니배기 자식 그냥 둘 줄 알구.'

이런 다짐을 하며 빈약한 주먹을 힘껏 쥐어보는 어린 봉수였다. 그러나 그런 다짐만으로는 석연치 않은 감정이 좀처럼 풀리지를 않았다. 어떻게 하면 첨지의 울 듯한 얼굴에서 웃음을 볼 수 있는가 였다. 읍내를 벗어나

주막거리를 거쳐 읍내 이 부자네 낙엽송 밭을 가면서도 이런 저런 생각으로 우울하기만 했다.

"아버지?"

할미성재에 왔을 때 앞에 가던 봉수는, 쇠고삐를 당겨 잠깐 발길을 멈추고 돌아다보았다.

"왜야——."

"우리 모리깨네 땅 내놓지?"

"아니, 땅을 내놓자구? 너 무슨 소릴 하냐."

첨지는 눈을 크게 떠 보이며 봉수의 그 말에 곧 농토가 떨어지기라도 하는 듯이 깜짝 놀랐다.

"도조두 모자라게 되구…… 딴 사람 땅 얻어부치면 되잖아, 아버지."

"그, 그건 안 된다. 그렇게라두 부쳐 잡고 있다가 언젠가는 우리가 도로 사야 한다. 그 땅은 옛날부터 우리 땅였단 말이다. 그래서 우리가 꼭 도루 사야 한단 말이다. 너두 그것만은 잊어서는 안 된다. 안 되고 말고."

첨지는 거의 흥분된 어조로 내리 지껄였다.

"정말 우리가 도로 산단 말야? 그라면 경장 신나겠네, 아버지."

"아무렴 신나지. 틀림없이 우리가 살 거다, 허허——."

"야, 그럼 정말 신난다, 헤헤. 그런데 언제 사는 거야. 아버지?"

"인제 산다먼 그래쌓냐. 어서 가자, 이랴 저."

첨지는 봉수를 재촉하며 소 엉덩이에 회초리를 갈겼다.

"이려 이놈의 소. 빨리 가자, 배고프다."

봉수도 소 엉덩짝을 거듭 갈기며 몰아세웠다.

그날 밤 봉수는 덧니배기와 결투하는 꿈을 꾸었다.

다음 해에도 봉수는 참봉네 구장네 큰 암소를 일해주기로 얻어서 아버지와 같이 모리카미네로 도조를 싣고 갔었다. 그 다음 해에도—— 그런데 해를 거듭할수록 생활은 점점 어려워만 갔다. 모자라는 도조를 이자로 뉘고, 그것을 갚기 위해 다시 이자를 얻고 하니 자연 그러했다. 농토는 한정되어 있고 아이들은 커나고 세전 양식 걱정도 옛날 애기였다. 깊은 겨울도 되기 전부터 아침밥이라고 한 술씩 먹으면 늘 죽이었다. 첨지는 봉수를 끌고 부지런히 가마니도 짜고 수수집도 사다 비도 매서 팔고 상촌댁(첨지 아내)이 어우리 무명도 짜서 장에 내가고 했지만, 항상 장리곡 색갈이를 얻기 위해 구구리다툼질 면할 날이 없었다. 그런대로 가장 알찬 수입은 나무장사였는데 산감(山林係職員)들이 나무장산들 맘대로 하게 두느냔 말이다. 벌채 허가도 없는 나무를, 말하자면 도벌(盜伐)한 나무를 버젓이 집에다 쌓아놓을 수는 없기 때문에 후미진 산골짝에다 미리 해놓았다가 장에 내가는 것이 상례였지만 모두 훔쳐가는 바람에 그 짓도 할 수 없었고 결국 궁여지책으로 해질 녘에나 밤에 나무(장작)를 베어다 쪼개어 아궁이나 굴뚝에다 연기로 꺼멓게 그을려가지고 새벽같이 읍으로 지고 가야만 좁쌀 몇 되라도 사다 연명하는 실정이었다. 그러나 언제까지 그런 굶주림을 되풀이할 수만은 없는 처지였다. 결국 돈을 벌겠다고 집을 뛰쳐나가고 말았다. 공장 지대인 성진, 청진 등지를 해맸고 더 멀리 이역땅인 목단강, 하르빈 등지를 전전하며 돈을 벌어다 필생의 염원인 농토를 도로 사겠다고 헤매었으나 모두가 꿈에서 끝나고 말았다. 모진 노동으로 몸만 망쳐 가지고 삼 년만에 돌아온 그는 이어 세상을 떠나고 말았다.

"봉수야, 잘 알겠지. 꼭 찾아야 한다. 이 애비가 못 찾은 땅을 찾아야 한단 말이다, 부탁한다, 봉수야."

죽기 전 마지막으로 첨지가 부탁한 이 말은 날이 갈수록 봉수의 귀에 새로워갔다.

대동아 전쟁이 터지면서부터 왜놈들의 행패는 그렇게 간악 잔인할 수가 없었다. 무엇을 그렇게 내라는지 몰랐다. 공출을 내라, 보국대를 가거라, 전쟁 초기에만도 기껏 이 정도였는데 점점 전쟁 시세가 오르면서부터는 정말 내라는 것도 많기도 했다. 개가죽을 내라, 돼지가죽을 한 동네서 몇 장 바쳐라 하는가 하면 놋그릇, 소두방을 거두어갔고 심지어 흙정쇠 닮은 것, 대꼬바리, 요강, 대야 등 쇠붙이란 쇠붙이는 알뜰하게 뺏아갔고 양곡 공출도 보리, 벼뿐만이 아니고 목화, 심지어는 아주까리까지 알뜰하게 훑어가는 것이었다. 그 중에도 가장 큰 문제가 먹고 사는 식량 공출 문제임은 두 말 할 것도 없었다. 실에 있어 도조만 바치고 살던 때는 그야말로 태평성세였다. 매년 가을만 되면 홍역보다도, 마마보다도 더 무서운 것은 식량 공출이었다. 그것도 정낭한 값이라도 주고 뺏아간다면 또 모르겠는데, 완전 공짜로 무조건 내라는 것이었다. 농사만 지어놓으면 소위 실태 조사라는 것이 지주들의 답품에 비할 바가 아니었다. 벼가 누렇게 결실을 하게 되면 면 산업계(産業係)직원이 한 평 재는 자를 가지고 나와서 골짝골짝 다니며 상·중·하별로 쓰보가리(坪メ)를 하는데 그렇게 치밀할 수가 없었다. 바로 쓰보가리 그것이 공출 할당의 기본 조사가 되어 일단 공출(供出) 고지서가 배부되면 이유 여하를 막론하고 내야만 배기는 것이었다. 어느 때는 쓰보가리 착오든 사무 착오든 실수확량보다 공출 수량이 더 나오는 경우도 없지 않았다. 그러한 경우에도 일단 수량이 고지서에 적혀 배부된 후에는(집에 있는 벼를 다 내고 그래도 부족할 경우) 빚을 얻든 있는 집에 가 장리벼라도 얻어서 내야지 이유나 사정은 전연 먹히지 않는 것이 소위 공출이었다. 성스러운 대동아 전쟁을 이기기 위해서는 대동아공영권(大東亞共榮圈)을 건설하기 위해서는 군말 말고 내야 한다는 것이었다. 만일 불응할 경우 지서에 끌려가 마루방 꿇림을 톡톡히 당하고서 결국 강제로 약탈당하는 것이 바로 공출이었다. 황국 신민의 지당한 의무라는 것이었다.

"없으니까 못 내지, 있으면 왜 안 내겠어요, 정말 없단 말여요."

몇 번째 찾아와 공출 미수량 한 가마를 마저 내라고 조르는 구장에게 봉수는 언제나 같은 대답이었다.

"글쎄 이 사람아, 자네한테 그 얘길 듣자고 온 게 아니란 말야. 꼭 내야 하기 때문에 벼를 내라고 온 거야."

구장도 자기 입장을 분명히 말했다.

"글쎄요, 구장어른, 그 얘기가 그 얘긴데 벼가 있어야 내는 게지 없는 것을 어떻게 내란 말씀여요. 정말 답답하시네요. 안 밴 애를 나라는 게지, 없는 것을 어떻게 내요. 정말 없어요."

"진짜 누가 답답한지 모르겠네. 이 사람 시국이 어떤 시국인가, 그걸 이해하야지 전시란 말야, 전시 …… 전쟁을 하는 군대들이 먹을 공출을 안 내고 되겠냔 말일세. 당국 알지? 당국의 절대한 명령이란 말야, 이 사람아. 내면 낼 수 있단 말야."

"대관절 구장 양반, 어떻게 해서 낼 수 있단 말여요? 뻔하잖어요, 우리 농사. 그까짓것 가지구 도조 주구 공출 다섯 가마 냈으면 무슨 벼가 또 남았겠어요? 정말 너무하시잖어요."

"나더러 너무한다구? 하——이런 사람…… 아니 자네가 벼를 내면 내가 먹는 겐가 응? 나두 자네가 안 내구 굶지 않고 살면 얼마나 좋겠나. 구장이 어떤 일이 있어두 책임지고 받아내라니까 이러는 걸세. 어제부터 면 담당 서기가 와서 볶아치니 낸들 어떻게 하겠나. 뭐, 날더러 너무한다구? 당장 먹는 쌀이라두 긁어내라고. 저러구들 박혀 있으니 나는 어쩌냔 말야. 별말 말구 내놓게."

"없어서 못 낸다는데 왜 이러실까요?"

"그럼, 난 사실대로 면서기한테 애길할 수밖에 없으니 나중에 무슨 일이 있어도 아예 내 원망 말게."

"그렇게 하세요. 모가질 빼가도 없는 걸 면서기 아니라 면서기 할아버지는 어찌겠어요."

"하——이런 투미한 사람. 그래두 나는 동네지간에서 구장 입장에서 그럴 수가 없어 몇 번씩 다니며 사정하는 줄 모르고, 하여간 원망이나 말게."

"여부가 있어요."

이렇게 큰소리는 쳤으나 구장을 돌려보내고 생각하니 마음이 켕기지 않는 것도 아니었다. 초가을부터 초련 양식 찧는 김에 절구방아에다(공출 내기 전에는 어느 방아고 딱지를 붙여 못 찧게 했다.) 쌀 몇 말 찧어놓은 것도 있었지만 벼도 한 가마 넘겨 있었으니 말이었다. 작년만 해도 정 없다고 뻗는 사람들은 그대로 넘겼는데 정말 웬일인지 몰랐다. 난리끔〔戰況〕이 바짝 쇘다더니 그래서인 것 같았다. 봉수는 그날 밤에 큰아들 상쇠를 데리고 벼와 쌀을 헛간을 파고 독을 묻고 땅 속에 묻어버렸다. 만일 면서기가 나와서 뒤지면 큰일이라고 너저분한 잡곡이 약간 있고 양식이라고는 전부 그것뿐이었기 때문에 정말 목을 빼가도 내놓을 수 없는 실정이었다. 동네 사람이라도 알게 되어 소문이 나게 되면 안 되기 때문에 한밤 중에 삽짝을 단단히 걸어잠그고 어둠 속에서 귀신도 몰래 쌀을 묻어야 했었다. 헌데 파내놓은 흙을 표 안 나게 치운다고는 했어도 아무래도 묻은 자리가 감쪽같지를 않았다. 결국 상쇠 제안대로 헛간에다 물거리나무를 잔뜩 들여쌓았다. 상쇠는 나뭇단을 나르고 봉수는 받아 쌓고——나뭇단을 다 쌓고 뒷갈머리를 할 때는 날이 훤히 밝아오고 있었다.

봉수는 자기 아버지 첨지와는 달랐다. 성격부터 강직하고 그악스러웠지만 첨지처럼 무조건 양보는 하지 않았다. 근면하고 노력하는 데도 죽은 첨지에 비할 바가 아니게 거의 자신을 돌보지 않고 발버둥을 쳤었다. 필생의 염원인 왜놈에게 넘어간 농토를 찾지 못하고 죽은 아버지의 유언대로 자기만은 기필코 농토를 찾고야 말겠다고 소작의 설움을 면해보겠다고 있는 노력을 아끼지 않았었다. 나이가 많아지고 장가를 들고 자식들이 한둘 생기면서부터 그의 결심은 점점 더해갔었다. 자식들에게만은 자신과 같은 불행을 주어서는 안 된다는 것이었다. 해서 안 되는 일이 있겠느냐고 악착같이, 그러나 끈질기게 물고 늘어졌었다. 두 푼을 벌고 한 푼만 쓰면 결국 농토를 찾을 것이 아니냐는 것이었다.

새벽같이 일어나 어둡도록 전답에서 괭이를 들고 흙과 더불어 싸운다는 것은 웬만한 농부라면 으레 취하는 행동이었지만 봉수의 경우는 그 정도에 그치지를 않았다. 차라리 발광한 사람 같았다.

"허허——이 여펜네가 넋이 나갔나, 환장을 했나? 우리 형편에 저녁밥 해먹게 됐냔 말야, 엇?"

어쩌다 한 번 저녁에 밥을 지으면 발을 굴러가며 눈을 부릅뜨고 밤골댁(아내)을 집어삼킬 듯이 소리소리 지르는 봉수였다.

"오늘 가래질했다구 모처럼 밥 했구먼 왜 이럴까?"

"헤헤 참, 별 주제넘은 여펜네 다 보겠네. 대간했으면 일 한 내가 대간했지 제 년이 대간했남 엇? 어느 놈은 밥 먹구 싶지 죽 먹고 싶은 놈 있냔 말야. 허지만 우리 형편에 밥이 다 뭐냔 말야. 어떤 일이 있어도 저녁에 죽 끓이라고 했음 서방이 시키는 대로 죽얼 끓일 일이지, 왜 주책없이 밥 하랬어? 사내가 암만 살라고 발버둥치면 뭘 하냐구. 여펜네가 살림을 저 지랄루 하면 평생 고생여 평생, 엇!"

"글쎄, 내가 먹자고 한 게 아니란 말야, 좀. 대간한 일한 자기 위해서 모처럼 저녁밥 한 게 뭐이 잘못이라구 또 극성일까——."

 "저저저, 여펜네 하는 소리라니······ 날 위하는 게 아니고 이놈 신셀 사그리 망치는 게란 말야, 알겠어? 이 맹추같은 여펜네야."
 "예, 알겠어요. 알겠어. 그렇다면 걱정 말라구요. 앞으루는 얼굴이 비치는 멀뚝한 죽이나 끓여줄 테니요······ 원 세상에 사람이 눈만 뜨면 먹고 입고 살자구 발버둥치넌 건디 어쩌자구 저렇게 극성스럽게 사람을 달달 볶아 댄냐? 극성 패가란 말야······ 정녕 도깨비라두 들리지 않구서야 그렇게 극성을 부리겠냐구."
 "오늘만 잘 먹구 낼 굶으면 어쩔 거야, 엇? 당장은 굶주리더래두 앞으루 밥먹구 살 생각을 해야지, 앞으루 말야. 커나는 자식들을 먹여 살려야 할 꺼 아냐 잉?"
 "걱정 마, 걱정 말라구요······ 인잔 아침 저녁 삼시 세끼 멀건 나물죽이나 끓여줄 테니."
 "헤헤헤······ 맞었어, 옳은 말야. 내가 바라는 건 바로 그거란 말야. 아무렴 여펜네가 알뜰해야지 헤헤헤······."
 가난과 천대의 바탕인 소작을 면하기 위해서는 먹어서 배불릴 생각은 아예 말고 튼튼한 허리끈을 졸라매고 버티어보자는 신념이었다. 비바람이 문제가 아니었고 오뉴월 폭양도 아랑곳없었다. 자기 혼자만이 아니고 허구헌 날 아내를, 어린 아이들 삼형제를 끌고 다니며 전답의 돌을 주워내고 풀을 뽑고 파 일구고 나무뿌리를, 띠바랭이를 잡고 아귀싸움을 벌였었다. 농번기에만 한한 것이 아니었다. 추석, 설날을 제외한 연중 무휴였다. 새끼 꼬는 짚도 제대로 먹이지 못하는 어린 아이들에게는 새끼를 꼬게 했고 봉수는 밤골댁과 같이 긴긴 겨울밤을 밝히다시피 가마니 짜기를, 멱가리 틀기를 게을리하지 않았다.
 "대체 바늘대질을 하는 거야, 지랄을 하는 거야? 정말 홰정스러워 그놈의 꼴 못 보겠네."
 밤골댁이 지르는 바늘대가 거듭 빗나가자 봉수는 눈이 가재미 눈처럼 돌아가며 짜증을 냈다.
 "글쎄, 암만 조심을 해두 그런 걸 어쩐다. 가마니구 뭐구 졸려 죽겠단 말야."

“졸리긴 넨장 잠으로 뭉쳐났나, 어찌된 게 맨날 졸린다?”

“닭 두 홰 울었단 말야. 제발 그만 자잔 말야, 좀.”

밤골댁은 자꾸만 내려감기는 눈을 억지로 비집으며 차라리 애원이었다.

“어따나, 그 여펜네 잠 좋아하네. 암만 그래두 오늘밤에 요놈은 떼내구(다 짜내고)야 잔단 말야. 그래야 낼 아침나절 한 닢 더 치구 해서 두 죽(二〇枚)아구가 찬단 말야. 그래야 낼 저녁나절부터 밤까지 꿰매서 모레 공판에 내가게 될 거 아냐. 잔소리 암만 해야 가마니 안 쳐질 테니 정신 바짝 차리고 빨랑 질러. 허——어서 질르라는데 이러구 있을까?”

“두 죽 못 가져가면 열아홉 개만 가져가면 될 거 아냐 사람 좀 살리느라 자자구. 졸리구 대간하구 사람 똑 죽겠구먼, 아유 참.”

“글쎄, 암만 그래두 하날이 두 쪽 나두 오늘밤에 요놈언 떼여내야 한대두 그렇게 말이 많을까, 어서 질러.”

밤골댁은 할 수 없이 다시 바늘대질을 시작했다. 두 눈을 번갈아 몇 번 문지르고 머리를 쓸어넘기고 자리를 고쳐앉으며 바늘대 끝에 짚을 먹여 바디를 스쳐가며 지르기 시작했다.

“아야야…… 아쿠 이 여펜네가 사람 잡네. 아니 가마니 치기 싫으면 그냥 말지 어쩔라고 남의 손등은 또 까는 거야, 벌써 몇 번째냐구?”

바늘대가 또 빗나가 바디 잡은 봉수의 손등을 찔렀던 것이다.

“정말 어쨪야? 아니 많이 아픈 게여?”

밤골댁은 눈을 동그랗게 뜨고 봉수의 상처에서 눈을 떼지 않았다.

“글쎄, 이 여펜네야, 눈을 뜨구서 바늘대질을 해야지 눈을 사그리 감고서 무슨 바늘대질을 하난 말야, 제발 눈좀 똑바로 뜨고 한참만 질르란 말야, 눈을 뜨고서.”

“암만 정신을 바짝 채려두 그놈의 눈깔이 자꾸만 감기잖아.”

“헤헷 참, 그러기 내 진즉부텀 뭐라구 했냔 말야. 그렇게 눈깔이 소견없이 자꾸 감길 땐 고춧가루를 물에 풀어 곁에다 놓구서 연신 그 물을 발르라고 하잖았어 응……, 모르면 시키는 대로 말이나 들어야지. 이 바보 같은 여펜네야, 끌끌.”

“고춧가루 물을 눈두덩에 바르니까 눈깔이 매워 견딜 수가 없더란 말야,

이 미련뚝배기 같은 이야."

"눈깔이 지독하게 매워야 잠이 달아날 게 아냐. 그래야 가마니를 짤 게 아니냐구."

밤골댁의 여하한 사정도 항의도 통하지 않았다. 심지어 밤골댁 넓적다리를 무시로 꼬집어가면서도 밤을 새워 계획대로 다 짜고야 마는 봉수였다. 밤골댁에뿐만이 아니었다. 아이들에게도 역연한 태도였다. 일단 명령된 대로 하룻밤에 가마니 날 새끼 한 닢 내기면 한 닢, 두 닢 내기면 두 닢 내기를 어김없이 꼬아놓아야지 만일 이행치 않는 경우에는 무자비한 불호령이 떨어지는 것이었다. 잔인하리만큼 큰 손으로 후려갈기는 것이었다. 그렇게 잔인하게 때리고는 자기 대로 가슴이 아파서 눈물을 닦는 봉수였다.

"어쩌면 이 애비 심정을 그렇게 모르냔 말이다. 우리도 놈들의 소작을 면해야 할 게 아니냔 말이다. 버젓하게 내 땅을 갈아 씨를 뿌리고 살잔 말이다. 에이 철없는 자식들."

하고 여러 해 묵은 닭발같이 험한 손등으로 눈물을 찍어내는 그였다. 목적을 위해서는 아예 상대방의 의사 같은 것을 들을 필요도 없다는 것이었다.

그런가 하면 그와 같이 밤을 새워 가마니를 짜고도 (눈을 붙여 보지도 않고서) 하루도 거르지 않고 보리밭 분전만은 두 장군씩 어김없이 져내는 그였다. 그렇다고 몹시 추운 날이나 눈이 내리는 날, 말하자면 분전 못 하는 날이라고 해서 집에서 쇠죽이나 끓이고 눈이나 쓸고 어름대는 그가 아니었다. 그런 날이면 더 새벽같이 신바람이 나서 일어나는 것이었다. 이십 리나 되는 읍내로 나무를 팔러가는 것이었다. (연탄이 없었으니까) 그처럼 날씨가 혹독스럽게 차고 또 눈이 내리는 날은 다른 나무장수들이 가지를 않기 때문에 나무를 지고만 가면 비싼 값으로 쉽게 팔리기 때문이었다. 물론 아침도 먹지 않고 캄캄한 새벽에 푹푹 정강이까지 빠지는 눈 속을 엎드러지며 고꾸라지면서도 정말 신바람이 나는 그였다. 어느 때는 읍내를 가도 날이 밝지 않은 때가 허다했다. 육체의 노력이 가중되면 될수록 그만큼 사는 보람도 있었다. 가난을 면하기 위해서는, 학대받고 서러운 소작을 면하기 위해서는 너무나 지당한 행위가 아니냐는 것이었다.

그렇게 해서 얻은 돈, 말하자면 가마니를 팔고 나무를 판 돈은 꼭꼭 뭉쳐서 주머니 속에서 곰팡이가 피었고 녹이 슬었다. 그런 작은 돈이지만 시일이 지나면 목돈이 되었고 그것은 돼지가 되었고 돼지는 소로 변하고 했었다. 춘궁에 그렇게 고생스러우면서도 불가피한 때가 아닌 경우 좀처럼 돈 내놓는 일이 없었다. 언젠가는 모리카미에게 넘어간 농토를 도로 사야 한다고 —— 그랬었는데 대동아 전쟁이 터질 줄이야 미처 알기나 했느냔 말이었다. 그렇게 지독하게 쥐어짜는데도 공출을 빼앗기면서부터는 점점 차질이 생기게 되었다. 동네 여론도 있고 해서 어쩔 수 없이 공출 네 가마 낸 것도 생각할수록 속이 쓰린데 나머지 한 가마를 마저 내라고 하니 당치도 않은 얘기였다. 벼가 한 가마면 봄판에 두 달을 연명할 양식이었다.

"벼 한 가마니마저 내라고 힝, 어림도 없는 수작."

봉수는 중얼거리며 헛간에 벼 묻고 나무 쌓아놓은 것을 물끄러미 지켜보고 있었다.

헌데 들려오던 소문과 같이 이틀 후에 동네는 발칵 뒤집히고 말았다. 공출 못 낸 집들을 샅샅이 뒤지는 소동이 벌어졌던 것이다. 면 농사계 직원 두 사람, 군 산업과 직원, 지서 순사까지 떼지어 나와 구장 반장 등을 앞세우고 다니며 생벼락들이었다. 모두 국방색 국민복에 전투모에 각반들을 날렵하게 치고 저저이 쇠꼬챙이들을 짚고 그 기세등등함은 보기만도 섬뜩했다. 군(郡)에서 온 사람은 장부를 들고 반장 몇 사람은 곡괭이, 삽을 들고 따라다니며 쇠꼬챙이로 닥치는 대로 쑤시고 파보고 하는 것이었다. 동네 사람들은 불시의 소동에 어리둥절 해가지고 저마다 가슴을 죄었다. 울타리 틈으로 담 너머로 그들의 행동을 주시하며 숙덕거렸다. 조무래기녀석들은 무슨 큰 구경거리라도 되는 듯이 좁은 고샅을 구구리 달음질로 몰려들어 놀라운 시선으로 양복쟁이들의 아래위를, 순사의 칼을 지켜보며 소곤거리고, 개들이 짖어대고 일대 혼란이 벌어졌다. 대상에 걸린 집에 떼지어 들어가서는 닥치는 대로였다. 성주나락이고 숟나락이고 터줏단지 벼고 상관없었다. 심지어 씨나락 오쟁이까지 깡그리 들추어냈다. 그래도 부족할 경우 숨길 만한 곳이라면 어디고 쇠꼬챙이로 쑤시고 파보고 했다.

샘골로 가을갈이[秋耕]갔던 봉수는 숨이 차게 달려온 중쇠한테 이 놀라운 소식을 전해듣고 흙정이 지게도 버려둔 채 흙발도 대충 씻는 둥 마는 둥

하고 한걸음에 집으로 달려갔다. 동네에 들어서자마자 집으로도 가지 않고 사람들이 몰려 웅성대는 웃말로 발길을 옮겼다. 마침 장손네 집에서 북새통이 벌어지고 있었다. 봉수는 숨을 죽이고 담 너머로 눈만 내놓았다. 순사는 마당 가운데 떡 버티어 서 있고 네댓 사람 양복쟁이들은 뒤켠으로, 부엌으로, 헛간으로 설레바리를 치며 뒤지고 돌아다녔다. 그 발걸음들이 어쩌면 그렇게 신바람이 나는지 몰랐다. 추녀 밑에 세운 집동이 나동그라지고 담 밑에 가려놓은 낟가리가 쇠꼬챙이에 초죽음 당하고, 새끼로 꽁꽁묶어 시렁에 얹혀 있던 오쟁이가, 자그만 둥구미가 마당으로 날아오고 집 안은 온통 수라장이었다.

"아이구 나리들, 이건 이건 안 된단 말여요. 이월 나락여요. 영동 할머니 위하는 나락이란 말여요."

장손이 어머니 뱃골댁은 마당에 나동그라진 서너 말이나 될까 싶은 이월 벼 둥구미를 부여잡으며 사정을 했다.

"영동 할머니가 다 뭐요. 공출을 내고 전쟁 이기라고 천조대신(天照大神)만 잘 위하면 된단 말여요, 놓세요."

면서기는 냉정하게 뺏으며 우쭐해보였다.

"그렇지만 매년 위하는 영동 할머니를 안 위하면 어쩌난 말여요, 나리 이것만은 이것만은 안 된단 말여요."

뱃골댁은 울 듯한 얼굴로 벼 둥구미에 매달렸으나 공연한 수고였다. 벼 둥구미는 이미 반장의 지게에 지워지고 있었다.

"이따 이장 댁에 와서 수량이나 확인하란 말여요."

마치 불한당 쳐들어온 광경이었다. 봉수는 공연히 가슴이 울렁거렸다. 헛간에 숨겨 묻은 벼를 생각하며 냉큼 집으로 달려왔다. 집에 들어서자마자 헛간에 쌓여 있는 나무부터 쓱 둘러보았다.

'설마 이 속에 벼 묻은 줄이야……'

생각하며 아무렇지도 않은 나뭇가지를 몇 군데 손보는 척했다. 그러고 태연한 자세로 햇볕이 따뜻한 외양간 앞뜰에 와 동그마니 앉았다. 쌈지를 꺼내 담배를 한 대 피워 물었다. 그런데 왠지 초조하고 불안해 견딜 수가 없었다. 그러지 말고 좀 침착하자 하면서도 자꾸만 그러했다. 결국은 자리에서 일어났다. 맹판 마당을 어싯거렸다. 돼지막을 들여다보고 북더기를 넣어주는 척 굴뚝 모퉁이도 기웃해보고 부엌 모퉁이도 둘러보고 했다. 그러나 역시 마음이 가라앉지를 않았다. 얼마간을 더 마당을 거닐다가 자기 방인 사랑방으로 들어왔다. 방에 가서 진중하니 앉아 있는 것이 마땅한 태도라고 생각되었기 때문이었다 대통을 댓돌에 털어보고 철사 꼬챙이로 대통을 후벼보고 했다. 그러는데도 어쩌자고 들썽해지기만 하는지 몰랐다. 방금 전에 피웠기 때문에 별로 피울 생각도 없는 담배를 피워 물기 위해 대통에다 담배를 오깃자깃 담았다. 웬 거미 한 마리가 천장에서 죽 내려오더니 봉쇠 눈앞에 와 딱 멈추었다. 올라가지도 더 내려가지도 않고 대롱거리고 있었다. 순간 야릇한 생각이 머리 한 귀퉁이에서 피어올랐다. 거미의 행동이 당장 닥쳐올 숨긴 벼에 대한 결과가 결정되는 것이라고——거미가 줄을 타고 다시 올라가면 숨긴 벼가 발각되지 않고 무사한 것이고 땅바닥으로 떨어질 때에는 불리한 징조라는 생각이었다. 과연 거미가 어떠한 행동을 취할 것인가 싶어 자못 초조하기까지 했다.

 '올라갈 것인가, 내려갈 것인가?'

 순간의 심정은 심오한 종교이기까지 했다. 과연 거미는 용케도 보이지도 않는 줄을 타고 기어올라가는 것이었다. 그것을 놓치지 않고 에누리없이 지켜보았다. 떨어지지 말기를 안타까이 바라며——천장에까지 오른 거미는 저의 안식처인 듯한 지네발나무 곁에 가 자세를 멈추었다.

 "그러면 그렇지 허——허."

 적이 안도의 숨마저 몰아쉬었다. 그러나 실은 거미가 제대로 기어오른 것이 아니고 봉수가 입으로 확 불었기 때문이었다. 그러나 봉수는 거미가 저절로 오른 것이지 절대 분 것이 아니라고 부인하기에 애가 쓰였다.

 너무 무료해서 세끼리도 꼴까 생각하고 윗목 구석에 세워둔 쓰다 남은 짚으로 시선을 보냈으나 그만두고 밖으로 나오고 말았다. 역시 양지바른 외양간 앞에 가 동그마니 쪼그리고 앉았다.

 "그런데 워쩐다 우린——종팔네는 터줏단지벼두 가져가구 오성이네는 사랑 부엌 바닥에 묻은 쌀 몇 말을 쇠꼬쟁이루 쑤셔 밝혀냈단 말야."

 언제 들어왔는지 밤골댁이 곁에 와 서서 숨을 되채지 못하며 재빨리 지껄이는 것이었다.

"어따 그 여펜네 마당 터진 데 솔뿌리 걱정 되게는 하구 다니네. 우리가 뭐 어떻다구 얘기야?"

"헛간을 그냥 둘까 모르겠단 말여."

"헛간이 어떻다구 얘기야. 다 문제없게 돼 있단 말야. 괜히 놈들 떼져 들어오더라두 흘끔흘끔 헛간 보지 말구 방에 가 가만 앉았기만 해."

이렇게 말하면서도 봉수의 시선은 쉴새없이 헛간 나무더미로만 쏠렸다. 밤골댁 시선도 역시 그곳에 박혀 있고.

"핫 나 참, 헛간좀 자꾸 보지 말라는데 주책을 떨구 있을까."

"지끔이야 아무려면 어때…… 그럼 자기는 왜 자꾸만 헛간을 보구 있어."

"허허, 왜 이렇게 말이 많을까. 보지 말라면 보지 말지……."

밤골댁이 보는 것도 그렇게 불안할 수가 없었다. 그러면서도 여전히 헛간만 보고 있는 봉수였다.

이때 마침 우——떼져 들어오는 발짝 소리가 호들갑스럽게 들려왔다.

'이크, 결국 몰려오는고나——.'

봉수는 가슴이 덜컥 내려 앉았다. 그러나 너무나 태연한 심정과 자세로 담뱃불이 붙어 있는 대통에다 성냥을 켜대고 있었다. 얼마나 호기있게 기광을 부리며 몰려오는가, 그렇게 삽짝께를 보고 싶었지만 그 심정을 애써 견제하며 이중으로 담배불만 켜기에 골몰한 척 했다.

"아버지 지금 오성이네 집에서 나왔단 말야, 인자 우리 집에 올 참야."

쿵쾅대며 달려들어온 것은 중쇠와 끝쇠(돌쇠의 본명)였다.

"아따, 이 자식들이 왜 이렇게 설레받이를 치고 다닐까."

약간의 실망도 없지 않았으나(쇠꼬챙이 패거리가 아니어서) 그러나 냉큼 다행스러워서 침착하니 고개를 돌리며 말했다.

"글쎄 우리 집에 온단 말야. 아버지——."

끝쇠란 놈이 허옇게 나온 방앗공이 같은 두 줄기 코를 저고리 소매로 쓱 문지르며 공로 자랑이라도 하는 듯이 봉수 앞으로 다가서며 나불댔다.

"짜식아, 주둥이 닥쳐…… 그 사람덜 오더라도 죽치고 한구석에 처박혀 있으란 말야! 중쇠 너두.”

봉수의 이 말이 미처 떨어지기도 전에 쇠꼬챙이 패거리가 기세 등등하게 삽짝이 미어지게 몰려들었다. 정말 많기도 했다. 관청패들 오륙 명 말고도 구장 반장이 대여섯 명, 진흥회장 구구장 유지 몇 사람까지, 아무튼 마당이 빡빡했다. 구경꾼 아이들까지——.

“에또, 당신이 백봉수요?”

구장이 무어라고 하자 군서기는 장부를 들여다보는 척 하며 봉수 앞으로 다가섰다.

“예, 내가 백봉수(白奉守)요.”

“왜 공출 한 가마 안 냈소?”

군직원이 냉연한 어투로 말하며 아래위를 쓱 재어보며 표정으로 위협을 주었다. 그러자 순사가 칼을 덜컥대며 다가섰고 면직원 구장 반장 몇 사람이 삥 둘러섰다. 마치 옛날 애기에서나 들었던 염라대왕에서 나온 사자들 같다고나 할는지——.

“안 낸 게 아니고 못 냈죠, 예.”

“못 내다니?”

“없으니까 못 냈지요. 있으면사 내야 하구 말구, 여부가 있어요.”

“여러 말 할 것 없고 한 가마 남은 것 내겠소, 못 내겠소?”

“말씀 드리잖아요, 없어서 못 낸다고.”

봉수는 자신도 모를 만큼 의외로 대담했고 말소리도 으젓했다.

“잔말 말고 내겠어 못 내겠어? 양단간 대답만 해.”

“없는 걸 어떻게 내요?”

“좋아, 그럼 집을 뒤져볼 테니 그리 알란 말야.”

“아, 여부가 있어요, 뒤져보셔야죠.”

꼬챙이 떼거리들은 일제히 확 흩어져 뒤지기 시작했다. 우선적으로 으슥하고 후미진 구석구석을 샅샅이 들추는 것이었다. 광의 독개그릇 항아리는 물론이고 방의 벽장 다락, 장독대까지 모조리 열어보고 김치 항아리도 꼬챙이로 쑤셔보고 다시 잿간 헛간 등을 홰에 오르려는 닭처럼 고개를 갸웃거려가며 이잡듯이 뒤졌다. 그렇게 일단계적으로 색출전을 한 연후에는 진짜 쇠꼬챙이 행사가 시작되는 것이었다. 짚동 여물통 낟가리 외양 짚더미를 팍팍 쑤시고 다니는 것이었다. 아니 부엌 바닥 나뭇짐을 떠 넘기고 그 밑 땅바닥을 마루 밑까지 정말 알뜰하게들도 쑤시고 굴러보고 파보고들 했다.

그러거나 말거나 봉수는 여전히 외양 앞에 동그마니 쪼그리고 앉아 담배만 풀썩풀썩, 그렇게 태연할 수가 없었다. 그러나 실은 태연한 것이 아니었다. 벌써부터 한 놈이 헛간 앞에서 나무더미를 살펴보고 헛간 천장도 갸웃거리고 그러다가는 쌓인 나무를 손으로 흔들어도 보고 몇 단 치켜올려보기도 하고 있으니 말이었다. 그러거나 말거나 봉수는 시선을 딴 데 두고 있었다. 일체 나무 헛간을 보아서는 안 된다고——그러나 실은 곁눈으로 줄곧 헛간 앞에서 갸웃대는 놈을 노리고 있었다. 그저 생각 같아서는, 아니 소리도 표적도 없이 그놈을 죽여버리는 재주를 타고나지 못한 자신이 오직 한스럽기만 했다. 어쩌면 그렇게 깐깐하게 갸웃거리느냔 말이었다. 고놈이 다른 놈도 아닌 여름에 모심을 때 줄모〔正條植〕 안 심었다고 심은 지 며칠 된 모를 달려들어 마구 밟던 놈인 동시에 목화밭 가에 심은 무성한 팥과 수수를 말짱 뽑아내던 바로 고놈이었다. (당시 군용품인 목화에 지장을 준다고 한 대궁도 딴 곡식 간작은 못 하게 했다.) 얼마간을 그렇게 살펴보던 면서기가 굴뚝 모퉁이로 돌아가는데는 정말 춤이라도 출 것 같았다. 봉수는 제법 먼 거리에 있는 사람들까지도 알아들을 만큼 큰 안도의 숨을 몰아쉬었다.

'옳지, 인자 살았다. 히히히…….'

이런 생각을 하며 자리에서 벌떡 일어나 구유에 먹다 남은 찌꺼기를 치는 척 외양간에 북더기를 넣는 척했다. 그랬는데 어느 결에 꼬챙이를 든 한 녀석이 쇠외양간으로 달려들더니 외양바닥을 마구 쑤셔보는 것이었다. 발로 굴러도 보고——그 정도로는 미심쩍다는 듯이,

"어이 곡괭이 한 사람 이리 와——."

하고 소리를 쳤다. 이랫말 삼반장이 달려왔다.

"북더기 걷어치고 몇 군데 파봐……."

명령 조였다. 그런데 봉수는 외양 파는 패들을 보는 게 아니고 벌써부터 가슴을 할딱이며 헛간에 시선을 박고 있었다. 방금 전에 굴뚝 모퉁이로 돌아간 고 악발이 같은 서기녀석이 반장 두 사람을 끌고 와서 헛간에 쌓여 있

는 나뭇단을 내려놓고 있기 때문이었다. 시작하는 품이 하다 말 자세는 아
니었다.

'흠 결국 냄새를 맡았구나⋯⋯.'

봉수는 정면으로 똑바로 지켜보고 있었다. 순간 욱 치미는 그 무엇과 함
께 전신이 뜨거워움을 느꼈다. 그러나 이어 맥이 쏙 빠지고 말았다. 물거리
다발이 한 단 한 단 줄어들어가는 것을 차마 지켜볼 수가 없어 미친 듯 벌
떡 일어나 굴뚝 모퉁이로 달아나버리고 말았다. 멍청히 먼산으로 시선을
보낸 채 그러고 서 있었다. 언제까지나 떠들썩하니 웅성대는 소리가 들렸
고 이어 괴성 탄성이 터졌으나 이미 마음의 각오가 선 이상 도리어 태연한
심정이었다. 벼를 빼앗긴다는 사실, 긴 겨울을 먹고 살 걱정만이 집요할 뿐
아무런 딴 생각을 없었다.

"자식아, 없어서 못 낸다고 했지?"

호통소리와 함께 눈에서 개똥불이 번쩍했다. 그제서야 봉수는 누군가에
서 끌려나와 헛간 앞에 서 있는 자신을 발견했다.

"⋯⋯."

봉수는 대답 대신 주위를 둘러보았다. 헛간에서는 반장들이 벼를 퍼내고
여러 사람들이 자신을 둘러싸고 있었다.

"왜 대답이 없어, 자식아 엇. 너 같은 놈은 황국신민(皇國臣民)이 아닌 비
국민이란 말야, 에잇 키사마."

다시 순사의 주먹이 보기 좋게 귀빰을 후려갈겼다. 어금니가 얼얼했고
난박에 입에서 피가 흘렀나.

"어린 자식들하고 목구멍에 풀칠이라도 하자고 내 손으로 지은 곡식을
감춘 게 무슨 큰 죄란 말요?"

봉수는 피 섞인 침을 뱉으며 말했다. 똑바로 순사를 마주보며 으젓한 자
세를 취했다.

"뭣이라구? 네가 지은 농사 감춘 게 무슨 죄냐고? 자식이 잘못을 반성
하는 게 아니고 무슨 잔말야, 이 자식아?"

순사의 손길이 거듭 봉수의 빰을 내리쳤다. 그러자 중쇠 끝쇠가 울며 봉
수를 끌어안았다.

"우리 아버지 때리지 마세요. 나쁜 아버지 아니란 말여요, 야, 순사나리."

"비켜 이놈들아, 너희 아버진 나쁘단 말야, 알았어? 어서 비켜——."

"아녀요, 순사나리, 때리지 마세요."

중쇠가 손을 모아가며 애원을 했다.

"아직 대가리 피도 안 마른 자식들이, 썩 못 비켜?"

순사는 칼을 철그럭 해보이며 눈을 부릅떠 보였다. 그러나 애들이 봉수를 끌어안은 채 물러날 줄을 몰랐다.

"중쇠야 끝쇠야 비켜. 이러는 게 아니다. 어서."

봉수는 두 아이 머리를 어루만지며 심각한 표정으로 일렀다.

"아버지, 아버지!"

두 아이는 점점 악착같이 매달렸다.

"이 새끼들 정말 못 비키겠나 엇!"

순사는 무자비하게 두 아이를 떼박쳤다. 그리고는 다시 봉수를 때렸다.

"시국을 이해 못 하는 놈아, 전시란 말야. 성스런 전쟁을 이기기 위해 내야 할 국민의 의무란 말야, 이놈아."

"좋도록 하쇼. 조금도 내 양심에 부끄러운 짓 한 것 없으니까."

봉수는 이렇게 말하며 분을 참지못해 씨근덕거렸다. 전신이 부르르 떨렸다.

"이 짜식 정말 반항이구나. 양심에 가책이 안 된다고? 엣 쿠소."

"끙……."

봉수는 입을 꽉 다물어 황소신음을 했다.

"이놈아 우리 대일본제국은 지금 전쟁을 하고 있단 말야. 대동아공영권을 건설하고 있는 거 몰라 엣! 동양의 평화를, 나아가서는 세계 평화를 이룩하기 위해 성스러운 전쟁을 하고 있다는 걸 모르느냐 말야 엣! 지금이야말로 우리 황국신민이 힘을 모아 충성을 다할 때란 말야. 농민들이 공출을 보다 많이 냄으로써 우리 황군(皇軍)이 용감하게 싸울 게 아니냔 말얏. 공출을 안 내는 너같은 놈은 비국민이고 천황폐하의 칙령을 거역하는 역적이란 말야. 그런데도 공출은 안 내고 벼를 감추고도 양심에 가책이 없다고 엣 쿠소 빠가.”

　순사는 연거푸 내려조졌다. 양볼이 부엏도록——.

　“황국신민 노릇 하는 것도 목구멍에 풀칠이라도 해서 목숨이 붙어 있어야 할 게 아니겠소.”

　조금도 위축되지 않은 또박또박한 말씨였다. 당당한 자세로——지금까지 면서기한테도 머리를 숙여 순종밖에 모르던 봉수가 정말 의외의 태도가 아닐 수 없었다. 실로 악이 올라 곧 죽인대도 무섭지 않은 봉수였다.

　“오——끝까지 반항이구나——.”

　“반항이 아니라 굶어죽으면 충성도 못 하고 공출은 다신 못 내잖아요.”

　“자식아, 공출내고 먹을 거 없으면 배급주지 않난 말얏…… 너같은 놈은 그냥 둘 수가 없어.”

　순사는 포승줄을 꺼내 봉수 골통을 몇 번 후려갈기고 묶으려고 달려들었다.

　“아녀요, 순사나리 울아버지 용서해주세요. 네 나리.”

　조금전 순사가 떼어박치는 바람에 울고 있던 중쇠가 미친 듯 달려들어 다시 봉수를 끌어안았다. 그런가 하면 지금까지 부엌문 앞에서 어쩌느냐고 발을 동동거리며 바들바들 떨고 있던 밤골댁이 한 걸음에 달려와 봉수와 순사 사이를 가로막아서며 애원을 했다.

　“안 돼요, 나리. 나를 묶어가세요. 즈이 아버진 죄가 없어요 제가 했어요. 나리 나리.”

　체면도 없이 포승 들고 있는 순사 손을 잡고 마구 흔들었다. 끝쇠는 밤골댁 치마폭에 매달려 울고 마침 나무갔던 맏놈 상쇠도 달려들어 울부짖으며 사정을 했고——결국 울음 수라장이 되고 말았다.

　“허허 왜들 이러느냐…… 왜 내가 금방 죽는다더냐, 어서 썩 물러서.”

　봉수는 조금도 겁내는 기색없이 버젓하니 말했다.

　“요씨 이 자식, 촌놈이 아주 악질이구나. 끝내 조금도 반성하는 기색이 없고, 자, 가자.”

　결국 봉수는 묶이지는 않았지만 지서로 끌려가 무수한 고통을 겪어야 했었다. 마룻방꿇림, 몽둥이뜸질, 비행기도 타고, 사흘 만에 봉수는 파김치가 되어 돌아왔었다. 무엇보다도 고추같이 추운 겨울날 밖에 있는 물 양동이에 들어 서서 몇 시간씩 벌서는 고문은 진정 견딜 수 없는 극형이었다. 차라리 물에 잠긴 발은 얼어붙어서 아픈지 따가운지 아무런 감각도 없었지만 창자가 얼어오는 것 같아서였다. 그 여독으로 봉수는 두 달 동안 꼼짝도 못 하고 있었다. 매맞아 응혈들은 것은 그런대로 쉽게 풀렸지만 동상에 걸린 발 때문에 밤낮으로 콩자루에 발을 묻고 있어야 했다. 약도 쓰고 의원도 보이고 했었으나 모두가 신통치 않았다. 결국 발가락 두 개를 자르는 불행을 겪어야 했었다.

한데 불행은 그 후부터였다. 생계가 막연했었다. 음력 정월달까지만도 그런대로 수수 조 등 잡곡은 약간씩이라도 넣어서 끓여먹을 수 있었는데 정월이 지나면서부터는 곡식이란 곡식은 알뜰하게 훑어먹고 지난 가을에 준비한 속소리 보릿겨 밀기울 시레기 묵나물 등속으로만 살아야 했다. 그렇게 아끼던 윗방 천장에 매달렸던 조 수수 씨앗타래(낟알로 훑어놓으면 쩌 먹기 손쉽기 때문에 이삭 채 꿰어 매달아둔 것)도 얌전하게 훑어 쩌 먹은 지 오래였다. 흔히 말들 하기를 보릿고개가 빈농들의 가장 곤란을 겪는 시기라고 하지만 모르는 얘기다. 맥령기에는 그래도 산에 들에 나물이 있고 푸성귀라도 있는 시기인 것이다. 음력 2월이야 말로 세전 양식도 딸리는 빈농들에게 있어 가장 고달픈 시기가 아닐까. 특히 양곡 사정이 가장 나빴던 왜정 말기에——산천에 눈발은 허옇고 먹을 것은 없고 달길이 장변으로 빚은 얻을 수 있었지만 사람이 먹고 사는 양곡은 금은을 주어도 사기가 어려운 시기였다. 전시하 식량배급제도 시기인 만큼 양곡은 통제품 중에도 가장 엄중히 단속하는 품목이었다. 만일 양곡을 뒷거래하다 경제 경찰에 걸려들면 쌍방이 다같이 문책 정도가 아니고 구류를 살게 되고 과다한 벌과금을 물어야 하기 때문에 도시의 배급 대상자들이 아닌 빈농들은 제가 소유한 양곡 떨어지면 돈도 없었지만 있다 해도 구할 도리가 거의 없었다. 그러나 곡식을 먹어야 사는 인간이 아니냐.

봉수는 막연했다. 아니 눈이 뒤통수로 돌아가는 것만 같이 새 정신이 났다. 십여 일간 곡기(穀氣)라고는 먹지 못해 아무리 정신을 차린다고 해도 술 취한 사람같이 비틀거려서 기동을 할 수가 없었다. 자리에 누우면 방이 모로 세로 곤두박질을 쳤고 땅 속으로 한도 없이 가라앉는 것이었다. 그래도 기를 쓰고 일어나면 저절로 눈이 딱 감기며, 감은 눈 속에서는 무수한 별들이 난무했다. 아니 억센 손길이 상꼭지를 사정없이 잡아나꾸는 것 같이 저절로 팍 쓰러지는 것이었다. 그런대로 어른들은 참고 견디는 참을성이라도 있었다. 악착같이 밥을, 먹을 것을 내라고 울부짖는 데는 정말 눈앞이 캄캄했다. 아니 결국 울 기력도 없이 방에 즐비하게 쓰러져 있는 것을 목격하는 봉수의 심정은 눈이 뒤집히는 것 같았고 심장의 기능이 중단되는 듯 답답하기만 했다.

"보세요 참봉 어른 살려주세요…… 장리던 색갈이던 좋으니 곡식 좀 주세요. 곡식 몇 말만 주세요. 농사철에 일해 달라면 일이라두 해줄 테고 하니 예 참봉 어른?"

봉수는 그야말로 눈이 뒤집혀 동네 유지요 호농인 참봉네로 달려가 무릎을 끓고 손을 모았다.

"뭐시라구 곡식?"

"예 온 식구가 모두 퍼저 누워 있으니 어찌겠어요. 살어야 할 거 아니겠어요. 은혜는 잊지 않겠어요."

"허허——이런 정신 나간 사람 보겠나. 눈 속에 뱀을 잡으러 다니지 지금이 어느 땐데 곡식 말을 하나……."

"아닙니다, 주셔야겠어요."

"옛말일세. 나두 내가 지난 가을에 공출을 얼마나 냈는데…… 사정은 딱하지만 할 수 없네."

"아니올시다, 쌀을 달라는 게 아녀요. 좁쌀이구 수수구 아무꺼라두 좋아요. 벌써 언제부터 곡식물을 먹지 못해 더 견딜 수가 없단 말여요. 정말여요. 진정예요. 아이들이 모두 퍼져 있단 말여요. 가보란 말여요. 죽을 수는 없잖어요. 살아야 할 걸 아니난 말여요. 예, 참봉 어른."

봉수는 거의 이성을 잃은 사람 같았다.

"하——이 이 사람 왜 이렇게 큰소리로 이렇까? 누구라두 지나다 들으면 어쩔라구…… 하여간 없단 말일세 없어 응——."

참봉은 밖에서 누가 엿듣는 사람이나 없나 싶어 눈이 둥그래서 두리번 거

렸다. 그러자 봉수는 나직한 소리로,

"참봉 어른, 그러기에 이렇게 밤중에 몰래 오지 않았어요. 저하고 참봉 어른 하고 한 일을 누가 알겠어요. 예 살려주세요. 여기 도장 가져왔습니다. 맘대로 증서 쓰시고 예?"

"하——이 사람 도장이 문젠가. 없으니까 그러지, 이런 답답한 일."

"왜 없어요, 있단 말여요. 무조건 곡식 좀 주셔야겠어요. 제가 왜놈들한테 끌려가지만 않았어도…… 예, 제 사정 아시잖어요."

봉수는 참봉 옷자락을 잡고 애원이 아닌 강요를 했었다. 이렇게 해서 겨우 두 말 얻어낸 것은 곡식이 아닌 고운 보릿겨였다. 보릿겨라도 정말 눈이 휜했다. 밀기울은 조금만 과식해도 속이 깎여 못 견디는데 보릿겨는 많이 먹어도 속이 편했기 때문이다.

"헌데 말야, 당췌 나헌테서 이런 걸 융통해갔다고 누구한테도 말하지 말게. 내 말 알아듣겠나. 물론 곡식이 아닌 만큼 경제경찰 놈들이 알아도 걸릴 것은 없지만 자네도 아다시피 이 동네만두 자네같은 처지에 있는 사람이 한둘인가. 부지기술세. 내가 자네에게 보릿겨라도 준 것을 그네들이 알면 너두 나두 와 몰려들 터이니 다 줄 것은 없고 결국 나는 인심 잃어 못 사네. 아니 칼침 맞는단 말일세…… 이 살얼음판 같은 세상에 큰일나지. 그리고 보리쌀 한 말은 특히 맘먹고 주니 아이들이나 끓여 먹이게."

참봉은 따로 보리쌀 한 말을 안겨주며 귀에 대고 소근거렸다. 물론 이자로 말하자면 몇 달후 보리가을에 색갈이 갑절로 이자 보리쌀 두 말을 주어야 하는 유례없는 비싼 장리곡이긴 했지만. 아무튼 그렇게 고마울 수가 없었다.

"고마워요. 은혜 잊지 않겠어요. 인잔 우리 식구 살았어요."

몇 번이나 허리를 굽혀 인사하고 물러나온 봉수의 심신은 그렇게 가벼울 수가 없었다. 온 세상이 모두 자신의 것이 된 듯 흐뭇하기만 했다.

이렇게 해서 위기는 모면했지만 사실 언발에 오줌누기였다. 겨 두 말, 보리쌀 한 말로 호구하는 기간은 결코 오랜 날일 수는 없으니까——.

삼월부터 소위 빈농가에 주는 배급도 타고 C들(곡창지대)에 가서 몇 말 보탬도 하고 가까스로 산과 들에 나물이 날 때까지 버틸 수는 있었다. 그런

데 말이 배급이지 그 곡종(穀種)이나 양이 말이 아니었다. 사실상 곡식이라
고 몇 해나 묵었는지 문내와 벌레집 투성인 만주 좁쌀, 메 수수가 있긴 했
으나 그나마 양이 형편없이 적고 배급량 대부분이 콩깨묵이었다. 그런대로
썩지 않은 것은 문좁쌀만 못 하지도 않았는데 그런 질 좋은 콩깻묵은 어
쩌다 한 번씩이고 번번이 시커멓게 썩은 것이었다. 하긴 그것도 항상 적어
서 한이었지만——.

도시 비농가(非農家)들은 2합 5작을 주는데 농촌 빈농가(貧農家)들은 1합
5작밖에 주지 않기 때문에 그 양이 말이 아니었다. 열흘분이라고 타오면 삼
일간 살기가 바빴다. 그나마 제 날짜에만 꼭꼭 주어도 좋을 것 같았다. 열
흘이, 보름도 때로는 이십 일도 걸리고 했다. 아무튼 구장네 집에서 배급
주는 날은 정말 돈 주고도 볼 수 없는 구경거리가 아닐 수 없었다. (나중에
는 면 단위로 배급소를 두고 배급했지만 초기에는 동네별로 할당된 양을 일괄
이장네 집에 가져다 놓고 정상 참작하여 주었음.) 일대 난장판이 벌어지는 것
이었다. 한 집에서 한 사람씩만 배급 타러오는 것이 아니고 배급 대상자 가
족들은 남녀노소 동네 사람들이 전부(대부분 대상자였으니까) 모여드는 것
이었다. 모두 눈들이 벌개가지고 행여 누가 한 톨이라도 더 먹나 하고 비렝
이 자루 찢는 격으로 자기네끼리 소란이었다. 아무개네는 식구가 한 사람
적은데 어째서 자기와 똑같이 주느냐는 둥 아무개네는 경작 면적이 오백 평
이나 더 많은데 어째서 같은 양을 주느냐, 면적은 많지만 자작 소작 구별을
지어야 한다. 어린애와 어른을 참작해야 한다. 같은 식구지만 노동력이 많
은 사람과 부양가족이 많은 사람은 엄연히 구별되어야 한다는 둥 모두 저저
이 눈에다 불을 켜가지고 결사적인 반대요 항의요 충돌이었다. 여기서 불
쑥하면 저쪽에서 팔을 걷어 붙이고 달려들었다. 식구끼리 합세한 패쌈이
벌어지는가 하면 한 옆에서는 아낙네들끼리 서로 떠밀고 게거품을 물고 찢
어지는 듯한 악다구니가 벌어졌고 한쪽에서는 사내들이 웃통을 벗고 혹은
멱살을 마주잡고 결투가 벌어지는 것이었다. 배급 나올 때마다 으레 겪어
야 하는 행사처럼 되어 있었다.

아이들은 아이들대로 어른들 틈을 비집고 가마니에서 생쥐같이 콩깻묵
을, 좁쌀을 한 주먹씩 슬쩍해가지고 달아났고——마치 사느냐 죽느냐의

대결장이었다. 구장 직권으로 중재를 하고 억압도 하고 타이르고 했지만 눈에 불을 켜가지고 죽기 살기 덤비는 데는 어찌할 수가 없었다. 아무 때고 두잡이 난장판이 벌어져 한 차례 북새가 벌어진 후에야 배급을 나누게 되는 것이 상례였다. 그러나 동네가 발탁 뒤집하게 떠들썩한 소동에 비해 배급량은 너무나 보잘것없는 것이었다. 먹고 살라고 주는 배급이라기보다는 공출 뺏아간 말막음에 불과한 것이었다.

결국 무슨 수단을 써서라도 현금을 장만해가지고 멀리 곡창지대인 C들로 쌀을 구하러 가야 했던 것이다. 그런데 그 쌀 구해오는 일이 또한 그렇게 수월스런 일이 아니었다. 그곳에 인척이나 알음알이가 있어야 그들을 통해서 구할 수 있는 어려움도 있었지만 그보다 쌀을 구해가지고 오는데 그런 고통이 없었다. 경제경찰들 눈을 피해야 했기 때문에 밤에 산길로 산길로 돌아서 와야 했기 때문이었다. 말은 오십 리라고 했지만 실제는 칠, 팔십 리도 더 되는 길이었다. 산길도 야산길이 아닌 멧돼지, 너구리, 여우, 개호주까지 나오는 험준한 고리산을 넘어와야 하는 것이었다. 오르기만도 거의 나절이 걸린다는 더욱이 길도 없는 머루 다래 칡덩굴과 함께 낮에는 오히려 어두컴컴하게 수목이 꽉 들어찬 골짝을 밤을 새워 오르내려야 한다는 것은 차라리 죽으려는 몸부림이 아닐 수 없었다. 돈이 없기 때문에, 야미쌀[暗米]이 되어 너무 비싸기 때문에 할 수 없이 죽게 될 경우 한 말, 많아야 두 말 쌀을 사기 위해 이삼 일씩 품을 들여 그 고생을 해야만 했었다. 봉수도 견디다 못 해 두 차례나 쌀을 사왔었다. 그렇게 했는데도 식구들의 얼굴은 누렇게 부황기가 짙어만 갔다.

그러나 사람은 역시 살게 마련이었다. 고리산에, 매봉산에, 아니 온 산과 들이 퍼렇게 물들어감에 따라 그렇게 막연하지는 않았다. 산등성이의 원추리, 홋잎, 비름잎만 보아도, 논밭둑에 쑥이나 들미나리가 앞을 다투어 돋아오르는 것을 보기만 해도 흐뭇하기까지 했다. 산과 들이 푸르르면서부터 빈농들은 굶주린 누에가 뽕잎에 기어오르듯 눈만 뜨면 남녀노소 할 것 없이 고리산으로 매봉산으로 기어올랐다. 퍼런 잎을, 푸성귀를 뜯기 위해서, 도라지, 잔대, 더덕을 캐서 창자에 밀어넣기 위해서였다. 봉수도 보리밭 매는 게 문제가 아니었고 봄나무 준비가 문제가 아니었다. 식구들을 끌고 산으

로 들로 나가 캐고 뜯는 문제가 더 절박했다. 칡뿌리를 캐서 말려 가루를
만든 갈분을 털어넣고 된장 넣어 끓인 나물국 한 대접씩만 들여마시면 냉수
마시고 입맛다시는 것보다 얼마나 나은지 몰랐다. 보리가 대가 서고 양지
받이에 맏이삭이 올라올 무렵부터는 농민들의 호구작업(湖口作業)은 차라
리 잔인한 것이었다. 비름잎 홋잎나무는 몇 차례고 잎을 다 훑어가서 이미
가지만 남은 지 오래였고 심지어 억센 개취나물, 독해서 묵나물로밖에 먹
지 못하는 다래 순, 명꽃나물까지도 남아나지를 않았다. 어느 산등성이고
소나무 껍질이 허옇게 벗겨져 있고 아이들이 송기해 먹기 위해 밋밋하게 잘
자란 솔 순도 무참하게 꺾어버려 다방구리가 되어 있었다. 뿐만이랴, 그 거
대한 고리산은 골짜기고 등성이고 칡뿌리, 이슬마, 마, 도라지, 더덕 등속
먹을 만한 것들을 캐기 위해 흡사 파전(播田)이라도 한 것 같았다. 아무리
험한 돌다무락도 마싹, 이슬마싹 하나만 보면 그 많은 돌다무락을 헐어내
고라도 기어코 마 뿌리를 캐내고 마는 실정이었다. 봉수는 차라리 아침이
랍시고 콩깨묵에 겨나 밀기울을 넣어 만든 것을 한 덩이씩 먹고나면 다삼아
삽짝을 걸어잠그고 온 식구가 산으로 가는 것이었다. 봉수와 밤골댁은 멀
리 높은 산으로 시장에 내갈 도라지, 고사리를 꺾으러, 아이들은 먹을 나물
을 뜯으러, 끝쇠, 사순이, 말순이는 송기를, 또는 이슬마라도 캐서 구워 먹
기 위해서였다.
 ‘앞으로 눈 딱 감고 한 달이면 아이들에게 보리밥이라도 배불리 먹이겠
지.’
 해질 녘 지진 몸으로 집에 돌아오는 긴에는 잊지 말고 일부러 보리밭에
들러 막 패어나고 있는 보리 이삭을 이놈 저놈 만져보며 희망을 걸어보는
봉수였다.
 그러던 어느 날 여섯 살된 말순이가 덜컥 병이 나고 말았다. 실은 병이
아니고 항문이 메여 변을 보지 못하는 것이었다. 하루 이틀도 아니고 삼 일
간이나 배설을 못 한 아이는 얼굴이 샛노랗게 되어 자리에 눕고 말았던 것
이다.
 “엉덩짝 좀 더 까문기고 쳐들어보란 말야. 이 원수야.”
 밤골댁은 말순이를 두엄밭으로 가 아랫도리를 벗기는 지천을 했다.

"이렇게 쳐들어? 자, 히힝. 아구 배야 아구 배야."

말순이는 엉덩이를 밤골댁 앞으로 바싹 치켜들며 징징거렸다.

"작자굼 까질러 댕기다 말뚝하지, 고 지랄루 눈깔만 뜨면 까질러 댕기다 잘됐지 이년아, 이 급살맞을 지지배야, 에구——."

밤골댁은 꼬챙이로 연신 항문을 후벼내며 암상을 부렸다.

"냅다 힘을 쓰단 말야. 이 미련한 지지배야, 더 확 나오게."

"암만 심얼 써두 확 안 나와…… 낑——낑 아구 배야, 나 죽어, 어머니. 나 배 아퍼 죽겠단 말여, 히힝."

"어쩌면 저 뒈질 줄도 모르구 그렇게 악착같이 해 처먹었냔 말야, 암만 휘벼도 안 되니 워쩌냔 말야, 에구 이 우라질 지지배야."

"야야야—— 그라면 아프단 말여좀. 어머니 구만햐, 그만. 아이구 배야."

"그런께 네가 힘을 쓰라구. 냅다 죽어라구 힘을 쓰란 말야, 이 미련한 지지배야."

"냅다 어떻게 히힝…… 낑— 낑— 낑 아이구 나 죽어——."

"더 더——."

"낑——아구 아퍼 죽겠단 말여, 어머니. 나 배 아파 죽겠단 말여, 히히힝 와——."

말순이는 헛땀만 뻘뻘 흘리며 와와 울어버렸다.

아주까리 기름도 구해 먹여보고 엿기름 물도 퍼넣어보고 소다도 먹여보았지만 모두가 허수고였다. 며칠 후 말순이는 영 눈을 감고 말았다. 죽은 후에 생각할 때 약 한 첩도 못 먹인 것이 한스러웠지만 설마 항문이 메여 죽을 줄이야 생각이나 했었나. 헌데 진정 한이 되는 일이 있다면 깜박깜박 죽어가면서도 계속 밥을 찾던 말순이 어린 입에 쌀미음 한 술 떠 넣어주지 못하고 문 좁쌀 미음만 떠넣다 보낸 것이 두고두고 가슴 아픈 봉수 내외였다.

밤도 깊어서 헌 누더기에 싸서 공동묘지 바위 밑에 죽은 말순이를 묻고 돌아서는 봉수의 눈에는 눈물 한 방울 없이 냉연한 태도였다. 오직 빼앗긴 벼 생각을, 소작의 설움을 다시 한 번 뼈에 새겨보기에 가슴이 메어지는 듯

했다.

“소작을 면해야 한다, 어떤 일이 있어도 소작을…….”

봉수는 중얼거리며 이를 북 갈았다.

농토없는 설움은 그 정도에만 그치고 말지를 않았다. 엎친 데 덮친다고 말순이가 죽은 며칠 후에 징용 영장이 나왔던 것이다.

“징용 영장이라구요?”

봉수는 너무 갑작스럽고 놀라워서 노무계 직원을 똑바로 보며 반문했다.

“이 사람이 누구 말을 시켜보자는 겐가. 어서 여기 도장이나 찍어, 영장 받았다는——.”

“도장 찍는 게 문제가 아니란 말여요.”

“그럼 뭐가 문제란 말야…… 그런데 백봉수 넌, 행정관청 하고 무슨 감정이 있어 사사건건에 말썽이냐, 엇? 모 심을 때도, 목화밭 관리도. 아니 참 작년 겨울 공출 때에 그만큼 치도곤을 맞았으면 골통이 좀 달라졌어야 할 게 아냐, 자식아.”

노무계 직원 입에서는 기어코 거친 욕설이 터져나오고 말았다. 그러나 봉수도 징용가는 날은 가더라도 할 말은 꼭 해야만 배겼다. 보다도 공출 때 얘기를 듣는 순간 가슴에 울컥 치미는 그것을 어찌할 수가 없었다. 왜놈에게 땅을 빼앗기고 살 길을 찾아 조선 땅은 물론 멀리 북만주까지 헤매다 죽은 아버지 생각, 공출을 빼앗기고도 발가락까지 잃은 생각, 양곡을 빼앗기고 생으로 자식을 죽인 생각들이 일시에 치밀어 저절로 두 주먹이 힘껏 쥐어시기까지 했다. 그런데 또 징용을 가라고? 당장 노무계 직원 멱살을 잡고 보기 좋게 후려갈기고 싶었으나 그런 감정을 억누르며,

“징용가는 날 가더라도 말이야, 못 할 게 있소? 난 혼자 손포라고 징용은 안 보낼 터이니 보국대나 갔다 오라고 해서 작년 여름 한참 바쁜 때 명사십리 비행장 닦는데 한 달 갔다 오지 않았느냔 말요?”

“그 따위 이유를 따질 때가 아니란 말야 자식아. 어서 도장이나 찍으라는데 무슨 잔말이 이렇게 많을까 엇?”

“아니 여보쇼, 작년에 보국대 보낸 사람도 다른 사람 아닌 강 서기가 아니었소? 도장을 찍기 전에 멀리 일본 징용은 보내지 않겠다고 한 당신이

또 징용을 가라니 그 이윤 알아야 할 게 하니겠소?"

"이율 따질 때가 아니라는데 무슨 잔말이 이렇게 많을까…… 그땐 그때고 현재는 현재 아닌가 엇?"

"그렇다면 징용을 보내는 데도 순서와 경우가 있을 게 아니오. 이 동네만도 두세 손포되는 집이 얼마든지 있는데 어째서 내가 집을 떠나면 우리 식구는 당장 굶어죽을 형편인 한 손포인 나를 보내는 거요? 징용을 가더라도 그 이유라도 알고 가야 할 게 아니겠소."

"자식이 그런데 끝까지 말이 많을까…… 그런 문제를 따질 때가 아닌 전시란 말야. 대동아공영권을 건설하기 위해 대일본 군대는 지금 이 시각에도 치열한 전투를 하고 있단 말야. 성스런 전쟁을 이기기 위해 필요성이 있어 부르는데 잔말이 무슨 잔말야, 자식이 엇? 알겠어, 너는 일본제국 황국신민이란 말야. 영장은 내가 가져왔지만 천황폐하가 부르는 칙령이란걸 알아야지, 이 무식한 놈아 엇?"

"그러면 본시 칙령은 두 사람 손포 있는 사람은 보내지 말고 한 손포인 나 같은 사람을 징용에 보내라고 되어 있소?"

봉수는 이렇게 이론을 밝혀보았으나 먹힐 리가 없었다. 결국 귀뺨만 몇 대 얻어맞고 도장을 찍어주었다. 헌데 도장은 찍어주었어도 조선 땅도 아닌 먼 일본 탄광으로 징용을 갈 수는 없었다. 그날 밤 봉수는 잠을 이루지 못했다. 아니 그 다음 날도——.

'그렇다. 내가 징용을 가게 되면 십 리나 되는 먼 산에 가 고사리도 꺽어다 팔지 못할 것이고, 나무장사도 못 하고…… 그렇게 되면 먹을 것밖에 모르는 철없는 아이들하고 아내 혼자 어떻게 할 것인가? 그렇다고 피하고 안 가면……? 물론 식구들을 그냥 둘 리가 없지. 아내를 매일같이 지서로 불러다 찾아내라고 고문을 해가며 몰아칠테지…… 아니 집에도 허구헌 날 노무계 강서기가 찾아와 뒤지고 못 살게 굴겠지…… 그렇게 되면 아이들은 어미 잃은 병아리들같이 이 구석 저 구석에 가 훌쩍이며 에미를 목놓아 부르겠지…… 피신한다는 것도 안 될 말이다.'

정말 이러지도 저러지도 못할 사세였다. 봉수는 누웠다 일어나 앉았다 애꿎는 담배만 피웠다. 그러면서 낮에 산을 헤매어 지쳐 곯아 떨어진 피골이 상접한 아내의 얼굴을, 저마다 눈자위가 움펑 꺼져 있는 아이들 얼굴을 지켜보았다. 그러면서 거듭 한숨을 몰아쉬었다. 눈을 씀벅씀벅 하면서 생각에 잠겨서——.

'안 된다. 내가 가선 안 된다. 죽어도 같이 죽어야 한다, 아이들과 아내와.'

그러나 봉수 자신이 가서 안 될 이유는 딴 데 있었다. 어떠한 어려움이 있어도 십여 대 살아온 고향을 지키라는, 잃은 땅을 찾아야 한다는 선친의 유언도 유언이었지만 공출을 빼앗기고도 발가락까지 잃은 원한, 또는 그렇게 소원인 쌀물 한 모금 먹지 못하고 영영 눈을 감은 말순이의 죽음을 생각해서라도 애비된 도리로 백씨 가문에 중책을 진 몸으로 있을 수 없는 일이었다.

'그렇다, 끝까지 지켜보며 언젠가는 보복을 해야 한다. 지하에 있는 아버지를 위해서, 말순이를 위해서 말이다.'

봉수는 길게 담배연기를 내불며 옛날 모리카미네 도조 바칠 때 닷 말이 모자라서 증서에 도장을 찍어주고 돌아서던 울 듯한 백 첨지 얼굴을, 몇 해 만에 병만 들어 집에 돌아왔을 때의 너무나 풀죽고 초라하던 아버지의 얼굴을, 아니 밥을 찾다 마지막 눈을 감던 말순이의 얼굴을 번갈아 그려보았다.

"떠나서는 안 되고 말고."

봉수는 제법 큰소리로 중얼거렸다.

그러나 징용가는 날이 되자 봉수는 징용 길을 떠나고야 말았다. 봉수가 떠나던 날 밤골댁과 상쇠는 곡간열차에 타고 북해도로 떠나는 남편에게 달걀 삶은 것과 밀개떡 든 자그만 보자기를 들려주며 떠나는 열차를 따라가며 소리 높이 울었었다.

"여보——."

"아부지——."

하고.

허나 행여나 집안 사람들을 괴롭히지 않게 하기 위해 기차를 타고 떠나기는 했지만(면·군 책임은 면하니까) 일본 탄광에 가서 왜놈들의 전쟁을 도와 석탄을 팔 봉수가 아니었다. 추풍령 오름길에서 기차가 칙푹 기어오를 때

죽음을 무릅쓰고 뛰어내렸던 것이다. 그 길로 봉수는 지리산으로 들어가 숯 굽는 작업장에 붙어 충실하게 일을 했었다. 밤골댁도 봉수가 떠난 지 삼일 만에 면 노무계 강 서기가 밤중에 들이닥쳐 온 집 안을 수색하는 바람에 짐작은 했었지만 자세한 내막을 알기는 한 달이나 되어 밤골댁 친정으로 보낸 봉수의 편지를 전해받고서였다.

그 후 봉수의 탈출로 해서 모리카미네 소작도 떨어지고 해방되기까지의 일 년여 간의 호주 없는 밤골댁의 생활은 말이 아니었다.

아무튼 직접 간접으로 잃어버린 농토를 찾기 위한 봉수의 노력은, 끈질기고 피어린 것이었음은 두말 할 것도 없었다. 해방과 더불어 토지개혁 실시로 모리카미에게 넘어갔던 농지를 도로 찾기까지에는, 너무나 서럽고 학대받던 소작을 면하기까지에는 결코 우연이나 요행이 아니었다. 봉수의 살을 깎고 피를 짜다시피한 노력의 댓가임은 두말 할 것도 없었다. 해방의 소식을 듣자마자 집으로 달려온 봉수가 아내와 아이들 손을 잡고 엉엉 운 것은 너무나 지당한 행위였다. 평소 먹지 않던 술을 흠씬 마시고 동네 젊은이들과 더불어 꽹과리가 깨져라 하고 농악을 울리며 농은천하지대본이라고 커다랗게 쓰인 농기(農旗)를 높이 치켜들고 홍겹게 몸짓을 하며 동네 고샅을 누빈 것이 어찌 일시적인 홍에서 취한 행동였으랴. 목청이 터지게 해방만세를 부른 것이——. 문자 그대로 두 어깨를 짓누르고 있던, 숨도 쉬지 못하고 목을 조르고 있던 마수에서 풀린 해방이었다. 움츠렸던 가슴을 활짝 펴고 마음껏 큰숨을 몰아쉴 수 있는 해방이었다.

"동네 사람들——세상 사람들——백봉수가 마당배미논을 되찾았다. 봉수두 인자 내 땅이 있단 말이다아——."

봉수는 너무 가슴이 벅차서 지붕날망에 올라가 동네가 떠나가게 큰소리로 외쳤었다.

——그렇게 해서 도로 찾은 땅을, 농토를 돌쇠 제놈이 엄연히 소유자인 공로자인 봉수 영감을 감쪽같이 속여 도장을 훔쳐내어 잡혀먹다니, 세상에 이런 법이 있느냔 말이었다. 사업도 누구에게 얘기하기마저 낯이 화끈한 쓰레기 치우고 턱찌거지 치우는 사업을 하느냐 그 말이었다. 그도 하필이

면 미군 쓰레기를. 하긴 무슨 쓰레기든 기왕에 시작했으면 알뜰살뜰해서
어서 하루바삐 잡힌 농토를 찾아낼 생각을 해야지 어쩌자고 돈푼이나 생기
면, 농투산이 자식놈이, 배우지도 못한 무식한 놈이 허구헌날 주먹이나 휘
두르고 계집을 몇 씩 끼고 다니며 호텔로 요정으로 늘씬한 자동차만 몰고
다니며 몸뚱이를 해괴스럽게 흔들어가며, 까무라치는 소리를 해가며 돈을
뿌리고 다니느냐, 바로 그 말이었다. 집에 늙은 애미 에미 여러 가족들은
어떻든 살아보겠다고 허구헌 날 땡볕 아래 비바람 무릅쓰고, 더욱이 제대
로 먹지도 못하고 입지도 못하며 논밭에 가 발버둥치는데 좋은 양복만 쪽쪽
빼고 다니며 비싼 요리만 먹고 다니느냔 말이다. 하여튼 잡힌 땅이나 찾아
주어야지, 대체 봉수 영감은 어떻게 하라고 이 년씩 이자도 안 내고 결국
지불 명령장까지 나오게 만들어놓으냔 말이다. 그 땅이 어떤 땅인데——.
 "허허…… 이러고 있다가는 결국 땅은 넘어가고 말 게 아니냐. 대관절
자식이 오기나 해야지, 오기나. 에구, 못두 생긴 자식, 집구석이 망할라고
어데서 돌백가가 생겨 나가지고 끌끌."
 봉수 영감은 땅이 꺼지도록 한숨을 몰아쉬었다. 하긴 꼭 그놈 때문이
었다. 6·25난리가 나지 않았어도 상쇠가 의용군에 끌려갈 리도 없었고, 중
쇠가 국군으로 나가서 전사할 리도 없었다.
 "글쎄, 같은 조선 사람끼리 무슨 에미 애비 죽인 원수가 있다구 서루 총
뿌리를 대구…… 흠…… 모리깨란 놈이 이런 실정을 알면 얼마나 비웃을
까. 얼마나 꼬소하게 여길까. 얼마나 욕을 할까, 에이에이……."
 생각할수록 6·25난리가 원망스럽기만 했다. 삼형제 중에 상쇠, 중쇠는
그렇게 착실할 수가 없었는데 쓸 것들은 죽고, 소식 없고, 아주 못되어먹은
돌쇠 같은 놈이 남아서 집안을 송두리째 망칠 줄은 정말 몰랐었다. 글쎄 어
쩌자고 그 잘난 주먹만 휘두르고 다니며 펑펑 대느냐 말이다. 백씨 가문이
어찌 되라고——.
 "하, 기것 참, 다 늙은 내나 즈 에미는 죽으면 그만이지, 혼자된 며느리
애비 없는 종만이가 딱하지 휴——."
 봉수 영감은 땅이 꺼지게 한숨을 몰아쉬며 방금까지 곁에서 놀던 종만이
가 보이질 않아 괭이질 하던 손을 멈추고 주위를 살폈다.

　“종만아——, 종만아——.”

　지난해와 같이 봉수 영감은 돌쇠에게 또 속는 것이 틀림없음을 짐작하고도 남았다. 이자뿐만 아니고 본전까지 완전히 반제하기 위해 수일내로 돈을 가지고 와서 잡힌 농토를 물러주겠다던 돌쇠는 좀처럼 오지 않았다. 수일 내로 틀림없이 오겠다고 며느리를 통해서, 또는 인편을 통해서 다짐한 횟수가 벌써 두 차례나 지났다. 생각할수록 그렇게 괘씸할 수가 없었다. 친구간에도 있을 수 없는 일이거늘 소위 애비에게 어디 그럴 수가 있으냔 말이었다. 감정 복받치는 대로 한다면 기다리고 어쩌고 당장 서울로 올라가 녀석의 멱살을 잡고 머리를 온통 쥐어뜯어놓든지, 아니면 쓰레기장인가 꿀꿀이장사 터인가를 불을 싸지르든지 홀 두들겨 부수기라도 하고 싶었지만 역시 더러운 게 핏줄이어서 그럴 수도 없고, 또 냉정히 따지어서, 그렇다고 농협 채무가 갚아져 땅을 찾게 되는 것이 아닌 만큼 속는 줄 알면서도 또 기대를 걸어볼 수밖에 없었다. 그러나 세 번째 약속한 그 날도 지나가버리고 말았다. 헌데 어째서 가부간 소식도 못 전하느냔 말이었다. 일요일날이면 어김없이 오던 며느리까지 왜 못 오느냔 말이다. 봉수 내외 시부모를 위해서보다도 오직 하나밖에 없는 자식 종만이가 보고 싶어서도 일요일날이면 첫차로 달려오던 며느리가 아니었나. 대체 병이 났단 말인가, 무슨 엉뚱한 일이라도 생겼단 말인가. 며느리가 와야 돌쇠 돈 사정이 어떻게 돌아가는 셈인지 알기도 했지만 주일마다 오던 사람이 안 오니 그 또한 궁금한 일이 아닐 수 없었다. 그날 역시 종일 밭에 가 아카시아 뿌리를 캐고 늦어서야 돌아온 봉수는 지고 온 나무뿌리 캔 것을 마당 한 옆에 내리자마자 밤골댁에게 물었다.

　“오늘도 며느리애 안 왔어？”

　“오긴 뭘 와요.”

　“소식두 없고？”

　“그렇다니까요.”

　“핫 기껏, 이놈한테 또 속았군. 천하에 못 배우고 무식한 자식, 끌끌.”

　봉수 영감은 정말 감정이 머리 끝까지 치밀어 돌쇠가 곁에만 있다면 골통이라도 까놓고 싶은 심정이었다. 그러나 꾹 참고 저녁식사를 마쳤다. 이 이상 돌쇠란 놈을 기다릴 필요도 없고 달리 방침을 세울 수밖에 없었다. 봉수 내외는 밤이 깊도록 어떻게 해야 집행을 당하지 않고 땅을 찾을 것인가를 상의했다. 헌데 늙은 내외가 머리를 맞대고 아무리 머리를 짜보아야 신통한 안이 나오지를 않았다. 결국 농우를 팔자고 봉수를 제의를 했다.

"농사철을 앞두고 소를 팔다니요?"

밤골댁은 펄쩍 뛰었다.

"허지만 땅을 경매당할 수는 없잖아, 어떤 땅인데. 소 아니라 내 몸뚱아리라도 팔 수만 있다면 팔아서 땅은 찾아야지. 그래야 조상들에게 득죄를 면하고 자손들에게 물려주지."

"그렇지만 다 늙어가지고 소 없이 농살 어떻게 짓느냔 말여요?"

"땅을 경매로 넘기는 것보담 낫지, 묵히더라도. 어떤 일이 있어도 땅은 찾아야지 …… 우리 백씨 가문을 위해서."

"그렇기는 한데요. 그럼 소만 팔면 빚은 메꿔지나요."

"안 돼지, 어림도 없지. 자그만치 오십만 원이 넘겨 되는데, 작년 올 이자하고 원금 조금이라도 줄여야 연기를 해줄는지."

"그럼 소를 팔아도 연기도 못 하단 말여요?"

"그렇지 …… 그러기 내 벌써부터 쌀 준절히 먹으라잖아…….."

"아니 그럼 쌀에다 손을 대겠단 말여요?"

"허허, 그런 소리 말래두…… 잡곡으로 허리끈 졸라 매고 살 작정하고 쌀을 몽땅 사야지 …… 휴―― 아무렴."

"아이구 지겨워 죽(粥) …….."

"할 수 없지. 왜정 때 산 생각을 해야지. 그렇게라도 해서 땅은 찾아야 한단 말야."

"해방돼서 제 땅이라고 찾아 밥술이나 먹을 만하더니 또 죽으루 허리끈을 졸라매구 살다니, 에구 죽일 놈 끌끌――."

"암―― 도시는 돌쇠란 놈이 죽일 놈이지 …… 집안도 생각 못 하고 에미 애비도 모르는 그런 그런, 에그 지지리두 못두 생긴 자식."

아무튼 일단 소를 팔고 쌀을 긁어내서라도 연기할 대책이라도 세워놓고 나니 차라리 홀가분한 기분이었다.

그날 밤 봉수 영감은 한잠도 이루지 못했다. 농우가 있어도 다 늙어서 농토마다 묵어들고 있는 형편에 농우도 없이 영농할 생각도 걱정이었지만 왜정 때 놈들에게 갖은 학대를, 굶주림을 겪어가며 농토를 찾아 겨우 밥술이라도 먹을 만한 때 다시 집안 형편이 기울어드는 것이 생각할수록 원통하고 분하여 견딜 수가 없었다. 보다도 어린 종만이 장래가 어찌될 것인가 싶어 영 잠이 오지를 않았다. 밤을 고스란히 밝힌 봉수 영감은 날이 새자마자 밤골댁을 서울 돌쇠에게로 보냈다. 설마 사람의 가죽을 쓴 인간이라면, 에미 애비를 조금이라도 염두에 두고 있는 녀석이라면, 나아가서 백씨 가문이 어떤 가문인가를 잊지 않았다면 그럴 수가 있으랴 싶어 보냈던 것이다. 최후로 다시 허리끈을 졸라매게 되었다는 사실이나 알리라고——. 그러나 은근히 밤골댁이 돈 가져오기를 기다리는 봉수 영감이었다. 헌데 당일로 오라고 몇 번이나 당부를 했는데도 이틀이 지나도 안 오니 말이었다.

"오늘도 안 올 참인가, 핫 기것 참."

봉수 영감은 나무 뿌리 캐던 괭이를 멈추며 읍에서 들어오는 할미성 고갯길로 울연히 시선을 보냈다. 오기만 하면 집에 가기 전에 밭으로 들를 것이 뻔해서였다. 아침나절까지만도 오늘은 설마 오겠지 싶어 그렇게 기다려지지 않았는데 점심 후부터는 정말 그렇게 궁금할 수가 없었다. 별일야 없겠지만 집을 비워놓고 간 사람이 무슨 모양인지 몰랐다. 물론 사순이(끝엣딸)가 조석은 끓여먹는다고 하지만 대관절 밤골댁도 없이 혼자 나무 뿌리 캐기가 그렇게 힘들 수가 없었다. 그래도 밤골댁과 같이 일을 하면 약간 깊이 박힌 굵은 뿌리도 내외 달라붙어 "엇쌰 엇쌰" 몇 번만 찾으며 잡아당기면 수월하게 뽑히던 것이 혼자서 하니까 우선 따분도 하고, 자그만 나무 뿌리도 뽑히지를 않고 애만 쓰였다. 그런대로 일은 거들지 못할망정 종만이라도 있으면 담배참에 말벗이라도 되는데 그놈까지 데리고 가는 바람에 허전하고 외로워 견딜 수가 없었다.

'아무래도 돈이 되느라 늦넌 거야…….'

봉수 영감은 이런 생각을 하며 담뱃대를 털어 깃고대에 꽂고 다시 일손을 잡았다. 길게 빼문 혀에다 양 손바닥을 소담스럽게 쓱쓱 문질러 침을 바른 다음 괭이자루를 단단히 부여잡았다. 그리고는 벌써부터 애를 먹이던 뿌리

언저리를 파기 시작했다. 정말 악착스러운 것이 아카시아 뿌리였다. 겨우 일 년 컸기 때문에 나무는 불과 손가락 정도인데도 실상 캐보면 뿌리는 나무에 비할 바가 아니었다. 언제부터 뻗어들기 시작했는지 굵기도 했지만 사방으로 뻗은 그 범위가 그렇게 넓을 수는 없는 것이 아카시아 뿌리였다. 이삼 년씩은 겉으로 싹도 나오지 않고 땅 속으로 멋대로 뻗어가는 아주 악질적인 생태를 가진 것이 바로 아카시아 뿌리였다. 뿐만 아니라 일단 밭에 뻗어들기 시작하면 여하한 방법과 수단으로도 근절시킬 수 없는 것이 또한 그 뿌리였다. 조그만 뿌리라도 끊기면 끊긴 대로 더 왕성한 기세로 살아서 싹이 나오는 것이었다. 그런가 하면 질기기도 어쩌면 그렇게 질기냔 말이다. 손가락만한 것도, 괭이로 몇 번씩을 찍어도 끊기지를 않으니까——헌데 될 수 있으면 끝까지 완전히 캐내야지 끊어서는 안되는 것이었다. 끊긴 동강이가 일이 년 후에는 어김없이 한 그루의 아카시아로 돋아오르니까——. 더욱이 아무리 메마른 땅에서도 그 어느 나무에 비해 왕성하게 번식 성장하는 아카시아가 봉수 영감네 제일 좋은 물 건너 포전밭에 뿌리를 뻗기 시작했으니. 연년에 그렇게 악착스레 캐고 뽑고 해도 봄만 되면 여전히 극성스럽게 싹이 돋아올랐다. 그런가 하면 몇 해 전부터 띠바랭이도 뻗어들기 시작했다. 종류가 다를 뿐이지 악착스런 생태는 띠바랭이도 아카시아나무와 추호도 다른 데가 없었다. 아무튼 아카시아, 띠바랭이 때문에 그 좋은 포전밭이 거의 병답이 된 실정이었다. 그러나 봉수 영감도, 그렇게 저희들 마음대로 뻗어들게 두지는 않았다. 봄만 되면 다른 일을 못 해도 아카시아, 띠뿌리민은 악착스럽게 캐냈다.

벌써 사흘째 캐는데 아직도 사흘은 더 캐야만 그런 대로 곡식이 자랄 것 같았다.

"쉿자—— 쉿자——."

봉수 영감은 땀을 뻘뻘 흘리며 괭이질을 했다. 오직 농토를 못 살게 망쳐 놓는 띠뿌리, 아카시아나무 뿌리 뽑는데 골몰해서 밤골댁 안 오는 문제는 그 동안 완전히 잊고 있었다.

"쉬——쉿자——."

늙었다고는 하지만 역시 익힌 솜씨가 있어 어설픈 장정 못지않은 괭이질이었다. 뿌리 주위를 파는 데만도 얼마나 시간이 걸렸는지 몰랐다. 땅 속 깊이 숨어서 몇 해를 뻗어 자란 모양, 예상보다 팔수록이 크고 많은 가지 뿌리들이 깊숙이 뻗어 있었다.

"이놈이 이 밭에서 젤 굵은, 모양이군 홈——."

발견된 것이 다행이란 듯이 봉수 영감은 히죽 웃어보이기까지 했다. 적당히 파 헤쳐놓고서 괭이를 놓고 잡아 당기기 시작했다. 쉽게 하자면 파들어간 부분에서 잔 가지 뿌리들을 자르고 큰 덩치나 우선 뽑아내고도 싶었지만 시작한 김에 송두리째 뽑아버리자는 것이었다.

"엇쌰, 엇쌰, 엇쌰——."

전신에 혈관이 발끈 솟아오르도록 아직도 남아 있는 두 전대팔에 근육이 꿈틀꿈틀, 발버둥을 쳤다. 그러나 아무리 잔뿌리라고는 하지만 원체 숫자가 많고 악착스럽게 박혀들어 쉽사리 뽑히지를 않았다.

"휴—— 세상에 온 고약한 놈의 나무 뿌리…… 휴——."

얼굴에 흘러내리는 땀을 손등으로 훌 문지르며 거듭 가쁜 숨을 몰아쉬었다. 밤골댁 생각이 간절했다. 내외 달라붙어 당기면 문제도 없을 것 같았다.

"대체 뭘 하기에 여태 안 오는 걸까?"

다시 고개를 돌려 할미성 고갯길로 시선을 돌리는데 밤골댁이 바로 코 앞에 오고 있었다.

"허허—— 정말 자네 기다리기 눈 빠지겠네. 아무튼 잘 왔네. 그잖아도 지금 이놈하고 씨름을 하는 참인데."

봉수 영감은 구세주나 만난 듯 반가웠다.

헌데 웬일인지, 밤골댁은 시무룩한 태도로 봉수 영감 곁에 와서도 대답이 없다. 그러나 봉수 영감은 미처 밤골댁의 그러한 표정과 태도를 살필 새도 없었다. 우선 뽑다둔 나무 뿌리를 어서 뽑자는 생각뿐이었다.

"어서 와 달라붙어 당기라면?"

봉수 영감은 다시 뽑다 둔 뿌리를 잡으며 재촉했다.

"그게 그렇게 급해요? 내 얘기부터 들으란 말여요."

밤골댁은 여전히 뜨악하니 선 채 말했다.

"얘기도 급하지만 이놈부터 뽑아치잔 말야, 어서."

"그게 그렇게 급해요, 글쎄?"

"아따 또 고집부리고 있다. 끌끌. 빨랑 오라면?"

할 수 없이 밤골댁도 나무 뿌리에 달라붙었다.

"자, 당기라구―― 엇―쌰, 엇―쌰, 하―― 이런 넨잔헐 맨날 보면서도 이렇게 답답할까…… 소리 할 땐 같이 힘을 쓰자구 하는 게지, 목구멍 성해서 소리 지르는 게야…… 어―― 할 때 말고 쌰 할 때 힘을 목곳하게 쓰란 말야, 알겠어?"

"어따, 뭣좀 할라면 그놈의 잔소리 듣기 싫어……, 연설 그만하구 어서 뽑잔 말여요."

"에그그…… 대체 누가 잔소릴 하는지 모르겠네, 힘을 모아야지 힘을……… 정말 뭣좀 하자면 구테나 대거리지 에이 끌끌――, 자―― 어서 하잔 말야…… 엇―쌰―엇―쌰―엇―쌰."

같이 힘을 모아 버둥대보았지만 그렇게 만만치는 않았다. 결국은 지게 꼬리를 끌러다 나무 뿌리에 동여매고 한 가닥은 봉수 영감 허리에 동이고, 한 가닥은 밤골댁이 어깨에 메고 또 한 차례 엇――쌰――를 찾은 후에야 나무 뿌리는 뽑혀 나왔다.

"원, 아무리 늙기는 했다만 이까짓 정도야 설마, 허――허허――."

봉수 영감은 그렇게 통쾌할 수가 없다는 듯이 지게꼬리를 끌러 나무 뿌리를 집어 동댕이치며 한 쪽이 빠진 이를 온통 드러내어 웃었다.

그러나 밤골댁은 그게고 저게고 시큰둥히다는 듯 여전히 시무룩한 태도였다.

"대간한데 인자 좀 쉬어요."

밤골댁은 밭가 아카시아나무 그늘에 가 펄썩 엉덩짝을 내붙이며 말했다.

"아무렴 쉬어야지, 아무튼 지독한 나무 뿌리야, 휴―휴―― 아니 참 그래 간 일은?"

"그러기 말여요――."

"그러기 말이라니?"

"다―― 틀렸어요."

밤골댁은 말하며 한숨을 푹 내쉬었다.

"돈이 안 된다 그 말이지?"

"……."

"어따 기히 작정한 대로 소 팔고 쌀 사고 해서 갚는 게지 뭘 …… 아예 속 썩힐 거 없어——."

봉수 영감은 이렇게 말은 하면서도 얼굴은 흉하게 일그러졌다.

"…… 소라도 팔고 쌀이라도 사서 될 것 같으면 하지만 그렇게도 안 되게 됐으니 얘기지요."

밤골댁은 파랗게 질려 한 곳에 시선을 박은 채 여전히 말이 없다. 그럴수록 봉수 영감은 조급증이 났다. 아무리 고쳐보아도 일찍이 볼 수 없는 절망에 가까운 표정이었다.

'흠, 쓰레기장인가를 다 털어 먹고 빈털터리가 된 게로구나.' 생각하며 봉수 영감도 이상 묻지를 않았다. 이미 예상은 했던 문제인 만큼 그렇게 놀라울 것은 없었다. 순간 봉수 영감은 어떠한 방법으로라도 자기 힘으로 빚을 갚고 땅을 물리는 길밖에 없다고 결심을 했다. 그러나 그렇게 각오는 하면서도 아득하기만 했다. 몸은 늙고 도와줄 일꾼 없고, 게다가 농우마저 팔면 어떻게 농사를 짓느냐는 것이었다. 결국 빚 갚는 방법은 영농밖에 없는데 말이었다.

'에구…… 두 놈 중에 한 놈만 살았어도…….'

상쇠 중쇠, 생각이 전에없이 간절했다. 얼마간의 시간이 지난 후에 밤골댁은 서울 다녀온 내막을 자세하게 얘기하기 시작했다.

——가서 보니 돌쇠란 놈은 여전히 말쑥하게 차리고 흥청대고 다닌다는 것이었다. 쓰레기장 곁에 그런 대로 호화롭게 지어놓은 집이 있는데도 어쩌다 한 번씩 들를 뿐 밤에고 낮에고 고급 승용차만 몰고 다니며 큰소리만 평평 친다는 것이었다. 그러다 보니 사업인지 쓰레기장사인지도 관리하는 아이들 몇 놈이 훔쳐먹고 들어먹고 하는 바람에 열흘이 멀다고 갈아치워야 그놈이 그놈이어서 결국 말만 좋아 쓰레기 사장님이지 실속은 하나도 없고 빚쟁이들만 하루에도 몇 명씩 와서 기다리고, 만나면 어떻게 졸라대는지 돈을 달라기는 고사하고 더 있으면 보태주었으면 좋겠다는 얘기였다. 그러

던 판에 미군이 절반으로 줄어들어서 요즘은 쓰레기 나오는 것도 별로 없고, 한 마디로 말해서 거의 다 망했다는 것이었다. 집도 이미 소유권까지 남의 손에 넘어가고 맨날 펑펑대고 다녀야 도저히 빚 갚을 가망은 보이지 않고 사실상 빚 좋은 개살구 격이라는 것이었다.

"글쎄 제놈(돌쇠)이 그 지랄로 맨날 사업은 둘째고 기집질만 하고 다니고 사치만 하고 다니니 그 밑에서 일보는 애들인들 충실하게 하겠난 말여요. 윗물이 맑어야 아랫물이 맑다고, 주인인지 사장인지 제놈이 그러고서 하늘에서 쏟아지는 복인들 어찌 부질 하겠난 말여요. 정말 내가 낳은 자식이지만 자식이 아니라 원수죠, 원수⋯⋯."

밤골댁은 울 듯한 얼굴로 이렇게 한 차례 호소를 하고나서 다시 얘기를 계속했다. 맨날 집에서는 행여나 돈을 가져다 땅을 물러주나 하고 이쪽 생각이지만 아예 집 생각은, 늙은 부모, 어린 조카 생각은 염두에 두지도 않고, 어느 돈이 되었든 거짓말이라도 해서 얻어가지고는 홍청대며 요정, 호텔로 뿌리고 다닌다는 것이었다.

"글쎄 그놈 기다릴 건 조금도 없단 말여요. 인두겁을 쓴 놈이면 그래도 늙은 에미 애비 생각을 했던, 백씨가문을 생각했던 그럴 수가 없단 말여요. 집에서 공연히 우리 늙은이들만 몸달았지 집구석은 벌써 풍당 망했단 말여요. 못난 송아지 엉덩이 뿔난다고 되지 못한 돌쇠란 놈 땜에 말여요. 정말 돌쇠란 놈 땜이요. 그 돌백가 자식 때문에 집구석이 이렇게 망할 줄이야, 아유 — 답답."

밤골댁은 너무 억울하고 분하다는 듯이 기의 제정신이 아닌 사람 같았다.

"어——혀혀혀——어——혀——혀혀——이 사람아, 그 사람 돌백가 줄 인자 알았어? 그만둬. 우리가 이미 예측했던 일 아니냔 말야. 허허허."

봉수 영감은 무슨 새삼스런 얘기냔 듯이 호탕하게 웃기만 했다.

"글쎄 글쎄, 여보 그 정도라면 누가 걱정을 하나 말여요. 땅이 이미 송두리째 올라갔으니 얘기지. 에구 어찌면 좋단 말유, 집구석이 이렇게 망하다니, 에구 에구."

68

"아니, 건 또 무슨 소리야? 송두리째 망하다니?"

"글쎄, 또 땅을 잡혔대요. 미군 쓰레기 장사가 미군 주는 바람에 시원찮어서 쓰레기는 집어치구 일본놈들이 입넌 옷감 홀치기장사 한다구 땅을 두번째 잡혔단 말여요. 일본놈 홀치기 한다구요. 에구 망했어요, 망했어. 돌쇠놈 때문에 우리 집은 영 망했단 말여요. 요즘은 두 번째 땅을 잡혀가지고 [二番抵當] 여전하게 흥청대고 다닌단 말여요. 일본놈이랑 같이 홀치기 공장 채린다고 말여요. 망했단 말여요. 다——."

"아니, 뭐뭐 홀치기? …… 두 번 저당? …… 아니 대체 어떻게 된 건가, 자상하게 말을 해야지 말을——."

너무나 의외이고 놀라워서 봉수 영감은 밤골댁 곁으로 바짝 다가앉으며 눈을 동그마니 했다.

"글쎄, 낸들 알겠냔 말여요. 평생 처음 들어보는 홀치기가 뭔지 …… 일본놈들이 입는 옷감에다 얼룩덜룩 물감 칠해서 일본으로 보내는 거란 말만 들었지, 낸들 아냐 말여요. 홀치기가 뭔지 에구——."

"허허, 뭐 뭐시라구? 일본놈들이 입는 옷감에다 얼룩덜룩 물감 들이는 거라구?"

"글쎄, 그렇다니까요. 인자 쓰레기나 꿀꿀이죽은 한 세월 가고 그걸 해야 한다고 땅을 두 번째 잡혔다니까요, 두 번째 말여요. 이 답답한 영감아."

"홀치기 할라구 두 번째? 허허 두 번째라니 대체 무슨 말인지 모르겠네. 모르겠어——."

"나두 자세한 건 모르지만 두 번 저당하면 땅을 팔은 거나 같으대요. 땅을 싹 팔아두 두 군데 빚 갚으면 남넌 게 없다잖아요. 그러니 아주 망했지 뭐냔 말여요."

"…… 허허 이럴 수가 …… 일본놈이라 …… 일본놈 옷감에 물감칠하는 장사라 …… 그래서 농토가 …… 에그, 창자 없는 자식—— 하필이면 일본놈 옷감에 흐흠 …… 정말 우리 백가 집안은 망했구나, 망했어. 하필이면 생각만 해도 몸서리가 나는 일본놈 …… 헛 죽일놈."

봉수 영감은 입을 꽉 다물며 이를 북 갈았다. 눈에서는 금세 불꽃이 튀었다.

허나 밤골댁 다음 얘기는 다시 한 번 봉수 영감의 골통을 쇠뭉치로 후려 갈기는 듯한 충격이었다. 이 바보 같은 돌쇠놈이 미군 줄어들어 쓰레기 경기 없는 줄을 모르고 그 경기를 회복하기 위해 제 형수를 미군에게 맡겼다는 것이었다. 미군 상사 주택에 세탁부 겸 청소부로 가면 편하고 돈도 많이 받을 수 있다고 제 형수는 그렇게 반대하는데도 강제로 끌고 가다시피 데려다 주어 들어가본 결과 자신도 모르는 사이 동거생활을 하게 되었다는 얘기였다. 밤골댁이 왔다는 말을 듣고 부대에서 틈을 타서 나온 며느리가 울면서 하소하더라는 얘기였다.

"아니 그, 그게 정말인가, 응? 좀더 분명하게 똑똑하게 말좀 하라고——."

봉수 영감은 밤골댁의 손목을 잡고 다그쳐 물었다.

"몰라요, 모른단 말여요. 으흐흐……."

밤골댁은 울음을 터뜨리며 두 번 얘기하는 것까지도 가슴이 아프다는 듯이 봉수 영감이 잡은 손을 무자비하게 뿌리치고 미친 듯 집으로 달아나버렸다. 봉수 영감은 너무나 어처구니가 없어 달아나는 밤골댁 뒷 모습을 멍청히 보고만 있었다. 멀리 갈 때까지——.

그러나 도무지 곧이가 들리지를 않는 것이었다. 그냥 의식이 몽롱했다. 몸뚱이를 어떻게 행동해야 하는지 또는 무슨 생각을 해야 하는지 좀처럼 식별이 되지를 않았다. 얼마 동안을 멍청히 서 있었다. 그러기는 하면서도 이러고 있을 것이 아니고 무엇인가를 어서 해야 한다는 초조하고 절박한 심정임에 틀림없었다. 앞산에서 우는 뻐꾸기 소리가 바로 근처에서, 소 부리는 소리가 꿈 속에서처럼 아득하게만 들렸다. 방금 전에 아내에게서 들은 모든 얘기들은 아내에게서 직접 들은 사실이 아니고 언제인가 꿈 속에서 겪은 일처럼 아리송하기만 했다. 말쑥하게 치장을 한 돌쇠가 어떤 계집애와 어울려 택시를 타는 광경이며 며느리가 어느 집에서 부지런히 빨래를 하는 모습이, 아니 양사람에게 억압되어 울고 있는 모습이 실은 방금 달려가던 아내의 태도가 어쩌면 언젠가 꿈 속에서 본 듯 안 본 듯 마냥 아리송하기만 했다.

'대체 나는 지금 어떻게 된 걸까?'

봉수 영감은 주먹으로 자신의 골통을 톡톡 쳤다. 그러면서 아카시아 뿌리, 띠 뿌리를 뽑아놓아서 수선한 밭을 멍청히 지켜보고 있는 것이었다. 내려쬐는 땡볕을 온몸에 받고 서서 땀을 좔좔 흘리면서——.

얼마간의 시간이 더 흐른 연후에야 봉수 영감은 부지런히 뽑아놓은 나무 뿌리들을 지게에 지기 시작했다. 이상 일을 더할 용기가 나지를 않았다. 어서 집에 가서 좀더 자세한 얘기를 들어보고 싶은 생각뿐이었다. 지게뿔 위에까지 졌는데도 자꾸만 더 주워 얹었다. 별 까닭도 없이 힘에 겨웁도록 잔뜩 지고 싶은 것은 또 무슨 심산인지 자신도 몰랐다. 무릎을 꿇고 작대기를 의지로 겨우 일어설 정도로 졌는데도 그다지 무거운 것 같지도 않았다.

"아무럼 헛말이지, 그럴 리가 없지. 없고 말고——."

아내에게 들은 사실을 애써 부인하며 천천히 발길을 집으로 옮겼다. 볕도 따가웠지만 짐도 원체 무거워서 얼마 가지 않아 전신은 물에 빠진 사람같이 땀이 흘러내렸다. 고달픈 마음에 앞서 그렇게 통쾌할 수가 없었다. 무엇인지도 모르면서 자신은 커드만 사명감을 이행하는 것만 같았다. 어깨가 저려오고 가슴이 벌어지는 듯 답답하고 발걸음이 점점 무겁게 타박 거릴수록이 보람된 기분으로 흐뭇하기만 했다. 그러나 사색은 줄곧 딴 데 가 헤매고 있었다. 왜놈들에게 농토를 빼앗기고 북만주까지 헤매다 비참하게 쓰러진 첨지 생각, 6·25 난리로 전사하고 행방불명된 상쇠, 중쇠, 혼자된 며느리, 종만이, 이런 생각들이 몇 번이고 머리 속에서 맴을 돌았다. 그러나 끈질기게 골통을 파고드는 상념은 역시 자신의 과거였다. 첨지의 유언대로 모리카미에게 넘어갔던 농토를 찾기 위해 몸부림치던 하나하나가 새록새록 되살아올랐다. 아내의 넓적다리를 꼬집어가며 밤을 새워 가마니 짜던 일, 정강이까지 빠지는 눈 속을 잔입으로 이십 리나 되는 읍으로 나무를 팔러 다니던 일, 남에게 뒤져서는 안 된다고 밤에도 등불을 밝혀놓고 모를 찌고 논둑을 붙이고 풀가지를 밟아가며 쇠스랑질을 하고, 아니 모리카미가 답품 나왔을 때 바친 정성, 도조를 싣고 가서 받은 학대, 그 어떤 사연이나 기억에 새롭기만 했다.

'공출로 해서 발가락까지 잃고 말순이년을 생으로 죽인 생각은 내 눈에 흙 들어가기 전에 잊을 수 없지…… 못 잊고 말고…….'

생각하며 쉴새없이 눈으로 흘러드는 땀을 적삼 앞섶으로 쓱 문질렀다.
그러면서 자꾸만 걸었다. 이젠 어깨가 저린지 아픈지 거의 감각이 없었다.
가슴도 따가운 것인지 답답한 것인지 숨만 가빴다. 평소 같으면 내를 건너
기 전에 쉴터(쉬는 장소)에서 으레 지게를 버텨놓고 냇물에 시원하게 세수
를 하고 숨을 돌려가는 것이 상례였지만 그냥 계속 걸었다. 쉬어서는 절대
안 된다는 생각이었다. 물론 왜 그런 심사인지 자신도 모르는 것이었다. 한
마디로 말해서 쉬면 죽는 것이고 그대로 버티고 가면 산다는 것이었다. 쉬
지 않고 끝까지 버팀으로써만 일생을 통해 쌓아온 공적도 긍지도 백씨 가문
의 명예도 유지된다. 바로 그런 심산이었다. 입으로 흘러드는 땀을 연신 푸
푸 불며, 띠엄다리를 건너 오르막길을 접어들었다. 냇가 백사장을 지날때
는 발목까지 폭폭 빠져 곧 주저앉을 것만 같았다. 그러나 이를 깨물고 참고
기를 쓰며 걸었다. 고갯길만 오르면 머지않아 집이었다. 마지막 용기를 내
어 발가락에 옴쏙옴쏙 힘을 주어 돋우어 밟기 시작했다. 살기 위해 끝까지
버티고 집에까지 지고 가야 한다고——.

“그런데 글쎄, 어떤 땅이라고…… 어떤 며느리라고, 에그 죽일 놈.”

오르막길을 절반이나 올라갔을까 바로 그때 봉수 영감은 미친 듯 부르짖
었다. 그러나 그때는 이미 봉수 영감은 앞으로 폭싹 엎어져 아카시아나무
뿌리 짐에 눌려 있었다.

“그 땅이 어떤 땅인데, 어떤 땅인데…….”

봉수 영감은 거듭 부르짖었다. 그러나 이미 소리는 내지 못했다. 엎어진
것도, 짐에 눌려 있는 것도 모르고 의식이 혼미해왔다.

얼마간의 시간이 지난 후 깜빡이는 의식 속에 무슨 소리가 분명 들렸다.

“할아버지—— 할아버지, 히잉…….”

밭의 할아버지한테 가려고 나섰던 종만이가 이 놀라운 광경을 보고 짐을
떠넘기며 목메어 불렀다.

“할아버지—— 할아버지——.”

종만이는 기를 쓰고 나뭇짐을 떠밀며 계속 불렀다. 뺑뺑이를 치며 발을
동동 구르며 봉수 영감 손을 잡아끌었다.

“할아버지—— 할아버지, 히잉…… 할아버지——.”

지게꼬리를 풀고 나무뿌리를 대충 떠밀고 하자 봉수 영감 얼굴이 나타났다.

"할아버지 ——."

종만이는 있는 힘을 다해서 땅바닥에 모질게 깔려 피투성이 된 봉수 영감 얼굴을 치켜들며 구출에 기를 썼다.

봉수 영감은 미친 듯 고개를 들었다.

"오! 종, 종만아!"

봉수 영감은 피투성이 얼굴을 좀더 높이 들며 종만이 손을 꼭 잡았다. 그러면서 본능적으로 몸을 꿈틀 일어나려고 했다. 그러나 짐에 눌려서이기도 했지만 이미 봉수 영감에게는 그런 힘이 없었다. 그냥 눈을 똑바로 뜨고 입가에 미소만 지어보였다.

"할아버지 …… 일나 어서. 일나 히힝."

"종만아 종, 종만아 …… 홀치기 넌, 넌 알지?"

봉수 영감은 종만이 자그만 손을 다시 한 번 꼭 쥐어보며 말끝을 흐렸다. 그러면서 힘없이 머리를 땅에 떨어뜨리고 말았다.

"할아버지 — 할아버지, 이히힝, 이히힝 ——, 할아버지 —— 할아버지."

종만이는 봉수 영감 손을 잡고 목메어 불렀으나 영영 아무런 반응도 없었다.

"엄마 —— 엄아야 ——."

얼마 후 봉수 영감 손을 놓고 물러선 종만이는 허공을 향해 엄마를 부르며 울부짖었다.

—— 1972년

농기(農旗)

윤호 영감은 요즘 봄나무 준비에 여념이 없다. 오늘도 벌써부터 장작을 패고 있다.

"퉤퉤."

도가 자루 잡은 양손 바닥에 번갈아 침을 뱉어, 자루를 으스러지도록 잡았다. 번쩍 도끼를 추켜들어 내리쳤다. 거듭거듭 몇 번을 내리쳤다. 그래도 나무 토막은 쪼개지지 않고 여전히 버틴다. 그다지 크지도 않은 나무 토막 한 개를 가지고 벌써부터 상씨름을 벌이고 있는 것이다. 나무 토막이 쪼개지지 않고 버티면 버틸수록 윤호 영감 역시 호락호락 물러설 수는 없었다. 악작스레 도끼질을 했다.

"늙긴 했지만 네놈쯤이야."

중얼거리며 더 한층 모질게 도끼를 내리쳤다.

"쉬이 쉿."

양지에서 모질게 자란 옹이 투성이 토막이었다. 한동안 기를 쓰고 내리치던 윤호 영감은 할 수 없다는 듯이 도끼질을 멈추었다. 뻣뻣한 가는 허리에 두 손을 대고 폈다. 아직 쌀쌀한 날씨인데도 이마에 땀방울이 송골거렸다. 저고리 앞섶으로 시원스럽게 얼굴을 문질렀다.

"휴우, 내 기운이 이렇게 됐나, 이렇게 늙었단 말인가?"

윤호 영감은 쓴 침을 소담스럽게 삼켰다. 혈관이 불거진 두 팔뚝을 내려다보았다. 이런 경우 어쩔 수 없이 떠오르는 큰 놈 원대 생각.

"안 된다. 대처(都市)가서 만 원 벌면, 이만 원 어치 사람을 잃는다. 더구나 너는 내 대를 물려받을 장자다. 아예 나갈 생각 말어."

벌써 삼 년 전이었다. 들썽해서 나가려는 원대를 불러 앉히고 진심으로 타일렀다.

"집 지키는 것도 좋지만 수지가 맞아야지유. 농사, 밤낮 죽자 하고 버둥대야 먹고 살기가 바쁘잖아유. 농촌에 돈 귀해 못 살아유. 우린 기세 못 배·서 이 모양이지만 앞날을 생각해서라두."

원대는 말을 마치고 애원이라도 하는 듯 윤호 영감을 쳐다보았다.

"농촌이라구 삼장 이렇겠냐, 음지가 양지 될 날이 있지. 뭐니뭐니 해도 농은 천하지대본이다. 그라구 농촌에 당장은 돈이 귀하지만 사철 이렇겠냐. 정치하는 사람들도 자기네가 때때로 먹는 쌀 농사짓는 농사꾼을 아주 모른 체야 하겠니. 지긋지긋 참노라면 농사꾼 자식들도 갈칠 날이 올끼다. 꾹 참고 견뎌봐, 사람은 참을성이 있어야지 …… 농사는 천하지대본여."

"참, 아버지두 답답두 하네유, 암만 천하지대본이면 뭘 해유, 글쎄. 고무신값, 성냥값, 약값, 이런 것은 날마두 뛰기만 하는데 쌀값은 고만이 귀신이 들렸나, 맨날 박아논 값 아녜유, 칠월달에 어찌다 쌀값이 조금 고개를 드는 성싶으면 신문쟁이들이 막 떠들어대구, 농림 장관을 국회에 불러다 따지구유. 일본 쌀을 들여오구 미국서 밀가루를 무진장 들여오구 아무래두 천하지대본이 바뀌는가 봐유."

"바뀌면 쌀 안 먹구 붕어마냥 물만 먹구 사는 세상이 온다데. 암만 그래두 안 먹군 못 살 게 아니냐."

"글쎄 이치는 그래유."

잠시 눈을 까막까막 하던 원대는,

"그런데 알다가두 모를 일은 국회의원 나리들여유. 선거 때에는 동네마두 댕기면서 국회에 보내주기만 하면 여러분들의 충실한 심부름꾼이 되어 농민 소득을 높여 잘 살게 해주겠다던 양반들이 어째 쌀값 올라간다구 농림 장관을 불러다 따지는지 정말 요지경 속여유."

"그라구 보니 그건 참 그렇구나. 허지만 두서를 못 잡아 아직은 그렇지만 그 양반들은 궁리가 있을 게다. 무식한 우리들을 속이겠냐. 믿어야지, 꼭 믿어야 한다. 종놈이 상전 하는 일을 모르듯 무식한 우리 따위가 어찌 배워서 무궁한 궁리를 가진 그분들 도량을 알게 뭐냐. 예렛냥 금으로 믿어야 한다."

"믿다가 세월 다가면 언제유. 아버지두 믿다가 우릴 요모양 만들었잖아유. 아버지두 보다시피 도회지 사람들 아버지같이 광목바지 저고리 입은 사람 봤어유. 젊은 놈 치구 우리같이 작업복 입은 사람이 몇이나 되구유. 아주 겔러빠진 놈 아니면 다 구두에 신사복여유. 대전역 지게꾼두 최하 아리랑 핀대유. 아버지두 돌아가시기 전에 좋은 양복지 두루마기두 입어보구, 우리두 신사복에 번쩍거리는 구두두 신어보구유. 정말 세상은 살기 좋은 세상인데 맨날 산골에서 손발은 곰발같이 해가지구 고기 한 칼 못 사먹구 이럴 게 뭐유."

"그러니께 정부에서두 우리들 잘 살라구, 중농정책을 하지 않냐. 제방을 쌓아주구, 보를 막아주구, 소류지를 파주구, 개간하라구 밀가루를 주구, 엄청난 돈을 농촌에 쏟아놓지 않냐."

"글쎄, 암만 제방을 해주구 소류지를 파주구, 농량을 보조해주면 뭘 해유. 문제는 수지 아녀유. 수지 안 맞는 일을 누가 하냔 말여유. 눈깔 바루 박힌 젊은 놈들은 다 달아나는 걸유. 인제 봐유. 암만 증산, 증산해두 젊은 일꾼 다 나가구 증산이 되나유. 어저께 쳐보니까 우리 동네 사십여 호에서 남녀 젊은 사람만 꼭 스물셋이 나갔이유."

"허허, 건 나두 손꼽아봤다. 여자가 열하나 남자가 열둘이더구나."

"나가는 사람마두 전부 미끈한 신사가 되어 다니러오잖아유. 아버지 일전에 왔다간 만식이 봤잖아유. 이렇다는 신사 아녀요. 여기서 농사 몇 마지기 가지고 그렇게 직사한 고생을 하더니 겉기를 홀떡 벗었잖아유. 한 달에 사만 원 수입이래유."

"사만 원?"

"예."

"만식인 정말 어디가 뭘 한다냐."

 "영등포 가서 토건회사 땅차 부린대유. 말이 사만 원이지 큰 돈 아녀유. 쌀이 열 가마 아녀유. 우리 농사 반여유. 비료값이 있어유. 농약대가 있어유. 비가 오나 가무나 일시두 마음 놓날 없구, 아무 때구 타작해놓아야 마음 놓는 농사, 정말 머리 흔들려유."
 "그렇다구 농살 아무두 안 지면 뭘 먹구 사냐. 그래두 모든 근본은 농사에 있다. 네가 단단히 맘이 떴는데…… 그럼 만식이 따라간단 말이냐?"
 "예, 난 붙여준다구 오랬어유. 자동차 수리 공장에 일 년만 배면 운전 밴대유."
 "허, 그것."
 윤호 영감은 못마땅한 안색으로 담배만 빨더니,
 "그렇지만 안 된다. 농사를 업으루 사 대나 살아온 이 집을 지킬 장자인 동시, 선친들이 물려준 그 업을 물려받을 사람두 역시 너다. 일시 도회지 돈벌이를 하자구 부모의 유업을 그렇게 버릴 수 없다. 나갈라구 하는 네 심정두 아주 모르는 내가 아니다. 되씹는 얘기가 된다만 하늘이 우리 농군을 아주 버릴 이치가 없어. 금은 보화가 보물이라구 하지만 농민이 짓는 곡식으로 배를 채운 담에야 보물도 있다. 그래서 천하지대본이지. 아주 못 갈 줄 알고 작심해서 일해라."
 "자꾸 그라시면 입장만 곤란해유. 아무튼 꼭 갈래유."
 "뭣이, 꼭 가야 해?"
 윤호 영감은 약간 언성을 높였다.
 "할 수 없어유."
 "흐흠, 아직 넌 참된 농사꾼이 아니구나. 콩을 심으면 콩싹이 나고 팥을 심으면 틀림없이 팥싹이 나오는, 쇠털만한 거짓도 없는 대견스럽고 신기한 농사 취미를 모르다니. 내 손으로 씨를 뿌려 내 손으로 가꾸어 무럭무럭 자라나는 그 취미를 모르다니, 모르다니."
 윤호 영감은 연 삼 일 동안을 달래고 꾸짖고 했으나 헛수고였다. 원대는 기어코 가고야 말았다. 작은 놈 원구를 길들여 선친의 유시 근본을 물려줄 수밖에 없었다. 그러나 그도 뜻과 같지 않았다. 원대가 집을 나가고 일 년인가 되어서였다. 뻐꾹새가 사흘째 울던 어느 날 읍내로 쟁기 사러 보낸 원구란 놈은 그 길로 뺑소니를 치고 말았다. 후에 안 일이지만 제 형하고 몇 번 편지질을 하더니 그렇게 되었다는 것이다. 그 후 두 놈한테서 성공해야 집에 가겠노라는 편지만 몇 번 왔을 뿐 한 번 온 일도 없이 삼 년이 훌쩍 넘어갔다.

육십이 넘은 윤호였다. 작년까지만도 숙달된 솜씨와 의욕으로 버티어왔었다. 그러나 농사란 의욕이나 솜씨만으로 되는 것은 아니었다. 절대 필요한 것은 노동력이었다. 평생을 독농가라고 자타가 인정하던 윤호 영감도 나이가 나이었다. 형제 놈이 다 나가고도 용케 먼 일가 아이를 일꾼으로 두게 되어 그다지 급급하진 않았다. 그 다음 해 그놈마저 목수일 밴다고 나가버렸다. 아는 사람마다 청을 넣고 사방으로 염탐했으나 일꾼 살 사람은 동지 섣달에 뱀 구하기보다 더 어려웠다. 방농에는 뜨내기 품꾼도 살 수 없고 미리부터 선품을 맡기다시피한 품꾼과, 대부분 품앗이로 겨우 때만 잃지 않고 오늘까지 지탱해왔다. 작년 여름 모낼 때였다. 생각다 못 해 일부러 대전역에 가서 뜨내기 일꾼 두 사람을 모셔왔었다. 하루 술 밥 오시 먹이고 이백오십 원 작정하고 모를 다 내기로 결정을 했었다. 첫날 아침 먹은 후 들에 나갈 때 윤호 영감은 풍년초 피우면서 마음 먹고 새마을 한 갑씩을 주었다.

"없어서 지게품은 팔아먹고 살아도 이런 담밴 못 피겠수다. 파고다는 못 줘도 최하 백조는 줘야죠."

"백조라니?"

윤호 영감은 어리둥절했다.

"써서 못 피겠수다. 담배 안 피고 일할 수 있나요."

윤호 영감은 할 수 없이 백조로 대접했다. 뿐만 아니었다. 밥에 보리쌀이 많으니, 모내는 데 굴비국을 안 끓이고 웬놈의 꽁치냐고 하는가 하면, 아무 때고 자기네 마음대로 어정어정 논둑으로 걸어나가 차근히 앉아서 담배를 몇 대씩 피우고 했다. 더욱이 아침에는 해뜰 무렵해서 일어나고 저녁에는 해떨어지기만 기다리는 것이었다. 다른 사람이야 일을 하든 말든, 똘에 가서 말짱 씻고 집으로 들어가는 것이었다.

"보쇼들, 늦어가는 모를 이렇게 일쪽 손을 떼면…… 좀더 합시다."

더 끄트리면 안 되겠다고 사정을 했다.

"미장이 뒷일 같으면 집에 가 저녁 먹은 지가 한참이겠수다. 그래도 오백 원씩 착착인데."

"그렇지만 농삿일은……."

"그건 댁사정이죠. 하루면 하루지 밤까지 하잔 말여요."

도대체 말발이 서지를 않았다. 대관절 비위가 상해서 볼 수가 없었다. 다음 날 모두 보내고 말았다. 모낼 때면 밤에 논둑을 붙이고, 모를 찌고 하는 그였다. 그러나 그도 옛얘기. 육십이 넘은 윤호 영감에게 있어 열 마지기 농사란 힘에 겨웠다. 허구한 날 동동거려도 해마다 농사 형편은 틀려만 갔다. 더욱이 과중한 노력에 번번이 밤에 잠을 이루지 못했다. 금년 들어 몸은 눈에 띄게 쇠약해졌다. 그렇다고 조금도 마음과 몸을 게을리 하는 그는 아니었다. 일 년 계획은 봄에 세우는 법. 연년이 하던 그대로 선친이 일러준 그대로 고삐, 새끼, 농구 수리, 보충도 벌써 완비해놓고, 해동되면서 농번기에 땔 나무준비를 해야 했다. 오늘 사흘째 장작 나무를 베다 쪼개는 것이었다.

"내 힘이 이렇게 줄다니 이럴 수가 없는데, 이럴 수가 없어."

윤호 영감은 땀을 연신 문지르며 담배를 한 대 흐무러지게 피웠다. 허리끈을 고쳐매고, 침이 번들거리는 벌건 혀를 길게 빼물었다. 뻣뻣한 두 손바닥으로 번갈아 혀에 침을 발랐다. 감촉에 맞도록 도끼 자루를 몇 번 고쳐 쥐고 나무 토막 중심부를 있는 힘을 다해 내리쳤다. 거듭거듭 세 번을 그렇게 했다. 도끼가 박히면서 나무 토막이 약간 벌어졌다.

"휴우, 그럼 그렇지, 윤호가 늙었기로서니 이것쯤이야."

다음부터는 하잘 것도 없었다. 엎어놓고, 젖혀놓고, 몇 번 내려치자 항복이라도 하는 듯 쩍 벌어지고 말았다.

"허허허, 제놈들 없어두 아직이야, 당장 죽을 줄 알고, 이놈들 어림없다. 어림없어."

윤호 영감의 눈동자는 새롭게 반짝거렸다.

꼴지게를 지고 나선 윤호 영감은 발을 멈추고 귀를 기울였다. 틀림없는 농악 소리였다. 잦은 가락으로 신바람이 나게 쳐돌렸다. 앙칼진 꽹과리 소리, 북소리, 우람스런 징소리가 온 골짝을 뒤흔들었다. 윤호 영감은 부지런히 달려갔다. 틀림없이 두레논을 매고 있었다. 농악 소리와 함께 에헤라 방아호 소리도 신나게 들려왔다. 훈훈훈 바람도 지날 때마다 퍼런 비단을 펼친 듯한 온 들판이 굼실굼실 물결쳤다. 그런데 괘씸스러웠다. 두레논을 매면 자기한테 알리지도 않고 저희들까지만 행동할 수가 있는가 싶었다. 어쨌든 오랜만에 농악을 울리고 두레논을 매니 흐뭇했다. 용지골을 향하여 막 달렸다. 그런데 달려가다보니 용지골이 아니고 서낭골이었다. 이럴 수가 있나 싶었다. 지금까지 해온 예가 언제고 제일 큰 골짝 용지골에서 시작했는데 어째서 서낭골일까? 농은 천하지대본이라 쓴 농기가 펄펄 날리고 상쇠가 유난히 깽막 소리를 잦게 했다. 서낭골 서기네 논이 분명했다. 자식들이 다 나가고 늙었다고 괄시함이 분명했다 . 두레논 매는 것은 흐뭇한데 순서를 바꾸어서 한다는 것은 용납할 수 없는 일이었다.

"여보게들."

윤호 영감은 자기가 지르는 소리에 소스라쳐 잠을 깨고 말았다. 눈을 뜨고도 잠시 일어날 줄을 모르고 그냥 자리에 누워 있었다. 꿈에서 본 장면이 너무도 생생했다. 무엇을 찾는 사람같이 방 안을 둘러보았다.

"흠, 꿈이었구나, 분명 꿈이었어."

윤호 영감은 혼잣말을 하며 자리에서 일어났다. 이불을 걷어 젖히고 땀을 닦았다. 아침 햇살이 활짝 창에 비치고 있었다.

'대낮에 무슨 꿈이 이렇게…… 내 몸이 너무 쇠약했구나.'

윤호 영감은 닷새 동안을 죽게 앓고 어제야 겨우 머리를 들고 일어났다. 이십여 일간 봄나무 하기에 몸살이 났던 모양이다. 일어나기는 했어도 아직 머리가 무겁고 팔다리가 빠져나가는 것만 같았다. 때때로 아찔하니 현기증이 나고 했다. 생각 같아서는 며칠 편하게 누워 있으면 싶었으나 그런 팔자가 못 되었다. 억지로라도 먹고 기동을 해야 했다. 어저께부터 소 부리는 소리가 들려오고 먼 산에 아지랑이가 끼고 미칠 것 같았다. 한식도 임박했으니 고추도 갈아야 했고 감자도 놓아야 했다.

"오늘 타합이 잘돼야 할 텐데…… 근데 이 사람이 여태 안 올까?"

　윤호 영감은 비실비실 자리에서 일어났다. 천천히 부엌으로 걸어 나갔다. 아이들은 벌써 학교에 간 모양, 아내 혼자 장작불 모은 아궁이 앞에 웅크리고 있다.

　"어찌 됐어?"

　윤호 영감은 부엌 문설주에 팔을 짚고 물었다

　"뭐하러 나오까, 몸두 성찮은 이가."

　"궁금해 견딜 수가 있어. 다 됐어?"

　"다 됐어유."

　"내 말대루 묵은 암탉?"

　"젤 큰 놈 잡았어유. 알이 누렇게 들었잖아유."

　"아따 잘했어. 그만이나 해야 뜯을 게 있지."

　"일찍 온댔다메. 왜 여태 안 오지, 해뜬 지가 언젠듀."

　"하느니 말여, 암만해두 또 틀리는 게 아닌가 싶어."

　"틀리면 어짜게, 우리 영 못 사는 기유."

　"가만 있어, 자넨 아침상이나 봐봐."

　윤호 영감은 다리 힘도 낼 겸 사립문 밖으로 나갔다. 후들거리는 다리를 가누며 공회당 있는 데까지 천천히 걸어 나갔다.

　그래도 박 서방은 오는 데가 없었다. 한동안 고샅을 내다보며 서 있었다. 마침 방금 전에 꾼 꿈 생각이 들었다. 공회당 뜰로 올라섰다. 창틈으로 들여다보았다. 채일 가마, 농악 일체가 여전했다. 윤호 영감은 농기에 시선을 박고 얼마간을 서 있었다.

　"농은 천하지대본."

　윤호 영감은 몇 번이나 이 말을 외워보았다. 그러면서 시적시적 윗마을로 걸었다. 내친 걸음에 박 서방네 집까지 갔다. 사립문 앞까지 간 윤호 영감은 문득 발길을 멈추었다. 잠시 동안 사립문 뒤에 서서 안으로부터 새어 나오는 얘깃 소리에 귀를 기울였다. 박 서방 아닌 다른 사람 말소리는 틀림없이 김 서기 아버지였다.

　"아무려면 박 서방 해롭게 하겠어. 딴 집에서 갖다 쓴 돈은 이자까지 쳐준다면."

김 서기 아버지 말이었다.

무어라고 지껄이는 박 서방 목소리는 잘 들리지 않았다.

"보낼텨 안 보낼텨, 확실한 말을 해."

김 서기 아버지는 바짝 지켜 졸랐다.

'다 틀렸구나.'

윤호 영감은 돌아서고 말았다. 오는 줄도 모르게 집에까지 왔다. 어떻게 됐느냐고 묻는 아내에게 대답 여부도 없이 마루에 걸터 앉았다.

"다 틀리누만."

아내도 눈치를 알아차리고 힘없이 내뱉으며 한숨만 쉬었다.

"어쩐지 꿈자리가 시끄럽더라니…분명 꿈에 서낭골 김 서기네 논을 맸어. 그러니 이놈의 일을 장차……."

윤호 영감은 담배 연기와 함께 한숨을 몰아 쉬었다.

"할 수 없어유, 죄다 병작으로 내놔요."

"병작할 놈은 만만한가, 전부 병작준다는 놈뿐이지 부쳐보겠다는 놈은 없는걸."

"세상에 땅이 이렇게 주체스럴 줄 누가 알았어, 끌끌."

"큰일 났지, 큰일 났어, 땅 소중한 줄을 모르니, 어떻게 해서 입에 풀칠하는 줄을 모르니 허어, 그것 참."

이때 마침 박 서방 아들 삼돌이가 사립문 안으로 들어섰다.

"삼돌이 아니냐."

윤호 영감은 용수철에 튀겨오르듯 발딱 일어나 한걸음에 마당으로 내려섰다.

"어서 어서 들어가자, 어서."

윤호 영감은 얼싸 안다시피 삼돌이 손을 잡고 방 안으로 영접했다.

"이렇게 오는 걸 웬일인가 하구."

아내 얼굴에도 구김살이 퍼졌다.

"나 방금 너희 집에 갔었다 애."

윤호 영감은 삼돌이를 귀빈 모시듯 모셔 앉혀놓고 연방 입이 벌어졌다.

"나두 아자씨 우리 집에 오신 거 봤어유, 굴뚝 모퉁이서."

“그랬었구나. 잘왔다. 잘왔어. 아버진 왜 안 오지?”

“맹판 서기 아버지랑 그라잖아유. 오실 꺼유.”

“하하, 아무튼 네 맘이면 그만이다. 누가 아뭇 소릴 해두 너만 오면 구만
여.”

잠시 후 박 서방도 왔다. 뒤이어 아내가 통닭 올려놓은 두레판 상에 누런
기름이 뜬 진한 국물에 밥도 두 그릇 얹어 들여왔다. 윤호 영감은 벽장에서
대두짜리 소주병을 꺼내고 아내는 곁에 앉아 닭을 뜯어 박 서방 부자 국그
릇에 넣어주며 권했다. 윤호 영감은 먹는 척만 하고 고기는 박 서방 부자에
게만 권했다.

“성님두 같이 들어야지. 우리 부자만 이렇게 …….”

박 서방은 미안한 듯 한 마디씩 권해가며 부지런히 고깃점을 날라갔다.
삼돌이도 좌석 눈치를 살펴가며 조심성있게 먹었다.

“내 걱정은 말고 어서들 먹어. 자, 얼근 해야지 한 잔 더 들어.”

소주잔이 아닌 막걸리잔에다 그득 부어 박 서방에게 권했다.

“들구말구유. 기세 맘먹구 해주시는 거.”

서슴지 않고 단숨에 들이켰다. 삼돌이도 아내가 부어주는 술잔을 받아서
수줍은 듯 돌아 앉아 마셨다.

“그런데 우리가 서로 맘이면 구만이지 뭣하러 닭을 잡구, 성님두 참…
….”

박 서방과 삼돌이는 술기가 거나하게 올랐다.

“아무튼 오늘은 부러지게 자구지를 짓세. 새경두 확실하게 작정하구. 며
칠 날 도임 날짜두 결정하구.”

윤호 영감은 기회를 보아가며 심정을 실토했다.

“아따. 그러구보니 성님은 삼돌이 머슴 보내라구 와이로 쓰는 거유, 헤
헤.”

박 서방은 시뻘건 얼굴에 누런 이빨을 드러내어 허풍 웃음을 놓았다.

“무슨 말유, 그라잖음 우리 처지에 닭 한 마리 못 잡어유, 제발 일 년만
보내줘유. 털어놓구 말이지, 식구 적구 먹는 것두 김 서기네보담 못하잖을
테니.”

아내도 사정 겸 자랑을 비쳤다.

"김 서기네 말이 났으니 말이지 정말 내 입장 곤란하네유. 오늘 아침에두 와서 오복 조르듯 조르는데 정말 진땀 뺐어유. 새경은 달라는 대로 줄 테니 무조건 삼돌일 보내라는 거유. 건너 마을 송 과부네 조르지, 산 너머 박 면장네 목을 매지, 정말 머슴 갈 자식하나 때미 인심 잃겠어유."

"잘 알어, 자네 입장. 그러나 선후가 있는 것 아닌가. 내가 젤 먼점 부탁했지. 우리 집에 보냈다구 다른 사람이 시비는 않을걸쎄. 그라구 봐 동생, 우리 정리를 생각해서라두 내 괄실 해선 안 돼."

"맞았시유, 성님. 정말 정리 때문에 그렇지, 털어놓구 얘기지만, 송 과부네는 텃논 두 마지기 끼어준다잖아유. 그라니까 김 서기네는 왜벌 논 두 말 가웃짜릴 껴준다구 나서구, 내 이거 새경 올리잔 수작이 아녀유. 즉접 물어 봐두 알꺼유."

박 서방은 어깨를 으쓱해보이기까지 했다.

"다른 사람은 열 마지길 준대두 난 그렇겐 못 하구 당초 얘기한 두 마지기는 끼워줄 테여. 그러나 남의 땅 파를 줘서가 아니라 왜벌 김 서기네 두 말 가웃 지기보담 우리 논 두 마지기가 곡식 먹는 푼수룬 날걸쎄."

"그런 얘긴 뭣하러 해유. 참 내 아버지두."

지금까지 고개를 숙이고 앉았던 삼돌이가 박 서방에게 퉁명스레 말했다.

"근데 성님, 내 말 섭섭하게 생각은 말어유. 하기사 낸들 삼돌이 머슴 안 보내서 당장 솥에 개 드러눕겠시유. 올에 그 잘난 밭뙈기 장만하느라 빚진 거 성님두 잘 알잖아유. 난 그게 아니고 이렇게 산돌일 여러 사람이 달라는데두 성님네루 보내주는 그 맘이나 알아 달라, 그 말여유. 바루 그게란 말여유. 성님은 무슨 얘길 하는지 헤헤 …… 성님 술 한 잔 더 주슈."

"하하하, 동생 맘 알겠네, 알겠어. 자, 들게."

윤호 영감 얼굴빛이 나긋해졌다.

"삼돌 아버지 맘을 왜 몰라유, 우리한테 얼마나 고맙게 해주는데. 자, 담배나 한 갑 넣어유."

파고다 한 갑을 상머리에 놓아주었다. 상 밑을 통해서 삼돌이 손에도 쥐어주었다.

“자넨 가서 더운 국물 좀 더 가져오지. 동생 한 잔 더 해야지. 음, 고맙
네.”

박 서방에게 술잔을 거듭 권했다.

“성님, 너무 이라먼 정말 입장 곤란한데유. 성님은 술 권하구. 아주머닌
담배 주구…… 모르겠네유. 넨장 마시구 피구 해봅시다. 못생긴 박가가 파
고다 핀다구 설마 소가 짖겠수. 하하.”

박 서방은 담배 한 개피를 뽑아 윤호 영감을 주고 자신도 의젓하게 빼물
고 성냥을 켜댔다. 다시 더운 국물이 들어오고 생달걀도 몇 개 들어오고 새
때가 지나도록 술병을 깨끗이 비우고야 헤어졌다.

사경은 쌀 여섯 가마로 정하고, 그 중에서 선샅 세 가마는 도임 날 수교
하고, 두 마지기 끼워주고, 담배는 매일 새마을 한 갑씩, 신발은 떨어지지
않게 대주고, 머리는 한 달에 세 번 깎아주고, 여름옷은 작업복 두 벌에 런
닝 셔츠 네 개, 반소매 윗도리 둘, 팬티 둘, 겨울옷은 솜옷 대신 겹으로 된
작업복 바지에 윗도리는 스폰지 넣은 나일론 잠바를, 그도 중질 이상으로
한다는 조건 하에 도임은 오 일 후 한식날 하기로 합의를 보았다.

한식을 하루 앞둔 윤호 영감네는 온 가족들이 모두 축제기분이었다. 첫
째 윤호 영감 건강이 거의 회복되었고 치열한 경쟁자 강적을 모두 물리치고
삼돌이를 머슴으로 들여 세우게 되었고, 더욱이 집을 나간 후 삼 년만에 원
대, 원구 형제가 금의환향했기 때문이었다. 가족들은 원대 형제를 진심으
로 환영했다. 윤호 영감은 원대 손을 잡고 말을 못 했다. 한참만에,

“어, 이 자식.”

한 마디 하는 영감의 눈에는 이슬이 맺혔다. 형제가 다 늠름한 장골이
었다. 어엿한 신사 차림이었다. 얼굴과 손이 깨끗했고 말소리도 집에 있을
때같이 투박하고 흙 냄새 나는 그런 어감이 아니었다. 약삭빠른 어투라고
할까.

“아무튼지 서울 물이 좋긴 좋구나.”

윤호 영감은 대견스러운 듯 몇 번이나 형제의 아래위를 훑어보며 입가에
웃음을 번지우고 했다. 원대 형제는 집에 와서 겨우 인사를 나눴을 뿐 애기

나눌 사이도 없었다. 몰려온 저희 또래들과 얼려 밖으로 횡 나가버렸다. 아내는 오랜만에 온 아들네를 위해서, 또는 한식 차사도 올릴 겸 삼돌이 도임상도 차릴 겸, 원순이와 두 모녀 손에 물 마를 새가 없었다. 떡은 물론 지지미를 부치고 감주도 담그고 고기를 다지고 생선찜을 만들고, 윤호 영감은 사랑방에 혼자 앉아 상체를 끄덕끄덕 생각에 잠겨 있었다. 아내가 원대가 사온 것이라고 술 한 잔하고 고기 찌개를 들고 들어왔다.

"즈 아버진 애들 나갔다구 그랬지만 얼마나 좋아유. 촌때를 훌떡 벗었잖아유. 그저 사람은 서울로 보내란 말 잘 마련했지."

아내는 맹판 좋아서 혼자 수다를 떨었다.

"글쎄 촌때는 벗었는데… 아무튼 놀라운 일인데 …… 그렇지만 한 놈이라 두 집을 지켜야 할 게 아녀."

"그놈들이 이제 이 촌구석에서 살라구 하겠어유."

"나두 그래 하는 말여. 말해야 헛소리하는 게여. 그놈들 외양두 외양이지만 살에까지 되회지 물이 흠씬 배났으니 자식들은 영 틀렸어. 전에 집에 있을 때에는 그렇게 공손하구 순진했는데, 잠간 봐두 그런 행동이나 마음씨는 찾아볼 수가 없어. 조금 전에 처음 만났을 때는 그렇게 반갑더니 이렇게 혼자 앉아 생각을 하니 자꾸만 멀어지는 것 같으단 말여. 내 자식 같질 않어. 어떤 아는 되회지놈들이 내 집에 왔느니라 싶지 원대 원구가 온 것 같질 않단 말야. 것 참 어짠지 자꾸만 외롭구 서글픈 생각만 들거든, 꼭 진짜 원대는 따로 올 것 같아. 그러지 말자 하면서두 정이 가질 않으니 놈들은 영 내 자식이 아녀."

"원 별소릴 다 듣겠네유. 자식들이 훌륭하게 돼가지구 와서 좋기만 하구 먼서두."

"나두 좋긴 좋은데, 어째 진짜루 좋아할 일인지 잘 분간을 못 하겠어."

"분간하구 말구, 돈 잘 벌어 몸 편하구 그만 하문 됐지, 원 걱정두 많으네유."

"어째 내 요량에는 제대루 된 게 아닌 것 같아. 두고 보면 알지만 뭔가 잘못됐으니까 즈이 따우가 돈을 벌구 양복을 떨치구 우쭐대지."

"또 초라하게 하구 찾아왔음 못 생겨 그렇다구 할 테지유."

"그것두 그렇지."

아내는 지껄일 필요도 없다는 듯이 나가버렸다.

밤이 깊어서야 원대가 들어왔다. 술을 마신 것 같았다.

"널 오란 건 다른 게 아니구?"

"예."

"서울 또 가는 거냐?"

"바로 가야 돼요, 직장 사정이."

"그려, 그럼 원구는?"

"원구도 같이 가요."

"둘 중에 한 놈이라두 집에 있어야지, 나두 인자 육십이 넘었다."

"농사짓지 마세요, 앞으로 저희 형제 벌면."

"농사 안 져두 살 수 있단 말이지. 그럼 아주 고향을 뜨잔 말이지…… 알 만하다."

"아무튼 대간한 일 안 하구 아버지 편하게 사시면 되잖아요."

"편하게, 그렇지만 분수에 없이 몸이 편하면 마음은 괴롭지, 힘껏 일하면 마음은 편하구, 콩씨 심고 팥 타작은 못 하느니라. 콩을 심었으면 마땅히 콩을 거둬야지."

"아버지, 제발 그 케케한 말씀 좀 마세요. 무슨 짓을 해서라도 돈 벌면 될게 아녀요. 도둑질이 아닌 이상 돈만 있음 미국 유학도 할 수 있고, 대학생두 심부름꾼으로 쓸 수 있고, 아버지 천하지대본 애긴 이젠 옛날 말씀여요. 걱정 마세요. 우리도 큰 돈은 못 벌어두 모진 노동 안 해두 밥은 먹을 꺼여요."

"그렇다면 할 수 없지."

"아무튼지 이 년 후에는 변두리 판잣집이라두 장만해서 모셔갈 테요. 농사 전부 남줘요."

원대는 우쭐대며 묻지도 않는데 집을 나간 후의 경로를 설명했다.

당초 집을 나갈 때 계획대로 자동차 수리공장에서 이 년 삼 개월 간 기술 습득을 한 후 운전 면허를 얻었고, 현재 모회사 사장 자가용 운전사로 일하고 있다는 것이었다. 월급은 이 만 원 정도지만 이것저것 잡수입을 합하면 삼만 원도 넘는다는 얘기였다.

"일도 마냥 편해요. 아침에 사장님 자제들 학교 통학에 한 차례 돌고, 아침 먹은 후 열시쯤해서 사장님 출근 시켜드리고, 그리곤 사모님 극장 가시는 데나 놀러가시는 데 모셔가고, 저녁에 학생들 태워오고, 주로 하는 일은 그뿐여요. 그런데 공돈이 생겨요."

원대는 피식 웃었다.

"공돈?"

윤호 영감은 원대를 빤히 건너다보았다.

"예."

"공돈이 생겨? 흐흥, 낭패로구나."

"옛날 말씀 마세요. 무슨 짓을 해서라도 돈만 있음 되잖아요. 글쎄…사장님이 사모님 몰래 보고 다니시는 작은 사모님이 셋이지 뭐여요. 며칠만큼 작은 사모님한테 가실 때 사장님 시키는 대로, 회사 중역회의가 있었다든지 회사일로 어떤 고관이나, 혹은 은행 간부들하고 저녁을 같이 했다든지 늦은 이유를 큰사모님에게 그럴 듯하게 거짓말 신고만 하면 그만여요. 이럴 땐 나는 아무 때고 사장님 나오실 때를 기다리는 게 보통인데. 사장님이 한 오백 원씩 주시거든요. 재수가 좋은 날은 작은 사모님도 준단 말여요. 그뿐여요? 큰사모님은 큰사모님대로 사장님 외박하는 것을 알면은 즉시 알려 달라고 종종 담배에 용돈 주잖아요. 사장님께서 제 운전술도 믿지만 제 수완을 더 믿죠."

원대는 젠체하고 우쭐댔다.

"꿩먹고 알먹는 식이구나. 허허, 보리타작 하기보담 수월하겠다만 그 일두 보통 일은 아니겠다. 허허."

"우리 사장님이 보통 분이 아녀요. 큰 무역회사 나일론 공장 시장님인데 일 년이면 외국도 몇 번씩 갔다오시구, 정부에서도 많이 봐준다지 뭐여요. 금년에두 외국차관 많이 받았다지 않아요. 지금 사는 집두 정말 으리으리하죠, 뭐."

"흠, 엥간히 사람은 난 사람이구나…… 그래 넌 그렇게 해서 돈을 벌구, 원구란 놈은?"

“원구요, 원군 나보다 정말 매일 먹구 땡이죠. 큰 방직회사 사장댁에 있어요. 그 사장이 우리 사장님하고 사돈간여요. 그 댁에서 심부름하고 있는데, 하는 일이라야 사장님 골프치러 다니시는 데 시중들고, 정원의 꽃나무 손질, 아침으로 식구들 구두 손질 이런 건데 원구가 주로 책임지고 있는 일이 있어요. 그 사장님댁에 독일개라는데 십만 원도 더 가는 아주 비싼 개래요. 그런 개를 두 마리 먹여요. 그 개 시중드는 일여요. 개 공부시키는 데 몰고 다니고 며칠만큼 물 데워서 목욕시키고 똥 누면 치워야 되구, 좀 사번하긴 하지만 마냥 편하죠.”

“허허허, 농사일보담 편하겠다. 잘들 됐다. 잘 됐어. 할 수 없구나. 흠…….”

윤호 영감은 심각한 표정으로 한동안 눈만 슴벅거렸다.

“잎으로 농사 그만두세요.”

“글쎄.”

“원문이두 졸업만 하면 데려다 기술을 갈치든지 하고 원순인 이번에 데리고 갈 테요.”

“원순일? 계집애두 쓸 데가 있나.”

“우리 사장님 따님댁에 식모가 없다구 이번에 꼭 좀 데려다 달라구 사모님이 천 원 여비까지 주잖아요.”

“식모…….”

“말이 식모지 여기 어떤 부자들이 그렇게 먹고 입어요. 고기두 먹기 싫어 못 먹구 옷은 주는 옷만 해두 모두 고급여요. 한 달에 오천 원씩 준대요. 사람만 착실하면.”

“쌀이 한 가마로구나, 큰 돈이지. 고단할 텐데 가 자려무나.”

윤호 영감은 가볍게 말하고 입을 굳게 닫아버렸다.

윤호 영감은 오랜만에 온 가족과 더불어 한식 차사를 올렸다. 차사가 끝난 후 아들 삼형제를 데라고 성묘를 나섰다. 아들네와 같이 성묘하기는 처음이었다. 윤호 영감 고조, 증조, 조부모 산소를 모두 둘러보고, 어느 산소가 어떤 할아버지 할머니라는 것을 상세하게 일러주었다. 맨나중에 참배한 자기 아버지 어머니 산소 앞에서 간단하게 차려간 주과를 나누며 자기가 죽거든 자기 아버지 산소 발치에 묻어 달라고 아들네한테 몇 번이나 부탁을 했다.

"난 죽기 전 고향을 뜨지도 않겠지만 만일 누가 아니 혹시 타관에서 죽더라두 난 꼭 여기에 묻어 다고."

아들네가 집으로 내려간 후에도 윤호 영감은 자기 아버지 묘 제절 잔디밭에 앉아 있었다. 동네와 농토를 내려다보며, 파란 보리싹이 온 들을 덮고 있다. 영감은 몇 군데 위치한 자기네 농토를 두루 살폈다. 논둑에 버들가지가 어저께보다 더 누래진 것 같았다. 용수골 질마배미에서는 개구리가 시끄럽게 울었다. 거리가 꽤 먼데도 햇살에 번득이는 논배미에서 개구리 뛰노는 것이 보였다. 할아버지 때도 아버지 때도 질마배미 논맬 때는 동네 젊은이들이 다 모여 두레논을 맸다. 꿩털이 꽂힌 농은 천하지대본이란 큰 글자가 쓰여 있는 농깃대를 세워놓고, 농악을 흥겨웁게 울렸었다. 어럴럴럴 상사디를 찾고, 에헤라 방아호를 불렀다. 벼가 구름같이 오르는 논배미에서 젊은이들이 상사디를 찾는 것은 농군들의 오직 사는 보람이었다. 그와 같은 행사가 점차 없어져가고 있다. 젊은이들은 자꾸만 도회지로 나간다. 앞으로 농사는 누가 지을는지 모르겠다. 도회지 땅값은 일 년에도 몇 배로 뛴다. 농토값은 점점 하락되고 팔 사람뿐이지 살 사람 없는 농토. 몇 년 전에 살 길이 없어 한두 마지기 팔아가지고 서울이나 대전으로 떠나간 사람들은 모두 부자가 됐다. 돈벌이를 잘해서가 아니다. 도회지 땅값, 집 값이 가량없이 올라서이다. 판잣집 한 채면 촌의 호농이 그 재산을 따라갈 수가 없다. 제방을 막아주고, 소류지를 파주고 양조장을 설치해주고 미곡 증산단지를 만들고 증산대회를 하고, 면에서 군에서 농촌지도소에서 매일같이 농촌을 순회하며 농민을 잘 살게 하려고 수고가 많다. 그래도 나갈 사람들은 모두 나간다. 몇 대씩 살아온 고향을 버리고, 부모를 버리고 어제도 오늘도 자꾸만 도회지로 나간다. 남은 것은 땅이고, 늘어가는 것은 빈 집뿐이다. 이러고서 증산을 꾀할 수 있을는지.

"한심한 일이로다."

윤호 영감은 한숨과 함께 중얼거렸다 그는 새때가 지나서야 내려왔다.

삼돌이가 와서 도임상을 받았을 줄 알았는데 지금까지 오지 않으니 웬일이냐는 아내의 얘기였다. 아이들도 다 나가고 아내 혼자 삼돌이를 기다리고 있었다.

"진즉 가볼 일이지."

윤호 영감은 의관을 벗으며 말했다.

"차사 지내면 어련히 오랴구 믿었쥬."

윤호 영감은 곧 박 서방네 집으로 갔다. 마침 박 서방이 있었다. 윤호 영감이 들어서자 박 서방이 난처한 표정을 지으며 먼저 말했다. 삼돌이가 사흘 전에 저희 고모댁으로 감자씨를 구하러갔는데 오늘까지 오지 않아 기다리는 참인데 방금 편지가 왔다는 것이었다.

"그래 어떻게 왔어. 편지가."

"성님이 직접 이 편질 보세유. 사람이 실없이 될라면."

박 서방은 편지를 내밀었다. 사연도 간단했다. 내용인즉 삼돌이 고종되는 자가 미장인데 마침 한식에 집에 왔다가 삼돌이에게 미장질을 가르치기 위해 서울로 데려간다는 것이다. 그리고 박 서방이 땅 살 때 진 빚은 상경 즉시 삼돌이 고종이 보내주겠다고.

"허허. 흠."

윤호 영감은 어이없다는 듯이 웃었다.

"이거 정말 성님 볼 면목이 웂네유."

"흠, 할 수 없지."

윤호 영감은 휭 나오고 말았다. 삽짝께까지 따라나오며 미안해 어쩌느냐고 하는 박 서방을 돌아보지도 않고 곧장 집으로 왔다. 오랜만에 아내와 이얘기 저얘기를 나누며 한 시간 동안이나 술을 흠씬 마셨다. 아내가 만류하는데도 자꾸 마셨다.

"하늘님 말씀두, 승인네 말씀두, 국회의원 나리들 말씀두 다아 믿을 수 없어. 천하지대본이 바뀌었어, 변했어. 허허."

윤호 영감은 호탕하게 웃으며 흠씬 취하도록 마셨다. 그대로 쓰러져 잠이 들고 말았다.

어느 때나 되어는지 윤호 영감이 눈을 떴을 때였다. 가까운 곳에서 사람들 떠드는 소리와 함께 농악 소리가 요란스러웠다. 느싯느싯 흥겨운 가락이었다. 오랜만에 듣는 농악 소리였다. 아직도 술이 딜 깨서 머리가 아찔아찔했다. 윤호 영감은 변소로 가서 푸짐하게 오줌을 갈겼다. 그런 다음 어싯어싯 농악 소리 나는 곳으로 끌려갔다. 멀지도 않은 공회당 마당에서였다. 동네사람들이 대부분 모인 성싶었다. 농악 치는 패를 가운데로 둘러선 사람들은 때때로 박장대소가 벌어지고 했다. 윤호 영감도 목을 빼올려 한몫 참견했다. 정말 가관이었다. 관중들 안에 농악패가 오륙 명 둘러서 있고, 농악패가 둘러선 가운데서 기괴망칙한 가면과 혼란스런 감투 같은 것을 쓴 두 사람이 춤을 추고 있는 것이었다. 뿐만 아니라 한층 가관인 것은 한 사람은 치마 저고리를 입고 또 한 사람은 치마 저고리는 분명 아닌 술도 달리었고 한 혼란스런 중국옷 같기도 하고 중의 장삼 같은 것을 입고 장단에 맞추어 춤을 추는 것이었다. 춤도 지금까지 볼 수 없었던 해괴한 춤이었다. 오금을 굽실대며 엉덩이를 가량없이 흔들어대는 것이었다. 게다가 손뼉을 치며 더욱이 무어라고 부르는 노랫소리는 하릴없이 반벙어리가 한창 바쁘게 주워 섬길 때 같다고 할는지, 아니면 쥐약 먹는 개가 날뛰면서 하늘을 쳐다보고 괴이하게 부르짖는 바로 그 소리였다. 까무러치는 사람같이 두 팔을 벌리며 고개를 뒤로 젖히고 짐승 우는 소리를 내는가 하면 다음에는 또 오금을 질쑥대며 엉덩이를 야단맞게 흔들고 이상한 몸짓을 하고 손뼉을 치고 하는 것이었다. 그러면 또 박장대소가 벌어졌다. 윤호 영감도 해괴스럽긴 했으나, 생후 처음 보는 꼴이어서 신기하기도 했다. 비집고 달려들었다. 좀 똑똑히 보자고. 자세히 보니 해괴한 가면 쓴 사람 둘이서만 그렇게 해괴한 몸짓을 하는 것이 아니었다. 군중들 맨 앞으로 서있는 미끈한 양복 입고 구두 신은 젊은 놈들은 모두 그렇게 엉덩이를 흔들고 짐승 우는 소리를 하는 것이었다. 자세히 보니 모두 객지에 나가 있는 젊은 애들이었다. 한식이라고 집에 온 모양이었다.

"얘, 저건 누구냐?"

윤호 영감은 곁에 서 있는 계집애한테 물었다.

"한 사람은 아저씨 큰 아들이구, 또 한 사람은 건넌 말 만식이유."

"응, 원대가?"

윤호 영감은 눈을 동그랗게 뜨고 자세히 보았다.

"저 치마 입은 게 원대냐?"

"아녀요."

"대체 저게 무슨 짓이라니?"

"일러드려두 몰라유, 아저씬. 째즈 춤여유."

또 군중들 박장대소가 터지는 바람에 윤호 영감도 바쁘게 시선을 돌렸다. 아니나, 두 놈은 몸뚱이를 기괴하게 꾸부려가지고, 엉덩이를 흔드는 것이 아니고 온통 이루 말할 수 없이 내두르는 것이었다. 윤호 영감도 하마터면 실소를 한 뻔했다. 그런데 웬일인지 갑자기 농악 장단이 뚝 그치고 이어 춤추는 행동도 일제히 멈추었다. 윤호 영감도 의아해서 살펴보았다. 윤호 영감이 온 것을 원대가 안 모양이었다. 원대는 머리에 쓴 혼란스런 막대기로 만든 감투와 가면을 벗고 몸에 두른 옷도 벗고 물러서는 것이었다. 윤호 영감은 눈도 깜짝이지 않고 원대가 하는 행동을 지켜보고 있다.

"아저씨 가셔유, 놀이가 깨지잖아유."

누구인가 윤호 영감에게 말했다. 그러나 영감은 못 들은 척 한곳에 시선을 박고 있다. 원대가 가면 가장을 다 벗어놓자 윤호 영감은 냉큼 가운데로 들어가 방금 원대가 벗어놓은 가장했던 옷을 집어들었다. 그것은 옷이 아니고 농기였다. 윤호 영감이 추켜올린 천에는 분명하게 농천하지대본(農天下之大本)이란 여섯 자가 쓰여 있었다. 윤호 영감은 추켜들고 여섯 자의 글씨에 시선을 박고 뗄 줄을 몰랐다.

"더 들 놀아라."

윤호 영감은 힘없이 들고 있던 농기를 땅에 떨어뜨리며 말했다. 그러면서 천천히 사람들을 헤치고 걸어나갔다. 말없이 걷기만 했다. 한참을 걷는데 농악 소리가 또 울리기 시작했다.

"어 허허허, 어 허허허, 어허허허허."

윤호 영감은 길바닥에 털썩 주저앉아 허리를 뒤로 젖혔다 앞으로 숙였다 하며 자지러지게 웃었다.

"어 허허허, 으 허허허허."

——1969년

덫

만술네 집은 개미뜸에서 면 소재지인 창말로 넘어가는 써레재 밑에 있는 첫집이었다. 개미뜸 동네 사람들도 창말 사람도 좀처럼 왕래가 없는 높고 험한 산고개 길이었다. 한데 며칠 전부터 해만 설핏하면 인민군들이 끊이지 않고 써레재를 넘어 만술네 집 앞을 지나갔다. 만술이가 사는 애개미를 지나 말개미골, 불개미골, 왕개미골을 거쳐 속리산으로 해서 소백산맥 쪽으로 가는 모양이었다.

유엔군이 인천에 상륙하자 각처에서 패퇴해 몰려오는 인민군들이었다. 칠 마장 밖에 속리산 쪽으로 가는 신작로가 있지만 뒤쫓는 국군, 유엔군을 피해 밤으로 산길을 택하는 것이었다.

아무튼 이삼 일 전부터 땅거미만 내리면 인민군들이 연달아 써레재를 넘어 개미뜸으로 들어왔다. 그런가 하면 낮에도 인민군을 추격하는 국군, 유엔군들이 적지 않게 써레재를 넘어 인민군 뒤를 쫓았다.

해서 인적도 별로 없던 써레재는 양쪽 군대로 밤낮으로 붐볐고 개미뜸부락 사람들은 때 아닌 군인들 소동으로 어리둥절해서 일도 손에 잡히지 않았다.

"유엔군 인천 상륙으로 가다구(결판)가 나긴 나는 모양인데 에구 그놈의 지긋지긋한 전쟁 흠——."

만술이는 저녁을 먹고, 사랑방 문을 열어놓고 지나가는 인민군들을 지켜보며 혼잣말을 하고 나름대로 생각에 잠겼다.

세 사람이 지나간 지 얼마 되지 않았는데 또 산을 내려오는 발자국 소리가 들려왔다. 만술이는 발자국 소리에 신경을 모으며 문지방에 두 팔을 올려놓고 삽짝으로 시선을 모았다. 다른 사람들은 밤만 되면 인민군들 들어올세라 삽짝을 굳게 잠그고 인민군들이 삽짝을 흔들고 두들기며 고함을 질러도 죽은 듯이 숨어 있었지만 만술이는 삽짝 잠그기는 고사하고 아예 활짝 열어놓고 있었다.

"설마 오늘이야, 오늘이야."

하고 아들 두 놈 중 어느 놈이라도 오겠지 싶어서였다. 한데 며칠간 밤 낮으로 인민군, 국군, 유엔군들이 써레재를 넘어 무수하게 지나가는데도 자기 아들 형제는 한 놈도 오지 않았다.

"설마 오늘이야 어느 놈이 와도 허흠."

만술이는 오늘밤엔 꼭 의용군에 간 놈이 올 것 같아 삽짝 쪽을 더 열심히 지켜보았다. 발자국 소리가 점점 가까워질수록 만술의 시선은 열린 삽짝에서 떨어지지 않았다. 마침 사오 명 인민군이 삽짝 앞에 와 서며 저희끼리 무슨 말인가를 지껄이더니 한 사람이 삽짝 안으로 썩 들어섰다.

"해헴, 영만(榮萬)이냐——."

만술이는 자신도 모르는 사이 소리하며 한 다리를 문지방 너머로 넘겨놓았다. 이제야 영만이가 오는가 부다 하고——.

"앙이오. 우린 지나가는 인민군이오. 에이——노인이구만, 젊은 사람 없소——."

삽짝 안으로 들어선 인민군은 만술이에게 플래시 불을 들이대며 말했다. 역시 다른 인민군들과 같이 길 안내해 달라고 젊은 사람을 찾았다.

"젊은 사람 없소."

만술이는 영만이가 아닌 것을 알고 도로 방 안으로 들어앉으며 시큰둥하게 말했다.

"지금 노친네가 찾은 영만인 뉘기요?"

"의용군 간 내 자식인데 오는 줄 알고 한 말이오."

“정말 젊은 사람 없는기요.”

“없으니까 없다구 하지요.”

인민군은 후래쉬를 밝혀 집 안을 비춰보고 그냥 나갔다.

“다른 인민군은 모두 저렇게 오는데 우리 영만인 어째 안 올까?”

만술이는 불도 밝히지 않은 방에 혼자 앉아 담배를 피워 물며 다시 삽짝 쪽으로 시선을 모았다.

며칠 전부터 인민군이 패주해 써레재를 넘어오면서부터 매일밤 이와 같이 의용군에 간 영만이를 기다렸다. 다른 사람들 오는 것으로 보아 영만이도 틀림없이 올 터인데 오지 않아 더욱 안타까웠다. 이북에서 온 인민군들도 밤마다 저희들의 집을 찾아가느라 써레재가 붐비는데 어째 못 오느냐 말이었다.

——죽었단 말인가?

다시 이와 같은 불길한 마음이 들었지만 만술이는 애써 부인했다.

“제발 쪼쪼하니 삽짝 지키고 있지 말고 삽짝 닫고 자란 말유. 삽짝 열어놓고 기다린다고 아직 못 올 영만이가 오며 삽짝 닫고 있는다고 영만이가 집 몰라 못 오겠어요. 제발 조바심 말고 맘 푹놓고 있어요. 얘기 못 들었어요? 애개미서도 저녁마다 인민군이 찾아와 속리산 가는 길 안내하라고 끌려간단 말. 끌려간 사람이 얼마나 많아요. 거의 다시 돌아왔지만 못 온 사람도 아랫말 구칠이, 문대, 명구 세 사람이나 돼요. 말개미, 불개미, 왕개미 동네도 그렇대요. 그냥 길 안내만 하라는 게 아니구 있는 곡식 퍼지켜가지고 가다구 안 해요. 그래서 해만 지면 젊은 사람들은 모두 피하고 삽짝들을 달아매고 있는데 당신은 무슨 뱃심으로 삽짝 활짝 열어놓구 있나 말여유!”

언제 들어왔는지 아내 성주댁이 걱정이 되어 늘어놓았다.

“지금 못 봤어? 난 늙었다구 젊은 사람 찾다가 그냥 가잖아. 원 별놈의 걱정을.”

“그래도 젊은 사람 없으면 당신이라도 가자면 따라가야지 용빼는 재주있어요.”

“글쎄 임자 말도 알겠는데 오늘도 영만이 놈이 안 오나 말야. 낮에는 국군에 간 영철(永喆)이 기다리기에 눈이 빠지겠고 밤낮으로 그놈들 형제 기다리기 애가 타서 못 견디겠단 말야. 에구 웬놈의 전쟁이 나가지구, 후——."

만술이는 다시 한숨을 몰아쉬었다.

"두 놈 다 올 터이니 걱정 말구 자요."

"아버지, 걱정 말고 주무셔요."

"그래요 아버지——."

성주댁 말에 이어 딸 영순이와 막내둥이 영재(永在)도 한 마디씩 거들었다.

"아니 너희들은 언제 나왔냐. 나 같은 늙은인 괜찮아두 너희들은 사랑방에 나오면 안 돼. 어서 애들 데리고 안으로 가란 말야. 영잰 다락에서 못 나오게 하라니까 왜 나오게 했어. 영재도 인민군들 눈에 띄면 틀림없이 길잡이로 끌려간단 말야. 어서 다락에 가 숨어 있으란 말야. 엇——."

만술이는 대통으로 방바닥을 치며 호통을 했다.

"그래, 영재야. 넌 어서 들어가 다락에 가 숨어있으란 말야."

영순이도 따라 재촉을 했다.

"영순이 너도 사랑에 나오지 말라고 안 했어. 어서 들어가, 당신도 들어가구."

"난 계집애라 밤엔 괜찮아요. 낮에는 유엔군인가 깜둥이들이 오니까 숨어 있어야 하지만 말유."

"누가 아냐, 인민군도 그런 행패 부리는 놈이 있는지, 들어가."

밤에 써레재 넘어오는 인민군들은 먹을 것이나 내라고 하고 양곡을 지게 해서 젊은 사람은 데리고 가도 늙은이나 여자는 건드리지 않았다. 한데 국군은 그렇지 않은데 낮에 찾아오는 유엔군들은 특히, 깜둥이들은 말은 인민군 찾는다고 집 안을 샅샅이 뒤지다 젊은 여자만 보면 처녀 새댁 가릴 것 없이 방으로 데리고 들어가 행패를 부렸다. 언제고 서너 명이 어울려 부리는 행패이기 때문에 남편 부모네가 목격해도 밖에서 총을 들고 보초를 서 있기 때문에 꼼짝도 하지 못했다. 삼 일 전에 말개미에서 깜둥이가 자기 아내 욕보이는 것을 목격하고 참지 못해 덤벼들다가 총에 맞아 죽은 것을 개미뜸 사람들은 다 알고 있기 때문에 딸이 당하는 것을 보는 부모도, 아내가 당하는 것을 목격하는 남편도 가슴을 쥐어 뜯으며 구석에 처박혀 울기만 했지 어쩔 도리가 없었다.

아무튼 새댁이고 처녀고 놈들 네댓 사람에게 번갈아 당하고 나면 초죽음이 되었고 가정 파탄까지 생긴 집이 개미뜸에서도 한두 집이 아니었다. 때문에 처녀 색시들은 밤의 인민군보다 낮에 찾아오는 유엔군이 범보다도 무서워 낮에는 모두 피신하기 때문에 젊은 여인들은 구경도 못 했다. 영순이도 종일 안방 다락 구석에 둥구미를 쓰고 숨어 있다가 밤이 됐기 때문에 내려와 사랑방에 나온 것이었다.

"아무튼 영순이 영재는 어서 안으로 들어가서 다락에 가 숨으란 말야. 어제부턴 이민군들이 길잡이 할 사람을 얻지 못해 설치는 판이라 영재도 눈에만 뜨이면 끌고 간단 말야. 그리고 밤에라고 유엔군 안 온다구 누가 보장해. 영순이도 어서 들어가."

만술이는 걱정스런 표정으로 다시 재촉을 했다.

어찌된 일인지 여느 날 같으면 인민군이 연거푸 한창 써레재를 넘어올 시각인데 뜸했다.

"오늘밤은 인저 다 지나간 모양유. 영철이는 국군이니까 부대 따라 가느라 집에 못 올 터이고 의용군 간 영만이도 설마 오겠지요. 너무 신경 쓰지 말고 좀 자란 말유. 당신이나 내나 이 나이 되도록 남에게 못 한 일 안 하고 농사만 짓고 살았는데……. 영만이는 꼭 올 거여유."

성주댁은 만술이가 잠두 안 자고 신경을 지나치게 써서 병이 날까 걱정이었다.

"그래 알았어. 임자나 어서 안으로 들어가 애들이나 잘 숨겨."

이렇게 말은 했지만 국군 유엔군에게 쫓기는 의용군이기 때문에 영만이에 대해 자꾸만 불길한 생각만 들고 마음이 놓이지 않았다. 자기 혼자만이 아니고 개미뜸 동네서만도 여러 사람이 자기와 같은 입장이었지만 마치 자기 혼자만 당하는 불행 같았다. 사색을 더듬다보면 어쩔 수 없이 떠오르는 아우 백술이 문제——. 갑자기 눈앞에 백술이 모습이 나타나며 가슴이 뛰기 시작했다.

“그, 글쎄 그럴 수가──, 들썩들썩 에구 끔찍해 으허허──.”

만술이는 혼자말을 하며 미친 사람같이 웃음인지 울음인지 분간도 못 할 해괴한 소리를 터뜨렸다.

“또, 또. 그 들썩들썩을 찾네요. 이미 죽은지 오랜 사람을 왜 생각하고 속을 썩혀요.”

“하기사 그렇지. 하지만 죽지 않으려고 들썩댄 생각을 하면 너무 너무 가엾구 끔찍해서──. 들썩들썩, 에이 어떻게 그럴 수가 있냐 말야. 왜 전쟁이 일어났냐 말야. 누구를 위해 전쟁이 터졌냐 말야. 에그 억울하고 분해──.”

만술이는 말끝을 흐리며 눈을 끔벅했다.

“주인 계시오.”

언제 들어왔는지 인민군 세 사람이 삽짝 안에 들어서며 소리 했다. 음력 팔월 열 여드레 달이 봉화둑에 우리기 때문에 인민군들 정체가 흐릿하게 보였다.

“허──해햄, 누구시오?”

번연히 알면서도 만술이는 시치미를 떼고 물었다.

“이──놀랄 것은 없쇠다. 보시다시피 우린 북쪽을 향해 가는 인민군인데 배가 고파 먹을 것 좀 달라고 들어왔소이다.”

나이 좀 먹어 보이는 군관(장교)이 뜰 밑으로 다가서며 말했다.

“그래요. 드려야죠.”

요 며칠간 하루밤에도 몇 번씩 겪는 일이기 때문에 만술네는 저녁에 밥을 많이 지어놓고 있었다.

“아 여보, 이분들 밥 좀 차려다드려요. 어서.”

“예예, 알았어유.”

성주댁도 곧 밖으로 나갔다. 부들부들 떨면서──. 제사밥 먹고 농부(農夫) 소 몰고 간다고 밥 먹여주는 것은 좋은데 만술이를 길 안내하라고 데리고 가지 않을까 싶어서였다.

“방으로 들어가야겠는데 불 좀 밝히시라요.”

군관은 두 애송이 군인을 데리고 부진부진 방으로 들어서며 말했다.

"예——불 켜야지유."

만술이는 그제사 등잔에 불을 붙이고 세 인민군을 자세히 살펴보았다. 마침 준비해놓은 밥상을 차려들고 성주댁도 들어왔다.

며칠이나 굶었는지 밥상에 둘러앉은 세 사람은 큰 양푼에 모듬밥으로 수북이 담은 밥을 정신없이 퍼넣었다. 연신 김치국과 물을 마셔가며 목을 치켜들고 낄룩낄룩 보기에 민망했다. 만술이 내외는 어느 날보다 그들 먹는 모습을 자세히 지켜보았다.

'에그 얼마나 굶었음 저렇게…… 우리 영만이도 저렇겠지…….'

성주댁은 영만이 또래 군인 먹는 것을 더욱 유심히 살폈다. 그렇게 보아서인지 그 애송이 군인은 영만이를 많이 닮은 것 같았다. 보고 있는 사이 그 애송이 인민군은 딴 사람이 아니고 영만이가 밥을 먹고 있다는 착각이었다.

하긴 매일밤 밥을 지어놓고 지나다 들려서 요기시켜 달라는 인민군들에게 식사 제공하는 것도 영만이 생각을 해서였다.

"영만이는 이렇게라도 어느 집에서 밥이나 얻어 먹는지 에구——."

성주댁은 눈물을 찔끔 치마자락을 눈으로 가져갔다.

"아, 정말 고맙쇠다. 인전 살겠습니다."

양푼에 구들먹한 밥을 단숨에 먹어 치우고 큰 양재기의 숭늉을 벌컥벌컥 마시고 난 군관은 비로서 낯깃을 펴며 배를 어루만졌다.

"이틀만에 밥 구경을 해서 밥맛이 어떤지도 모르고 먹어치웠소이다. 아——하, 군관동부 이젠 살았시유."

영만이 또래 애송이도 뒤통수를 어루만지며 말했다.

"에——여기가 틀림 없이 개미뜸은 틀림없지요."

잠시 지도를 펼쳐놓고 들여다보고 있던 군관이 만술이를 쳐다보며 말했다.

"맞아요 개미뜸, 이 동네는 애개미골, 밑에 동네는 말개미뜸, 말개미 앞에 지금 달이 솟고 있는 산이 개미부(蚨)자 부성산이지요. 여기서 보아도 허릴없이 개미같이 생겼잖아요. 맨 앞쪽은 개미머리고 잘쏙한 데는 허리, 뒤 불쑥 솟은 곳이 개미 엉덩판같이 둥구스름 높게 생겼잖아요. 그런데 저

높은 곳은 옛날 봉화(烽火)를 올렸다 해서 봉화둑이라고 하지요. 동서간으로 개미가 엎드려 있는 것 같잖아요. 부성산 이쪽 두 동네는 애개미 말개미고 산너머에 불개미 왕개미 두 동네가 있지요. 네 동네를 통틀어 개미뜸이라고 했지요. 네 동네가 비슷비슷 칠십여 호씩 가까이 되는 개미뜸이지요. 언뜻 보기엔 산골마을들이라고 시시하게들 여기지만, 인심 좋고 토지 비옥하고 주변에 둘러싸인 산들에 수목이 울창하고 살기 좋은 고장이지요. 개미산 너머 북쪽에 있는 불개미 왕개미 동네는 이쪽 애개미 말개미보다 농토는 적지만 산 기슭 밭이 비옥해서 감자 옥수수가 많이 나오지요. 불과 십리 사이 가운데 개미산이 있긴 하지만 개미허리 부분에 넘어다니는 고갯길만 없다면 한동네지요."

"아바이, 무슨 쓸 데 없는 얘길 늘어놓은 거요. 우린 개미뜸 인심 좋고 살기 좋다는 얘기 듣자는 게 아니고 속리산을 거쳐 소백산으로 가기 위해 길을 물어보자는 기요. 여기서 속리가 몇 리나 되오?"

만술이는 평화로운 개미뜸이 전쟁으로 피해가 많다는 얘기를 하려고 하자 군관은 만술이 말을 중단시키고 길을 물었다.

"속리산까지 칠십 리 길이지요."

"칠십 리라 빨리 가면 날 밝기 전에 가겠다. 어서 가자꾸나. 그 근방에서 집결하기로 돼 있다."

군관은 총과 배낭을 메고 일어서며 애송이 병사들을 재촉했다. 두 병사들은 피곤하고 식곤으로 마지 못해 일어섰다.

"한데 길 안내할 젊은 동무 없소?"

군관이 문밖으로 나가며 말했다.

"먼저 간 군인들이 다 끌고 가고 없어요. 우리 아이는 의용군에 가서 아직 오지도 않았구요."

"댁의 자제가 의용군에 갔다구요? 고맙습니다. 우리가 부득이 지금은 일시 후퇴하지만 며칠 후면 국군 유엔군 이 자식들 다시 쫓겨 내려갑니다. 그럼 안녕히 계셔요. 그러니까 이 앞으로 내려가 애개미를 지나 개미재를 넘어 불개미 왕개미골을 거쳐서 속리산으로 간다 그 말이디오?"

"그렇다니까요."

"잘 먹고 잘 쉬어 갑니다."

인사하고 군관이 앞서 삽짝을 나서는데도 예의 애송이 한 병사는, 성주댁이 추석 쇠고 남은 송편, 적 등속을 싸서 배낭에 넣어주느라 미처 따라 나서지 못했다.

"맛은 없지만 배고플 때 먹으란 말야. 부디 몸 조심하고 잘 가서 부모들 만나야지."

성주댁은 애송이 병사 머리를 쓸어주며 눈시울을 적셨다. 마치 자기 아들 영만이를 보내는 심정이었다.

"상재 동무 어서 오지 뭘 해 엇!"

"예, 갑니다."

군관이 삽짝 밖에서 소리치자 애송이는 급히 달려 나갔다. 성주댁은 신짝을 신지도 못하고 질질 끌며 삽짝 밖에까지 나가 뛰어가는 애송이 군인의 뒷모습을 안 보일 때까지 지켜보고 있었다.

마침 이때 갑자기 사방에서 총성이 터지기 시작했다. 그런가 하는 사이 개미뜸 네 개부락을 가운데로 양쪽 산에서 일제히 총성히 터졌다. 서북쪽에서는 따콩총, 따발총이, 동남쪽에서는 M1, 칼빈총이 일제히 터지는가 싶더니 뒤이어 양편 모두 기관총, 대포까지 터져 삽시간에 개미뜸 산천을 뒤흔들었다. 지축이 울리고 지붕날망이 들썩댔고 닭이 퉁기고 돼지, 소가 우리에서 뛰쳐 나왔고 말개미 사람들은 혼비백산하여 산으로 달아날 산이 도 없이 낟가리 속으로 짚동 속으로 파고 들어 가슴을 할딱거렸다. 새벽녘 총성이 멎었을 때 개미뜸네 동네는 전화로 쑥대밭이 되어 있었다.

하지(夏至)를 전후해서 모내기가 한창이었다.

6월 25일 새벽 북쪽 인민군이 38선을 넘어 쳐들어왔다고 남한 천지가 발칵 뒤집혔다. 이 소식은 개미뜸 산골 사람들도 모두 알고 있었다. 산골 농민들은 언제나 그렇듯 배운 사람들이 소식을 알려서 알고는 있었지만 그런 문제에 대한 관심보다 늦어가는 모내기를 어서 해야 한다는 것이 중대한 관심사지 인민군이 쳐들어온다는 중대사에는 도리어 그런가 보다 이런 마음들이었다.

만술이도 그 소식을 들었지만 어떻게든지 해결이 되겠지 하는 마음이었고 모내기에만 여념이 없었다.

옛날같이 일본이나 청나라에서 쳐들어온 것이 아니고 같은 형제끼리 총부리를 맞대고 살육전을 벌인다는 소식인 만큼 처음 들었을 때는 믿어지지가 않았다. 해방 후 미국과 소련이 선을 갈라놓아 자유니 공산이니 뜻이 달라 번번이 들려오는 지나친 의견충돌이려니 생각했는데 거듭 들려오는 소식인즉 진짜 탱크를 몰고 넘어왔고 양쪽에서 대포까지 쏘는 본격적인 전쟁이라는 것이었다. 그래도 만술이는 남남간이 아닌데 그럴 수가 있겠나 했는데 사실이 그렇다는 데는 믿지 않을 수가 없었다.

"허허 한 권속끼리 합심 단결해서 보다 잘 살기 위해 다른 나라 사람과 싸워야지 무슨 남새스런 일인가 허——."

만술이는 가슴이 아파 개탄해 마지 않았다. 그렇다고 육십 평생 다 늙은 것이 어찌할 방법도 없었지만 그런 주제도 못 되었다. 해서 천직인 영농에 충실하는 것만이 국민의 도리라 여기고 때를 잃지 않고 영농에만 몰두할 수밖에——.

모내기란 농민들에게 있어 그 어느 작업보다도 희망적이고 보람된 일인 것이다. 한발이 심해서 또는 못자리에 병충해가 생겨, 제때에 모내기 못 하는 해가 많았다. 한데 금년에는 모도 잘 자랐고 못물이 약간 늦은 감은 있었지만 하지(夏至) 물이 비가 풍족하게 내려 개미뜸 사람들은 신바람이 났다. 물론 모내기란 마친다고 풍년이 약속되는 것은 아니고 호미 뒷 가뭄(논 맨 후의 한발)이 올까 하는 남은 걱정이 없지는 않았지만 어쨌든 모내기 못 하면 그 걱정은 할 것도 없으니까 우선 모내기는 신나는 작업이었다.

만술이는 자기네 열닷 마지기 전답 중 가장 큰 논배미 천구백 평 일곱 마지기 모내기를 하고 있었다. 언제나처럼 일곱 마지기 길마배미 모내기하는 날은 천술이 백술이(아우들) 형제들은 물론 조카들까지 다 왔고 품앗이꾼까지 열세 사람이 모내기를 했다. 이렇게 많은 사람이 달라붙어도 하루에 마치자면 뻘기를 뽑는 모내기였다. 아침 새때까지 모를 다 쪄놓고 새참을 먹고부터 심기 시작하는 것이 상례였다. 그때쯤이면 소 두 마리도 논 써리는 작업을 다 마치고 모여 앉아 새참을 들게 되는 것이다.

논 가에 선 대추나무 밑에 네 아낙네가 새참 광주리를 내려놓자 모짜기를 마친 일꾼들이 모여들어 둘러앉는다. 아낙들은 논 뒷둑에 있는 샘에서 찬물을 길어다 국수를 말기 시작했다. 한 여인이 대접이 아닌 바가지에다 삶아 건져가지고 온 국수를 담아놓으면 한 여인은 냉수에 말아 간장에 타서 앞앞에 놓아주었다. 그러는 사이 한편에서는 이고온 동이에서 대접뜨기로 막걸리를 곱배기로 부어 돌린다. 한 대접씩은 거의 다 하고 술잔이나 한다는 사람들은 두 대접씩이었다. 정강이에 흙도 씻지 않고 돌아앉은 일꾼들은 그야말로 황소 구정물 들이켜듯 입만 대면 벌컥벌컥 단숨치기였다. 그러고는 애동호박 넣어 얼큰하게 끓여온 닭찌개 대접을 들고 숟갈질이 바빴다.

"나는 성님들 집에 이 술국 먹는 재미루 매년 모내러온다니까. 허허."

장쇠가 막걸리 두 대접에 술국을 들며 흡족해 했다.

"아무리 오류 월이라도 술국은 따끈하고 얼큰해야 하는 거야. 한 버레기 가져왔으니 많이들 들어. 천하지대본 농사 중에도 모심는 날이 상때 빼는 날 아냐."

만술이는 술 마신 입을 수염까지 싸잡아 쓰다듬어 내리며 신바람이 났다.

"하지만 질마(길마)빼미 모 심는 날은 매년 닭국이니 말여요."

"아따, 닭 기를 땐 이런 날 잡아 일꾼들 먹이려구 기르지 나 혼자 잡아 먹자구 기르나. 맛이 있다니 듣기에 해롭지는 않으이. 많이들 들어."

이때 늦세까지 논 쎠리는 일을 마치고 백술이(만술 아우)가 적삼 얼굴까지 흙탕물이 튀어 박여 험상궂은 모습으로 끼어 앉으며 농담 한 마디를 던졌다.

"장쇠 자녠 술안주 값두 못 하구 웬 술은 그렇게 마시나. 내년엔 오지 말게나 하하!"

"본시 그런 거 아녀요. 일은 송곳으로 매운 재 허치듯 하구 먹기는 중지 소같이 먹는다구유. 작은 성님이 내년엔 오지 말라니까 더 악착같이 올래유 흐흐──."

장쇠는 국수 말은 바가지를 들며 자연스럽게 농을 받았다.

아무튼 딴 일에는 별로 관심이 없고 농사만 짓고 사는 이들에게는 이런 자리가 살아가는 보람이요 낙이었다.

술과 국수로 새참을 먹고 담배들을 피우는데 장쇠가 다시 입을 열었다.

"한데 만술이 성님 말유. 어제 아랫말 복수 얘기 들으니까 인민군이 벌써 서울을 뺏구 한강을 건너왔다구 하던데 그게 사실일까유?"

"글쎄 자네 모르는데 나는 아나. 매일 출근하는 면서기 복수가 말하면 틀림 없는 얘기 아니겠나."

"아니 사실이 그렇다면 인민군이 충청도 여기까지 밀구 내려온다 그 말유. 그야말로 쇠가 쇠를 먹구 살이 살을 먹는다더니 대체 무슨 챙피 막심한 꼴유 같은 조선 사람끼리 말유."

"허허——장쇠가 그 말을 하니 말인데. 이웃 일본 중국 사람들이 얼마나 비웃고 욕을 하겠느냐 그 말야. 죽든 살든 집안 일은 집안 사람끼리 해결한다면 또 모르겠는데 인민군들은 소련군 꼭두각시가 되어 탱크를 준다, 대포 소총까지 주어가며 싸워라 싸워라 잘한다 이겨라 부추기구 이쪽에서는 미국과 유엔군이 비행기 대포까지 가지고 와서 국군과 합세해서 우리가 도와줄 터이니 실망 말고 마주 싸워야 한다. 지면 바보다 젊은이들이 들고 일어나 싸워야 한다고 부추기고 말인즉 쌈은 말리고 흥정은 붙이라고 했거늘 허릴없이 다 큰 어른들이 코흘리개 애들 쌈을 붙이고 있지 않으나 말야. 누가 이기고 지고간에 죽는 건 어느 나라 사람이고 탱크가 쏘는 포에 비행기가 쏘는 폭탄에 부서지고 무너지는 것은 어느 나라 것이냐 그 말야. 소경 제 닭 잡아먹는 바로 그 꼴이지 뭐냐 말야. 일본 사람들은 근 사십 년간 우리 조선 사람을 동남아 세계 사람들에게 그처럼 극악 무도한 짓을 했는데도 고스란히 일본 자기네 국토를 넘겨주고 무엇 때문에 우리 나라는 두 쪽으로 잘라놓아가지고 쌈까지 붙여 서로 죽이고 부수게 하느냐 말야. 하지만 우리 같은 내기들이 지껄여 무슨 소용이겠어. 횃대 밑에서 활개치기니. 그러나 국민을 다스린다는 훌륭한 분들이 아무래도 답답해 못 보겠단 말야."

만술이는 혼자 장광설을 늘어놓고 흥분을 참지 못해 곰방대에 덜 탄 대통을 다부지게 두들겨 털었다.

"아따 장쇠나 성님이나 세상 일 알지도 못하며 무슨 말들이 그렇게 많대

유. 우리끼리, 아무리 콩팔칠팔 떠들어봐야 우리들 얘기는 어린애들 소꿉
장난 같은 얘기유. 죽고 살기는 세왕길에 매였다구 우리가 살고 못 사는 것
은 훌륭한 지도자 그분들 하기에 달렸으니 모로 가든 뒤로 가든 그분들 하
는 대로 따라만 가면 되는 거유. 우리들이 언젠 그런 걱정하고 살았어요.
우리들 할 일은 이렇게 따로 있지 않아요. 자——한 대씩 피웠으며 일어들
나요. 모를 심어야죠 어서 일어들 나요——."
　"깨갬맥깽깽　깨갬맥　깽깽깽깽깽깽……."
　만술이 아우 천술이가 어느새 논둑 가운데에, 끝에 꿩깃이 쫑긋한 삼십
오 척 농자천하지대본(農者天下之大本)이라고 쓴 큰 농기를 꽂아 세워놓고
잦은 가락으로 상쇠를 울려 일꾼들을 격려했다. 뒤이어 서곡으로 쿵——
쿵——징이 울리고 장고 북이 울리자 일꾼들의 논빼미로 들어섰다.
　본격적으로 농악이 울리고 못노래가 구성지게 흘러나왔다.
　"잘——도 하네, 잘들도 하네…… 우리야 농군들 정말 잘해……."
　"이 논배미 이 모를 심어 부모 봉양을 하여나 보세——."
　"이 모를 심어 풍년이 오면, 남혼 여가를 시켜나 보세——."
　신나게 울려 퍼지는 농악 소리와 함께 구수한 못노래 소리가 개미뜸 골짝
가득히 울려 퍼졌다.
　일꾼들을 모두 사기 충천해서 바쁘게 못줄이 넘어갔고 모춤에서 떼어다
꽂는 손놀림은 마치 기계와 같았다.
　유월의 훈풍은 살랑거리고 쉴 새 없이 착착 막아 돌아가는 농악 소리 농
깃대에 달린 농깃 지락은 흥겹게 휘날리고 포기 포기 꽂는 모가 누렇게 익
을 것을 예상하며 신나게 노래가 터져 나왔다.
　"——상주 합천 공골못에…… 연밥 따는 저 처녀야…… 연밥일랑 내 따
주게…… 요 내 품으로 안겨나 주오……."
　그 누가 보아도 태평성세 바로 그것이었다.
　인민군이 소련제 탱크를 비롯하여 야포 박격포 등 중장비를 갖추고 밀물
처럼 내려온다는 소문과 함께 한강 다리가 폭파되었고 행정부는 일시 수원
에 임시 거점을 잡았다가 북쪽 비행기가 수원 비행장 기름 탱크를 폭파하는
바람에 다시 수원을 떠나 남쪽으로 이동중이라는 소식은 수시로 개미뜸에

도 들려왔다. 그러나 개미뜸 사람들은 몹시 걱정은 되었지만, 농민들 피해가 없도록 당국에서 대책이 있겠지 믿고 모내기에만 여념이 없었다. 다른 일은 제 때에 못 하면 미루었다 할 수도 있지만 영농일만은 특히 모내기 작업은 시기를 놓치면 실농(失農)이 되기 때문에 제 백사하고 모내기를 마쳐야 하는 것이다.

때문에 만술이는 한시라도 빨리 모내기 마치는 일이 중요했지 인민군 쳐내려오는 문제는 차라리 관심 밖이었다.

"어떠한 일이 있어도 오늘 중으로 질마배미는 손을 떼야 한단 말야. 자――더 신나게 농악을 울려 어서들 못노래를 부르란 말야――."

만술이는 중간에 한두 사람 덜 꽂은 사람 있는 줄 알면서도 급히 못줄을 넘겨놓으며 재촉을 했다. 이어 농악은 잦은 가락으로 울려퍼지고 목청들을 돋우어 못노래를 부르며 솜씨껏 모포기를 떼어 꽂았다.

――담송 담송 꽂아나주게 …… 이 논배미 풍년이 들면 효자 열녀가 생겨나고 …… 남혼 여가 경사가 나네――.

――깽맥깽깽 깨깨맥깽맥 둥둥둥 쾅――.

노래 소리와 농악 소리가 조화를 이루며 신나게 맞아 돌아갔다.

"야――수고들 많습니다. 태평성세가 바로 여기에 있군요. 농은 천하지 대본이라, 잘들 하십니다."

한창 신바람들이 나서 모를 심고 있는데 논둑 가운데 농기 꽂아놓은 곁에 와 서며 격려하는 사람이 있었다. 아무리 눈코 뜰 사이 없이 바빴지만 일꾼들 시선은 일제히 그쪽으로 쏠렸다. 천만 뜻밖에 지서 이 순경이었다.

"이――바쁜데, 어서 일들 하시고 주인 만술씨만 잠깐 저좀 봅시다."

이 순경은 손을 흔들어 일꾼들을 격려하며 만술이를 어서 나오라고 재촉했다.

"지금 몸뚱일 쪼개게 바쁜데 뭐 때미 나오라는 거요. 거기서 말해요."

만술이는 못줄은 잡은 채 논둑에 선 이 순경을 쳐다보며 말했다.

"글쎄 조용히 할 말이니까 따라와요."

이 순경은 어련히 따라오랴는 듯이 혼자 논가의 대추나무 밑으로 걸어갔다.

다른 사람 아닌 지서 순경의 명령이기 때문에 만나주지 않을 수가 없었다.

"이 순경도 보다시피 오줌 누고 들여다볼 사이도 없이 바쁜 판에 왜 이렇게 시간을 뺏을까 엉."

만술이는 이 순경 곁으로 다가서며 불만스런 어조로 말했다.

"많이 미안합니다. 그러나 아저씨가 이해하세요. 방금 전에 경찰서에서 긴급 전통(電通)이 왔는데 오늘 열두시까지 보도연맹원들 긴급 소집이래요. 그래서 왔으니까 그 사람들은 지금 내가 데리고 가겠어요."

이 순경은 조금 전과는 달리 냉정하고 심각한 어조로 말했다.

"아니 보도연맹원이면 모심는 사람 중에서도 가장 일주먹이나 하는 사람들인데 그 자들을 데려가면 오늘 모내긴 다했구만. 이 순경 웬만한 일이라면 그 사람들 출타했다고 하고 오늘만 빼줘. 내일은 영락없이 보내줄 테니 말야. 어때 이 순경?"

"박 주사 지금 그런 객적은 말할 시기가 아녀요. 어서 가셔서 장쇠하고 백술이 하고 내 보내세요. 여기 다녀서 불개미 가서 세 사람을 같이 데려가야 하기 때문에 바빠요. 어서요. 본서 지급 전통여요."

이 순경은 다시 입도 못 떼게 했다.

잠시 후 이 순경은 그들 옷갈아 입을 사이도 없이 그 자리에서 일복차림 그대로 데리고 불개미골로 갔다.

다음날 알았지만 개미뜸만이 아니고 군(郡) 일원에 걸쳐 보도연맹원은 모조리 경찰서로 집합시켰다는 것이었다.

전에도 번번이 보도연맹원들을 본서에 집합시켜 회의를 하네 명사의 강연을 듣기 위해 본서에 자주 나갔었다. 해서 만술이는 또 그런 일이겠거니 여기고 모내기에만 열중했다. 장정 두 사람이 빠져 그날 길마배미 모를 다 심지 못했고 그 다음날도 식구끼리 종일 논매미에서 살아야 했다.

늦게 집에 오니 본서에 끌려간 둘째 아우 백술이 처 계수가 풀이 죽어 기다리고 있었다.

"오늘 서에 다녀오셨다며 데려간 사람들 보내지 않고 뭘 한대요."

계수의 안색이 심상치 않아 만술이가 먼저 물었다.

"보내긴 고사하구 데려간 사람들 모두 유치장에 가뒀어요. 사람이 너무 많아 유치장이 부족해서 가마니 창고에까지 가뒀어요. 아무래도 심상치 않은 것 같아요 서방님."

백술이 처 말은 만술이보고 내일이라도 본서에 나가 어떻게 되는 것인가 알아보아 달라는 눈치였다.

"그래요…… 유치장에 모두 가뒀으면 어떻게 하자는 것일까?"

만술이는 슬며시 의문이 들어 혼자말을 지껄였다.

"하여간 너무 걱정 마세요. 내일은 못자리판 일들 해야겠고 모레 내가 나가보지요."

만술이는 적당히 안심시켜 백술이댁을 집으로 보내고 저녁을 들었다. 저녁을 먹으며 생각해도, 먹고 나서 담배를 피우며 따지어보아도 유치장에 모두 가뒀다는 것이 마음에 걸렸다.

만술이는 보다 새롭고 정확한 소식이나 들을까 하고 복수(면서기)네로 내려갔다. 매일 면에 출근하는 그이기 때문에 알고 있을 것 같았다.

"아저씨가 늦게 웬일이세요?"

막 집에 온 모양 복수는 우물가에서 세수를 하고 수건으로 얼굴을 닦으며 아는 척을 했다.

"면에서 방금 왔구만."

"예, 요즘은 불시의 인민군 남침 때문에 바쁘군요. 마루로 올라 앉으세요."

"날씨가 더워지니까 모기가 극성을 부려 쌓는구만. 나 자네한테 물어볼 말이 있어 왔네."

"그러세요."

복수는 마루에 걸터 앉으며 수건으로 달라붙는 모기를 허들겁스럽게 날렸다.

"어제 내 아우 지서 이 순경이 데리고 간 걸 알구 있지 자네두——."

"장쇠하구 불개미 사람들 몇 사람하구 데려갔단 애긴 들었지요. 모두 보도연맹 사람들이더군요."

"전에도 경찰서에서 수시로 보도연맹 사람들 훈시도 하고 강연도 자주 했지. 한데, 그럴 때마다 당일로 돌려보냈단 말야. 그런데 오늘 백술이 안 식구가 읍내 경찰서에 다녀왔는데 모두 유치장에 갇혀 있다고 한단 말야. 인민군이 쳐들어오면 과거 남로당 한 그 사람들(보도연맹)구금을 시킨 게 좋지 않은 징조겠지 해서 자네는 그 결과가 어떻게 될건지 아는가 하구?"

만술이는 연시 부채로 깔다구 모기를 날리며 복수 얼굴을 지켜보았다.

"글쎄요. 지서하고 면은 직책이 다르기 때문에 경찰서로 이송했단 말만 들었지 내막은 전연 모르지요. 유치장에 구속했단 사실도 아저씨한테 처음 듣는데요……."

"그렇겠군. 보도연맹 조직하면서 다신 좌익단체에 가입하지 않겠다는 각서 받고 이쪽 정책에 적극 협력하겠다는 서약서까지 쓴 후부터 종종 집합시켜 교육만 시키고 별 일 없었단 말야. 한데 구속을 했다니 38선이 터짐과 동시에 …… 아무래도 불길한 징조겠지. 복수는 매일 면에 나가 기관 사람들 얘기 듣고 하니까 짐작은 할 것 아냐?"

"글쎄요. 좋은 징조라고 볼 수는 없지요. 그러나 별일 있겠어요? 너무 걱정마시고 내일 아저씨가 서에 가서 변형사 만나보세요. 그 사람이 보도연맹원 책임자니까요."

"내일 서에 가보긴 할 참인데…… 그나저나 전쟁은 어떻게 되는 셈속인가? 들리는 얘기로는 국군이 불리하다고 하던데 그게 사실인가?"

"그런 모양여요. 수원에 와 있던 행정부가 철수해서 대전 쪽으로 내려왔다니까요."

"그것 참 난 무식해서 잘 모르긴 하지만 어니 있을 수 있이냐 말일세. 같은 동족끼리 말하자면 형제끼리 총부리를 맞대구 살육전을 벌이다니 말일세. 일찍이 우리 민족이야 공산당이 뭔지 민주주의가 뭔지 알기나 했나. 밤낮 걱정이 있었다면 이웃나라들 청나라 일본 사람들 쳐들어오는 것만 걱정했단 말야. 왜구가 쳐들어올 때두, 여진족이 국경을 넘어 침범할 때도 온 국민이 합심해서 막아내었는데. 누가 우리 나라를 두 쪽으로 갈라 한쪽은 공산주의 한쪽은 민주주의 해가지구 총 한 자루 없는 우리가 한쪽에선 소련 총, 대포, 탱크를 가지고 한 쪽에서는 미군이 남기고 간 무기를 가지고 서로 죽이다니 이게 무슨 꼴이냐 그 말일세. 옛부터 북녘 국경에는 여진족 침범 끊일 날이 없었고 남쪽엔 일본놈들이 배를 타고 와 못 살게 하다가 결국 왜놈들이 우리 나라를 송두리째 집어 삼켜 삼십육 년간 학대 설움도 받을 만큼 받다가, 소련 미군 연합군이 왜구를 물리쳐 꿈에서 그리든 해방을 맞았는데 결국 형제끼리 살육전을 벌이다니 대체 이게 누구의 탓이냐 말일세. 휴——한심한지고.”

만술이는 말을 마치고 멀리 봉화둑 위에 삼태성(三太星) 별을 지켜보며 담배를 피워물고 자리에서 일어났다.

“왜 가시려구요?”

“가야지 않았으면 뭘 하겠나.”

“하늘이 무너져도 솟아날 구멍은 있다고 설마 잘 되겠지요. 너무 염려 마세요.”

복수는 삽짝까지 따라 나와 환송했다.

다음날 만술이는 조식(早食)을 하고 집을 나섰다. 만술이는 지난 밤에도 백술이를(보도연맹 전원) 어떻게 하자고 감금했는가의 의문 때문에 잠도 이루지 못한 뻐득한 눈으로 집을 나섰다.

한데 어떻게 된 일일까! 중의적삼에 밀짚모자를 눌러쓰고 말구정이 잘 뚝이를 허위허위 오르고 있는데,

“오빠——.”

하고 부르는 사람이 있어 보니 천만뜻밖에 범바위골 사는(시집간) 누이동생이었다.

“웬 일이냐. 성례 네가 아침 댓바람에?”

만술이는 걸음을 멈추고 성례 아래위를 훑어보았다. 출입복도 아니고 입던 옷차림 그대로였다.

“하여간 여기 앉으세유.”

성례는 몹시 급하게 달려온 모양 길가 바위에 엉덩짝을 붙이고 앉으며 숨을 되채지 못했다.

“너 또 박 서방(성례 남편)허구 쌈바쿠질한 거 아니냐.”

“그게 아니니까 어서 앉아 내 얘길 들어봐요.”

“난 지금 바쁜 사람이다. 어서 읍낼 가야 해.”

만술이는 마지 못해 앉으며 성례 입에 시선을 모았다.

"아무리 급한 일이라도 이 일보다 더 급한 일은 없어유. 대관절 백술 오빠 집에 있어유?"

"갑자기 백술이 집에 있는 건 왜 묻냐?"

"글쎄 있어요, 없어요!"

"그제 어디 갔어!"

"보도연맹들 서에서 오란다구 거기 갔지유?"

"그런데 네가 그걸 어떻게 아나?"

"그럼 틀림없구만, 아이구 우리 백술 오빠가 그렇게 된 줄이야. 아이구 원통해 억억……."

성례는 그담 사설을 하며 울음을 터뜨렸다.

"얘가 왜 이래? 얘길 해야지 울기만 하냐 말야. 백술이가 어떻게 됐단 말야 엇——."

"백술 오빤 죽었어유. 아이구 어어억……!"

"백술이가 죽다니 무슨 소리야 어서 말을 해봐. 네가 백술이 죽는 걸 봤다는 기여 어쨌다는 거야, 엇——?"

만술이는 답답해서 다그쳐 물었다.

"나는 설마 그러랴 하고 집에 있는가 하고 식전 댓바람에 달려오는 참인데 아구 우리 백술 오빠가 죽다니 어어억……!"

성례는 한동안 통곡을 하고나서 앞치마로 눈콧물을 닦은 후 떨리는 어조로 말을 꺼냈다.

오늘 새벽같이 경찰인지 군대인지 총멘 사람들 오륙 명이 범바위골에 들이닥치더니 청년단원 의용소방단원들을 한 사람 빠짐없이 삽과 괭이를 들고 나오라는 것이었다. 어느 명령이라고, 한 사람 빠짐없이 삼십여 명이 총출동했다. 영문도 모르고 청년들이 경찰들을 따라 간 곳은 범바위 골 뒤편에 있는 휘미진 분지로 된 골짝이었다. 산짐승이 나온다고 동네 사람들도 별로 가지 않은 골짝이었다. 청년들이 갔을 때는 등 너머 갈매울 청년들 이십여 명은 벌써 와서 구덩이 파는 작업을 하고 있었다. 범바위골 청년들도 경찰들이 하라는 대로 구덩이 파는 작업을 했다. 좁은 흠통이 골짝을 큰 웅덩이 같이 파는 작업이었다. 어느 정도 깊게 구멍을 팠을 무렵 옛날 산판 벌목을 실어내기 위해 임시로 닦아놓은 골짝 어귀 입도(入道)에 대형 미군 트럭 한 대가 사람을 빽빽이 세워 싣고 와서 멈추었다. 실려온 사람들과 같이 타고 온 총멘 사람들이 싣고 온 사람들을 내려놓았고 먼저 와 있던 경찰들은 실려온 사람들을 끌어다 파놓은 구덩이로 들여보내는 것이 아니고 집어던졌다. 한 사람씩도 아니고 두 사람씩 손이 묶인 사람들을 연달아 집어 동댕이치는 것이었다. 묶인 채 두 사람씩 뿔뿔 기는 사람은 팔이나 다리가 부러진 모양이고 그렇지 않은 사람들은 일어서 걸으려고 하고 삽시간에 아비규환이 골짝을 메웠다. 이어서 구덩이 주변에 둘러선 군인인지 경찰들은 구덩이에 대고 총을 집중 난사했다. 잠깐 사이에 구덩이에다 던져진 사람들에게 수백 발 총성이 난사되었다. 아비규환이 멈춘 후에도 총성은 잠시 더 계속되었다.

"자, 어서 가서 일들 해요. 어서요."

잠시 등성이 너머에 피해 있으라고 한 청년들을 재촉해서 구덩이 그득한 시체더미를 묻으라는 것이었다. 흙을 두둑이 하고 괭이로 삽으로 두들겨 다지라는 것이었다. 성례는 경위를 소상히 얘기하고,

"글쎄 그날 새벽 박 서방도 삽을 들고 나갔다가 봤다는 거여요. 어떤 사람과 손이 묶여 구덩이로 던져지는 백술이 오빨 말여요. 박 서방이 집에 가서 울더란 말여요. 내 손으로 처남 무덤을 파고 산 채로 묻었단 말야, 하며 넋나간 사람처럼 어쩔 줄을 모르더란 말여요. 나는 믿어지지가 않아 백술 오빠 집에 있겠지 하고 달려오는 참여요."

"……."

만술이는 허공을 뚜릿거리며 입을 떼지 못했다.

"그 전에 참, 청년들 보고 그 누구에게도 그 얘기 입 뗴는 사람은 그냥 두지 않는다고 하더래요. 오빠도 일체 입 떼지 말아요. 오빠도 박 서방도 잡혀간단 말여요. 정말 꿈 같은 일여요."

"내 걱정 말고 박 서방하고 너나 입 조심해. 난 집으로 갈 터이니 너도 그냥 돌아가."

"그런데 오빠 그렇게 흙을 두둑이 덮고 다졌는데도 청년들 올 때까지 큰

무덤이 계속 들썩대드래요. 행여 백술 오빠나 살아서 뚫고 나왔으면 작히나 좋겠어요. 계속 들썩대는데 보기에 지겹더래요."

그러거나 말거나 만술이는 말없이 돌아서서 집을 향해 내려왔다.

까마귀 몇 마리가 머리 위 아카시아 가지에서 까욱거렸다.

"것두 다 팔자 소관이지——."

만술이는 흘러내리는 눈과 코의 그것을 싸잡아 두어 번 힘주어 풀어 던지고 그 손을 늙은 참나무에 쓱쓱 문지르고 다시 걷기 시작했다. 그런데 이상하리만큼 성례가 나중에 말한, 오래도록 시체더미가 들썩대더란 말이 머리 속에 화살처럼 박혀 골통이 으시시했다.

"단단히 묻었는데도 그 큰 무덤이 들썩대더라구 오래도록——. 개 죽음도 아니구 길벌레 죽음도 아니었구만. 흐허허허 들썩들썩 허허허."

만술이는 실신해서 펄썩 주저앉으며 자신도 모르는 사이 곁에 있는 버긋이 억센 늙은 소나무를 으스러지게 끌어안고 몸부림을 치며 버둥댔다.

"들썩들썩 백술아, 나오란 말야. 이 바보야 들썩대지만 말고 나와. 나왓——."

만술이는 이성을 잃고 노송을 끌어안고 소리소리 질렀다. 계속 무덤 들썩대는 모습만이 눈에 선했고 곧 백술이가 덮인 흙더미를 뚫고 기어 나오는 것이었다.

나오는 백술이 얼굴은 시뻘건 피로 덮여 있었다.

"난, 난 총알이 골통을 뚫고 나갔어요. 그렇지만 난 죽지 않아요. 산단 말여요. 성님, 성님, 내 손을 끌어 당기지 않고 어딜 가냐 말여요."

무덤으로 유혈이 낭자한 얼굴만 내놓고 팔도 내놓지 못한 채 백술이가 소리소리 질렀다.

"백술아 안다 알아. 내가 이렇게 네 손을 당기고 있지 않으냐. 어서 나오란 말야 바보처럼 그러지 말고 나왓 나왓 어——ㅅ."

만술이가 노송을 으스러져라고 끌어안고 지르는 소리에 온 골짝이 쩡쩡 울렸다.

만술이가 제정신으로 돌아온 것은 상당시간이 지난 후였다. 노송을 끌어안고 얼마나 몸부림을 쳤는지 실컷 두들겨 맞은 사람같이 양 어깨가 뻐근했고 정신이 나른했다. 비실비실 일어나 동네를 향해 걸었다. 다리가 휘청거렸다.

"내가 미쳤었나. 노송을 끌어안고 몸부림을 치다니 ——."

끌어안고 있던 노송을 물끄러미 뒤돌아보며 어이없게 피식 웃었다.

"백술인 죽었어. 구덩이에 던져진 사람이 다 쓰러져 죽을 때까지 사면에서 기총소사를 계속했다니 죽었어, 죽었어."

만술이는 헛놓이는 발걸음을 가누며 허청허청 내려왔다. 논을 써려서 중이적삼 얼굴까지 흙투성이가 된 모습으로 새참 광주리 곁에 와 앉으며 막걸리 들이켜던 모습이 자꾸만 눈앞에 어른거렸다.

"모두 일들 해. 형님 내 곧 다녀올게요."

하고 이 순경 뒤를 따라가던 흙물 투성이 중의적삼 바람의 백술이 뒷 모습이 눈에 달라붙어 떨어지지 않았다.

"허, 내 왜 이렇게 기가 허할까. 이미 백술인 죽었는데."

만술이는 의식적으로 정신을 가다듬어 백술이의 흉칙한 환상을 물리치며 애개미 동네를 향해 숲속길을 바칠댔다.

"벌써 읍내를 다녀오는 참여요. 어떻게 됐대요?"

집에 들어서자마자 성주댁(아내)이 물었다. 그러나 가부 말도 하지 않고 마루에 걸터 앉았다.

"어떻게 됐는가 묻지 않아요. 만나보긴 했어요?"

"불일내 올 터이니 걱정할 거 없어."

만술이는 말하며 곰방대를 꺼내 물었다. 생각지 말자해도 이상하리만큼 누이동생 성례가 말하던 백 명 가까운 사람을 산매장했다는 커다란 흙무덤이 눈앞에 어른거렸고 그 큰 흙무덤이 오래도록 들썩대더란 말이, 그 환상이 머리 속에서 지워지지를 않았다.

"허허허—그럴 일야. 아직 죽지 않았으니까 들썩들썩, 허허."

만술이는 시선을 한 곳에 고정시키고 미친 사람같이 헛소리를 하며 거듭 웃어 제쳤다.

"아니, 그게 무슨 말에요. 들썩들썩 뭔 소리어요?"

"어 ——응. 아무 소리도 아냐. 무슨 생각을 하니까 웃음이 나오는군, 허허——.”

“정말 이이가 실성을 했나, 뭘 봤기에 이럴까. 밥 먹어요. 차려올게. 지금까지 아침도 안 먹구. 아침겸 점심겸 차려올게유——.”

“아침 겸 점심 겸, 생각없어. 길마배미 논물좀 가봤어? 모 심은 논에 물을 많이 대면 모가 녹지 …… 뜨는 모가 많구 …… 총멘 순경 군인이 삥 둘러서서 집중 총격이라 박 서방이 똑똑히 봤구만 백술이가 어느 사람과 손이 묶여 구덩이로 던져졌다구 …… 들썩들썩 그랬겠지 모두 살겠다구, 허허——.”

만술이는 누구에랄 것도 없이 실성한 사람같이 지껄이며 멍청히 공간을 응시했다.

다시 생각해도 백술이가 그처럼 억울하게 비참하게 죽었다는 것이 믿어지지 않았다.

만술이 자신도 그렇지만 백술이 역시 왜놈들 학정 하에 어떻게 하면 배불리 먹을 수 있도록 농사를 지을까 하는 마음뿐이었지 공산당이 뭔지 민주주의가 무엇인지도 모르고 살아왔다.

해방과 더불어 미국 소련이 38선을 그어 나라를 두 쪽으로 갈라놓으면서부터 공산당이니 민주주의니 하는 말도 처음 들었고 서울에서 공산당하는 사람들과 민주주의 하는 사람들이 열심히 싸우고 서로 나라 주권을 차지하려고 한다는 얘기도 처음 들었고 어느 주의가 좋고 나쁜 것도 전연 모르고 있었다.

나중에야 공산주의는 못사는 사람 편이고 민주주의는 잘사는 사람 편이라는 것만 들어 어렴풋이 짐작은 했지만 말이다.

어쨌든 아무 주의도 모르고 사는 애개미골에 하루는 어느 젊은 청년이 들어와 동네 사람을 모아놓고 열변을 토하는 것이었다.

“지금까지 여러분 노동자 농민들이 못살고 가난에 시달린 것은 제국주의 자본주의 사회이기 때문이었습니다. 자본주의란 한 사람이 많은 농토를 가난한 농민들에게 소작을 시켜 과다한 소작료를 받아 소작인들은 굶주리게 하면서도 자기네는 착취한 소작료로 편하게 앉아 호의호식을 해왔습니다. 도시 자본가들은 공장을 지어 공원들을 채찍질하여 그 노임착취로 편하게 호의호식을 했고, 이것이 바로 자본주의라는 것입니다. 말하자면 많은 노동자 농민은 가혹하게 일만 하고도 이권은 한 사람이 독차지하고 많은 농민 노동자들은 굶주림을 면치 못하고 살아온 것입니다. 그러나 우리 공산주의 즉 남로당은 자본주의자들이 모은 재산을 당에서 몰수하여 노동자들에게 나눠주어 같이 일해서 그 이익을 똑같이 분배해서 다같이 잘 살자는 주의인 것입니다. 여러 농민들이 남로당에 입당만 하시면 지금까지 몇몇 부호들 토지를 인력(人力)에 의해 공정하게 분배해서 자기 소유로 만들어주는 것입니다. 그러니까 모두 여기에 도장을 찍어주십시오. 찍지 않는 사람은 농토가 돌아가지 않습니다."

"아니 그럼, 지금까지 지주노릇 하던 부자 사람들이 가만 있겠습니까?"
누구인가 이렇게 물었다.

"예, 좋은 질문하셨습니다. 지금까지의 지주들은 우리 당에서 농토를 몰수한 다음 멀리 탄광지대로 추방하여 노동을 시키기 때문에 간여하지 못하게 되고 대신 여러분들 앞으로는 소작이 아니고 자작농(自作農)으로 자기 땅에 농사를 짓는 것입니다. 때문에 여러 소작농들은 우리 당에 가입하여 앞으로는 내 땅에 내 농사를 하는 자작농이 되는 것입니다. 개미뜸은 산간 농촌이라 이제사 우리가 찾아왔지만 농토가 많은 평야지대는 이미 지주로부터 농토를 몰수하여 다 분배해주었습니다. 조금도 주저 마시고 이 기회를 놓치지 마시고, 당에 가입하십시오."

이렇게 해서 개미뜸 사개부락 소작농들은 거의 다 도장을 찍었던 것이다. 서류 읽을 줄도 몰랐지만 읽어볼 필요도 없이 오직 소원인 자작농이 된다는 바람에 농토가 생긴다는 바람에 아무 이의 없이 모두 도장을 찍었었다.

"정말 좋은 제도로구만. 지게진 놈이 서서 벌고 갓쓴 놈이 앉아서 먹어서야 되겠어. 책은 선비 차지고 농토는 농민 차지되는 게 당연한 이치지."
백술이도 일만 직사하게 하는 소작농이 지겨워서 따라서 도장을 찍어주었었다.

"하지만 얘, 남로당인가 공산당인가 정권을 잡은 것두 아니구 자본주의자들과 옥신각신 하는 판국에 더구나 남선에 대 지주들이 미국 사람하구 찰

싹 달라붙어 있는데 그렇게 쉽게 공짜로 땅이 차지되겠냐? 보다두 남의 농토 공짜로 얻는 것도 좋은 일은 아니잖으냐. 좀 두고보아서 도장 찍어주는 게 좋을 것 같으다.”

같이 참견한 만술이가 백술이를 한편으로 데리고 가서 일러주었지만 백술이가 듣지 않았다.

“뭘 할려면 남 먼저 해야지 둔전대다 보면 약빠른 놈들이 다 차지한단 말에요. 오늘 도장 찍었다구 당장 내 땅 됐다고 믿을 사람이 누가 있어유. 농토 가져보는 게 한이 돼서 해본 거여요. 안 돼봐도 본전이지 내것 뺏길 게 있어요. 안 되련 생각하고 해본 것 뿐이니 성님은 괜한 걱정 마세요.”

백술이가 불시에 찾아온 청년에게 도장을 찍어준 것은 다름 사람도 찍기 때문이기도 했지만 허욕이 많아 남의 농토를 넘겨다본 의도도 아니었고 공산주의가 무엇인지도 모르면서 혹시 개평땅이라도 생기는 것인가 하고 그야말로 허허실수로 찍었던 것이다. 못 배운 것이 흠이지 마음씨 착하고 남을 도와주지 못해 한이고, 소박한 백술이라고 동네서는 물론 개미뜸부락 사람이 모두 이르는 먹다 남은 떡 같은 사람이었다. 그러나 남이 찍으니까 땅이 그리워 입당한다고 도장은 찍었지만 그 후 예기치 않은 봉변도 몇 차례 당했다.

도장 찍은 일이 있은 며칠 후 면 소재지 소방대장이 소방대원 십여 명을 대동하고 와서 도장 찍은 사람들을 급습했던 것이다. 그날 여러 사람이 잡혀갔고 산으로 도망친 사람도 많았다. 땔나무 해 지고 오던 백술이는 나무짐을 벗어 던지고 산으로 노망을 쳤지만 날쌘 청년들에게 잡히지 않을 리가 없었다.

지서에 끌려가 왜 도장을 찍었느냐고 양회바닥에 말꿀림 당하고 생후 처음으로 매도 흠씬 맞아보았다. 시말서를 쓰고 밤에야 집에 왔었다. 그 후에도 남로당 애기하는 사람이 있었지만 달것 물리치듯 했다. 그러던 차에 그 무렵 도장찍은 사람들 대부분이 경찰서에서 조직한 보도연맹에 들어 맹원이 되었다. 서에서도 종종 매원들을 소집해놓고 공산주의 나쁘다는 연설을 해주고 친절하게 대해주었다. 백술이는 그처럼 정답게 대해주는 경찰이 마음속으로 고마워서 더 일을 열심히 했다. 해서 자신이 언제 공산당이 된다

118

고 도장을 찍은 것까지 까맣게 잊고 있었다.

"험험——꼬무라기가 이 된다구 아무런 사상도, 목적도, 욕심도 없이 남이 찍는 도장이기에 찍은 것인데 그것 때문에 죽었어, 우리 백술이가 죽었어. 욕심 없고 착한 놈이 죽었단 말야, 에구 억울해. 흐흐——들썩들썩 …… 안 죽으려구 억울해서 흐흐."

멍청히 허공을 응시하며 지난날을 회상하고 있던 만술이는 마루에 머리를 대고 흐느꼈다.

"대체 그놈의 들썩들썩이 뭐유. 들썩들썩——? 인민군이 한강은 엊그제 건넜고, 오산 평택은 이미 쑥대밭이 됐대요. 정부 요인들이 대군지 부산을 향해 피난 가느라 국도(國道)가 자동차로 꽉 차서 간신히 산길로 해서 왔대요. 대전에 곧 들이닥친다구 대전 사람들도 피난 봇짐 싸느라 야단이래요. 해서 온동네가 야단인데 들썩들썩만 찾나 말유."

성주댁은 그새 밥 차려올 것도 잊고 조금 전에 길마배미 논물 보러 갔다 오다 갑쇠한테 들은 얘기를 털어놓으며 눈이 휘둥그랬다.

"거거 여자가 수다스럽게 이러쿵 저러쿵 함부루 지껄이지마. 우리들 농사꾼이 방농에 농사 안 짓고 피난을 어디러 뭘하러 가. 괜히 정신 시끄럽게."

만술이는 미간을 사나웁게 찌푸리며 덜 탄 곰방대를 모지락스럽게 털어 싹싹 문질렀다. 이때 마침 대전에서 고등학교 다니는 명쇠가 삽짝 안으로 달려들었다.

"웬일이냐 네가?"

성주댁이 의아스러워 황급히 물었다.

"저 지금 대전서 오는 참여요. 아저씨 댁에 전할 말이 있어서요."

"?"

만술이 내외는 지나치게 서두는 명쇠가 심상치 않아 눈으로만 재촉하고 입을 열지 못했다.

"영철이가 학도병으로 나갔어요."

"학도병, 그게 뭘하는 건데?"

만술이가 앞으로 목을 길게 뽑으며 물었다.

“학생이 군대가 되어 싸우러 나서는 거지요.”

“학생이 배우다 말고 군인 가는 제도가 본시부터 있는 거냐?”

“본래 있는 것은 아니지요. 인민군이 갑자기 쳐들어와 그걸 막아내려고 국군에 유엔군까지 와서 싸우고 있지 않아요. 국민의 한 사람으로 더욱이 젊은 피가 끓는 학생의 몸으로 국가가 어려움을 겪고 있는 것을 그냥 볼 수 없다는 거지요. 이미 서울에선 학도병이 조직되어 국군과 합류해 싸운단 말에요. 우리 대전 학교에서도 뜻있는 학생들이 많이 지원해서 학도병이 되었단 말에요. 내일이라도 어느 부대에 편입되어 군인과 똑같이 인민군과 싸우는 거에요. 내가 집에 간다니까 제 집에 들러 아저씨한테 꼭 전하라고 해서 들렀어요. 영광스런 일이니까 조금도 걱정마세요. 가보겠어요.”

명쇠는 총총히 삽짝 밖으로 달아났다.

“야——명쇠야, 이놈아 !”

만술이는 일어서며 달아나는 명쇠를 불렀지만 들었는지 못 들었는지 작살 맞은 뱀장어처럼 곧장 달아났다.

“대전에 이미 인민군 선발대가 들어왔다나 봐요. 피난들 가느라 야단났어요.”

명쇠는 뛰어가며 말하는 것이었다.

명쇠가 지껄이는 소리가 만술이 귀에는 들리지도 않았다. 영철이가 학도병으로 나섰다는 문제만이 골통 속에 자리를 잡고 앉아 만술이 심정을 더욱 괴롭혔다. 대체 누구를 죽이기 위해 어린 것이 총을 메고 군대로 입대를 했다니——.

“험——참 답답한 놈이군. 결국 이북에서 내려오는 인민군을 죽이자는 것인데 한 조상 한 핏줄인 동기 형제인데 아무리 마음이 변했기로소니 대체 무슨 꼴이람. 옛날처럼 청나라나 여진족이나 몽고족이 쳐들어온다면, 아니, 일본놈이 아프리카 깜둥이가 미국 영국 불란서 군대가 쳐들어온다면 목숨을 내걸고 싸운다고 하지만 도리어 미국 영국 독일 등 흰둥이들과 합세를 해서 제 동족을 죽인다니 이거야 말로 만국 재판에 붙여 시비를 가린다 해도 언어, 색깔, 생활 습관 모든 것이 다른 생전 구경도 한 적이 없는 족속들과 한편이 되어 수천 년 같은 핏줄에 언어가 같고 의복이 같고 말이 같고 같은 예절로 살아온 형제들에게 총부리를 돌리다니 무슨 해괴망칙한 소리냐 말이다. 더더구나 명쇠 말에 의하면 영철이가 영어를 할 줄 안다고 통역 겸 깜둥이들 부대에 편입이 됐다니 휴, 맙소사 영철이 넌 제발 우리 동기 형제인 인민군에게 총을 쏘지 말아라. 누가 무어라고 해도 우리는 의리를 지켜야 하느니라."

만술이는 마루에 엎어진 채 일어날 줄을 몰랐다.

그날 해 지기 전에 개미뜸 네 개 부락 청·장년들이 총출동했다. 국군의 인솔을 받고 십 리도 넘겨되는 구도변 산중턱에 호(壕)파는 작업이었다. 국도가 내려다보이는 산 중턱에 가슴 깊이로 똘처럼 파나가는 것이었다. 그 안에 숨어서 국도로 내려오는 인민군을 쏘기 위함이었다.

한데 그날 새벽 파놓은 호에 유엔군이 배치하자마자 인민군 선발대와 총격전이 붙어 피아간에 많은 살상자를 내는 바람에 호도 파다가 중동무이되고 말았다. 국군, 유엔군, 인민군 등 군대만이 아니고 출동한 개미뜸 민간인들 희생자도 적지 않았다. 대개미 불개미 왕개미뜸에서 죽은 사람이 셋이고 부상자도 칠팔 명이나 되었다. 만술이도 동원되었었는데 요행으로 총탄을 모면했다.

과연 소문대로였다. 다음날 대전은 불바다가 되었고 어느 편에서 투하했는지 대전역에 폭탄 몇 개를 투하하여 철길과 그 주변의 두 길도 넘게 깊고 큰 웅덩이가 몇 군데 생기고 철까치가 엿가래처럼 되어 시가 중심부까지 날아갔다는 소식이었다.

젊은 사람들은 팔백 미터나 되는 마성산에 올라 구경하느라 앞을 다투었다. 멀리 내려다보이는 대전 시가지는 화염과 연기가 하늘을 찔렀고, 부산 쪽으로 향하는 국도에는 국군, 유엔군 차량들이 행렬을 이었다. 공중에는 이틀 전부터 날아다니는 처음 보는 쌕쌕이(초음속 프로펠러 없는 비행기)가 고개를 갸웃거리며 질풍처럼 날았고 대포 소리 기관총 소리 따콩총 소리 포탄 터지는 소리가 천지를 진동시켰다. 구경하고 온 사람들 얘기에 의하면 행렬을 지어 남하하는 군인 차량 행렬이 끊이자마자 금강 상류의 국도 교량과 나란히 있는 철교를 동시에 폭파하는 광경은 소름이 끼칠 정도로 끔찍하더라는 것이었다. 물론 인민군이 못 건너오게 하기 위해 이쪽에서 폭파한 것이었다.

"아무튼 두 개의 물기둥이 마성산만큼 높이 치솟는가 했는데 신작로 교량 철교가 왕창 내려앉더라니까. 무슨 화약인지 정말 쎄긴 세더군."

구경 갔다오던 상술이가 마성산 써레재를 넘어오자마자 첫집인 만술네 집에 뛰어들어가 입에 거품을 물고 늘어놓았다.

"아——아, 동무들 놀라지 마시라요. 우리는 미 제국주의 놈들과 이승만 독재자의 사슬에서 동무들을 해방시키기 위해 온 인민군대란 말야요. 이제 모든 농토는 독재자놈들 것이 아니고 동무들 것이라 말이요. 이젠 완전히 노동자 농민의 세상이 됐으니 안심들 하시고 열심히 일들 하시라요."

남쪽을 향해 지나가는 인민군마다 같은 말을 했다.

아무튼 하루 사이에 인민군 세상이 되었다. 인민군 거쳐간 후 뒤따라 정치 공작대인 젊은 청년 남녀가 허룻한 감람색 작업복에 맨발에 검정 고무신을 신고 동네에 찾아와 동민을 모아놓고 당위원장을 뽑고 동 인민위원장 선출 청년동맹 여성동맹까지 결성하고 소속 장은 물론 사무장까지 정해놓았다. 당 위원장은 머슴살이만 십오 년 한 동네서 가장 못사는 무식한 정돌이가 선출되었고 인민위원장은 농토 한 평도 없이 계절 따라 과일, 짐승, 피물(皮物) 등 장사도 하고 토지 매매 때 흥정 붙이고 하는 건달인 갑술이가 선출되었다. 서기는 면에서 임시 서기노릇 하던 기성이가 되었다.

당위원회 사무실은 피난가고 빈 집인 김 참봉네 집이 되었고 청년동맹 여성동맹 사무실도 비어 있는 사랑방 등에 자리를 정했다.

한데 각 위원회 동맹에서는 면 위원회, 동맹의 지시에 따라 하루도 회의를 열지 않는 날이 없었다. 해만 떨어지면 회의였다. 그야말로 신발벗고 요기할 사이도 없이 온 동민 남녀들은 바쁜 나날이었다. 밥술이나 먹고 편하게 흥청대던 사람들은 집을 비우고 거의 피난을 갔고 남아 있는 가난한 소작인들 특히 청년들은 소작인을 면하고 지주가 된다고 해서인지 모두 신바람이 났다.

그러나 만술이는 회의에 나오라고 해서 나가긴 해도 좋은 징조인지 불길한 징조인지 판단마저 하지 못하고 벙벙히 넋나간 사람 같았다. 무시로 매제 박 서방이 목격했다는 들썩대는 생매장한 큰 무덤만이 시계에 떠올라 일

하던 손을 멈추고 멍청이 서 있기가 일쑤였다. 그런 정신 상태인데다 영철이(아들) 놈이 학도병으로 자원 입대했다는 말을 들은 후부터 갈피를 잡지 못하고 골통이 일층 혼탁했다. 멀리 가까이에서 무시로 들려오는 대포 소리를 들을 때마다 자신도 모르게 몸뚱이가 휘우뚱거릴 정도로 자지러지게 놀랐고,

"자꾸 죽어가는 고나."

하는 마음과 함께 몸서리를 쳤다. 인민군들은 노동자 농민을 해방시킨다고 큰소리를 쳤고 국군 유엔군은 민주주의를 수호한다고 무시로 쌕쌕이가 하늘을 진동하며 폭탄을 내려뜨려 부수고 죽이고 하지만 과연 죽은 사람은 누구냐 말이다.

"결과적으로 소경 제 닭 잡아먹는 격인데…… 허, 저 저 대포 소리."

만술이는 논둑에 앉아 물꼬 손질을 하다가 발딱 일어나 대포 소리 나는 쪽을 울연히 지켜보았다. 이때 갑자기 귀청을 찢으며 봉화둑을 넘어선 쌕쌕이(호주기라고도 했다)가 낮게 산골짝을 빠져 나가는가 싶더니 이어 기총소사(機銃掃射) 총성이 연거푸 들려왔다. 국도변에 나뭇가지로 위장해놓은 인민군 탱크라도 발견한 모양이었다. 만술이는 질퍽한 논 뒷둑에 개구리처럼 엎드려서 겨우 숨만 할딱거렸다. 주위를 몇 바퀴나 돌며 두 대의 쌕쌕이가 연달아 기총소사를 끝내고 달아난 후에야 만술이는 혼비백산하여 집으로 달려왔다.

집에 들어서자마자 장총 멘 인민군이 따라 들어왔다. 쓰렛재 넘어가는 길가 집이기 때문에 허구한 인민군이 들러 물도 마시고 밥도 달래 먹고 갔다. 또 그런 군인이 지나다 들렀나 보다 여기고 예사로 보고 마루로 올라서는데 따라온 군인이 먼저 소리를 했다.

"아는 사람을 보고 왜 모른 척 하는 거요. 동무 나를 모른단 말이오?"

예의 군인은 피식 웃으며 다가섰다. 그제사 자세히 보니 푸름한 군복은 군복인데 색깔이 군복보다 푸른색이 짙었고 모자도 달랐다. 그제사 다시 보니 건너 말 구 면장네 집에서 머슴살이 하던 신 서방이었다.

"어, 그러구 보니 구 구장댁에 살던 신 서방이구만. 애기는 들었지, 인민군 정치가 되면서 지서에 취직했다구. 아주 잘됐어 허허…… 자 마루로 올

라 앉아.”

“동무 무슨 말을 그렇게 함부로 하는 거요. 지서가 뭐요? 지서란 말은 이승만 독재 정치 때 쓰던 말인 걸 모른단 말요. 분주소란 말이오. 경찰서는 내무서고 우리 노동자 농민들이 해방된 오늘에도 그런 말을 한다는 것은 지난날 독재 정치를 아직도 잊지 않았단 증거란 말이오. 내가 잘 알지만 만술 동문 지주층도 아니고 빈농층도 아닌 중산층이기 때문에 그렇단 말이오. 만술동문 본시 심덕이 착하기 때문에 그냥 두지, 그렇지 않으면 당장 잡아가겠오.”

신 서방은 어깨에 멘 장총 개머리 판을 손으로 어루만지며 방과 부엌을 기웃거렸다. 이때 머리가 영리한 영순이가 부엌문 밖으로 나오면서 말했다.

“잡아가다니 누굴 말에요. 신 동무는 분주소에 나가시면서 헌헌 장부가 됐어요.”

“아——영순 동무, 안녕하시오. 헌헌 장부라니 면박을 주는 말이오. 내야 전에나 지금이나 가난한 노동자 농민을 위해 살았기 때문에 내무서의 명을 받아 분주소에 근무하게 된 것 뿐이죠. 한데 난 공무 집행차 나와서 바쁜 몸이오. 불개미골 박 순경네 집하고 말개미골 군에 다니던 이재춘네 집에 다녀오는 참이외다. 그 반역자 놈들을 그냥 두지 않겠어요. 박 순경은 독재자들 따라 남쪽으로 도망갔기 때문에 박 순경 아버지 박춘성이만 내일 분주소로 나오라고 했는데. 이재철 이 자식은 남하하지 않고 집에 있다는 말을 듣고 찾아갔더니 피하고 집에 없잖아요. 해서 마지막으로 만술 동무네 집에 들린 거요.”

신 서방은 냉정한 자세로 말했다.

“아니, 마지막으로 우리 집에 들렸다니 그럼 우리도 박 순경네나 이 서기네처럼 무슨 잘못이라도?”

만술이는 한 걸음 다가서며 신 서방을 똑바로 보았다.

“그럼, 만술 동무네가 우리 인민공화국을 협조하는 사람이란 말이오. 큰아들 영옥인 해방 얼마 전에 일본제국주의자를 돕기 위해 남양군도(南洋群島)로 징용갔고 둘째 아들 영철이는 학교 다니는 놈이 한 달 전에 학도병으로 나가지 않았오. 반역죄를 따지자면 박 순경보다 이재철보다 죄가 더 무겁단 말이오."

신 서방은 단호히 결론을 지으며 만술과 영순을 번갈아보았다.

"아 아니, 신 동무 양반요. 그거야 그때에 왜놈들이 강제로 끌어갔고 둘째놈도 모름 몰라도 주변에서 강권해서 학도병으로 나갔지 자원한 것은 아닌 것이라 생각하오. 그러지 않아도 큰 자식은 삼 년이 돼도 소식마저 없어 걱정이고 둘째놈도 대체 누구와 싸우겠다고 학도병에 나갔는지 요즘 내 마음이 잠시도 편한 날이 없단 말이오. 신 동무 티끌만큼도 거짓없는 솔직한 심정이오. 예예 ——."

만술이는 쩔쩔맸다.

"아버지 말씀은 사실입니다. 같은 동족 형제끼리 누구를 죽이겠다고 학도병으로 나갔느냐고 요즘 걱정이 그 걱정에요."

영순이도 마당으로 내려가 신 서방 곁으로 다가서며 애교조로 말했다.

"아——아, 듣기 싫소. 유엔군 국군놈들은 노동자 농민을 해방시키려는 우리 인민군을 죽이려고 하는 것을 모른단 말이오. 여러 말 말고 만술 동무, 나하고 분주소까지 갑시다."

"아니, 신 동무 어른. 죄가 있으면 내 동생 오빠에게 있지 우리 아버지가 무슨 죄가 있다고 데려간단 말여요. 그러시지 말고 잠깐 마루로 올라 앉으세요. 미싯가루나 한 그릇 드시고 가세요."

영순이가 신 서방 옷깃을 끌며 말했다.

"영순 동무 왜 이러오. 우리 인민공화국 공무 집행하는 사람은 제국주의 놈들같이 음식에 술잔에 넘어가지 않는단 말요. 대관절 셋째 아들 영만이는 어디 갔소?"

"영만인 며칠 전에 외가에 가서 아직 오지 않았어요!"

영순이가 천연덕스럽게 말했다.

"다 알고 있소. 낮에는 산 속에 가서 피신하고 밤에만 집으로 오는 거. 다른 사람들은 앞을 다투어 의용군으로 입대하는데 영만이는 의식적으로 의용군에 나가지 않으려고 피하고 있단 말요. 모두가 만술 동무가 시킨 것을 알고 있단 말이오. 지금까지 지은 반역한 죄과를 면하기 위해서라도 영만이를 의용군으로 자원하도록 일러야지 피신을 시키다니 되겠소. 우리 인민공화국은 전체 인민을 위해 내 자신을 가정을 희생시켜 봉사하는 정책이란 말이오. 알겠소. 갑시다 어서."

신 서방은 만술이 옷소매를 잡아 끌었다.

"가도 낼 가야지 해가 다 됐는데 노인네가 지금 어떻게 가요."

영순이가 막아서며 어리손을 쳤다. 두 손으로 신 서방 손을 잡으면서——.

"과거의 죄과를 면키 위해서라도 진즉에 영만일 의용군에 보냈어야 했단 말이오. 영순 동무가 열심히 여성동맹 일을 보고 그보다는 만술 동무 둘째 아우(백술)동무가 애석하게 놈들에게 학살당한 점 등을 감안해서 오늘은 그냥 가겠오. 다시 부탁인데 영만일 낼 분주소로 내보내시오. 의용군에 가야합네다."

신 서방은 나가며 감나무에 앉은 까치를 향해 총을 두 발 쏘고 한길로 나갔다. 만술이는 무슨 일이 있어도 영만이만은 의용군에 보내지 않으려고 했지만 신 서방이 허구헌날 찾아와 반역자 아비라고 만술이를 끌어다 내무서로 넘기겠다는 바람에 결국 영만이를 의용군에 보냈다. 한 놈은 징용, 둘째는 학도병, 셋째는 의용군, 장독같은 삼형제를 다 뺏기고 막내 영재만 남고 보니 허전하고 심란해서 일도 손에 잡히지 않았다.

애개미골서 뿐 아니라 개미뜸 네 개 부락에서도 개미처럼 부지런한 독농가라고 사심없고 소박한 권농적인 농민이라고 칭찬을 받고 살았는데 전쟁바람에 자식 다 뺏기고 무슨 초라한 꼴인가 싶었다. 보다도 큰 세 가지(삼형제)를 잘리운 문제도 문제였지만 왼팔이나 다름없는 백술이(아우)까지 생매장 당한 생각을 하면 진정 가슴이 아팠다. 물론 자식들과 아우가 없어서 훈훈하던 집안이 허전하고 찬바람 도는 것도 도는 것이지만 곰곰이 생각할수록 그야말로 죽도 밥도 아닌 꼴이 됐지 뭐냐는 의문이었다. 차라리 삼형제가 모두 아니, 죽은 백술이까지 모두 국군에 입대를 했다거나 아니면 인민군에 뛰어들었다면 지등백리가 빠져도 자의 아닌 타의라 해도 마음이 한 곳으로나 쏠리겠는데 한 놈은 이쪽 한 놈은 저쪽 어느 쪽으로 정신을 돌려야 할 지 갈피를 잡지 못해 허구헌날 갈팡질팡이었다.

어쨌든 대포 소리가 점점 남쪽으로 멀어져가면서부터 양군의 격렬한 충돌이 없어 당장 총탄의 위협은 없었지만 밤낮으로 살벌하기는 일반이었다. 그래도 만술이나 개미뜸 사람들은 살기 위해 아니 천직이기 때문에 영농(營農)으로 전답을 잠시도 떠나지 않았다. 콩밭 수수밭에 풀을 뽑아야 했고 채소밭도 가꿔야 했지만 고구마밭 덩굴도 손질을 해야 했다.

만술이는 그날도 논에서 피사리를 하고 있었다. 난리통에도 신통하게 연사(年事=농사)가 잘돼서 논밭에 나가 풍성하게 자라는 곡식을 보면 잠시나마 마음이 흡족했다.

벼 포기에 낀 피사리는 두 차례나 했기 때문에 별로 없었는데 늦게 바닥에서 자라나는 글피가 극성스럽게 자랐다. 방동산이 풀과 함께 글피를 훔뜨려 뽑으면서도 마음은 줄곧 백술이, 아들 삼형제 거취 문제에 쏠려 있었다. 아무리 결론을 지어보려 해도 결론이 나지 않았다.

한 녀석은 국군에 자원 입대하고 한 놈은 의용군에 가고 애비된 입장에서 어느 놈 편이 되느냐 말이다. 낮에 쌕쌕이 비행기가 무시로 날아와 인민군 목표물을 보고 기총소사나 폭탄을 퍼부으면, 됐어 국군에 입대한 영철이 놈은 살겠구만 싶어 마음이 놓이다가도 그 다행심이 가시기도 전에 아뿔싸 저런 총탄 폭탄 속에서 의용군 간 영만이 놈이 살아남을 수 있나 하는 절망감이 들었다. 국군 유엔군의 승리를 기원하는 마음인 동시에 인민군 승리를 기대하는 마음이었다. 방면에 인민군 패망을 원하는 동시에 유엔군이 패하기를 바라는 심정이었다.

"제길헐, 이런 엉거주춤 신세가 있단 말인가. 휴, 아이구 답답 내 가슴야."

피사리를 하다 국도변 철로 터널을 폭격하기 위해 쌕쌕이가 편대로 날아와 기총소사 폭탄 투하를 퍼붓는 바람에 논뒷둑에 엎드려 있다가 쌕쌕이 편대가 날아간 후에야 부시시 일어서며 만술이는 주먹으로 가슴을 치며 아무 데나 펄썩 주저 앉았다. 기차 터널을 인민군들이 임시 병원으로 사용하고 있기 때문에 쌕쌕이들은 매일같이 날아와 기관총 폭탄을 퍼붓고 가는 것이었다. 그럴 때마다 안도와 절망이 엇갈려 미칠 것만 같았다.

종일 피사리를 하고 어둑해서 집에 왔는데 저녁 먹기가 바쁘게 야간 작업에 출동하라는 명령이었다. 인민군 들어온 후 사흘이 멀다고 있는 야간 출동이기 때문에 이상할 것도 놀라울 것도 없었다. 저녁을 먹는 둥 마는 둥 하고 낮에 쌕쌕이 편대 기총소사로 두근대는 가슴이 가라앉지도 않은 채 지게를 지고 나섰다. 막 써레재(지름길이라 이용) 어귀를 들어서는데 벌써 앞에 가는 사람이 있었다. 젊은이들은 거의 의용군에 나갔거나 아니면 피신했기 때문에 출동하는 사람들 대부분 오십 대 전후 의용군 대상이 아닌 장노년 층이었다.

"거 누구야!"

만술이는 앞에 가는 사람에게 소리했다.

"왜 아무면 어째!"

볼멘 말을 하며 돌아다보는 사람은 동료 말개미 사는 삼봉이였다.

"일찍 나섰구만, 한데 오늘밤엔 또 어디로 간대⋯⋯."

만술이는 삼봉에게 다가서며 물었다.

"낮에 쌕쌕이가 폭파시킨 삼거리 신작로 고치는 일이래!"

"아니 그저께 밤에 섬골 평촌 사람들이 자동차 다니게 고쳤단 말 들었는데 또 폭파시켰단 말야?"

"오늘 낮에 쌕쌕이 네 대가 와서 설치고 간 걸 몰라서 묻는 말야. 아무 일이면 어때 오늘밤에도 애개미 말개미 두 동네 사람 차례여서 어차피 출동하는 날인데, 가서 일이나 하면 됐지. 어서 가자구 모두들 앞에 갔단 말야."

"또 밤샘 쳐야 하겠구만. 그래두 타란(총탄환) 지고 가는 일보담 다리 고치는 일이니까 낫구만그레. 그놈익 타란 지고 밤새 걸어보니 정말 힘들던데——. 며칠 전 오십 리나 되는 영동까지 밤새 지고 가느라 등때기가 다 벗겨졌다니까."

도로가 거의 파괴되어 차량 통행이 불가능한 구간은 근방 동민을 밤에 동원시켜 탄환궤짝을 지게로 운반시켰던 것이다.

"아따, 이 사람아. 다리 폭파시킨 거 밤새 모래가마 져 올리는 일은 타란 지고 가는 일보담 수월하단 말인가. 출동했다 하면 홍역 치르긴 매일반여."

"그래도 몇십 리 지고 가는 것보담 아래서 위로 모래가마 져다 쌓기가 수월하지 무슨 소리야. 한데 전쟁이 어서 끝나야지 출동해서 일하는 것도 일

하는 것이지만 정신이 어지럽고 마음 불안해 살 수가 있냐 말야."

만술이는 말하며 무겁게 한숨을 몰아 쉬었다.

"그렇기로야 자네뿐인가 모따떼기 모따떼기(이것도 저것도 아니란 말) 이런 모따떼기가 없다니까."

"글쎄 내 말이 바로 그거란 말야. 자네도 아다시피 한 놈은 국군을 따라갔고 한 놈은 의용군으로 갔고 이렇게 부역을 나가도 어느 자식 편을 들어 일을 하는 것인지 갈피를 잡을 수가 없고 엉거추춤이란 말야. 말하자면 한 자식은 낮에 쌕쌕이로 부숴놓고 작은 자식은 밤에 나와 부순 것을 고쳐야 제가 산다고 애원을 하고 어느 장단에 춤을 추어야 하는 거야. 열 손가락 깨물어 안 아픈 손가락 없다고 어느 놈은 살게 하고 어느 놈은 죽게 하냐 말야. 우리 같은 농투산이야 뭘 아냐구. 민주주의가 뭔지 민(民)자나 알구 공(共)자나 아냐 말야. 믿느니 대감만 믿는다고 우리 나라 국민을 보다 잘 살게 하기 위해 노력하는 훌륭한 정치하는 분들이 서로 의견이 다르더라도 서로 반씩 양보해서 합심 단결해 살면 작히나 좋겠느냐 그 말야. 의견 충돌도 주먹다짐 몽둥이 휘두르는 정도가 아니고 형제끼리 총부리를 맞대고 서로 한 사람이라도 더 못 죽여 안달들이니 이게 있을 수나 있는 일이냐구. 해서 오늘도 종일 피사리를 하며 곰곰 생각하니 그놈의 총 대포 비행기가 원수더라니까. 소련서 탱크 대포총을 북쪽 동포들에게 주지 않고 미국 영국 등 유엔군에서 비행기 대포 등 무기를 남쪽 우리 국군에게 대주지 않고 직접 나와 도와주지 않았으면 이런 전쟁이 일어났겠냐 말야. 남북 어느 쪽에도 무기가 없었다면 말야. 옛말에 물레는 괴머리에서 고장이 생긴다고 전쟁 원인은 그놈의 무기 때문이야. 자네 그런 생각 들지 않나?"

만술이는 삼봉이 뒤를 따라 고갯길을 허위허위 오르며 자신의 심정을 솔직히 말했다.

"아무렴, 소련 미국서 대주는 무기 때문이지. 우리 나라에서야 그런 무기 만들 염두나 내나. 해서 얘긴데 어쨌든 무서운 전쟁이 벌어지는 바람에 만만둥이들만 죽어가는 거야. 말하자면 큰집 대사에 작은집 돼지만 죽는 꼴이지. 자네 말마따나 우리 나라 남북이 합심해서 다른 나라와 이런 쌈을 한다면 신바람이 날 꺼 아냐. 이렇게 밤에 다리를 고치러 나가도 말야. 대체 무슨 모양이냐 말야. 형제끼리 총부리를 들이대고 서로 먼저 많이 죽이겠다고 눈이 발개져 날뛰니 말야. 개미뜸에서만 해도 직접 형제가 맞붙어 죽이려는 집이 자네집뿐인가. 불개미골 석만네도 그렇고 말개미 봉세네 집도 그렇고 그 밖에 다른 동네도 많을 거란 말야. 벌써 들리는 말엔 전쟁터에서 죽은 애들도 무척 많다나 봐. 아니 전쟁이나 하다 죽었으면 총을 가지고 전후(前後)에나 나가서 그렇다고 하지만 타란지고 가라, 밤에 호 파라. 다리 고치느라 모래가마 져올리다 억울하게 죽은 민간인들은 얼마나 많겠나. 얼마전 타란 지고 가다 심천역 앞에서 갑자기 비행기 소리가 나며 조명탄이 대낮같이 밝게 밝혀지면서 콩볶듯 기총소사 하는 바람에 타람짐도 벗지 못하고 두 사람 죽는거 못 봤나. 사저울 청년하고 감나무골 사람 말야. 허허——정말 그날 밤은 생각만 해도 몸서리가 나는군. 난 조명탄이 밝혀지자마자 인솔하던 인민군이 항공——항공——소리를 지르기에 타란짐 벗어 동댕이 치고 곁에 있는 시궁창에 쑤셔 박혔단 말야. 정말 오십 평생 처음 겁나는 꼴 봤구만. 뒷독에 빠진 쥐모양였지. 허허.”

삼봉이는 너무 어이가 없어 차라리 웃어버렸다.

“허허허, 자네가 그 말을 하니 이제 말인데 나는 조명탄 빛과 함께 항공 소리가 들리자마자 타란짐은 어떻게 벗어던진지도 모르고 바로 곁에 있는 어느 길가집 문짝을 발길로 들이차고 매에 쫓긴 꿩 쑤셔박히듯 방 가운데에 엎어졌더니, 허허 아 글쎄 젊은 내외가 옷을 벗고 자는 위에 가 엎어졌더라니까, 허허——.”

만술이노 그 닐 있었던 일을 되새기며 거듭 웃었다.

“아, 동무들 웃을 사이가 어디 있어요. 어서들 빨리 가요. 늦었단 말여요.”

분주소 신 서방이 오륙 명을 끌고 헉헉 올라오며 재촉하는 바람에 두 사람은 질겁해서 입을 봉했다.

“신 동무가 출격 동원 나왔군요. 그렇지 않아도 삼봉 동무와 부지런히 가는 참여요.”

만술이는 말하고 삼봉이 옆구리를 작대기로 쿡 찌르며 걸음을 빨리했다.

낮에 쌕쌕이가 날아와 파괴한 교각을 모래가마니로 쌓아 차량이 다니도록 하는 임시 가설 작업이었다. 개미뜸 사람들과 인근동 청송골 사람까지 오 개 부락 백여 명이 하는 작업이었지만 불도 없는 캄캄한 데서 하는 작업이기 때문에 진척이 순조롭지 못했다. 인민군, 내무서 사람들이 총을 메고 다그쳐 몰아 세웠지만 능률이 오르지 않았다. 강변에서 가마니에 모래를 퍼담는 사람, 퍼넣은 가마니를 꿰매는 사람, 그것을 지게로 지고 올라가면 받아 쌓는 사람, 날 밝기 전에 마쳐야 한다고 인민군들은 몸이 달았다. 밤 사이에 마쳐야 다음날 밤에 탄화과 무기 실은 차량이 통과하고 그렇게 해야 국군 유엔군을 물리친다는 호통 명령이었다. 나중에 안 일이지만 당시 낙동강 연변까지 진격한 인민군들이 탄환 무기가 없어 곤경에 빠져 있었던 것이다.

한데 새벽 녘에 갑자기 쌕쌕이 두 대가 날아와 조명탄을 투하하고 기총 소사를 시작했다. 한두 차례가 아니고 몇 차례를 선회하며 천지를 진동하는 기관총성이 연달았다. 결국은 밤새워 쌓아올린 거의 완성된 모래 교각에 폭탄이 터지며 산산이 무너졌다.

그날 밤 세 사람이 죽고 부상자는 무수히 많았다.

그날 밤 말개미뜸 네 개 부락을 가운데 두고 국군 유엔군과 인민군이 양쪽 산에서 공방전을 벌이는 바람에 개미뜸은 사실상 쑥대밭이 되었다. 네 동네에서 사상자만도 십여 명이었지만 완전히 소각된 집도 몇 집 되었고 파괴 소각된 집이 많았다. 추수일도 바빴지만 미처 농사일 돌볼 사이도 없이 타고 부서진 집 수리에 여념이 없는 실정이었다.

그렇기는 했지만 인민군들이 패퇴하고 유엔군의 승리로 일단 전쟁은 끝난 실정이어서 개미뜸 사람들은 한숨 돌리게 되었다. 미처 빠져 나가지 못하고 산 속에 남아 있는 인민군 잔당 소탕으로 가끔 총격전이 있긴 했지만 주민들에게 직접적인 영향은 없었다.

그러나 만술이의 불안 초조감은 인민군이 밤마다 써레재를 연달아 넘어올 때마다 일층 더했다. 인민군이 끊이지 않고 밤마다 써레재를 넘어올 때에는 우리 영만이도 설마 오겠지, 오겠지 기대를 했었는데 인민군 행군이 끊이고나니 영만인 영 죽었다는 절망에 빠지고 말았다. 추수도 서둘러야 하는데 일이 손에 잡히지 않아 하루에도 몇 번씩 낮에 뿐이 아니고 밤에 누웠다가도 미친 사람같이 뛰쳐나가 써레재 날망에 올라 우두커니 창말 쪽을 지켜보았다. 낮에는 하는 일 없이 논으로 밭으로 아니면, 불개미골 왕개미골까지 가서 자기와 같은 처지에 있는 집을 찾아가 해 지는 것도 잊고 피차의 실정을 나누기가 일쑤였다. 아직도 동네는 어수선 복잡한데도. 왜냐하면 개미뜸 주변에 집결하여 탈출구를 찾으려던 인민군이 국군 유엔군의 포위 속에서 공방전을 벌이다가 역부족으로 소백산 쪽으로 패퇴한 후 사실상 전쟁은 종식이 된 정황이었지만 개미뜸에는 후유증이 더 잔인하고 가공스러웠다. 인공 치하의 반역자라고 내무서 보위부에 끌려가 무수히 고초받은 사람들이 유엔군 국군과 거의 동시에 들어와 인공 때 부역한 장(長) 급들을 직접 끌어다 현장총살도 불사했고 군서기 다니던 이장춘은 자신은 남하는 하지 않고도 용케 피신을 했지만 자기 아버지가 내무서에 끌려가 병사했다고 유엔군 들어오자마자 동네 인민위원장과 당원원장 두 집을 도륙을 냈고 불개미골 박 순경도 선발대로 집에 찾아와 자기 아버지 총살시켰다는 보복으로 민청위원장 지낸 재군이를 죽이겠다고 산으로 끌고 가는 것을 동민들이 나서서 그것은 분주소 신 서방 소행이었지 절대 재군이는 무관하다고 변명하는 바람에 가까스로 목숨은 부지했지만 어쨌든 불구 대천지 원수가 되었다. 그 길로 박 순경은 신 서방을 찾으려고 노력했지만 그는 이미 기미를 눈치채고 속리산 쪽으로 인민군들과 같이 도망친 후였다.

어쨌든 이와 비슷한 사건들로 해서 허구헌날 출동한 것까지 따지면 걸리지 않을 사람이 없기 때문에 그처럼 다정했던 동민들이 서로 만나는 것을 두려워했다. 살벌한 분위기였다. 해서 만술이는 그 누구도 만나고 싶지 않았고 애기할 건덕지가 없어 아침만 먹으면 그래도 행여나 두 놈 중 한 놈이라도 오는가 싶어 써레재를 올라 금적산, 마성산 순령을 타고 멀리 창말 면소재지를 내려다보고 서북쪽으로 개미산과 네 개미뜸 동네들을 내려다보며 소일했다.

그날도 만술이는 실의에 빠져 벼가 누렇게 익어가는 전답을 둘러보고 금적산으로 마성산을 거쳐 칠 마장이나 되는 신작로로 해서 집에 돌아오는 길에 말개미 이기봉이 집에 들렀다 더 엄청난 소문을 들었다. 반역자라고 읍내 등지에 살다가 내무서 유치장에 갇혔던 사람들은 거의 죽었다는 소식이었다.

"그러니까 인민군 내무서 사람들이 후퇴하면서 그들을 모두 총살시켰단 말이지?"

만술이는 믿어지지 않아 기봉이에게 재차 물었다.

"물어보는 게 촌놈이지 뻔한 일 아냐. 그 자들을 데리고 가겠나, 유치장에 그냥 두고 가겠나. 말하자면 깨끗이 해치우고 달아난 거야. 팔자 좋고 똑똑하고 아까운 사람들 많이 죽었지."

"그럼 차 부사도 구속됐다더니 그도?"

"말할 게 뭐야. 내무서원들 달아난 후에 서류를 찾아보니까 도살명부에 제 일 번으로 적혀 있더라든데. 그보다도 진정 안된 사람은 군청 산업과장 하든 송씨야. 보통학교밖에 나오지 않고 군청 소사로 들어갔다 머리가 좋고 사람이 원만하고 착실해서 산업관까지 올랐는데 그만 남하하지 못하고 감금됐다 죽었다는군. 누구는 죽어서 좋을까만 그 사람 죽은 것은 아까워. 말이 과장이지 그런 티 하나 없이 농민들한테도 원만하게 잘했지."

"응——.군 사업과장 나도 잘 알아. 그럼 그 참에 내무서 유치장에서 죽은 사람도 많겠지만 내가 얘기하지 않나, 싸우다 죽은 사람도 인민군 국군해서 우리 조선사람이 제일 많이 죽었고 부서진 것도 모두 우리꺼 아니냐구. 자의에 의한 희생이라면 또 모르겠는데 미국, 소련이 38선만 갈라놓지 않았으면 우리 조선이 왜 이렇게 쑥대밭이 됐겠냐 말야. 에구, 생각하면 원통하고 절통해. 에그——."

만술이는 분을 참지 못해 어쩔 줄을 몰랐다. 이때 마침 갑쇠가 헙쑥하니 삽짝 안으로 들어섰다.

"웬일이냐, 늦게——."

기봉이가 담뱃대를 댓돌에 털며 쳐다보았다.

"대전 큰집 일이 궁금해서 다녀오는 참여요."

"대전——. 그래 대전은 시가지 집들이 거의 탔다며 어떻더냐?"

만술이가 다가앉으며 물었다.

"말두 마세유. 집, 가산 다 태우고 올 데 갈 데 없는 사람들로 온통 아우

성여요. 먹을 게 있어유, 입을 게 있어유. 다리 뻗구 잘 데가 있어유. 아직 시당국에서도 도와줄 힘도 없대유. 해서 타고 남은 판자쪽 포장때기를 주워다 자기 집터에다 이슬만 가리게 겨우 의지하고 있는데 대관절 먹을 게 있나 말여유. 아저씨네는 개미뜸 망했다구 하지만 남의 사랑방, 처마 밑에 살아도 개미뜸 사람들은 호분지(행복)여요. 우선 들녘에 곡식이 그득하고 먹고 잘 데가 있지 않아요. 오늘밤에라도 벼를 베어다 훑어서 솥에 볶아가지고 널 또 나가봐야겠어요. 전쟁, 전쟁 정말 무서운 게 전쟁여유."

"아무렴 전쟁은 없어야지 …… 허허 우리 금수강산이 전쟁으로 이렇게 될 줄이야. 에그, 분하고 원통해."

"하지만 이젠 걱정없어요. 우리 쪽 국군, 유엔군이 벌써 38선을 넘어 계속 압록강, 두만강을 향해 밀고 올라간대요. 그리고 얼마 안 있으면 미국이 밀가루, 옷도 가져와서 피난민들 살기도 걱정없이 된대요. 모두 말들 하던데요. 미국은 워낙 부자 나라라 틀림없이 그렇게 될 거라구요."

"하지만 영영 죽은 놈들은 구호양곡을 아무리 많이 가져온들 무슨 소용이냐. 에구, 못난 자식들 남들 다 살아오는데 아무려면 살아 남지 못하고."

만술이는 불현듯 영만, 영철이, 백술이 생각이 떠올라 땅을 치며 곧 울상을 지었다.

"아따, 그 사람 아직 두고 봐야 한대두 조급하게 그래쌌네. 조선사람들 모두가 당한 일을 가지고 혼자만 당한 것처럼 안달을 하구 있어. 에이 사람 하군 힘."

기봉이는 만술과 같은 입징이지만 만술이를 나무라며 태연을 가장했다.

"그런데 전 이번에 대전 가서 너무 엄청난 소리를 들어서 지금도 그 생각만 하면 가슴이 떨려요."

잠시 두 사람 얘기만 들으며 무슨 생각에 잠겨 있던 갑쇠가 겁먹은 얼굴로 화재로 바꿨다.

"너무 엄청난 소리라니 무슨 말이냐?"

기봉이가 곰방대에 담배를 담으며 갑쇠를 건너다보았다.

"왜 언젠가 만술 아저씨가 저에게 가만히 말씀하신 일 있지요?"

갑쇠는 기봉이가 묻는 대답은 하지 않고 불쑥 만술이에게 말했다.

"밑도 끝도 없이 무슨 말이냐. 내가 너에게 가만히 한 말이라니?"

만술이는 영문을 몰라 기봉이를 돌아보며 말했다.

"왜 국군 후퇴하고 얼마 안 돼서 선바위 논둑에서 깔(꼴) 베다 저에게 말하지 않았어요. 범바위 동네 휘미진 뒷골짝에다 보도 연맹 끌어다 한구덩이에 산매장시켰는데 끌어 묻고 다지고 밟았는데도 그 큰 무덤이 온종일 들썩들썩 했다구 말여요. 백술 아저씨도 그 쌈에 산매장 당한 것이 원통해 못 견디겠다구 말씀 안하셨어요."

"아니, 갑쇠 너 그 얘긴 다시 거론치 않기로 했는데 삼사 개월이 지난 오늘 새통맞게 왜 그 얘긴 꺼내냐. 다시 거론치 말자고 부탁까지 했었는데 허——자식 허군 허험."

만술이는 심히 불쾌한 표정으로 갑쇠를 흘겨보았다.

"하——암, 그렇게 나무라지만 말고 끝까지 들어보세요. 내 말은 그 얘길 하자는 게 아니고 그 사건보다 더 끔찍한 얘기를 하자는 거여요."

"머, 뭐시 그보다 더 끔찍한 얘기라고? 뭔 일인데!"

"이번에 인민군이 후퇴하면서 대전 형무소에 갇힌 남하 못 한 부역자들 있잖아요. 수백 명이나 되는 그 많은 사람을 글쎄 아유, 끔찍해——."

갑쇠는 말을 마치지 못하고 눈을 꽉 감고 고개를 살래살래 흔들었다.

"그러니까 다 죽였다, 그 말이고나 그렇지?"

만술이는 골통이 핑 돌아 손으로 이마를 짚었다.

"물론 다 죽였겠죠. 한데 그냥 죽인 것이 아니고…….”

"그냥 죽인 게 아니고 어쨌다는 거야. 감방에 석유라도 뿌리고 불을 질러 산 화장이라도 시켰다는 거냐?"

만술이는 조급증이 나서 넘겨 잡아 물었다.

"아니 아저씨, 감방에 불을 놓아 죽였다는 것을 어떻게 알았어요? 정말 그렇게 했다는 거여요. 한데 저는 그 얘길 하자는 것이 아녀요. 그 보다 더 한 죽음이 있었대요."

"아니, 그럼 이쪽 후퇴할 때처럼 한구덩이에 산 매장이라도 시켰다는 거냐, 뭐냐 답답해 못 견디겠다. 에——이."

만술이는 돌아앉으며 불쾌한 표정을 지었다.

"아따 그 사람, 아무것두 쌩 먹을 거 없구만서두 괜히 ——. 아무렇게 죽였든 그런가 부다 짐작했음 됐지 그 잔인하구 끔찍한 얘기 옴니암니 캘 게 뭐 있어. 만술이 자네도 이럴 때 보면 애들 같단 말야. 흐흠, 콜록콜록."

기봉이는 담배 사래가 들려 가쁜 기침을 연거푸 토했다. 갑쇠는 그만두려다 만술이가 재촉하는 바람에 다시 입을 열었다.

"역시 아저씨 말대루 들썩들썩하게 산 매장을 시킨 게 아니라 무김치 담그듯 샘통 속에다 차곡차곡 담았다는 거여요. 형무소 우물 몇 개 깊이가 거의 길로 얼마가 되는지 알지도 못한대요. 하두 깊어서 거기다 산 채로 무김치 담듯 까꾸로 넣어 잔뜻 채웠대요. 위에다 두꺼운 송판 뚜껑을 덮고 돌이 아니고 큰 바위로 눌러놓았는데 아저씨가 말한 산 매장한 무덤처럼 그 다음 날까지 뚜껑이 들썩들썩 했다는 거예요. 세상에 공산주의가 뭐고 민주주의가 뭐기에 같은 형제인 조선 사람끼리 어쩜 그렇게 끔찍한 일을 할 수가 있냐 그 말에요. 난 그 얘길 듣고 현수가 사다주는 막걸리도 못 먹었다니까요. 손이 팔이 전신이 부들부들 떨려서 부어주는 잔마다 다 엎질러버리고 한 모금도 못 마셨다면 말 다했지요, 머 ——. 난 가보겠어요. 밤에라도 나락을 벼다(베어다) 훑어 볶아야 한단 말에요."

갑쇠는 말을 마치자마자 삽짝 밖으로 달아났다.

"갑쇠 나좀 봐, 갑쇠 ——."

만술이는 더 물어볼 말이 있는지 뒤따라 뛰어나갔지만 갑쇠는 들었는지 못 들었는지 우불꾸불한 고샅길을 허들겁스럽게 달려갔다.

맥이 빠져 동네 가운네 둥구나무 밑에 놓인 누돌에 앉아 6·25 이후 있었던 일들을 하나하나 회상해본 만술이는 해가 부성산(蚨城山=개미산) 서북쪽으로 완전히 빠진 후에야 자리에서 일어나 집으로 돌아왔다.

"열백 번 따져봐도 소련과 미국이 조선 땅을 갈라놓았기 때문이야. 대체 뭐냐 말야. 양편이 가지각색 구실로 얼마나 많은 사람을 죽였냐 말야. 우리 조선 사람이 무슨 잘못이, 죄가 있어 그렇게 많이 죽어야 하냐 말야. 정말 원통하고 절통하지 이 억울함을 누구에게 호소나마 해본단 말인가. 휴——휴——."

만술이는 빽빽한 한숨을 가쁘게 몰아쉬며 울퉁불퉁 자갈 박힌 고샅길을 힘겹게 걸으며 혼잣말을 늘어놓았다.

집에 온 만술이는 영순이가 차려다주는 저녁도 먹지 않고 자기 처소인 사랑방에 가 큰 댓자로 누워버렸다. 그리고는 다시 생각해보는 것이었다. 영철이 학도병 나간 일, 영만이 의용군에 간 일, 백술이 죽은 일을 비롯하여 대개미에서 아니, 개미뜸 네 동네에서 죽고 다치고 가옥 파괴와 더불어 파산한 사람들을 하나하나 되새겨보았다. 일체 생각지 말자 해도 어쩔 수 없이 떠오르는 상념들이었다.

"아버지, 진지 잡수셔야죠."

언제 들어왔는지 사형제 중 막내로 한 놈 남은 영재가 곁에 와 앉으며 말했다.

"오냐, 먹어야지. 영재로구나."

만술이는 비로소 눈을 떠 쳐다보며 영재 손을 잡고 어루만졌다.

"안방에 차려다 놓았어요. 식기 전에 어서 드셔야죠."

"아무렴 먹어야지. 한데 영재야."

"예, 아버지."

"네 형들 셋이 어떻게 된지 너두 잘 알지!"

"그럼 몰라요? 어머니가 얘기해주셔서 큰성 왜정 때 징용 간 것두 알구 있어요."

"아무렴 그런 건 알아야지 집안 일이니까, 안 그러냐?"

"예——."

"그럼 작은 형들 어떻게 됐는지는 너두 잘 알겠구나."

"알구 있어요. 한데 형들에 대해서 지나치게 마음 쓰지 마세요. 어서 일어나셔서 진지나 드세요."

"고맙다, 영재야. 형들은 살아 돌아올지 못 올지도 모른다. 오직 믿는 것은 너뿐야. 생각하니 서글프다. 물론 사람이 세상에 태어났다가 죽는 것은 기정사실이다. 일찍 죽으나 늦게 죽으나 말야. 한데 내가 억울하고 서글프다는 것은 네 형 셋 모두가 저희들이 하고자 하는 일을 하다가 죽었다면 아직 죽은지 산지는 모르겠다만 건 운명이요, 팔자지 어쩔 수 없는 거야. 억울할 것도 없다 그 말이다. 영철이놈만 학도병으로 자원해 입대했다고 하지만 보지 않았으니 그놈 사정도 어떻게 된 건지 모르고 큰형하고 셋째는 제 뜻으로 간 것이 아니니까 억울하다 그 말이다. 대체 미국, 소련은 우리 조선과 무슨 원한이 있어서 두 쪽으로 갈라 한쪽씩 차지했느냐 그 말이다. 삼십육 년간 우리 나라를 노략질한 일본놈이 괘씸해서라도 일본 땅을 나눠서 관리를 하든지 아주 차지를 하든지 할 일이지 하필이면 삼십육 년간이나 주인 노릇은 고사하고 개짐승 취급을 받고 살은 우리 조선 땅을 삭뚝 두 동강이를 내서 한쪽씩 차지할 게 뭐냐 그말이다. 미개한 민족이라 보호를 해주겠다고 관리를 하다가 우리끼리 살게 해주고 물러가겠다구. 허허허——. 너도 나이가 열세 살이면 미국 소련이 잘하는 짓인지 잘못하는 짓인지 쯤은 알아야 헌다. 옛부터 전해오는 말이 있다. 서낭나무 잘 자라라구 나무 밑에 떡, 밥, 과일 사다놓고 치성 올리는 사람없다구. 소련이구, 미국이구 굶주리고 못사는 게 딱해서 막대한 무기를 실어다 주구 직접 나와 싸우고 하겠냐. 뻔할 뻔자 아니냐. 공산주인지 민주주인지 주의 주장이 다르면 저희끼리 맞붙어 싸워서 가라구(결판)를 낼 일이지 하필이면 못살고 가난한 조선 사람끼리 쌈을 붙여놓고 수많은 우리 국민을 죽게 만들고 온 나라를 쑥대밭을 만드느냐 그 말이다. 자식들 없어진 게 억울한 것이 아니고 우리 조선이 그 자들한테 만만하게 보여 자기네 맘대로 떡주무르듯 하는 게 절통하다 그 말이다. 천추에 맺힌 이 한을 언제 푼단 말이냐. 에이구 분해……."

만술이는 주먹으로 방바닥을 치며 흥분을 참지 못했다. 이때 마침 밖에 나갔던 아내 성주댁이 삽짝에 들어시지 마자 사랑방으로 들이닥쳤다.

"에구 또 속상한다구 술 자셨군요. 범에게 물려가도 정신만 차리랬대요. 속상한다구 허구헌날 술만 퍼마시구 이러면 어떻게 사난 말여요. 죽은 놈들은 죽었더라도 산 사람은 살아야 할 거 아녀요. 이구 속상해. 무슨 놈의 난리가 나가지구…… 나 지금 불개미골서 오는 참여요."

성주댁은 악에 바쳐 한바탕 퍼붓고 두 다리를 벌리고 앉아 하염없이 봉화 둑으로 시선을 던졌다.

"아니 뭐샤——. 불개미골은 왜?"

"상돌이가 왔다구 해서 한걸음에 달려갔다왔다구?"

만술이는 벌떡 일어나 앉으며 어스름 속의 성주댁 얼굴을 지켜보았다.

"불개미골 그 상돌이 말구 또 다른 상돌이가 있어요. 가만가만 말을 못하구 왜 이렇게 큰소리로 설쳐요. 얘기나 들어봐요. 점점 답답한 일만 생기네유. 휴——."

"건 또 무슨 소리야. 답답한 일이라니 우리 영만인 죽었단 말야, 엇. 애 영재야 갑갑하다. 아무리 석유가 귀해두 등잔에 불이나 밝혀라 어섯."

언제 들어왔는지 곁에 앉았던 영순이가 냉큼 불을 밝히자 만술이는 성주댁 얼굴을 뚫어져라고 들여다보며 어서 얘기하라고 재촉했다.

의용군에 갈 때도 상돌이 영만이가 같이 갔지만 부대도 한 부대에 배속되었고 소대까지 같아서 근 삼 개월간 같이 침식하고 싸움터에도 매일같이 출동했다. 인민군은 전군력을 기울여 낙동강을 도하(渡河)해야 했고 국군 유엔군은 어떠한 일이 있어도 낙동강만은 사수해야 하는 양쪽의 전략이었다. 밤낮없이 낙동강을 가운데로 격전이 끊이지 않았다. 그러나 인민군은 미약한 보급과 지원부대가 항상 늦었고 국군, 유엔군은 모든 병력 군수 물자 기착항이 멀지 않아 군력장비가 완벽하기 때문에 날이 갈수록 사기가 충천했고 인민군은 그와 반대의 입장이기 때문에 열세를 면치 못했다. 그러는 차에 인천 상륙작전이 개시되는 바람에 승리의 마지막 기회인 낙동강 도하를 하지 못하고 후퇴하기 시작했다. 상돌이와 영만이는 죽으나 사나 행동을 같이 하기로 결의했기 때문에 다른 병사들 후퇴하는 것을 잊고 단 둘이 손을 잡고 소대장, 중대장 명령이 있는지 없는지도 모르고 나무가 꽉 들어선 산을 향해 죽자하고 달렸다. 당시 실정인즉 낙동강을 건너온 국군, 유엔군이 미구에 뒤쫓아오기 때문에 불가피한 실정이기도 했다. 하룻밤 하루 낮을 꼬박 뛰었다. 허기도 지고 다리도 이상 말을 듣지 않고 해서 인가와 멀리 떨어진 어느 산 속에서 단둘이 주저앉았다. 잠시 쉬어 또 가자고 한 것이 너무 피곤해 그대로 널부러져 잠이 들었다. 어느 때나 되었는지 누가 흔들어 눈을 떠보니 천만 뜻밖에 국군 두 사람이었다. 아침 나절 꼬꾸라져 잠들었는데 해가 서산에 너울거리고 있었다. 물 먹은 솜처럼 지나치게 피곤해 몸뚱이도 잘 움직여지지 않았고 눈도 제대로 벌어지지 않았다. 군복 군모 차림으로 보아 국군인 것만을 알 수 있었다. 한데 어떻게 된 일일까—

―.”

“아니, 이게 누구야 네가, 네가!”

아직 일어나지도 못하고 있는 영만이를 유심히 내려다보고 있던 국군 한 사람이 거듭 부르짖기만 하고 미처 말을 하지 못했다.

“아, 자식 이거 잠꼬대를 하고 있나? 어서 해치우고 부대 따라가란 말야. 엇.”

곁에 서 있던 다른 국군 한 사람이 부르짖은 군인을 꾸짖으며 총대로 영만이와 상돌이 골통을 쿡쿡 찔렀다. 그제사 영만이와 상돌이는 새 정신이 나서 이젠 죽었고나 생각하며 벌떡 일어나 앉았다. 자기를 노려보고 섰는 국군을 마주보는 순간 영만이는 저 모르는 사이 벌떡 일어서며 부르짖던 국군을 덥썩 끌어안았다.

“영철이 형――.”

“영만아―― 틀림없는 너로구나.”

형제는 끌어안고 말없이 울어버렸다.

“영만아――.”

“형――.”

상돌이는 그 광경을 보고 같이 따라 울기라도 했지만 국군 한 사람은 영문을 몰라 벙벙하니 서 있다가 상돌이에게 물었다.

“얘들이 정말 형제간인지 너도 아냐?”

“그럼 몰라요. 영만이 영철이랑 한 동네여요.”

“그게 정말이냐?”

“그러문유――.”

“야, 정말 영철이 너 밤낮으로 말하든 네 동생을 만나 이제 죽어도 한이 없겠구나. 세상에 이런 일도 또 있을까. 형은 국군, 아우는 의용군. 이건 분명 신의 얄궂은 장난이구나. 영철아, 자식 붙들고 울기만 하면 어쩌냐. 어서 부대를 따라가야지. 한데 형제나 다름없는 같은 조선 사람끼리 사정은 딱하지만, 할 수 없다. 죽더라도 내 원망은 하지 마. 전쟁을 원망해. 알지――.”

국군은 서슴없이 상돌이 가슴에 총구를 들이댔다.

"안돼, 김 상병. 그 사람은 나와 한 동네 사람야."

영철이는 김 상병을 막아서며 총대를 잡았다.

"이 자식, 이거 대갈통이 돌았나. 지금은 전쟁 중야. 내가 죽느냐 상대를 죽이느냐 뿐야. 나라를 위해서가 아니고 내가 살자는 거야. 형제가 어디 있고 동네 사람이 어디 있어. 우리를 죽이려는 인민군이란 말야. 우리 동료를 많이 죽인 적이란 말야. 그람 너부터 죽이겠다. 에이 자식."

김 상병은 영철에게 잡힌 총대를 거칠게 뿌리치며 총을 들이댐과 동시에 빵빵 연거푸 두 발을 쏘았다. 한데 영철이가 쓰러진 것이 아니고 김 상병이 썩은 나무 둥지처럼 쓰러지며 밑으로 굴러내렸다. 그러자 영철이는 총을 던지고 달려 내려가 김 상병을 끌어안았지만 김 상병은 가슴에 두 발이 적중되어 축 늘어지며 입에서 피가 흘러내렸다.

"김 상병, 김 상병, 정말 죽었냐. 난, 난 널 죽이려구 한 게 아냐. 하늘에 맹세하지만 진정 널 죽이려고 하지 않았어. 두 달이나 넘겨 죽을 고비를 몇 번씩 넘겨가면서도 떨어지지 않고 형제보다 더 아끼던 널 내가 왜 죽인단 말이냐. 정말야, 난 널 죽이지 않았어 으흐흐흐——."

영철이는 김 상병 시체를 끌어안고 쓰러지며 같이 뒹굴었다.

"누가 우리 김 상병을 죽였어. 누가 죽였느냐 말야. 으흐흐——."

거의 한 식경 가까이 지난 후에야 자신을 찾은 영철이는 한동안 영만이와 상돌이를 번갈아보며 아무 말도 하지 않았다.

"두 놈 다 손들엇!"

영철이는 총을 들이대며 두 눈을 부릅떴다. 영만이와 상돌이는 겁에 질린 얼굴로 겨우겨우 두 손을 다같이 들었다.

"내가 너희들을 죽인다고 날 원망하지 말아. 국군의 군율을 지키기 위해서가 아니고 김 상병에 대한 의리를 지키기 위해서다. 적탄이 비오듯 하는 속에서도 몇 번이나 서로 도와가며 소대가 전멸당했는데도 세 사람 살아남은 중의 우리 두 사람이다. 너희들을 죽이지 않으면 난 군인이기에 앞서 인간이 아니다. 알겠지, 원망하지 말아."

영철이는 총을 가늠했다.

"형, 죽이지마. 살려줘. 난 싸우지 않구 아무두 죽이지 않구 집에 어머니 아버지한테로 갈 거야."

"형, 나두 영만이와 똑같은 마음야. 제발 죽이지마, 어머니 아버지는 나를 기다리고 있단 말야."

두 사람이 이렇게 말하자 영철이는 총을 조준했지만 쏘지 못하고 장승처럼 멍청이 서 있었다. 괴로웠다. 가슴이 아팠다.

"나 싸우지 않고 집으로 갈 거야. 자, 보란 말야. 사람 죽이지 않는단 말야. 산으로 산으로 해서 개미뜸으로 갈 거야."

영만이는 곁에 있는 자기 총을 냉큼 집어 멀리 집어던졌다. 상돌이도 총대로 바위를 후려쳐 분질러서 멀리 집어던지며 영만이와 같이 불개미골 집에 간다며 눈물을 툼벙툼벙 떨어뜨렸다. 이때 영철의 총에 연거푸 두 발 터졌다.

상돌이가 하는 말을 여기까지 듣고 난 만술이는 눈을 크게 떠보이며 다그쳐 물었다.

"두 놈을 영철이가 쏘아 죽였으면 어떻게 상돌이가 살아왔지?"

"한 사람 앞에 한 발씩 두 발을 쏘았는데 몸통을 쏜 것이 아니고 영만이도 상돌이도 다같이 허벅지를 쏘았더래요. 그러니까 죽지 않고 상돌이가 살아왔지요. 상돌이가 다리를 잘룩대며 걸어다니는 것을 방금 보고 왔단 말여요. 어떤 농사집에 들어가 중의적삼 얻어입구 절룩대며 그 집 농사일 해주다가 머리가 길어서 마음놓고 왔대요."

"아니, 그럼 우리 영만이도 다리를 쏘았다며 어째 안 오지?"

"그러기 걱정이지요. 부상당한 사람이 흰 동네로 갈 수가 없어 영만이는 딴 동네로 갔대요. 며칠간을 서로 소식을 알고 지냈는데 열흘 후에 다리가 웬만해서 영만일 찾아갔더니 어제 떠났다구 하드래요. 그래 상돌이 저만 다리도 완전히 낫구 해서 온 거래요."

"허——그럼 이놈(영만)은 어찌 됐단 말인가. 중의적삼은 얻어입었겠지만 머리가 짧아서 오다 붙잡혀 죽은 게로군. 허——틀림없어. 그래서 안 오는 게 아니구 못 오는 거야. 허면 영만이놈은 그렇게 되어 죽었다구치고 앞으로 올 망정 말야. 대관절 두 놈 허벅지에 총을 쏜 영철이놈은 총을 쏘고 어떻게 했다는 거야?"

"낸들 알아요. 상돌이 말인즉 총만 그렇게 쏘고 어디론가 달아났다는 거여요. 김 상병 시체만 대충 묻어주고."

"흠, 그러니까 부대 찾아갔겠구만. 지금쯤은 38선 넘어 어디에서 싸우구 있겠구만. 후——몸통을 안 쏘고 허벅지를 쏘았다. 일리가 있는 일야. 허허, 정말 고연 세상에 태어나 가지구…… 앞으로 자식들이나 오순도순 살아야 할 텐데……."

만술이는 멀리 봉화둑 쪽으로 시선을 던졌다.

만술이는 영철이, 영만이가 오지 않아 아니, 소식마저 몰라 추수도 하는 둥 마는 둥 일이 손에 잡히지 않는 기다림 속에 가을이 후딱 지나갔다. 들리는 말에 의하면 국군, 유엔군들은 사기충천하여 동해 쪽으로는 부령, 회령을 향해 서쪽으로는 사리원을 거쳐 평양을 함락하고 신의주를 지나 압록강 건너로 적을 완전히 추방할 전세라는 것이었다. 지상, 공중을 신예 탱크, 대포, B29 수십 대의 편대가 제공권을 독점하고 중요 산업 시설, 군사 목표를 폭탄 투하로 초토화시키고 북녘의 유일한 전원(電源)인 수풍(水豊)댐까지 때려 세계 여론마저 분분하다는 소식이었다.

이즈음 북녘에서는 전세가 위급해지자 중공군을 끌어들여 인해전술로 반격에 나섰던 것이다. 전세는 다시 역전되어 백두산에 태극기를 꽂고 국군, 유엔군이 압록강, 두만강에 전진의 손을 씻을 찰나에 후퇴를 하게 된 것이다.

연말이 되며 전세는 완전히 역전되어 중공군이 38선을 넘어 남쪽을 향해 밀물처럼 내려온다는 소식이었다. 경기도는 물론 충청도 만술네 개미뜸까지 노약자 외의 청·장년들은 한 사람 빠짐없이 남쪽으로 내려가라는 것이었다. 경찰과 면직원이 직접 동네마다 다니며 남하를 강권했다. 눈은 정갱이가 빠지도록 쌓였는데 어서 남하하라고 독촉이 성화였다.

"우리 집엔 남하할 사람이 없다니까."

만술이는 세 번째 독촉 나온 경찰에게 가정 사정을 분명히 말했다. 늙은이 내외하고 애들 남매뿐인데 인저 겨우 열네 살난 어린애가 제2국민병이 뭐냐고 남하가 뭐냐고 말이다.

아무튼 장설로 쌓인 눈 속을 방한 준비도 없이 숙식 준비랍시고 쌀 한두 말씩 메고 떠나는 청·장년들도, 동구 앞까지 나와 전송하는 노약 가족들도 온통 울음바다였다.

"이 자식아, 에미 애빌 두고 처자식을 두고 어딜 가는 거야."

"부디 해지기 전에 남의 헛간이라도 잘 데를 찾으란 말야. 잘못하면 살려고 남하하다가 강신해 죽는단 말여——."

동구 앞에 몰려나와 전송하는 부모 아내들의 부탁 말은 말이 아니고 차라리 울부짖음이었다.

"쇠 오양 처낼 생각 말구 오양짓이나 저녁마두 잊지 말구 넣어주구유 방에 불 많이 때세유."

"땔 나무는 다섯 짐이나 들여놨으니까. 불 많이 때구 따뜻하게 지내구유. 만일 중공군이 와서 양식이구 옷이구 달라거든 두말 말구 다 줘유."

"중공군 오거든 당신하구 갑순인 숨고 어머니 보고 나가보시라구 혀. 알지 무슨 말인지 힝."

그 부모 처자들만 두고 제2국민병으로 떠나는 청·장년들도 차마 발길을 내딛지 못하고 다시 돌아보며 부탁의 목이 메었다.

"빨리들 가요. 왜 이렇게 꿈질대고 있는 거야."

총멘 방위병들 독촉에 할 말도 못 다 하고 밀려가는 실정이었다.

눈 쌓인 협소한 산길, 무기도 없이는 제2국민병의 행렬은 입추의 여지도 없이 장관이었다. 목적지도 없이 서부영화에 나오는 목축떼같이 남쪽을 향해 밀려가는 것이었다.

만술네 가족은 피난행렬에서는 빠졌지만 동네를 텅 비우고 집 떠나는 장년들을 전송하기 위해 동구에 나왔다가 직접 보내는 노부모들과 같이 피난행렬이 보이지 않을 때까지 지켜보며 같이 눈시울을 적셨다.

이 북새통에 사람들 수난 고통도 고통이었지만 전멸상태로 수난을 겪은 것은 가축들이었다. 이제 떠나면 살아올지 막연한데 가축은 집에 남겨두어 무엇하느냐고 보다도 애써 길러 먹어보지도 못하고 팔아서 가용에 보태쓰려고 했지만 그러지도 못하고 엉뚱한 중공군 좋은 일만 시킨다고 관(官)에서도 될 수 있으면 가축은 없애는 것이 좋다고 해서 소도 잡고 돼지도 잡아 다시금 가망없는 자식, 남편들 실컷 먹여서나 보낸다고 평생토록 몇 차례

밖에 먹어보지 못한 늙은 부모 아이들이나 포식시킨다고 동네마다 가축을 모조리 때려잡았다. 그러나 막상 잡아놓고 보니 얼마나 아끼고 정성껏 기른 소며 돼지였던가 집집마다 너무 풍성해서이기도 했지만 애틋하고 기른 것을 직접 잡아먹다니 싫어 목이 메서 목구멍으로 넘어가지를 않아 먹지도 못하고 서로 권하기만 하다 집집마다 그냥 남았다. 아깝다고 가면서 먹는다고 쇠갈비 돼지다리를 메고가는 사람도 많았지만 대부분 집집마다 그냥 남다시피 했다. 아랫말 순돌이는 닭 열다섯 마리를 몽땅 잡아 한 솥에 삶았지만 여섯 권속이 계란 하나도 아까워 못 먹던 생각 때문에 목이 메어 두 마리도 못 먹고 그냥 떠났다는 후문이었다.

한데 다행히도 중공군이 평택 그 반까지만 내려왔고 충청도까지는 내려오지 않아 개미뜸은 두 번째 겪을 줄 각오했던 직접 전쟁은 모면했다. 그렇기는 했지만 중공군이 산악지대로 내려온다고 그 공세를 꺾기 위해 6·25 당시보다 더 많은 유엔군, 국군이 소백산으로 가기 위해 써레재를 넘어왔다. 국군, 유엔군이 같이 넘어와서 만술네 집 앞을 지나갈 때도 있었지만 유엔군 담당 전역(戰域)인지 유엔군들만 통역과 같이 통과할 때가 많았다. 6·25때와는 달리 유엔군은 밤에가 아니고 대낮에만 넘어왔다. 그런 점에서도 인민군과 정반대였지만 고맙게도 유엔군들은 여자에게 행패는 부려도 도리어 먹을 것을 주었지 인민군처럼 양곡 내라고는 하지 않았다. 사람 시켜가지고 지고온 레이숀 상자를 뜯어 자기네도 먹었지만 평생 구경도 못 한 고기통조림, 과자, 껌, 초콜릿 같은 것을 애들에게 나눠주는 선심을 썼다. 생후 처음 고급과자, 초콜릿, 껌을 먹어본 아이들은 유엔군을 대환영했다. 따라다니며 손만 내밀면 잘 주니까. 그러던 하루는 개미산 근방에 헬리콥터가 레이숀을 상자로가 아니고 큰 궤짝으로 내려놓고 가는 바람에 집결돼 있던 유엔군은 말할 것도 없고 개미뜸 어른들은 물론 아이들까지도 깡통 우유, 칠면조도 마리째로 얻어 먹었다. 그 후부터는 어른들도 깜둥이, 흰둥이 미군만 보면 헬로를 찾으며 반겼다.

하나 혜택을 보면 댓가 지불이 수반되기 마련, 달콤한 초콜릿 혜택에 비해 지불한 피해는 절대적이었다. 몇 사람의 처녀 부녀자들이 깜둥이 흰둥이들의 희생물이 되었던 것이다.

"말개미 동춘 씨 딸이 양놈 하고 그렇게 됐다지 뭐야."

"이 여편네야, 그 소식을 이제야 알았어. 얘기 들으니까 겁탈 당한 것만도 아닌 모양야. 접때 양평댁하구 창말 장에 가면서 얘기 들으니까 계집애 두 꼬리를 친 모양야. 양놈 개미뜸에서 사흘 있다가 떠나는데 별의별 좋은 것들이 가득 들은 레이숀이라나 하는 것을 상자째 두 개나 받았대. 그래서 요즘까지 그 집 애들은 껌, 초콜릿, 과자루 양치질한단 말이 있던데."

"설마 그럴 리야. 동춘인가 그 노인이 어디 마실가고 레이숀 상자 들여놓는 거 보지도 못했단 말야."

"에구나, 성주댁두 참. 그 늙은이 유엔군 먹고 사는 상자만 자꾸 준다면 자기 마누라도 내맡길 사람인 걸 몰라서 얘기야. 손톱에 가시박힌 것만 알지 염통에 쉬 쓰는 것도 모르는 동춘 양반 성미를 몰라서 얘기야."

"하긴 동춘 늙은인 도통 세상사 모르는 맹꽁이야 맹꽁이지, 하지만 아무리 레이숀 상자가 좋기로니 딸자식이 그 모양 되는 걸 알구서야 설마——."

"아이구, 나두 모르겠어. 계집애가 꼬리를 쳤든 강제로 당했든 잠잠한 남의 집일 뜨적일 것 없어. 그런데 안된 것은 왕개미골 물안이 양반이지 뭐야——."

"왜 아니래, 그 양반은 원래 성격이 대쪽 같아서 그 꼴 못 보지. 딸자식이 양놈한테 욕본 애비가 무슨 면목으로 낯을 들고 삽짝 밖엘 나가느냐고 꼼짝 않고 방에 들박혀 있었대. 그런데 약속한 사위 재목이 그 소식을 듣고 득달같이 달려와 사주(四柱) 찾아가는 바람에 사위 재목 동구 밖에 나가기도 전에 부엌 모퉁이 감나무에 목을 맸다지 뭐야. 그런데 양순이 계집애는 그것도 모르고 방에서 눈물만 짜고 앉았었다지 뭐야. 아무렇구. 아까운 양반 죽었어. 아이구 나봐. 나두 다 큰 계집앨 집에 두고 정신놓고 남의 얘기만 하구 있네."

성주댁은 치마꼬리를 홈뜨려 동이고 달아나며 부산을 제겼다.

급히 달려간 성주댁은 냉큼 들어가지를 못하고 살짝 뒤에서 집 안 마당동정을 살폈다. 유엔군이 통역 한 사람을 데리고 와서 영재보고 개미재 넘어 왕개미골까지만 길안내를 하라는 것이었다.

“그래요. 걱정 말아요.”

영재는 껌을 질정질정 씹으면서 미군이 주는 큼직한 과자봉지인지 뭔지를 받으며 좋아했다.

“이놈아, 네 놈이 어린 게 어딜 간다구 그래.”

곁에 선 만술이가 눈을 흘기며 영재를 나무랐다.

“통역 아저씨도 말하잖아유. 아버진 늙어서 안 된다구 나보구 가자구유. 왕개미골이면 나도 거뜬히 갔다온단 말유.”

“네, 노인장. 걱정 마세요. 미국만이 아니고 내가 데리고 가니까 곧 돌려보낼게요. 그곳에 머물고 있는 미군 통신병에게 중공군과 대치하고 있는 소백산 근처 부대로 급히 통신연락할 일이 있어 그래요. 걱정 마세요. 데리고 갈 터이니 빨리 가야 하니까요.”

영재가 자꾸 간다고 하자 조선 사람 통역이 부추겼다.

“글쎄 안 돼요. 보낼 수가 없어요. 내가 간다고 하지 않아요.”

“아버지, 걱정마, 내 빨리 갔다오께.”

영재는 만술이 말을 무시하고 앞장서 뛰어나갔다. 마침 이때 성주댁이 들어서며 영재를 붙들었다.

“네까짓 게 어딜 간다고 그래, 안 돼. 못 가. 아버지가 다녀오신다구 하잖아.”

“괜히 어머니까지 야단야. 어서 가요, 아저씨.”

영재는 성주댁이 잡은 손을 뿌리치고 앞서 달아나며 통역에게 손짓을 했다.

“영재야, 못 와? 어서.”

성주댁이 소리쳤지만 못 들은 채 영재는 동구쪽으로 달려갔다. 만술이는 어찌 할까 생각하며 엉거주춤 서 있고——.

“아니 왜 그러고 서 있어요. 따라가 봐요. 어린 걸 왕개미까지 어떻게 보내요. 세상은 흉흉한데 갈 땐 저 사람들하고 같이 간다고 하지만 올 때 못 온단 말에요. 당신이 안 가면 내가 따라가겠어요.”

성주댁은 뒤따라 갈 자세로 허리끈을 고쳐 맸다.

“내 따라갔다 올 테니 임잔 집에서 영순이나 단속해. 못 나가게.”

만술이는 말하고 곰방대를 어깨바닥 짓꼬내에 질러 꽂고 급한 걸음을 놓았다. 뛰어가다시피 했어도 동구밖을 벗어나서야 동행이 되었다. 세 사람은 예사 걸어가는 데도 만술이는 반 뜀질을 해야 같이 갈 수가 있었다. 숨이 차서 헉헉 소리가 저절로 나왔고 아직 길바닥에 얼어붙은 눈이 녹지 않아 자꾸 다리가 휘청댔다.

"그렇게 하시는 것이 좋을 거여요. 개미재라는 길로 가지 않고 조금 있으면 높은 산길로 돌아가야 하기 때문에 못 가실 터인 데요."

영재와 통역은 한사코 만술이를 못 오게 했지만 만술이는 기를 쓰고 따라갔다. 위로 삼형제는 아직까지 소식이 감감하니 다 죽었다고 생각하고 오직 가문을 이을 하나 남은 어린 영재를 혼자 보낼 수는 없었다.

"내 걱정 말고 어서들 가자구——."

만술이는 다리에 힘을 주고 기를 쓰고 걸었다.

아닌게 아니라 개미재가 가까워지자 통역과 미군은 연신 무전연락을 하며 길이 아닌 봉화둑쪽 산으로 오르기 시작했다. 나무 숲속인데다 사람이 다니지 않아 눈이 정갱이까지 빠졌다.

"영재야, 길이 아니라 넌 못 가겠다. 넌 집으로 가거라 내가 안내해주고 올 터이니 어서."

어리고 약한 다리로 눈 속을 걷는 것이 만망해서 만술이는 다시 권했다.

"이까짓 거 문제 없단 말에요. 초콜릿을 먹으며 가니까 춥지도 않고 힘도 들지 않아요. 아버지 자유, 초콜릿 잡숴유——."

영재도 조콜릿을 내밀며 말헀디.

"어른은 안 먹는 거야. 허——길이 점점 험하고 눈이 많이 쌓였는데 것 참."

만술이는 돌에 깊이 쌓인 눈에서 겨우 다리를 뽑아 올리며 두런거렸다.

상당 시간이 걸려 봉화둑 중턱마루턱까지 올랐다. 네 사람은 상의나 한 듯 나무 숲 사이로 양쪽을 둘러보았다. 동남쪽에 애개미, 말개미 두 동네가 나무 사이로 한눈에 내려다보였고 서북쪽으로는 불개미, 왕개미 동네가 멀리 보였다. 한쪽만 눈이 녹고 한쪽은 하얀 옹기종기한 동네 지붕들이 바둑판같이 보여 겨울 동네 풍경을 돋보이게 했다. 미군이 양담배를 갑째로 만술이에게 내밀었다. 만술이는 싫다고 고개를 흔들었다.

"아저씨 받으세요. 동행을 해주어 고맙다고 주는데 왜 안 받아요. 보다두 이런 산골에서 평생가도 피워보지 못하는 좋은 담배여요. 받아요."

"받아요. 아버지. 미군껀 뭐든지 최고란 말여요. 이 껌 좀 잡숴보세요. 얼마나 달고 맛있나."

영재는 껌통을 뜯어 한 개를 제 입에 넣고 만술이 앞에 내밀었다.

"너나 많이 먹어. 그렇게 좋거든. 햄."

이렇게 말하면서도 자기도 미군으로부터 받은 양담배를 뜯어 한 개피를 꺼내 물고 미군이 들이미는 라이타에 불을 붙였다.

"자, 숨 돌렸으니 또 가자, 네가 앞장서. 이리로 가면 왕개미골 뒷산이 틀림없지."

통역은 아직 덜 탄 담배를 던지고 영재에게 말했다.

"틀림없다니까요. 어서 따라오세요."

영재는 껌을 연신 씹으며 앞서서 눈밭을 깡충대고 뛰었다. 용케 나무숲 사이를 누비며——. 한데 어떻게 된 일인가——. 저마작 앞에 뛰어가던 영재가 아쿠 하며 그 자리에 고꾸라졌다.

"아이구 나 죽어——아구——."

몹시 괴로운 듯 연거푸 비명을 질렀다.

"나 죽어, 아구구——."

"웬일이냐 너?"

"애, 영재야, 왜 그래 엇——."

통역관이 소리하며 달려갔고 만술이도 겁먹은 얼굴로 소리치며 뒤쫓아 갔다.

"차구(덫=충청도 사투리)에 쳤어요. 나 죽어요."

영재는 한쪽 다리는 움직이지도 못하고 누워서 상체를 마구 흔들며 까무러치는 소리를 연발했다.

"뭐셔——차구에 쳤다구 엇."

만술이는 눈에 푹푹 빠지는 양다리를 겨우겨우 뽑아 옮기며 허겁지겁 달려가 눈투성이가 되어 뒹구는 영재를 끌어안으며 부르짖었다. 그러면서 주위의 눈을 헤치며 덫에 걸린 다리를 더듬어 살폈다. 통역은 곁에 쪼그리고 앉아 들여다보고——.

"하——이건 큰일났구만. 차구도 큰 짐승 잡는 차구고나! 이럴수가."

만술이는 톱 이빨같이 생긴 큰 덫에 다부지게 물려 있는 발목과 덫을 만져보고 낭패한 표정을 지었다.

"덫에 걸렸음 풀면 될 거 아녀요. 내가 협조할 테니 아저씨 할 줄 알면 풀어봅시다."

"여보슈. 이 큰 짐승 잡는 차구를 무슨 재주로 푼단 말유. 한다는 장정 네댓 사람도 풀지 못하는 큰 짐승 차구란 말요. 하——이거 큰일났군. 이 무인지경에서."

만술이는 걸린 덫 양쪽 이빨을 만져보고 지게꼬리만큼 실실한 덫 달아 맨 강철 로프줄을 더듬으며 어찌할 바를 몰라 쩔쩔맸다. 그제사 미군은 무전기를 들고 여유있게 걸어와서 통역에게 뭐라고 물었다. 그러자 통역은 무어라고 실정을 알리는 모양이었으나 그러나 미군은 한 번씩 웃으며 무어라고 지질굴대며 아무렇지도 않은 모양이었다. 이어 통역이 이 덫을 풀자면 장정 네다섯 명이 있어야 한다는데 어떻게 했으면 좋겠느냐고 하는 모양 같았다. 그러자 미군은 중대한 임무로 급히 가야 하는 내가 그런데 신경쓸 사이가 있느냐고 하며 버려두고 어서 가자는 모양 통역 옷깃을 잡아 끌며 앞으로 가자는 손짓을 했다. 만술이는 말은 알아듣지 못했지만 그들 하는 눈치와 태도로 보아 알고도 남았다.

"아이구, 아비지, 뭘 해. 어서 차구를 풀어달란 말야 어서——."

영재는 진정 못 견디겠다는 듯 곁에서 미국과 통역 눈치를 보고 서 있는 만술의 젖은 바지 가랭이를 잡아당기며 애걸했다. 그러자 만술이는,

"그래, 그래. 좀 기다려라."

하고는 미군은 뭐라고 하느냐고 통역에게 물었다.

"임무수행이 급해서 그냥 두고 어서 가자는 거여요."

"뭐야, 이 멍청한 놈아. 얘가 누구 때문에 차구에 걸렸는데 풀어주지도 않고 그냥 간다구? 안 돼. 동네 가서 차구 다룰 줄 아는 장정들 데려다 내 자식 풀어주고 가야지 못 갓. 이 천하에 의리부동한 양놈 같으니라고."

만술이는 사정이 너무 다급해 눈에 보이는 것도 없어 미군 멱살을 잡고 악을 썼다. 그러자 까떼미 어쩌고 욕을 하며 권총을 빼 들며 빙긋 웃었다. 죽기 싫거든 까불지 말고 어서 잡은 것을 놓으라는 것이었다.

"아이구 나 죽어. 발목 끊어진단 말야. 어서 풀어주지 않고 딴청만 부리고 있어."

영재는 계속 상체를 굴리며 징징 울었다.

"그래 안다 알아. 풀어주려고 미군하고 상의 중이다."

만술이는 권총 위협에 못 이겨 슬며시 놓고 영재 곁에 앉아 걸린 발목과 덫을 어루만졌다. 그러나 아무리 살펴보아도 사람들을 동원시키지 않고는 풀 도리가 없었다. 두 개의 톱니같은 덫의 이빨을 벌린다는 것도 덫이 달린 강철 로프를 끊는다는 것도 그렇다고 아름드리 참나무에 로프를 돌려 매고 해방 후에 생긴 외제 자물통으로 잠궈놓은 것을 딸 수도 어느 방법으로도 풀 방법이 없었다. 양쪽 어느 쪽으로나 거의 십 리씩 떨어져 있는 동네에 내려가 네다섯 명 장정을 그것도 기술자를 데려다 푸는 방법밖에 없는데 누가 가며 누가 영재를 돌보고 있느냐 말이다.

이때 총을 빼 들고 서 있던 미군이 갑자기 만술이 가슴에 총을 들이대며 어서 가자는 것이었다.

"이 사람 왜 이러는 거유——."

만술이는 당황해서 통역에게 물었다.

"아저씨 보고 길 안내 하라고 어서 가자는 거여요."

"뭐요! 얘가 이 모양이 됐는데 버려두고 날더러 길잡일 하라구? 험험."

만술이는 어처구니가 없어 웃음이 나왔다. 그러나 말거나 자기 임무가 바쁘다는 듯 뭐라고 쌀라거리며 미군은 총을 다시 가슴에 들이대며 어서 가자는 것이었다.

"이 천하에 짐승만도 못한 놈아, 눈깔이 파래서 보이지도 않는단 말이냐. 자식이 사경에 빠졌는데 어딜 가자는 거냐, 아무리 노랑털란 짐승 같은 놈이지만 엇——."

만술이는 눈에 보이는 것도 없는 판에 벽력같이 소리를 지르며 덤벼들었다. 그러자 미군은 가소롭다는 듯이 피식 웃으며 권총 방아쇠를 당겼다.

동시에 요란한 폭음과 함께 봉화둑이 쩡 울렸다. 그만 만술이는 펄쩍 주저앉았다.

"아버지——."

못 견디게 아픈 중에도 곁에 주저앉는 만술이를 부쳐 잡으며 영재는 외마디 소리를 질렀다. 그제사 통역도 아저씨 어쩌며 부축이는 척 했다.

"난 괜찮다. 대관절 어쩌면 좋단 말이냐. 정말 답답하다. 미치겠다."

"아버지, 난 괜찮아. 발목은 끊어져도 죽진 않을 거야. 미군이 가자거든 길잡이 노릇 해줘——."

위협 공포였던 것이다.

"어서 못 가——."

미군은 처음으로 조선말로 부르짖음과 동시 다시 공포를 두 발이나 터뜨려 총성이 양쪽 개미뜸 네 부락으로 멀리 메아리쳤다. 미군은 연신 시계를 들여다보며 다시 공포를 쏘며 만술이 짓고대를 잡고 일으키며 총든 손으로 앞을 가리키며 어서 가자는 것이었다.

"아버지, 어서 가, 내 걱정 말구. 안 가면 죽는단 말여——."

영재는 총성에 놀라 눈을 질끈 감았다 뜨며 곁에 서 있는 만술이 다리를 떠밀었다.

"그래요. 여기까지 온 이상 안 갈 순 없어요. 어서 가는 게 좋아요."

영재 말을 받아 통역도 거들었다.

"대체 당신은 양놈야 조선 사람야? 어린 자식이 차구에 치어 거의 죽게 된 걸 번연히 보면서 어딜 가자는 거야 엇, 넌 어디 사람야."

"그렇게 말씀하시면 제 입장만 곤란해요. 어느 나라 사람보다 저도 먹고 살기 위해 통역 노릇 하는 거여요. 그리고 미군을 원망하는데 따지고 보면 미군, 유엔군들도 우리 조선 사람을 위해 자기들 목숨 내놓고 싸우잖아요. 지금 급히 가는 것도 밀려오는 중공군을 물리치려고 하는 일 아녀요. 가셔야 돼요."

그러나 만술이 귀에는 통역 지껄이는 말은 듣고 싶지도 따지고 싶지도 않았다. 다만 중공군이란 말이 귀에 걸려서,

"뭐야——. 미군이 유엔군이 조선땅에 왔으니까 중공군도 왔지. 왜 왔겠

어. 미군이구 유엔군이구 중공군이구 난 다 필요없어. 모두 조선땅에서 나가란 말얏！ 나가아——.”

만술이는 아무것도 눈에 보이지도 귀에 들리지도 않았다. 감정대로 나오는 대로 악을 썼다. 그러나 만술이는 이미 미군 권총 부리를 등에 곧바로 받고 앞장서 걸어가고 있었다.

“아버지 다녀오세요. 빨리 다녀와 나좀 살려줘요——.”

영재는 통증을 못 이겨 몸부림치면서도 다행해서 불안해서 큰소리로 부르짖었다.

한데 안 되는 사람은 넘어져도 코가 터진다고 목적지점인 곳에 미군과 통역 세 사람이 갔을 때는 이미 그 부대가 후퇴하는 중공군을 따라 소백산 쪽으로 이동된 몇 시간 후였다. 해서 만술이는 꼼짝 못 하고 계속 그들 길잡이로 따라가야 했다.

한편, 미군과 같이 아버지 만술이가 봉화둑 산 밑에서 떠난 후 영재는 갑자기 엄습하는 고독감이 가슴을 조였다. 설상가상으로 햇기가 설핏 하며 눈이 날리기 시작했고. 공복감이 겹쳐 전신이 사시나무 떨리듯 추웠다. 그런 중에도 먹으면 덜 하겠지 하고 아직 봉창에 많이 남아 있는 초콜릿, 과자, 껌도 씹었고 마지막 떠나며 미군이 던져주고 간 통조림도 이것저것 까먹었지만 입만 냠냠 먹을 때뿐이지 집에서 된장국에 밥 먹은 것만 어림도 없었다. 시간이 지난 후부터 못 견디게 덫에 물린 부위가 부어올라 후끈해기만 하고 그런대로 참을만 하더니 해가 떨어지고 땅거미가 내리면서부터 다시 아프기 시작했다. 물린 부위뿐만이 아니고 온 다리가 배 밑에까지 부어오르고 저리고 쑤셔 견딜 수가 없었다. 낮에 만술이가 샅샅이 둘러보았지만 그래도 행여나 로프 풀 곳이 없나 하고 더듬어보고 만져보고 했지만 그것을 푼다는 것은 생각마저 못 할 일이었다.

“아이구 왜 이렇게 저리고 쑤실까！”

잠시 껌 씹기에 골몰해 있던 영재는 다시 통증이 심해지자 실은 통증이 심해지기도 했지만 늦어도 어둡기 전에 오겠다고 했고, 그렇게 믿고 있던 만술이가 땅거미 내린 지 한참이 되어도 오지 않기 때문에 신경이 바짝 곤두서 씹던 껌을 뱉아버리고 몸부림을 치며 신음 소리를 했다.

쏴—— 하고 산비탈 가랑잎 나무를 스치고 또 한 차례 바람이 몰아쳤다. 날리는 눈발에 쌓인 눈가루까지 겹쳐 소매 속으로 목덜미로 무자비하게 파고 들었다.

"아구 아푸구, 쑤셔! 아버진 왜 여태 안 올까."

영재는 울음 반 말로 홍얼대며 만술이가 올 산비탈로 시선을 보냈다. 그러나 이제는 완전히 어두워서 주변도 잘 보이지 않았다. 그래도 영재는 줄곧 그쪽으로 시선을 모으고 이젠가 이젠가 하고 귀를 기울여 만술이가 오는 발자국 소리를 기다렸다. 한 시각이 더 지나도 만술이는 오지 않았다. 아니, 두 시간 네 시간, 밤중이 지나도 야속하게도 만술이는 나타나지 않았다.

이번에는 멀리 아득하게 보이는 애개미(저의 동네)로 또 시선을 돌렸다. 조금 전까지만도 자신들 집이라고 여겨지는 위치에 창문 불빛이 보이더니 그나마 보이지 않았다.

——나랑 아버질 기다리다 못 해 안 올 줄 알고 불을 끈 모양이군.

이런 생각이 들며 갑자기 눈물이 왈칵 솟아 너무나 풍성하게 양볼로 흘러내렸다. 만술이는 못 오는 사람이다, 단념을 했지만 끝까지 남아 있던 자기 동네에 밤중이 지나도록 남아 있던 자기 집이라고 느껴지던 불빛마저 보이지 않자 갑자기 엄습하는 공포와 고독감이 어린 양볼에 두 줄기 똘을 이루었다. 그러나 영재는 무슨 생각에선지 자신도 모르게 두 눈과 볼에 물기를 문질러 닦고 시선을 아랫 동네 말개미로 돌렸다. 말개미 동네도 불빛이 하나도 눈에 띄이지 않았디. 이번에는 고개를 불개미골로 돌렸다. 아무리 자세히 살펴보아도 불빛이라곤 보이지 않았다. 행여나 하고 불개미골 옆 마을 왕개미골로도 시선을 보내보았지만 역시 캄캄한 어둠 속에 눈빛만 희뿌옇고 불빛이라곤 찾아볼 수 없었다.

"난 어쩜 좋아. 아이구 아파——."

갑자기 개미뜸 네 동네가 완전히 사라진 것 같은 느낌이 들며 자신은 영영 종말이라는 심정이었다.

"아야야, 난 어쩌면 좋아."

실망감에 사로잡혀 부르짖던 영재의 시계에는 갑자기 떠오르는 서광이

154

있었다. 생애에 쪼들린 주름투성이 아버지 만술이 얼굴이었다. 자식들 뒷
바라지로 오골쪼골한 어머니 성주댁 얼굴이었다. 두 얼굴이 똑같이 눈앞을
떠나지 않았다. 떠나기는커녕 두 분 다 빙그레 웃으며 말하는 것이었다.
 "이놈아, 용기를 내, 용길. 해해——."
 "이놈아, 힘을 내. 너는 우리 집을 지킬 대들보야. 허허——."
 두 분은 똑같이 격려하며 똑같이 너그럽게 웃으며 좀더 자세히 영재 자신
을 지켜보았다. 영재는 다리가 덫에 걸린 것도 잊고 벌떡 일어섰다.
 "어머니——어머니——."
 애개미 말개미골 쪽을 향해 목이 터져라고 부르고 또 불렀다.
 "아버지——아버지——."
 이번에는 낮에 만술이가 간 불개미, 왕개미골을 향해 역시 목청이 터져
라고 아버지를 불렀다.
 갑자기 광풍이 눈보라와 함께 휘몰아쳐 영재를 매섭게 갈겼다. 그러나
영재는 당당하게 서서 말개미뜸 양쪽을 번갈아보며,
 "어머니——아버지——."
 "아버지——어머니——."

——1986년

성전보(聖戰譜)

소말구(蘇末狗)는 아침상을 물리고, 재떨이에 장죽을 뻗치고 앉아 담배를 피우고 있었다. 털고, 재고, 넣고 피우고 일하러 갈 것을 잊고 멍청히 생각에 잠겨 담배만 죽이고 있었다.

진작에 추수가 끝났기 때문에 급한 일은 없었다. 그래도 밭둑에 세워놓은 수숫대·조짚 등도 집으로 져와야 하고, 산에 깎아놓은 땔나무도 마저 묶어와야 하고 외양간 방한 준비, 돼지우리 손질, 울타리도 새 밤나무 섶으로 꽂고 울짱을 매야 했지만 훤하게 낡은 삽짝도 새 섶을 대어 허술하지 않게 겨울 준비를 해야 했다.

사람들은 타자하고, 지붕 이고, 김장하고, 수수타작만 하면 가을일 다 끝났다고 머슴들도 나갈 때가 됐다고들 하지만, 겨울에도 농사집 구실을 하자면 할 일은 너무 많았다. 담 용마름도 틀어얹어야 하고, 장독대 뒤의 터주단지 쌀도 햅쌀로 갈아넣고 짚으로 예쁘게 덮개를 틀어 덮어야 하는 것이다.

그러나 소말구는 그런 일들 때문에 생각에 잠겨 애꿎은 담배만 죽이고 앉아 있는 것은 아니었다. 삼 일 전에 구장(區長)이 전해주고 간 나락공출(供出)고지서를 비롯하여 제반 가정사 때문이었다. 공출만 해도 논 닷 마지기에서 소리치게 됐다고 해야, 스무 가마 벼타작인 것은 동네 사람이 다 아는 사실인데, 금년에는 팰 무렵에 비바람이 극성을 부려 관자(쭉정이알)가 많이 붙어 여덟 섬 추수밖에 못 했다. 동네 몇 사람을 얻어 타작을 했기 때문에 그 자들이 말해서 부실한 추수라는 것은 동네가 다 아는 사실이다. 한데 공출을 열두 가마를 내라고 하니 다섯 식구가 나락 네 가마로 어떻게 겨울을 살고 보리끝을 보느냐 말이다.

"내 농사 구장도 소문 들어 잘 알 터인데 열두 가마를 공출로 내라니 말이 되는가."

공출 고지서를 가지고 온 구장 최창걸에게 좋게 말했었다.

"자네뿐 아니라 집집마다 다 과다하다구 말들 하는데, 내가 정한 것두 아니고 면에서 경지면적 보고 그렇게 내보낸 걸 어떻게 하나, 낸들."

구장은 고지서만 들려주고 달아났다.

구장 말마따나 동네 누구나 과다한 공출 통지가 나왔지만 혼자 속만 아팠지 누구 한 사람 이의나 불평하는 사람은 없었다. 어떠한 일이 있어도 공출 벼는 내야 하는데, 다 뺏기고 어떻게 사느냐가 걱정이었다. 지난해만 해도 그렇지 않았다.

"무슨 소리야? 재주는 곰이 넘고 돈은 뙤놈이 받는 격이지, 내 땅에 내 손으로 땀 흘려 지은 나락을 먹을 것도 남기지 않고 몽땅 공출로 바치라니, 농사지은 놈들은 빈 손가락만 빨고 살란 말야."
하는가 하면,

"어떤 시러베아들놈이 대동아 전쟁을 일으키라고 했냐 말야. 대동아공영권(大東亞共榮圈)을 건설하기 위해 목숨을 내놓고 싸우는 군인들이 먹을 군량(軍糧)이기 때문에 일단 배당된 양의 나락은 내야 한다고 하지만, ×쟁이 제 욕심 채우는 격으로 무조건 내야 한다고 하지만 우리 조선 농민들은 무엇 때문에 그렇게 짓밟히고 살아야 하느냐 말야."

입바른 말 잘하는 장용필이 공출출하 독려차 출장 나온 산업계 박 서기에게 따지듯 들이댔고, 끝내 세 가마를 땅 속에 묻어 숨겼다가 발각되어 지서에 끌려가 직사하게 맞고 업혀 나왔었다. 용필이는 그 여독으로 종신병이 되어 일도 못 하고 골골하는 형편이었다.

이런 일이 있었기 때문에 금년에는 지난해에 비해 더 과중한 공출 고지서를 받았지만 사랑방에 모여 쑤군대기만 했지 구장한테도 대놓고 이의하는 사람은 없었다.

대동아공영권 건설을 위해 밤을 낮삼아 미·영 격멸에 목숨을 걸고 싸우는 황군(皇軍)들이 먹을 군량인 공출은 이의나 사정 참작 여지가 없다고 구장은 못박아 말하는 것이었다. 조선 총독이 조선 농민에게 내린 명령인 동시에 천황폐하의 어명을 누가 거역하겠느냐는 것이었다.

묵연히 앉아 희연담배를 세 대나 피우고난 소말구는 대통을 털어 재떨이에 걸쳐놓고 뒤란에 있는 토광으로 들어갔다. 거의 가마니 곡식도 못 되게 올망졸망 담겨 있는 있는 멱사리·오쟁이·둥구미·바구니 등속을 들여다보았다. 조·기장을 비롯하여 빨간 적두, 까만 개미팔, 검정콩·흰콩·수수 등속의 그릇들을 일일이 살펴보고 손으로 만져보고 했다.

사실상 식량구실도 제대로 못 하는 잡곡나부랑이들이었지만 소말구에게는 전에 없이 소중한 곡식들이었다. 나락을 공출로 다 뺏기고 나면 잡곡으로 목구멍 풀칠을 할 수밖에 없기 때문이었다. 빨간 적두팥도 유난히 굵고 붉어보였고 기장도 토실토실 기름져보였다.

아무리 인색하게 계산을 해도, 올망졸망한 잡곡나부랑이로 보탬을 한다 해도 벼 네 가마로는 세전 양식도 안 될 것 같아 고개를 갸웃거리며 토광을 나왔다.

미리 짐작하고 초봄에 묵나물 준비도 했고, 꿀밤·속소리도 열심히 주워 모았지만, 봄에 면에서 배급준다는 만주 조쌀·메수수·콩깻묵 등속으로는 수탈피가 아닌 이상 보리끝 보기까지에는 삘기를 뽑아야 할 것 같았다.

토광에서 방으로 돌아온 소말구는 남생이 등같이 불거진 벽 인방(引枋)에 등을 기대고 앉아 다시 담배를 재기 시작했다. 왼손바닥에 담배를 적당히 집어놓고 입을 가까이 대고 침을 한 방울 떨어뜨렸다. 그 담배를 다른 손 엄지로 문질러 비비작거렸다. 그것도 잠깐이 아니고 한동안 그렇게 해서 건조한 담배를 녹녹하게 누겼다. 그런 다음 확이 큰 대통에다 두 엄지에 힘을 주어 눌러 담았다. 화로의 재를 대통으로 헤치고 빨간 숯불에 대고 빨기 시작했다. 양 볼이 홀쪽하게 빨려들도록 거듭 힘주어 빨았다.

"흥, 놈들[日人들]이 조선 농군들 목을 잔뜩 조여대지만, 어림도 없다.

죽지 않는다.”

말구는 불이 붙은 대통을 큼직한 나무재떨이에 옮겨놓으며 악에 받친 흰소리를 쳤다.

말구는 계속 급할 것 없이, 일삼아 댓물부리를 빨며 심각한 얼굴로 상념에 잠겼다. 방금 흰소리를 쳤지만, 농사 지은 벼는 다 뺏겨도 살아갈 자신이 있어서가 아니고, 굶어죽기란 잘 살기보다 더 어렵다고, 죽기 아니면 살기라는 막다른 심정에서 한 말이었다. 다급하면 밤중에 구장 최창걸네나 그놈 아우 창락이네 광 중방을 헐지언정 설마 굶어죽으랴 싶었다. 한데 문제는 지난해 북해도 탄광에 끌려간 큰아들 장웅(長熊)이란 놈 때문에 신경을 쓰지 않을 수 없었다. 탄광에서는 아침밥 먹고 점심 싸가지고 가는 것이 사자밥이나 다름없단 말을 들어서가 아니라 산봉리에서 장웅이와 같이 끌려간 수남이가 갱에서 가스가 폭발하여 죽어서 재가 담긴 흰 상자로 돌아왔고, 산 너머 딴뫼 사는 달수도 구주 탄광에서 낙반사고로 죽어서 재로 돌아온 것을 목격했기 때문에 자연 마음이 놓이지 않았다. 더욱이 몇 달 전까지만도 매달 편지와 함께 돈까지 보내왔었는데, 벌써 석 달째 소식이 없는 것이다. 해서 말구 내외는 꿈자리까지 뒤숭숭해서 밤잠도 이루지 못하는 형편인데 엎친 데 덮친다고 작은놈 장표놈이 엉뚱한 일을 저질러 신경을 곤두서게 했다. 큰놈 문제는 단순히 궁금할 뿐이지만, 장표 문제는 중대하고 심각했다.

“얘 이놈아, 오르지 못할 나무는 쳐다보지도 말랬어. 우리같이 하지 하천배로 사는 네 놈이 어떻게 구장 조카딸 명숙이를 어찌 하겠다는 거여. 아예 삶은 호박에 도래송곳도 들어가지 않을 소린 하지도 마.”

장표가 창락이 딸 명숙이를 건드려보겠다고 오래 전부터 흰소리를 하기 때문에 말구는 좋게 타이르는 식으로 나무랐다.

“아버진 괜히 알지두 못하며 야단유. 명숙이두 나를 좋아한단 말이유.”

“이런 자식 보겠나. 이 절이지두 않은 김치쪽 같은 녀석아. 명숙이가 뉘 집 딸인데 널 좋아하냐. 어느 못생긴 놈이 길을 가다, 너무 어줍잖게 생긴 게 우스워서 지나가던 어느 예쁜 여자가 웃는 것을 보고, 집에 와서 저를 보고 좋아서 웃더라고 장가든다고 한다더니, 네 놈이 바로 그짝이구나. 아예 말아. 우리 형편을 생각하고 네 주제를 알란 말야, 에이잉……."

말구는 아예 귀담아듣지도 않고 몰아세웠다. 사실이 최창락이네 가정과 말구네 가정과의 차이는 운니(雲泥)의 차였고 장표와 명숙이와의 처지도 역시 그러했기 때문에 말구가 장표를 윽박지르는 것은 당연한 일이었다.

"아버지, 그런 말씀이 어디 있어요. 저도 나이가 스물셋여요. 톡 까놓고 애기지만 한 가지 재산이 없어 그렇지, 우리가 최창락 씨네보다 못한 게 뭐 있어요. 보다도 제가 명숙이보다 부족한 점이 뭐여요. 신체 건장하겠다, 일하는 것도 아무한테도 빠지지 않고, 명숙인 남 못 다니는 중학을 다녔고, 나는 보통학교 5학년밖에 다니지 않았지만 실제 공부실력으로 말하면 제가 명숙이보다 낫단 말여요. 명숙이 개가 나를 따르며 묻고 배우려고 한다는 걸 아셔야죠."

들고보니 장표 애기도 엉뚱한 말은 아니었다. 학교 중동무이하고 혼자 중학 강의록을 보고 해서 동네 청년들 중에서는 제법 꺼떡댔고 면서기 따위도 장표를 가벼이 보지 못하는 것은 말구도 알고 있었다.

"뭐, 뭐라구? 명숙이가 너에게 뭘 묻는다구. 아니, 그럼 명숙일 만나서 애기를 해봤단 말이냐?"

말구는 너무 놀랍고 신기해서 바싹 다가앉으며 장표 얼굴을 꿰뚫었다.

"아버지, 정말 왜 이러세요. 당나귀는 샌님만 업신여긴다고. 자식이라고 덮어 누르려구만 마세요. 누가 뭐라구 해두 명숙인 내 거예요, 하하."

장표는 농담 반 짐담 반으로 이죽대고 밖으로 나갔다.

"저, 저놈이 내 거라니 누구라도 들으면 큰일나려구."

말구는 깜짝 놀라며 장표를 불렀지만, 못 들은 척 삽짝 밖으로 나가버렸다.

한데 얼마 후에 장표 말은 아주 헛말이 아니고 그럴싸하게 여겨졌다. 아내 쎅골댁이 배나무골 밭에 갔다가 한 번도 아니고 두 번이나 머슴애·계집 애가 밭둑 고욤나무 밑에 나란히 앉아 애기하는 것을 보았다고 했고, 말구 자신도 해질 녘 밭에서 돌아오다 우물가에 모여선 아낙네가 주고받는 애기를 들은 적이 있었다. 해가 설핏할 무렵 장표가 앞에 서고 명숙인 뭐라고 지껄이며 북바위골로 같이 들어가는 걸 분명 봤다는 여인이 있는가 하면,

"틀림없다니까, 내가 고사리를 꺾어가지고 산에서 내려오는데, 계집애·머슴애가 북바위에 나란히 앉아 뭔 얘기를 하다 깜짝 놀라 어쩔 줄을 모르잖아."

수다쟁이 물안이댁이 넝쿨지게 늘어놓는 소리를 말구도 분명히 들었다.

그런데도 말구는 자기 아내나 동네 여인들이나 남의 말이라면 신이 나서 입방아 찧는 수작들이련 여기고 믿지 않았다. 믿지 않았다기보다도 벌써부터 양반 부자집 어엿한 총각한테로 중신하겠다고 중매쟁이가 끊이지 않는 명숙이가 장표 같은 놈하고 배맞을 리 없기 때문에 흘려듣고 말았다.

한데, 기하개(奇何介)가 찾아와 귀띔해주는 바람에 말구도 뜬소문만이 아니고 과연 그런가 싶은 마음이 들었다.

"이 사람아, 내가 육십 평생 헛소리 지껄이는 거 봤나. 내가 부엉골서 깔(꼴)베다 분명 봤다니까. 가까운 곳에서 사람 지껄이는 소리는 틀림없이 들리는데, 아무리 둘러보아도 사람은 없더라 그 말야. 해서 깔도 베지 않고 주위를 자세히 살펴보았더니, 버들개지 우거진 똘(도랑)에서 도란도란 얘기를 하며 가재를 잡고 있더란 말야. 물론 그쪽에선 내가 가까이 있는 걸 모르고 말야. 자세히 보니, 장표하고 명숙이더라 그 말야. 그래서 난 걔들이 미안해할까봐 냉큼 멀리 피하고 말았지만, 아무래도 그 애들 사이가 심상치 않으니 장표놈을 명숙이 못 만나게 다잡일 하란 말야. 내가 자네와 엔간한 사이면 이런 말 하겠나."

이해관계가 있고 없고 남의 말이라고는 일체 입에 올리지 않는 하개가 일부러 찾아와 귀띔해줄 때에는 남달리 절친한 사이기 때문에 걱정이 되어 하는 말이었다. 믿지 않을 수가 없었다.

"난 지금까지 그 애들 얘기가 수수하게 들려도 너무 넘고 처진 사이어서 곧이 듣지를 않았지. 자네 애길 듣고 보니 그런가 싶은데 …… 자넨 장표놈을 다잡이 하라고 하지만, 다 큰 놈이 때려서 듣겠나. 송아지라고 굴레를 짜서 달아매겠나. 혼꾸녁두 주구 타일러는 보지만, 자식 고집이 보통 고집여야지. 내 고집 세다구들 하지만, 나는 저리 가라여, 듣고 보니 걱정은 걱정인데 ……."

말구는 입맛을 쩝쩝 다시며 눈을 슴벅거렸다.

"하지만 어떻게든지 만나지 못하게 해야 할 걸세. 자넨 못 들었나. 우리 면 면장 조카, 군서기(郡書記)다니는 청년하구 혼인이 거의 됐단 말 말야. 우리 면 산업계 박 서기가 박 면장 당질 아냐. 그 사람이 우리 동네 담당이기 때문에 구장네 집에 자주 드나들며 명숙이를 남달리 보고 중매를 섰다는 거야. 창락이네도 가문 좋고, 재산 있고, 계집애가 얌전하니까 면장이 박 서기 말을 믿고 구장한테 대놓고 사돈 하자고 했다는 거야. 그렇게 해서 구장도 창락이도 승낙을 한 모양야. 일간 사주(四柱)가 올 모양이고 이쪽에도 상동 어른한테 택일까지 봐달라고 한 모양야. 어제 상동 어른이 얘기해서 나도 알았지. 아직 동네서 아는 사람도 없는 모양야. 지금까지는 한동네고 같이 학교도 다니고 해서 양반·상놈 구별없이 저들끼리 공부하는 얘기도 할 겸 만나는가 보다 여겼겠지. 아직 사주 택일은 오가지 않았지만, 앞으로 명숙이 만나면 안 될 걸세. 장표한테 잘 일러."

하개는 장황하게 얘기하고, 만일 장표 때문에 구장 형제 미움을 받게 되면, 박 서기하고 합세해서 기둥뿌리를 옮겨놓지 그냥 두겠느냐고까지 일러 주었다.

하개 말은 모두 옳은 말이었다. 그러나 말구는 의식적으로 장표에게 명숙이를 만나지 말란 말을 하지 않았다. 도리어 과연 상놈 설움, 일본놈들 앞잡이 설움 받은 보복할 기회가 아니냐고 은근히 장표가 명숙이를 손아귀에 넣기를 기대하는 마음이었다.

"흐헤헤, 명숙이를 니모도〔新本〕면장놈에게 뺏기느냐, 상놈 소말구 자식 장표가 차지하느냐렷다. 그만하면 일 덩어리가 고뤄봄만허구만. 뭐, 지둥 뿌리를 옮겨놓지 산봉동서 살게 두겠느냐구, 히헤헤 …… 우리 장표 놈두 노상 호락호락 하지만은 않을 게다."

소말구는 전에 없이 흡연을 깊이 했다. 연기를 힘차게 내뿜으며 큰소리를 쳤다.

해서 얼마 전까지만도 탄광에 간 놈 소식 없는 게 걱정이더니 요즘 와서는 장표놈의 명숙이에 대한 앞으로의 태도가 걱정이 되어 신경을 곤두 세우지 않을 수가 없었다.

'그렇다. 도토리를 삶아먹고 살아도 사람값을 해야 한다.'

이때였다.

"지금 동네가 발칵 뒤집혔는데, 말구 자넨 뭘 하고 들어앉았나. 어서 좀 나와보란 말야, 엇."

호들갑스럽게 떠들면 삽짝 안으로 달려 들어서는 사람은 동료 장용필이었다.

"동네가 발칵 뒤집히다니, 말 탄 왜놈 순사가 와서 사람이라도 죽였단 말인가?"

말 탄 왜순사가 나타나면 어린애 가진 여자 애가 떨어지고, 학질도 떨어질 정도로 무서워하는 산봉동 사람들이기 때문에 하는 말이었다.

"말구 자네, 정말 소식이 밤중이구만. 차라리 일본 순사가 왔을 땐 이런 변은 없었네. 천변야, 말세야. 사오 대를 이곳에 살아도 일찍이 어른들한테 들어본 일도 없거니와, 나 역시 육십 평생에 처음 보는 일일세. 이제 우리 산봉동 사람은 망했네, 망했어. 에이, 이럴 수가!"

장용필은 입 다물 새 없이 수다를 떨고 발을 동동 구르며 방정을 떨었다. 그러나 소말구는 무슨 말인지 미처 알아들을 수가 없었다.

"대체 일본 순사가 왔을 때 이런 일이 없었네, 죽은 조상들한테도 들어보지 못했네, 육십 평생 처음 보는 일이네, 망했네, 못 살게 됐네. 대체 무슨 말을 늘어놓는지 정신이 시끄러워 분간을 못 하겠어. 뭣이 어찌됐기에 수다방정을 떠는지 알아듣게끔 한두 마디로 얘길 해. 헛, 사람하군……."

본시 대짐내기고 눅진한 말구는 꼼짝도 하지 않고 담배만 빨며 아무렇지도 않은 태도로 말했다.

"아니 그럼, 내가 기하개네 엊그제 이은 지붕 걷는단 말을 하지 않았나. 아 글쎄, 면 산업계(産業係)에서 세 놈이나 개떼처럼 떼져 나와 맨 윗머리 하개네 집에서부터 지붕 이은 이엉을 걷어내란단 말야. 하개 보고 걷으라고 해도 하지 않으니까, 그놈들이 저희 손으로 사다리를 찾아다 놓고 지붕에 올라가 어저께 새로 이은 이엉을 낫으로 툭툭 잘라 둘둘 말아선 마당으로 굴러내리고 있다 그 말야. 이런 변이 어디 있느냐 말야. 아주 썩어 못 쓰게 된 지붕 제하고는 동네 지붕 다 걷어내린다는 거야. 그러니 나락공출로 뺏아가 먹을 것 없고, 지붕까지 걷어내려 기거도 못 하게 하고, 사람 사는

데 의식주가 첫쨀데, 먹지도 말고 잠도 자지 말고 어떻게 살라는 거야. 한 해만 이엉을 이지 않아도 비 새지 않는 집이 몇 집이나 된다고 지붕을 걷어 내리느냐 말야. 자네도 곰같이 방구석에 들어앉았지만 말고, 나와서 무슨 대책을 세워야 할 거 아냐. 어서 나오란 말야."

용필이는 생김새대로 전신을 까불대며 동동거렸다.

"헷 사람허군, 하루도 먹지 않으면 죽는 나락을 저희들 맘대로 다 가져가 도 속수무책으로 당하고 있으면서, 까짓 지붕 걷어내리는 것이 그리 대단 해서 야단인기여? 허허, 사람허군."

말구는 될 대로 돼라는 식으로 차라리 허허 웃어버렸다. 군용(軍用)가마 니를 짜자면 짚이 부족해 배당량을 짜내지 못했기 때문에 지붕 이은 이엉을 걷어내려 배당된 가마니 수량을 짜내라는 것이었다. 산봉동은 산골이고 논 이 적어서, 지난해만 해도 가마니 배당이 그다지 많이 나오지 않았었지만, 금년에는 군부의 가마니 요청이 배로 늘었기 때문에 지붕 이고 태평스레 살 수가 없다는 것이었다. 벼농사 많이 짓고 하는 들녘 사람들은 몇 해 전부터 지붕에서 이엉을 걷어내렸다. 아무리 논농사가 적다고 하지만 산봉동네도 불원 그런 날벼락이 떨어질 것을 알고 있던 말구였다.

"용필이, 괜히 몸 달지 말구 내버려둬. 들리는 말에 전쟁 시세가 점점 오 른다는데, 모르면 모르지만 날이 갈수록 무슨 방법으로든 농민들 목을 점 점 더 조이려들 거야. 우리는 죽자하고 땀 흘려 농사만 짓고 생산된 모든 곡식이나 기타 물품관리는 면·군·지서 사람들이 다 처리하는 판국인 만 큼 우리네 지껄이는 말은, 그들 귀에는 한낱 넋두리로밖에 들리지 않는다 말야. 우리가 부지런히 땀 흘려 생산을 해 그것으로 군대 뒷바라지를 해서 대동아공영권을 건설하여 우리 농민들을 보다 잘살게 하겠다는데, 이의나 불평이 있을 수 있겠느냐 그 말야. 맡겨두는 거야, 흐헤헤."

말구는 속 좋게 웃었다.

"허, 저런 답답한 사람. 설사 안 된다 하더라도 동네 늙은이들이 모여 항 의도 하고 절대 안 된다고 시비라도 걸어야지, 제 집 지붕을 벗겨내리는데 놈들 하는 대로 맡겨두라구? 원, 허파가 부풀었나, 웃긴 잘헌다."

용필이는 말구에게 눈을 크게 흘기고 밖으로 뛰어나갔다.

“에그, 저 촐랑대는 꼴이라니. 나이깨나 꿨으면 값을 해야지, 헤잉.”

말구는 경거망동 촐랑대고 달아나는 용필의 뒷모습을 흘겨보며 혀를 찼다.

마량을 내라, 벼공출을 내라는 등 농사 지어놓는 대로 홈뜨려 뺏아가더니 이제 군용 가마니를 짜서 내야 한다고 지붕 이은 영때기까지 걷어 내리다니 수탈행위도 정도가 있지 기가 막혔다. 벼농사가 부실하기 때문에 동민 거의가 매년 추녀 서까래만 겨우 덮일 정도로 이기 때문에 여름 장마 때면 도리 밖으로는 추깃물 같은 벌건 물이 흘러내리는데, 그런 지붕 덮은 이엉을 걷어내리다니, 속이 아픈 양으로 말하면 용필이보다 소말구 심정이 더 쓰렸다. 말하자면 너희놈들은 먹지도 말고 눈비 가릴 것도 없이 봐 먹이는 짐승처럼 살란 말인가. 생각 같아서는 용필이에 앞서 달려가 지붕에 올라 이엉 걷는 면서기놈들 옹두리 뼈를 작신 분질러놓고 싶었지만, 이미 칼자루를 잡고 있는 왜놈들 앞잡이의 칼날 앞에 달려들면 무슨 소용이냐 말이다. 속이 아픈 대로, 쓰린 대로 기세 당하는 수탈과 모욕, 승산도 없이 촐랑대고 날뛰어봤던들 놈들 웃음거리만 되지 뭐냐 말이다.

“지붕 걷어 비가 새면 옷이 젖지 가죽 속에 물 들어가려구. 참는 데까지 참고 견디는 데까지 견디어보는 거야, 으헴.”

말구는 느긋한 자세로 퍼질러 앉아 아무렇지도 않은 듯 장죽만 빨았다.

받아놓은 밥상 격으로 어차피 당하는 굴욕인데 망지소조(罔知所措)한 태도까지 보일 것이 무어냐였다. 죽는 날 죽더라도 보다 어엿한 자세로 살지 조금도 왜소한 태도를 보일 필요가 없다는 말구의 소신이었다.

사람들은 그더러 못 배우고, 가난하고, 쇠뚝배기같이 투미하고, 미련한 산골놈이라고 보잘것없이 평가하지만, 그렇다고 만만하게 볼 수 없는 산봉동 대짐내기 소말구였다. 말이 없고, 자신을 내세우지 않고 어수룩해보이지만 소같이 일하며 겉으로가 아니고 마음속으로 이웃을, 온 동민을 아끼고 사랑하며 그들과 더불어 같이 웃고 울며 살고자 하는 소말구였다. 좀처럼 남의 말을 듣지 않는 반면 매사에 신중하고 치밀했다. 조금 전에 용필이가 달려와 뙤약볕에 콩 튀듯 팔팔 뛰며 조잘대다 갔지만, 말구는 진작부터 그런 사태가 올 것을 짐작하고 있었다. 가마니를 치게 하기 위해 지붕 걷어

내릴 것을 예측한 것은 아니었지만, 무엇인가 왜놈들이 점점 농민들 목을 죄어들 것이라는 것을 말이다.

"허어, 사람들 입에 올리기도 싫은 엉큼하고 악랄한 일본놈이 경우가 바르다니 무슨 애기야."

사랑방에 모여 앉아 애기 도중에 조선 사람 양반들은 양반이란 두 글자만 가지고 못 배우고 권력없는 백성 착취하던 그들에 비하면 일본 사람은 경우가 바르다고 말하는 사람에게 쌩을 먹고 시비를 걸고드는 말구였다.

"그놈들이 조선땅에 들어온 지 삼십 년이 넘었어도 옛날일은 철없이 몰랐지만, 요 근래 놈들 하는 짓만 보아도 살쾡이보다 더 악랄한 놈들이 일본놈들인데 무슨 뚱딴지 같은 소리야. 조선 사람이라면 놈들 앞잡이가 아닌 이상 한 사람인들 왜놈 좋다는 사람이 누가 있겠어."

소말구는 일본 사람 말만 나오면 쌍지팡이를 짚고 나섰다.

말구는 지금 장죽을 빨면서도 나름대로 일본 사람들의 학정을 회상하고 있었다.

중이 고기맛을 보면 빈대도 남기지 않는다는 격으로 조선을 손아귀에 넣은 후 생트집을 잡아 만주사변을 일으켜 만주를 점령했고, 그도 부족해서 중국 대륙까지 집어삼키려고 밤낮없이 기차로, 배로 군대와 병기를 중국 땅으로 실어나르지 않았나. 그런가 했는데 중·일(中日)전쟁이 한창인 무렵, 일본은 미·영(美英)에 대해 선전포고를 함과 동시에 선제공격을 하고 나서지 않았냐 말이다.

어쨌든, 큰집 잔지에 작은집 돼지만 주는다고나 할까, 새우 싸움에 고래 등 터진다고 십 년간의 사변과 전쟁통에 등뼈가 휘도록 골탕먹는 것은 호미·괭이자루 친구들이었다.

벌써 여러 해 전이었다.

"너 웬일로 이렇게 일찍 오냐?"

이십 리가 넘는 통학길이기 때문에 항상 해 뜨기 전에 학교에 가면 어두워야 오는 장표(작은아들)가 저녁 새참 때도 안 되어 왔기 때문에 말구가 의아해서 물었다. 그러나 장표는 책보를 등에 멘 채 입이 나와가지고 말이 없었다.

“또 월사금 안 냈다구 쫓겨온 거냐?”

“아녀유.”

“그럼, 왜 너 혼자만 일찍 왔어?”

“국어루 말하지 않고 조선말 했다구 벌서구 혼났어유.”

“뭐야, 조선말 했다구? 이 녀석이 무슨 소릴 하는 거야, 잉? 조선놈이 조선말을 하지, 무슨 말을 한단 말이냐? 자식 골통이 돌았나.”

말구는 몇 달 전부터 국어(일본어) 상용제도가 실시된 것을 모르고 있었다.

“국어라, 국어? 차라리 늙은 암소 보고 말[馬]투렁이를 시키는 게 나을 텐데…….”

말구는 혼잣말로 지껄이며, 장작 쪼개던 도끼자루를 집어들고 양 손바닥에 침을 뱉고, 자루를 으스러지게 잡아 치켜올렸었다.

“헤헤 맞아, 생각이 나는구만. 나나니란 놈이 다른 벌처럼 제가 새끼를 치는 게 아니구 퍼런 풀벌레를 제 집에 물어다 놓고 ‘나나, 나 닮아라, 나 닮아라’해서 제 새끼로 만든다더니 바로 그 꼴였단 말야, 헤헤…….”

지난 일을 회상하던 소말구는 빨던 장죽을 뽑아들고 히쭉 웃으며 고개를 끄덕였다. 다시 담뱃대를 빨며 사색을 이어갔다.

태어날 때부터 본능적으로 내는 소리(말)까지 못 하게 하더니 태평양전쟁인가 대동아공영권을 건설합네 하면서부터는 그들의 농민에 대한 행패는 더욱 자심했다. 강원도 탄광에, 청진항 축항공사에 보국대를 가라, 정조식(正條式) 모내기를 해라, 목화밭에 딴 곡식을 혼작하지 말아라, 이 정도는 그런 대로 참고 견딜만 했다. 천조대신(天照大神) 신패를 좋은 위치에 모셔 놓고 아침 저녁으로 온 가족이 정성껏 예배(禮拜)를 해라, 아침 해 뜨기 전에 동쪽을 향해 궁성요배(宮城遙拜)를 해라, 반(班)회의나 동회 때에는 먼저 ‘고곡구 신민노 세이시(皇國臣民誓詞)’를 제창하라고 면서기가 나와 강요를 했다.

아무튼 그들은 전쟁이 치열해질수록 갖가지 형태로, 방법으로 못살게 굴었다. 백동칼 찬 순사만 두려운 것이 아니었다. 소위 그들 말대로 센토보(戰鬪帽)차림에 국방색 스덴가라 양복에 각반(脚絆)치고 농구화 신은 면서

기만 보아도 또 무엇을 어떻게 볶아대려고 나왔나 싶어 등골에 진땀이
났다.

"맞아, 그놈들이 그날 그렇게 했었지."

소말구는 담배연기를 길게 내뿜으며 혼잣말을 중얼거렸다.

그날, 말구는 날이 풀려서 겨우내 마당에 모아놓은 외양간 쳐낸 두엄을
내고 있었다.

"아, 소말구상 수고가 많소."

면 내무계 교화(敎化)서기가 삽짝 안으로 들어서며 아는 척을 했다. 교화
계 송 서기 한 사람이 아니고 사업계 박 서기, 지서 강 순사 세 사람이 몰려
들어왔다.

"안녕들 하시유? 웬일들이슈, 이 험한 산봉동엘?"

"말구상, 우리가 왜 나왔는지 몰라서 묻는 거야? 여러 말 말고 잠깐 이
리 와."

송 서기는 방금 애견하게 했던 인사태도와는 달리 살기찬 얼굴로 변해 흙
뜰팡 가마때기에 앉으며 말했다.

말구는 일하던 쇠스랑을 놓고 송 서기 하라는 대로 뜰팡 앞으로 갔다. 이
러는 사이에 강 순사는 집 안 이곳저곳을 둘러보았고, 박 서기는 상기둥에
붙은, 가마니 할당량 쪽지 등을 보며 출하판매한 숫자를 보고, 이어 부엌을
기웃거렸다.

"정말 우리가 당신네 집에 왜 나온지 몰라서 묻는 거야 엉? 오늘은 해결
을 지으려고 지서에서까지 오셨단 말야. 창씨(創氏)말인데, 무슨 성으로 고
치려나 얘기해봐."

송 서기는 눈을 부릅뜨며 다그쳤다.

소말구가 창씨문제로 면·지서로 부터 추궁을 받은 것은 어제 오늘의 일
이 아니었다. 지난해 연말께부터 구장으로부터 창씨하라는 통고를 받았고,
그 후에도 권유 위협을 받았고, 면·지서에 불려간 것도 한두 차례가 아니
었다. 동네 사람들은 자기 본을 따라, 성자(姓字)를 따라 미야모도(宮本 :
전주 李氏)니, 가야마(和山 : 화순 崔氏)니, 니모도(朴氏)니 하고 모두 창씨
개명을 했지만, 말구는 끝내 하지 않고 있었다. 말구는 놈들이 올 때부터

그 문제인 것을 알면서도 의식적으로 모르는 척한 것이다.

"그 때문에 또들 나오셨군유. 한데 나는 처음부터 얘기했지만, 성 갈지 않을래유. 짚신에 갓이 어울린다구 갓 쓰고 엄짚신 주제에 양복을 입으면 어색할 것 같아 옛부터 조상이 물려준 성 소가(蘇哥)로 살래요. 소가, 소말구(蘇末狗), 그대루 살겠어유."

놈들 시작하는 태도로 맞아 섣불리, 아직 생각해보지 않았네, 차차 하지요, 이런 흐릿한 태도로 대했다가는 말려들 것 같아 냉정하게 태도를 밝혔다.

"뭐얏? 그럼 창씨를 못 하겠다 그 말야? 언제는 생각해보겠다고 하더니 이제 와서 아예 못 하겠다구? 이 자식을 그냥!"

조금 떨어진 곳에서 집 안을 살펴보고 있던 강 순사가 이쪽으로 얼굴을 돌리며 한 대 칠 자세를 취했다.

"아아, 강 순사님 잠깐만! 지금 소상의 말은 창씨 못 하겠다고 했지만 진심은 그렇지 않을 거요. 에 또, 지금 소상은 옛부터 조상이 물려준 조선 사람 성이라 바꿀 수도 없고 바꿔서는 안 된다고 하셨는데, 이것을 알아야 합니다. 지금까지는 분명 조선 사람이기 때문에 김가·박가·이가, 이렇게 조선 사람 성을 가지고 살았지만, 우리는 몇 해 전부터 못살고 문명을 모르고 사는 조선 사람이 아니고 대일본제국 천황폐하의 신민인 황국신민이라 그 말여요. 조선이 따로 없고 일본이 딴 나라가 아닌 내선일체(內鮮一體), 똑같은 황국신민이기 때문에 우리는 마땅히 황국신민답게 창씨를 해서 같은 신민으로 모든 면에 합심하여 성스러운 전쟁을 승리로 이끌어 우리 동양을 한데 묶어 대동아공영권을 건설하자 그 말입니다. 누구보다 산봉동 소상이 잘 아실 터인데. 안 그래요, 하하."

송 서기는 일장연설을 늘어놓고 소말구 등을 토닥이며 너스레를 부렸다.

"송 서기 말씀은 그럴 듯싶은데 내 생각과는 다르네유. 먼저 몇 천 년을 대대로 조선 사람으로 살아온 분명한 조선 사람이 왜 일본 성으로 고치냐 말유. 송 서기 말대로 대동아공영권을 건설하기 위해 창씨를 한들 갑자기 황국신민이 되겠냐 말유. 여기 구장 최창걸 씨가 와 있지만, 가야마(和山)로 창씨는 했지만 전과 다름없는 조선인 최창걸이지, 일본 사람 가야마로 변한 게 뭐있어유. 옷차림은 일본 사람같이 변했지만 코도, 눈도, 입도, 말소리도 아니, 몸뚱이 어느 한 곳 변한 덴 없잖아요. 설령 앞으로 몸뚱이는 혹시 변할지 모르지만 구장 몸 속에 흐르고 있는 피는 죽을 때까지, 죽은 후에도 조상한테 물려받은 최씨 피 그대로일 거여요. 일본 사람도 되지않는 창씨, 나는 안 하겠어유, 어험."

소말구가 의연한 자세로 말하자 이장은 물론 면·지서에서 나온 세 사람도 과연 싶은 눈으로 소말구를 지켜보았다. 그러나 순사 체통을 세우기 위해 강 순사는 어름어름할 수가 없다는 듯이,

"이 자식, 정말 당국의 명령을 무시하는 나쁜 놈이구만. 끝내 창씨를 못하겠다 그 말이냐, 엉?"

"할 필요가 없기 때문에 안 하겠습니다."

"그럼 좋다. 당국의 명령에 따라 너의 소가라는 성을 우리 마음대로 고칠 터이니 그리 알란 말야. 알겠냐?"

"난 안 하겠으니까 댁들 맘대로 하시오."

소말구도 의연한 자세로 나왔다.

"마음대로 하랬다, 좋아."

강 순사는 이렇게 말한 다음 송 서기·박 서기에게 무어라고 지껄였다.

"정 그렇다면 할 수 없구만. 에, 소야마(蘇山)로 할까, 스모도(蘇本)로 할까, 어느 거이 좋겠나?"

송 서기는 수첩에 연필을 대며 소말구와 순사 박 서기를 번갈아보았다.

"댁들 맘대로 일방적으로 믿드는 성이니까 내 의사는 들을 것도 없소이다."

소말구는 녀석들 하는 태도가 가소로워 한 말이었다. 그러자 강 순사는 더욱 쾌씸한 듯이,

"아, 송 서기, 이런 놈은 제 본성을 따서까지 소야마니 스모도니 번거롭게 따지고 의사 물을 것도 없어요. 알기 쉽고 부르기 쉬운 대로 나카무라(中村)라고 해둬요. 자식 처세도 나카무라(형편없단 말) 같은 놈이니까 나카무라가 좋겠어요."

강 순사는 명령적으로 말하며 소말구를 째려보았다.

"하지만 강 순사님, 호적부 정리를 해야 하는데 그래도 본인 의사를 어느 정도라도⋯⋯."

송 서기는 그래도 그럴 수가 있느냐는 듯이 말했다.

"아, 상관없어요. 창씨는 될 수 있는 대로 본성과 무관하게 하는 것이 좋단 말여요. 나카무라. 나카무라상, 아주 됐어요. 그렇게 하세요."

"호적에 기재되는 성씨란 말야. 어떻게 하는 것이 좋겠는가 말을 해. 마지막 기회야."

강 순사 말을 받아 송 서기가 말구에게 다그쳤다.

"송 서기, 나와는 아무런 관계가 없는 일이니까 당신네 맘대로 하란 말여요. 나카무라든 일본무라든 말여요."

"맞아, 소말구 말이. 아무렇게 창씨를 해도 지금 이름 소말구보담 낫단 말야. 이놈아, 어디 이름이 없어 말구가 뭐야, 끝말 자 개구 자. 무슨 구자가 없어 개구 자로 이름을 짓는 놈이 있어. 끝엣개, 개 중에서도 제일 못생긴 끝엣개가 뭐야, 이놈아, 나카무라는 끝개보담 천량판야, 하하⋯⋯."

강 순사는 백동칼을 잡고 위세를 보이며 웃었다.

"헤헤, 나처럼 개같이 천하게 사는 놈이 개구 자면 어떻고 쇠구 자면 어떻소? 허나 당나구와 말이 생김새는 같은 것 같아도, 당나귀는 몇백 몇천 년을 가도 당나귀고 조랑말은 조랑말인 것이오. 당신네가 아무리 내 호적에 나카무라라고 고쳐놓아도, 일본 사람 나카무라가 되지 않고 조선 사람 소말구란 말이오, 허허⋯⋯."

"당신이 생각하는 건 자유니까 맘대로 생각하시오. 한데 나카무라 말구씨 상기둥에 붙인 쪽지를 보니까 성적이 아주 나빠요. 가마니도 배당 매수가 구십 장인데 육십 장밖에 공판하지 않았고, 면화도 할당량이 백이십 근인데 팔십 근밖에 내가지 않았단 말여요. 벌써 공판 기간이 지났는데 어떻게 하겠소? 모레가 마지막 추가 공판인데 꼭 내와요, 알지요? 내오지 않으면 어떻게 된다는 거. 그리고 부엌에 보니까 생솔나무를 때는데 낼 면 산업계로 나와요."

지금까지 여기저기를 기웃거리던 박 서리가 이젠 자기 차례란 듯이 말구 앞으로 다가서며 부리부리한 눈으로 아래위를 훑어보며 말했다.

땔나무 취체하는 산감은 군에만 있기 때문에 면에서는 산업계 서기가 취체권리가 있으니까 하는 말이었다.

"예, 알겠습니다유. 요즘 바쁜 때도 아니구, 마침 호미·괭이 등속을 벼리기 위해 대장간엘 갈 참인데 잘 됐구만유. 걱정마세유, 낼 조식하고 일찍 산업계루 나리 찾아갈게유."

소말구는 조금도 굽히지 않고 의젓하게 대답했다.

"흠, 산봉리 소말구 대짐내긴 건 익히 알고 있었다. 하지만 이놈아, 공무 집행하는 공무원들 앞에서 그 따위 오만불손한 태도가 어디 있어, 엉, 자식아!"

강 순사는 느닷없이 달려들어 귀뺨을 갈기며 구둣발로 정갱이를 거듭 걷어찼다. 그러나 워낙 장신 거구에 눅진한 성격이어서 말구는 안색도 변하지 않고 끄떡도 하지 않았다. 도리어 피식 웃으며 말했다.

"허, 강 순사나리, 무슨 점잖지 못한 짓이유. 조금 전에 말씀하시지 않았어요. 개 중에도 제일 끝엣개, 못난 개 같은 인간이라구유, 이름만 그런 게 아니고 소시적부터 못난 개 주제로 살았고, 그런 천대 학대를 받고 살아가는 개 같은 인간인데 철없는 아이들이나 개를 때리지 점잖은 순사나리가 개를 때리다니. 맞는 개는 괜찮지만, 나리 체면이 어떻게 되느냐 말여유, 히헤헤…… 개가 사람을 물지, 사람이 개를 물어서야 되겠어유, 흐헤헤."

"아니, 이 자식이 죽으려고 눈깔이 뒤집혔나. 이놈아, 내가 누군데 면박을 하는 거야? 엇, 정말 이 개만도 못한 자식."

강 순사는 얼굴이 붉으라푸르락 분을 참지 못해 사정없이 때리고 차고 했다. 아무튼 늘씬하게 두들겨 맞았다.

소말구도 무엇이나 내라는 대로 내면서 저항하지 않고 살아왔지만, 성을 왜놈 성으로 갈겠다는 데는 참을 수가 없어 처음으로 말로라도 대거리를 했던 것이다.

소말구는 그 일이 있은 후부터 면으로부터, 지서 순사들한테, 군 산감들한테 무수한 시달림을 받았다. 지서에 끌려가 '고곡구 신민노 세이시'를 외지 못한다고 매타작을 당했고, 천조대신 신패를 동쪽 벽에 걸지 않고 남쪽 벽에 걸었다고 당하고, 청소를 안 했네, 퇴비치장이 잘못됐네 등 그야말로 사흘이 멀다고 찾아와 트집을 잡아 면으로 오너라, 지서로 오너라 못살게 했다.

"헤헤, 아무튼 어줍잖은 녀석들이야. 일본놈도 아닌 조선놈들이 그럴 수가! 못난 놈들……."

소말구는 대통을 재떨이에 털며 심각한 표정으로 말했다. 일 년 전 일이지만 강 순사놈 소행은 보복심이나 괘씸한 마음에 앞서 가엾은 생각이었다. 보다도 박 서기가 장표와 명숙이 사이를 구장한테 들었는지 얼마 전에 기하개가 말한 대로 아주 기둥뿌리를 옮겨 산봉동에 못살게 하려는 시작인지도 몰랐다.

'그래, 네 놈들 맘대로 해봐라. 이 소말구도 네 놈들 압력 때문에 기둥뿌리 떠가지고 산봉동 떠나진 않을 터이니.'

이런 생각을 하며 앞으로 어떻게 할 것인가를 골똘히 궁리하고 있는데, 아내 쎅골댁이 겁에 질려 샆짝 안으로 뛰어 들어왔다.

"대체 당신은 뭘 하구 있는 거유? 동네가 도륙이 나는 판인데, 지금 놈들이 우리 지붕 걷어내린다고 오고 있단 말여요. 어서 나와 사정을 해서 못하게 하란 말여요, 어서요."

쎅골댁은 뜰에 서서 방 안에 정좌하고 있는 말구를 향해 안달복달을 했다.

"오면 왔지 뭘 어쩌라고 조래 방정을 떠는 거여? 내버려둬."

말구는 방에 앉은 그대로 꼼짝도 하지 않았다. 해봤던들 지붕에 새로 이은 이엉때기 뜯어내지 사람이야 어떻게 하겠느냐는 뱃심이었다.

"사정이라도 해서 못 하게 하면 여름에 비 새지 않을까 봐 그래요? 어서 나와보기라도 하란 말여요. 붙잡고 살려달라고 애원을 하란 말여요."

"그래 알았으니 여자는 이런 일에 나서지 말아, 으헴."

과연 잠시 후 반장과 구장이 사다리를 메고 앞서 들어왔고, 박 서기·김 서기·강 순사가 날렵하게 각반을 치고 전투모에 국방색 전투복을 입고 들어왔다.

"자네 백이십 매 배당에 팔십 매밖에 공판하지 않아 안 된대. 이엉이라도 걷어 내려서 가마니를 쳐야 한대."

반장이 사다리를 처마에 기대놓자 구장 최창걸이 말했다.

"구장, 자꾸 왜 이래요? 이 자들은 이미 전시(戰時)국가시책을 어긴 사람들이기 때문에 본인들 의사 들은 필요없이 계획대로 행동하란 말여요. 반장들 뭐 해! 어서 지붕에 올라가란 말야."

박 서기, 공판 출하 책임자와 김 서기는 찜찜대고 서 있는 반장들에게 명령했다.

"여보쇼, 박 서기·김 서기·강 순사나리. 동네 반장들은 얻어먹는 것도 없이 맨날 동네일만 하는데 품삯도 안 주면서 동네 사람들 지붕까지 걷어 내리라고 해요. 지붕 걷어 내리기로 고지 먹은 반장들이 아니니까 반장들은 꼼짝 말고들 있엇!"

소말구는 흙뜰팡으로 나오며 몰려든 사람들을 돌아보며 말했다.

"나카무라, 뭔 말을 하는 거야? 그야말로 나카무라 같은 수작하고 있어. 구장, 뭘 하구 있어요. 어서 반장들 지붕에 오르라고 하지 않고, 어서요."

"여봐요, 박 서기, 이 집은 나카무라네 집이 아니고 소말구네 집이기 때문에 어느 놈도 손대지 못해요."

소말구는 양 손으로 허리를 잡고 마당으로 내려서며 조소를 띠었다.

이러한 말구의 태도를 본 구장은 냉큼 말을 못 하고 슬며시 뒤켠으로 물러섰고, 결국은 강 순서가 앞으로 나섰다.

"뭐야, 나카무라네 집이 아니기 때문에 그 누구도 손을 못 댄다고? 허허, 그런 설익은 말은 두었다 혼자나 하고 낼이라도 면에 가서 이 집에 사는 사람이 소말구인가, 나카무라 말구인가, 호적부를 똑똑히 보란 말야. 흥, 나카무라가 관에서 하는 일이라면 사사건건 말썽을 부리는데, 그러구서도 온전히 붙어살 것 같아, 하하. 정 그렇다면 아주 좋은 방법이 있지. 나카무라네 집이 아니기 때문에 그 누구도 지붕에 이엉을 못 걷어 내린다니, 나는 이 집이 틀림없는 나카무라네 집이기 때문에 걷어 내리고야 말겠어. 에, 구장·반장들은 동네간에서 인정상 지붕에 오르지 못하면 박 서기·김 서기가 직접 올라가서 걷어 내리란 말여요."

강 순사는 얼굴을 일그러뜨리며 명령조로 말했다. 이렇게 되자 말구는 한차례 웃고나서,

“아니지, 나카무라네 집이 아니고 소말구네 집을 꼭 걷어내려야 된다면 구장·반장은 물론이고 면에서 나오신 귀하신 몸들도 지붕에 오를 필요없지유. 헤헤, 내 손으로 이은 집을 내 손으로 걷어 내릴 터이니 걱정들 마세요.”

한마디 하고 말구는 좋은 황새목 조선낫을 꽁무니 허리띠에 꽂고 성큼성큼 사다리를 올라갔다. 낫으로 새끼를 끊고 맨 위의 용마름부터 걷어 내린 다음 위에서부터 영때기를 말기 시작했다. 한 마름씩 걷어 솜씨껏 영마름을 동여내렸다. 일이라면 무슨 일이나 제 가락 하는 말구기 때문에 잠깐 사이에 말짱 걷어 내리고 시커멓게 썩은 지붕 위를 싸리비로 말짱 쓸어 내렸다. 보는 사람들도 개운했다.

“어떻습니까유, 말짱하게 됐지요? 군새 둔 것(썩어 고랑 진 곳에 새 짚단 박은 것)도 파내리라면 파내지요, 어때요?”

말구는 지붕 위에 버티고 서서 마당에 서 있는 면서기들과 순사에게 물었다.

“됐어 됐어, 그만 내려와.”

박 서기가 말했다.

“한데 지붕 걷어 내린 것으로 할 일을 다한 것은 아냐. 오늘밤부터 이엉을 풀어서 전부 가마니를 짜야 한다 그 말야. 알겠나, 나카무라?”

“박 서기, 듣기 거북하니까 나카무라, 나카무라 하지 말아요. 이 소말구가 언제 관청에서 시키는 일 어기는 것 봤어요? 성스러운 전쟁을 이긴다는데 가마니 짜다마다요, 흐헤헤.”

면직원들과 순사가 돌아간 후 지붕에서 굴려내린 이엉을 굴뚝 모퉁이로 정리해놓고 소말구는 멀찍이서 돌면서 지붕을 살펴보았다. 군새를 넣었어도 도도록한 부분이라고는 달망(맨위)뿐이고 어느 한 곳 성한 데가 없었다. 마른 늙은 암소 배통에 갈비뼈같이 서까래가 드러나 있었다. 네 군데 추녀 서까래는 달랑 솟아 여윈 소 등뼈 같았다. 여름에 가랑비만 와도 집 안엔 왕 빗방울 떨어질 것이 뻔했다.

“그래 당신은 어떻게 된 사람이 자기 손으로 지붕을 걷으며, 도리안도 살려두지 않고 골고루 저렇게 야드감치 독독 긁어 내린단 말여요. 식구 모두

낫갓 쓰고 살 참여요?"

쐑골댁은 흙뜰팡에 퍼질러 앉아 말구만 원망했다.

"허, 우는 놈두 속이 있어 운다구, 다 요량이 있어 한 짓야. 제발 내가 하는 일 간섭 말구 그 우거지상 좀 펴고 면·지서 놈들에게 보다 의젓하게 보이란 말야, 어헴."

신랑 집에서 명숙이한테 사주가 온 후부터 관(官)사람들의 소말구에 대한 감정은 알아보게 극심해졌다. 그렇다고 그들 압력이 두려워 손수 지붕을 걷어내리고, 그 밖에도 관에서 시키는 자잘한 일들을 순순히 응한 것은 아니었다. 큰일을 위해서, 장표가 명숙이를 손아귀에 넣게 하기 위해서는 말구라도 관의 명을 순순히 듣지 않을 수가 없었다.

아내 쐑골댁 말에 의하면, 동네 가마니 수량 덜 낸 집들 모두 지붕을 걷어 내린 것이 아니라, 기하개·장용필 등 평소 관의 좋은 평 받지 못하는 바른 말 하는 몇 집과 말구네 집 등 대여섯 집의 지붕만 걷어 내렸다는 것이었다. 어찌 지붕을 걷어 내린 문제뿐이겠는가.

몇 달 전 갑자기 면직원들이 구장·반장에게 가마니를 들려가지고 개떼처럼 몰려오더니, 말구 내외의 의사를 들어볼 것도 없이 부엌으로 들이닥쳐서는 살강에 엎어놓은 놋그릇을 모조리 마당으로 들고 나갔다. 이어 다른 패는 솥뚜껑을 들고 나왔고, 몇 사람은 집 안을 샅샅이 뒤져 흙정이 날달아서 쓰다 남은 것 등속도 모조리 뒤져다 내놓고, 내오는 대로 면서기 한 사람은 솥뚜껑은 물론 주발·대접까지 망치로 산산조각이 나게 때려부쉈다. 조각조각으로 만들어신 것을 빈강들을 시켜 가마니에 담으라는 것이었다.

"관청에다 뺏기는 것은 좋은데 영문이나 알고 뺏깁시다유."

"뭐, 영문을 알고 싶다고? 나카무라 같은 소리 하지도 말고, 시우쇠(호미·괭이쇠)말고 무쇠는 모조리 내오란 말야. 주인이 자발적으로 내와야 애국자가 된단 말야. 어서 구석구석 찾아서 내오란 말야."

해머로 신나게 때려부수던 험상궂게 생겨먹은, 서기도 못 되는 듯싶은 작자는 신바람이 나서 어깨를 으쓱거렸다.

날벼락도 분수가 있지, 전쟁에 필요하다고 남의 귀중한 살림을 마음대로 꺼내다 부수다니, 세상엔 없는 경우요 인심이었다.

"아, 전쟁에 필요한다면야 무엇인들 못 내놓겠시유. 하지만 무엇에 쓰는지 알기나 해야죠."

말구는 반질반질 조상들 손때까지 묻은, 솥뚜껑이 부서져 허연 서릿발 같은 부분을 보는 순간 사지가 떨렸다. 차라리 죽은 어머니·할머니를, 아니, 직접 아내가 닦고 매만지던 손길을 작신작신 분지르는 것같이 애처롭고 쓰라린 심정이었다.

"소두방(소댕)보습날을 부수어 가져가는 것은 좋은데, 밥은 무엇으로 덮고 해먹으며 쇠죽은 어떻게 끓이지라우?"

"듣던 말과 같이 산봉동 나카무라 정말 협조정신이 없구만. 미·영을 격멸시키지 못하면 대일본제국이 위해롭다는 것쯤은 알 거 아냐. 현재 우리 황군이 남양군도 필리핀을 점령하고 승승장구 전승을 올리고 있단 말야, 이까짓 소두방이, 주발대접이 문제야? 이 쇠로 대포·탱크를 만들어 부족한 무기를 만든단 말야, 알겠나? 이런 말 함부로 하면 잡아간단 말야. 알겠나?"

부수던 해머를 잠시 멈추며 말구를 보고 씽긋 눈짓까지 했다.

이때 마침 광에서 쎅골댁이 징징 울며 박 서기 꽁무니를 잡고 따라나오지 않는가.

"다 가져가도 이것만은 안 된단 말여요. 십여 대 내려오며 제사 때만 쓰는 제기(祭器)란 말여요. 이 제기를 없애면 벌을 받는단 말여요. 조상 밥그릇까지 없앴다고 제사날 운감(자시러)도 하려 오시지 않는단 말여요. 정말 이것만은 안 돼요, 안 돼요."

쎅골댁은 제기가 들어 있는 큼직한 양푼을 들고 나오는 박 서기 팔에 매달려 울부짖었다.

"하, 이 여편네가 미쳤나. 통제경제(統制經濟)라는 것을 모르단 말야. 당신들이 가지고 있는 어떠한 물자도 국가의 것이지 개인 소유가 아니란 말야. 비켜."

박 서기는 쎅골댁을 무자비하게 밀고 제기 담긴 양푼을 마당으로 들고 나왔다. 광의 독 속에 고이 간직해둔 것을 찾아낸 것이다.

“서기 어른들, 부엌 살강에서 우리 식구들이 받아먹는 식기 대접은 가져 가도 좋지만 이 그릇은 조상님들 제사 올리는 제기요. 댁네들도 조상은 있을 거 아녀요. 정말 이것만은……."

말구도 부수려고 내려놓은 제기 담긴 양푼을 움켜잡았다. 그러자 해머를 잡고 있던 녀석은 달려드는 쐑골댁과 말구를 동시에 떼밀고, 윤이 나게 닦아놓은 주발·대접·잔대·촛대 등속을 무자비하게 내리쳐 깨고 일그러뜨리고 했다. 무엇보다도 용의 무늬까지 정교하게 놓아 만든 촛대와 향로를 꺼내놓고 해머를 치켜드는 데는 더 이상 보고 있을 수가 없어, 말구는 두 개의 촛대와 향로를 집어들었다. 아버지·할아버지 살아 계실 때부터 제사 날이면 미리 내다 놓고 만져보고 닦고 소중히 여기며 전해오는 유일한 가보였던 것이다.

“제발 이거 두 가지만은 안 됩니다. 다른 쇠로 더 많이 내놓겠습니다요, 봐주세요.”

말구는 촛대와 향로를 냉큼 쐑골댁에게 건네주고 굴뚝 모퉁이로 돌아가 현재 쓰고 있는 보습날과, 사랑방에 놓여 있는 무쇠화로를 들고 나왔다.

“더 많지 않습니까? 이것을 대신 부숴 가져가고 촛대하고 향로만은…… 네? 우리 집 십여 대 전해오는 가보랍니다, 봐주세요.”

좀처럼 비굴하게 굴지 않는 말구지만 박 서기 팔을 잡고 애원을 했다.

“하, 모르는 소리야. 무쇠화로·흙정이 난로는 대포·총·탱크 같은 몸체 만드는 데 주물로 이용되지만, 놋쇠는 대포알·총탄 만드는 귀중한 원료란 말야. 향불은 사기종지를 이용하고 촛불은 접시를 이용하란 말야. 당신네 조상들도 군수물자 하나라도 더 만들게 되는 것을 지하에서 기뻐한단 말야, 알겠어? 뭘 하고 있소, 어서 때려부숴요.”

박 서기는 말구 말을 들을 필요도 없다는 듯이 어서 부수라고 해머 든 사람에게 재촉했다. 박 서기의 말이 떨어지기가 무섭게 향로·촛대도 다른 유기그릇과 함께 해머의 세례를 받고 일그러지고 부서져 가마니 속으로 들어갔다. 쐑골댁은 통곡을 터뜨렸고, 말구는 심각한 표정으로 먼 산으로 시선을 보냈다. 가슴이 메어지는 듯했다.

“전시물자 통제령……."

입 속으로 혼잣말을 뇌며 눈을 슴벅거렸다.

그날 온 동네가 철물수집으로 발칵 뒤집혔다. 그래도 다른 집들은 미리 땅에 파묻고, 산으로 가져다 숨기고 해서 말구네처럼 고스란히 뺏기지는 않았다는 후문이었다. 특히 반장네는 모두 구장네 집으로 가져오라고 해서 처리했기 때문에 그네들 것은 어떻게 되었는지 알지도 못했고 알려고 하지도 않았다.

농사 지은 곡식 다 빼앗아가고 지붕은 벗겨 살 수도 없이 만들고, 전쟁을 구실로, 농민들을 곤경에 빠뜨리는 정도가 아니라 살지 말라는 것이나 다름없었다. 농민들 목을 점차로 죄어드는 정도가 아니고, 죽어도 좋으니 죽기 전에 자기네 요구나 들어달라는 식이었다.

"이렇게 시달리고서야 어떻게 살겠어요?"

쐑골댁은 먼 하늘 끝을 바라보며 곧 해울음이라도 터뜨릴 듯이 말했다.

"당치도 않은 소리, 장표 듣는 데는 말할 것도 없고 누구 듣는 데도 그런 말 하지 마."

말구는 한마디로 머슬뜨렸다.

"하지만 산다는 게 당장은 곤란을 받아도, 앞으로 나아질 기미라도 보여야 참고 살지 않아요. 한데 갈수록 산이라고 이게 뭐냐 말여요. 집도 제대로 지니고 못 살겠으니 말여요."

"아따, 집이 찌그러져 마당에다 뜸을 치고 살아도 산봉동 이 자리 내 집은 떠나지 않는단 말야. 저희 놈들은 나를 이곳에서 못살게 지둥뿌리를 옮겨놓으려고 하지만, 안 될 말."

"당신은 오기로 구장이나 관청놈들하고 맞서고 있지만, 발로 돌부리 차면 내 발가락만 아프지 소용이 뭐여요. 내 생각엔 공연한 고집으로 맞서지 말고 당신이 지고 마는 것이 옳아요. 딴외 오봉이네는 만주 이민 가서 집도 주구 논두 열홀갈이나 주어서 먹고 사는 데 걱정없는 정도가 아니고 당장 부자가 됐다지 뭐여요. 산골에서 놈들 설움 받고 사는 것보담 얼마나 좋겠어요. 우리가 이제 등 덥고 배부르면 됐지, 뭘 더 바라겠어요. 기하개·기만개 형제도 그렇지만, 배태열이도 차라리 이민이나 가서 실컷 배나 불려보고 죽었으면 좋겠다는 거여요."

“이 여편네가 무슨 말을 하고 있는 거야. 동네놈들이 다 떠나도 난 안 간단 말야. 당치 않은 소리야.”

말구는 눈을 부릅뜨고 쎅골댁을 노려보았다. 이때 마침 산에 덫 놓으러 갔던 장표가 크고 작은 덫 몇 개를 둘러메고 들어왔다.

“오늘은 왜 이렇게 늦었냐?”

말구는 발딱 일어나 덫 꾸러미를 받아 내려놓으며 다정하게 말했다. 겨울 농한기에 말구가 수십 년 전부터 덫으로 산짐승 잡던 일을 몇 해 전부터 장표가 하고 있었다.

“놈들(면서기 등)이 몰려와 동네 지붕을 걷어 내리기에 서낭재에서 있다가 오는 참여요. 오늘은 재수가 있어 오소리 한 마리, 너구리 한 놈이 걸렸잖아요. 놈들 눈에 띄면 고기나 차지하고 가죽은 뺏기잖아요. 해서 서낭재 소나무에 매달아놓고 왔어요.”

장표는 흡족해서 말했다.

“오소리·너구리 두 마리가 걸렸다구? 거 참 잘했다. 어떠한 일이 있어도 놈들 눈에 띄지 않게 가죽 잘 벗겨서 팔도록 해야지, 잘됐다.”

“한데 큰 덫에 걸린 놈은 개호주였던 모양인데 두 발목을 잘리고 달아났지 뭐여요. 고놈 다니는 길목을 잘 알고 놨었는데 분하게 됐단 말여요.”

“지독한 놈이고나, 제 발목을 끊고 달아나다니. 그놈은 잡으면 가죽이 비싼데.”

말구는 아쉬워했다. 모든 물품이 통제가 되면서부터 동네서 개를 잡아도, 돼지를 잡아도 그슬리거나 튀기지 못하고 가죽을 벗겨 면에 바쳐야지, 만일 자가 소비를 했다가는 불려가 벌금을 물기 때문에 장표가 잡는 오소리·너구리·여우 같은 가죽은 놈들 눈에만 띄면 영락없이 뺏기는 것이었다. 해서 장표는 잡는 대로 몰래 벗겨 밤중에 큰 도시 피물 도매상에 비싸게 파는 것이었다.

“사람들 눈에 안 띄게 잘 됐냐? 밤에 가서 가죽 벗겨가지고 대전으로 내가야지. 두 장 팔면 야미쌀이라도 닷 말이야 못 사겠니. 아무튼 큰벌이 했다, 오늘은.”

“닷 말만 사겠어요? 너구리 가죽은 값 좀 나갈 거여요. 그나저나 동네서는 쌀 살 데나 있어야지요.”

“돈이 없지, 밤중에 대전 오물동만 가면 쌀은 천지다. 오늘밤에 벗겨놓았다 낼 밤에 나뭇짐 속에 숨겨가지고 내가 천마산을 넘어 대전에 가야지. 산봉동 사람들이 이 짓을 해가며 목구멍 풀칠 해온 지도 벌써 삼 년째다. 내 나이도 육십이 멀지 않았다. 말 난 김에 얘기다만, 산봉동 젊은 놈들 축에서 네가 빠지는 게 뭐 있니. 다만 상사람이라는 것, 못사는 것, 이 두 가지 조건만 없다면, 네가 명숙이와 혼례 못 할 게 뭐냐? 네가 무엇이 부족해서 창락이 사위가 못 되느냐 그 말야. 무슨 말인지 알겠냐, 난 오늘날 지붕 헐리고 공출 뺏기고 유기 소두방 등속 뺏긴 것은 그 당시 속만 아팠지, 아예 생각을 하지 않는다. 오직 같은 사람으로 사람구실 못 하는 이 문제가 한이 쌓여 가슴에 못이 된 사람이다. 알겠느냐, 내 말!”

말구는 기회를 얻지 못해 하지 못한 말을 오늘 이런 기회에 장표에게 일러주었다. 이같이 변죽을 쳐서 말해도 장표놈이 영리해서 골자가 무엇인지 알았겠지 싶어 가슴이 후련했다.

사실 진작부터 어떠한 일이 있어도 명숙이를 낚아채라고 하고 싶었지만, 애비 된 입장에서 차마 못 했던 것이다.

“언젠가 저보고 주제를 알라고 하셨죠. 그리고 보니 아버지가 이제야 소견이 깨치는군요, 하하.”

장표는 시원시원 말하고 웃음을 터뜨렸다.

“예끼, 천하 고얀! 소견이라니…….”

말구는 장표의 앞을 내다보는 소견이 대견해서 절로 웃음이 터졌다.

“그래, 자신이 있단 말이냐?”

“면장 조카녀석한테 사주가 왔으니, 명숙이 입장도 난처하겠지요. 하지만 상대가 다른 사람 아닌, 면장 조카 군서기라는 데서 용기가 난단 말여요. 제 뜻대로 안 되면 창락이하고 한 판 벌이든지, 당사자인 면장 조카 녀석하고 붙든지 할 테니까 각오하라구요. 구장이 면·지서 놈들을 끼고 우리 집 기둥뿌리까지 옮기려들지 모르니까요. 아시겠지요, 제 말!”

“알다마다, 대장부가 칼을 뽑았으면 끝장을 봐야지.”

“그럼 됐어요, 하하. 잡아놓은 너구리·오소리 가죽도 벗기구, 덫도 놓아야 하니까, 이만 가볼게요. 아버진 오늘밤에라두 대전 오물동네 가시도록 하셔요. 하지만 20리가 넘는 험산을 어떻게 넘어요?"

"기하개·배태열이도 갈 거야. 그 사람들도 곡식은 씨오쟁이까지 다 털어 올리고 꿀밤 삶아서 밀기울하고 먹는 지가 여러 날째니까."

"그럼, 아버진 저녁 잡숫고 제 저녁 있으면 조금 가지고 천마산 부엉골로 오세요. 나뭇짐에 가죽 숨겨 다 준비해놓을 테니까요."

장표는 기지개를 켜고 밖으로 나갔다. 팔운동을 열심히 하면서.

장표는 젊은 패기와 야심만으로 명숙이를 제 손아귀에 넣을 수는 없었다.

늦봄에서 가을에 걸쳐서는 귀한 집 딸이지만 들(농처)에 나갈 기회가 얼마든지 있었다. 해서 지난 가을에는 장표가 배나무골 밭에 가 있으면 명숙이가 저희 밭에 푸성귀 뜯으러간다는 핑계로 집을 나와 자연스럽게 장표와 만날 수 있었다. 장표는 처음 얼마 동안은 명숙이네와 여러 모로 너무 거리감이 느껴져서 결혼 문제 따윈 감히 꺼낼 엄두조차 내지 못했다.

"장표는 나 같은 여자 싫은 모양이지?"

"명숙인 나를 비웃는 거야? 감히 청할 수는 없지만 진실로 원하는 바야."

"정말야?"

명숙이는 귓볼을 붉히며 기뻐했다. 그러한 명숙이를 보는 순간, 장표는 명숙이가 진심으로 자기를 좋아하는 걸 알 수 있었다. 그러나 아버지 말구 말마따나 워낙 자신의 처지와 주제가 주제인 만큼 덥석 손을 내밀지 못했다. 그러나 명숙이는 아직 인간이 뭔지 사회가 뭔지도 모르기 때문에 머리도 영리하고 체격 건장한 장표가 마음에 들었다. 무엇보다도 양심 바르고 솔직한 인간성이 좋았다. 재산이나 반상(班常)등 사회적 처지 같은 것은 생각해보지도 않았다. 도리어 근자에 와서 자신의 혼담이 있을 때마다 큰 아버지 구장이나 아버지 창락이가 재산 유무를 가지고, 양반·상민을 가리는 것이 어처구니가 없었다.

아무튼 장표와 명숙이 사이는 명숙이가 따르는 바람에 급속히 친밀해졌다. 해서 거의 매일같이 사람없는 곳에서 만났다.

명숙이는 장표가 덫 놓으러 나다니는 시각에 맞추어 동네 뒤 사초가리나 수숫대가리에 숨어 있다가 나타나 장표를 반갑게 맞아주었다. 덫이나 산짐승을 든 언 손을 꼭 잡아주며, "퍽 춥지?"하는 것이 그렇게 고마울 수가 없었다. 그러나 그들이 자주 만나는 것을 창락이 내외가 알게 되어 일은 어렵게 되었다. 그렇다고 이미 이성에 맛을 들인 젊은이들이 만날 기회를 못 마련하지는 않았다. 명숙이네 집 돌담 틈을 이용하여 남몰래 편지를 써넣어 서로 의사소통하는 방법을 취했다. 때문에 장표는 고샅길을 돌아서 명숙이네집 앞을 지나 약속한 돌담 틈에 편지를 넣고 내가곤 했다. 내가고 넣을 때에는 장표가 휘파람을 불어 편지 내가고 넣는 신호를 했다.

하루는 장표가 편지를 담 틈에 넣고 역시 휘파람을 불며 지나가려는데, 창락이가 대문 밖으로 나오며 잠깐 보자는 것이었다.

"뭐 땜에요?"

"너, 천마산에 덫 놓으러 다니려면 윗말 가까운 길을 두고 뭣 때문에 멀리 우리 집 앞을 오가는 거냐? 언젠가 네 아버지한테도 일렀는데, 너 자꾸 그러면 정말 재미없다. 무슨 말인 줄 알겠느냐, 어험."

창락씨는 명숙이와 장표의 사이를 동네 사람들 소문으로 알고 있기 때문에 하는 말이었다. 그러나 장표는 시치미를 떼었다.

"무슨 말씀이세요? 그쪽은 겨울이라 길이 험해서 좋은 길로 다니느라 이쪽으로 다녀요. 제가 이쪽으로 다녀서 안 될 일이라도 있나요. 같은 동네 고샅길인데요."

"이 길로 다니는 것까지는 좋다. 그런데 우리 집께 지날 때 휘파람을 불 이유는 없잖냐?"

"원, 별 간섭을 다 하시네요. 내 입 가지고 휘파람도 못 분단 말여요. 원 참, 별 양반을 다 보겠네."

장표는 사연을 알면서도 버젓이 한 방 갈기고 지나가버렸다.

장표와 명숙은 거기서 그치지 않고, 대전이나 옥천 같은 곳에서 만나자는 약속을 했다. 그러나 그렇게 만난 것도 몇 번이었고, 동네 사람 눈에 띄어 그것도 못 하게 되었다. 명숙이가 자기를 면장 조카와 결혼을 시킬 모양인데 어떻게 하면 좋겠느냐고, 몇 번 대전·옥천서 만나 진지하게 상의를 했지만 아무 대책도 생각해내지 못했다. 그러던 차에 사주를 받은 것이었다.

두 사람은 막연하게 어떻게 되겠지 하다가 일이 그렇게 되자 가슴이 철렁 내려앉았다.

"사주 받는다고 꼭 살아야 된다는 법이 있나."

두 사람 다 이런 마음이었는데, 막상 사주를 받자 고민이 여간 아니었다. 사주를 받은 이상 이미 면장 조카며느리가 된 것이나 다름없기 때문에, 만일 둘 사이에 불미스런 문제가 터지면 창락이도 장표도 법에 걸린다는 바람에 장표도, 창락이도 신경이 있는 대로 곤두서서 밤잠을 이루지 못하는 날이 늘어갔다. 더욱이 사주 받아놓고는 창락이 내외가 명숙이를 대문 밖에도 나가지 못하게 했기 때문에 두 사람은 전연 만날 기회가 없게 되었다. 명숙이가 담 틈에 편지를 가져다 넣지도 않았고, 장표가 넣는 편지도 내가지 않았다. 가끔씩이라도 만날 때는 그런 줄 몰랐는데, 막상 한 달여를 못 만나게 되자 가슴이 탔다. 그러던 차에 장표는 정말 뜻하지 않게 명숙이 편지를 받게 되었다. 하루는 동갑이라고 가끔 명숙이네 집에 놀러다니는 점례가 찾아와 불러내더니, 명숙이가 주더라면서 쪽지를 전해주는 것이었다. 사연이야 어찌 됐건, 명숙이가 편지 보낸 것만으로도 역시 명숙이 마음이 변하지 않았음을 알 만했다. 점례를 돌려보낸 장표는 자기 방에 들어가 편지를 펴들었다.

오래 보지 못해 보고 싶어. 나는 어쩌면 좋을지 모르겠어. 어머니·아버지의 감시가 철저해서 꼼짝도 못 해. 매일 방에 갇혀서 결혼준비 바느질만 하고 있단 말야. 내 힘으로는 백방으로 생각해도 장표 만날 길이 없단 말야. 오직 네 구원의 손길만 기다릴 뿐야. 어떻게 할 참인가 점례를 통해 연락해줘. 나도 그렇게 할 테니. 그럼 기다리겠어.

명숙 씀

"흠, 예측한 대로구만."
장표는 오랜만에 명숙이 손이라도 잡은 듯 편지를 볼에 문질러보고, 입

맞춤을 해보고, 코에 대어 명숙이의 체취를 맡아보았다. 우두커니 앉아 있던 장표는 종이를 꺼내 답을 쓰기 시작했다. 한 줄도 채 쓰지 않았는데 밖에서 사람들이 지껄이는 소리가 들려왔다. 말구의 큰소리로 미루어 사태가 심상치 않았다.

"박 서기, 우리 큰놈 장웅이 북해도 탄광에 보낼 때 나에게 약속하지 않았소? 형제 중 한 사람만 가면 장표는 늙은 애비를 도와 영농을 해야 하기 때문에 징용 가지 않는다고 분명히 말하지 않았소? 지금에 와서 장표도 징용을 가야 한다니 무슨 말요!"

말구는 흙뜰팡에 나와 서서 마당에 서 있는 박 서기에게 따졌다.

"그러기 최근 장웅이한테서 온 편지를 내노라고 하지 않소. 틀림없이 수개월간 편지도 돈도 오지 않았을 것이오. 북해도 미우라 탄광에서 장웅이가 도망을 쳤어요. 탄광측에서 며칠 전에 통보가 왔단 말여요. 장웅이가 도주했다고 말여요. 이것이 탄광에서 보내온 통지고, 이것은 장표에게 나온 징용 영장여요. 한 사람이 없어졌으니까 장표가 대신 가선 탄을 파야 전쟁을 한단 말여요. 자, 징용 영장 받았다는 도장 찍어요."

박 서기는 종이쪽을 내밀었다. 장웅이가 죽지 않고 도망갔다는 소식은 다행이었지만, 대신 장표가 가야 하다니 중치가 막혔다. 박 서기가 내미는 영장만 정신없이 들여다볼 뿐 도장 찍을 생각마저 잊고 있었다.

"어서 도장 찍으라니까 뭘 하고 있는 거야, 엉?"

이때 장표가 제 방에서 나왔다.

"여보쇼, 박 서기, 당신 나이가 몇인데 노인한테 반말요?"

다가서 들이대며 아래위로 노려보았다.

"자네는 무슨 말을 하는 거야? 영장에 도장만 찍어주면 왜 반말을 할까?"

"이거 왜들 이러쇼. 동네 구장네와 딴뫼 구 면장네는 형제가 다 집에 있어도 영장이 나오지 않는데, 왜 우리 집만 형제를 다 보내려는 거요? 내가 징용에 가면 우리 집 농사는 누가 짓는단 말요. 면서기 노릇 좀 똑똑하게 하란 말야."

장표는 여차하면 한 대 치려고 서둘렀다.

"그런데 좋은 말로 못 하고 왜 시비조로 나서는 거야, 엉? 내 맘대로 징용장을 내보내는 것이 아냐. 주관은 병사계가 하는 일이고, 나는 이 동네 담당이기 때문에 영장만 가지고 나와 전할 뿐야. 젊은 친구, 알고서 말해, 원 별꼴."

"좋소, 도장 찍어주지요."

장표는 방으로 들어가 제 도장을 내다 찍어주었다.

"2월 27일, 일 주일 후여요. 군청으로 집합하는 날이 ……."

박 서기는 도장만 받아가지고 달아나버렸다.

"원, 너두 좋게 말하지 왜 그렇게 불쾌하게 대하냐. 똥이 무서워 피하는 게 아니고 더러워 피한단 말이 있잖으냐."

"하지만 놈들 하는 짓이 미운 사람들은 까놓고 때려잡는 식 아녀요. 정말 내게 징용 영장이 나오다니, 에잇."

장표는 이를 악물고 양볼 근육을 움찔대며 머리를 흔들었다. 징용 영장이라니, 정말 뜻밖의 일었다. 고비에 인삼 썬다고, 막중한 시기에 무슨 날벼락이란 말인가. 땅바닥이 울퉁불퉁 물결치는 것도, 빙글빙글 도는 것 같았다.

'나는 영 파멸이다. 아냐, 파멸이리니 안 될 말, 하늘이 내려앉아도 솟아날 구멍은 있다.'

이런 상념이 재빨리 돌아가며 억지로 용기를 내려고 안간힘을 썼다.

"장웅이 소식이 없어 항상 무슨 일이 터질 것같이 조마조마하더니, 결국은 이렇게 되는 구면. 황소 목을 휘지 싱용 영장만은 어길 수는 없다."

잠시 먼 산에 시선을 던지고 있던 말구는 웃음까지 곁들여가며 차분하게 지껄였다.

"예? 아버진 무슨 말씀을 하시는 거여요. 냉정하게 말해서 놈들이 나에게 영장을 보낼 권한도 없고, 내가 받아들일 의무도 없단 말여요. 안 돼요."

장표는 평소에 품고 있던 감정을 솔직하게 말했다. 그렇다고 무슨 대책이 있는 것도 아니었다.

"흐헤헤, 나 역시 동감이다. 허나 서로 겨루다는 어차피 패하게 됐을 때에는 사내답게 승복하고 승자를 추켜주는 법이다. 때문에 내가 말하지 않았더냐? 어떠한 일이 있어도, 명숙이가 사주 받기 전에 낚아채라고. 내가 말한 대로 사주 왔을 때 깨끗이 단념을 했어야 했단 말야. 승산없는 것을 번연히 알면서 추근추근 달라붙는 행동은 비겁한 행동이거던, 어험."

"몇 번이나 말씀드렸는데 또 그 말씀여요. 상대방에서 정당하게 걸고들 때에는 응당 그렇게 해야지요. 하지만 놈들이 사사건건 졸렬하고 비겁한 자세로 나오는 데는 저만 생색없는 선심 쓸 필요가 없단 말여요. 놈들이 사주택일을 무엇보다 중대시하기 때문에 역부러 사주택일 끝날 때를 기다렸단 말여요. 이유는 간단하지요. 놈들이 입는 패배감이, 상처가 치명적인 것이기 때문이죠. 나보다도 명숙이가 그렇게 되기를 원했단 말여요."

"알고 있다. 그러나 적은 항상 일차 방책만이 아니고 두 번째, 세 번째, 방책을 가지고 있단 말아야. 오늘 보내온 징용 영장이 두 번째 방책이다 그 말이다. 흐헤헤 …… 녀석, 하나만 알고 둘은 모르는구나."

말구는 막연해 속이 탔지만, 장표에게 그런 기미를 보이지 않으려고 여전히 웃음까지 터뜨리며 태연을 가장했다.

"하지만 걱정 마시라니까요. 방법은 있단 말여요."

장표는 갑자기 대책도 없으면서 큰소리를 쳤다.

"나도 네 대책 알고 있어. 그까짓 징용 안 가고 피하는 거야 누구는 못 하냐. 허구 많은 젊은이들이 피하는 징용인데. 하지만 징용을 피해 멀리 집 떠나면 면장놈과 구장놈이 거리낌없이 오붓한 결혼식을 치르게 되겠지. 이미 시루는 깨진 시루니까 볼썽 사납게 만져보고 맞춰보고 할 것 없이 어서 덮이나 놓으러 가거라, 헤헴."

말구는 모든 것을 체념하고 방으로 들어갔다. 의식적으로, 딴 데로 신경을 돌리자는 것이었다.

말구는 남생이 등 같은 벽에 길마같이 휜 등을 대고 앉아 대통에 담배를 재기 시작했다. 담뱃대라도 피울만한 대통은 놈들이 뺏아가고, 쓰지 못해 버렸던 찌그러진 대통이었다. 담배를 담아서 빨다보면 댓진 끓는 소리가 꼬르륵 나는 보잘것없는 대였지만, 걱정되는 일만 있으면 줄담배인 말구가 아닌가.

"그려, 멀리 상주(尙州)의 제 진외가로 보내는 길밖에 없어."

담배연기를 날리며 묵연히 앉아 있던 말구는 입속말을 중얼거렸다. 그럴 수밖에 없는 것이 이미 정혼까지 한 명숙이 때문에 동네 근방에서 어른대다가 놈들에게 잡혀 징용으로 끌려가는 것보다 아예 명숙이를 단념하고 징용에 끌려가지나 말아야 할 것이 아닌가. 작년까지만 해도 북해도 구주 탄광으로 끌려갔지만 얼마 전부터는 남양군도(南洋群島)로 보낸다는데, 미군 폭격으로 거의 죽는다고 하니 큰놈도 어찌 됐는지 모르는데 장표까지 죽을 곳으로 보낼 수는 없었다. 그 잘난 살림 개벼룩 털 듯 깨끗이 털고 기둥뿌리를 옮겨도 아무데 가면 산봉동에서 같이야 못살까만, 자식은 죽으면 다시 얻지 못하기 때문이었다.

"멀리 보내서 이 근처엔 얼씬도 못 하게 해야지, 열백 번 생각해도 그 방법밖에 없어. 캭 이놈의 담배가 그새 다 탔는가. 에잇, 담배도 제대로 못 피는 세상, 흐흠."

말구는 모지락스럽게 대통으로 재떨이를 두들겼다, 화풀이라도 하려는 듯이.

이렇게 결정을 내리니 차라리 마음 홀가분했다. 하지만 수십 년간 가슴속에 응어리진 감정을 풀지 못하는 심정은 한층 더했다.

"에구, 한 가지 되는 일도 없으면서 혼자 지껄이고 웃고, 혼자 웃고 지껄이고 실성한 사람같이 무슨 짝일까. 오늘 놈들 다녀갔으니까 베틀이나 들여놔요. 그나마 무명 자라도 얽어야 목구멍 풀칠을 하지요. 이렇게 사느니 죽었음 좋겠어유."

곁에 앉아 베씨 할 꾸리를 감고 있던 쐑골댁이 북수세미 같은 머리를 벅벅 긁으며 푸념을 늘어놓았다.

"알았어, 그러지 않아도 대전 오물동네 이 서방이 무명 두 필만 속히 가져오랬단 말야. 돈보다 쌀 바꾸는 데는 무명베여야 된단 말야."

말구는 아내가 화제 바꾸는 게 반가워서 의식적으로 동조했다.

"그러니까 빨리 베틀 들여놔요."

"글쎄, 오늘은 다신 오지 않을까. 놈들이 요즘은 미친 개같이 눈이 벌개가지고 설치고 다니니까, 낮에는 베 짤 생각 마라. 내 말대로 낮엔 문 걸어

잠그고 마실 가 있고 밤에만 짜란 말야."

"그런 부탁은 하지 않아도 잘 알구 있어유."

목화를 공판해서 배급 주는 광목을 사서 이용하지 자가소비(베 짜는 일)는 엄금이기 때문에 하는 말이었다. 베 맬 때도 밤에 매야 했고, 짜는 작업은 요란한 바디집 소리 때문에 누구나 밤에 짜는 것이었다. 밤에도 그냥이 아니라 바디집과 바디 사이에 수숫대를 쪼개서 적당히 대고 짜면 짤각 대는 바디집 소리가 나지 않기 때문이었다.

아무튼 놈들의 행패 착취는 하루가 다르게 극심해갔다. 이렇게 해서 삶의 삼대요건인 의식주를 완전히 갈취했고, 작년부터는 젊은이들 목숨까지 징용이라는 명목으로, 강제로 사지로 끌고가는 것이었다.

"이렇게 사느니 차라리 양잿물이라도 먹고 죽는 게 낫겠어유. 장표까지 징용에 가면 잘하나 못 하나 농사를 누가 지으며, 끌려가는 놈두 살아온다구 누가 믿어유."

쌕골댁은 속이 상해서 하는 말이었다.

"임자나 내가 그런 데 신경쓸 거 없어. 제놈이 알아서 하겠지, 우리만 겪는 고통이 아니구 조선 사람 농민들이 다 겪는 고통인데, 툭하면 죽는단 소릴 해? 뻗는 칡도 한정이 있다구, 설마 끝 보는 날이 있겠지."

"아유, 그놈의 담배 좀 작작 펴유. 목구멍이 새콤해 견딜 수가 없단 말유, 콜록콜록."

쌕골댁은 꾸리 감던 손을 멈추고 자지러지게 기침을 했다.

"어따, 인자 못 할 소리가 없네. 담배두 안 피면 어떻게 살아, 속에서 천불이 나는데. 한데, 이번에 짜는 베가 몇 새 베여? 일곱 새면 필(匹)에 쌀 두 말은 더 주겠다구 했는데, 오물 이 서방이 말야."

"엿 새 베지, 무슨 일곱 새 베유. 인제 눈이 어두 일곱 새 베 짤 때만두 옛말유. 그나저나 양식두 다 됐구 어서 짜야겠는데, 밤으로만 꺼벅대니 말코(베 감기는 것)가 불어야쥬."

쌕골댁은 꾸리 감는 것도 잊고 또 한 차례 푸념을 늘어놓았다.

"요즘은 아주까리까지 걷어간다며?"

"윗마을 경자는 시집갈 때 가져간다구 아주까리 기름을 석유병으로 한

병 짜놓았는데, 기름병째 가져가버려서 울고불고 했대유.”

“대관절 아주까리는 뭣에 쓴다는 거여?”

“아주까리 기름을 쳐야 비행기가 날아간대유. 그건 그렇구, 베 한 필 있으니 그거라도 팔아 장표를 멀리 보내요. 명숙이한테 미쳐 동네서 어름거리다 끌려가게 하지 말구요.”

쌕골댁은 익은 솜씨로 기계처럼 꾸리를 감았다.

아랫방에서 말구 내외가 이런 얘기로 수심겨워 있는데, 장표는 장표대로 제 방에서 머리를 싸매고 고민에 빠져 있었다. 형 장웅이가 징용에 갔기 때문에 자신만은 절대 징용에 가지 않을 것으로 믿었던 신념이 완전히 바스라진 것이다. 징용에 가는 게 문제가 아니라, 그렇게 될 경우 명숙이와의 관계는 어떻게 될 것인가 생각하니 막막했다. 물론 징용을 피할 자신은 있었다. 하지만 징용에 가지 않고 산봉동 근터에서 맴돌며 명숙이를 만나려다 잡혀서 남양군도에 끌려가면 명숙이 문제뿐 아니라, 자신이 개죽음을 할지도 모르기 때문이었다.

“일 주일 후에 소집이라면 며칠 남지도 않았다.”

장표는 앉아 궁리, 누워 생각, 머리를 짜던 끝에 벌떡 일어났다. 큰 배낭에 입던 옷가지 몇 개를 넣어가지고 밖으로 나왔다.

“어떻게 할 참이냐?”

말구는 장표가 집을 나가는 눈치여서 물었다.

“어떻게는요. 일간 내가 살아야 세상도 있는 것이니까, 피해서 징용은 가지 않겠어요. 상주의 진외가로 가는 게 좋겠다고 하셨잖아요.”

“그래, 잘 생각했다. 이렇게 된 이상 명숙이 문제는 일단 단념하고 새로운 방법을 찾자.”

“알겠어요.”

장표는 긴 말 하지 않고 표표히 집을 떠나갔다.

말구는 삽짝 앞에서 멀어져가는 장표를 망연히 지켜보았고, 쌕골댁은 속곳에 홀쳐매 꿍쳐두었던 오십 전짜리 은동화 한 닢을 들고 장표를 쫓아가 손에 들려주었다.

“별말 말고 상주 진외가에 가서 있어. 여긴 발글역두 하진 말란 말야. 알

190

았지 ?”
쎅골댁은 신신당부하며 옷고름을 눈으로 가져갔다.

삼 일 전까지만도 감감하던 결혼문제였는데, 갑자기 밤 결혼식을 올린다고 동네 사람들이 법석을 떨었다.
“잘 지내든 못 지내든 동네서 결혼식을 올리는데 가봐야지. 어서 가봐요. 동네사람들 다 모였단 말여요.”
장표가 집을 나간 후 실의에 빠져 방에만 들어앉아 담배만 죽이고 있는 말구에게 쎅골댁이 벌써 두 번째 재촉이었다.
“오래 살면 며느리가 구정물동이에 빠져 죽는 꼴을 본다더니, 어저께까지 말이 없었는데 혼인이라니? 그리고, 인륜대사 혼인을 밝은 대낮에 못하고 밤중에 무슨 혼인이냐 말야. 삼 일 전에 배태열이 만났는데도 그런 말 하지 않던데, 정말 알다가도 모를 일이군. 헤헴, 가보긴 가봐야지.”
말구는 대충 얘기를 들어 알면서도 밤중 혼인을 치른다니 어처구니가 없어 하는 말이었다.
미리부터 배태열의 딸 경자하고 장쇠하고 혼담이 있었지만, 장쇠가 청진 축항공사에 보국대갔다가 돌날에 다리 동맥이 끊어져 한쪽 다리를 저는 바람에 배태열도, 그의 딸 경자도 싫다고 했었다. 어디로 시집을 못 가서 절름발이한테 가느냐고.
한데, 갑자기 경자한테 정신대(挺身隊)영장이 나온 것이다. 해서 다 큰 계집애를 일본땅에 보내느니 출가를 시키자고 하루 사이에 서둘러 결정된 혼인이었다. 결혼식을 올려 부인이 되면 정신대에 보내지 않기 때문이었다.
“인륜대사 결혼이란 좋은 날을 택해 육례를 갖추어 인근동 사람들이 모여 축하를 하고 경사롭게, 떳떳하게 식을 올리는 법이지만 밤중에 도둑결혼으로 이렇게 됐네. 아무튼 밤에 이렇게 와줘서 고마우이, 허허.”
말구가 들어서자, 태열이가 맞으며 알렸다.
“글쎄, 사정이 급하게 됐단 말은 대충 들었네만 원, 이럴 수가…….”
“할 수 없지, 우리 경자더러 팔일날 군청으로 나오라는 거야. 나가면 끝려가지 별 수가 있냐. 한 가지 석연찮은 건 신랑놈 장쇠가 다리를 한 짝 절어서 뭣하지만, 생각해보니 사족 멀쩡한 놈보다 도리어 잘된 편야. 장쇠놈은 다시 징용에 가지 않으니 말야. 농사일은 별 지장 없이 하겠다 생각하면 우리 경자도 잘됐지. 요즘 사지 멀쩡한 놈한테 시집가봤자 언제 징용에 끌려갈지 아냐 말야, 안 그래? 해서 밤중에 벼락결혼식이라고 형식만 갖추는 걸세. 밤이어서 차일 칠 필요도 없고, 돈도 없지만 함 속에 넣을 인조견 한 자 끊을 도리도 없고 음식 장만할 거리가 있나, 찬물 떠놓고 행례라고 올리는 거야, 하하."

태열이는 번연히 알고 있는 문제를 되풀이 설명했다.

아무리 밤중에 하는 혼례식이지만 갖출 건 다 갖춰야 한다고 상동어른이 이것저것 지시를 했다. 창호지 바른 등을 몇 군데 걸어놓았고, 마당에 멍석을 깐 다음 네 다리가 번듯하게 예식상을 차려놓았다.

"아, 태열이 왜 그러고 있는 거야? 청년들 시켜서 소나무·대나무도 양쪽 술병에 꽂게 하고 암탉·수탉도 올려놓고 하란 말야. 밤중에 치르는 벼락혼인이지만 육례(六禮)는 갖춰야 한단 말야. 육례 중에 한 가지만 빠져도 결혼식이 안 되는 거야. 사주·택일·납폐(納弊)·전안(奠雁)·교배(交拜)·환배(換盃), 이 여섯 가지 절차를 갖추는 것이 왈 혼례식인데 한 가지 절차라도 빠져서야 되겠냐 말야. 어제 내가 사주 택일을 한참에 봤지만, 마침 오늘이 생기(生氣) 복덕(福德)이 맞아떨어지고 좋은 날야. 어서들 서둘러."

상동어른은 자기가 본 택일이 아주 좋은 날이란 말을 몇 번이나 하며 규수 아버지 태열이를 재촉했다.

"예, 어른신네 말씀대로 하는데 교배·환배는 찬물이라도 잔에 따라 신랑·각시 바꾸어 마시고 서로 절만 하면 된다고 치고, 전안도 오리는 있으니까 받아들이면 되지만, 납폐는 인조견 한 자도 없는데 빈 함을 받게 하란 말여요? 그래서……."

태열이는 더듬거렸다. 물자통제로 배급제도이기 때문에 돈 아니라 은을 줘도 인조견 한 자 구할 수가 없었다. 그러지 않아도 저녁때 사람을 읍내로 보내서 청홍색 인조 한 자씩이라도 구해보라고 했었지만, 포목 상점마다 모두 문이 닫혀 있을 뿐 요즘 세상에 인조견 한 자는 고사하고 반 자인들 구경이나 하느냐고 비웃음만 받고 왔던 것이다.

"허 원, 저런 사람 보겠나, 그러게 내가 낮부터 뭐라고 했어? 창호지 두 장을 갖다 한 장은 붉은 물감 칠하고, 한 장은 파란 물감 들여 말려서 함에 넣으라고 하지 않았냐. 에이, 하는 짓들이!"

"물감은 들여놨어요. 하지만 창호지를 비단이라고 어떻게 함 속에 넣고 납폐라고 올리느냐 말여요. 차라리 빈 함을 그냥 받게 하는 게 좋지 않아요?"

신부 경자 어머니가 경위를 말하며 부끄러워 두 손으로 얼굴을 가리고 돌아섰다.

"아마, 마음이 없어 그런 것이 아니고 세상이 그런 걸 어쩌겠나. 그 문제보다도 밤에 모인 동네 사람들에게 막걸리 한 잔도 못 나누는 게 정말 허전하이, 허나 모두 다 아는 일이니까 어서 예식이나 올리도록 혀, 응. 마침 대나무 솔순도 가져오는군. 어서 청실·홍실 걸고 절들 혀, 어험."

상동 어른은 안팎으로 다니며 서둘렀다.

아무튼 기구한 혼례식이었다. 그런데도 지금까지 들어보도 못 한 밤중 혼인이기 때문에 신기해서 동네 남녀노소가 거의 모여 소꿉장난 같은 혼례식을 보다 열심히들 지켜보았다.

"허허, 아무튼 대동아 전쟁인지 태평양 전쟁인지 지독허긴 지독허구나. 칠십 평생에 혼인잔치날 찬물 한 모금도 못 마셔보긴 첨일세."

"아저씨, 그런 말도 지망지망 하지 마세유. 관청놈들 귀에 들어가면 무슨 핑계를 대구 잡아갈지 모르니까유."

모두 지껄이며 한바탕 달게 웃었다.

아무튼 이렇게 해서 기구한 대로 예식을 마쳤다. 누구보다도 장성한 딸자식 둔 사람들은 남의 일 같지 않아 신경을 쓰지 않을 수 없었고, 산봉동은 물론 인근 딴뫼·섬골·확골동네들도 갑자기 밤중 결혼식이 성행했다.

그날 밤 혼례식을 구경하고 온 말구 내외는 잠을 이루지 못했다.

"머슴애들도 결혼식만 올리면 징용에 끌어가지 않는다면 작히나 좋겠어요."

쎅골댁은 돌아누우며 당치도 않은 말을 꺼냈다.

"원 참, 씨에도 날에도 안 먹는 얘길 꺼낼까. 어서 잠이나 자래두."

자는 척하면서도 역시 장표가 걱정되어 신경을 곤두세우고 있던 말구가 쎅골댁 쪽으로 돌아누우며 핀잔을 했다.

"잠이 와요? 대관절 집 나간 지 한 달이 지났는데도 소식이 없으니 어떻게 된 건지 궁금해 견딜 수가 있냐 말여요. 허구헌날 면 병사계 변가놈이 와서 어디로 피신시켰냐고 찾아내라니 살 수가 있어요. 당신은 집에 안 있으니까 모르지만 말도 말어요. 외가집 주소가 어디냐, 고모집은 어디냐, 가까운 친척들은 어디어디 사느냐, 미주알고주알 물어싸며 찾아내라는 거여요. 그런데 어디서 들었는지, 오늘 아침에는 당신 산에 가고 없는데 지서강 순경하고 병사계하구 두 놈이 들이닥치더니, 장표 진외가가 상주라는데 주소를 대라는 거여유. 상주인 줄만 알지 여자가 주소를 어떻게 아냐구 하니까, 당장 당신을 데려오라는 거유. 산에 나무 간 사람을 어디로 간 줄 알고 찾아오냐구 뻗댔죠. 그러니까 날 잡아가겠다는 거여요. 징용 영장 받은 사람 숨겼다구요. 정말 이젠 졸려서도 못살겠단 말유."

"나두 놈들이 상주 외가를 어떻게 알았는지 그게 걱정이란 말야. 필연 구장놈이 말한 것 같은데 …… 놈들이 어떻게든 주소 알아가지고 상주에 가면 영락없이 잡히지. 그러니 내일이라도 동네 사람 말고 딴뫼 사람을 사서 상주에 보내야야겠구먼."

"내 말이 바로 그 말여요."

이때 마침, 삽짝 귀퉁이에 달린 풍경(쇠방울) 소리가 요란하게 들렸다.

"웬일이죠?"

쎅골댁이 벌떡 일어나 앉았다.

"그러게 말야. 필연 밤에 장표가 집에 있는 줄 알고 병사계 변가니 강순사가 온 모양야. 모른 척하고 있어."

말구는 일어나지도 않고 눅진하니 누운 채로 말했다.

"나카무라, 집에 없어? 말구, 나야. 삽짝 좀 따란 말야."

틀림없는 구장 최창걸의 목소리였다.

"밤중이 지났는데 구장놈이 웬일일까?"

"그러기말여요. 정녕 지서나 면에서 나와 구장을 데리고 온 모양여요."

"그런 것 같구만. 허험, 누구야? 새벽 녘에……."

말구가 일어나 앉으며 대꾸를 했다.

"나, 구장 창걸일세."

말구는 허리끈을 동여매고 밖으로 나갔다. 한데 어찌 된 일인가! 구장은 여전히 삽짝을 흔드는데, 웬놈들이 뜰에 서 있었다.

"웬 사람들야, 당신넨?"

말구는 뜰팡에 마당에 선 두 사람에게 물었다.

"밤중에 미안하이. 나 창락일세. 방금 장표 들어왔지?"

창락이는 그야말로 아닌 밤중에 홍두깨 식이었다.

"창락이라구? 또 한 사람은?"

"장표 왔냐구 묻는데 딴소리야? 내 조카야. 왔지, 장표?"

"장표라니, 뭔 말인가? 한데 장표구 뭐구 자네들 숙질간에 이런 무례할 데가 어디 있나. 어디로 들어온 거야? 자네 형은 삽짝께서 들어오지 못 하고 저러고 있는데. 자네 정말 사람을 이렇게 질목짝만치도 여기지 않긴가, 응?"

말구는 허리끈을 고쳐매고 맨발로 마당으로 내려서며 언성을 높였다. 그제야 창락이는 말구 뚝심을 알기 때문에 약간 누그러지며,

"내가 삽짝으로 들어오지 않은 건 미안하게 됐네. 장표놈 방금 왔지, 그렇지?"

"왔으면 왜 찾으며, 오는 걸 본 것 같이 말하는데 봤으면, 자네 숙질간에 잡지 않고 왜 나에게 묻는 거야? 자네들이 돈푼이나 있고 권력깨나 있다구 이 소말구를 아무렇게나 잡아 흔들어도 될 것 같은가. 이 멀쩡한 놈들아. 야밤에 월장까지 해서 들어왔음 왜 장표를 못 잡았냐, 이 멀쩡한 놈들. 이 소말구 맛 좀 봐야겠나?"

말구는 분을 참지 못해 식식대며 창락이 장조카의 뺨을 후려쳤다. 그러자 그대로 나가 쓰러졌다.

"이놈들, 당장 내 집에서 장표놈을 찾아내지 못하면 그냥 두지 않을 거야. 찾아내란 말야. 너희놈들이 왜 허구헌날 사람을 못살게 구는 거야, 찾

아내.”

“아, 아냐. 안 왔음 그만이지 이럴 거까진 없잖나. 하여간 밤에 담을 넘어온 건 잘못 됐네.”

창락이는 어름대며 제 조카를 끌고 삽짝을 향해 줄행랑을 놓았다. 그러는 바람에 새벽녘에 이웃 사람들이 몰려오고 동네가 떠들썩했다.

말구는 고스란히 밤을 밝히고 샐 무렵에야 알았지만, 그날 밤에 창락이네 집에 도적이 들었다는 것이었다. 물건을 훔치러 든 도적이 아니고, 별채에 있는 명숙이 방을 침범하려는 놈을 마침 변소에 가려고 나왔던 창락이가 봤던 것이다. 도적은 담을 넘어 잽싸게 도망을 갔고 창락이는 형 창걸이와 조카 성문이에게 알려 말구네 집을 급습했던 것이다. 창락이는 엉뚱한 사람인 줄 모르고, 장표가 틀림없다 단정하고 월장까지 하여 습격했던 것이다.

그러지 않아도 언젠가 구장 형제가 꼬투리만 잡히라고 벼르던 차 소말구는 기회란 듯이 바지가랑이를 동동 걷어올리고 창걸네 집으로 달려가려고 미련한 황소 뜸베질하듯 했다. 그러는 것을 절친한 기하개・배태열이가 만류하고, 동네 좌상인 상동 어른까지 와서 화해를 시키는 바람에 참고 말았다. 하지만 당시는 여러 사람 권유로 마지못해 화해를 했지만, 날이 지날수록 구장 족속들에게 당한 수모는 잊을 수가 없었다.

꽃 중에 제일 먼저 피는 최씨네 사당(祠堂) 옆의 사당꽃이 빨갛게 피고, 상동 어른집 뒤켵의 복사꽃이 빨간 뺨을 떠뜨려도 장표 소식은 묘연했다. 상주의 진외가로 은밀히 연락을 취해봤지만, 밤중에 두 차례 왔다가 쌀・미싯가루 등만 준비해 가지고 새벽같이 간 후 소식을 모른다는 답신이 있다.

장표는 집 나가 곤란을 받겠지만 젊은 놈이니까 어떻게든지 견디며 징용을 가지 않는 것은 다행인데, 반면에 무시로 집 사람들이 시달리다 못 해 하루가 걱정이었다. 창락이가 월장해서 말구에게 처음으로 봉변당한 후부터 면・지서의 모든 간섭이 알아보게 심했고, 군 산림계에서까지 나와 다른 사람 다 해도 말하지 않는 낙엽 긁어다 때는 것까지 꼬투리를 잡아 군에 호출당해 무수한 매를 맞았고, 지서의 강 순사는 계획적으로 아침 일찍 말구네 집에 와서는 어째서 해 뜰 무렵 동쪽을 향해 궁성요배를 하지 않으니 비국민이라고, 반역자라고 지서에 끌고 가 양 볼기가 부어오르도록 매타작을 당하고 왔다.

아무튼 창락이 숙질간에 밤중에 말구네 집을 월장한 사건 이후 말구의 고초는 말이 아니었다. 나약한 사람 같으면 병들어 쓰러졌을 터이지만 워낙 건장한데다 남다른 참을성 때문에 큰 탈 없이 지나면서도, 매에 골아 속은 골골했다.

한데 밤중에 창락이네 담을 넘어와 명숙이 방 앞에서 어름대다 발각되어 달아난 놈의 행방은 월여가 지나도록 어느 놈의 소행인지 영영 밝혀내지 못했다. 실은 그놈만 색출해내면 말구가 관으로부터 고통을 덜 받을 터인데, 그것이 어느 놈 소행인지 모르기 때문에 애매하게 말구만 죽어났다. 구장형제는 말구가 아무리 제 자식 장표 소행이 아니라고 했지만, 장표 아니고는 감히 창락이네 집을 월장할 놈이 없다는 자기네 나름대로 추측이었다. 그러나 그날 밤 장표는 거기에 그림자도 보이지 않았을 뿐, 동네 누구도 장표 보았다는 사람이 없기 때문에 말구 또한 더욱 안타까웠다.

"놈들이 없는 일을 꾸며내어 날 때려잡아 지등뿌리를 옮겨놓으려는 술책인데, 어디 네놈들 꼴리는 대로 해보렴. 이 소말구는 꼼짝도 않고 산봉동에 붙어 있으며, 너희놈들 결과를 보고야 말 것이다, 흐헤헤."

찌그러진 대통에 담뱃불을 붙이는 말구의 배짱은 느긋했다.

한데 영농한 곡식은 세전에 동이 났고, 이미 정월달에 종자로 천장에 타래지어 매달아놓았던 조·수수타래 바숨질한 지도 오래고, 답답한 나머지 두태(豆太) 씨오쟁이까지 다 발려먹었다. 벌써부터 면에서 주는 배급만으로 풀칠을 하는 형편이어서, 봄이 되자 말구는 체구가 알아보게 줄었고 얼굴이 중병 치른 사람같이 헬쑥했다. 하긴 말구뿐 아니고 동네사람들 거의가 다 그러했다. 말구는 오전 중에 끝낼 계획이었던 밭둑 가래질을 나절이 지나도록 마치지 못하고 자주 밭둑에 앉아 담배만 피웠다. 괭이가 천 근이나 되게 무거웠고, 땅이 노랗게 보이고 어지러워 괭이가 올라가지 않아 어쩔 수 없이 주저앉아서는 만만한 담배만 피웠다. 아침에 배급 타온 썩은 콩깻묵과 메·수수·도토리를 삶은 것도 배불리 먹지 못하고 먹는 척하다 아내 쐬골댁에게 밀어주었으니 아무리 바탕 건장한 말구도 별 수 없었다.

"아무려면 목구멍에 거미줄 칠려구. 어쨌거나 장웅이·장표놈만, 무사히 있다면…… 허허, 이럴 수가?"

담배를 피우던 말구는 느닷없이 머리를 잡아돌리는 현기증을 견디지 못해 머리를 땅에 대고 정신을 수습하느라 안간힘을 썼다. 한 손에는 담배를, 한 손에는 괭이를 움켜쥔 채 엎드려 있는데 어렴풋한 사람 소리와 함께 자기 몸을 흔드는 것을 느꼈다.

"어, 누구야? 누, 누구야?"

말구는 겨우 머리를 들었다. 바로 앞에 기하개가 서 있었다.

"하, 하개가 웬일야? 나 일하다가 따뜻해서 졸음이…… 흐헤헤."

말구는 힘없이 지껄이며 웃었다.

"이 사람아, 일이구 뭐구 집에 좀 가보란 말야, 어서."

하개는 겁먹은 말로 말구를 몰아쳤다.

"집엘 가보라니, 왜?"

"왜구, 일본놈이구 가보라면 어서 가봐, 야단났으니까."

하개는 거듭 재촉하고 무엇을 하러 가는지 지게에 낫을 꽂아 지고 밭둑 길로 올라갔다.

"야단이 나다니, 원 싱거운 사람."

말구는 야단났다는 말에 혹시 장표가 와서 무슨 일이 생겼나 하고 괭이와 낫을 챙겨 지고 급히 집으로 갔다.

한데 이럴 수가 있느냐 말이다. 불힌당패가 쳐들어와 한바탕 쳐부수고 간 꼴이었다. 아니면 상도리깨로 신나게 휘둘러 두들기다가 멈춘 보리타작 마당 같았다. 방에서 베 짜는 베틀을 마당으로 끌어내어 여지없이 부숴놓았던 것이다. 부서진 채로 흩어져 있는 마당 한옆에 퍼질러앉아 있던 쐬골댁은 말구를 보자마자 새로 설움이 복받치는 듯 해울음을 터뜨렸다.

"망했어, 이젠 우리는 못살게 됐단 말여. 굶어 죽게 되었단 말여. 어어어…… 어쩌면 좋아!"

쐬골댁은 두 손바닥으로 땅을 치며 콩알만한 눈물을 떨어뜨렸다.

물어보나마나 면 면작계(綿作係) 놈이 지서 순사와 같이 나와 한 짓이 틀림없었다.

"울긴 왜 울어? 남새스럽게, 에잇."

말구는 지게를 한편에 벗어놓고 살벌해 보이는 마당의 난장판을 둘러보았다.

"으흐헤헤, 흐헤헤. 어줍잖은 녀석들, 사람을 상대로 못 하고 기물을 이 지경으로 부서놓다니! 에잇, 못두 생긴 놈들, 왜놈 밑에서 평생 면서기·순사밖에 못 빌어먹을 놈들, 흐헤헤헤."

말구는 여전히 크게 웃었다.

"아이구, 어쩜 저런 사내가 있을까. 고놈들 깨물어먹어두 분이 안 풀리겠는데, 웃음이 나와요? 살길이 막막하게 됐는데 웃어요? 아이구, 어쩌면 좋아."

쐑골댁은 사납게 악을 쓰고 다시 울기 시작했다. 한창 짜는 베를 베틀째 꺼내다 부수어 베도 못 짜게 망쳐놓은 것은 무명베를 짜보지 않은 사람은 그 심정을 누구도 모른다. 전에 자유롭게 무명 길쌈할 때도 그랬지만, 전쟁으로 물자가 통제된 시기의 길쌈이란 이만저만한 고충이 아니었다.

면화는 전시물자의 소중한 품목 중의 하나였다. 때문에 일본인들은 전쟁을 시작하면서 면에 별도로 면작계를 설치하고 면화 증산에 열을 올렸다. 엄격한 군수품이라 하여 가정에서 하는 길쌈은 엄금이었다. 그래도 어떠한 방법으로든지 몰래 길쌈을 하지 않을 수가 없었다. 말이 광목 배급이지 잘 주지도 않았고 어쩌다 주는 몇 마 가지고는 태부족이었다. 해서 옷을 만들어 입기 위해 길쌈을 안 할 수가 없었고, 옷보다 더 절박한 쌀과 바꿀 수도 있는 것이었다.

봄, 파종기가 되면 집집마다 가진 밭에 따라 면화 파종 면적이 할당되는데, 전체 밭 면적의 칠십 퍼센트에 목화경작을 하라는 것은 절대 명령이었다. 목화경작으로 배정된 밭에는 다른 곡물은 한 포기도 심지 못하게 했다. 옛날부터 해오던 깨니, 열무·배추도 절대 금물이었다. 밭가에 팥·수수를 약간씩 혼작하는 것이 준례였지만 그 역시 금작이었다. 목화밭에 간작으로 다른 곡식을 심어도, 무시로 골짝골짝을 다니며 감독하는 면작계 직원의 눈에 띄면 무조건 뽑아냈다. 이유인즉, 딴 작물의 병충해가 목화에 전염된다는 것이었다.

  아무튼 그런 엄한 할당량에, 엄한 감시를 해도 집집마다 목화를 약간씩
은 공판하지 않고 숨기는 것이었다. 공판 끝나면 별의별 장구를 다 가지고
다니며 쑤셔보고 파보고 하기 때문에 집에 숨긴다는 것은 생각도 못 했다.
산 밑의 수숫대, 조짚 낟가리 속에 숨겨두거나, 산에 땅을 파고 단지나 독
을 묻고 숨겨두어야 했다. 때문에 공판 끝나기 전에는 자가소비를 위해 목
화 꼬치 하나 만져볼 엄두도 못 내고, 공판이 끝나고 부족한 할당량을 색출
해내기 위해 몇 차례 가택수색을 한 뒤 깊은 겨울에 접어들면 그때부터 밤
으로 자가소비 작업을 시작하는 것이다. 일차적으로 방 아랫목에다 이불을
덮어 말린 다음 깨물어보아 목화씨가 ‘딱’ 소리가 나야 씨아를 들여놓고 목
화씨 빼는 작업을 하는 것이다. 쎅골댁은 씨아 돌릴 상대가 없기 때문에 품
앗이로 씨아질을 했다. 낮에는 못 하고 밤에만 하는 작업이기 때문에 어느
때는 날이 훤히 밝을 때까지 눈을 감고 씨아꼭지를 틀었다.

  이렇게 해서 씨를 제거한 솜을 며칠에 걸쳐 새벽 녘 마당에 펴놓아 눅여
가지고 활로 튕겨서 구름 같은 솜으로 만들어 그 솜을 적당한 판때기에 떼
어놓아 알맞은 수숫대를 대고 비벼서 고치로 만다는 것이다. 이 작업까지
는 그런 대로 수월한 편이다. 말아놓은 고치를 물레로 자아서 실로 만드는
과정은 시일도 많이 걸리지만, 엿 새베 일곱 새베 등 새를 구별해서 일정하
게 제사(製糸)를 해 겨우내 지루하고 지난한 작업을 해야 하는 것이다. 몇
달 걸려 명가락으로 만드는 작업이 끝날 무렵이면 봄이 오는 것이다. 실로
된 명가락을 모닥불을 놓아 불더미를 수북이 만들어놓고 하 사람은 정면에
앉아 배대기 막대기를 넣어가며 도투마리에 감는 책임을 지고, 한 여인은
옆에 앉아 길게 뻗쳐놓은 날실에다 골고루 풀을 먹여 불에 말려 도투미리에
감게 해준다.

  이 작업은 본시 갠 날 새벽에 모닥불을 놓아 시작해도 온종일 걸리는 것
이 상례인데, 밤에 하기 때문에 태양별 혜택을 받지 못하여 능률이 오르지
않아 하룻밤에 못 다 매고, 날이 밝으면 사람들의 눈에 안 띄는 뒤꼍으로
불을 옮겨 새채비로 작업 마무리를 짓는 고역을 치러야 했다.

  아무튼 명꼬치로 베 한 도투마리, 많아야 서너 필 짜는 작업이지만 몇 달

걸리는 많은 시간에 당국의 감시를 피해가며 해낸다는 것은 직접 해본 사람이 아니면 그 고충을 모른다. 무엇보다도 베를 밤중에 짜도 유난히 멀리까지 요란하게 들리는 것이 바디집 소리다. 그 소리를 나지 않게 하기 위해 누가 생각해냈는지, 바디집 속에 수숫대를 끼워서 소리를 덜 나게 했지만 그것이 완전방음은 되지 않아 이웃간에는 다 알게 마련이었다.

어쨌든 쌕골댁이 수개월간 밤잠을 못 자가며 해 마무리단계에 있는 참에 습격을 당해, 베틀은 두 다리가 무참하게 부러졌다. 도투마리에 감긴 날실은 배대기 나무와 같이 뒤죽박죽이 되었고, 잉앗대는 그대로 부러져 떨어져나가 있고, 비거리·안질개·부티 등 무엇 한 가지 온전한 것이 없었다. 말코에 감겼던 이미 짠 베도 끌러져 베는 베대로 말코는 말코대로 부러져 동그라졌고, 다시는 고칠 수도 없을 만큼 날실과 나뭇조각·베틀 부러진 통가리들이 한데 뒤엉겨 처참하기 짝이 없었다.

좀처럼 성질을 내지 않는 말구였지만, 그 광경을 보고 있노라니 가슴에서 뜨거운 불덩이가 치밀어올랐다. 물론 전체 값으로 따진다면 대단치 않았다. 하지만 몇 달을 걸려 쌕골댁이 밤잠을 거의 못 자며 어린애 달래듯 정성을 다 기울인 것이라 생각하니 가슴이 쓰렸다. 쌕골댁에게 바보같이 울긴 왜 우느냐고 했지만, 아무리 울고 몸부림을 쳐도 이미 북수세미같이 뒤죽각죽 바스라진 베틀이, 베가 원형으로 되지는 못하는 것이다.

이웃 사람들이 몰려와 "이를 어쩜 좋아." "사람을 때리지, 이게 무슨 잔인한 행동이여, 우라질 놈들." 하고 혀를 차며 마음 아파들 했지만, 말구 귀에는 그런 말도 들리지 않았다.

"우린 망했어. 못살게 됐단 말야. 이 베가 유일한 봄살인데, 무엇을 먹고 어떻게 사냐 말야. 아이구, 억울하고 분해, 어어엉……."

잠시 넋나간 사람같이 멍청히 앉아 있던 쌕골댁은 생각할수록 분하고 억울해서 다시 해울음을 터뜨렸다.

"흐헤헤, 정말 세상은 살맛 나는 세상이군, 응. 그러고 보니 섣불리 부순 것보다 깨끗이 산산조각으로 망쳐놓은 게 잘한 거야, 흐헤헤. 임자, 사람도 죽고 사는데, 임자가 쏟는 정성은 마음 아프지만 할 수 없지. 자, 일어나."

말구는 마음을 누그러뜨리고 아내를 일으켜 뜰팡으로 데리고 갔다. 그리고는 쇠스랑을 가지고 와서 부서지고 뒤엉킨 것들을 한쪽으로 긁어모으기 시작했다. 그런 다음에 쏘시개를 놓고 화로에서 숯불을 떠다 불을 질렀다. 타기 시작했다. 금새 화염이 충천했다.

"아니, 베 짠 것도 열 자는 넘을 터인데 왜 그것까지……."

쎅골댁은 거의 흩어지고, 일부 말코에 감긴 베를 잡고 눈에 불을 켜며 매달렸다.

벌써 몇 해 전부터 바지 껍데기와 안이 따로 없이 살아온 옷가난이었다. 여름 중의가 겨울에 바지 안감으로 들어가고, 껍데기가 낡으면 속의 중의를 꺼내 회색물을 들여 바지 위에다 씌우고 살아가는 실정이었다. 단벌 옷이기 때문에 말구가 발가벗고, 누더기 이불을 두르고 앉아 당일치기 벼락 빨래를 해 입는 실정이었다. 가래톳이 서게 동동거려도 바지 저고리 한 벌 뜯어 빨고, 삶고, 말리고, 풀해서 꾸며 뒤집어 입기까지는 해가 지고 밤늦게까지였다. 그러나 이런 의복 문제는 살만 가려도 걱정이 없었다. 베를 짠다 해도 실오라기 하나 식구들의 몸에 감을 여지가 없었다. 우선 목구멍 풀칠이 더 급했다. 몇 달 전 장표가 잡아온 너구리·오소리 가죽을 팔아 대전의 오물동네에 가서 쌀 몇 말 몰래 사다 먹은 후 두 달이나 넘게 도토리·묵나물·밀기울에다 배급받는 약간의 콩깻묵·메수수로 끼니를 때워 왔기 때문에, 권속이 모두 역구 먹은 고기같이 비실거렸고 눈도 잘 보이지 않았다.

실은 베 한 필에 쌀 닷 말과 환매하기로 약속이 되어 있었다. 먼저 한필만 짜면 빨 것도, 바넬 섯도 없이 말구가 밤중에 천마산을 넘어 경제경찰들 눈만 용케 피해 다녀온다면 쌀 닷 말이 들어온다는 기대로 말구내외는 벌써 월여간 베짜는 데만 매달려 있었다. 밤새워 말구는 꾸리를 감고 쎅골댁은 짜고 했다. 이 봄을 사느냐 죽느냐의 격렬한 전투와 같은 베짜기 작업이었다. 꼭 무명 베여야 쌀을 주겠다는 그 소중한 베. 그런 베를 한창 짜는 도중에 며칠 고비가 넘기지 못하고 놈들에게 발각되어 베틀과 베가 불길에 재가 되어 날아가는 것이다.

"어허, 잘 탄다. 시원하게 타버려라, 흐헤헤."

말구는 너털웃음을 흘리며 덜 탄 베틀과 무명 날실, 말코에 감긴 베를 깨끗이 소각시켰다. 쎅골댁이 이제 꼼짝없이 죽게 됐다고 군시렁댔지만, 말구는 여유만만했다.

부서진 베틀과 베 짜던 것을 깨끗이 태워 쇠오줌을 펴다 탄재를 말짱 끈다음 마당 청소를 하고, 말구는 상동 어른을 찾아갔다.

"듣자니, 베 짜는 베틀을 부숴 막심한 손해를 봤다며? 그, 글쎄, 아무리 위법되는 자가소비 길쌈을 했기로소니 사람을 상대로 벌을 주든지 할 일이지 물자를 못 쓰게 망가뜨리다니, 하 것 참."

"차라리 깨끗하게 잘 됐어요, 그놈의 길쌈 때문에 항시 큰소릴 못 하고 살았는데, 이제 거침없이 잘 됐어요. 어르신네 찾아온 건 다름 아니고 배나무골 밭을 팔아달라구요. 우선 먹구 살아야겠으니 어쩌겠어요. 산다는 사람만 있으면 준다는 대로 받겠어요."

"다급하니 하는 말이겠지만, 자네도 밭 같은 거라군 그 밭밖에 더 있나. 그런데 그 밭을 팔면……."

"그런 걱정은 마세요. 어슴달 보자고 초저녁달 안 볼 수 있어요? 그렇게 됐어요. 제 입장이. 알아서 처분해주세요."

"알겠네, 정말 동네꼴이 말이 아니구만. 한데 내가 이런 말 하면 어찌 생각할지 모르지만, 기하개·배태열이는 며칠 후 군청으로 모여 만주 이민을 떠난다는데, 자네도 여기서 그 자심한 고생 말구 이민을 가는 게 어때?"

상동 어른은 진심으로 말구를 생각해서 하는 말이었다.

"건 안 되지요. 굶어죽어도 내 조선땅에서 죽어야지 잘 먹고 살자고 놈들에게 쫓겨서 만주에야 갈 수 있나요. 전 당당한 조선 사람여요. 내 조선 땅에 어느 놈들 살라고 고향을 뜬단 말여요."

"내 어찌 말구 심정 모르겠나. 한데 구장은 기하개네 것을 모두 인수하고, 창걸이도 역시 이민 하는 딴뫼 사람 토지와 산까지 사는 바람에 더는 못 살 거야."

"그렇게 됐구먼요. 구장 형제 말고 딴 사람은 없을까요? 윗말 김 참봉댁 같은 넨 어떻겠어요?"

말구는 구장네 형제가 산다 해도 그들에게는 팔지 않으려 했다.

"김 참봉 그 사람도 옛날 부자지, 근래 와서는 자기 땅을 파는 형편인데

......."

　말구는 동네서 안 될 것 같아 딴뫼도 가보고 확골도 가봤지만, 동네마다 만주 이민 떠나고, 솔권해 북해도 탄광에 가고 성진·청진 공장지대로 돈벌이 간다고 떠나간 사람들 때문에 산봉동이나 다름없이 빈집만 수두룩했다. 빈집은 어느 동네 빈집이나 어쩌면 그렇게 초라하고 음울해보이는지. 시커먼 썩은 지붕은 기와집같이 얌전하게 골이 나 있고, 벽에는 추깃물 같은 벌건 물이 흘러내려 못 살고 만주로, 이북땅으로 떠나간 집 주인들이 원통해 토하고 간 핏물만 같이 느껴져 몹시 마음이 서글펐다. 말구 자신도 집도 산봉동을 떠나면 저 모양이겠지 싶어 은연히 치마는 울분을 금할 수가 없었다. 대대로 살던 집을 헌 신짝같이 버리고 떠나간 그들은 지금 과연 어느 하늘 아래, 어느 땅에서 고향을 그리고 있을까 생각하며 한 빈집을 정신없이 지켜보았다.

　다행히 옛날 백중 때 읍내 씨름판에 같이 다니던 친구에게서 잡곡 약간을 구해가지고 산봉동에 왔을 때는 밤이 이미 깊었을 때였다. 오랜 노동에 먹지도 못하고 병까지 난 쌕골댁을 생각하고 서둘러 집에 온 말구는 부엌에서 저녁을 짓고 있는 쌕골댁을 이상한 눈으로 지키보지 않을 수 없었다.

　'어떻게 된 일일까?'

　의아해서 부엌문 앞으로 다가섰다.

　"마침 잘 왔어요. 어서 들어가 저녁 들어요."

　쌕골댁은 낮에와는 딴판으로 생기 도는 목청으로 말했다.

　"대관절 웬 밥이요?"

　말구는 너무 오랜만에 구경하는 이팝이 신기해서 물었다.

　"건 차차 알고, 시장한데 어서 들어가 저녁 들잔 말여요."

　말구는 한쪽 옆구리에 끼고 온 잡곡 자루를 아무데나 던져놓고 아내가 차려온 저녁상을 받았다.

　"대관절 쌀이 어디서 생겼으며, 도토리·메수수를 섞어서 밥을 짓지 허옇게 이게 무슨 모양야? 임자, 정신 있어?"

　오랜만에 순 이팝을 대하니 반갑기 그지없지만 쌀만으로 밥 지은 아내가 정신이 있는 사람인가 싶었다. 이런 흰밥을 어떻게 먹는가 하는 마음이었다.

그제야 쌕골댁은 쌀의 출처를 가만가만 얘기하기 시작했다.

"오늘 놈들한테 너무 졸경을 치러서 몸도 아프고 앞으로 살 길이 막연해 갈피를 못 잡고 누워 있으니까 자꾸 까라져 일어날 수가 없지 뭐여요."

"이건 웬 엉뚱한 소릴 하는지 모르겠네. 이 저녁 지은 쌀이 어디서 생겼느냐구 묻는데 웬 딴소리야."

말구는 자꾸 군침이 넘어가 참지를 못하고 우선 혀에 착 달라붙는 흰밥을 한 숟갈 떠서 입에 넣고 더듬거렸다.

"글쎄, 들어보라니까 야단이여. 그래 이러다는 정말 일어나지도 못하겠다 싶어 억지로 일어나 콩깻묵·도토리라도 삶아 먹으려고 부엌엘 나갔는데, 허연 보퉁이가 놓여 있지 뭐여요. 뭔가 하고 만져보니 보재기에 싼 곡식 자루더라 그 말여요. 굶는 집에 웬 떡인가 싶어 끌러봤더니, 백옥 같은 흰쌀이 두 말이나 넘게 되지 않겠어요. 누가 가져다놓은 어떤 쌀이든 우선 먹고보자고 푹 퍼서 저녁을 지은 거여요. 젠장, 굶어죽으나 먹고 죽으나 죽긴 일반 아니냐구요. 늙은 말구가 자식들두 없구 굶어죽을 것 같아 하느님이 주신 모양여요, 호호."

쌕골댁은 낮에 잠겼던 시름은 말짱 걷히고, 꿈에도 얻어먹기 어려운 흰밥을 먹게 되어서인지 얼굴에 화기가 돌았다.

"아무두 없이 쌀자루만 있더라 그 말야?"

"그렇더라니까요. 그런데 참, 쌀자루 싼 보재기에 이 종지쪽지 꽂혀 있었어요."

쌕골댁이 횟대끈에 꽂아놓은 쪽지를 말구에게 건네주었다.

"쪽지라니 응?"

'식량이 떨어져 곤란하신 것 같아 쌀 조금 갖다놓고 가요. 아무 부담말고 밥 지어자셔요.'

이렇게 적혀 있었다.

"글쎄, 누가 한 일일까?"

말구는 밥을 먹으면서 고개를 갸웃거렸다.

"뭐라구 써 있어유?"

“쌀 놓구 가니 걱정 말고 밥해 먹으라구 썼구만. 알 수 없는데, 누가 한 일일까? 지금까지 우리 집에 쌀 두 말은 고사하고 두 되 가져다논 일도 없는데 웬일일까? 놈들이 음흉한 계책으로, 도둑으로 몰려구 한 짓이 아닐까?”

우선 먹으니 좋긴 한데 의심만단이었다. 너나없이 다 굶주리는 산봉동에서 쌀 두 말이면 신세를 고치게 됐다고 할 판인데…… 말구는 머리를 짜보았지만, 짚히는 데가 없었다.

아무튼 산봉동에서 쌀 나올 집은 구장네 두 집과 참봉네·서기네 등 댓 집밖에 없는데, 그 어느 집도 말구라면 윗국으로 아는 사람들이 쌀을, 그도 이 단경기에 두 말씩이나 가져다놓다니 아무래도 반갑기보다 의심이 더 갔다.

“왜 그러구 앉았어유? 이 취나물 무친 거 척척 걸쳐 먹으니 생전 쌀밥 첨먹는 것 같네유.”

쎅골댁은 그저 좋아서 줄곧 얼굴이 해똥그레했다.

“그려 먹어야지. 임자 많이 먹어. 그런데 아무리 따지어도 이 동네 쌀 있는 집은 뻔한데 어떻게 된 일인지 모르겠단 말야.”

말구는 고개를 갸웃하면서도 가래질 숟갈질로 밥을 떠서 입으로 가져갔다.

“에구, 정말 마당 터진데 솔뿌리 걱정하구 있네유. 아무가 가져왔든 쪽지에두 부담없이 먹으라구 적혔다며 뭔 걱정유. 난 이렇게 귀한 흰밥을 먹으니까 장표가 걸려 목이 메네유. 상주 저의 신외가엔 없다는데, 이게 어디가 끼니나 거르지 않구 지내는지, 잡혀서 징용에 끌려가지나 않았는지, 휴.”

“아따, 그놈이 누군데 끼니를 못 먹으며 징용에 잡혀간단 말여. 어느 산 속에 들어가 마만 캐먹어두 살 놈이구, 부령·청진 같은 데 가서 노가다 일만 해두 돈 벌어가며 살 놈야. 필연 이북땅 공장 지대로 가서 있을 거야. 그놈 걱정은 아예 말아.”

“그렇기나 하면 작히나 좋겠소만, 명숙이 계집애 때문에 맘이 변한지도 모른단 말유. 오기루 자청해 징용간지두.”

“아따, 그 방정맞은 소리 말아. 그런데 마침 창걸이 딸 명숙이 말을 하니 애긴데, 요즘은 맘 잡았나?”

한동안 면장 조카한테 시집 안 가겠다고 울고불고 부모네가 때리기까지 해서, 집안에 번번이 불쌍이 난다는 말을 들었기 때문에 묻는 말이었다.

“요즘은 맘 잡고 시집갈 바느질 열심히 한대요. 들리는 말에는, 계집애가 면장 조카한테 시집 안 가겠다고 해서 그러는지 시월달로 받은 택일을 앞당겨 이 봄에 혼인한단 말이 있던데 모르지요. 하두 말이 많은 집이니까. 하긴 그 계집애나 어서 시집갔으면 좋겠어요. 그 계집애 고샅에서 만날 때마다 장표 생각이 나서 마음 언짢구 속이 상한단 말유.”

“에유, 그 애긴 뭘 하러 해? 흐흠, 꼭 그놈의 징용 영장 나오는 바람에……”

부자집 잘난 며느리를 얻고 싶어서가 아니고 장표가 명숙이 계집애를 달고 챘어야 면장·구장에게 통쾌한 보복이 되기 때문이었다. 모두 지나간 일 잊자 하면서도 문득문득 장표와 명숙이 관계가 생각났고, 그 뜻을 이루지 못한 것이 평생의 한이었다.

“앞당겨 이 봄에 성례를 올린다? 그렇겠지, 구장이나 창걸이 두 놈 다 계산속이 빠르니까, 흐흠.”

말구는 혼잣말처럼 지껄이며 덩이침을 삼켰다.

기하개·배태열이가 다음날 만주 이민을 떠난다고 해서 말구네 집에서 두 사람에게 저녁대접을 하게 되었다. 끼니도 못 이어가는 형편에 여간한 성의가 아니었다. 씨오쟁이는 털어먹어도 햇나락 타작 전에는 손을 대서는 터주신으로부터 엄벌을 받는다는 불문율을 어기고 터주단지 나락을 쏟아, 절구에 찧어 저녁밥 준비를 한 것이다.

쎅골댁은 그러지 않아도 애들이 둘 다 집을 나가고, 장표와 명숙이 관계도 그렇고, 집안 운수가 기우는가 싶은데 터주단지 나락에 손을 대다니 무슨 당치 않은 말이냐고 펄쩍 뛰었지만, 말구로서는 그렇게라도 해서 한끼 식사라도 대접해 보내야 자기 도리를 하는 것 같아 고집을 부렸던 것이다.

저녁준비를 다 해놓고 있는데, 말구가 두 사람을 데리고 들어왔다.

"앉게들, 반찬이 있나 뭐 있나. 이번에 자네들이 만주땅에 가면 언제 또 만날지도 모르고 해서 밥이나 한 끼씩 먹고 가라고. 자, 편히들 앉아."

말구는 두 사람을 아랫목에 앉히고 자신은 윗목에 앉았다. 곧 저녁상이 한 상에 차려져 들어왔다.

"찬은 없지만 밥이라두 많이들 잡숴유."

쎅골댁이 상을 가운데 놓고 나갔다.

"아니, 이럴 수가. 배급 탄 알량미가 아니구 우리 조선쌀 아녀. 요즘 동네서 어쩌다 구경하는 쌀밥은 거의가 알량인데 웬일인가? 너무 걱정을 하네그랴."

기하개가 앞에 놓인 밥그릇을 자세히 들여다보며 말했다.

"아따, 이 사람아! 당나귀는 샌님만 업신여긴다구 아무려면 소말구가 만리 타국으로 떠나는 친구들을 알량미로 대접하겠나. 자, 어서들 들세."

말구는 흰소리를 쳤다.

"아냐, 밥만 우리 쌀밥이 아니구 반찬두 이럴 수가 있나. 닭국에, 달걀찜에, 청어두 졸여놓구, 이거 정말 몇 해 만에 구경하는 성찬인데그랴."

배태열이가 상을 두루 살펴보며 말했다.

상을 물린 후에도, 질뚝배기에서 탁배기를 떠 마셔가며 얘기는 꼬리에 꼬리를 물었다. 만주의 영농법이 다르다는 얘기, 인심이 흉흉해서 동네 전체를 성을 둘러쌓고 산다는 얘기, 육십이 다 된 나이에 만리타국엘 가니 다시는 못 만날 것 같이 섭섭하다는 얘기에 이어 전쟁얘기로 화제가 바뀌었다.

"전쟁얘길 하니 말인데, 관청놈들은 맨날 저희놈들이 이긴다고 떠들어대지만, 그와 정 반대란 말이 있던데. 태평양에 있는 작은 섬들은 모두 도로 뺏기고 연합군이 오키나와까지 점령했단 말이 있던데."

기하개가 어디서 들은 얘기를 늘어놓았다.

"이 사람, 무슨 소리야. 일본놈들이 그렇게 호락호락 질 놈들이 아냐. 얘기 못 들었나? 요즘은 연합군 군함을 대포로 쏘는 것이 아니고, 특공대라는 것을 만들어서 작은 비행기에 폭탄을 잔뜩 싣고 날아가서 미국 군함 굴뚝 속으로 비행기째 곧장 쑤셔박힌다는 거야. 비행사와 비행기를 희생시켜 군함을 부순다 그 말야. 독종 중의 독종이 일본놈들이지.”

배태열이가 역시 아는 척을 했다.

“하긴 나도 그 말 들었네. 일본놈들이 아무리 독함을 부려도 미국 사람들을 못 당하는 모양야. 일본놈들은 군함에 석탄을 때지만, 미국은 석유를 땐다는 거야. 석유가 무진장 있고, 다른 모든 물자가 많아서, 싸우다 아무리 좋은 군비도 조금만 고장나면 내버린다는 거야. 일본놈 훈련할 때 못 봤나? 총탄 껍질 하나 잃어버렸다구 졸병놈을 직사하게 두둘기는 그런 놈들이, 무진장 물자가 있는 미국놈들을 당하겠냐고. 흐헤헤.”

말구도 나름대로 아는 척을 했다.

“아무튼 그놈의 태평양 전쟁 때문에 비럭질로 망한 건 우리 조선 사람이지. 조선 젊은 사람들 거의 탄광으로, 군수 공장으로 다 끌어가고 그도 부족해서 계집애들까지 끌어가지 않나.”

“여기서 처녀들 데려갈 때는 무슨 공장에 취직시킨다고 데려가지만, 그게 아니라는 거야. 일본 군인놈들 위안부 노릇 한다는 거야.”

기하개 말에 태열이가 특종화제인 양 말하며 두 사람을 번갈아보았다.

“위안부, 그게 뭘 하는 건데?”

“역시 자네두 위안부가 뭔지 모르는구만. 일본 군인들 잠자리 동무 해주는 거래. 군인은 많고 처녀가 모자라서 계집애 하나가 하룻밤에 군인 열 놈까지 치른다지 뭔가. 그러니까 정신대로 끌려가면 계집애는 신세는 볼장 다 보는 거야. 이제 애기네만, 나도 누가 그 귀띔을 해주는 바람에 우리 경자를 하루 사이에 장쇠한테 주게 된 거야.”

그들은 어렸을 때 발가숭이로 감투바위에서 뜀뛰며 멱감던 애기, 김 서방네의 참외서리하다 쫓기던 애기, 콩잎이 누릇누릇 익어갈 무렵 밭가에서 나무를 주워다 놓고, 콩을 한 다발 꺾어다 불을 질러 콩꼬투리가 까맣게 타서 떨어졌을 때 적삼을 벗어 재티를 말짱 부쳐내고 둘러앉아 파란 콩알 까먹던 일은 만주땅 아니라 미국땅에 가 살아도 잊을 수 없는 추억이라며 한바탕 달게 웃었다.

“나는 내일 자네들이 동네 떠날 때 전송 나가지 않고 지금 이게 마지막 작별이니까 조금도 달리 생각지들 말게. 나의 그 심정 이해들 하겠지? 자.

그럼 부자 돼 잘살 생각 말고 오래오래 살며 가끔 소식이나 전하게.”

말하며 삽짝을 나서는 두 사람의 손을 양 손으로 잡는 말구의 목이 메었다.

“알겠네, 고마우이. 내 마지막 부탁이 있네. 당질놈들한테 벌초는 부탁했지만, 딴 동네 살으니 일일이 보살필 수가 있겠나. 내 증조부·조부모네 산소가 동네 가까이 있어서 번번이 소들을 갖다 매는 사람이 있는데, 그것 좀 못 하도록 말려주게. 진정 부탁이네.”

기하개가 말했다. 그는 눈물을 참으려고 고개를 돌렸다.

“아따, 내가 벌써 부탁했어. 한데 나무도 강하면 부러지는 법일세. 너무 곧이곧대로 살려구 말고 적당히 눈감아가며 오래오래 산봉동 지키고 살며 우리 얘기 해주게. 그리고…….”

배태열이는 할 말을 다 못 하고 그냥 고샅으로 달아나버렸다.

밤이 깊은 모양인지 뒷산 늙은 밤나무에서 부엉이가 우람한 소리로 울었다.

한식(寒食)도 지나고 봄씨앗 낙종(落種)하는 곡우절(穀雨節)이 임박했다. 마을에는 살구꽃·복사꽃이 만개했다 지는데 천마산(天馬山)에는 겨우내 쌓인 눈이 정강이까지 빠지도록 그대로 남아 있고, 골짝 도랑에 얼어붙은 것이 아직 녹지 않고 얼음이 허옜다. 음력 사월까지 눈이 내리는 높은 산이기 때문에 나뭇잎·꽃망울도 터질 기미가 보이지 않고 밤공기는 살을 에는 듯 찼다. 항상 오후가 되어야 안개가 걷히고 잠깐 햇볕이 들지만 곧 해가 기울며 기온이 영하로 떨어지는 높은 산이었다.

장표는 해가 나온 틈을 타서 산정에 남향받이 바위를 지고 앉아 산봉동 동네를 내려다보고 있었다. 천삼백 미터나 되는 높은 산이기 때문에 동네가 아득하게 내려다보였다. 온 동네를 울긋불긋 수놓았던 살구꽃·복사꽃은 거의 낙화되고 시냇가의 버들개지가 날로 푸르러가고 있었다.

장표가 징용 가지 않으려고 집을 나와 이 천마산에 온 지도 두 달이 지났다. 천마산 정상 일대에는 모래참나무가 밀집되어 있어 늦가을에서 늦은 봄까지, 말하자면 참나무 잎이 진 후 새 잎이 나오기 전까지 전문기술자들이 산에서 기거하며 숯을 굽고 있었다.

장표는 그들과 어울려 그들 일도 도와주고 덫을 놓으며 같이 어울려 지내고 있었다. 숯 굽는 사람들은 자신들 개인 영리를 위한 작업이 아니라, 군(軍) 당국에서 군용품 숯을 굽기 위해 징용과 같은 명목으로 파견된 숯굽는 기술자들이었다. 작업복 지카다비(신발)는 물론 식량배급도 받으며 작업을 하고 있었다. 숯가마 잘 된 것은 숯을 꺼낸 후에는 이삼 년씩 유지되기 때문에, 침식은 숯 구워낸 빈 가마에서 하니까 아무런 불편도 없었다. 징용으로 온 그들은 배당량을 생산하기 위해 쉬지 않고 열심히 일을 했지만, 장표는 숯 나무 베어 쟁이고 숯가마 두들겨 만들 때만 도와주고나면 자유였다. 기술자 장정이 삼 조 아홉 사람이기 때문에 외롭지도 않았고, 짐승 피해의 위험도 없었다. 가끔 군 산림계에서 기사가 감시차 다녀갔지만 장표 본적인 충북 구역이 아니고 산등성이를 경계로 경상북도 구역이기 때문에, 덫으로 짐승 잡으러온 충북 사람이라면 군에서 온 사람도 그러려니 여기고 심한 감시나 조사도 하지 않아 이 개월 넘게 지내도 마냥 자유로웠다. 특히 장표가 가끔 덫에 걸린 오소리·너구리·살쾡이 등을 가죽만 차지하고 고기는 기술자들에게 포식을 시켜주기 때문에 장표를 끔찍이 여겨주었다.

"구미모도(國本)상, 오늘도 그래 동네 내려가는 참요?"

장표는 나카무라가 아니고, 이가 구니모도로 행세를 하기 때문에 기술자들은 구니모도라고 불렀다.

"글쎄, 궁금해서 또 가봐야겠군."

장표는 징용을 피하기 위해 산에 와 있다고만 했지 명숙이와의 관계는 말하지 않았다.

장표는 이틀 전에 상봉동에 다녀왔는데, 또 내려가려고 경북 쪽 골짝에서 정상으로 올라와 양지바른 바위 밑에 앉아 동네를 내려다보는 참이었다.

장표는 종종 밤중에 동네로 내려갔지만, 일체 집에는 들르지 않고 비밀로 정해놓은 돌담 틈에서 명숙이 편지만 꺼내오고, 자신의 편지만 넣고 오는 것이었다. 한데 어떻게 된 일인지 최근 자신의 쪽지는 세 번이나 전했느네, 명숙이는 예의 비밀장소에 편지를 가져다 넣지 않았다. 궁금한 정도를 지나 눈이 뒤집힐 지경이었다. 물론, 장표도 명숙이가 써넣은 쪽지를 통해 결혼날을 이 봄으로 앞당겨 며칠인 것도 알고 있었다. 얼마 진, 결혼 전에 어김없이 집을 나가겠으니 걱정 말라는 쪽지를 받았는데, 어떻게 된 일인지 그 후로 소식이 없는 것이다. 분명 결혼 전 수일내라고 했는데 어찌 된 일이냐 말이다. 해서 모쪼록 결혼 전에 하루라도 빨리 행동하라고 몇 번이나 독촉까지 했는데 답도 반응도 없느냐 말이다. 보다도 요즘 다급한 나머지 하루 걸러 담 틈에 쪽지를 넣으면 쪽지는 없어지고 답신 쪽지를 넣지 않으니 후끈 달았다.

“결혼식 날은 며칠 남지 않았는데?”

장표는 바위를 지고 앉아 명숙이네 집을 내려다보며 중얼거렸다.

그러나 변심했을 명숙이로는 믿고 싶지 않았다. 먼젓번 쪽지에 부모네 감시가 지나치게 심해서 편지 쓸 사이도 없지만, 새벽에 깨어 편지를 써놓아도 담 틈에 가져다 넣을 틈이 없다는 것이었다. 해서 초조하고 불안해서 신경을 쓰기 때문에 골치가 아파 이틀간 자리에 누워 있었다고 했었다.

‘그렇다면 병이 났단 말인가?’

그렇게 생각하니 그럴지도 모르는 일이었다. 그러나 그 마음은 잠시뿐 아무래도 시집을 가기로 마음을 고쳐먹은 것이 틀림없는 것 같았다. 그렇지 않고서야 세 차례나 편지를 내가고도 답이 없을 리가 없었다. 결혼날짜가 며칠 남지 않았으니 하루속히 집을 빠져나오라고 거듭 독촉을 했는데도 말이다.

‘변심한 게 틀림없어!’

생각하며 장표는 서쪽으로 훨씬 기운 해를 쳐다보았다. 어서 내려가봐야겠는데, 오늘따라 해가 더디 기우는지 안타까웠다.

장표는 여느 날보다 더 일찍 산을 내려가기 시작했다. 동네가 가까이 보이는 곳에 가서 동네를, 명숙이네를 보다 자세히 지켜보자는 것이었다. 그래 보았든 명숙이 거동을 볼 수는 없지만, 초조감이 덜할 것 같았다.

길도 없는 수목과 덤불이 뒤엉긴 산을 내려오는데, 그 사이 해는 빠지고 눈발이 날리며 날씨가 춥기 시작했다. 산정에서 십 리나 되는 골짝이기 때문에 장표가 동네 가까이 왔을 때는 완전히 어두운 밤이었다. 동네가 바로

212

앞에 보이는 산등성이 숲속에 은신하고 앉아 밤 깊기를 기다렸다. 언제나 그랬지만, 마음이 한껏 긴장되고 가슴이 뛰기 시작했다.

명숙이가 전해준 편지로 알았지만, 구장 창락이 형제의 감시는 물론 그들이 반장들에게도 지시해서(실은 지서의 명령이겠지만) 장표 자신을 잡기 위해 감시가 심하다는 것은 알고 있었다. 눈에만 띄면 잡히는 것은 물론 그대로 징용에 끌려가는 것이었다. 그러나 징용에 가는 것이 억울해서가 아니라, 명숙이를 차지하기 위해 두 달이나 넘게 산에서 살았고 위험을 무릅쓰고 사흘이 멀다고 밤중에 십 리나 되는 험산을 내려오곤 했던 것이다. 결혼식날은 오 일밖에 남지 않았다. 그날만 지나면 도로아미타불이 되고 마는 것이다.

'망설이고 기다릴 시간이 없다. 그런데 어떻게 된 일인가. 세 번씩 편지를 꺼내가고도 아무 반응이 없으니…….'

장표의 감정은 암담했다. 미칠 것만 같았다. 순간, 아버지 말구의 기대에 찬 표정이 망막에 떠올랐다. 다른 처녀 그 누구도 필요없고 꼭 명숙이를 뺏기지 않고 차지하기를 원하던 말구였다. 장표 자신도 그러했지만 말구의 그 소망을 풀어주지 못하면 평생의 한이 될 것 같았다. 명숙이를 끌어내어 면장·구장, 지서 순사놈들 콧대를 납짝하게 눌러놔야 가슴에 맺힌 한이 풀린다고 입버릇처럼 말하던 말구였다.

'정말 맘이 변했나. 그놈에게 시집가기로 결심을 했단 말인가?'

장표의 가슴은 걷잡을 수 없이 부들부들 떨렸다. 자신도 모르는 사이에 바로 앞에 있는 소나무를 두 손으로 으스러지게 부여잡고 힘을 왕창 쏟으며 부르르 떨었다. 이마에서 생땀이 번졌다.

'그렇다, 기회는 이삼 일이다. 아니, 오늘밤이 아니면 내일까지는 목적을 이뤄야 한다.'

그러나 방 속에 연금되다시피 한 규중처녀를 더구나, 집안 사람들 모두 감시를 받고 있는, 아니 동네 일원에 감시자들을 배치하고 있는 형편에 어떻게 하느냐였다. 나름대로 머리를 짜보았지만 이렇다 할 안이 떠오르지 않았다. 그럴수록 마음은 더욱 초조했고, 아무래도 명숙이를 영영 뺏기는 것이 아닌가 하는 불안감이었다. 대체 두 달이나 넘게 무엇을 하고 이처럼 절박한 지경에 이르렀나 싶었다.

그러나 명숙이도, 장표도 탈출하려고, 탈출시키려고 노력을 하지 않은 것도 아니었다. 지금에 와서 생각하면 달포 전 어느 날 밤 두 사람이 약속하고 탈출을 하려다가 공교롭게 창걸이 눈에 띄어 실패한 것이 지금까지 지연된 때문이었다. 그날 밤 장표가 재빨리 담을 넘어 도망을 쳤기 때문에 잡히지는 않고 창걸이가 숙질간에 말구네 집을 월장해서 말구에게 장표 내놓으라고 하다가 도리어 되잡힌 바 되고 말았지만, 그날 밤 일만 해도 장표가 명숙이네 담을 넘어가지 않고 밖에서 허리띠나 밧줄 같은 것을 넘겨주어 명숙에게 잡게 하고 밖에서 끌어당겼으면 성공했을 것인데, 명숙이는 약속대로 문 밖에 나와 기다리고 급한 마음에 담을 뛰어넘어 명숙이를 안아 먼저 담 밖으로 넘겨놓는다는 것이 공교롭게 창걸이 눈에 띌 줄이야 생각이나 했느냐 말이다. 욕심이 앞서고 소견은 후에 난다고 왜 허리띠라도 끌러서 넘겨주지 못했는지 두고두고 후회롭고 한스럽기까지 했다.

실은 그날 그 소동이 벌어졌기 때문에 명숙이네 온 권속의 감시가 철저해졌고, 결혼날까지 봄으로 앞당기게 되었지만, 아무리 그런 일이 있었고 감시가 철저해졌기로소니 그 후 달포간이나 사흘이 멀다고 동네에 오르내리며 편지를 주고받고 하면서 대체 뭘 했느냐는 후회가 간절했다.

'그날 밤 왜 허리띠를 넘겨주는 것을 깨닫지 못했나. 에잇, 바보.'

장표는 중얼거리며 주먹으로 머리를 직신댔다.

하지만 소 잃은 후 외양간 열 번 살펴봐야 허무한 짓이고, 당면 문제는 시일이 절박하게 되었는데 어떻게 헤야 목적을 달성하느냐였다.

'오늘밤 아니면 내일 밤뿐인데. 아냐, 오늘 내일도 이미 늦었어. 벌써 각처에서 손님들이 와서 집안이 법석댈 터인데…….'

여기서 생각이 미치자 갑자기 눈앞에 보이는 게 없었고 호흡이 막혔다. 나무 사이로 별이 반짝이는 하늘을 쳐다보며 얼음판에 넘어진 소처럼 눈만 끔벅거렸다.

"이런, 바보 같으니라고, 힝."

목적을 위해서는 기회를 기다릴 것이 아니라 만들어야 한다. 명숙이의 탈출을 기다릴 것이 아니라 이쪽에서 강행해야 한다는 결론이었다. 당초부터 순리로 되기를 바란 것이 아니고 강제로 탈취하자는 것이었으니까.

'그렇다, 내가 노리는 것은 여성 명숙이라기보다 목적은 더 큰 데 있으니까, 탈취가 있을 뿐이다. 맞아, 명숙이가 변심해서 돈 있는 양반 군서기한테 시집가기로 결심했어도, 아니 결심을 했을수록 강제탈취하는 보람이 있지 않으냐.'

장표는 벌떡 일어서서 더듬더듬 걸어 내려오면서 결심하는 것이었다. 강제탈취를 방해하는 몇 놈쯤 그런 때 주먹 행사하지 않고 언제 써먹느냐고, 입술을 사려물었다.

장표는 각오가 선 이상 흐릿한 태도가 아니었다. 전에 없이 어엿하게 두 어깨를 펴고 동네 가까이까지 갔다. 발길을 멈추고 한 차례 주위를 둘러보았다. 고개를 뒤로 젖히고 하늘을 살펴보았다. 삼태성이 중천 훨씬 높이까지 올라왔고, 북두칠성이 천마상 정상 가까이 앵도라진 것으로 보아 자정이 임박한 것 같았다.

'아무리 조급해도 신중을 기해야지.'

자신에게 타이르며 천천히 발걸음을 옮겨놓았다. 될 수 있는 한 느리게 걷는다고 걸었는데도 벌써 맨 위의 동네와 약간 떨어져 있는 나 서방네 빈 집에까지 왔다.

지난해 봄 딴뫼 박 서방과 같이 만주 이민 가고 비어 있는 집이었다. 언제 보아도 으스스하니 무서운 마음이 앞서는 것이 빈집인데, 장표에게는 반갑게 대해지는 빈집이었다. 빈집에서 약간 떨어진 낟가리에 은신하고 잠시 집 주위를 세밀하게 훑어보았다. 눈에 띄는 것도 없고 아무 기척도 없었다. 재빨리 늙은 대추나무 선 담으로 다가갔다. 급한 동작으로 약속된 돌담 틈에 손을 넣었다. 역시 허탕이겠지 생각한 것과는 달리, 손에 종이쪽이 잡혔다. 명숙이가 넣은 편지쪽만 보아도 명숙이 손 잡은 것 못지않게 반가웠다. 전에 하던 식으로 삽짝도 없는, 귀신 튀어나올 것 같은 빈집으로 급히 들어갔다. 문짝이 없어 시커멓게 입을 벌리고 있는 방으로 뛰어들어 편지쪽지를 펴들며 봉창에서 자그만 플래시를 꺼내 불을 밝혔다. 행여 밖에 불빛이 비칠세라 쪼그리고 앉아 사타구니에 끼고 읽었다.

　　배신한 계집애라고 욕하고 원망하셔도 어쩔 도리가 없습니다. 큰집의
혼자 된 사촌올케가 십 여 일 전부터 낮에는 물론 밤에도 내손을 잡고 같
이 잡니다. 죽어도 딴 데로는 시집 안 간다고 수없이 맹세했지만 어쩔 수
가 없군요. 착한 처녀와 결혼해서 행복하게 사세요.

명숙

　　그 자리에 펄썩 주저앉았다. 현기증이 나며 ‘앵’ 하고 벌 나는 것 같은
소리가 고막 속에서 길게길게 이어져갔다. 골통을 양 무릎 사이에 처박고
양 손을 깍지 긴 채 앉아 있었다. ‘죽어도 딴 데로 시집 안 간다고 했지만
어쩔 수가 없군요’ 한 이 구절이 머리 속에서 번복되었다. ‘어쩔 수 없군
요’ 소리만 야멸차게 고막을 파고들었다.
　　“어쩔 수 없군요. 그렇겠지. 어쩔 수 없겠지, 흐흠.”
　　장표는 콧구멍으로 큰숨을 내뿜으며 중얼거렸다. ‘상놈 가난뱅이한테 갈
수 없군요’ 한 말이나 다를 것이 없다는 생각이었다. 보다 부드럽고 정겨운
다른 말이 얼마든지 있을 것 같았다. 순간, 간절한 소망이 서린 말구의 주
름진 얼굴이 떠올랐다. 면자의 오만한 태도가 뇌리를 스쳐갔다. 솥뚜껑·
놋그릇 때려부수는 광경이, 지붕을 벗겨내려 시커먼 기와집처럼 고랑진 집
꼴이, 콩깻묵·메수수·알량미 배급주는 날이면 동네 사람이 구장네 집에
몰려와 아우성치며 생것을 몰래 주워먹는 광경이 동공에 비쳤다 사라지곤
했다. 그러나 어찌할 바를 몰라 칠흑 같은 빈 방에 우두커니 서 있는 장표
의 시계에는 형 상응이와 같이 북해도 탄광에 끌려가 죽은 수남이의 건장한
얼굴이, 지난해 봄 남부여대 울면서 동구 밖을 차마 나가지 못하고 맴돌다
만주로 이민 간 나 서방 내외의 피골이 상접한 얼굴들이 떠나지를 않았다.
　　어두운 빈 방에서 온갖 상념에 사로잡혀 있던 상표는 미친 사람같이 밖으
로 튀어나왔다. 천천히, 조심스럽게가 아니라 버젓하게 동네를 향해 걸
었다. 남쪽으로 산기슭 대숲 밑에 있는 창걸네 집으로 곧장 걸었다. 혹시
사람을 만날까 염려하는 태도가 아니고 누구라도 만나서 무조건 두들겨 패
눕히고 싶은 심정이었다.
　　대숲이 없는, 자주 다녀본 뒷담장으로 갔다. 발꿈치를 들고 넘겨다보

왔다. 명숙이 방이 똑바로 마주보이는 위치였다. 새벽이 가까웠는데도 명숙이 방에는 불이 밝혀져 있었다. 올 때는 무작정 담을 넘어 쳐들어가리라는 작정이었는데, 막상 담장에 붙어서자 감정이 으스스했다. 그러나 잠시 집 안 동정을 살피고 귀를 기울여본 다음 곧 담장을 넘어갔다. 이미 어떠한 불행까지도 각오가 되어 있는 이상 어릅맬 것이 없었다. 곧장 명숙이 방 창문 앞에 가 서며 지난날 두 사람 사이만 통하는 신호로 문살을 두 번 긁었다. 장표가 왔다는 것을 알린 것이다. 잠시 후 명숙이가 목으로 기어드는 기침을 하고 문을 열었다. 예측대로 명숙이는 자지 않고 남포불 앞에서 무엇인가 하고 있었던 모양이고, 한 옆에 젊은 여인이 곤히 잠들어 있었다. 문을 열고 얼굴을 내민 명숙이는 질겁을 해서 어서 물러가라고 손짓을 했다. 그러나 장표는 날쌔게 방으로 뛰어들어 황급히 벽에 걸친 치마 같은 옷을 벗겨 가지고 자고 있는 여인의 입을 틀어막았다. 꼼짝 못 하게 가슴에 걸터앉아 입을 막음과 동시에 그것을 머리 뒤로 두 바퀴를 돌려 찍소리도 못 하게 입과 얼굴을 싸잡아 동이고, 이어 끈을 찾아 가지고 두 손을 한데 결박을 했다. 여인은 영문도 모르고 답답해서 두 다리를 쿵쾅대며 몸부림을 치려고 장표는 여인의 옷고름과 치마끝을 틀어서 두 다리도 손과 같이 한데 묶었다. 삽시간에 여인은 토막나무같이 되었다. 장표는 기민한 동작으로 묶인 여인을 번쩍 들어 어깨에 메고, 부들부들 떨며 쩔쩔매고 있는 명숙이 팔을 잡고 문 밖으로 끌었다. 명숙이는 벙어리가 된 채 끌려나왔다. 메고 끌고 담장으로 달려간 장표는 먼저 메고 간 여인을 조심스럽게 넘겨놓았다. 그런데도 담장이 높아 쿵, 땅에 떨어지는 소리가 들렸다.

"뭘 해? 빨리 담으로 오르지 않고."

장표는 어쩔 줄을 몰라 떨고 있는 명숙의 귀에 대고 부르짖음과 동시에, 명욱이를 허깨비처럼 번쩍 들어 담에 올려놓았다. 명숙이는 장표가 담 위에 올라서자 마자 밑으로 뛰어내렸다.

"뭘 하고 있어? 어서 북바위골로 가란 말야."

장표는 다시 묶여 있는 여인을 메고 뛰기 시작했다. 빈몸인데도 명숙이가 따라가지 못할 정도로 장표는 날쌔게 뛰었다. 그야말로 숨막히는 작전이었다. 메고, 손을 잡고 무작정 천마산 올라가는 북바위골을 향해 있는 힘을 다해 뛰었다. 새벽이라 몹시 추웠다. 그런데도 장표 등에서는 땀이 끈적였고, 명숙이도 이마에 땀이 번졌다.

얼마를 뛰었는지, 천마산 험한 산 밑에까지 와서야 메고 온 여인을 내려놓고 장표는 펄썩 주저앉았다. 적어도 오 리는 실히 달려왔기 때문에 긴장이 풀리며 안도의 숨을 몰아쉬었다.

"이제 어느 놈이 쫓아와도 문제없다. 허허, 명숙이 힘들지? 됐어, 이젠."

"언니를 어떻게 하려고 여기까지 메고 왔어?"

명숙이는 울먹이며 여전히 떨기만 했다.

"두고 보면 알지. 얘기는 차차 하고 잠깐이라도 앉아 숨 돌려."

장표는 이렇게 말하고 메고 온 여인의 손과 다리를 풀어주었다.

"내 행동이 지나치게 잔인하고 무자비하지만 할 수 없소. 나, 장표인 줄 아시죠? 인철 어머니, 대단히 미안하고 딱하지만 여기에서 있다가 날 밝거든 집으로 가시오. 나는 명숙이 데리고 천마산 정상으로 갈 터이니 집에 가시거든 그렇게 말이나 하시오. 명숙이 아버지에게 미안합니다."

장표는 입에 재갈 물린 여인을 기둥감 참나무에다 결박을 하였다.

"명숙이, 그럼 우린 가자고. 곧 날이 밝겠으니 서둘러야 해."

장표는 명숙이 손을 잡아끌었다.

"나도 몰라. 언니를 이렇게 해놓고 어딜 가. 언닌 죽는단 말야. 끌러줘, 정말야. 부탁야, 장표."

명숙이는 울면서 장표 발에 매딜렸다.

"사정은 딱하지만 우리 앞날을 위해서 어쩔 수 없어. 어서 가. 아직 일은 끝나지 않았으니 가잔 말야."

한데 장표는 명숙이 손을 끌고 천마산으로 오르는 것이 아니라 오던 길로 도로 가는 것이었다.

"어디로 가는데 도로 동네로 가는 거야? 이제 잡히면 우리는 끝장야. 지금쯤 집에는 바칵 뒤집혔을 터인데."

"글쎄, 조금만 따라와. 할 일이 남았다니까."

이렇게 해서 명숙이를 온 길로 이십 미터 가량 끌고 간 장표는 말없이 명숙이의 두 손을 한데 묶어 역시 실실한 참나무에 결박을 지으려고 했다.

"왜 이래, 장표? 미쳤어? 날 밝기 전에 산에 올라야 한단 말야."

"알고 있어. 하지만 우리 집 노인네가 벌써부터 굶주리고 있어. 내가 그간 피물 판 돈을 주고 가야지. 우리만 가면 어떻게 해. 내 잠깐 다녀올게. 묶인 채 잠시만 기다려."

"아유, 왜 그런다. 두 노인네 굶지 않고 잘 지내. 다른 사람 다 몰라도 내가 알고 있어. 그냥 어서 가. 나를 믿어."

명숙이는 묶인 것을 뿌리치며 말했다.

"그래? 명숙이가 안다고?"

장표는 잠시 생각에 잠기더니 고개를 끄덕이며 명숙이의 손을 잡고 산으로 오르기 시작했다.

"명숙이, 진정 고맙군."

"그런 말 차차 하고 어서 가잔 말야. 지금 우리를 쫓아오고 있을지 모른단 말야."

장표보다 명숙이가 더 서둘렀다.

"허허허, 올 테면 오라지. 자, 가자구. 허허허, 허허허."

장표는 생후 처음으로 가슴이 탁 트이는 웃음을 터트렸다.

"하지만 언니를 어떻게 해?"

명숙이는 묶여 있는 언니를 자꾸 뒤돌아보면서도, 장표 손을 힘주어 잡고 천마산을 오르기 시작했다.

멀리 동네에서 닭울음, 개 짖는 소리가 소란하게 들려왔다.

——1986년

치욕(恥辱)

　머슴애들이 신장(神將) 대가리 같은 머리를 휘날리며 거리를 활보하고, 계집애들은 엄격히 단속하는 척하면서 볼기짝까지 온통 드러내고 싸다니는 아리송 망칙한 세상이긴 하지만 김씨 가문에까지 이 무슨 변이란 말이냐.
　학문으로나 도학으로나 이름을 떨치던 명문세가에서, 더욱이 인의예지(仁義禮智)를 가시(家是)로 여기고 살아온 가문에서——남자는 지조(志操), 부녀는 정절을 목숨 이상으로 지키며 행세하던 집안에서 하필이면 부녀자가 음행을 저질러 세인의 손가락질을 면치 못하다니 무슨 치욕 막심한 일인고——그도 요즘 흔히 볼 수 있는 그리저리한 뼈대를 가지고, 탕건깨나 들어얹고 '어험' 어쩌고 젠 척하는 토반(土班)족이라든가, 돈만 뿌리면 전부인 줄 알고 날뛰는 시체 돈 양반 따위라면 또 모르지만, 역사를 통해서 결백 절절(節節)하게 살아온 광산 김씨 새계집에서 말이다.
　동방 예의지국이라면 먼저 이 나라를 들겠고 이 나라의 도학, 지조, 예절을 논하자면 광산 김씨 새계집이 엄지로 꼽히는데, 이런 가문에서 지손도 아닌 대종가(大宗家)에서 더욱이 수 십대 받들어온 긍지를 절조있게 지켜 아랫사람들에게, 나아가서는 문중(門中) 전체의 거울이 되어야 할 종가 맏며느리가 대대손손 씻을 수 없는 치욕을 범하다니 새계집도 이젠 볼짱 다 본 모양 같다. 칠거지악(七去之惡)의 음거(淫去)항목에 해당이 되고, 재가 종부(在家從夫)하고 기가종부(旣嫁從夫)하며 부사종자(夫死從子)라고 한 여자의 세 번 좋는 율칙인 삼종지도(三從之道)에도 지아비〔夫〕가 죽은 후 자식을 좇지 않고 딴 남자를 범했으니 마땅히 처벌을 받아야 하고, 또 남의 어버이로 의당 알아야 할 삼난(三難)도 망각한 처세가 아니냐. 생자비란 양자란 양자비란 교자란(生子非難 養子難 養子非難 敎子難)이란 말이 있지 않은가. 자식을 낳기만 했지 제대로 기르지도 가르치지도 못했으니 어찌 어미의 도리를 했다고 하겠는가. 부녀자의 도리를, 아내의 도리를, 어미의 도리를 이행치 못하고 지킬 바 율칙을 가지가지 범했으면, 새계집 종문을 위해서, 죽은 지아비를 위해서, 자식들이 장래를 위해서 썩 물러날 일이지 무슨 면목으로 추군추군 김씨 가문에 머물러 여전히 치욕적인 행동을 거듭하느냐 그 말이다. 아무리 인면수심(人面獸心)이 아니면 돌은 어머니지만 자식 용성이가 말하기 전에 아는 듯 모르는 듯 장가(기둥서방)를 따라가든, 자기대로 없어지든 슬며시 눈앞에서 꺼져버릴 일이지. 암 벌써 그렇게 했어야지. 그런데 그게 아니고 도리어 펑펑 큰소리를 치니 아무렇고 그놈의 비위짱도 보통은 아니다.

"이놈아, 그 터진 입이라고 함부로 지껄대지 마. 개구리가 올챙이 적 생각 못 하는 격이지 장씨 양반 아니었음 네놈들은 옛날에 굶어죽었단 말야. 사람이면 남의 은혜를 알아야지, 그리구 에미가 하는 일에 네놈이 간섭이 무슨 간섭야. 어떻게 해서 네놈들 잔뼈가 굵어진지도 모르고 이제 와서는 뭐 어쩌구저쩌구, 버릇없는 놈."

나 참 기가 막혀서 계집애가 애를 낳아도 할 말은 있다고, 도리어 큰소리가 아닌가. 원 대체 터진 입이라고 누가 함부로 지껄이는지 모르겠다. 자식 새끼 데리고 남들이 다 하는 수절은 왜 못 하고 장가 기둥서방 한 게 뭐 그렇게 장한 일이라고 도리어 큰소릴까. 박 서방네 과부도 이 서방네 과부도 수절만 잘 하고 자식들만 잘 키워 가르치던데 화냥질하고 갈보짓 해서 김씨 가문을 송두리째 망쳐놓고 무슨 뻔뻔스런 수작이난 말이다. 원 자식들을 굶겨 죽이지 않으려고 했든, 서방 생각이 나서 했든 기세 훼절한 일, 고칠래야 고칠 수도 없는 사세, 지난 일은 깨끗이 청산하고 가문을 생각해서든 삼십 줄에 들은 자식들 한뺨 얼굴을 생각해서든 앞으로는 장가와 인연을 끊고 근신하라는 게 대체 뭐 그렇게 엄청나게 잘못이란 말여, 뭐가. 어머니라고 해서 소두방으로 자라 잡듯 덮어 누르기만 하면 되는 줄 알고, 어림 칠푼 어치도 없는 소리. 걸핏하면 은혜니 신세니 장가를 추켜 올리니 무슨 은혜를 그렇게 푸짐하게 입고 배 터지게 신세진 게 있나 분명하게 아주 똑똑하게 따져보잔 말이다. 따져봐.

아버지가 일본놈에게 징용에 끌려가 해방 후 이 년이 지나도록 오지 않아 (죽은 것이라 여기고) 과부가 어린 사남매를 거느리고 고생한 것은 용성이도 나이가 들면서 알고도 남음이 있다. 과부가 짓는 부실한 농사, 아이들을 굶기지 않으려고 돈 있는 장가한테 빚을 졌고 그 채무를 갚지 못해 장가의 강요와 감언이설에 넘어가 몸을 맡겼든, 또는 젊은 나이에 영감생각이 간절해서 배가 맞았든 어쨌든 기둥서방으로 드나들며 어머니 말대로 근 이십 년간 장가의 신세를 졌다고 하니, 그럼 그 신세만 따지게 되어 있고 용성이 형제 이십 년간 장가네 문서없는 종노릇 한 것은 따질 필요도 없단 말인가. 무시로 어머니와 장가 신세 타령을 들어서가 아니더라도 장가가 처음 드나들 때가 용성이 나이 예닐곱 살이었으니까 신세진 내막을 전연 모르는 것도 아니다. 춘궁, 칠궁에 장가네서 보리 쌀말 밀가루 포도 번번이 가져왔고 현금도 수시로 융통해 쓴 것만은 사실이다. 그뿐인가 돼지 새끼도 사줬고 송아지도 사주고, 심지어 토끼 닭도 장가네서 배내로 갖다 기르고 논매는 기계, 탈곡기, 괭이 호미까지도 장가가 어머니에게 돈을 주어 용성이가 읍내에 가서 사들였었다. 물론 이런 것들은 사소한 문제다. 행랑채도 새로 져주고, 도정업도 차리고, 강 건너 용성이네 논에 많은 돈을 들여 제방도 쌓았다. 동네서나 인근에서는 용성이네는 의부 장가 때문에 살게 되었다고 입을 모아 공론이 분분했다. 어쨌든 장가가 용성의 가정을 위해서 투자를 많이 한 것만은 사실이다. 더욱이 그 중에는 빚으로 준 것도 많고, 봄판으로 양식말, 사소한 용돈은 용성이네 형편을 펴게 하기 위해 거저 보조한 것도 적지 않다는 것을 어머니에게서 여러 차례 들었다.

물론 언제 어떻게 가져온 양곡이 현금이라고 보조로 받은 것인지, 또는 이자를 지불할 것인지는 용성이로는 알 수 없었다. 언제나 어머니와 장가 둘 사이에 의해 행하는 사실이니까. 그저 빚을 얻어 쓴다는 것만을 알고 있었다. 그래서 어머니가 입버릇처럼 추켜올리는 장가가 진정 고마운 사람이라고——.

어쨌든 남의 것을 이용했고, 남의 신세를 졌으면 반드시 갚아야 한다는 것만은 용성이나 용골이 형제의 확고한 신념이었다. 이자 채무는 물론, 보조로 받은 것도 현금이 아닌 다른 각도(일을 해주어서라도)에서라도 보답함이 인간이라고. 그래서 얼마 전까지만 해도 제집 일 젖혀놓고 장가네 일이라면 어머니 입 떨어지기가 무섭게 달려가지 않았나. 그런데 요즘 용성이 소견이 뚫리면서부터 곰곰 생각하니 그게 아니란 말이다. 소 사준 것은 물론 액면도 많고 하니까 본전 빼고 이익을 병작하는 것이 농촌의 준례이지만 심지어 닭, 토끼까지도 알뜰하게 나눠가는 것이었다. 장가 아닌 다른 사람 배내 얻어 기른 것에 비해 조금이나 낳은 게 뭐냔 말이다. 도리어 배내 닭이 전부 다섯 마리면 기른 집에서 세 마리 차지하는 것이 상식인데 장가는 두 마리씩 갖고, 한 마리까지 값을 쳐서 반 마리값으로 달라는 위인이었다. 그런데 봐준 게 대체 뭔가? 그러나 이런 지저분한 것은 따질 필요 없고 세상 사람이 다 아는 도정업만 해도 자기가 자본 대서 용성이네 차려줬다고 말만 소담스럽지, 실속이 뭐냔 말이다. 더욱이 용골이가 매일 먼지 기름 투성이가 되어 일만 직사하게 했지 이권(利權)인 도정료 양곡은 언제고 장가 사촌이 붙어서서 관리를 하니 대체 이게 무슨 용성이네를 위한 방앗간이냔 말이다. 솔직히 말해서 저희들 치부를 위해 용골이라는 인간을 이용하는 것은 장님 보고 더듬어 보래도 뻔한 사실이 아닌가. 그렇다고 고용된 용골이 댓가 역시 언제 어떻게 받는 것인지 어쩌는 것인지 어머니와 장가가 우물쭈물 해버리니 알 수 없고. 이런 내막인데 어째서 용성이네를 위한 도정업이냔 말이다. 용성이네 집 곁에다 방앗간 차려놓고 장가 제 낯 내가며 치부하는 음흉한 술책인 것은 너무나 빤한 사실이 아닌가.

뿐만 아니라 등 너머 용성이네 전답 제방 공사만도 그렇다. 말인즉 용성이네 두 마지기 홍수 방지라는 명목으로 공사를 했지만 그 밑에 수십 두락 장가 제놈들 전답 유실을 방지키 위한 목적에서 행한 태도임은 애기하는 게 촌놈이다. 솔직히 말해서 용성이네 다만 두 마지기의 논이 장가네 논 밑에 가 있었다면 과연 용성이네 전답 유실 방지를 위해 그처럼 막대한 돈을 들여 공사를 했겠느냔 말이다. 그 바람에 용성이 용골이가 몇 달간, 얼마나 일을 했나. 그러고도 그 비용은 전부 빚으로 용성이한테 나자빠지고, 세상 사람들 누구든지 판단을 해보란 말이다. 사리를 분명하게 따지자면 용성이네 두 마지기 제방도 홍수방지가 되었고 장가네 수십 두락도 홍수 피해를 면케 되었으니까 용성이네 두 마지기와 장가네 수십 두락 평수(면적)를 통괄적으로 포함해서 장가와 용성이가 평수 비율로 공사비를 분담해야지. 용성이네 논 위치가 위에 있다 해서 공사비 전부를 용성이만이 부담해야 한다는 것은 있을 수 없는 얘기다. 뿐만 아니라 오롯하게 용성이 논 제방공사를 위해서 아주 싼 이자로 보조를 해줬노라고 인근 동네가 떠들썩하게 개나발을 불고 다니니 기가 막혀. 그러고는 그 빚을 갚기 위해 용성이 형제는 언제까지고 장가네 일만 해야 한다는 이유가 과연 정당한 것일까. 제발 이씨네 박씨네 똑바른 얘기를 해보란 말이다. 벼룩의 간을 내 먹지 용성이네 두 마지기 제방을 구실로 수십 두락 제놈 전답 홍수를 막고 그 비용을 본전만도 아니고 이자까지 짜먹으려고 하니 아무리 황금만능인 세태라 해도 이럴 수야. 그러니 용성이는 알기나 했는가. 소위 장가가 지어준 분벽사창 별당에서 밤중으로 장가와 어머니가 꾸며대는 연극이니 말이다. 도시 어머닌가 어미가 돼먹질 않았다. 엄연한 자기집 일임에도 다 큰 자식 용성이와는 일언 반구 상의도 없이 장가 명령대로, 그놈 말이라면 온통 오금을 못 쓰니, 그래 놓고는 만만한 용성이 용골이만 빚을 갚기 위해서는 부지런히 장가네 일을 해주라고 볶아치니,

"보리밭 손이 넘는데 민날 그 집 일만 하면 어떻게 해요?"
할라치면,

"어미가 어련히 알아서 할까. 잔말 말고 어서 가."

눈을 딱딱 부릅뜨며 명령인 어머니였다. 그러면 장가한테 빚이 얼마인데 어느 정도 일을 해줘야만 빚을 청산하는 것인지 알기나 해야지 덮어놓고 아직도 멀었으니 일만 가라고 볶아치니, 세상에 사는 재미가 대체 뭐냔 말이다. 주먹구구로 따지어도 형제 근 이십 년간 허구한 날 봉사했으면 웬만큼 갚은 것도 같은데 아직도 멀었다니 평생을 그놈의 일만 해주란 말인가? 자식들 신셀 망쳐도 분수가 있고 등골을 빼도 정도가 있지 이게 바로 어미

노릇이란 말인가.

　평생토록 아기자기한 내 살림 한 번 못 해보고 고삐에 매인 송아지같이 장가에게 끌려 기구스럽게 살란 말인가? 말이 좋아 제 살림이지 심지어 낫 한 가락 호미 한 자루 사는 것까지 장가의 간섭을 받아야 하고 그날 그날 하는 일도 내 집 일 장가네 일을 막론하고 장가의 지시를 받은 어미의 명령에 움직여야 한단 말인가. 조반 석죽을 하더라도 그 누구의 간섭도 받지 않고 자신의 의사대로 자유롭게 제 살림 다독거리고 싶은 것이 사람마다의 오직 기원일 터인데, 남의 손가락질 받지 않고 가슴을 버젓이 펴고 살 수 있는 것이 인생살이의 보람일 터인데, 그도 소견없는 철부지라면 또 모르지만 나이 삼십 줄에 접어든 어엿한 놈들이 무엇 때문에 친척 동기도 아닌 하필이면 이부(異父)의 간섭을 받아야 하느냔 말이다. 장장 이십 년 종노릇한 것이 무엇이 부족해서 더 일을 해줘야 하고 아직도 간섭을 받아야 하느냔 말이다. 죽기보다 더 싫은 장가네 일만 못 보내 안달이냔 말이다. 분명한 자기 뱃속에서 나온 자식들, 족보에까지 엄연한 김가요 명문의 전통을 이어받을 대종손을 그 개호주에 견주기에도 아까운 장가놈의 종노릇을 시키려고 극성을 부리느냔 말이다. 글쎄 뭣 때문에 백 퍼센트가 자기 자식 김씨 핏줄인데 장가 자식을 만들려고 기를 쓰느냐 바로 그거다. 그도 장가 사람 됨됨이 개미 눈곱만큼이라도 찾아볼 수 있는 위인이라면 또 모르겠다. 이건 생김생김부터 두리뭉실한 주먹코에 돼지 거두리 같은 주둥이, 한 번도 아니고 눈을 두어 차례 비비고 보아야 볼 수 있는 저 안에 박혀 반짝이는 음흉한 눈. 문자대로 인면수심이 아니고 수면수심(獸面獸心)인 그런 개호주 같은 인간을 왜 못 떼버리느냔 말이다.

　옛어른들 말에 의하면 저의 할아비 땐가 할아비 애비 땐가 어디서인지도 모르게 슬며시 떠 들어와 강 건너 집도 없는 허허벌판에 자리를 잡았다는 것이다. 맨주먹으로 떠들어온 놈들이 뭐 있는가 인근동에 다니며 연목(椽木)짚단을 구걸해다 움막을 꾸리고 산기슭에 파전을 일궈 조, 모밀을 갈고, 닭, 돼지를 사다놓고 남의 배내 소, 돼지를 얻어 넓은 풀밭에 방목을 하고 겨울에는 덫을 놓아 너구리, 오소리 같은 짐승을 잡아 가죽은 팔고 고기는 먹고, 여름에는 강에서 생선을 잡아 읍에다 팔고, 그래도 살 길이 없어 동네와 강 건너를 연결하는 나룻배 사공 노릇도 하고, 김씨네 가문 상여를 메고, 결혼 때 가마를 메고 하던 아주 고추불쌍놈인 것이다. 그런데 돈에는 일 푼 일 리에 치를 떠는 놈이었다. 제놈에게 이익이 있는 일이라면 수단과 방법을 가리지 않고 주먹을 내둘렀고 나아가서는 칼까지 휘두르며 눈알이 빨개가지고 날뛰는 것이었다. 혼자가 아니고 개떼같이 떼거리로 결사적인 투쟁을 하는 인의예지와는 아주 거리가 먼 짐승가죽 쓴 장가들이었다. 무시로 남의 토지 경게 침범하는 것쯤 예사고 무슨 조그만 꼬투리만 있으면 송두리째 뺏아버리는 그런 족속이다. 저의 할아비 때에 사는 정상이 딱해서, 하천 초원을 빌려주었다가 장가놈에게 고스란히 빼앗긴 사람이 현재도 눈이 끄먹끄먹 살아 있으니까.

"일단 내 칼집에 들어온 칼인데 무슨 설익은 수작여. 칼자루는 내가 잡고 있단 말야, 개수작 마."

하며 동자에까지 핏발을 세워가지고 주먹과 칼을 휘두르니 인간답지 않은 것들을 상대할 수도 없고 고스란히 내 줄밖에. 남에게만이 아니었다. 저의 당내간에도 아니, 형제 부자간에도 이해라면 반목 질시가 끊일 날 없고, 툭 하면 주먹, 칼이었다.

이와 같이 수십 년 날뛰는 바람에 강 건너의 토지, 하천, 임야까지 거의 점령을 했고, 강 이 건너 동네에까지 아니 등 너머 산막골까지도 동네마다 도정업을 차린다. 대지, 토지 등 이권있는 것은 모조리 점령해서 가는 곳마다 왈 장 주사, 장 선생 칭호를 받는 주먹코 장가인 것이다.

이런 장가의 촉수에 걸려 가문 망치고 자식 신세 망치는 줄 모르고 그 징가가 그래도 좋다고, 잊을 수 없어 돈푼에 눈이 어두워 자식들을 볶아치니 어찌 통탄할 일이 아닌가. 정상적인 인간성을 가진 사람도 서낭 나무 잘 크라고 떡 해다놓고 비는 사람이 없겠거늘 하물며 장가가 용성이 집을 위해 그렇게 알뜰하게 돈을 주고, 양식을 주고, 방앗간을 차려주고 하겠는가. 아담하게 꾸민 사랑방은 어머니와 밤마다 재미 보기 위해 그렇게 화려하게 꾸몄지 용성이를 위해서라고 무슨 닭 잡아먹고 오리발 내놓는 수작이냐. 용성이네 마당에 지었다고 그게 어찌 용성이 집이냐. 집 위치부터 안채와 뚝 떨어진 외딴 모퉁이에다, 어울리지도 않게 기와를 이고 분벽사창에 방 안을 들여다보면 얼마나 화려한가. 아담하고 화려한 가장집물들 화장대에 진열된 수십 종 되는 뭐가 뭔지 이름이나 아는가. 화려한 침구, 몸뚱이가 다 보이는 으리으리한 체경. 만일 멀리에서라도 목을 기웃거렸다는 치도곤이다. 용성이 따위 무식한 놈들은 아예 간여할 필요도 없이 장가네 빚을 갚기 위해 억세게 죽자 하고 뼈가 부러지도록 일이나 하라고. 김씨 종중이 손가락질을 받든, 송곳 벼르는 간섭까지 장가가 참견을 하든 아새끼들이 장가 종놈이 되든 분벽사창에서 장가와 어머가 불이 확나게 재미를 보든 네 따위가 고분고분 일이나 하지 대체 무슨 간섭이냐고. 흥, 용성이도 분명하게 샅에 ××를 달은 놈인데 똑똑한 뼈대를 물려받은 새계집 종손인데 어림도 없는 소리. 흥, 삶은 호박에 도래송곳도 안 들어갈 소리. 당장에 목이 달아난 데도 겁난다면 상문자로 개자식이다, 모든 내막을 안 이상에는.

빠하지 빠해. 말이 있지 않은가, 국난에 사양상(國難思良相)이요, 가빈에 사현처(家貧思賢妻)란 가난한 집일수록 가장보다 주걱자루〔主婦〕가 알뜰해야 하는데 경제 문제뿐 아니라 자식들 후레자식 말 듣기지 않게 하기 위해, 에절과 분수를 사수해야 하는데 장가에게 빚을 얻어 흥청대고 놀아나며 써대니 집구석 꼴이 제대로 될 리가 있는가. 말이 좋아 자식들 먹여 살리느라 빚졌다고. 대체 무슨 어벌쩡한 수작인가. 털어놓고 얘기지 사실 먹고 사는 것, 농사 비용이야 말로 몇 푼 되느냐 말이다. 철철이 값비싼 비단옷이 어디 해당되며 무슨 성세에 코티분에 금반지를 끼고 해롱대며 흰 머리가 생기고 주름살 잡힌 얼굴을 거울에 비치고 앉아 문지르고 닦고, 눈썹에 검정칠을, 입술에 빨강 물감 칠하는 꼴이란 해고 절창할 일이다. 그런대로 돈을 뜯어내려면 장가에게 예쁘게 보이기 위해 하는 짓이라고 언짢은 대로 봐준다고 하자. 그러면 자기 뱃속에서 나온 똑같은 자식인데 위로 형제 용성이 용골이는 어디 미운 털이 박혔기에 국민학교도 중퇴시켜 직사하게 일만 시키고 끝으로 용만이 용순이는 고등, 대학까지 가르치느냔 말이다. 그것도 어머니 말대로 사남매 중 끝에 둘이라도 갈쳐야지 전부 무식해서야 쓰겠느냐고, 이해가 가는 말이다. 동생들이라도 배워야지. 그런데 문제는 통학을 해도 너끈한데 무슨 성세가 넉넉해서 하숙을 시켜놓고 돈을 갑절 쳐들이느냔 말이다. 부자 장가 기둥서방 했다고 이 서방한테 박 서방한테 자랑이 아니고 한 번 광을 내보자는 것일까? 어찌 되었든 공부만 착실하게 한다면 또 모르겠다. 이건 공부는 부업이고 본업은 따로 있으니. 용만이란 자식은 대갈빼기 털을 계집애같이 길러가지고 계집애만 데리고 다방으로 당구장으로 술집으로 억세게도 부지런히 싸다니고, 용순이란 년은 아직 대가리 피도 안 마른 것이 벌써 그것 맛을 알아가지고 이삿짐 뒤 강아지 따라다니듯 사내 녀석만 졸랑졸랑 따라다니니 콧구멍 두 개 마련 정말 잘했지. 지게진 놈이 벌어놓으면 갓 쓴 놈이 앉아 먹어도 정도가 있고, 면면한 양심의 줄기라도 남아 있다면 이럴 수가 있는가, 이럴 수가. 이게 대체 누구 불찰인가 분명하게 따지어보란 말이다. 틀림없는 한 형제인데 용성이 용골이는 ×이 빠지게 땡볕에 장가네 일을 해서 학비를 대고 용만이는 계집애를 끌고 용순이는 사내 궁둥이만 따라다니고, 어찌 생각하면 있을 법도 한 일 같은데 아무래도 치차가 제대로 맞아 돌지 않는 것이 아닐까?

"등 너머 이 서방네 아들네도, 산막골 박 서방네 애들도 다 그러는데 걔들이라고 안 하면 공부가 되냐. 넌 몰라 그렇지. 그래야 공부가 된대. 모르거든 잠자코 있어."

참다 못 해 한마디씩 해야 천상 말발이 서야지. 제에기랄 어미 노릇도 씨팔.

입은 비뚤어졌어도 말은 똑바로 하랬다고, 용만이 용순이까지 위로 형제 용성이 용골이 같이 장가를 반대하면 장가가 물러나지 않을 수 없게 될 것이고, 그렇게 되면 어머니 자신이 삐까번쩍 비단옷도 입을 수 없게 되고 코티분, 금반지도 낄 수 없고, 눈썹에 검정 칠도, 입술에 빨간 칠도 할 수 없으니까, 더욱이 분벽사창에서 재미를 못 보니까, 말하자면 장가를 물고 늘어지기 위한 자기 호신의 방편으로 용만이 용순이를 자기편으로 만들기 위한 술 책상 시키는 공부인 만큼 계집애를 끌고 다니건 머슴애 궁둥이를 따라다니든 목적은 딴 데 있다고 분명히 말할 것이지, 더욱이 행랑채 분벽사창에서 장가와 밤낮으로 작업하는 데 거추장스럽기도 하고, 일부러 내보낸 것이라고 분명하게 말할 일이지 무슨 궁색스런 변명이냔 말이냐.

아무튼 원님 덕분에 비장나리 호강하는 격으로 장가와 어미 재미보는 덕분에 용만이 녀석과 용순이란 년은 흥청대고 돈 써가며 마냥 호강하지. 도회지 가서 계집애 머슴애 칠칠하게 끌고 다니며. 용성이 용골이는 무슨 복을 더럽게 타고나서 하필이면, 장가와 어미, 용만이 용순이, 말하자면 계집사내 재미보는 시중들기 위해 허구한 날 버둥대야 하니 그야말로 팔자 치고는 3,8따라지 팔자지 뭐냐. 원 어떻게 하기로니 그까짓 장가 놈을 잔뜩 물고 늘어져 뼈다귀까지 녹록하게 주물러놓지를 못하고 도리어 오금을 못 쓰고 자식들 신세까지 망치니 어미노릇도 더럽게 한다. 미쳐도 보통 미친 것이 아니다.

도통 사는 재미가 없어서 용성이는 용골이와 상의하고 벌렁 재쳐버렸다.

"해뜬 지가 언젠디 일들 안 가고 여귀 먹은 메기 뻔나게 자빠졌는 게냐?"

용성이 형제가 윗방에서 번듯이 누워 있자 어머니가 서슬이 시퍼러니 문을 열어 제치며 악을 쓰지 않는가.

"인잔 아무것두 안 할 테요."

용성이가 시킨 대로 용골이가 뚝다발하니 내뱉으며 날 죽여란 듯이 돌아눕자,

"뭐 아무것도 안 햐, 아니 이 자식들이 미쳤나 환장을 했나, 빨랑 못 일나, 그 집(장씨네)에서 아침 먹으라고 사람이 두 번이나 왔구먼…… 아, 냉큼 못 일나."

"가구 싶거든 어머이나 가보지그랴."

"아니 이 새끼들이 지껄이면 다 말이냐, 제미보고 뭐 어쩌구…… 데쿵 못 일어냐냔 말여 그래두."

"못 간단 말여요, 글쎄 뭐 때미 허구 한날 그놈의 일만 하라넌게요. 어머니두 나이깨나 먹었음 정신 좀 채려요. 남이 부끄러 못 살겠어요."

"아니, 저저 육실할 놈 당장에 주둥일, 에구 내가 미친 년이지 저것들을 자식이라구 그래두."

"장단 어린애유. 낼모레가 삼십여요. 어쩌자구 날마다 볶아대는 거요, 볶아대길. 차라리 남의 집에 가 머슴을 살면 새경이나 받죠. 대체 뭐냔 말여요. 소를 먹이니 돈 한 푼 구경하나 농살 지니 쌀 한 말을 맘대로 내쓰나, 대체 장가가 뭔데 장가 말만 듣고 자식들 병신을 맨드느냔 말여요. 우리 형

제는 어디서 주워온 놈들여요. 직사하게 일만 시키구 일년 내내 가야 이 잘
난 미군 작업복 떨어진 것만 걸치구…… 참 어머니 노릇 썩 잘 합니다. 욕
해요, 욕해. 남들이 손가락질한단 말여요. 금반지가 다 뭐구 비단옷이 뭐
말라 비틀어진 거유. 장가한테 빚졌음 진 사람이 갚어요. 우는 애두 속이
있어 운단 말여요. 이 잘난 떨어진 미군 작업복, 에이 드러워. 갖다줘요.
장가 갖다주란 말여요. 에퉤.”

용성이는 미친듯 일어서 해진 작업복 윗도리를 벗어 팽개치며 침을 뱉
었다.

“아니, 조런조런 괘씸한 놈 에미한테 조런 버릇없는 놈, 제놈들을 어떻게
키웠는데. 아이구 분햐, 자식 좋달 것 없지, 자식 믿는 년이 미친 년이지.
아이구, 분햐.”

어머니는 얼굴이 푸르락붉으락 하며 팔팔 뛰며 어쩔 줄을 몰랐다. 아무
려면 알 게 뭐냐고 모른 척, 형제는 이불을 들쓰고 누워 있었다. 기세 집구
석은 싹수가 노란 것 될대로 되려무나 싶었다. 김 서방네 망신도 더 할래야
할 것도 없고 나느니 악뿐이었다. 참기도 많이 참았다. 못 살면 뚝 떠나가
남의 집 머슴살이를 하지.

그러나 용성이 형제 테모는 아무런 실효도 거두지 못한 채 좌절되고 말
았다. 거 미기에 장가가 와서 바로 제집인 양. 마당을 어슷거리며, 그 무지
하게 두리뭉실한 주먹코를 유난히 벌름대고, 괭이를 걸어도 너끈할 만큼
내밀은 주둥이를 더 볼품없이 내밀어가지고.

“허험, 오기 싫다는 일 억시로 오릴 깃 없지. 암 없구말구. 그렇지만 줄
건 주고 받을 것은 받고, 회계는 분명하게 따져야지, 따져야 한단 말여.”

어쩌고 해가며 어머니에게 엄포하는 정도는, 자기네끼리 따지든 말든 어
머니의 소관인 만큼 견딜만 했지만 저녁때 읍에서 부랴사랴 달려온 용만이
용순이란 년 행동머리를 보란 말이다.

“이 무식한 인간들아, 빚을 졌든 말든 주는 밥 먹고 구구루 일이나 하지.
잔말이 무슨 잔말여.”

형이고 뭐고 없었다. 다짜고짜 반 욕지거리로 어린 놈 다루듯 하는 용만
이란 놈 오만불손한 태도에는 어떻게 대거리할 마음의 준비부터가 서지 않

230

왔다.

"뭐 이놈아, 구구루 일이나 햐? 네놈은 계집애만 끌고 다니고 우리는 일만 허여."

용성이가 뛰쳐나오며 대거리를 하자,

"이게 왜 되잖이 덤벙대고 덤벼. 어느 놈이 계집애 끌고 다니지 말랬어. 저 못생긴 탓을 하지 누구한테 서투른 수작여, 흥."

용만이는 형을 차라리 어린 놈 취급이었다. 용만이 태도는 그런대로 좋았다. 용순이란 년 행동머리를 보란 말이다.

"쳇, 하루 난 손가락도 길고 짧은데 그럼 똑같이 살길 바랬나? 땅 파는 사람이 있어야 공부하는 사람도 있지. 알아서 꿍꿍 땅 파는 게 뱃속 편할 거야, 흥."

"뭣이 어쩌고 어째——이 쌍놈의 계집애 머슴앨 당장에 …… 네년 놈들이 어떻게 해서 흥청대는데, 천하 버릇없는…….."

우락한 용골이가 주먹을 추켜들며 달려들었다. 그러나 천만의 말씀, 멀찍이 슬슬 부축이는 장가와 어머니의 뒷심을 믿어서였던지 용만이란 놈은 느닷없이 달려들어 용골이 따귀를 갈기지 않는가. 이쯤 되자 용성이도 보고만 있을 수는 없었다. 맹호같이 달려들어 용만이 멱살을 잡고 한 대 갈겼다. 그러나 허구 한날 잘 먹고 놀고 운동을 해서 나긋나긋한 용만이란 놈 몸놀림은 보통이 아니었다. 힘도 세었고 민첩했다. 떼어놓고 용성이 용골이를 번갈아 한 대씩 치는 번개같은 솜씨는 깡패 훈련깨나 받은 솜씨다. 도리어 두 형이 당하는 것이었다. 여기에 용순이가 가세했고, 어머니는 빨랫방망이를 용성이 용골이 등때기를 한 대씩 때리는게 아닌가. 승패는 뻔한 일이었다. 결국 용성이 용골이가 슬며시 피하는 바람에 시비는 그리저리 되고 말았지만, 죽이고 싶도록 미운 것은 용만이도 용순이도 어머니도 아닌 장가였다. 때리는 시어미보다 이르는 시누이가 밉다고, 솔직히 말해서 제가 뭔데 남의 집 싸움 뒷전에서 돼지같은 몸뚱이에 비해 어린애 같은 어설픈 큰 기침을 '헤헴' 어쩌고 해가며 한다는 소리가,

"사람이란 남의 은혜를 알아야지. 고맙게 썼으면 갚을 줄을 알아야지…… 헤헴, 그라구 경우에 어그러지면 아랫사람한테도 봉변을 당하고 말고.

아무렴 당하고 여부가 있나. 헤헴, 역시 사람은 배워야지. 용만인 경우가 훤하단 말여, 훤햐, 헤헴.”

뒷짐을 지고 먼 발치에서 주절대는 꼴을 보다 못 해,

“이 자식아, 아굴빠리 닥쳐.”

소리가 곧 나오는 것을 그래도 나이 대접이랄까 의붓애비가 애비냐고는 하지만 아무튼 애비부자[父]와 함께 어머니 얼굴을 보아서,

“우리 일 우리가 알아 할테니 간섭 말고 가쇼.”

정도로 좋게 한마디 던지고 말긴 했지만 이럴 수가 있는가. 온 동네 여러 어른들 공론 좀 해보란 말씀이오.

그러나 결국 빈자 소인이랄까, 나아가서는 항시 대비하고 있는 장가 떼 서리 주먹과 칼부림에 질려서 손을 들지 않을 수가 없었다. 그렇다고 해서 몸뚱이로 복종이지 장가에 대한 반감은 날이 갈수록 굳어만 갔다.

“응, 어디 두고 보자, 언젠가는? ……”

하고. 그러면서 이렇게 말한 대로라면 역시 김씨 가문을 다시 일궈세우 겠다는 일념에서 무시로 어머니에게 일르고, 사정도 하고, 때로는 들이대 기도 했다. 그러나 웬걸 여전히 장가가 드나들고 어머니는 장가 돈으로 몸 치장에 장가 보약 해 먹이기에 요사스런 웃음으로 그 비위 맞추기에 정신이 없고, 용만이 용순이는 멋지게 흥청대고, 용성이 용골이는 뼈빠지게 지게 질을, 먼지 기름 투성이가 되어 발동기를 돌려야 했다.

“어떻게 해야 되겠어요?”

생각다 못 해 용성이 용골이는 문장(門長 : 종중을 대표한 어른, 최고 연장 자)을 찾아가 대책을 논의했다.

“글쎄, 종가집인 너희집 사정을 모르는 바는 아니다. 비단 너희 종가집에 한한 문제가 아니고 우리 광산 김씨 새계집 문제지…… 그런데 글쎄?”

“글쎄, 문장대부 생각을 해보세요. 우리 새계집이 그 불쌍놈 장가한테 이 렇게 망할 수가 있느냔 말여요. 대부께서 종회를 열어서 우리 김씨네가 한 데 뭉쳐 장가놈을 우리 집에 드나들지 못하게 해야 한단 말여요.”

“네가 그 말을 하니 말이다만 벌써 그렇게 했어야지. 새계집이 망해도 이 렇게 망할 수야 있니. 나는 아예 부끄러워서 두문불출이다…… 그러니, 글

쎄.”

“종회를 열어서 일을 추진하잔 말여요. 아무리 망했어도 앞으로 크는 자손들을 위해서 해야 된단 말여요. 이대루 두면 김씨가 전부 장가가 되고 만단 말여요. 종가일이 어찌 제집일만 되겠어요. 새계집 전체일이죠.”

“허, 안다만. 그래 너의 어미가 장가에게 안 떨어진다며? 듣자하니.”

“떨어지는 게 뭐여요. 점점 찰떡같이 달라붙는걸요. 그 장가놈 돈 때문에 말여요. 어머니는 본맘이 아녀요.”

“허어, 그것 참.”

“종중에서 몽땅 나서서 어머니고 뭐고 쫓아내잔 말여요. 들어내요. 어미라고 인전 지긋지긋해요.”

“……?”

문장대부(門長大夫)는 뿔이 여러 개 돋친 관을 정제하고 앉아서 연방 허연 수염만 쓰다듬을 뿐 심사숙고 하는 눈치다.

“늦기는 했지만 그런대로 하루 속히 서둘러 종회를 여세요. 그렇지 않으면 우리 새계집은 영영 끝장여요.”

“안다…… 그렇지만…….”

“뭘 망설이세요. 대관절 등 너머 이 서방네. 산막골 박씨네 부끄러워 살 수가 없단 말여요. 김가 놈들 다 죽었다고 얼마나 욕들을 하겠어요. 어엿한 제 살림을 장가에게 맡기고 산다고 …… 그렇게 자랑스럽던 새계집 김가가 요즘은 김가 된 것이 얼마나 한스러운지 모르겠어요. 정 대부가 종중문제를 해결 안 하신다면 저와 용골이는 김가 성을 떼어버리고 멀리 나가버릴 테요.”

용성이는 울먹하니 하소했다.

“허허, 과연 젊은 놈다운 기백이다. 새계집 종손다운 얘기다…… 음, 그렇데…….”

문장대부는 여전히 개뜨려 얹은 한 짝 버선발을 슬슬 어루만지며 자못 난처한 태도다.

“뭘 그렇게 망설이세요. 대부, 대부?”

“네 말이 옳지, 옳고 말고. 벌써 그렇게 했어야지. 글쎄, 그런데…….”

"종회 소집만 하세요. 제가 모든 사실을 알리고 행동하겠어요. 예, 대부?"

용성이는 한 걸음 다가앉으며까지 차라리 애원이었다. 대부는 잠시 멍청히 한 곳에 시선을 박고 생각에 잠기는 듯하더니,

"하긴 네가 이렇게 얘기하기 전에 벌써부터 내가 종회를 열어 네 말대로 네 어미를 들어내고 장가를 얼씬도 못 하게 할까 생각했었다. 그런데……."

"그런데요?"

"그렇게 되지 않을 것 같아서 못 하는 것이다. 어 백사가 행해서 행한 보람이 있는 일을 해야지. 보람도 없이 도리어 치욕만 당하는 일이라면 말아야지. 그래서 내 차라리 김씨 가문 망하는 것을 번연히 보면서 죽은 목숨으로 이러고 있다. 소위 종중의 대표인 문장이란 내가…… 후, 한심한 일이다."

"장가놈들 주먹과 칼이 무섭단 말이죠?"

"물론 그 점도 있지. 그러나 그 문제야 이쪽에서 정당 방위적인 일하는데 아무리 비수라도 죄없는 자를 베지 못하는 것이 사리니까. 이씨네 인근 공론이 무서워서도 덮어놓고 주먹 칼을 휘두르기야 할까만, 그보다 소위 말마디나 하고 글자깨나 배운 놈들은 우리 김가 놈들도 전부 장가편이니 말이다. 김 서방네 장가 돈 안 쓴 놈이란 게 너희들 같은 지게목발 두들기는 하천배들뿐야. 안 된다, 네 뜻과 기백이야 좋고 말고."

"그럼 내버려둔단 말여요?"

"……."

"대부. 대부. 그럼 우리 김씨는 이대로 장가네 붙임장가가 되고 만단 말여요."

"글쎄, 말마디나 하는 젊은 놈들은 전부 장가 놈한테 아부 한대도."

"사람이 한 번 죽지 두 번 죽어요. 대부마저 그렇다면 좋아요. 문장대부로서 하시는 일이 대체 뭐여요, 뭐냔 말여요."

용성이는 한마디 내대고는 용골이를 끌고 나와버렸다. 용성이는 그 길로 자기와같이 농사에만 종사하는, 생활환경이 불행한 편이랄까 이러한 친척

들 몇몇 사람을 찾아 문장한테 제의한대로 상의를 했다. 그러나 찬성 불찬성 의견이 구구해서 신통치 않았다.

"성님, 난 어디 나가버릴 테요."

용주네서 나와 밤나무 울타리를 돌며 용골이가 격한 어조로 말했다.

"임마, 잠자코 있어. 어떤 놈은 있고 싶어 있냐."

"백날 붙어 있어봐야 뭘 하냔 말여요. 쪽박찬 거지도 장래 꿈 때문에 산다는데 이게 뭐여요. 글쎄."

"안단 말여 자식아, 왜 너까지 깍족깍족 속을 긁는 게냐. 눈 딱 감고 입 봉하고 있어. 내 집을 버리고 어델가."

용성이 용골이는 뒷동산 종조부 산소 제절에서 밤이 깊도록 대책없는 상의를 되풀이하다 어깨들이 축 늘어져가지고 내려왔다. 새로 지은 행랑채 뜰에 어머니 고무신과 장가의 구두가 나란히 놓여 있는 것을 보는 순간, 심장의 격동이 전에 없이 거칠었으나 서로가 한마디 말도 없이 제가끔 잠자리를 찾아들었다. 그들은 그만큼 약했다. 잠을 자지 못했다.

그런데 이건 또 무슨 어정쩡한 어머니 명령이냐. 보자보자 하니 얻은 장 한 번 더 떠 먹는단 격으로 뭐 등 너머 나(羅)서방네 호안공사(護岸工事)일을 가라고. 나 서방이라면 등 너머 사는 줄은 알았지만 낯판대기도 제대로 모르는 녀석들이다. 뭐, 나 서방이 장가 사돈에 사촌이 된다나. 아니 장가 제놈들 일 다니는 것도 죽는 것보다 좀 나을까 하고 다녔는데 장가 사돈의 사촌네 일을. 내막은 들어보나마나 너무나 뻔한 사실이다. 용성이네 제방 공사식으로 사돈 봐줍네 하고 빚놀이하고 생색내고 나 서방네 전답 언저리에 있는 장가 제놈 전답은 개평으로 홍수 방지에 한몫보자는. 아무튼 돈 속에는 빠꼼이 같은 놈이다. 어쨌거나 제 사돈 나가를 우려 먹거나 돈벌이를 하거나 얼토당토 않은 용성이 용골이가 하상관인데, 허허 나참 기가 차서, 이건 아무리 좋게 해석을 하려 해도 부처님 가운데 토막이 아닌 이상 감정이 안 날 수가 없다. 피를 본 이리라더니, 아무리 돈맛이 자반조기 소금 배듯 온몸에 뱃기로서니 제놈 사돈네 일까지 하러 가라고 어머니를 녹신녹신 주물러놓았으니 놈이야 말로 다시 고쳐볼 필요가 있는 장가임엔 틀림없다. 그도 요즘 봄판에 농사 일도 그럭저럭이고, 용골이 방앗간 일도 시시하고 형제 나가서 벌면 좋기야 하지. 그런데 소위 품삯은 어머니와 장가가 전에 신세진, 은혜 입은 조건으로 어름서름 발라 맞히고, 실상 ×이 빠지게 일한 용성이 용골이에게는 조금이나마 모금 수가 있어야지 기껏 해야 욕봤다고 미군 작업복이나 한 벌씩 사줄 터이고 돼지 고기나 한 근 사고 막걸리 되나 마시라고 몇 푼 던져줄 테지. 그러고는 전채(前債)를 갚네 신세를 보답하네 그럴 듯한 상습 술책으로 넘기고 어머니와 장가 분벽사창에서 재미 보는 자금, 용만이 용순이 새로 생긴 연애학과 학자금으로 알뜰하게 써질 터이지.

"어머님. 죄송만만이지만 나 서방네 일은 그만두는 것예요."

용성이는 한마디로 비틀어 꽈댔다.

"글쎄, 내 얘길 들어보라면. 품삯이 많단 말야. 장씨네선 삼백 원 줬지만 오백 원 준다잖니. 그런 벌이가 어데 있니? 장씨가 분명히 말하더라. 너희 형제 한 달쯤 벌어 가지고 내 송아지라도 한 마리 사놓으면 그게 다 너희들 장가 밑천, 살림 밑천이지 뭐냐고."

조건도 그럴 듯했지만 어머니의 전에 볼 수 없이 보드라운 말씨가 그럴 듯이 귀에 앵겨들었다. 그러나 용골이는,

"다 듣기 싫어요. 아, 등 너머 물 건너 이 서방네 박 서방네 젊은이들이 얼마든지 일꺼리가 없어 빈둥대는데 그 사람들 데려다 쓰면 되잖아요. 참, 어머니도."

"물론 그렇게도 할 수 있겠지. 그렇지만 쌀 한 되 욕심은 저저이 다 있다고 장씨는 그래도 돈벌이 되는 것을 어떻게라도 너희들을 시키려고 그러잖니. 그러면서 나씨네 일 나가는 섯은 나씨를 거쳐 너희들에게 품값을 주는 게 아니고 직접 너희들 손에 들려준다잖니. 그 공사 총 책임을 장씨가 맡았다니까."

"자기 빚 제한다겠지요, 머."

"한 푼 안 제하고 몽땅 준대두."

"몽땅 아니라 전부를 줘도 어머니 줄 테지 우리야 무슨."

"글쎄, 너희들 손바닥에 직접 들린다면."

"진짜유?"

"거짓말이면 내 눈을 빼라, 이놈들아."

그러나 용성이 용골이가 어머니 말을 믿게 되었는가. 그저 심심파적으로 주고받은 말이었지. 결국은 못 가겠다고 메뚜기 다리 뻗 듯 쭉 뻗었더니 예상대로 어머니를 통해 장가의 채무독촉, 은혜 갚음 등을 포함한 설복 위협 공갈의 화살이 부지런히 날아오지 않는가.

"용골아, 또 할 수 없구나. 한코라도 걸리면 우리 손해지 뭐. 안 그러냐……."

"그럼 나가네 일을 가잔 말요?"

"싹수 돌아가는 게 빤하잖아. 얘."

"차아, 자석 팔짜 치곤 쇠똥벌레 팔자다."

용골이 용성이는 압력에 눌려서이긴 했지만 저희들 나름대로 장가한테까지 노임을 자기네 손에 얹어주겠다는 확언을 받고 일을 나가기 시작했다. 아무튼 형제 한 달만 내려 뽑으면 목매기 송아지 한 마리라도 끌어다놓고 키워서 여편네라도 얻어보자고. 어머니 믿었다가는 평생 계집천신도 할 것 같지 않고 해서.

무식한 놈들 나름대로 그럴 듯한 꿍꿍이 셈을 품고 나가네 공사장에 나갔는데, 나갈 때부터 예상은 했었지만 예상과는 너무나 거리가 멀지 뭔가. 아직 새파란 애송이 감독인 장가 붙이들이 요거 해라 조거 해라 정말 창자가 넘어올 지경이지 뭔가. 공사판 감독이라고 생긴 건 섞인 것 없이 모조리 장가가 아닌가. 뱀보다 더 싫은 장가. 김씨 가문을 망치고 어머니를 정신병 환자로 만들어 자식도 몰라보게 해논 바로 그 장가들뿐이란 말이다. 감독이란 감독은. 나가는 명색만 주인이지 모든 일은 장가가 모두 이리 왈 저리 왈이었다. 그러나 송아지 살 생각을 억지로 해가며 참아야지 뾰족한 수가 뭐냐.

그도 그렇지만 조금도 위험성없고 편하다고 하던 공사일이 그렇게 위험하고 힘들 수가 없었다. 바위 절벽에 가 허리를 밧줄로 떠매고 붙어서서 해머를 휘둘러 남포 구멍을 뚫어야 했고 서슬이 칼날같은 돌을 뭍로, 자갈 강변으로 메어 날아야 했다. 자칫 실족 실수하면 살이 썩썩 베어지고 한 번 떨어졌다 하면 염라대왕이 제 할아비라도 속수무책인 그런 위험천만한 일이었다. 그래도 참고 견디며 송아지를 기어이 사 길러 장가 밑천을 하잔 일

넘에서 기를 쓰고 노력했다. 한 푼이라도 더 벌자고.

그랬는데 용성이 용골이의 그 바위억설에서 피워보려던 장미꽃 꿈은 불과 일주일만에 산산조각이 나고 말았다. 꿈에마저 잊지 못하고 그려보던 새계 할아버지에게 이 불행한 ◯◯대 종손 형제를 도와주십사 하고 밤낮으로 기도드린 보람도 없이 용골이가 큰 상처를 입고 말았다. 그날도 힘에 겨워 못 하겠다고 두세 번 거절을 했는데도, 고집스런 장가 감독이 강권을 하는 바람에, 실은 그 돌만 메고 가면 상으로 이백 원을 특별히 주겠다는 바람에 그 크고 칼날같이 날카로운 돌을 목도로 메고 오다 쓰러졌던 것이다. 이백 원이면(실은 한 사람 앞에 백 원씩)보리쌀이 몇 되냐고 기를 쓰고 메오다 중상을 입고 말았다. 한쪽 종아리 살이 거의 끊어지다시피 뼈가 허옇게 내보이도록. 그 길로 용성이가 업고 장가가 정해주는 병원에 입원 치료했으나, 힘줄이 끊어져 영영 불구자가 되고 말았다. 용골이는 신세 생각을 하고 허구한 날 울었다. 밤에도 소리없이 베개를 적셨고 낮에는 사람없는 새계 할아버지 산소 앞에 가 혼자 울었다. 어머니 때문이라고 불효된 행동인 줄 알면서 어머니 멱살까지 잡고 몸부림을 쳤다. 장가도 무섭지 않았다. 그러나 욕만 푸짐하게 해붙였지 장가 뒤의 떼서리들은 아무래도 무시할 수 없는 것이 용골이 감정에 앞선 엄연한 현실이었다.

이쯤 자식 신세까지 망쳐놓았으니 오직 실날같은 인간성이라도 있는 인간이라면, 어머니라면, 마땅히 장가와 인연을 끊어야지, 아무렴 끊어야지. 그런데도 부상 당시 당분간 장가의 출입이 뜸한 듯했을 뿐 용골이가 절름발이가 되어 나왔는데도 지금은 장가와 어진하니 누가 무어라 해도 어머니는 미친 것만은 사실이다. 전에도 돌은 머리인 줄은 알았지만 이번 사건 후의 태도로 보아 완전 미친 사람인 것을 누구나 알고도 남음이 있게 되었다. 괘씸 하다기에 앞서 가엾다고 할까. 그저 장가만 보면 반갑고, 안 오면 얼굴을 문지르고, 눈썹에 껌정칠을 하고, 입술에 빨간물을 칠하고, 하루도 몇 번씩 옷을 갈아 입고 체경 앞에 서서 앞뒤를 다독거리고, 그렇게 장가가 좋을까. 그 두리뭉실한 주먹코, 돼지거두리 같은 주둥이 장가가 그렇게 그립고 잊을 수 없을까? ……

반면에 용성이 용골이 생활은 나날이 우울하기만 했다. 어머니에 대한

238

충고는 언어 낭비인 줄 알은지 이미 오래고, 무시로 불구된 용골이를 위로 하는 용성이 형이 너무 괴로워하는 심정을 덜어주기 위해 형을 대할 때마다 억지로 지어보이는 어색한 웃음. 오직 복잡, 답답, 우울한 나날의 연속이 었다.

"새계 할아버지가 용골이를 불구자가 되게 놔두다니 너무 억울해. 새계 할아버지는 너무 무심해, 너무 너무."

어느 날 술이 만취가 되어 들어온 용골이는 방바닥을 치며 몸부림을 쳤다.

그날 밤 용성이는 위로했다. 그리고 같이 울었다. 밤이 깊어서 용골이는 윗방에서 겨우 잠이 들고 용성이는 제방인 아랫방에 내려와 누웠으나 잠은 영 천리 만리다. 어머니의 돌은 정신이 바로 되지 않는 한 아무런 의학 과학을 동원시켜 머리를 짜모아야 머리만 직신직신할 뿐 해결책이라고는 없는 실정. 그런 줄 번연히 알면서도 새계집 종중의 앞날과 제몸을 송두리째 팔아버리는 줄 모르고 당장 눈앞만 보고 어줍잖이 날뛰는, 장가에게 아부하는 새계 김가 젊은 놈들, 그것을 시정하려는 의지는 있으면서도 과감한 행동을 취하지 못하고 일편 수긍, 일편 불만이 아닐 수 없는 문장대부, 여기에서 그런대로라도 새계 할아버지의 긍지를 지키면서 장가를 물리치려다 희생이 된 자신과 용골이. 생명이 다하도록 고칠 수 없는 불구자가 된 용골이. 장래 형으로서 새계집 대종손인 자신의 처세를 과연 어떻게 하는 것이 진실된 용성이인가를 다시 한 번 따지기 위해 밤이 깊도록 잠을 이루지 못했다.

어느 때나 되었는지 야릇한 감촉에 용성이는 눈을 떴다.

"형니임, 형니임."

부르며 흔드는 소리는 틀림없는 용골이었다. 이 자식이 안 자고 왜 또 이럴까 생각하면서도 언제나 불구된 후 머리에 박히다시피 한 그 심정을 일깨워 눈을 뜨며,

"왜 안 자니? 가서 자."

했더니,

"형님."

용골이 부름 소리는 일찍이 볼 수 없을 만큼 강직 명료했다.

"왜?"

평범한 척 반문하면서도 신경은 긴장되었다.

"일어나세요."

용골이 말이었다.

"왜?"

하면서 일어났더니,

"형님, 해치우지요?"

"뭘?"

"장가가 왔어요."

"그렇지만……."

"제발 이 병신 용골이를 동생으로 여기신다면 나오세요."

용골이는 일언 반구도 없이 문을 열고 밖으로 나가며 눈짓과 태도로 어서 나오라는 것이 아닌가,

"……?"

불안과 의심 만단인 심정으로 역시 불구의 정상이 앞을 서서 자신을 묵살하고 따라 나갔더니, 문 앞에 험숙한 놈이 서 있지 않은가. 초라하고 키가 뮌중한 것으로 사종간인 장가 사촌네서 머슴살이하는 용주인 것을 알 수 있었다. 어둠 속에서도 곡괭이를 메고 있었다. 대체 이놈들이 어떻게들 하려고? 생각하는데 용골이가 웨절숙거리고 앞서 걸으며 손짓으로 어서들 따라오라는 것이었다.

용성이는 용골이 뒤에 따라가는 용주 뒤에 좀 거리를 두고 따랐다. 용골이가 웨절숙 가는 곳은 물론 굴뚝 모퉁이, 항시 장가와 어머니가 재미 보는 분벽사창, 말해서 별당이었다. 약간의 거리를 두고 웨절숙대던 걸음을 멈춘 용골이가 용성이 귀에 대고 하는 말인즉,

"성, 나하고 용주하고 장가놈을 다룰 테니 형님은 그저 보고만 있다 장가가 덤비거든 약간만 거들란 말여요."

일편 통쾌하고 일편 장가 떼서리가 몰려들 것만 같아 가슴도 뛰었다. 그러나 기세 이쯤 시작한 일이 아니냐 싶어 보고 있자니, 어느 겨를에 용주가

곡괭이로 문짝을 때려부수는 것이 아닌가. 그러자 한참 미친 여자와 재미를 보고 있던 참이었던지 샅만 가린 벌거숭이 장가가 헛소리 같은 겁먹은 소리를 지르며 허겁지겁 엉기다시피 부서진 문틈으로 기어 나오지 않는가. 나중엔 삼수갑산을 갈 망정 통쾌해서 저절로 어깨가 으쓱대고 주먹이 부들부들 떨리는 판인데.

"아구구, 사람 죽네. 나 죽어. 나 죽어!"

하는 육덕보다 애송이 음성인 소리로 장가가 금세 까무라쳐 동그라지는 것이었다. 좀더 눈을 크게 떠보았더니 용골이란 놈이 장가의 그놈을 잔뜩 틀어쥐고 있지 않은가.

"잡아 훑어. 아주 잡아 빼든지."

곡괭이를 들고 식식거리며 용주란 놈이 달려드는 것이었다.

"아이고, 나 죽네. 사람 살려. 나 죽어."

그러나, 미친 여자는 장가야 죽든말든 내 알 바 아니란 듯이 웃통은 벗은 채 홑치마를 두르며 어쩌면 그렇게 약삭 빨리 빠져 도망치는지 몰랐다.

"어허허 어허허 으허허허허……."

용성이는 허리를 뒤로 젖혀가며 자지러지게 웃어댔다.

"잡아 뽑아, 아주."

두 더 지

모종 보리농사〔大麥移植栽培〕가 제대로 되면 이 고장 사람 노릇을 할 것이고, 실패하면 몇 대째 사는 이 마을을 떠나야 할 형편인 점복이었다. 모(苗)도 충실했고, 본답에 옮겨 심은 후에, 성적도 썩 좋다는 농촌 지도소 직원의 말이었다. 그런데 생각지도 않은 두더지 때문에 이렇게까지 정나미가 떨어지게 될 줄이야——. 오늘도 새벽같이 일어난 점복이는 쇠죽을 끓여주고, 훤히 동쪽이 밝아오자 매일 하는 식으로 장군에 똥을 퍼붓기 시작했다. 모종 보리에 똥을 주기 위해서이기도 했지만, 해돋이에 두더지를 잡기위해서였다. 요즘은 제 백사하고 식전 저녁 두더지랑 싸우는 게 일이었다.

부지런히 똥을 퍼붓고 있는데 부엌에서 수돌이란 놈이 저의 에미랑 무얼 그렇게 옥신각신 해쌌더니,

"이 새끼야 내빌 졸라, 내빌——네미가 뭬 있어. 속곳을 팔어달란 말여, 이 새끼야."

이렇게 제미의 찢어지는 소리가 터지자 부엌문을 나선 수돌이는 주둥이가 돼지 그두리같이 되어 가지고 점복이 똥 퍼붓는 데로 시무룩하니 걸어오는 것이었다. 책가방, 모자를 들고 점복이 곁에 와 서더니, 우선 두어 차례 뜨려는 부럭지(황송아지)같이 눈을 치떠 점복이를 쳐다보고, 고개를 떨구면

서,

"아부지 나 저——."

하고, 양 볼에 밤톨을 잔뜩 물은 소리를 하는 것이었다. 그러나 제미한테 맨날 쇠뚝배기 소리를 듣는 점복이가 오늘이라고 그렇게 싹싹할 리가 없다. 아예 이웃집 강아지가 짖나 보다 이런 태도다. 그냥 얼굴도 돌리지 않고 수굿하니 장군에 똥만 퍼붓지 않는가——. 수돌이는 손에 든 모자를 만지작 만지작 돌리며 주둥이가 조금은 더 나와가지고.

"아부지 학교 가기 늦어유——."

"……."

점복이는 네깐놈 보챌 테면 보채보란 듯이 눈길 한 번 주는 일도 없이 똥만 퍼붓는다.

"지각 한다면유——."

"……."

역시 입이 성하거든 실컷 지껄여보라는 태도였다. 수돌이는 점차 훤해지는 선반날을 또 한 번 쳐다보며,

"아버지유 좀——"

하고 소리를 크게 질렀다.

"헷참 내비 워디 갔니 왜?"

결국 장군에 똥을 다 퍼붓고서야 멋쩍게 해붙였다.

"글쎄, 늦어유. 좀——."

"이 자식아 해장부터 왜 또 부진부진 지랄이냐. 보리밭에 가기 늦넝면…… 헛 참——글쎄 이 자식아 염치가 더러 있어야지 염치가——돈 삼백 원 가주간 지가 메칠 됐기에 또 돈이냐…… 인자 아예 공부할 생각은 집어치구 돈 원제 가죠라나 그것만 알러 핵꼬 댕기닝기냐 하하——참."

점복이는 똥 묻은 똥 바가지 자루를 초상 상주같이 짚고 서서 수돌이 상판을 빤히 들여다보았다.

"그래두 학급비 오늘까지 안 가주가면 벌 서유."

"헤헤, 참 히얀허다. 대체 학급비란 게 또 뭐 하닝기냐…… 그렁께 내 말이 그기여…… 핵꼬 선생들언 공부는 아예 걷어달구 맨날 무슨 돈을 가죠

랄까 연구만 하구. 너넌 그런 건만 알러 댕기구……글쎄, 이 자식아 네놈
이나 선생들이나 사람이란 염치가 있어야지 염치가——벼룩두 낯짝이 있
구 빈대두 모솔끼(모서리)가 있다구 헛참……게을른 놈은 농사구 지랄이
구 다 집어치구 주머니 끌러놓구 앉아서 돈 내주기두 바쁘겠으니 나참 기가
막혀……아예 이 자식아, 그럴 게 아니라——존 수가 있다. 내빌 가따
잡혀 먹던지 팔던지 해라. 그게 서루 성가시잔히 낫것다.”

“빨리 줘유.”

“움쏭깨 얘기지——있으먼사——.”

“엄마 그라넌데 돈 있다구 아버지더러 달라락 하던디유.”

“어떠, 그 예펜네 앞찌락 널룬 소리 하덩개비다……그 돈이 왜 너 줄돈
여 이 자식아……괜시리 알지도 못하메 보진대네. 자식아——비루 살 돈
여 비루(肥料)——아냐?”

“아무 돈이래두 오늘은?”

“차——배짱 좋은 소리 한다 자식——보리밭 비루보다 더 급한가베…
… 염불두 목목시구 쇠뿔두 각각이라구 세상 움써두 그 돈은 비룰 사야 보
리 농살 짓지.”

“그럼 학교 안 갈려유.”

“뭐여 안 간다구?”

“……”

“암만 그래두 핵꾼 가야지 이 자식아……넬은 내 짚신전에 가 환전을
내서라누 술 벵께 잉——언녕 가, 이 자식아…….”

공연한 제사를 지내고 어물값에 졸린다고 자식 중학 입학시켜놓고 경제
적으로 이만저만 몰리고, 쪼들리는 게 아니었다. 그러나 수돌이 학교를 중
동무이 시키고 싶은 마음은 조금도 없었다. 아무리 쪼들려도 졸업은 시켜
야겠다는 당초의 결심은 변하지 않았다. 눈구녁이 발바닥 같은 무식한 설
움을 얼마나 뼈에 사무치게 느낀 점복이었던가——이건 두고두고 보면 이
권이라도 있는 것들은 동네에 글줄이라도 배운 소위 유지급들이 쓱싹 닦아
시고 탑쎄기는 언제고 점복이 같은 무식한 사람들 차지였다. 우선 농민들
의 가장 관심이 큰 봄, 가을로 면 재무계, 세무소에서 조사해가는 황지성

(慌地成) 조사, 재해지(災害地) 조사, 작황 조사(作況調査)같은 것도 매양 조사는 해가야 점복이는 번번이 혜택을 보지 못했다. 번연히 동네 사람이 모두 인정하는, 말하자면 보리 황태로 씨도 찾기 어려운 형편이어서, 이장을 찾아가 재해지 조사 나오거든 재해지 신청을 해달라고 단단히 부탁을 하건만, 결국 농지세는 면제되지 않고 물게 되는 것이었다. 반면에 이장네 친척이나, 구이장 같은 사람들은 점복이에 비해 작황이 월등 좋은 데도 재해지로 잡혀 농지세가 면제되고——너무 억울하고 분해서 이장한테 달려간다. 그러나 뭘 하느냔 말이다. 사리가 닿게 따지지를 못하고,

"거 위째 우리 절꿀 밭두 세금이 안 나올 줄 알았더니…… 면이서 잘못됐나 원, 이장, 면이 가 알아봐줘……."

기껏 이런 정도인 것이다. 그러면 이장은 아 그렇게 됐느냐고 꼭 알아보겠노라 하지만 차일피일 밀다가 결국은 군으로 납액보고(納額報告)가 되어 할 수 없으니 다음에나 잘 해보겠다고 흐지부지 되어버리고 마는 것이었다. 그런가 하면 동네 농지세를 찻길〔車道〕까지 져낼 때라든지, 동네로 가져오는 비료를 져들일 때라든지 묘목을 져온다든지, 그 밖에도 국도(國道)부역을 나가고, 동네 회실을 수리하고, 동네 우물을 치고, 지방도를 닦고 하는 뼛심드는 일거리만은 언제고 점복이 같은 몇 사람이 도맡아 하는 것이 아닌가——이장 반장 유지들은 아예 지게 질 생각도 하지 않고 농처에 다닐 때 단장 삼아 짚고 다니는 자루를 매끈하게 다듬은 가짓잎 괭이만 들고 어름어름 서성대며 입술만 나불대고 한몫을 보고.

뿐만인가, 면서기나 농협에서나 지서에서 순사 어른이 나오시면 이장네 집이나 술집에서 닭을 잡고, 생선을 굽고 한타령으로 얼러 술밥을 진탕 먹고는 그 추렴은 먹는 입도 쳐다보지 못한 점복이에게도 빠지지 않고 돌아오는 것이 아닌가——그도, 이장은 동네 대표여서 어쩔 수 없이 주인으로서 같이 대접을 해야 지당하지만 구이장, 옛날 면서기, 반장, ○당에 동책이라고, 학교 기성회장이라고, 역원이라고, 그놈의 옛날에 지낸 이장이 한둘이며, 반장은 몇 명이며, 동네 가지가지 신구 감투장이 말하자면, 어중이 떠중이 동네 어정잡이란 어정잡이는 게을러 빠지게 골타리에 손을 찌르고 다 모여들어 참견할 게 뭐냔 말이다. 말하자면 지게 진 놈이 등때기 벗겨지게

벌어놓으면 갓 쓴 놈들이 앉아서 먹기만 하니 이건 정말 지랄도 아니다. 그러면 동네 장래를 위해서라도 빤히 거울 속같이 들여다보이는 사실을 따져야 하는데 입은 밥만 우겨넣자는 것인지 왜 또박또박 따지지 못하느냔 말이다. 눈구녕이 없지 속이야 없는가——글쎄 이건 어찌된 빌어먹을 것이 지껄이면 틀림없이 제대로 경우 밝게 지껄일 것 같은데, 막상 참다 못 해 이장하고 한 번씩 부닥쳐보면 마음속에 생각했던 것, 언저리도 못 가고, 앞뒤도 없는 뒤죽박죽 데데한 소리가 되어버리고 마는 것이었다. 게다가 왜 얼굴을 맹판 빨개지는지 …… 결국은 도리어 몰아세움만 받고 꽁무니를 빼야 되었다. 그렇기는 하지만 정히 경우가 뚜렷하게 옳은 일, 말하자면,

"그렇지만 이장, 워째 삼반장네가 논두 더 많구 더 좋구 한디 농지세넌 나보담 적으냔 말여?"

이렇게 할라치면 대답이 항상 신통했다.

"한 푼 생기는 것도 없이 허구한 날 집집마다 개 짖기고 다니는 반장은 무슨 죄유. 원 수고한다고 막걸리 한 잔은 못 받아줄 망정 자기 수단껏 해서 농지세 좀 덜 낸 게 그렇게 배가 아프단 말유——반장을 점복 씨가 하슈, 이장두 하구…… 당장이래두 내놀 터이니…… 그렇게들 부엌엣년이 더 먹나, 방엣년이 더 먹나 몸 달지 말구——."

하는 것이었다. 그러니 눈구녕이 있어야지 눈구녕이 …… 왜 당장들 내놓으라고 못 하느냔 말이다. 눈구녕이 있어서 면에 가 농지세 대장도 떠들어보고 하면사 이렇게까지 가슴을 쥐어뜯게 답답하지는 않을 것인데——배고픈 설움이 눈물겨웁다면 눈구녁 없는 설움은 뼈에 사무치는 설움이 아닐까——.

"글쎄 죽술간 겨우 먹는 셍펜에 워떻기 중핵꼴 보내유. 난 아무래두 부지런 것 같은걸——."

그러니까 작년 봄 수돌이 입학시킬 무렵 즈 에미는 한사코 반대를 했었다.

"누군 우리 셍펜을 모르나베——하지만 자식 하나 그것까지 내 꼬락서닐 만들구 싶지는 않어——."

점복이는 자기 결심을 굽히지 않았다.

"그렇지만 당장 첨에 들어갈 때 이것 저것 이만 원 돈이나 들어야 한다는 디 한 푼두 움씨먼서 워쩔나구——."

"어떠, 협동조합에서 얻으면 된단 말여. 자식이 공부두 으수한다구…… 설마 아직 핏종발이래두 있응께 아무려면 제길헐——."

"지금까지 움씬 살어두 남의 빚은 모루구 살었는디 빚지구 맘조여 어찌 살라구 그랄까…… 즈아버지두 늙어가구 연골에 생일이나 뼈에 배게 하넝게 좋것구먼——아무래도 흙 파먹구 사는 사람은 흙 파먹다 죽기루 마련인 걸——."

"글쎄, 구만두라면 한 번 비비대보넝기여 뼈다구가 부서져라구——."

결국 점복이 고집으로 농협에서 빚을 얻어 중학 입학을 시켰던 것이다. 그런데 눈구녁없는 사람이 농협에서 빚을 낸다는 것도 그렇게 수월스런 일은 아니었다.

처음 농협에 들러 지금까지 빚 써본 적이 없다고 하니까 소요되는 금액을 적어 소정서류를 갖추어 내라는 것이었다. 하라는 대로 인감을 내고 조합원 보증도장을 가지고 가서 차용증서를 써냈다.

"댁 재산 정도가 신용대부 이만 원까진 안 됩니다."

한마디로 거절하는 것이었다.

"지금까지 처음으로 부탁 말씀 드리넌디 무슨 말씀여유. 논두 너덧 마지기 되구유——밭두 칠팔백 평 된단 말여유. 아무라먼 이만 원 어치야 안 될라구유——."

점복이는 말이〔馬齒〕같이 기단 앞이를 어색하게 드러내고 뒷통수를 긁으며 사정을 했다.

"규정상 신용대부를 그렇게 많이 할 수 없어요."

얼굴을 대하여 얘기라도 해줬으면 좋겠는데 자기 하는 일만 계속하며 완강한 거절이었다. 다음날 이동조합장을 데리고 들어가서 점심때 점심을 대접하며 조합장이 사정을 해서 겨우 준다는 승낙을 얻었었다. 그런데 또 보증인 도장이 인감 시효가 지나서 안 된다는 것이 아닌가. 면에 가서 인감을 내달라니 본인이 와야 된다는 것이었다. 할 수 없이 다음날 보증인을 데리고 가서 인감을 내가지고 갔었다. 이번에도 보증인이 농협 채무가 많아서

안 된다는 얘기였다. 여하한 사정도 쓸 데 없었다. 또 허행을 하고 돌아와
서 다음날 다른 보증인 두 사람을 데리고 인감을 내기 위해 면에를 갔었다.
호적 서기가 나갔으니 기다리라는 얘기였다. 세시나 되어 호적주임이 와서
겨우 인감을 내가지고 부랴부랴 농협으로 달려갔었다. 그런데 이번에는 서
류는 되었는데 시간이 지나 대출을 못 한다는 것이었다. 아니꼬운 생각이
울컥 들었다. 당장 서류를 박박 찢어버리고 싶은 것을 꾹 참았다. 그리고는
좋게 집으로 돌아왔다. 수돌이 자식 입학금을 내기 위한 것이기에 참아야
했다. 무엇보다도 인감도장을 인감대장의 것과 대조할 때에 또 틀리는 것
인가 싶어 마음이 조이던 생각은 평생을 두고도 잊을 수 없는 아슬아슬한
일이었다. 다만 서류가 다 되었다고 하는데 너무 신기스러워 혼자 벌쭘 웃
기까지 했다. 아무튼 꼬박 닷새를 쫓아 다녀서 이만 원을 얻어다 등록금을
치르고, 양복을, 모자를, 신발을 사고 공책도 궁색하지 않게 사주었다.
　"사람 구실 할라면 정신 바싹 차리구 배워. 이 자식아——."
　점복이는 이 말을 몇 번이나 했었다.
　그런데 입학시킨 것이 문제가 아니었다. 사흘도리로 손을 내미는 데는
정말 목구멍에 침이 바작바작 마를 지경이었다. 몇 달이 못 가서 후회가 되
었으나 그러나 그 자식은 몸뚱이를 팔아서라도 사람 구실을 시켜야겠다는
결심은 변함이 없었다. 아침 한 끼만 밥이고 두 끼를 죽으로 우겨댔지만 그
런 방법으로는 얘기도 안 되었다. 그러니 세상 농촌에 무슨 돈벌이가 있어
야지——매일같이 산에 가서 물거리 나무 하는 게 유일한 돈벌이었다. 그
러니 그것도 농네 어정잡이들이 몇 사람이 사 때는데 숫자는 빤한 일이다.
할 수 없이 십 리나 되는 곳에 제방 공사일을 다녔다. 새벽같이 집을 나가
면 온종일 돌짐을 지고 밤에야 돌아왔다. 그렇게라도 계속 있기나 하면 좋
겠는데 얼마 가지 않아 끝장이 났다. 어쩔 수 없이 여기저기에서 급전고리
를 급한 대로 끌어대고, 봄, 가을로 걷어 들이는 감자, 고추, 마늘 같은 것
으로 일부 메우고 일부는 연기하고——겨울에는 즈에미, 창순이(큰딸) 셋
이 밤을 새다시피 가마니를 짜서 한장도막도 빠지지 않고 이십 장 가까이
짜냈다. 온 가족이 밤을 낮 삼아 할 수 있는 노력을 다 해도 항상 몰리고 쪼
들렸다. 그러다 보니 자연 농협 빚은 이자도 끊지 못한 채 후딱 이 년이 지

났다. 그렇게 그렇게 돈이 필요한테 야속하게 일거리가 없는 농촌이었다. 자식은 불같이 조르고 돈은 꿀 데도, 얻을 데도 없고 할 때는 그만 중동무이를 하고 싶은 생각도 한두 번이 아니었다. 그러나 자식한테고, 여편네한테고 애비꼴이 되며, 사내 체면이 되느냔 말이다. 그도 그렇지만,

"원 별꼴. 염소가 설사를 한다더니 점복이가 주제에 자식 중핵꼴 보낸다니, 허허참."

"왜 아녀, 명태 두 마리 국 끓여먹으라고 중께 아래 윗전을 벌려놓넌다더니…… 몇 해 시절 덕분에 죽술간이래두 먹응께 뭐구 다 될상 부른 모양이지 헤헤 며칠 갈라구——."

"음. 속담에 말인즉 남이 장에 가닝께 씻나락 오쟁이 떼지구 나선다구…… 해해해 남이 하닝께 해보는 모양이지만——."

"맞었어, 맞어. 꼭 그짝여 헤헤 씻나락이나 할꺼시지 헤헤——."

이 따위로 주둥이 놀리는 동네놈들을 보란 듯이 말 그대로 악으로, 고집으로, 손톱으로 바위 뜯듯 버티어온 것이었다.

어쨌든 지금까지는 물고 뜯고 하며 버텨왔는데 나머지 일 년이란 고개는 쳐다보기에만도 험악하고 아득하기만 했다. 농협 채무는 이자 한 푼 못 갚은 채 그대로 나자빠져 있지 않은가. 사채는 사정이라도 하고 탕감이라도 할 수 있지——일 푼 일 리 어림도 없는 서릿발이 싸느랗게 돋는, 생각만 해도 몸서리 나는 그 돈이 쉬지 않고 손자 변까지 36.5란 이자로 늘어가고 있지 않은가. 그런 줄 알면서도 모른 체하고 살아가는 점복이의 가슴에 피는 바작바작 졸아드는 것만 같았다. 이동 조합장을 데리고 가서 담당 직원에게 술도 받고, 점심도 사가면서 살려주는 셈대고 일년만 더 봐달라고 사정이 아니고 애원을 했다. 그래서 최선의 편의를 보아주겠노라고 말은 했지만 흐리터분하니 꼭 믿어지지를 않았다. 가을이라야 형편이 되어서 낸 것도 아니고 어쩔 수 없이 쌀 몇 가마, 깨, 고추 나부랭이, 팥 말까지 몽땅 긁어 샀지만 지지한 사채 잔돈푼으로 벌써 홍역에 아새끼 날리듯 어디로 간지도 모르고, 농협 것은 생각할 여지도 없었다. 정말 점복이 신셀 망쳐놓잔 셈인지 학교에서 내라는 것은 점점 많아지고, 하늘 높은 줄 모르고 값이 뛰어오르는데, 이놈의 쌀값은 노루 꼬리만큼 오르나 마나니 농사짓는 놈 자

식들은 학교를 다 집어치우란 말인가. 정녕 무언가 잘못되지 않고서야 이럴 수가 있을라고 —— 왜 하필이면 그 자식이 한 달에 두세 켤레 신는 운동화값, 책값 이런 것은 그렇게 오르면서 암만 그래도 소중한 축에 들 수 있는 쌀값만 제자리 걸음일까. 농사꾼 놈들이 공부는 해서 무얼 하느냐고, 대대로 땅이나 파먹고 지내란 얘긴가. 그렇지만 온 천지 사람이 다 못 가르쳐도 점복이 자식 수돌이란 놈은 꼭 가르쳐야겠는데 꼭 가르쳐야겠는데 —— 그런데 이 자식은 그렇지 않아도 재비 등때기에서는 콩이 튀는데 육실하게 키빼기는 커쌌는지 모르겠다. 졸업 말도록 키나 더 크지도 말고, 고만하고 있으면, 해진 대로 기워 입히더라도 양복 걱정은 하지 않을 터인데, 팔때기 종아리가 온통 드러나니 아비 된 도리로 예렌양금으로 모른 척 할 수는 없는 일이고 정말 등창으로 짐 실은 구루마를 끌어도 이렇게야 힘이 들까 ————.

그런데 갈수록 산이라고 왜 하치 못한 두더지까지 말썽을 부리느냔 말이다. 하기야 보리 이식재배를 하지 않았으면 그뿐이지만 안 할 수가 있는가 말이다. 오뉴월 닭이 여북하면 지붕에 오르랴고, 언제부터인가 밤에는 단잠을 못 자고 목침만 이쪽 저쪽 바꿔 베어가며 궁리궁리 한 끝에 가장 믿는다고 시작한 것이 보리 이식재배였다. 명년에는 졸업반이라 학비가 갑절 든다는 얘기도 얘기려니와, 우선 내년에는 농협에 채무를 반이라도 갚기 위해서는 달리는 목돈 장만할 방법이 없었다. 산골이 되어 황금작물이니, 고등 소채 같은 것은 도저히 불가능했고, 수도작은 근래에 와서 부쩍 늘어난 병충해 때문에, 더욱이(없는 사람 논이 대개 그렇듯) 수리 관리기 자유롭지를 못해서 더구나 불가능했고, 역시 보리농사는 어거지 농사란 말도 있지만 마음껏 사람 힘으로 가능한 한 비배관리만 잘하면 성공하기가 십상 팔구는 되기 때문에 택한 것이 아닌가. 그런데 두더지가 극성을 부릴 줄이야 —— 정말 어떻게 심어놓은 모종 보리 농산데. 쇠오양 쳐내고 돼지막 쳐낸 구비, 토비, 금비 할 것 없이 거름을 몽땅 쳐들였고, 7월에 모를 부어, 본답에 옮기기까지 품으로 따진다 해도 무려 일반작 십 배나 들여서 심어놓은 모종보리가 아닌가. 그뿐인가. 칠월부터 농촌지도소에를 들고자 처가(妻家)드나들듯 드나들며 집단구역이 아니어서 나갈 수 없다는 것을 칠촌 양자 빌듯 지도소 직원을 모셔다 우선 선결조건인 토양을, 감정해보고 아무리 거름을 많이 써도 엎치지 않는 수원 몇 호라든가 하는 앉은뱅이 보리씨를 알선 받고, 그런가 하면 자그마치 자식 운동화 세 켤레값이나 되는 맏배 암탉을 잡고, 그물 가진 사람에게 부탁해서 물생선을 잡아 회도 하고, 지지고, 달걀을 여섯 개나 삶고, 평생 사 먹어본 일도 없는 설탕을 반근이나 사고, 이장네 집에서 찹쌀 고추장을 한 종지 얻어오고, 제사 때나 쓰는 김을 열 장에 삼십 원 주고 사오고, 더더구나 제삿날까지 누룽지 않는 것이 아까워서 밥밑을 놓아가며 아끼는 쌀을, 그 소중한 쌀을 아낌없이 폭 떠다 밥을 지어 장날 병아리 가지고 가서 사온 약주술과, 점심을 대접해가며, 보리 모 붓는 방법, 본답에 옮기는 방법, 금비를 몇 번, 얼마나 쓰는가, 흙은 몇 차례 넣는가를 소상하게 배워가지고 독수리 힘을 다 쏟아서 시작한 모종 보리 농사가 아닌가. 모(苗)도 충실했지만 옮겨 심은 후에 성적도 아주 훌륭했었다. 세전부터 보리알 한 개가 일곱 여덟 대궁씩 벌은 놈이 있었고 밑거름을 원체 많이 넣고 심어서 며칠 안 되어서 시커먼 싹이 건장하게 돋아올랐었다. 순조롭게만 나가면 출수(出穗)기에는 적어도 한포기 사십 이삭 넘어나올 것이고, 총수확은 최하 사십 가마는 무난하겠다는 지도소 직원의 얘기였다. 사십 가마면 열 가마 식량할 셈치고 삼십 가마는 몽땅 사서 조합채무를 정리하자는 것이었다.

그랬는데 생각지도 않은 두더지가 일구기 시작했던 것이다. 구비 토비에 있는 지렁이, 굼벵이 등을 잡아먹기 위해 근방의 두더지는 다 모여들은 듯 처음에는 한쪽에서 약간 일구는 것 같더니 이제는 온 논배미를 마구 일구어 놓는 것이 아닌가. 일구면 밟고 밟아놓으면 일구고 —— 틈 있는 대로 온 식구가 매달려 밟았지만 밟으면 밟을수록 더 기승을 부렸다. 그렇게 온 식구가 전심을 기울여 밟아주는데도, 한 번 일군 곳은 뿌리가 들떠서 며칠 동안은 새들새들 맥을 쓰지 못했다. 혹시 잊고서 밟지 않고 그대로 버려두면 추위와 바람에 뿌리가 말라서 잎이 누렇게 되는 것이었다. 그런데 일궈도 꼭 보리골을 일구는 것이었다. 눈으로 볼 수 있는 짐승의 피해라면 밤낮으로 지켜도 좋겠는데, 식전 저녁으로만, 땅 속에서 일구기 때문에 어떻게도 할 수 없는 놈이었다. 백날을 논배미에 붙어 있어도 눈독을 들여 놈이 일구는 곳을 찾기 전에는 언제 어디서 일구는지 조차도 모르니——정말 음으로 사람을 골탕 먹이는 놈이었다. 생김새도 너무 보잘 것 없고 작은 체구인데도 귀와 코의 기능이 어찌나 예민한지 제법 멀리 떨어진 곳에서 인기척만 나면 곧 일구는 것을 중단하고 어디론가 들어가버리고 마는 것이다. 한 번 들어가 놓으면 아무런 재주로도 힘으로도 놈을 찾을 길이 없는 것이다. 더구나 놈이 일구는 쪽으로 바람이 불면 사람이 멀리 있어도 냄새를 맡고 자취를 감추니——정말 어떻게도 할 수 없는 놈이었다. 번번이 놈이 일구는 것을 목격하고 신중을 다해서 잡으려고 하지만 어느 결에 달아났는지도 모르는 사이 뺑소니를 쳤고, 그런 줄도 모르고 한참씩 지켜 서 있는 때가 많았다. 보리는 여기저기 새들새들 마르는 곳이 늘어가고 정말 이렇게 답답한 일이 또 있을까. 대체 눈에 뜨이기나 해야 원수를 갚든지 사정을 하든지 할 게 아닌가. 그냥 가슴에 치미는 울화를 꾹꾹 참으며 밟아주니 무슨 소용인가. 돌아서면 또 일구니 밥맛이 싹 젖히고 잠을 잘 수가 없었다. 거름도 있는 대로 몽땅 쏟아서 마지막으로 쓰러져가는 살림을 일으켜보자는 노릇이…… 짐승 같지 않은 두더지 때문에 도로아미타불이 되는 것을 생각하니 눈깔이 뒤집히는 것만 같았다. 전에 어른들이 하던 대로 놈이 다니는 일군자리 군데군데 된장을 풀어도 보고 두더지가 제일 싫어한다는 범부채 뿌리도 캐다 여기저기에 심어도 보고, 저범가치 만큼한 마른 가랑잎 가지도 적당히 꽂아도 보았다. 놈이 다니다 건드리면 버석소리가 나서 달아나라고. 그러나 다 소용없는 짓이었다. 하룻 동안은 약간 덜한 것 같았는데 도로 그 턱이었다. 노리어 딴 곳에 기서 더 구성스레 일구는 것이었다. 이런 염병할 놈의 것들, 날이갈수록 가슴이 훅훅 달아올랐다. 더 참을 길이 없어서 당일로 쥐약을 사오고, 멸치를 사다 쥐약을 며칠에 발라, 멸치 두 됫박을 놈이 다니는 곳곳에 묻었었다. 역시 먹는 것이 아니고, 딴 곳을 더 악착스레 일궜다. 놈은 꼭 산 벌레만 잡아먹는 모양이었다. 지도소를 찾아가 상의를 했다. 덫을 놓는 외엔 별 방법이 없다는 얘기였다. 당장에 덫 세 개를 사다 놓았다. 과연 다음 날 갔을 때 한 놈이 치어 있었다. 어찌나 반갑고 신기하고 감정이 새로 치밀던지 놈을 집으로 가지고 와서 온종일토록 차마 죽이지를 못했다. 대체 어떻게 생겨서 그렇게까지 사람을 못 살게 했는가 어디 좀 똑똑히 보자고. 며칠간 충실하게 덫을 놓았다. 그 다음부터는 영 한 놈도 걸려들지 않았다. 기가 막혔다. 약값, 멸치값, 덫값 본전 생각만 구랑산 같았다. 너무 어이가 없고 정이 떨어져서 집에 온 점복이는 며칠을 보리 논에 가지도 않고 병없는 머리를 싸매고 누워 있었다. 호소할 길조차 없는 노릇이었다. 사람 같으면 벌써 칼부림이 났을 것이다. 그러나 두더지가 아니냐. 두더지가 사람 신셀 망쳐놓다니 분하고 억울했다. 어찌 생각하면 부끄럽기도 했다.

'보리싹이나 좀 좋았는가…….'

생각할수록 모든 것이 운수소관만 같았다. 마지막 어려운 고비를 넘기려고 밤낮없이 발버둥친 것이 자꾸만 억울하고 분했다. 신명이 뚝 떨어지고 덤덤하기만 했다. 이틀 동안을 죽은 듯이 누워 있었다.

'그럼 난 영 살림을 걷어 다는 겐가?'

그러나 천만에 였다. 점복이는 삼 일 만에 자리를 걷어차고 분연히 일어났다. 그대로 쓰러질 수는 없었다. 버둥대나 쓰러지는 날까지는 버텨보자는 것이었다. 다시 마음에 신들메를 단단히 하고 나섰다. 수돌이만은 어떤 일이 있어도 눈을 띄어주겠다는 일념은 다시 점복이의 용기를 북돋아주었다.

"씨팔, 그래 해보자. 나두 죽느냐 사느냐다."

어떤 방법을 써서라도 놈들을 한 놈 한 놈 악착스레 잡는 도리밖에 없었다. 식전 저녁으로 놈들이 일구는 것을 미리부터 지키고 있다가 잡자는 것이었다. 그래서 며칠 전부터 식전마다 저녁마다 논배미에 웅크리고 앉아서 놈들 기동할 때만 기다리는 것이었다. 날씨는 춥고, 하필이면 식전 저녁 곤란이 막심했다. 서릿발이 허연 식전에 언제 나올 지도 모르는 놈들을 눈깔을 끄먹 끄먹—— 늙은 놈이 기가 찼다. 손가락이 얼어서 시린 것이 아니라 아프고 귀때기가 빠지는 것 같았다. 몸뚱이를 움직이는 일이라면 차라리 나을 것 같았다. 이건 두더지란 놈이 일굴 것 같은 지점에 가 웅크리고 앉으면 언제까지고 놈이 나타날 때까지 죽은 듯이 웅크리고 앉아 있어야 하는 것이다. 몸을 움직이지도, 기침도 못 하며 담배도 피워서는 안 된다. 그냥 죽은 듯이 지켜보아야 하니 정말 병없는 뜸질도 이만 저만이 아니다. 글쎄 어느 놈 신셀 볶느라고 잡 것들이 꼭 해돋이에만 기동을 하느냐 말이다.
그렇다고 해돋이, 놈들이 활동을 시작할 때에 가면 그날은 벌써 일은 글러
먹은 것이고 적어도 삼십 분 전부터 웅크리고 앉아 해돋이를 기다려야 하니
——것도 다 팔자 소관인지—— 그렇게라도 해서 식전마다 한 놈씩이라도
어김없이 잡는다면 잡는 멋으로나 그런다고 하지만 놈들 일구는 것을 구경
못 하는 날이 태반이고, 일구는 것을 보고도 허탕치는 게 번번이니 말이다.
그런대로 식구들이 합심이나 돼야 할 말이지. 하긴 식구라야 재미는 밥 짓
고 이 자식은 학교 가고 어린 것들 두어 서넛은 있으나 마나고 고분고분 재
비 말 듣고 따라다닐 거라곤 맏게집애 창순이밖에 없는데 …… 이게 그렇게
잘 말을 듣느냐 말이다.
　“창순아, 어서 나와 애. 빨랑.”
　어둑해서 점복이가 장군에 똥을 퍼놓고 창순이를 데리고 가기 위해 소리
를 할라치면,
　“아부지나 가유. 난 안 갈래유.”
하고 나오는 대로 지껄여 처먹는 게 아닌가——.
　“그라지 말구 가자 애, 창순아.”
　“싫다면유 글쎄. 아부지두 생각해봐유. 그게 뭐유. 고추같이 매운 식전
댓바람에 미친 사람같이 논배미 가에 쭈굴트리구 앉었다 꽁꽁 얼어가지구
오넝게 …… 두더지나 잡기만 하면 몰라유. 미친 년 뻔나게 맹판.”
　“이 지지배야, 왜 맹판이냐 맹판이. 온 논배미 일궈논 거 못 봐서 맹판여
…… 잡어야지. 응, 잡어야 보릴 먹지. 빌두면 뿌리를 맬짱들 솟아놔 보리
가 전부 얼어 죽을 게 아녀, 이 지지배야. 어떤 놈은 춘 줄 몰라서 식전마두
그 지랄한다던. 헛 참——.”
　“어머이 데루가유. 내가 아침 할래유. 누가 다 큰 지지배가 그 지랄하넌
년이 있어유. 아마 조선천지서두 움쓸꺼유. 식전마두 논배미 가운데 가 꽁
꽁 얼어가메 쭈굴트리구 앉었넌 년은 …… 남들은 지지밴 호강두 시킨다더
면 아부진 참 웃워.”
　“이 지지배가 왜 또 이렇게 칠월박 쇠듯 자꾸 쇠냐 …… 애 창순아, 너 그
무슨 비누랬지 내 담 장날 사줄게. 응.”

"맨날 사준다구만 하메 머…… 어머이랑 같이 가유. 두 노인네 여기 하나 저기 하나 쭈구리구 앉았으면 볼 만두 하것네유——."

"글쎄 네미는 둔자바리라 두더지가 일구넌 걸 봐두 헷일잉께 그렇지…… 나 혼자 가면 이쪽에 앉았으면 저쪽에서 일구구, 저쪽에가 앉았음 이쪽에서 일궁께 그란다. 그래두 양쪽에 앉았어야 한 놈이락두 잡을 께 아니냐. 엥."

"남들이 욕한단 말유. 세상에 별난 사람들 다 본다구——."

"욕하면 대수냐. 올 보리농사 삐뚝하면 신셀 망치넌디 그저 별말 말어. 자——가자. 어서——."

년이 그래도 앙탈은 부리지만 언제고 삽삽하게 따라나서는 것이 신통하지 않은가. 동네 놈들이 망칙하니 해괴하니 별별 주둥이를 다 놀리지만 아무려면 대순가. 보리농사를 제대로 짓고, 못 짓고에 살림을 하느냐, 못 하느냐가 판가름이 나는 판인데, 아무런 부끄럼도 고달픈도 생각할 여지가 없었다. 하루 바삐 두더지를 한 마리라도 더 잡아야 산다는 이 한 생각뿐이었다. 식전 저녁으로 싸우며 달래며 창순이년을 악착같이 끌고 다녔다. 과연 노력은 헛되지 않았다. 한 열흘 동안 끈질긴 연구와 고생한 보람도 있게 두 놈을 잡았던 것이다. 오늘도 부녀는 일찍부터 보리논에 웅크리고 있었다.

마른 풀잎, 지푸라기에 하얀 서릿발이 흡사 벌레의 발같이 돋아 있다. 대추나무 가지도, 감나무 가지들도 서리가 하얗게 앉아 있다. 아니 산이고 들이고 온 천지가 희뿌옇게 처음으로 서리가 많이 내렸다. 점복이는 지고 간 똥장군을 한 옆에 받쳐놓고 벌써부터 방한모를 쓰고 논배미에 웅크리고 앉아 있다. 창순이는 저쪽에서 담요를 뒤쓰고 앉아 있고, 밭둑가의 대추나무에서 까치가 외딴 소리로 몇 번을 깍깍 아침 공기를 냉랭하게 찢었다. 식전마다 저녁때마다 점복이가 보리에 똥을 헌치면 찌꺽지를 주워 먹기 위해 잊지 않고 날아와 보리이랑을 헤매는 놈들이었다.

"옘병할 놈의 까치가 또 지랄일까."

점복이는 흘끔 한 번 대추나무 가지의 까치를 쳐다보고 다시 시선을 한 곳에 박았다. 방한모 덕분에 귀는 시리지 않았으나 코가 몹시 시리다. 눈물은 왜 자꾸만 나오는지 몰랐다. 봉창에 넣고 있는데도 손이 깨지는 것 같았다. 발은 벌써부터 아무런 감각도 없을 정도고——흘끔 선반날을 쳐다보았다. 해가 곧 오르려고 산 언저리가 온통 기명색으로 물들어 있다.

'음, 곧 해가 뜨겠으니 놈들도 아침 기동을 시작할 것이 아닌가——.'

점복이는 저쪽에 담요를 뒤쓰고 웅크리고 있는 창순이를 보았다. 얼마 동안 창순이가 이쪽으로 시선 줄 때를 기다렸다. 창순이가 얼굴을 이쪽으로 돌렸다. 점복이가 조용히 손을 들어 해가 우리고 있는 선반날 산을 손짓했다. 해가 곧 뜰 터이니 정신 차려 지켜보라는 암호였다. 잠시 후 점복이 눈을 날카롭게 빛났다. 한곳을 꿰뚫었다. 분명 달싹 흙덩이가 움직이지 않았나.

"히히——."

봉창에 찌르고 있던 손을 살며시 꺼내서 곁에 놓은 삽을 조심성있게 잡았다. 또 흙덩이가 달싹달싹 두 번이나 했다. 그저 길게 한 가락이만 뛰면 삽으로 팍 찌를 가까운 위치였다. 숨을 한껏 죽이고 콧구멍으로 허옇게 김을 내뿜으며 눈을 떼지 않았다. 발을 조심스럽게 움직여 경주할 때 출발준비 자세로 한 손을 무릎을 꿇는 척 하고, 한쪽 무릎을 세우고, 삽든 무릎 위에 얹고, 한 손은 삽중간을, 한 손은 손잡이를 단단히 잡았다. 또 달싹달싹 세 번을 거듭 일구어 나갔다. 코에서 나오는 김으로 허옇게 얼어붙은 윗수염이 움칠하며 입이 벌쭘했다.

"오냐, 요놈——."

그러나 세 번 들썩인 것으로는 아직 때가 이르다. 적어도 너댓 번 놈이 마음 놓고 일굴 때라야만 비교적 완전한 것을 경험으로 알고도 남음이 있었다. 가슴을 두근거리며 눈도 깜짝이지 않았다. 놈은 안심한 듯 계속 들썩들썩 일구기 시작했다.

'오냐…… 너두 오늘이 절명이다.'

생각하며 막 발가락에 힘을 주어 내튀려고 하는데——.

"깍깍."

대추나무에서 잡것이 일을 망쳐놓지 않는가. '하——저런 씨팔놈의…….' 하필이면 고렇게 방정을 떨게 뭐난 말이다. 까치 소리와 동시에 두더지도 행동을 멈추었다. 대체 무슨 감정으로 식전마다 산통을 깨는지 몰랐다. 당장 흙덩이라도 집어서 내갈기고 싶었지만 그럴 수도 없고 욱 치미는 것을 꾹 참고 조용히 한 손을 들어 저었다. 그래도 날아가지 않고 당돌하니 앉아서 깍깍대지 않는가. 정말 날 궂는 날은 밑구녁이 속을 썩힌다더니 별 시시한게 다 일을 망치지 않나——할 수 없이 삽을 버쩍 치켜 휘이 둘렀다. 제깐 놈이 아무리 재주가 비상해도 땅 속에서 밖에서 움직이는 행동은 보지 못하니까——정말 처처에 지랄이다. 날아가면 그냥 훌쩍 날아가지 누구 약을 올리느냐 꼭 깍깍대고 날아가야만 개운할 게 뭐란 말인가——이래 저래 논배미에 웅크리고 앉아 미친 짓만 하게 하니. 까치 소리에 움찔한 두더지란 놈은 또 잠시 동안 기다려야 했다. 창순이 쪽을 보았다. 그곳에도 놈이 일구는지 창순이년도 골독하니 한곳에 눈을 주고 있지 않은가. 잠시 후 창순이가 잠깐 시선 돌리는 틈을 타서 손짓을 했다. 한 팔을 버쩍 치켜보였다. 어떠냐고, 그러자, 창순이는 한 곳에 손짓을 했다. 이쪽에서 가려고 손을 앞으로 내밀어보였다. 오지 말라고 손짓을 했다. 알았다고 손을 버쩍 치켜들어 보이고 이어 잘 조심성있게 하라고 공중에 동그라미를 그려보였다. 하면서 생각해도 무슨 해괴한 짓이냐. 벙어리 손짓은 자연스럽기나 하지 멀쩡하니 식전 댓바람에 논배미에 앉아, 남도 아닌 딸년을 데리고 벙어리 아닌 벙어리 손짓을 해야 하니——쉴새없이 똥장군을 지고 왔다갔다 하는 동네 사람들이 해괴하다고 할 만도 했다. 미쳤다고 함직도 하지 않으냐——그러나 아무러구들 씨벌리면 상관이 뭐냐. 죽느냐 사느냐데——'설마 잡기로 마련이겠지.'

점복이는 다시 시선을 박았다. 햇살이 막 퍼지고 있었다. 여기 저기 아무렇게나 뒹굴고 있는 흙이 벼포기에 서리가 녹으며 소물소물 김이 오른다.

"오냐. 또 시작하는구나——."

놈은 두어 번 멈췄다가 안심하듯 계속해서 일구어 나가지 않는가. 제법 뼘가웃이나 일구어갔다. 바로 이때인 것이다. 새로 일구는 것이 멈추기 전에 바로 대밑둥을 삽으로 팍 질러야 된다. 발가락에 힘을 주고, 삽 잡은 손에 신경을 모았다. 총알같이 내달으며 삽을 팍 질렀다. 옳게 질렀다. 지르기는 정확하게 질렀는데——이게 또 무슨 꼴이냐. 딸 앞에서…… 그렇지

낳아도 망칙스러우니 벙어리 연극을 하느니 저희들 맘대로 주둥일 놀리는 동네놈들이 똥장군을 지고 연락부절하는 큰 길가에서 무슨 꼴이냔 말이다. 너무 세차게 내달리는 서슬에 삽을 팍 지르면서 모들떼기로 쑤셔 박히고 말았으니 그나저나 쑤셔 박힌 것이 문제냐——그렇게 넘어 박혀서도 삽은 놓지 않았다. 잽싸게 일어나려고 바쁘게 허우적댔으나 냉큼 일어나지지를 않았다. 일어나려고 발버둥치면서도 시선은 일초의 간격도 두지 않고 줄곧 삽 지른 끝 두더지 일구던 곳에서 떼지 않았다. 과연 놈은 퉁기쳐 나와 있었다. 도망칠 길에 삽이 박혀 있으니 어쩔 수 있는가. 제 놈이——놈은 밖으로 퉁기쳐 나와 뿔뿔대며 땅 속으로 파고 들려고 바쁘게 앞발을 놀렸다. 그러나 땅이 겉으로 살짝 얼어서 냉큼 흙을 파헤치지 못했다. 그냥 허우적대며 뿔뿔 기어다녔다. 정말 숨가쁜 순간이었다. 만일 놈이 삽 지른 뒤쪽 먼저 일군 곳에만 오면 놈을 다시 놓치게 되니 말이다. 그런데 육시랄 놈의 팔다리가 왜 그렇게 말을 듣지 않는지 모르겠다. 고 짧은 순간에 목구멍에 침이 마르고 뜨거운 입김이 쉴새 없이 터져나왔다. 식전내 한 곳에 웅크리고 있어 추위에 감각을 잃다시피 한 팔다리니 그렇게 쉽게 움직여질 리가 없었다. 시선은 살길을 찾기 위해 결사적으로 기며 파헤치며 하는 두더지에게 박은 채 팔다리를 움직여 일어나려고 발버둥을 쳤다. 놈은 자꾸 일군 곳으로 접근해오고——가슴이 타는 듯했다. 피가 바짝바짝 마르는 것 같았다. 일어서지는 못하고 상체만 냉큼 일으켜 앉은 채로 박혀 있는 삽을 뽑아 막 일군 데로 파고들려고 하는 순간 놈을 삽으로 내리쳤다. 그래도 놈은 넘어지지 않고 입에 피를 벌겋게 뿜으며 최후 발악을 했다. 거듭 거듭 내리쳤다. 그제야 놈은 누런 배때기를 벌렁 하늘로 쳐들고 번듯이 넘어지고 말았다. 점복이는 긴 안도의 숨을 몰아쉬었다. 그리고는 일어날 생각도 하지 않고 펄썩 주저앉은 채 두더지를 버썩 치켜들어 창순이에게 보이며 입을 함박만큼이나 크게 벌려보였다. 당장의 기분 같아서는 일어서서 창순이에게, 또는 수 없이 오가는 똥장군 진 동네 사람들에게,

"여보게들, 잡았다 잡었어."

하고, 큰소리를 지르고 싶었으나 아직 창순이가 정신없이 노려보고 있는 놈이 남아 있으니 그럴 수도 없었다. 생각하면 그 좋은 자랑거리를 창순이

258

하고 둘이만 알고 마는 것이 여간 섭섭하지 않았다. 일이 꼬일 때는 꼬여도 필 때는 의외로 피는 모양 같았다. 창순이년도 어렵지 않게 한 놈을 잡아 치켜들어 보이는 것이 아닌가.

"아부지——아부지——잡었어. 나두 잡었어. 여 보란 말유——."

창순이가 뒤 쓰고 있는 담요를 한 팔에 끼고 한 손으로 두더지를 치켜들고 이를 마냥 허옇게 드러낸 채 달려오는 것이었다. 그런데 웬일이냐——창순이가 올 때까지 가까스로 일어서기는 했는데 한 쪽 무릎이 이상하게 뻣뻣하니 거북스러웠다. 허둥대고 달려온 창순이는 잠시 눈이 동그래서 점복이를 쳐다보더니 얼굴을 야릇하게 찌푸리며 부르짖었다.

"아부지, 이게 웬일유?"

점복이 팔을 부여잡으며 곧 울 듯한 얼굴이었다. 점복이 면상 한쪽이 온통 피투성이가 아닌가——언 땅에 모질게 갈려 얼굴 가죽이 흉하게 벗겨져 있는 것이었다.

"왜? 왜 그라냐 잉?"

점복이는 도리어 창순이 태도가 의심스럽다는 듯이 빤히 쳐다보았다.

"왜가 뭐유. 큰일 났네유, 아버지. 얼굴이 왼통 못 쓰게 됐이유."

"응, 내 얼굴이? …….''

점복이는 비로소 자기 얼굴을 쓸어보았다. 손바닥에 피가 벌겋게 묻어 났다.

"허——참. 이렇게 됐던가. 얼굴이 허어 기것."

점복이는 다시 한 번 만져보았다.

"가만 있어봐유. 우선 이걸루 동이게유——."

창순이는 점복이 방한모를 벗기고 수건으로 우선 얼굴을 싸매주었다.

"애 기거 안 싸매문 워떠냐. 거치장스럽기만 하게 잉——."

점복이는 아무렇지도 않은 태도였다. 미리 준비해 가지고 왔던 듯 노끈으로 두더지 두 놈 뒷다리를 동이기에 여념이 없다. 두 놈 다 입에서 피를 흘리고 있었다.

"아부지, 좀 가만 있어유. 단단히 싸매야 허유. 경장이 벗겨졌어유."

창순이는 얼굴을 찌푸리고 조심성있게 손을 보았다.

“괜찮다먼 애, 이 두더지나 단단히 동여야겠기문서두, 히히.”

너무 신기해서 연방 입을 벌쭘댔다.

점복이가 쏟아주고 창순이가 보리에 헌치고, 대충 똥장군을 비웠다. 창순이 부축을 받으며 절쑥절쑥 집으로 돌아왔다.

“이제두 요놈들 히히——.”

끈에 매달려 있는 두더지를 연방 들여다보며 절쑥절쑥 걸었다.

다친 곳은 얼굴 상처만이 아니었다. 왼쪽 팔도, 다리도 하룻밤을 자고 나면서부터 움쭉 할 수도 없었다. 팔꿈치가 부으면서 신 것으로 보아 삔 것이 빤했고, 다리 무릎은 넘어질 때 모질게 타박상을 입은 것 같았다. 점복이가 자리에 누운지 사흘인데도 움쭉도 못 했다. 팔꿈치는 삔 약으로 수수부께미를 해 붙였고, 얼굴에는 빨간 양약을 사다 발랐다. 무릎에는 옥동정기를 누렇게 처바르고…… 점복이는 돈 없는데 무슨 약이냐고 얼씬도 못 하게 하는 것을 재미가 학교 다니는 그 자식을 시켜 사왔던 것이다. 부상도 이만저만이 아니었다. 그러나 그까짓 부상쯤 뭐냐는 것이었다. 오직 고놈들 잡은 생각을 하면 신기하고 개운하기만 했다.

“이젠 보리농산 떼놓은 당상이 아닌가…… 사십 가마 히히——.”

점복이는 중얼거리며 흐뭇해 했다.

빚도 왕불은 끄게 될 게고 이 자식도 졸업을 시킬 것이 아니냐고——졸업만 하면, 설마 눈구녁에 더러 보이는 게 있을 테지 재비 같지는 않을 테지 ——할아버지도, 아버지도, 점복이 자신도 땅만 파먹고 살았지 눈뜬 장님이나 다를 게 무엇이 있었나——눈 없는 설움을 얼마나 뼈에 사무치도록 느끼고 살았었나. 이제야 설마 자식이 졸업만 하면 면에 가 농지세도 알아볼 테고, 출생계도 이장 손 거치지 않아도 할 테고, 재해지 신청도 직접 할 테고——그러나 자식 하나 눈 띄우기가 이렇게까지 힘이 드는가 싶었다. 자신의 힘으로 그 어려운 일을 감당해 나간다는 것이 놀랍고 대견하기까지 했다. 그까짓 약간 다친 것쯤 날이 지나면 나을 것이 아니냐고—— 몸은 전신이 굴신도 못 하게 아프면서도 마음은 마냥 흐뭇하기만 했다. 일 없는 자식들이 사랑방에 모여 앉아 그까짓 두더지 몇 마리 잡은 걸 뭘 어쩌고들 할 터이지만 점복이 심정은 그것이 아니었다. 어느 격전 끝에 적을 완전히 섬멸하고 크게 전과를 올린 장군의 심리 바로 그것이라고나 할는지——
—.

몸도 아팠지만 긴장도 풀리고 뜨뜻한 아랫목에 누덕 이불이나마 덮고 누워 있으니 여한이 없었다. 두 다리를 마음껏 뻗었다. 그리고 눈을 지그시 감았다. 그동안 너무 오래도록 두더지에만 해골통을 들이박고 있는 바람에 자자한 가정사에 대해서는 거의 잊다시피 하고 있었다. 이런 시각에 으레 그러하듯 한 가지 한 가지 마음의 정리와 함께 앞으로의 일들을 마련해보자는 것이었다. 우선 내일부터라도 가마니를 짜서, 염치도 없이 매일같다시피 내미는 그 자식 손을 막아야겠고, 봄나무도 지금부터 준비해야 하고, 봇줄 고삐 한다리를 들여놓았나, 감자씨도 바이러스병 때문에 새로 신청해야 하고, 볍씨도 백금으로 바꾸자면 하루품은 들어야지, 논에 고깔 두엄도 해야지, 그러다 보면 보리밭에 흙을 넣어야 하고——하자면 한도 끝도 없는 게 농사다.

"제길헐 그뿐인가. 지지배두 나이가 스물이니 달라는 놈 있음 줘얄 텐디. 치마 저고리 한 감을 떠놨나——."

점복이는 중얼거리며 목침을 고쳐 베었다. 바로 이때였다. 밖에 나갔던 여편네가 어떤 놈이 금방 숨이라도 넘어가는지 즈아버이, 여보를 찾으며 허들겁스레 문을 열고 들어섰다.

"애들 뻔나게 왜 이리 심난을 떤다. 원참 별꼴——."

점복이가 눈을 뜨며 말하자,

"애구 으런이구, 어서 일나 이것 좀 봐유. 이 일을 어쩜 좋아유——."
하며, 여편네가 해쓱한 얼굴로 징징 우는 소리를 했다.

"뭔디 이렇게 소란을 떨까, 잉?"

"지불명령이래유, 지불명령장…… 그러기 내가 메랬어. 흙이나 파먹구 구구루 살장께 보독 보독 아새낄 핵꼬 넣더니. 에구, 워쩜 좋아——."

"뭐 뭐시라구, 지불명령장? …… 누, 누가 주넌디?"

"누군 누구유. 지금 밖에 체부 양반 기다려유. 도장 쳐달라구 에구, 어쩜 좋아."

점복이는 벌떡 일어나 문을 벌컥 열고 절쑥대며 밖으로 튀어나갔다. 조금도 아픈 사람 같지 않았다.

"아니, 체부 양반, 분명 이, 이게 우리 집으루 옹게유?"

점복이는 봉투 든 손을 부들부들 떨며 내밀었다.

"박점복 씨 아뉴?"

"분명 그렇지유——."

"맞아요. 빨리 도장이나 주세요——."

"그럼 이게 워서 보냉거유. 예——?"

"재판소에서 보낸 거유. 댁에서 농협에 채무가 있나 보죠. 다른 사람도 두 사람이나 똑같은 게 왔어요. 도장 주세요."

"농협에서? …… 허허 이럴 수가 도장——도장 움넌듀——."

"도장이 없다니요…… 그러지 말고 빨리 주세요. 댁에서 편지 받았다는 영수 도장여요. 쳐주넌 거여요——."

"그렇지만 도장만 쳐주면 자팽(執行)당해두 좋단 얘기 아닌가 베유…… 움써유. 정말 움써유."

"그게 아니란 말여요. 우리한텐 그런 말해야 쓸데없고 농협에 가서 사정하고 지불명령 비용하고, 이자만 줘도 아무 일 없어요——."

"분명 그럴까요? 예——."

"거짓말을 하겠어요. 빨리 주세요."

"분명 그렇다면 내다줘. 어서——."

점복이는 말하며 수 없이 눈을 깜박거렸다. 배달부가 나간 후에도 점복이는 흡사 바보같이 그러고 서 있었다. 골통을 모질게 얻어 터진 것 같이 멍하니 어떻게 되는 것인지도 잘 몰랐다. 그러나 지불명령장을 받은 것만은 사실이 아닌가——굶더라도 빚 조르는 사람만 없으면 산다고, 할아버지도, 아버지도 생전에 유일한 생활 신조같이 말하지 않았던가. 사람은 남의 돈을 무서워 해야 한다고——빚쟁이 찾아오기 시작하면 결국 그 집은 망한다고…… 그런데 이게 무슨 꼴인가——빚쟁이도 보통 빚쟁이가 아닌 듣기만도 간담이 서늘한 지불명령장이라니 …… 옛날부터 지불명령장 받으면 그 집은 망하는 집이라고 했는데 …… 꼭 망하는 법인데 …… 세끼 굶어서는 손가락질 하는 사람없어도, 지불명령장 받으면 죄인같이 숙덕대며 손가락질 하는 이 동넨데…… 그러고 보니 결국 뭐냔 말이다. 할아버지 아버지가 하지 못한 자식 눈구녁 띄워준다고 큰소리한 것이 결국 집구석을 망친 게 아니고 뭐냐…… 기가 막힌 노릇이다. 죽은 조상에 욕을 먹여도 이럴 수가 있나. 이럴 수가——아무개 자식은, 손자는 지불명령장을 받았다고 ——동네서 인근방에서 신바람들이 나서 지껄이겠지——금세 소문이 파다하겠지——이 무슨 불효된 짓이며, 부끄러운 꼴이냐——대체 무슨 망신이란 말이냐——점복이는 아찔했다. 저절로 눈이 딱 감겼다. 자꾸만 휘둘리는 다리를 가까스로 지탱하며 방으로 들어가려고 비칠비칠 발을 떼려고 했다. 그러나 마음과 같이 발이 옮겨지지를 않았다. 자꾸 휘둘리고 떨렸다. 그래도 방으로 들어가야 한다고 다부지게 마음을 먹고 발을 옮겼다.

"아니 저——저, 저 이 왜 저랴——."

마당에서 아내가 소리를 치며 급히 달려왔으나 그때는 벌써 점복이가 모탕나무처럼 넘어 박힌 때였다. 아내가 끌어 일으키려고 하는 점복이 이마에는 선지 같은 붉은 피가 걷잡을 새 없이 흘러 내렸다.

"——아, 지불명령장…… 두더지는 잡았지, 잡았지——틀림없이 잡았지——헤헤헤——."

헛소리같이 한마디 하고는 의식을 잃었다.

——1971년

모우비정(慕牛悲情)

제발 잠이라도 들어서 모든 것을 잊어보려고 무척이나 애를 써도 야속하리만큼 잠이 오지를 않았다. 전 같으면 온종일 일에 시달렸기 때문에 설거지 마치고 방에 들어오기가 바쁘게 짚불 스러지듯 골아 떨어졌을 것인데——아니 내일 일을 위해서라도 잠깐이라도, 눈을 붙여야 한다고 억지로 눈을 꽉 감고 잠을 청해도 보았지만 천만에였다. 그렇게 노력을 하면 할수록 정신은 샛별같이 초롱초롱, 머리만 빠개지는 듯 욱신거렸다. 눈망울만 알키해 견딜 수가 없었다. 앉았다 누웠다 하기를 벌써 몇 차례나 했는지 모른다. 그러다가는 미친 듯 벌떡 일어나 서성거렸고——. 그러나 모두가 부질없는 수고였다. 잠은 점섬 천 리 민 리였다.

소를 팔았으면 하는 말 눈치를 보이다니 무슨 당치도 않은 얘기난 말이다.

"오래 전부터 별별 궁리를 다 해봤지만 아무런 삐쪽한 수가 없구나. 이상 빚을 더 질 수도 없지만 그나마 얻을 수도 없으니 얘기다. 그러니 어쩌면 좋겠니? 그렇다고 소를 팔잠도 안 될 얘기고."

저녁상을 물린 후 시아버지가 한 말이었다. 몇 번이나 망설이다가 마지 못해 한 그 말 대답을 해야만 며느리 도리인 줄 알면서도 졸지에 어떻게 대답해야 할지 몰라 어름어름 그냥 저녁 먹은 상을 들고 나왔었다. 한데 설거지를 하며 곰곰 생각할수록 시아버지가 한 말이 불쾌한 정도를 지나 슬며시 불안해서 견딜 수가 없었다. 물론 소를 꼭 팔자는 것은 아니었지만 "그렇다고 소를 팔잠도 안 될 애기고……." 한 그 말 뒤에는 소를 팔아야겠다는 의도가 너무나 뚜렷하지 않느냐 그 말이다. 생각할수록 그 자리에서 어떠한 일이 있어도 소를 팔 수 없다고 잘라 말하지 못한 것이 후회롭기만 했다. 밤이 깊었는데도 그런저런 생각을 씹어보고 뇌어보고 하기에 잠을 이루지 못하는 인숙이었다.

생각하면 딱한 시어버지긴 했다. 왜정 때 징용(徵用)에 끌려가 탄광에서 일하다 낙반(落盤)사고로 허리를 다쳐 반 꼽추가 된 불구의 몸으로 그래도 살겠다고 버둥대는 그 정상, 그런데다 설상가상으로 유일한 일꾼인 큰 아들이 전사한 후 홧병에다 일에 시달린 요 몇 해에 바짝 짜부러진 시아버지를 볼 때 진정 가슴이 아팠다. 더욱이 장정 일꾼이 없다보니 농사도 제대로 못 짓고 빚은 자꾸만 늘어나 무시로 졸리는 것을 볼 때마다 어떠한 일이 있어도 시아버지를 도와야겠다는 생각뿐이었다. 그래서 죽은 남편을 대신해서 선머슴처럼 논밭으로 쫓아다니며 시아버지를 도와 노력을 했다. 하긴 시어머니도 없는 고독한 시아버지, 더욱이 몸까지 불행하고 아들까지 죽은 가엾은 시아버지가 딱해서 조금도 거역함이 없이 지성껏 섬겨온 며느리이기도 했지만——. 아니, 동네서는 물론 인근 동네에서까지 착한 며느리라고, 알뜰한 효부(孝婦)라고 칭찬받는 인숙이었다. 그러나 소를 파는 문제만은 시아버지 뜻을 따를 수가 없었다. 그 소가 어떻게 해서 산 소인데 당치도 않는 애기였다.

삼 년 전 월남전에서 전사한 남편 전사금으로 산 소였다. 인숙에게 있어서는 남편이나 다름 없이 소중한 소였다. 오직 마음의 의지로 믿고 살아가는 그 소를 팔다니 무슨 어처구니없는 소리냐 그 말이다.

돌이켜 생각컨대 남편 죽은 후 그 얼마나 갈팡질팡 했었던가. 시아버지와 같이 정신없이 보리밭을 매다가도 발끈 일어나 무슨 급보라도 받은 사람같이 허둥지둥 친정집으로 달려갔고, 달려가서는 무엇을 하는 것이 아니고 그냥 넋나간 사람같이 멍청하게 먼 산에 시선을 던지고 앉아 있다간 그담 되돌아온 적도 몇 번인지 몰랐다. 일할 것을 잊고 밭둑에 퍼대 앉아 맞은편 간모봉만 지켜보는가 하면, 개짖는 소리만 들려도, 문풍지만 울어도, 미친 듯 문을 차고 뛰쳐나간 적은 몇몇 번이었고——. 아무튼 인숙이가 수절(守節)하기는 소금이 쉬는 것보다도 어렵다는 공론이 떠돌기까지 했으니까. 그처럼 미칠 것 같던 벙그렇게 뜬 마음을 달래주고 위로해준 것이 바로 소였다. 남편 전사금 나온 돈으로 이미 있던 빚갚고 영농자금에 쓰고, 시동생 중학 보내는 데 쓰고, 소 한 마리도 사네 못 하네 하다가 빚을 덜 갚더라도 자식 본 듯이 송아지나 한 마리 사놓아야겠다며 시아버지가 처음으로 송아지를 몰고 왔는데 인숙이는 그렇게 반가울 수가 없었다. 가슴 벅차게 기쁠 수가 없었다. 이 송아지가 남편 전사금으로 사온 것이라는 생각에서 자신도 모르는 사이 자꾸 어루만져지기까지 했다. 그도 그러했지만 시일이 지나고 송아지가 자람에 따라 소의 모습과 하는 짓이 어쩌면 그렇게 죽은 남편과 닮았는지 몰랐다. 필연코 하느님이 인숙이의 외로운 정상을 가엾게 여겨 남편의 영혼과 모습을 송아지로 화신(化身)시켜 다른 집 아닌 자기네 집으로 보낸 것이 아닌가 싶기까지 했다. 어리석기보다는 너무나 무던해 보이는, 쭉 찢어진 주둥이가 우선 남편과 그렇게 닮을 수가 없었고, 아무리 다시 고쳐보아도 악의라고는 찾아볼 수 없는 너무나 착하게만 보이는 툭 불거진 눈망울. 더욱이 끔벅이며 바라보는 그 태도는 남편과 어쩌면 그렇게 똑같은지——. 아니, 결코 경망스럽지 않고 듬직한 동작, 괴로우나 화가 나나 별로 표정에 나타내는 일없이 그냥 '꿍' 소리 한 마디로 참아 넘기는 점도 그러했지만, 쇠죽을 가져다주면, 또 먹을 만한 풀을 집어주면 소리없이 하늘을 쳐다보고 씨——웃는 모습도 비로 남편의 웃음 그것이었다. 송아지가 자라감에 따라 인숙이 마음은 안정이 되어갔고 든든했다. 앞산에서 뻐꾸기만 울어도 울적하니 심란하던 마음도 차분해졌고, 젊은 내외가 오순도순 지나가는 것만 보아도 가슴이 울렁대고 미칠 것만 같던 그 엉뚱한 감정도 옛 얘기였다.

또한 '아직 새파랗게 젊으나 젊은 나이에 수절이 무슨 얼어 죽을 수절일까. 수절했다고 열녀문 안 세워줄 테니 한 나이라도 적어서 속차려야지. 마땅한 자리가 얼마든지 있단 말여, 잘 생각해보라구.' 번번이 이렇게 들쑤셔 꼬시는 소리를 들어도 전처럼 밤잠 못 자가며 고민도 되지 않았다. 오직 송아지를 알뜰하게 길러야 한다는 생각뿐이었다. 그래서 있는 성의와 노력을 소에게 쏟았다. 의식적으로가 아니고 그렇게 하지 않고는 견디지를 못했다. 겨울에는 행여 추울세라 멍석을, 가마니쪽을 외양간을 탄탄히 쳐서 바람을 막아주었고, 아니 자기의 헌 옷가지들로 툭툭 요를 만들어 덕석 속에 입혀주기까지 하는 인숙이었다. 여름에 아침 일 나갈 때면 잊지 않고 소를 끌고나가 자기가 일하는 밭 가, 눈에 보이는 데, 매놓아야 마음이 놓이는 것이었다. 그리고는 한나절에도 몇 번씩 먹을 풀도 있고 시원한 나무 그늘에 옮겨매기를 게을리하지 않았다. 호미를 멈추고 잠시 숨돌려 쉬는 시간에도 곧 소 곁으로 살에 붙은 진드기를 지성으로 떼어주고 쇠파리를 날려주고 잡아주고 하는 인숙이었다. 아니, 점심때가 되면 더위에 소가 집에까지 걸어오는 수고를 덜어주기 위해 자신이 집에 가서 쇠죽, 구정물 등 먹이를 이어다가 소를 쭉쭉 들이켜는 것을 보아야 자신도 그 곁에 앉아 점심을 먹었다. 삼복 더위에는 밤을 밝히다시피 소 곁에 붙어 앉아 보리 까락으로 모기불을 놓아주고 부채질을 해주고——.

남편에게도 그 위에 더할 수가 없었다. 아니, 남편에게는 그 반에 반의 성의도 베풀지 못했었다. 그러나 보니 소도 자연 인숙이를 따르며 좋아했다. 아무리 밤중이라도 인숙이만 밖에 나가면 누워 있다가도 발끈 일어나 반기며 말 대신 목을 몇 번씩 질쑥여 '우——ㅁ'하고 웅크려 알은 척을 했다. 인숙이 다 어둡도록 밭에 있으면 해가 졌는데 뭘 하느냐고 어서 집에 가자고, 목을 높이 치켜들고 인숙이를 향해 '움매——' 소리를 연거푸 찾았다. 그러나 인숙이가 일손을 놓고 곁으로 가면 달려들어 인숙이 몸을 식식 맡으며 그 무던해보이는 넓죽한 입을 씨벌려 웃고 했다. 그러다가는 좋아라고 네 굽을 놓아 뛰고 뺑뺑이를 치고——. 그럴 때마다 인숙이는 울먹한 가슴을 누르며 좋아 뛰노는 소를 물끄러미 지켜보곤 했다. 그 너무나 무던해보이는 입을, 너무나 착하게만 보이는 툭 불거진 눈망울을 놓칠세라 지켜보는 것이었다.

“소야, 고맙다.”

하며 목을 끌어 안고 정신없이 어루만져주지 않고는 직성이 풀리지 않는 인숙이었다.

그러던 차 소는 심한 상처를 입고 말았다. 하긴 시아버지나 인숙이 자신이 소보다 더 미련했기 때문이었다. 이제 겨우 부석한 밭갈이를 하며 일을 배우는 아직 연약한 소로 단단하고 비탈진 밭을 억지로 갈린 것이 도시 잘못이었다. 그러나 남들은 봄갈이가 한창들인데, 말하자면 일 잘하는 소는 얻을래야 얻을 수는 없고 밭 벼갈이는 늦어가고, 연약한 대로 부리지 않을 수가 없었다. 그래서이기도 했지만 덩치나 그만이나 했고 쟁기질도 해 버릇 해야 했기 때문에 끌고 갔던 것이다. 시아버지는 뒤에서 쟁기질을 하고 인숙이는 소 코뚜레에 새끼를 잡아 매어 앞에서 당기고 했다.

"이려, 이 소야. 저저저."

시아버지는 번번이 고삐로 배통을 후려 갈기며 몰아 세웠다. 그러나 아직 약한데다 줄질(흙정이로 밭갈이를 하는 일)을 익히지 못해서 반듯하게 이랑으로 갈 줄을 모르고 갈팡질팡 버둥대기만 했다. 멍에 얹힌 목이 아프다는 듯이 한사코 목을 치켜들며 혀를 빼물고 헉헉거렸다. 앞으로 걸어가지를 않고 뒷걸음질을 치는 것이었다. 인숙이는 고통스러워 하는 소를 차마 볼 수가 없었다. 가슴이 아팠다. 자신이 대신 못 하는 것이 오직 안타깝기만 했다. 그래서 될 수 있는 한 새끼를 아프지 않게 적당히 잡아 당기며 자주 뒤돌아보았다. 물론 사올 때에 비해 벌써 이렇게 커서 목에 멍에를 얹고 서툰 대로나마 밭갈이 하는 것이 대견스럽기는 했지만——. 더욱이 오롯한 자기의 노력과 정성으로 그만큼 자랐다는 사실이——.

한데 상당 시간이 지나도록 실랑이만 하고 변변이 밭을 갈지 못한 것이다. 안타까워 견딜 수가 없었다.

"허허. 그놈의 소가 자꾸만 해찰인가! 이려 저——."

시아버지는 또 한 차례 소 엉덩짝을 후려 갈겼다.

"아버님 자꾸 때리지만 마시고 살살 달래보셔요."

"허! 무슨 모르는 소리냐. 소는 때려야 일을 하는 법야. 덩치가 그만하면 이만 밭갈이는 할 때란 말야."

"그렇지만 목이 몹시 아픈 모양여요. 저렇게 자꾸 목을 치켜 들고 혀를 빼물잖어요."

"일 밸 때는 본시 그런 거라니까 재는 자꾸만……이러혀 저저."

268

시아버지는 일부러 위엄기 섞인 목소리로 계속 소를 몰아 세웠다.

"너무 딱해서 그래요. 입을 딱 벌리고 침까지 질질 흘리잖아요. 아버님!"

인숙이는 애원조로 말했다.

"괜찮다먼…… 그런데 네가 앞에서 자꾸만 뒤돌아보면 소는 안 가는 거야. 그냥 앞만 보고 걸어가야만 소가 따라간대두…… 이려."

그러나 소는 계속 뒷걸음질만 치며 우왕좌왕, 실상 앞으로 가는 시간은 적었다. 그렇다고 해서 그만둘 수는 없고 어쩔 수 없이 계속 뒤에서 쫓고 앞에서 당기고, 한 이랑에 두세 번씩을 오가며 두 이랑인가를 갈을 수가 있었다. 그런데 소가 머드레(밭가)에 갔을 때였다. 갑자기 용을 쓰며 덤불 속으로 뛰어드는 것이었다. 이상 견딜 수 없다는 듯이 ——. 앞에서 끌던 인숙이는 소의 갑작스런 태도에 혼비백산 물러설 수밖에 ——. 한데 다음 소를 달래어 다무락 덤불 속에서 끌어 냈을 때는 앞다리 족발 사이에서 시뻘건 피가 흐르고 있었다. 그것을 보는 순간 인숙이는 저도 모르는 사이에 아찔한 현기증이 일어나며 아랫배에 가벼운 경련 같은 것이 일고 있음을 느꼈다. 그런데 그렇게 대수롭지 않게 등걸에 찔린 발이 덧이 날 줄이야 ——. 사약(私藥)은 물론 읍내 수의한테서 몇몇 가지 좋다는 약을 사다 써보았으나 조금도 나아지는 기미는 보이지 않았다. 결국 염증이 생겨서 등 너머 쇠침쟁이(돌파리 수의)박 첨지를 모셔다 점심에 막걸리 대접을 후히 한 연후에 박 첨지가 시키는 대로 동네 장정을 다섯 사람이나 청해다 밧줄로 다친 다리를 들보에 치켜 달고 칼날 같은 대파(大破)침으로 종처(腫處)를 째야 하는 고충을 겪어야 했다. 그래도 깨끗이 낫지 않아 결국 사오 일간 비싼 출장비를 치러가며 읍의 수의를 불러 고치기는 했지만 ——.

아무튼 이십여 일 간 앓은 소의 고통도 큰 것이었지만 그 간호하기에 인숙이는 살이 싹 내릴 정도였다. 밤낮을 가리지 않고 소 곁에 붙어 앉아 상처에 치료를 해주고, 조금이라도 더 먹이기 위해 쇠죽에 간장을, 된장을 풀어 지켜 앉아 먹여야 하는 바쁜 나날을 보내야 했었다. 까칠하게 여윈 것을 볼 때 마음으로 그렇게 안타깝고 괴로울 수가 없었다. 끙끙 앓는 소리를 들을 때마다 날카로운 쇠끝이 가슴을 콕콕 찌르는 것만 같았다. 소가 주루루

눈물을 흘리면 인숙이도 저도 모르는 사이 행주치마 자락을 눈으로 가져가
고 했다. 너무나 착하기만 한 불거진 눈으로 끄먹끄먹 인숙이를 바라볼 때
분명 무슨 호소임엔 틀림없는데 무슨 뜻인지를 몰라 초조한 가슴이 미어지
는 듯했다.

"소야, 몹시 더 아프냐, 무엇이 먹고 싶으냐."

인숙이는 그대로 보고만 있을 수가 없어 소의 목을 얼굴로 어루만져주며
안타까워 했다. 달려드는 쇠파리를 부지런히 쫓아주고 약을 다시 발라주고
했다.

지금도 그때에 그 끄먹끄먹 말없는 호소에 찬 불거진 두 눈은 기억에 새
롭기만 하다.

──그렇게 에누리 없이 있는 정을, 노력을 송두리째 기울여 기른 소를
판다고 하니 무슨 생각지 않는 변이냔 말이다.

물론 인숙이도 가정 형편을 모르는 것은 아니었다. 수 년간 부실한 영농
에다 엎친 데 덮친다고 지난해 가뭄마저 들어 당장 봄 살기도 걱정이었다.
빚쟁이들은 무시시로 찾아와 오복 조르듯 졸라대고 영농 준비는 터무니도
없고 앞으로 살아갈 일이 막연하기는 했다.

그런데 보다 절박한 문제는 이십일 후에 내어야 할 시동생 고등학교 입학
금이었다.

경제적으로 힘도 없거니와 형도 전사하고 자기 또한 병신 몸이어서 농사
일도 부실하고 하니 국으로 집에서 농사나 짓지 고등학교는 무슨 고등학교
냐고 시아버지가 거절을 했었지만 본인 시동생이 며칠을 두고 울고 붙고 고
등학교를 보내주지 않으면 죽어버리겠네, 어디론가 나가 영영 집엘 오지
않겠네 하고 먹지도 않고 숨불통을 앓는 바람에 정 그렇다면 모르겠단 정도
로 말했던 것인데 덜렁 제 마음대로 시험을 치러 합격이 된 것이다. 하기야
집안 형편이 너무 곤궁해서이지 앞으로 집안 고깃대가 될 시동생이라도 남
같이 배워서 사람 구실을 하는 거야 누가 반대할 사람이 있겠는가. 인숙이
입장에서는 사실상 이렇게도 저렇게도 할 수 없는 심정이어서 가부간 말도
못 하고 되어 가는 거동만 보고 있었다. 잘하나 못 하나 아직은 시아버지가
모든 가정사를 처사하기 때문에 어떻게든지 꾸려 나가겠지 하고 시아버지

만 탄탄히 믿고 있었는데 갑자기 소를 팔아야겠다는 의사를 보이다니 청천 벽력 같은 소리였다.

"절대로 안 된다."

인숙이는 제법 큰소리로 외치며 자리에서 벌떡 일어났다. 잠시 간 등잔불과 눈겨룸을 하며 그러고 앉아 있었다. 그러나 마음은 자꾸만 초조해 견딜 수가 없었다. 아무리 생각해도 알 수 없는 자신의 심정이었다. 분명하게 말하자면 시아버지가 딱 한 마디 팔아야 할 형편인 것처럼 얘기했을 뿐 확실히 팔겠단 말을 한 것도 아닌데 왜 그렇게 초조하고 나아가서는 불안하기까지 한 지 모를 일이었다. 왜 그렇게 잠을 이루지 못하고 신경을 써야 하는지 말이다. 앞으로 시아버지가 꼭 팔아야 하겠다고 말해올 때에는 반대를 하든 악을 쓰든 싸움을 하든 할 일이지 무슨 부질없는 사전 걱정이냔 말이었다.

그렇게 생각을 하니 약간 초조함이 누그러지는 성도 싶었다.

"그럴 테지, 내게는 남편 같은 소지만 자기에겐 자식 같은 손데 설마…… 절대로 팔지 않을 거야. 그럼."

인숙이는 이런 소리를 중얼거리며 적이 안도의 숨마저 내쉬었다

한데 그런 마음은 잠시뿐 다시 후딱 불안감이 엄습해왔다. 어쩐지 시아버지는 꼭 소를 팔 것만 같은 생각이었다. 아니, 당장 이 밤으로 소를 끌어내가는 것만 같았다. 인숙이는 벌떡 일어나 문을 박차고 밖으로 나왔다. 서둘러 신발을 찾아 신고 외양간으로 달려갔다. 눈을 닦아가며 외양간을 부지런히 살폈다. 소는 분명히 외양에 있었다. '꿍' 소리를 내며 소가 벌떡 일어났다. 일찍이 소가 그렇게 반갑게 여겨진 적은 없었다.

"소야, 소야!"

인숙이는 미친 듯 달려들어 소 목을 덥썩 끌어 안았다. 그리고는 목덜미 얼굴 주둥이 할 것 없이 어루만져주었다. 눈물이 핑 돌기까지 했다.

"난 여태 한 잠 못 잤는데…… 아니, 너도 못 잤겠지, 소야 그랬지?"

"우——ㅁ…… 우——ㅁ……."

소는 인숙이 손을 부지런히 핥았다. 식식 냄새를 맡으며 목을 질숙거려 보였다.

“그래 안다, 소야. 난 언제까지고 너와 같이 살 거야, 맹서한다, 맹서해
──.”

인숙이는 갑자기 목이 콱 메어짐을 어찌할 수 없었다. 소의 목을 으스러
지게 끌어 안았다.

인숙이는 앞치마(행주치마)자락에다 콩을 싸가지고 부지런히 쥐고 있다.
한 손으로 호미질을 해서 흙을 파는가 하면 벌써 다른 한 손에 심고 있는
콩알 서너 개가 떨어지고 콩알이 떨어지기가 바쁘게 호미날에 패이는 흙을
묻어주며 발로 밟는다. 일찍부터 익혀온 일이기 때문에 웬만한 남자 못지
않게 익숙한 솜씨다. 한데 번번이 잘못 심어지는 것이 아닌가. 응당 보통
걸음 한 발 떼어놓는 말하자면 자가웃에서 한 자 남짓한 간격으로 심는 것
이 원칙인데 번번이 한 자도 못 되는 간격으로 달게 심는가 하면 때로는 두
자도 훨씬 넘게 심어졌다.
“이게 대체 무슨 지랄이야!”
가량도 없이 콩이 예닐곱 알이나 떨어져 있는 것을 몇 개 주우며 중얼거
렸다. 불과 두 이랑째 심는데 벌써 몇 번째 실수인지 몰랐다.
생각지 말자 하면서도, 아니 시아버지 시동생이야 뭐라고 하든 들어주지
않으면, 소만 팔지 않으면 될 것이 아니냐고 일껀 자신의 결심을 거듭 다지
면서도 마음은 걷잡을 수 없이 초조하고 술렁대기만 했다. 무엇보다도 소
는 팔 수 없다고 어제께 분명하게 말했는데도 웬지 자신의 의사가 강박하게
위협을 받는 것만 같고 실현되시 않을 깃 같아서였다. 자꾸만 아침에 집에
서 있었던 일만이 되풀이 생각키워지는 것이 아닌가.
“앞으로 삼일밖에 안 남았어요. 그 안에 가져가지 않으면 입학 무효란 말
여요. 무효가 된단 말여요.”
사랑방에서 시동생이 시아버지에게 하는 말이었다. 더 들어보나마나 알
만했다. 그러나 기왕 내친 걸음이라 싶어 소구유에 구정 물을 부어주고도
들창에 귀를 기울인 채 숨을 죽이고 서 있었다.
“나도 안단 말이다, 알아. 기한 날짜도 알고 입학 무효 되는 것도 알고.
그러니 글쎄…….”

　시아버지의 말소리는 힘없고 나직한 말씨였다.

　"알기만 하시면 뭘 해요, 글쎄 ——. 돈을 가져다 내야 학교를 갈거 아녀요."

　"글쎄 안다니까, 자식이 자꾸만 이렇게 큰소릴 할까……. 내 속은 더 답답하다. 속이 바작바작 타는 것 같구먼."

　"소라도 팔아서 준다고 하고 이제 와서 왜 딴 말을 해요."

　"자식아, 누군 소를 팔 줄 몰라 안 파냐. 그 소가 어떤 손데 그렇게 팔기가 쉬우냐. 네 아지미(인숙이)가 있는데 내 맘대로 팔 수가 있나."

　"그러면 당초에 시험을 보지 말라고 하지 이제 와서 이게 뭐여요."

　"허허, 자식이 자꾸만 따지구 드는지 모르겠네……. 난 왜 자식 배워서 똑똑하게 되는게 구연쩍어 그라는 거냐. 할라고 해도 잘 안 되어 얘기지 ————."

　"글쎄 안 되고 되고가 뭬 있어요. 낼 장에라도 소 몰아다 팔면 될 걸 참내 ——. 몰라요 나두. 어쨌던 입학금만 해달란 말여요."

　"글쎄, 나는 그래 어떻게 하라고 자꾸만 발광이냐, 이 바보 같은 자식아, 팔긴 팔아야겠는데 수가 없는걸, 할래두 안 된단 말여, 이 자식아."

　"그럼 어떻게 하겠다는 거여요?"

　"어떻게 어떻게냐, 학교 못 가는 게지. 할 수 없다, 마음에 없어 그런 게 아니다."

　"그럼 좋아요. 안 가겠어요. 난 나가서 집에 안 올 테니 찾지는 말아요."

　시동생은 울먹이며 말하고 방에서 뛰쳐나와 삽짝 밖으로 나가버렸다.

　일단 학교를 그만두고 소를 팔지 않기로 되어 인숙이는 그렇게 다행할 수가 없다. 그래서 비교적 나긋한 마음으로 소를 몰고 밭으로 왔는데, 소를 밭둑에 메어놓고 콩을 심으며 꼬치꼬치 생각하니 자꾸만 불안하고 초조해 견딜 수가 없었다. 시아버지와 시동생 사이에 오간 말들은 소는 안 팔고 학교를 그만두기로 일단락된 것이 아니고, 보다 큰일이 앞으로 벌어질 것이 아니냐는 생각이었다. 무엇이라 예측은 할 수 없으면서도 자신은 그 모든 책임을 져야만 할 것 같다. 몹시 두렵기까지 했다. 깊이 생각할 필요도 없이 너무나 뻔한 일이었다. 다만 형제밖에 없는 집안에 큰아들은 죽었고, 오

직 앞으로 이 집안 대를 물려 받을 시동생은 제멋대로 어디론가 달아나 소
식도 없이 되고, 빚쟁이들은 여전히 몰려들어 졸라댈 것이고, 집안은 뒤죽
박죽 혼란하기 이를 데 없을 터이니 그런 속에서 아무리 자기 남편 전사금
으로 산 소라고는 하지만 미련스럽게 소만 부여잡고 모른 척 지낼 수 있는
가 말이다. 소를 팔지 않고 붙들고 있기란 파는 것보다 더 괴로울 것은 너
무나 뻔한 일이다. 무엇보다도 꼭 팔아야 할 형편인데도 며느리에게 솔직
히 말 못하고, 아니 며느리를 생각하는 마음에서 괴롭게 작은 아들 학교를
그만두겠다는 그 시아버지의 얼굴을 어찌 뻔뻔스럽게 대하고 살아가느냐
그 말이다. 바보천치가 아니고 이목구비가 말짱한, 앞 뒤 분별을 할 수 있
는 인간이라면. 냉정한 입장에서 소를 팔아서라도 그래도 가정을 이끌어
나가는 데 인숙이의 사는 목적이 있지 그 밖에 무엇이 있겠느냔 말이다. 이
미 남편은 죽었더라도 앞으로 남편을 대신해서 이 집안의 장차 호주가 될
시동생이라도 가르쳐서 보다 나은 사람을 만드는 것이 남의 며느리로서 형
수로서 또는 죽은 남편의 아내로서 취할 바 태도이지 그 밖에 무엇을 위해
사느냐 그 말이다.

  '그렇다. 소를 팔아야 한다. 그래서 훗날에야 가정사가 보다 잘못될지언
정 우선 앞에 가로놓여 있는 어려움을 해결해야 한다. 그렇게 하는 것이 나
의 나의…….'

  이런 생각과 함께 인숙이는 넨장헐 콩만 심으면 사느냔 듯이 호미를 놓고
밭이랑에 펄썩 주저앉았다. 좀더 냉정한 입장에서 생각해보자는 것이었다.
그러나 인숙이는 곧 노리실을 했다. 대제 소마저 없으면 무슨 멋대가리로
사느냐는 것이었다. 남편은 기왕 죽었다고 하지만 장래를 바라볼 자식이
있나 먹을 게 있나 오직 살아가는 보람이요, 마음에 의지인 소마저 없으면
대체 무엇에 마음을 붙이고 사느냐 그 말이었다. 인숙이는 밭둑에 매여 있
는 소에게로 시선을 던졌다. 소는 따가운 봄볕을 받으며 한가롭게 양을 새
기고 있다. 얼마 동안을 멍청하니 보고 있다. 괴로웠다. 마음은 그렇게 헝
클망클 갈기갈기 할 수가 없었다. 멀리서 가까이에서 뻐꾸기 소리가 시샘
하여 들려왔다. 피리 소리도 들려왔다. 인숙이는 머리를 들어 주위의 산들
을 둘러보았다. 아무런 생각도 없이 그렇게 해졌을 뿐이었다. 먼 산에는 보

얇게 바람꽃이 엉겨 있고 진달래가 만발한 가까운 간모봉 수리산에서 아지랑이가 아물거린다. 도랑 가에 휘영청 늘어진 연두색 버들가지가 마냥 우쭐거리고, 밭에서 나물 뜯는 계집애들 발걸음이 한가롭다. 온 들판에는 보리싹들이 무성하게도 자라고 있다. 뻐꾸기들은 무엇을 어쩌자고 자꾸만 울어대고 있을까? ……

"뻑꾹 뻑뻑꾹——."

한데 인숙이는 벌써부터 심각한 표정으로 무엇을 골똘히 생각하고 있었다.

"사람 착실하고 제 밑천도 택택하고 그만한 사람도 없다니까. 생각이고 염소뿔이고 따질 것 없이 가란 말야, 귀염 받고 잘 살 테니——."

얼마 전에 들에서 만난 개똥 어머니가 한 말이었다.

"글쎄, 인저 나이 스물 남짓한 새파란 내기가 무슨 정절을 보겠다고 그처럼 선머슴같이 일을 하며 고생을 하느냐 말야. 무 밑둥 같이 다만 한 몸뚱이 누굴 위해서—— 흥, 열녀문 세월줄 사람없다니까."

개똥 어머니는 이런 말까지 늘어놓지 않았나. 그러나 인숙이는 언제나처럼 한 마디로 물리치고 말았었다.

"사람 착실하고 제 밑천도 택택하고…… 글쎄……."

인숙이는 입 속으로 지껄여본다. 그날과는 달리 조금도 싫지가 않았다. 약간 상기된 표정으로 자주 눈을 슴벅거렸다. 남자의 억센 팔과 딱 벌어진 가슴, 또 다른 것 등을 마음대로 생각해보았다. 그렇게 어수선 복잡하던 마음이 낙락하게 가라앉는 것 같았다.

'이 속 저 속 썩히지 말구, 진짜 그렇게 해버릴까?'

이런 생각을 하는가 하는 사이 인숙이는 소스라쳐 놀라 자신을 찾았다. 억센 사내의 두 팔이 덥썩 끌어 안는 환상 때문이었다. 그러나 실은 밭둑에 소가 '움매' 하고 울었기 때문이었다. 냉큼 그리로 시선을 보냈다. 소는 벌떡 일어나 한 차례 네 굽을 솟구치더니 인숙이를 향해 또 한 차례 웅크렸다.

"움매——."

소를 마주보는 인숙이는 후딱 부끄러운 마음에 혼자 얼굴을 붉혔다. 몰

래 딴 짓을 하다 발목을 잡힌, 바로 그런 심정이었다. '움매──.' 소리는
마치 '인숙이 무슨 그런 불순한 생각을 하고 있는 거야, 그러지 마.' 하는
것만 같았다. 그래서 이렇게 콩을 심고 있다고 변명이라도 하려는 듯이 **발**
딱 일어나 콩을 심기 시작했다. 호미로 파고, 콩을 놓고 덮고 발로 밟고 **부**
지런히 손을 놀렸다.

　그러나 잠시 후 인숙이는 콩 심던 호미를 던져버리고, 급히 밭에서 **나**
왔다. 무슨 바쁜 볼일이라도 있는 사람같이 몇 개의 밭둑을 기어 오르고 도
랑을 뛰어넘고 하며 감나무골로 달려갔다. 어떤 밭둑에서 뚜벅 발길을 **멈**
춘 그는 무엇을 하는 것이 아니고 새삼스런 눈으로 주위를 두련거렸다. 그
러나 아무리 둘러보고 찾아보아도 만길이는 없었다. 틀림없이 만길이가 **밭**
에서 보리밭을 매고 있을 것으로 믿었는데 이상한 일이었다. 물론 약속도
없고 밭을 매는지 안 매는 지도 몰랐지만 실망이 이만 저만 아니었다. 밭둑
에 펄썩 주저앉았다. 온몸에 맥이 탁 풀리기까지 했다. 무슨 풀인지도 모르
면서 손에 잡힌 풀을 뜯어 던졌다. 몇 번이나 되풀이 그런 손장난을 했다.
야속하리만큼 만길이가 그리웠다. 만길이 인간이 아니고 그 늠름한 체격,
떡 벌어진 앞가슴, 우악스럽게 생긴 두 팔, 이런 것들이 마냥 그립기만
했다. 만길이는 죽은 남편과 둘도 없는 친구였기 때문에, 더욱이 아내가 있
는 남자이기 때문에 보아야 되잖이 서툰 얘기를 할 수도, 무슨 수작을 걸어
볼 수도 없는 그런 사이였지만, 그냥 그의 몸뚱이만이라도 보았으면 싶
었다. 무엇인지 자신도 모르면서 만길이를 보기만 하면 반드시 시원한 **일**
이 생길 것 같았다. 그래서 어떠한 일이 있어도 꼭 민나보이야만 배길 것
같았다. 만길이가 꼭 올 것만 같았다. 저 밑에 밭둑길을 열심히 지켜**보**
았다. 그러나 좀처럼 만길이는 나타나지를 않았다. 안 나타날수록 더 기다
려지는 안타까운 마음, 그런가 하면 인숙이는 벌써부터 만길이를 만나게
되면 어찌하나 하는 생각에 골몰해 있었다. 과연 무슨 말을 할 것이며 어떠
한 태도를 취해야 하는가를──. 가슴이 높이 뛰었다. 초조하기까지
했다. 그는 언제 꺾어들었는지 손에 들고 있는 민들레꽃을 코에 대고 흠씬
맡아보았다. 그리고 이리저리 둘러가며 살펴보고 조심스럽게 만져도 보고
──. 그러나 이어 꽃을 발기발기 찢어 아무렇게나 던져버리고 자리에서

벌떡 일어났다. 골짜기 어귀에서 소가 연거푸 불렀기 때문이었다.

"움——매——움——매."

인숙이는 허둥지둥 골짜기를 뛰어 나왔다. 소가 매어 있는 자기네 밭둑으로 부지런히 달려갔다. 소 곁에 가자마자 소의 목을 덥썩 끌어 안고 미친 듯 어루만졌다.

"움——매——."

"그래 안다, 소야, 이렇게 왔잖아!"

"아니, 그래 정말 나를 모르겠단 말요."

"글쎄요, 잘 모르겠는데요!"

인숙이는 거듭 말했다. 일진이 나쁘면 방 안에서 낙상을 한다고, 별꼴을 다 보겠다. 시아버지는 며칠 엎드렸더니 영 허리가 끊어지는 것 같다고 일찍이 집으로 가고, 인숙이 혼자 남기기도 어중뜨고 해서 저물도록 보리밭 매던 것을 끝마치고, 그러고도 다래끼에 쇠줄을 한 다래끼 마개 질러 베어 가지고 소를 몰고 바쁘게 오는데, 웬 중년 사내가 탑께 동그마니 앉아 있다가 인숙이를 보고 할 얘기가 있으니 잠깐 보자는 것이었다. 그런데 어디선가 본 성도 싶으면서 전연 기억이 나지를 않았다.

"아니, 젊은 부인이 왜 그러쇼. 그래 정말 내가 누군지 모르겠단 말요."

중년 사내는 담배 연기를 콧구멍이 미어지게 내뿜으며 거듭 추궁조로 말했다.

"글쎄, 모른다니까 자꾸만 이러세요."

인숙이는 메고 있는 풀 다래끼가 무겁기도 하고, 과부라고 업신 여기는 것 같기도 해서 불쾌하게 내뱉았다. 그런데 말을 마치고 다시 갸웃 생각하니 알 만한 사람이었다.

"예! 저 소태꼴 계시는……"

하고 비로소 알은 체를 했다.

"바로 그렇습니다. 원 젊은 분이 그렇게도 사람을 몰라봐서야!"

사내는 바로 나란 듯이 거드름까지 부리는 꼴이었다. 소태꼴 사내라면 언젠가 시아버지 한테 와서 빚을 조르다 간 말하자면 시아버지는 친구간이

라지만 빚쟁이었다. 그래서 인숙이는 빚쟁이고, 돈을 줬으면 시아버지를
주었지 대체 자기한테 할 말이 있네, 없네 할 건덕지가 뭐냐 싶어서,
　“대관절 나한테 할 말씀이 무슨 말여요!”
하고 똑바로 사내를 마주보았다.
　“아니, 몰라서 하는 말요? 남의 돈을 썼으면 줘야 할 거 아녀요. 기한이
벌써 몇 번이나 지났단 말요.”
　“아니, 근데 이 양반이 여자라고 아무렇게 말해도 되는지 아는가 봐. 빚
을 줬으면 우리 시아버님한테 줬지 나한테 줬단 말요? 나한테 왜 빚 얘길
하넌 거여요?”
　“아니, 그럼 부인은 당신 시아버지가 나한테 얻어간 빚과 전연 관계가 없
단 얘기요? 지난 가을에 농협 돈 이자 갚는다고 얻어간 것을 모른단 말씀
여요! 나 참, 젊은 분이라고 보자하니 정말 너무 하넌군. 나는 돈을 받아
야겠오.”
　“아니, 여보세요. 정말 누가 너무하는지 모르겠네요. 빚을 줬으면 쓴 사
람한테 받는 게 원칙이지 한 집 식구라 해서 아무한테나 달라는 법이 어데
있어요. 시아버지가 썼으면 그분한테 달래야지요.”
　“하지만 당신 시아버지가 얻어갈 때에 소라도 팔아줄 터이니 걱정 말라
고 얻어갔단 말입니다. 헌데 부인이 소를 못 팔겠다고 한다니 어째 말을 하
지 않는단 말요. 그 소가 시아버지 소는 안 되고 부인 혼자의 소란 말요. 아
니 철통 같은 돈 주고 내라는 내가 잘못이란 말요.”
　“아무리 혼자 사는 여자지만 그렇게 막 보는 게 아녀요. 니는 댁한테 빚
쓴 일이 없단 말여요.”
　인숙이는 볼풍스럽게 해부치고 소를 끌고 그냥 와버렸다. 집으로 오며
생각해도 그렇게 분하고 불쾌할 수가 없었다. 그 사람도 응당 할 만한 말
이다 싶으면서도 괜히 만만히 보고 그러는 것만 같아 자꾸만 눈물이 나
왔다. 그런데다 집이라고 와보니 신통한 구석이 뭐 있느냐 말이다. 시아버
지는 사랑방에서 죽은 듯이 누워 있고, 시동생은 안방에서 병 아닌 병을 꿍
꿍 앓고 있고, 날은 이미 저물었으니 저녁도 해야 하고, 쇠풀도 썰어 쇠죽
도 끓어야 하고, 부엌은 들여다보니 찬 바람만 횡 돌고, 저절로 짜증이 나

서 그대로 부엌바닥에 주저 앉아버렸다. 그냥 눈물이 막았던 똘물 터놓은 것같이 자꾸만 흘러 내렸다. 소리도 내지 못 하고 끅끅 흐느껴 울었다. 얼마간을 그러고 있던 인숙이는 사랑방으로 달려갔다.

"집구석 꼴이 이게 뭐냐 말여요. 모든 게 아버님 책임이지 누구 책임여요. 우리 집이 왜 요 모양인가 생각을 해보시란 말여요."

내려 이렇게 포악을 했다. 지금까지 극진히 섬기던 시아버지에 대체 무슨 꼴이냐고, 못 쓴다고 자신을 나무라면서도 그렇게라도 하지 않고는 견딜 수가 없으니 할 수 없었다. 그러자 외면을 하고 앉아 한숨만 몰아 쉬던 시아버지는,

"그럼 내가 자식을 억지로 끌어다가 죽였단 말이냐. 그놈 죽은 게 오직 내 책임이란 말이냐. 대체 네가 오늘 왜 이러는지 모르겠다. 아무리 속이 상한다기로서니."

"아무튼 그 사람이 월남에 가 죽었기 때문에 집안 꼴이 이 모양 아니냐 말여요."

"그럼 월남에 그놈이 싸우러 간 게 잘못이란 말이냐, 응?"

"누가 월남에 간 게 잘못이래요. 저도 여자지만 그만 소견은 있단 말여요. 우리와 친한 나라가 빨갱이한테 시달려서 빨갱이와 싸우러 간건 잘했단 말여요. 안단 말여요. 저도 그런 건——."

"그러면 왜 그라느냐, 왜?"

"죽었으니까 그렇지요. 이렇게 집안 꼴이 자꾸만 줄어들어가니까 그렇지요."

"그걸 나보구 얘기하면 낸들 어찌란 말이냐. 답답하구나, 답답햐!"

"대체 무슨 재미로 사냔 말여요. 집에 와야 재미있는 일 한 가지나 있어야지요. 아버님은 맨날 병으로 저러시고 시동생은 생으로 병이 나게 저러고 있고 뭘 믿고 사냐 말여요. 모르겠어요, 저도 몰라요."

인숙이는 참을 수 없다는 듯이 그만 울음을 터뜨리고 말았다. 시아버지 앞에 엎드려 소리내어 울었다. 그러나 인숙이는 소태골 빚쟁이 얘기는 입에 내지 않았다. 시아버지도 소 얘기, 시동생 얘기는 일체 말에 올리지 않았고——.

인숙이가 제 방으로 돌아온 것은 그러고도 한참 후에였다. 몸과 마음이 너무 피로해서 자꾸만 넘어질 것 같았다. 방에 들어오자 마자 너무 고단해서 그대로 쓰러지고 말았다. 그런데 잠이 들었는가 말았나 싶었는데 인숙이는 그만 소스라쳐 일어나 앉았다. 아랫방에서 괴이쩍은 소리가 들려와서였다. 눈을 동그마니 하고 신경을 모았다. 아무리 귀를 기울여 들어보아도 틀림없는 시동생의 나직한 흐느낌 소리였다. 지금까지 시아버지에게 울며 불며 돈을 해내라고 졸라대는 것은 여러 차례 듣고 보고는 했지만 저렇게 혼자 흐느끼는 것은 본 적이 없었던 만큼 의아스럽기 이를 데 없었다. 역시 그 문제 때문인 것이 뻔했다. 괴로웠다. 목석이 아닌 이상 모른 척 할 수는 없었다.

'대체 어떻게 하고 있을까?'

인숙이는 살며시 상체를 일으켜 아랫방으로 통하는 샛문 틈에다 눈을 붙였다. 과연 희미한 등잔불 밑에서 무릎 사이에 머리를 처 박은 채 두 팔로 무릎을 끌어 안고 등을 들먹이며 섧게 흐느끼고 있지 않은가. 까무름하게 박박 깎은 머리, 아직 마디라고는 찾아볼 수 없는 한창 자라는 민중한 팔뚝, 늘씬한 허리, 마치 물 오른 버들처럼 훤출한 모습이다. 순간 인숙이는 시동생에게 무슨 말인가를 꼭 해주어야 한다고 생각되었다. 아니 하지 않고는 견딜 수 없는 책임감 같은 것이 느껴졌다. 시동생의 흐느낌 소리는 그대로 인숙이 가슴을 에이는 듯 짜릿하기까지 했다. 무엇엔가 절박하게 강요를 당하는 것만 같았다. 아무런 거짓도 변명도 있을 수 없는 진정한 무엇인가를 안겨주고 싶었다. 자기 남편의 동생이라는 점을 떠나서 순수한 한 인간으로서의 솔직한 심정이었다. 아무것을 주어도 아까울 것이 없을 것 같았다. 시동생을 위해서라면 앞으로 남편도 없는 외로운 신세가 시동생에게 의지하고 살아야 한다는 이런 타산에 앞서 늠름하고 무럭무럭 자라고 있는, 막 땅 위에 솟아나 힘차게 뽑아올리고 이는 새싹을 그대로 시들게 한다는 것은 차마 못 할 일이 아니냐는 심정이었다. 문틈에서 눈을 떼고도 인숙이는 뭉클해진 가슴을 가라앉히기에 얼마간의 시간이 거렸다. 머리를 싸들고 깊은 생각에 잠겨 있어야 했다. 인숙이는 일어섰다. 옷 매무새를, 머리를 대충 매만지고 난 그는 결심한 표정으로 문을 열고 밖으로 나왔다. 발걸음은 그렇게 가벼울 수가 없었다. 그러나 방을 나올 때의 결심과는 달리 막상 사랑방 문 앞에 와서는 뚜벅 발길이 멈추어졌다. 잠시 으스레한 달빛이 깃든 집 안 구석구석을 쓱 둘러보면서도 의식적으로 외양간으로는 시선을 주지 않았다. 한데 그렇게 할수록이 외양으로 저절로 눈길이 돌려지고 했다. 소가 '끙' 소리를 하고 인숙이를 맞아 일어서는 부스럭 소리가 너무나 똑똑하게 들렸다. 그래도 냉정하게 얼굴을 딴 곳으로 돌렸다. 절대로 소를 보아서는 안 된다고 마음으로 고집을 했다.

사랑방에는 여전이 불이 밝혀져 있다. 문 앞으로 한 걸음 다가선 인숙이는 가볍게 크게 기침을 했다. 한데 아무린 반응이 없다. 잠이 들었나 싶어 좀더 기침을 했다. 역시 아무런 소식이 없다. 잠깐 의아스러웠다. 방에 없나 싶어 주저하다 문을 열어보았다. 시아버지는 목침을 높이 베고 꼬부린 자세로 아무렇게나 잠이 들어 있었다.

"아버님!"

인숙이는 방으로 들어서며 불렀다.

"아버님!"

이렇게 다시 소리를 하며 시아버지 얼굴을 냉큼 살펴보았다. 순간 인숙이는 저도 모르는 사이 주춤했다. 시아버지는 잠들어 있는 것이 아니었다. 눈을 말똥말똥 뜨고 무슨 생각에 잠겨 있는 얼굴이었다. 눈가장자리가 걸척하니 젖어 있었다. 인숙이는 차마 무슨 말을 어떻게 해야 할 지를 몰라 잠시간 그러고 서 있었다.

"밤이 꽤 깊었는데 안 자구 웬일이냐?"

시아버지는 벌써부터 인숙이가 들어온 것을 알고 있었다는 듯 아무렇지도 않은 표정으로 말하며 일어나 앉았다. 여전히 인숙이에게 눈을 주지 않고 돌아앉은 채 부시럭 부시럭 대통에 담배만 담기 시작했다.

"잠깐 여쭐 말씀이 있어서요!"

인숙이는 한 구석에 조심스레 쪼그리고 앉으며 말했다. 그러나 시아버지는 의연 아무런 말도 하지 않고 대통에 불을 붙여 빽빽 소리를 내며 빨고 있을 뿐이다. 잠시 동안 말없는 시간이 계속되었다. 인숙의 심정은 팽팽히 긴장되어갔다. 이유도 없이 맹판 불안하고 초조하기까지 했다. 어서 할 말

을 해야 한다고 은근히 자신을 재촉하면서도 웬지 입이 그렇게 떨어지지를
않았다. 자꾸만 방금 전 방에 들어올 때 웅크리던 소 생각만이 끈질기게 머
리 속에서 맴도는 것이었다. 이상 생각지 말자고 냉정하게 결심했는데도——
——. 그러나 그의 시야에는 이미 소가 아니고 시동생이 흐느끼고 앉아 있는
모습이 있었다. 아직 연약한 한창 자라나는 새싹과 같은 시동생이었다. 그
런가 하면 다시 너무나 무던하고 착한 눈망울이 툭 불거진 소 얼굴이었고
——. 소와 시동생의 두 환상이 몇 번인가를 번갈아 시야를 스쳐 지나갔다.
머리가 무겁고 피로했다.

“아버님!”

잠시 후 인숙이는 다시 입을 떼었다. 이렇게 입을 떼기만 해도 마음이 홀
가분했다. 어쩌면 힘겹게 버티고 지고 있던 짐을 내려놓은 그런 심정이라
고나 할는지——.

“무슨 애긴데? 어서 가 자지!”

“내일 장에 소 몰아다 파세요.”

“아니?”

시아버지는 냉큼 돌아 앉으며 인숙이를 빤히 지켜보았다.

“제가 지금까지 공연히 고집을 부렸어요. 어떻게라도 시동생 학교는 보
내야 해요…… 그리고 급한 빚도 갚구요.”

“……그게 정말이냐?”

“예, 진심으로 드리는 말씀여요, 부탁이여요.”

“흠…… 고맙다…… 진작에 말을 못 했다만 실은 너한테 그 말을 듣고
싶었다……. 그야 생각하면 소를 팔기 싫은 마음이 어찌 너뿐이겠니. 하지
만 당장 살아갈 회책이 없으니 어쩌겠니……. 너무 걱정마라, 설마 살지
못 살겠니…… 고맙다.”

“잘 알겠어요.”

인숙이는 목이 콱 메이며 눈물이 왈칵 솟으려고 하는 것을 겨우 진정하고
나직이 대답했다. 그만 밖으로 뛰쳐나오고 말았다.

이렇게 해서 일단 결정을 짓고 나니 섭섭한 마음이야 이루 말할 수 없었
지만 마음은 더없이 가벼웠다. 며느리로서 처음 큰 일을 한 것 같아 흐뭇하

기까지 했다. 안으로 들어와 곧 시동생에게도 사실을 알렸다. 내일 장에 소를 팔면 입학금을 내고 학교를 다니게 될 터이니 걱정말고 어서 자라고——. 시동생은 그렇게 기뻐할 수가 없었다.

홀가분한 마음으로 자기 방에 들어온 인숙이는 벌러덩 누워버렸다. 모든 일을 일단락지었으니 아무런 생각없이 한참 푹 자려고—— 한데 역시 잠은 오지 않았다. 생각은 꼬리를 물고 끈질기게 늘어지는 것이었다. 이미 까마득히 잊고 있는 결혼 초기의 아기자기하던 일들이 낱낱이 생각키어지는가 하면, 남편 집에 있을 때 밭가 대추나무 그늘에서 점심 광우리를 가운데 놓고 마주 앉아 서로 권하며 아끼다 모자랄 반찬을 도리어 남기던 일, 돼지새끼를 팔아서 시부모네 몰래 크림과 분을 사다주던 일 등등이 하나하나 생각키워져 어쩌면 조금은 울고 싶은 심정인지도 몰랐다. 그런데 어쩐지 앞으로 더 이상 못 살 것만 같은 그런 마음이었다. 자기는 이미 어딘가로 가게끔 작정되어 있는 사람만 같았다. 그러면서도 조금도 괴롭거나 걱정되지나 하지도 않았다. 응당 갈 길을 가는 것이란 마음이었다. 그래서는 안 된다고, 그러면 못 쓴다고 자신을 꾸짖었지만 어쩐지 거짓 꾸짖는 것이라고 여겨지는 것이었다.

"사람도 착실하고 밑천도 택택하단 말야——."

언젠가 개똥 어머니가 하던 말만이 자꾸만 새로워지는 것이었다. 그 남자가 어떻게 생겼나, 어서 보았으면 하는 생각뿐이었다. 그 남자의 모습을 마음대로 생각해보며 히쭉 웃어보기까지 했다.

"정말 내가 미쳤나, 아이 망칙해."

인숙이는 제법 큰소리로 중얼거리며 벽에 걸려 있는 죽은 남편의 사진 액자로 시선을 보냈다. 거무튀튀하니 무던히도 사람 좋아보이는 얼굴, 툭 불거진 너무나 착하게만 생긴 눈, 빙그레 웃고 있다. 언제나처럼 가슴이 울렁거리는 것을 보게 되자 불안한 마음과 함께 슬며시 짜증까지 나왔다. 인숙이는 그래서 평소에 남편 사진을 의식적으로 잘 보려고 하지 않고 살았었다. 괴롭기만 한 것을 왜 보려고——. 냉큼 눈길을 돌려 바로 그 곁에 걸려 있는, 내외 나란히 서서 찍은 결혼 사진으로 시선을 보냈다. 잠시 지켜보며 그 당시의 가지가지 일들을 더듬어보았다. 그러나 무슨 소용이냐 말이다. 역시 감정만 부풀어오를 뿐 당장의 인숙이의 복잡하고 괴로운 심정엔 아무런 도움도 주지는 않았다. 이번에는 그 옆에 걸려 있는 훈장을 열심히 노려보았다. 등잔 불빛을 받아 유난스럽게 찬란히 반사되는 그 부분을 지켜보고 있는 것이다. 자리에서 일어나 훈장을 으스러지게 쥐어보았다.

"그렇다, 맘이 변해서는 안 된다."

유골이 돌아와 장례 지내는 날의 생각이 문득 떠올랐기 때문이었다.

"……헛되이 백년을 사느니 보담 국가 민족을 위해 명예롭게 장렬한 전사를 한 훌륭한 남편을 둔 미망인 되는 분도, 전사한 남편을 대신해서 배전 가정에 충실한 여성이 되셔야 할 줄 믿는 바입니다……."

다른 사람도 아닌 면장나리께서 인근 동 사람들, 지방유지들이 모두 모인 자리에서 연설할 때에 한 말이었다. 그렇다. 그처럼 국가 민족을 위해 장렬한 죽음을 한 훌륭한 남편을 욕되게 해서는 안 되는 것이다.

"안 되고 말고——고생스럽더라도 허리도 제대로 못 쓰는 시아버지를 끝까지 섬기고 살아야지, 아무렴 꼭 그렇게 해야지. 죽은 남편을 위해서, 나를 위해서——."

인숙이는 새로운 마음가짐으로 자신에게 콩콩 박아 일러주었다. 그러나 금세 해이해지며 어쩔 수 없이 떠오르는 건너 마을 개똥 어머니가 말한 착실하고 밑천 택택하다는 미지의 그 사내 생각이었다. 아무리 생각해도 소 없는 집에선 일시도 못 살 것 같았다.

"정말 난 어쩌면 좋아, 어쩌면——."

그만 울어버렸다.

인숙이가 쇠죽 끓이려고 나왔을 때는 삼태성이가 나절이 가깝게 올라왔을 이른 새벽이었다. 기위 영영 보내는 소에게 쇠죽이라도 한 차례 끓여 먹여서 보내자고 전에 없이 일찍부터 서둘렀다.

부엌에다 유리등을 밝혀놓고 낮에 베어온 다래끼에 꼴을 몽땅 쏟아놓고 손작두로 풀 여물을 썰기 시작했다. 꼬쟁이 한 가지 흙 한 덩이라도 들어갈세라 바닥을 몇 번이나 쓸은 다음 조밥여물(아주 짧게 써는 여물)을 썰기 시작했다. 풀 썰기를 다하고 난 인숙이는 있는 구정물만도 적지 않았지만 아침 보리쌀을 미리 씻어 탑탑한 구정물을 더 만들어 붓고 된장까지 짙게 풀었다. 된 일 할 때나 먹이자고 아끼던 고운 보리겨를 뭬 아까우냐고 듬씬 퍼넣고 풀 썰은 것도 전에 없이 많이 넣어 쇠죽을 안쳤다. 마지막 끓여 먹이는 쇠죽이라고 생각할 때 조금이라도 더 잘해 먹이지 못하는 것이 한이었다.

불땀 좋은 장작을 아궁이 그득 모았기 때문에 쇠죽은 곧 끓기 시작했다. 한데 어서 끓여 일찍부터 많이 먹여야겠다는 당초의 생각과는 달리 막상 허옇게 김을 뿜으며 끓어나는 것이 아닌가. 이 쇠죽을 끓이면 영영 기회가 없지 않은가 싶은 마음 때문에 ── 그렇게 생각을 하니 일층 더 빨리 끓는 것만 같았다. 솥에서 끓는 소리가 점점 커져가고 김이 세차게 내뿜을수록 더 불쾌하기만 했다. 무엇인가가 아쉽고 허전해서 견딜 수가 없었다. 그런 마음을 억지로 억누르며 아궁이 앞에 꼼짝도 하지 않고 앉아 있었다. 애꿎은 부지깽이만 불을 붙였다 껐다 태우고 있었다. 외양간에서 벌써부터 빗장 덜그덕거리는 소리가 쉴새없이 들려오고 움 ── 움 ── 하는 움크리는 소리로 미루어 소가 일어나 있는 것이 틀림없는데, 전 같으면 벌써 몇 번이나 외양에 달려가 미리 군여물도 주고 어루만져도 보고 했을 터인데 일체 외양에 가기 싫었다. 한 번 이라도 더 보아야겠다는 생각은 간절하면서도 소를 대한다는 것이 무서운 생각마저 들어서였다. 부엌문을 열어놓으면 쇠외양이 똑바로 마주보이기 때문에 일부러 부엌문도 닫고 있었다. 아궁이 불이 부엌바닥까지 타 나오는데도 걷어 얹을 생각도 잊고 행망적게 앉아 부주때기로 불장난만 하고 있는 것이었다. 그러고 있던 인숙이는 갑자기 머리를 치켜 들고 눈을 자주 섬뻑거렸다. 두 동자는 흑진주처럼 반짝였다. 재작년에 소가 족발 사이를 등걸에 걸렸던 생각이 떠 올라서였다. 걷지도 못하고 누워 있던 소의 모습이 또렷하게 떠 올랐다. 인숙이는 심각한 표정으로 변하며 눈을 감은 채 한참을 그러고 앉아 있었다. 다시 눈을 떴다.

가슴이 몹시 두근거렸다.

'옳지! 그러면 되겠구나!'

인숙이는 결심한 표정을 지으며 자리에서 일어났다. 그는 잠시 망설였다. 살강밑 도마 위에 있는 식도(食刀)에 시선을 박고서 ── 그는 달려가 식칼을 성큼 집어 들었다. 칼로 족발 사이를 찔러 걸을 수 없게 하자는 것

이었다. 걸을 수 없는 소를 팔러갈 수야 있겠느냐고——이미 초저녁에 시
아버지, 시동생과의 약속 같은 것은 깨끗이 잊고 있었다. 오직 성공적으로
찌를 수 있는가 없는가에만 온 신경이 집중되어 있었다. 그러나 막상 칼을
잡고 행동할 생각을 하니 가슴이 떨렸다. 과연 자신의 힘과 능력으로 실행
할 수 있을까 싶어서——. 칼 끝을 만져보았다. 몹시 날카로웠다. 있는 힘
을 다해서 팍 찌르면 설마 안 들어가랴 싶었다. 가슴이 뛰고 칼 든 손이 바
르르 떨렸다.

마음을 다부지게 먹고 성큼 부엌문을 나서 사뿐사뿐 외양으로 걸어갔다.
한데 외양 앞으로 다가서던 인숙이는 그만 소스라쳐 놀라 뒤로 주춤하지 않
을 수가 없었다. 아니 그대로 풀썩 엉덩방아를 찧고 말았다. 외양간에는 소
가 일찍이 들어본 적이 없는 크고도 괴이한 소리로 움매하고 거듭 부르짖었
기 때문이었다. 너무나 큰 소리로 울부짖기 때문에 정신이 아찔했고 가슴
이 거칠게 뛰었다.

“세 다리를 만들어놓았으니 이젠 평생 팔진 못 하겠지, 히히. 넨장헐.”

잠시 후 이렇게 혼잣말을 하며 인숙이 곁에 와 서는 사람은 다른 사람 아
닌 시아버지였다.

과연 한 손에 도끼를 들고 있는 것이 어스름 달빛에 또렷하게 보였다. 소
는 쾅쾅 몸부림을 치며 커다란 소리로 계속 울부짖었다.

“움매——움매——.”

멀리서 첫 닭 우는 소리가 꿈 속에서처럼 아득히 들려왔다.

——1974년

멍 에

수만이 놈은 입학금 낼 기한이 되었는데 왜 안 주느냐고 아침 저녁으로 졸라대고, 돈은 푼전도 없고 답답한 정도를 지나 생으로 땀띠가 돋을 지경이었다.

빚이라도 얻어볼까 하고 며칠 동안을 인척간, 친지들 그럴싸한 데를 바쁘게 찾아 다녀보았지만 천만에였다. 바람 부는 날은 골이나 날망이나 마찬가지라고 어디를 가나 입학금, 영농비, 비료대, 봄살이들로 모두가 죽는 소리였다. 공연히 입 아픈 소리 작작하고 어서 집에 가 보리밭이라도 한 이랑 더 매라는 것이었다. 땅 파먹고 사는 놈들은 도통 일반인데 돈을 구하려면 대처로 갈 것이지 농촌에 무슨 돈이 있어 왔느냐고 처남되는 사람은 제법 나무라는 말투였다.

풀이 죽어 집에 돌아온 군칠이는 하룻밤을 궁리궁리한 끝에, 날이 밝기를 기다려 윗마을 조합장(농협)네 집으로 달려갔다.

"뭐라구요. 돈요——."

"그렇다니까, 꼭 부탁야——."

"허허, 정말 아저씨 정신없군요. 아니, 전채(前債)가 없는 사람들도 농협 돈을 못 얻어 쩔쩔매고 있는 판인데 있는 빚도 갚지 않고 또 돈을 얻는다구요…… 아예, 그 삶은 호박에 도래 송곳도 안 들어갈 말씀은 하지도 마세요.”

“그만큼 힘들고 어려우니까 조합장을 찾아왔잖어. 조합에 대부계 서기하고 친분도 있는 조합장이 말하면 될꺼란 말야. 정말 부탁야.”

“글쎄 친분이 문제가 아니란 말여요. 이미 진 빚도 아마 모르면 몰라도 월말까진 갚아야 할 꺼여요.”

“아따 그러니까 내가 왜 그냥 얻어 달라는 건가, 땅을 잡히고서 얻어 달라는 게지. 좀 나수 얻어가지고 먼저 것도 갚고 할 터이니 사만 원만 얻어 달란 말야, 조합장. 제발 살려주는 셈 잡고 말야.”

“정말 답답하네요. 내 맘 같으며 땅까지 잡히는데 왜 안 주겠어요. 그런데 너 나 없이 땅을 잡히고라도 농협 돈을 얻으려고 작년부터 쫓아다녀도 못 얻으니까 얘기지요. 동네 조합장이 무슨 힘이 있다고 그래요. 농협대부계 직원도 땅 잡고 돈주는 데는 권한이 없단 말여요. 상무 전무가 결정하는 문제란 말여요. 그분들 얘기 들어보면 땅 잡고 돈 얻겠다는 사람들을 다 주려면 돈이 산더미같이 있어도 모자란다는 거여요. 그걸 알아야지요.”

“그렇지만 다른 일도 아니고 자식 공부시키겠다는 데는 안 준단 말야? 거저 달라는 것도 아니고 땅을 잡히고 땅값 십분지 일 정도만 달라는데——. 나같이 이렇게 급급한 놈을 안 주고 대관절 어떤 사람을 준다는 거야.”

“허허허, 참 아저씨두 그런 포악을 나한테 하면 뭘 해요. 군조합(郡組合)에 가서 전무님을 잡고 얘기해야지.”

“그래 정 못 한단 말인가, 조합장——.”

“못 하는 게 아니라 되지를 않는단 밀여요. 히히히 참.”

조합장은 어처구니없다는 듯이 웃음을 터뜨렸다. 한데 정작 어처구니 없는 사람은 군칠이었다. 울컥 치미는 감정을 억제했다.

“좋네, 좋아. 이 군칠이라구 아주 죽을 줄 아는가. 너무 하네. 정말 너무 해——.”

군칠이는 횟길에 볼풍스럽게 해부치고 조합장네 집을 나왔다.

‘흥. 제놈들은 쏙쏙이로 잘들만 얻어쓰며 못 배워 무식한 놈이라고 끝내 사람을 그렇게 막 봐……. 그렇지만 살림살이가 다 올라가도 수만이 고등학곤 보낼 테니 두고만 봐라. 흥——.’

군칠이는 역정을 내며 아래 마을 구 이장네 집으로 달려갔다. 못 배워 설움 받고 살아온 지난 날이 새록새록 했다. 아니, 당장 오늘 조합장한테 그런 업신여김을, 바보 취급을 받은 것도 못 배워 무식해서가 아니냔 말이다. 그렇기 때문에 수만이란 놈만은 어떠한 일이 있어도 갈쳐야겠다는 결심이었다.

"아무렴. 꼭 갈쳐야지——.'

군칠이는 다시 한 번 다짐을 하며 구 이장네 집을 들어섰다.

마침 이장은 집에 있었다. 사랑방에 들어가 앉자마자 찾아온 용건부터 말했다.

"듣자니 이장이 땅 산단 말이 있던데. 그게 정말야?"

"그렇지. 그런 말한 적이 있지⋯⋯. 앞으로 쓸 만한 땅만 있으면 계속 살 거야. 모름 모르지만——."

"아니, 모름 모르다니 무슨 말야?⋯⋯."

"아니——왜 모르나, 군칠인⋯⋯ 동네서 아는 사람은 거의 알고 있는데 ⋯⋯ 실은 다름이 아니고 작년에 물 아래 삼 정짜리 박 서방네 산(山) 산 사람 있잖아, 그 사람이 다른 사람이 아니고 서울에 무슨 회산가 제법 큰 회사 사장인데 그 사람이 그 산에 선영묘도 쓰고 조림을 할 터이니 관리를 해 달라고 찾아왔잖아. 그러면서 하는 말이 기위 산도 사놓고 했으니 논이고 밭이고 좋은 것 판다는 사람이 있으면 논 섬지기(사천 평)정도 사 달라고 하지 않겠어. 그래서 한 말였지."

"응——그랬었구먼⋯⋯. 아니, 그러면 세전에 꺽쇠네 닷마지기 산 것도 이장이 산 게 아니고 바로 그 서울 사장이 산 거란 말여——."

"하하, 이런 사람. 다 같이 농사를 져보면서 무슨 소린지 모르겠네. 딴 수입없이 농촌에서 농사 져 땅 사게 됐나. 바로 그 사장이 산 거야⋯⋯. 그런데 어디 땅 쓸만한 거 판다는 사람이 있는가⋯⋯."

"글쎄⋯⋯ 좋은 땅이 아니면 안 되남?"

"그야 물론——. 땅 몇 마지기값 같은 건 하루밤 술값 정도로 아는 사장들인데 시시한 땅이야 사겠어⋯⋯ ? 누구네 땅인데!"

"⋯⋯ 글쎄 누가 몇 마지기 팔겠다고 하는데——대관절 동네서 일등답이라면 얼마씩이나 준다는 거야?"

 "글쎄 —— 일등답도 나름이지만 꺽쇠네 논 정도라면 그 값이야 안 주겠
나……."

 "말 듣기엔 요즘 와서 서울 돈 있는 사람들이 서로 땅을 사려고 하는 바
람에 땅값이 올랐단 얘기가 있던데."

 "글쎄! 나도 그런 말을 듣긴 했는데 그렇게 서울 사장들이 서로 사겠다
고 하면 꺽쇠네 팔 때 보담 좀 더 받을 수 있을 테지 …… 대관절 누구네 어
느 땅야 ——."

 "아니 그보다도 내가 먼저 알고 싶은 것은 서울 그 사장이 땅을 사면 달
리 딴 사람을 시켜 농살 짓겠다는 거야, 아니면 땅 판 사람이 소작을 할 수
도 있는 거야? 땅 팔겠다는 사람이 그것부터 알아 달라잖아."

 "그야 뻔한 일이지. 기위 사장이 와서 농사 못 질 바에야 구태여 딴 사람
에게 소작 줄 리가 있겠어. 병작이면 병작, 도조면 도조, 잘 낼 사람이면
땅 판 사람더러 눌러 부치라고 하겠지 ——. 꺽쇠도 팔기는 했지만 병작으
로 부치기로 했단 말야. 단 언제고 사장이 필요해서 내놓으라고 할 때에는
내놓는다는 조건으로 ——."

 "음 …… 그려 ……."

 "그래, 누구네 어떤 땅인데, 땅은 정녕 쓸 만한감?"

 "그렇지. 땅이야 일등 호답이지. 이 근방에선."

 "정말 답답하네. 왜 툭 털어놓지 못하고 자꾸만 우물거리기만 할까…….
어느 골짝 몇 마지기 누구네 땅이란 얘길 해주어야 내가 서울을 가든시 편
리를 내든지 해서 상의를 할 게 아냐……."

 이장은 궁금하다는 듯이 군칠이를 빤히 마주보며 언짢은 표정까지 지
었다. 그러나 군칠이는 다른 땅이 아니고 자신이 부치는 물 건너 대추나무
배미 닷마지기 일부란 말을 하지 못했다. 아직 좀더 생각해보아야겠다는
셈속이라기보다 왠지 농토 판다는 말을 하고 싶지가 않았다. 아니 그런 말
을 하는 것까지도 자꾸만 두려운 마음이 들었다. 조합장네 집을 뛰쳐나올
때의 불 같은 감정이 점차 수그러지면서 농토에 대한 애착심이 고개를 들었
기 때문에였다. 슬며시 왜 그런 엉뚱한 생각으로 이장을 찾아왔나 싶었다.

아무튼 땅 팔겠단 말을 하지 않은 것만이 다행스러웠다.

"하여간 내 다시 알아보고 또 들릴 꺼야."

군칠이는 한 마디 남기고 급히 이장네 집을 뛰쳐나왔다. 집을 향해 부지런히 발길을 옮겨놓았다.

한데 이장네 집 고샅을 채 빠져나오기도 전에 도로 발길을 멈추고 말았다. 고샅에서 우두커니 그러고 서 있었다.

'그럼, 결국 수만이 진학을 그만둔단 말인가…….'

마치 남의 일같이 이런 생각이 떠오름과 동시에 다시 마음은 착잡해 왔다.

'아니, 대체 무슨 뚱딴지 같은 생각을 하는 걸까…….'

'안 된다. 수만이만은, 수만이만은 어떠한 일이 있어도──.'

군칠이는 입 속으로 중얼거리며 천천히 걷기 시작했다.

그렇다, 어떠한 일이 있어도 진학은 시켜야만 했다. 그렇다고 해서 고등학교에 보내 무슨 월급쟁이를 시키겠다거나 하는 그런 심산은 아니었다. 농사를 지어먹더라도 군칠이 자신처럼 제 이름 석 자도 몰라보고 면에서 내보내는 고지서 숫자도 몰라 반장 이장네 집으로 구구리 달음질을 쳐야 하는 그런 답답한 인간은 만들지 말자는 것이었다. 면에 가면 호적부도 척척 열람할 줄 알고, 지적도(地積圖) 토지대장을 펼쳐놓고 몇 번지 몇 평짜리 밭이, 논이 자기 땅이란 것쯤을 알고 살아야 할 것이 아니냐는 것이었다. 아니 면서기 농협 직원이 출장 나왔을 때, 이장 반장 유지들과 한풀에 끼여 소득세 문제, 비료배급 문제, 영농자금 분배 문제 같은 것도 같이 상의도 하고 나아가서는 문서를 펼쳐놓고 잘못된 점이 있으면 항의도 하고 따질 것은 따지고 그러다 여차해서 시비라도 벌어진다면 똑똑하게 시비를 가릴 수 있는 그 정도의 인간은 되어야 할 것이 아니냐는 것이었다. 군칠이 자신처럼 무식해서 오십이 넘도록 그런 축에 한 번 끼어보지 못하고 소득세, 비료배급이 억울해도 눈깔이 발바닥 같아 이의, 항의 한 번 못 하고 문서 한 번 들여다보지 못하고 짓눌려서만 살아온 인간이 되어서야 쓰겠느냐는 것이었다. 면서기 농협 직원이 나왔을 때 불려가 닭이나 잡고 그 자들 밥상이나 날라주고 술이나 받아오고 술안주가 될 생선 배나 따서 주고 하는 군칠이

자신과 같은 그런 지지리도 못난 인간이 되어서야 되겠느냐는 것이 군칠이
의 심정이었다. 그래서 그런 인간을 면하자면 옛날과는 또 달라 중학 정도
로는 말도 안 되고 최하 고등학교는 마쳐주어야 하지 않겠느냐는 것이 군칠
이의 오직 바라는 소원이었다. 그러나 마음만 그러했지 푼전도 없는 처지
에 무슨 재주로 당장 입학금 삼만 원을 내고 수만이를 입학만이라도 시킬
수 있느냐 말이다. 입학 후에 학비문제는 그때 그때에 어떻게 할망정.
  하긴 중학을 마치는데도 수자(큰딸)를 서울에 식모로 보내서 그 도움을
받아온 주제에 고등학교를 보내겠다는 자체가 무리한 정도가 아니고 당초
부터 잘못 생각이긴 했다. 그런대로 수자란 년이 앞으로 이삼 년만 더 지금
까지와 같이 매달 얼마씩만 보탬이 되어준다면 급급한 대로 입학금을 비비
적거려보겠는데 수자란 년도 그 이상 남의 집 식모생활 못 하겠다고, 집에
오겠다고 편지가 몇 번 왔으니 얘기다. 물론 수자가 집에 온다면 수만이 진
학은 거의 불가능하기 때문에 편지 올 때마다 애비가 알아서 기별할 터이니
그때까지는 꼼짝말고 있으라고 간곡한 답장을 번번이 써보냈지만 어느 면
으로나 시집 갈 나이가 된 큰 계집애를 더욱이 제가 더 이상 있을 수 없다
고, 오겠다는 것을 언제까지 식모살이를 하라고 윽박지르는 것도 애비로서
차마 못 할 일이고——. 그러나 글쎄 수자마저 온다면 더군다나 어떻게 하
느냔 말이다. 아무리 뒤슬러 생각해도 막막하기만 했다. 그렇다고 수만이
학교를 그만둔다는 것은 절대로 안 될 말이고 어떠한 일이 있어도 고등학교
만은 꼭 갈쳐야 하겠는데 꼭 그러자면 역시 땅을 파는 도리밖에 없는데 땅
팔 형편도 되지를 않으니 얘기다. 물론 땅이 다만 열 마지기라노 된나면야
볼 것 없이 몇 마지기 선뜻 팔아 빚도 갚고 학교도 보내고 한다지만 농토라
아 겨우 밭 천여 평에 논 대엿 마지기였다. 그 농사를 알뜰하게 지어도 매
년 봄에는 양식이 딸리는 형편인데 그나마 일부를 판다면 당장 목구멍 풀칠
에도 급급할 형편이니 말이다. 하긴 형편도 형편이지만, 농토를 팔면 어쩔
수 없이 소작을 부쳐야 하는데 이제 와서 다시 소작농이 된다는 것은 말도
안 되는 얘기였다. 소작이라면 몸서리가 나서 곤란한 대로 꾹 참고 자작만
을 부치고 사는 터인데 그 지겨운 소작농을 또 하다니——.
  ‘그렇다. 소작은 하지 말아야 한다. 죽으면 깨끗하게 그냥 죽었지, 소작

만은 부치지 말아야 한다.'

군칠이는 제법 큰소리로 중얼거리며 머리를 좌우로 흔들었다. 어떠한 일이 있어도 소작농은 될 수는 없다고——.

순간 벌써 옛날에 죽은 아버지 김 첨지의 환상이 어렵지 않게 떠올랐다.

"참봉 어른, 제발 좀 잘 봐주세요. 언뜻 보기엔 벼가 으수된 것 같으지만 실상 자세히 살펴보면 관자(쭉정이 낱알)가 무척 많단 말여요. 예, 참봉 어른——."

왜정 때, 읍내 전 참봉네 땅을 소작할 무렵, 아버지 김 첨지는 답품(畓品 : 지주가 가을에 농작물 작황을 실제 답사하는 일)나온 참봉 앞에 수없이 머리를 조아려가며 아니, 직접 논배미에 들어서 벼 이삭을 움켜쥐어보이며까지 차라리 애소를 했던 것이다.

"허허. 이 사람 어째 이렇게 수선을 떠는지 모르겠네. 내 눈도 가죽이 모자라 찢어진 게 아니란 말야. 잘 봤다는데 자꾸만 이렇게, 어험."

참봉은 역정까지 내며 건성으로 누런 벼를 둘러보며 시적시적 논둑을 걸었다.

"예——예——참봉 어른, 어련하시겠습니까요. 하지만 원도지(元稻租)를 다 바치라고 하시니 말씀입니다. 보시다시피 이렇게, 이렇게, 관자가 많이 붙었습니다요. 참봉 어른——."

평소에 벼 이삭 하나를 자식처럼 아끼던 첨지는 바로 이 순간이란 듯이 벼 이삭을 몇 개 쑥쑥 뽑아 참봉 눈앞에 바싹 들이대며 도조 감소해줄 것을 애소했다.

"허허. 김 첨지가 정말 어째 이렇게 설치는지 모르겠네. 응——. 내가 한 번 둘러보고 원도조 내라고 작정했으면 그쯤 알 것이지, 무슨 말이 이렇게 많아. 엇."

참봉은 엄숙한 표정을 지으며 김 첨지를 흘겨보기까지 했다.

"예——예——죄송합니다요. 참봉 어른. 하지만 원도지를 다 내기는 좀 억울해서——예——그래서——."

첨지는 뒤통수를 맹팽 긁적여보이기까지 했다.

"뭣이! 억울하다구…… 흠, 억울하면 안 되지 암. 그러면 좋은 수가 있지. 김 첨지, 올 도조를 반만 내게. 그러면 억울하지 않겠지! 어험."

"예? 반만 내라고요——."

"그렇다니까. 분명하게 반 도조만 내게. 여기 우리 마름(소작인들 관리
자)앞에서 약속하네…… 그 대신 명년부터는 이 땅은 내놔야겠네. 알겠는
가? 어험험."

"옛? 내년부터 땅을 내 놓으라구요. 아이구, 제발 참봉 어른, 그저 이
미련한 백성이 죽을 죄를 졌습니다. 그저그저 참봉 어른 말씀대로 원도지
다 바쳐드릴 터이니 소작만은 떼지 말아주세요. 소원입니다. 애원입니다.
참봉 어른——."

첨지는 눈이 뒤집혀 저도 모르는 사이 참봉 옷소매를 잡으며 차라리 울상
이었다.

"허——이 사람, 무슨 소린지 모르겠네. 언제 이 전 참봉이 헛말하는 것
보았나. 내 나이 육십이 넘었지만 난 한 번도 남을 억울하게 한 적은 없는
데 어찌 김 첨지 자네를 억울하게 할 수가 있겠나. 그쯤 알고 올핸 반 도조
만 내고 내년엔 땅 내놔, 어험, 어험."

"참봉 어른, 이 주책없는 놈이 그만 잘못 지껄였습니다. 용서하세요. 노
염을 풀으세요……. 도시 이 놈의 주둥이가 원숩니다. 원수여요. 이, 이
주둥이가요."

김 첨지는 그 억센 주먹으로 자기 입을 몇 번이나 쥐어 박기까지 했다.
그러나 참봉은 끝까지 냉연한 태도였다.

결국 며칠 후 멀리 산막골까지 가서 생청(生淸, 진짜 토종꿀)을 구해다 바
치고 씨암탉을 잡아다 올리고 등 너머 곰보영감(어부)을 시켜 싱싱한 모래
무치를 잡게 해서 꾸려들고 마름집 참봉댁을 부지러히 쫓아다니며 죽여주
소 살려주소 애소를 하는 바람에 소작이 떨어지지는 않았지만 그때 아버지
가 눈이 뒤집혀 뛰어다니던 모습은 너무나 생생하기만 했다. 무엇보다도
그때 아버지가 시키는대로 논 뒷둑에 선 대추나무에 올라가 대추 따던 기억
은 진정 잊을 수 있는 군칠이었다. 온 대추나무 가지를 샅샅이 누벼가며 벌
레먹지 않고 발갛게 잘 익은 것으로만 골라 따서 참봉댁에 보내기 위해서
였다.

“이 녀석아, 바로 네 머리 위에 말야. 조금만 더 올라가면 아주 잘 익은 것이 몇 개 있다니까, 그래 그래. 조금만 더 더 손을 치켜들라니까.”

땅바닥에서 고개를 뒤로 발딱 젖히고 쳐다보며 좋은 대추 한 개라도 더 따려고 애가 달아 군칠이 자신에게 지천을 하는 아버지의 심정도 심정이려니와, 손목만큼도 안 되는 대추나무 상상 꼭대기까지 위험을 무릅쓰고 기어올라 손과 다리를 바르르 떨면서 아버지 시키는 대로 좋은 대추 골라 따던 생각은 죽기 전에는 잊을 수 없는 너무나 아슬한 모험이었다.

소작이 떨어지지 않기 위해서는 무슨 짓이라도 해야만 했던 것이다. 허구 많은 소작들은 땅 몇 마지기를 얻어 부치기 위해 모든 정성을 꾸준하게 바쳐야만 했던 것이다. 아니, 문서없는 종〔奴僕〕노릇이랄까, 아니면 평생 씻지 못할 죄인이 아니고서야 그런 학대와 천대와 불안 속에서 살 수가 있느냐 그 말이다. 과일 생선 등 귀한 지방 토산물은 물론, 햅쌀이 나면, 햅보리가 나면 다만 한 말씩이라도 누구에게 보다도 먼저 마름집과 지주댁에 바쳐야 했고 심지어 햅녹두, 동부, 깨, 고추 등속도 거두기가 바쁘게 먼저 마름 지주댁에 상납을 해서 노여움을 사지 말아야 했다. 정월 초이튿날이면 어김없이 닭 한 마리라도 잡아들고 세배를 가야 했고, 팔월 열나흘 날 가지가지 햇과일을 꾸려들고 가야만 괘씸한 놈을 면케 되고 땅 내놓으란 말을 면할 수 있는 것이 소작농이었다. 아니 하다 못 해 오월 초나흘날 마나님들 머리 감으라고 냇가에 있는 창포 풀을 베어다 바쳐야만 하는 것이 소작인들의 가련한 신세였다. 그러나 이러한 것들은 어디까지나 자잘한 문제였다. 소작농의 가장 아픈 문제는 역시 매년 도조 바칠 때였다.

지주들 생리를 너무 잘 알기 때문에 벼고 보리고 다시 개풍을 해가지고 가지만 언제나 칭찬보다는 꾸중이었다.

“아무리 개풍을 해왔다고 하지만 보는 바와같이 이게 뭐냔 말야. 여 보란 말야——.”

지주의 신임을 가장 두텁게 받고 있는 도조 수랍 관리인은 벼를 한 주먹 움켜쥐고 입으로 세겨 불어 벼알들을 날려보이며 선수를 쓰는 것이 상투적인 수단이었다.

아무리 알뜰하게 지은 농사라 해도 백 퍼센트 알이 찬 벼알보다는 칠 팔십 퍼센트 결실된 낟알이 더 많은 법인데 입으로 세게 불면 제대로 여문 낟알도 날아가는데 여타 부실한 것들은 거의 날라갈 수밖에 ——.

"그렇게 입으로 불어서 날리지 않는 벼가 어디 있습니까요. 귀신이 아니고는 낟알마다 은행같이 여물게 농사 지을 수가 있나요. 분명히 개풍은 정성껏 했습니다."

"글쎄 아무리 개풍을 했어도 터분하니까 다시 한 번 풍구(風具)로 부치잔 말야. 어서 쏟아놓고 풍구에 퍼넣으라니까."

관리인은 첨지가 손 댈 사이도 없이 자기네 일꾼들을 시켜 미리 준비해 놓은 멍석에 벼가마를 쏟게 하고 이어 풍구에 퍼넣으며 세게 돌려대는 것이다. 집에서 풍석으로 개풍을 해왔지만 성능 좋은 개량풍구로 세게 부치면 웬만한 벼알은 날리기 마련이었다.

"자, 보란 말야. 이 풍구는 우리가 만든 것이 아니고 농림부 검열을 맡은 검사품 풍구란 말야. 그러니까 이렇게 못 쓸 쭉정이 벼는 다 부쳐다 놓잖아. 만져보란 말야. 쭉정이가 아닌가. 허허허 ——."

관리인은 자그만 체구를 가볍게 움직여 날라간 것들은 쥐어보이며 흐뭇한 듯이 웃어보였다.

결과는 너무나 뻔한 사실. 이미 짐작을 하고 집에서 한 가마에 너댓 되씩은 더 넣어가지고 가도, 풍구로 부쳐 저울로 달아보면 도리혀 너댓 되씩 부족되는 것은 상식처럼 되어 있었다. 날라간 것도 적지 않지만 저울질 또한 그렇게 가혹하게 할 수가 없기 때문에 ——. 그 밖에도 벼알을 몇 번씩 깨물어서 건조가 잘 안 됐네, 어쩌네, 왜 벼를 풍옥벼를 가져오지 않고, 금옥벼를 가져왔느냐는 등 그 잔소리는 귀가 아플 정도였다. 아무튼 부족한 양의 벼는 다음 기회에 가져다주든지 아니면 장리로 증서를 해주어야만 되는 것이었다.

결국 따지어보면 재주는 곰이 부리고 돈은 되놈이 받는 격이었다. 보통 한 마지기에 두 섬 수확을 잡고 마섬(한섬)도조라고 하지만 실제 소작이 차지하는 수량은 삼사 할을 넘지 못했다. 초가을에 풋바심하고 장리쌀 갚고 어쩌고 한 후 도조 바치고 나면 언제나 세전양식 얻기가 바빴다. 도조 바치고 난 후의 감정 같아서는 당장에 땅을 내놓고 싶지만 그나마 농사를 짓지 않으면, 땅파는 재주밖에 없는 주제에 당장에 입이 궁할 것이니 죽으나 사나 하지 않을 수 없는 것이 소작이었다. 벗을래야 벗을 수 없는 것이 바로 소작이란 멍에였다. 아니, 볏집차지에 뒷목벼만 돌아와도 달리는 살 길이 없기 때문에 그나마 땅이 떨어질세라 지주에게 온갖 정성을 다 해야 했고, 한 마지기라도 더 얻어 부치려고 마름에게 지주에게 온갖 아첨을 다하는 것이 소작농이었다.

도조 바치고 오는 날이면, 아버지는 밤을 밝히다시피 한숨을 쉴 새 없이 몰아 쉬며 담배만 털고 넣고 털고 넣고 했다. 무엇을 먹고 어떻게 사느냐고 걱정이 태산 같았다.

"세상에 젤 큰 죄가 있다면 남의 땅 부치는 죄가 아닌가 싶다. 하늘에서 내린 죄를 짓지 않고서야 어찌 이럴 수가, 이럴 수가 휴……. 군칠아, 내가 죽은 후에라도, 너만은 어떠한 일이 있어도 남의 땅을 부치지 말아라. 너에게 부탁이 있다면 바로 그것이다."

도조 바치고 오는 날이면 텅 빈 토광을 몇 번이고 들여다보며 이런 말을 되풀이 하던 아버지였다. 그러나 아버지 김 첨지는 해방을 보지 못하고, 토지개혁을 보지 못하고 말하자면 그토록 소원이던 자기 땅에 농사 한 번 지어보지 못하고 저 세상 사람이 되고 말았던 것이다.

해방 후 토지개혁과 더불어 참봉네 땅 등 남의 땅을 자작 소유로 계약하던 날 군칠이는 매봉산 기슭에 있는 김 첨지 묘로 달려가 묘 앞에 엎드려 흐느껴 울었다.

"아버지, 닷마지기 대추나무 배미가 우리 땅이 되었습니다. 틀림없이 오늘부터 전 참봉네 땅이 아니고 군칠이 땅입니다. 이젠 소작농이 아니고 아버지의 평생 소원이던 자작농이 되었습니다. 아버지 저는 너무 기뻐서 아버지에게 말씀드립니다. 이렇게 울고 있습니다."

이런 소리를 중얼거리며, 어깨를 들먹여 기쁨에 눈물을 마냥 흘렸었다.

"아무렴, 땅은 팔 수 없어. 소작 노릇은 할 수 없지——. 그렇고 말고."

군칠이는 큰소리로 부르짖으며 자기 집을 향해 부지런히 발길을 옮겨놓았다.

"어떻게 되는 거여요그래. 참 내——."

역시 돈 때문에 식전내 돌아다니고 집에 들어오자마자 수만이란 놈이 밤 톨 먹은 다람쥐 볼처럼 양볼을 놀랍게 불룩여가지고 불쑥 하는 말이었다.

"하——나, 걱정 말라는데 자식이 애비만 보면 질뚝백이 부딛는 소릴 헐까. 걱정 말란 말야, 자식아——."

"맨날 말루만 걱정말면 뭘 하난 말여요. 실천에 옮겨야죠."

"하하, 나, 이런 자식 실천 좋아하네. 알았단 말야. 알았어. 어련히 해줄 가봐 지랄여, 자식아——."

"글세 말루만 해준다면 뭘 해요. 돈을 줘야 입학금을 내지, 참내."

"알았다는데 자꾸만 이럴까, 자식이——걱정말란 말야, 이 녀석아."

"오늘 지금 가져가야 하니까 그렇지요. 나두 몰라요. 오늘 안 주면."

수만이는 울상이 되어 고개를 팍 숙여버린다.

"자식아, 기한이 낼까지라구 안 했어. 그런데 왜 오늘부터 극성야, 극성 이."

"그럼, 왜 어제 오늘은 틀림없이 준다구 했난 말에요. 그렇게 돈 주기가 아까우면 뭐하러 시험을 보라구 했난 말에요."

"허허. 저저런 답답한 자식. 세상 일이 그렇게 마음대로 된다면 왜 이렇 게 고생을 하겠냐. 그리고 당장 돈이 됐다 해도 하루 이자라두 더 물어주자 구 오늘 가져가…… 아니 중학깨나 다닌 자식이 어쩌면 소견머리가 저렇게 자라 코구멍 같을까. 에그, 이 자식아, 끌끌."

"낼두 또 봐야 알죠——."

"글쎄, 아무렇고 꿩 잡는 게 매라고 기한 내에 가져다 치루고 너 학교만 다니게 되면 될꺼 아냐, 자식아."

"몰라유, 나두. 맨날 말루만 히힝——."

수만이 녀석이 그만 울어버렸다.

"허 허, 참 저런 자식."

말은 그렇게 하면서도 역시 자식의 그런 꼴을 보니 가슴이 아팠다. 애비 노릇 못 하는 자신을 다시 한 번 뼈저리게 느끼며 그대로 방으로 들어와버 렸다. 그러나 한편 생각하면, 제놈 때문에 벌써 언제부터 잠을 못 자고 허 구헌 날 쫓아다니며 혀 짧은 소리하는 애비의 심정을 그렇게도 몰라주나 싶어 야속한 생각 또한 없지도 않았다.

잠시 후 군칠이는 수만이를 불러들였다. 그런 다음, 내일은 틀림없이 돈을 가져가게끔 얻어놓았으니 걱정말라고 안심을 시켜놓고 종이와 연필을 가져오라고 일렀다.

"뭐 하실라구요——."

수만이가 아직도 뚜따한 입으로 물었다.

"글쎄 가져오라면."

수자한테 편지를 쓰자는 것이었다.

"내가 일러주는 꼭 그대로 써야지 한 자라도 달리 써서는 안 된다."

수만이가 지필을 가지고 오자 우선 이렇게 다짐을 해놓고, 일러주기 시작했다.

"자, 그럼 쓰란 말야. 내가 이르는 대로 또박또박——."

"어서 일러봐요."

——수자 받아보아라.

일전에 편지 보냈지만 다시 급하고 중대한 할 말이 있어 몇 자 적노라. 너는 수차에 걸쳐 남의 집 식모살이를 이상 더 못 하겠노라고, 집에 오겠다고 편지했지만, 그건 절대 안 된다는 것을 이 애비 명령으로 다시 한 번 부탁하노라. 이 애빈들 다 큰 딸자식을 남의 집 식모살이 시키는 게 어찌 마음 아프지 않으랴만 가정 형편이 절박하기 때문에 할 수 없노라. 너도 아다시피 수만이 고등학교 입학금을 내기 위해 당장에도 삼만여 원이란 큰 돈을, 빚을 졌고 또 앞으로도 매달 약차한 금액이 학비로 들 터이기에 차마 못 할 부탁을 하는 것이니 이 애비를 제발 원망하지 말기 바라노라.

그리고 이번에 진 빚을 갚기 위해서는 집에 새끼 들인 닭까지, 막 클 고비에 들은 돼지까지, 병작 송아지 먹이는 것까지, 개까지 모두 팔아도 필연코 모자랄 것 같으니 도리는 아니다만 주인에게 잘 말해서 보태주었으면 왕불은 끌 것 같으니 부디 그렇게 해주기 바라노라. 사정이 절박해서 급전을 일할 이자로 한 달만 쓰기로 얻어서 그러노니 그쯤 알기 바라노라.

언제고 부탁이지만, 여자는 항상 단정해야 하는 법이니 명심하기 바라노라.

부 서라——

"아버지 글이라고 하지 '부 서라'가 뭐여요——."

쓰라는 대로 쓰기는 쓰고도, 몇 번 고개를 갸웃거리며 수만이는 이렇게 물었다.

"이 자식아, 중학을 다닌 녀석이 애비부 자두 모르냐. 에이, 자식두…… 어서 한 번 좍좍 읽어내려봐."

"아버지 일러준 대루 썼는데 뭘 또 읽어유."

"하하. 그런 게 아냐. 한 번 죽——읽어봐야 속이 시원하지 무슨 소리 ——."

수만이는 잠시 주저하다 학교 교과서 읽는 식으로 후딱 읽어버렸다.

"원, 천천히 못 읽구설남. 무슨 놈의 편지를 그렇게 방정스레. 끌끌…… 아무튼 그만하면 되긴 됐다…… 그러데 애비가 딸자식한테 이런 편질 써보내다니 에이…… 하지만 할 수 없다. 할 수 없어."

잠시 우두커니 앉아 있던 군칠이는 띄엄띄엄 혼잣말을 늘어놓으며 미간에 주름을 깊숙이 잡았다.

"낼 입학금 가지고 학교 가는 길에 잊지말고 갖다 부쳐. 하루바삐 받아봐야 할 테니까 하——함."

군칠이는 어색하게 큰 기침까지 하며 밖으로 나왔다. 나오자 마자 삽, 괭이, 어랭이 등속 농구연장을 챙겨지고 서둘러 삽짝을 나섰다. 대추나무 배미논 가래질을 하자는 것이었다. 지난 해 장마에 무너진 논둑도 고치고, 물고마다에 쌓여 있는 복새, 흙도 파내고 하자는 것이었다.

십여 일 간 잠도 못 자고 속을 태우며 쫓아다니던 수만이 입학금을 엉성하게나마 일단 막음을 해서인지 전에 없이 낙낙한 심정이었다. 동네 고샅길을 빠져나와 뒷말랑을 성큼 넘어섰다. 집에서 나올 때 만도 수자에게 보낼 편지 때문에 기분이 떨뜨름 했었는데 막상 집을 나오니 그 생각 저 생각도 없었다. 오히려 자기가 생각했던 대로, 농토도 안 팔고 학교 입학을 시키게 된 것이 은근히 다행스럽기까지 했다. 생각은 오직, 앞으로 어떻게 해서 어수선하니 저질러진 학비 문제를 해결해 나갈 것인가 하는 생각뿐이었다.

"수자란 년이 편질 보면. 설마? 어——함."

군칠이는 혼자말을 중얼거리며 발길을 재촉했다.

논에까지 온 군칠이는 언제나처럼 대추나무 밑에 지게를 받쳐놓고 우선 담배를 한 대 피어 물었다. 흡연을 흐무러지게 하며 한눈에 보이는 논배미를 쓱 내려다보았다. 웬일인지 논배미가 전에 없이 무척 정답게 여겨졌다. 더 으젓하니 넓게, 반듯하게 보이기까지 했다. 파랗게 뻗어나간 보리 이랑들이 어쩌면 그렇게 아름다운지 몰랐다. 보리 이랑 사이에 까만 기름진 흙물은 언제고 마음대로고——. 과연 이게 내 땅인가 싶었다. 왜정 때 소작농 시절, 토지개혁 후 농토를 사던 날의 그 감격스럽던 일, 아버지 묘 앞에 엎드려 흐느끼던 일, 이런 저런 생각들이 선듯선듯 머리를 스쳐 지나갔다.

"아무렴, 언제까지고 알뜰하게 간직해야지. 허허허——."

군칠이는 맹판 감정이 흥그러워서 그답 자리에서 벌떡 일어났다. 발벰발벰 논둑을 걷기 시작했다. 뒷둑을 끝까지 다 걷고 다시 앞둑을 걷기 시작했다. 뒷짐을 끼고 고개를 숙이고서——. 그러면서 생각하는 것이었다. 어떻게 하면 보다 알뜰하게 농사를 지어 수익을 올릴 것인가를——. 그래서 빚을 갚을 수 있는가를——.

'아끼바린가 그놈의 벼가 쌀 좋고 수확 많고 좋긴 좋은데, 그만 죽는데 질색이란 말야——.'

이런 생각을 하며 자꾸만 걸었다. 그런가 하면 시비(施肥)문제 농약 사용법 같은 것도 지난 해를 거울 삼아 여러 면으로 생각을 해보았다. 그러면서 금년만은 알찬 농사 지을 것을 거듭 맹세했다.

군칠이가 논둑 고치는 일을 시작한 것은 해가 새때나 거의 되어서였다.

군칠이는 두 다리를 걷어올리고 처음부터 저고리를 벗어부치고 일손을 잡았다. 먼저 삽으로 밑돌 놓을 데를 깊숙이 파기 시작했다. 비록 오십이 넘기는 했어도 그야말로 일에는 자신이 있었다. 땀을 뻘뻘 흘려가며 잠깐 사이에 두 발이나 되는 밑돌 자리를 파헤친 그는 미리 준비해놓았던 돌을 쌓기 시작했다. 거의 대짐내기 돌인데도 문제가 아니었다. 두 손 손잡이를 찾아 잡고, 이를 악물고 눈을 딱 감으며 왕창 힘만 쓰면 가슴패기까지 거뜬히 들어올려지곤 했다. 이렇게 해서 돌을 한 켜 놓은 다음에는 어랭이로 자자한 돌들을 담아 뒷구석을 채웠다. 속돌이 적으면 항상 위험하기 때문에 될 수 있으면 속돌을 충분하게 넣었다. 한 번 쌓아놓으면 어떠한 장마에도 무너지지 않아야 할 게 아니냐고——.

속돌을 다 채운 다음 다시 겉돌을 쌓기 시작했다. 그런데 이번 돌은 정말 만만치가 않았다. 돌도 무거웠지만 대관절 손 잡을 데가 없어서 더 그러했다. 몇 번을 들려다 손이 빠져 실패한 군칠이는 논바닥 흙에다 두 손바닥을 쓱쓱 문질렀다. 허리를 바싹 굽히고 몸을 착 붙인 다음 만만한 곳에 두 손을 붙이고 '어——차' 소리와 함께 힘을 부쩍 썼다. 가까스로 논둑에 올려놓을 수가 있었다.

"허허허 제까짓 게, 나를 누구루 알고——."

흰소리를 하며 팔뚝으로 얼굴에 땀을 이리저리 문질렀다.

바로 이때였다. 등 뒤에서,

"아버지——."

하고 부르기에 돌아다보았더니 언제 왔는지 수만이가 서 있었다.

"아니, 니가 웬일이냐?"

"어머니가 빨리 오시래요."

"왜?"

"누나 왔다구요."

"뭐…… 누나…… 아니 네 누이가 왔단 말이냐?"

"예, 방금 전에 왔어요."

"허허. 대체 무슨 소린지 모르겠구나. 수자가 오다니……."

군칠이는 논둑에 펄썩 주저 앉아버렸다.

"엄마가 빨리 오시랬어요."

수만이는 다시 한 번 재촉을 하고 그냥 가버렸다. 그러거나 말거나 군칠이는 먼 산에 시선을 맡긴 채 멍청히 그러고 앉아 있었다. 미처 뭐가 어떻게 되는 것인지 어리벙벙 하기만 했다. 얼마간의 시간이 지난 후에야 모래사장에 물이 빠지는 것 같으달까, 온 몸뚱이가 슬며시 허물어지는 것 같은 그런 심정이었다. 진작 편지를 보내지 못한 것이 몹시 후회되었다. 대체 어떻게 하잔 말이 나오지를 않았다. 뭐니뭐니 해도 수자만을 믿고 입학시킬 것을 결심했던 것인데 말이다. 좀더 심각하게 머리를 짜보았으나 해결책이 막연하기만 했다. 아무리 생각해도 수자를 도로 보내는 수밖에 없었다. 그러니 글쎄 제가 싫어서 온 것을, 시집보낼 때가 된 계집애를 다시 식모살일 보내다니 애비 꼴이 뭐냔 말이다. 못 가겠느냐고 야단을 치고 하면 어쩔 수 없이 가긴 갈 터이지만 말이다.

'그렇지만 할 수 없지.'

군칠이는 자리에서 일어났다. 논둑 고치는 게 문제가 아니었다. 어서 집에 가 수자를 만나보고 어떻게 할 것인가를, 아니 어떠한 일이 있어도 꼭 도로 보내도록 수단 방법을 가리지 말아야 하는 것이다.

'허지만 죽어도 안 가겠다고 노루다리 뻗듯 쭉 뻗으면 어찌한다.'

이런 생각 때문에 약간 걱정이 되기는 했지만 설마 잘 얘기하면 반대야 하랴 싶었다. 아니 제가 가정 형편을 직접 보더라도 어찌 싫다고야 하랴는 생각이었다. 군칠이 자신이 설명할 필요도 없이 이미 저의 에미에게 들어서 잘 알고 있을 터이니까──. 그러고 보면 편지 보낸 것보다 제 눈으로 직접 보고 듣게 된 것이, 말하자면 집에 온 것이 도리어 잘 된 것인지도 몰랐다. 오랜만에 피차에 서로 만나니 반갑고, 그간 지난 얘기도 하게 되고──. 그야말로 일은 제대로 된 것이 아니냐는 생각이었다.

군칠이는 농구 연장들을 챙겨 지고 서둘러 집으로 왔다.

"어──험.'

군칠이는 큰 기침을 하며 삽짝 안으로 들어섰다. 과연 수자란 년이 애비 기침 소리를 듣고 신짝을 끌며 마당으로 뛰어 내려왔다. 한데 이럴 수가 있느냔 말이다. 도무지 자기 딸 같지를 않았다. 옷차림도 화려했지만 얼굴이 어쩌면 그렇게 몰라보게 피었는지 몰랐다. 조금도 궁색한 데라고는 찾아볼 수 없는, 부자집에서 아주 귀엽게 자란 처녀와 같은 그런 얼굴이요, 몸매였다.

"수자가 왔구나. 그래 고생 많았지──."

달려나오는 수자에게 먼저 이런 말이 나오고 말았다. 그러자 수자는 달려들어──.

“아버지!”

하고 군칠이 손을 잡으며 그만 울어버리는 것이었다.

“허허. 울긴…… 자, 어서 들어가자.”

군칠이는 이렇게 말하면서 우는 수자를 다시 한 번 보았지만 그렇게 늠름하고 얼굴이 헤멀끔하니 예쁠 수가 없었다. 마음이 흡족하기까지 했다.

“아무튼 서울이 좋긴 좋은 데구나. 자, 울지말구 어서 들어가자.”

부녀는 방으로 들어왔다. 그러나 미리부터 몰려온 수자 동무애들, 이웃집 여인들 때문에 아무런 애기도 할 수 없었다. 군칠이는, 수자 제가 사왔다고 따라주는 술만 몇 잔 마시고 사랑방으로 나오고 말았다.

그런데 이 무슨 천만 뜻밖의 애기냔 말이다. 잠시 후 사랑방으로 나온 아내가 전해주는 애기인즉, 수자가 어린애를 배가지고 왔다는 것이었다.

“뭣이라구, 애를——.”

군칠이는 눈을 동그스레 하고 아내의 얼굴을 노려보았다.

“그러기 말여요. 아, 글쎄 다른 놈두 아니구 수자 주인네 둘째 아들, 대학 다니는 머슴애가 그렇게 했다잖아요. 글쎄, 한 번은 밤중에 할 말이 있다고 수자방에 들어와서 반강제루 그짓을 하더니 밤마다 찾아와 그 지랄을 하더라잖어요. 결혼을 해서 정말로 데리고 산다느니 어데다 방을 얻어줄 터이니 걱정 말라느니 별별 지랄을 다 하더래지 뭐여요. 그라더니 하루는 그놈 애미가 눈치를 챘는지 넌지시 수자를 부르더니 나가라고 하더라잖어요. 그러니까 몇 달 전 수자가 오겠다고 편지한 그땐 모양여요. 그 후로는 그놈두 통 오지 않더라지 뭐요. 그러니 글쎄 저 기집애 신셀 어찌면 좋으냔 말여요. 그라잖어두 자꾸만 오겠다구 편지가 오기에 웬일인가 했더니 결국…….”

아내는 말을 마치고 땅이 꺼지게 한숨을 내쉬었다.

기가 막혔다. 대체 무슨 청천 벽력 같은 애기냔 말이다. 군칠이는 무어라고 할 말이 없어 눈을 딱 감고 바보처럼 멍청이 앉아 있었다. 순간, 수만이란 놈 모습이 눈앞을 서서히 스쳐 지나갔다. 그러나 그것은 이미 수만이가 아니고 전 참봉에게 머리를 수없이 조아리며 도조 탕감을 애소하는 죽은 아버지 김 첨지의 딱한 얼굴이었다. 아니 도조를 너무 세게 다는 저울대를 지켜보며 말은 못 하고 울상이 되어 조바심을 하는 김 첨지였다. 그러나 이미 그것도 아니었다. 수자의 모습이었다. 수자의 얼굴이 동공에 달라 붙어 떨어지지를 않는 것이었다. 아니 혈색 좋고 해멀끔한 대학생 녀석이 수자를 강제로 덮치고 짓이기는 환상이 악착같이 눈동자에 달라 붙는 것이었다.

"어험험."

군칠이는 자신도 모르는 사이에 큰 기침이 튀어 나왔고 거칠게 도래질을 했다. 그러자 이번에는 대추나무 닷마지기 논배미, 논둑 쌓는 것, 수만이, 수자, 김 첨지, 전 참봉, 마름, 볏가마 이런 것들이 한데 뒤범벅이 되어 질서도 갈피도 없이 마구 눈앞에서 휘몰아 돌아가는 것이었다.

"아니, 자네 지금 뭐라고 했지? 수자가 수자가 뭘 어쩨했다고 허——이 사람. 공연한 소리를, 흠! 그렇겠지, 그럴꺼야——."

군칠이는 멍청이 천장을 노려보며 헛소리처럼 중얼거렸다.

"글쎄, 주인 마누란가 그놈 에민가한테 강제루 쫓겨오다시피 했다지 뭐여요."

아내는 훌쩍이며 말했다.

"허허. 무슨 소린지 모르겠네. 모두가 헛말야. 거짓말야. 아무렴 거짓말이지. 그렇고 말고——."

"그래서 옷가지 얻어 입던 것도 제대로 못 가지고 왔다지 뭐여요. 세상에 이렇게 억울할 데가 어딨냔 말여요?"

"허——무슨 소린지 모르겠네. 큰 회사 높은 사람의 자제가 그럴 리가 없어. 배우고 돈 많은 큰 회사에 높은 분의 자제를 그렇게 가르쳤을 리가 없어. 없고 말고. 천만에지. 아무렴."

"벌써 뱃속에 들은 게 석달 째래요. 대관절 그걸 어찌냔 말여요."

"그럴 리가 없다는데. 다 헛소리야 유식하고 돈 많은 사람들이 수자를 딱하게 여기면 여겼지. 그럴 리가 있겠는가. 아무렴! 없지. 없고 말고. 그럴 리가 없어. 없어. 없어. 없단 말야——."

군칠이는 큰소리로 부르짖으며 조용히 눈을 감으며 고개를 힘없이 떨구었다. 그러면서 보도독 소리가 나도록 어금니를 갈았다. 그리고는 죽은 사람처럼 언제까지 그러고 앉아 있었다.

오랜 시간이 지난 후에 군칠이는 비틀거리며 자리에서 일어났다.

"그 몸서리 나는 소작(小作) 멍에를 또 걸쳐야 하다니 그 멍에를. 멍에를. 멍에를——."

군칠이는 뇌까리며 도장과 토지 소유권을 찾아 들고 밖으로 나갔다. 구 이장네 집을 향해 천천히 발길을 옮겨놓았다.

——1974년

종점(終點)

　시골에서 올라와 생후 처음 시작한 셋방살이를 겨우 열흘 남짓하게 살고
다시 방을 옮겨야 하다니. 어찌 생각하면 부끄러운 마음도 없지 않았다. 방
의 소중함을 이렇게까지 절감한 적은 일찍이 없었다. 그렇게 몸서리 나던
시골 생각이 간절했다.
　그다지 넉넉한 생활은 아니었지만 자작 5, 7두락 영농하면 어린 것까지
세 식구 생활에 큰 구애는 없었다. 집도 농촌집이긴 해도 상하채 방이 세네
칸 되고 헛간, 토광까지 있어 그들 생활에는 극히 자유로웠다. 치부(致富)
를 하겠다는 큰 기대는 할 수 없었지만 그런대로 신살림에 오순도순한 생활
이었다. 그렇던 인석이가 지난 가을부터 마음이 벙그렇게 뜨기 시작했다.
수년 동안 동네 젊은이들이 거의 서울로 달아나는 바람에 ——. 서울에 간
친구들이 몇 개월만 있다가 고향에 다니러 오는 것을 보면 딴 사람이 되어
오는 것이었다. 별로 안정된 직장도 아닌, 번화가 거리로 다니며 고무줄,
수건뙈기, 혁대, 아이들 노리개 같은 것을 흔들고 다니며 판다는 영쇠가 반
년간 서울물을 먹고 고향에 다니러왔는데 얼굴이 부옇게 겉기를 벗고, 그
곰같이 험하던 손이, 발이 마디도 없이 매끈해지고 양복에 구두에 시계까
지 찬 어엿한 신사가 되어 오지 않았나. 심지어 식모살이 간 계집애들도 고
향에 오는 것을 보면 현란한 블라우스에, 미니에, 힐에, 시계, 반지를 번쩍

거리며 동네 사람들 눈을 동그랗게 했다. 농촌에서는 평생 살아도 어림없는 얘기다. 그런데 뭐냔 말이다. 일년 내내 눈비 폭양 무릅쓰고 안팎으로 뼈가 부서지게 버둥대야 계집애 하나 식모살이 수입도 안 되니. 진작 못 간 것이 후회 막급이었다. 동네서도 누구 못지 않게 약삭빠른 인석이었다. 당장은 불경기이지만 농촌에도 불원 때가 오겠지——. 국민의 절대 다수인 농민 생활이 영원히 이럴 리가 없겠지——. 그러나 이와 같은 인석이의 예측은 완전히 빗나가고, 결국 서울만 못 가게 되었지 뭐냔 말이다. 늦은 대로 서둘러 하루 바삐 서울로 가야 한다는 생각뿐이었다.

"내 뭐랬어유. 진즉에 가자구."

아내도 매일같이 재촉이었다.

"왜 아냐, 누가 중농정책 이렇게 할 줄 알았나. 지금도 늦이 않아. 서둘러 가면."

한데 주체스러운 것이 땅이었다. 팔겠다는 사람뿐이지 사겠다는 사람은 한 사람도 없으니, 토지 매매는 거의 불가능한 사실이고…… 이러한 실정이니 병작 붙일 사람도 있을 리 없다. 결국 달갑지 않게 여기는 것을 친척 동기들에게 병작(5·5제)도 아닌 4·6제로 떠맡기다시피 하고 사실상 농촌 생활을 정리하기로 했다. 몇 대째 살아온 고향을 뜨는 것이 마음에 찐 했지만 조금도 섭섭한 마음은 없었다. 무거운 짐이라도 벗어놓은 듯 홀가분한 심정이었다. 아내의 기뻐함은 마치 국민학교 아이들 같았고——.

어서 하루라도 일찍 남보다 먼저 가야 한다고. 더욱이 매일같이 서울로만 몰려 들어 서울 방값이 자꾸만 뛰어오르니 기왕 올 바에는 하루라도 빨리 오는 것이 유리하다는 서울서 보내온 기별이었다. 뜨내기 행상이나 노동품을 파는 것은 용이하지만 명색 월급 자리 구하기는 하늘의 별따기 같은데도, 비교적 그런 자리를 손쉽게 구하게 되었다. 그래서 더 초조했다. 인석이 친구가 철재상을 하는데 그 창고지기로 오라는 것이었다. 한 달에 만 삼천 원이면 보리쌀이 다섯 가마인데 눈이 번쩍했다. 인석이 농사 풍작 이라 해도 예닐곱 섬 보리농사도 수월치 않는 실정이니까. 그나마 영농비 제하고 나면 항상 적자영농이었고——. 겨우 고등학교 다닌 실력으로 만 삼천 원이면 감지덕지였다. 그런데 방 얻을 돈이 터무니도 없었다. 최하 십만 원은 있어야 한다는 박형이 보내온 편지를 받고 백방으로 노력을 해도 용이하질 않았다.

　그래도 농촌에서는 현금과 같은 것이 양곡, 소인데 그것들은 이미 매각해서 영농자금 쓴 것, 사채 지저분한 것을 정리하는데 다 소비되고, 결국 팔 것이라고는 집밖에 없었다. 그러나 농토도 매매가 없는데 농가집 매매가 될 리가 있느냔 말이다. 사람들이 모이는 술집에 가서 술까지 대접해가며, 부탁할만한 사람한테 단단히 부탁을 했고 사랑방마다 다니며 팔아 달라고 신신당부를 했다.

　"이 사람이 정신이 있나 읎나. 사기는커녕 도리어 집 살아주는 대가를 줄 터이니 제발 집 지킬 사람 좀 구해 달라는 사람이 얼마든지 있는데 집을 팔아——허 참. 넋 나간 소리."

　모두 이런 투였다. 딴은 동네에 빈 집을 헤아려보니 에누리없이 네 집이었다. 맹랑치도 않은 사세였다. 그러니 어떻게 한다?…… 서울에서 오라는 날짜는 부득부득 닥쳐오고, 어름대다 그 소중한 취직 자리마저 놓치는 것이 아닌가 싶어 딴은 목구멍에 침이 바짝바짝 말랐다. 그대로 앉아 있다가는 일이 다 망쳐지는 것은 너무나 뻔한 사실이고 어떻게든지 서둘러야만 했다. 글쎄 그러니 누구를 잡고 어떻게…… 결국 한 번씩 부닥쳐볼 만한 친척들을 찾는 수밖에 없었다. 그런데 바람 부는 날은 꼴이나 날망이나 일반이라고 더구나 메마른 봄판에 어딘들 그런 돈이 있겠는가.

　"집이 되든 땅이 되든 작자만 나서면 주는 대로 받고 팔 테니 흥정을 대 보란 말여요."

　"글쎄, 이 사람아. 그런 사람이 부지기술세. 위선 내 것 좀 팔아주게. 남보다 하루라도 더 먼저 올라가 지게품이라도 팔아야 겠는데 궁둥이 들여 놓을 데가 없어 이러고 있네. 쇠통 돈이 없다면……."

　정나미 떨어지는 소리였다. 다음 날은 외가로 달려갔다. 모처럼 부탁인데 아주야 뗄라고. 칠팔십 프로는 가능성이 있어 조식을 하고 새벽같이 달려갔더니…….

　"뭐, 십만 원 헤참, 자네 정신 있나. 이 동네도 서울 바람에 돈때미 발칵 뒤집혔네…… 십만 원 말은 쉽지만 중농 이상 일 년 농살세. 아예 병신 소리 들을 터이니 잠자코 가게.”

“이자가 비싸두 좋단 말여요.”

“이자?”

“칠부도 좋고 팔부도 좋아요.”

“참 나 이런 사람 첨 본당께. 내가 자식 중학 입학을 시키고 등록금인가 입학금인가 이만 원을 마련하려고 한 달을 쫓아다니다가 영 못 구하고 입학 못 시켰다면 알쪼 아닌가, 응.”

역시 캄캄한 사정들뿐이었다. 그 밖에도 몇 군데 쫓아다녔지만 다리만 아팠다. 본시 현금이 귀한 농촌에 가뜩이나 봄판이어서 돈이란 것은 아주 씨가 마르다시피 되었다. 하긴 동네마다 돈냥이나 갖고 이자놀이 하는 축들이 없는 것도 아닌데 알고 보니 그 돈도 서울 가는 사람들이 방을 얻네, 구멍 가게를 차리네, 번데기 장사 밑천으로, 호떡 장사 밑천으로, 알뜰하게 훑어가버리고 사실상 농촌에 현금은 문자 그대로 완전 고갈 상태였다. 돈 이란 돈은 알뜰하게 서울로 몰린 실정이었다.

인석이는 지쳐서 그 이상 쫓아다니지 않고 집에 틀어 박혀 있었다. 최후 의 희망인 친정집 송아지나 팔아 달라겠다고 간 아내도, 처남이 초봄에 서 울 가는 데 이미 팔아가고 없더라는 얘기였다. 기가 막혔다.

생각하니 만 삼천 원 월급 자리가 더 없이 애석했다. 취직이 결정되면서 부터 그 아기자기 마련해보던 화려한 서울 꿈은 여지없이 바스라지고 말 았다. 서울서 올라오라는 일자가 하루하루 다가올수록 생각지 말자 하면서 도 심장에 피가 마르는 것 같았다.

그러던 어느 날 생각지도 않은 읍내 사람이 집을 사자고 찾아왔다. 그야 말로 구세주를 만난 것 같았다.

“얼마 달라고 하세요?”

읍에서 온 자는 상하채를 두루 살펴보더니 마루에 걸터 앉으며 값을 물 었다.

“많이 달라면 흥 정 안될 테고 서울 변두리 전세방 한 칸 얻을 값만 주세 요.”

“변두리 방값을 우리가 어떻게 알아요. 시세에 맞으면 사고 틀리면 할 수 없고.”

“십만 원만 주세요.”

“십만 원요?…… 글쎄요. 값이 비싼 것은 아닙니다. 지금 이 집을 짓자
면 솔직히 말해서 삼십만 원 가지고도 안 됩니다. 그러나 안 되겠어요. 흥
정은.”

읍에서 온 자는 두 말 더 하지 않고 일어서는 것 같았다. 인석이는 큰일
났군, 생각하면서도 내심 태연한 체,

“하여간 얼마가 되든 안목대로 보기나 하쇼. 기세 왔다 호가(呼價)도 못
할 게야 있소, 나 역시 팔아 그만, 안 팔아 그만이니까요.”

“기세 안 되는 흥정 헛말 지껄일 것 있수.”

“아니, 그렇게 어려울 게 뭐요. 역부러 온 것이니까, 호가나 해보라는 건
데.”

“…… 오만 원 주죠.”

“예, 예, 아무리 농촌에 집값이 똥값이라군 하지만 그렇게야 되겠어요?
보시다시피 삼 칸 저 모퇴에 행랑이 삼 칸 전퇴…… 솔직히 말해서 한 칸에
오천 원도 안 되는데 재료는 다 그만두고 뚜드려 맞춘 품값이 안 됩니다.
이 집 지은 제 불과 오년 밖에 안 됐어요. 체목도 전부 네치각으로 뽑은 것
이고 오량집여요. 이 집질 때 그 당시 원목값만도 이십만 원이 넘겨 먹힌
거요.”

“물론 나두 그 점은 잘 압니다. 그렇지만 내가 여기 와서 살자고 사는 것
은 아니고 뜯어다 돼지막이나 질까 하고 그럽니다. 돼지를 한 이십 마리 먹
이는데 현재 막이 좀 허술하고 좁아서, 새로 각재 사서 짓는 것보다 좀 싸
게 먹힐까 하고 생각해보는 건데…… 지붕 걷은 것으로 한 일 년 막에 넣어
주는 것이나 도움이 될까 하고. 어때요. 오만 원 안 되겠어요?”

“그렇게야 되겠어요. 십여 칸 집을…… 말 난김에 이만 원만 더 쓰쇼.”

“안 되겠수다. 집값은 오만 원이지만 뜯는 품 운임을 따지면 칠팔만 원이
넘겨 먹을건데…… 자, 그럼 일보슈.”

읍에서 온 사람은 발끈 일어나 뜰로 내려섰다.

결국 목마른 놈이 샘 판다는 격으로, 인석이는 삽짝 밖에까지 나가는 사

람을 불러들여 사정사정 해서 오만 오천 원에 팔고 말았다.

만 삼천 원짜리 월급자리를 놓치지 않으려고 집을 팔기는 팔았으나 오만 오천 원 가지고 서울 어디가 방을 얻느냐 말이다. 방값 싸다는 변두리를 삼 일간 돌아다니다 결국 아주 변두리도 변두리인 T동에다 육만 원짜리 전세를 얻었던 것이다.

어쨌든 궁둥이 들여놓을 수 있는 것만으로 족했다.

"셋방살이 처음이면 곤란한 때가 많을걸. 아예 창자를 빼서 선반에 얹어 놓아야지."

방을 얻어놓았을 때 박형의 이와 같은 사전 주의도 받았고, 또 남의 집이 어찌 내 집 같으랴 싶어 인석이 나름대로 마음에 준비도 없지는 않았었다. 그런데 막상 평생 처음으로 셋방을 들고 보니 그렇게 단순하지 않은 것이 셋방살이임을 새삼 깨닫지 않을 수 없었다. 물론 육만 원짜리 전세방인 만큼 어쩔 수 없어 사는 정도의 방이 아닌 막이긴 했다. 집 주위에는 복숭아 과수원, 감자밭, 채소밭, 조금 떨어졌다고는 하지만 밤나무, 소나무가 울창한 산 밑 무허가 판자촌이었다. 여기저기 밭 가에 파놓은 구덩이에는 항시 분뇨가 그득 차 있고 방 곁에 물이 말라 붙은 뜰에는 온 동네 사람이 버린 연탄재, 쓰레기, 낙엽 같은 것이 쌓여 물씬물씬 썩는 냄새를 풍겨 코를 들 수가 없었다. 그 정도는 또 좋았다. 근처 산비탈 밭 이랑에 말리기 위해 인분을 퍼 넣어서 바람만 불면 냄새 때문에 숨을 쉴 수 없는 형편이었다. 그러나 이 모든 불리한 조건은 이미 각오한 사실이었다. 방도 사방 일곱 자 방인데 머리 맡에 자그만 책상마저도 놓을 수가 없었나. 그래도 슬레트 석장으로 거적을 달아 명색 부엌이라고 마련돼 있는 것이 신통했다. 그런대로 숨을 죽이고 세 식구 웅크리고 지낼 만했다.

그런데 이 방으로는 어쩔 수 없이 겪어야 할 불리한 조건이 있었다. 울도 담도 없는 세 갈래 한길가 방이었다. 뒤켠으로는 집들이 연달아 산기슭까지 판자촌을 이루었고, 전면으로는 감자밭, 복숭아밭, 정원수 묘목밭이 전개되어 있고, 그 밭들을 얼마 동안 빠져나간 별장촌을 지나서야 시내 버스를 탈 수 있는 것이었다. 말하자면 외딴 방이어서, 이 방에는 무슨 소동이 일어나도 안집 주인네는 전연 모르는 후미진 위치였다. 더욱이 한길가여서 일시도 집을 비울 수가 없었다. 그런대로 근방에 웬만한 방이면 십만 원 이상인데 오죽하면 육만 원짜리랴 싶어 참고 며칠을 지냈다. 아무렇고 서울 땅에서 몸뚱이를 들어 앉히고 편하게 사는 것만도, 논밭에서 생업(農業)하는 것보다는 얼마나 대견한 지 몰랐다. 이십분만 걸으면 버스를 탈 수 있고, 전기불이 있고, 수도물은 못 먹어도 그 산비탈에 우물이라도 있는 것이 다행이었다. 다만 일시도 집을 비울 수 없는 만큼 물을 길러 갈 때에는 대문 겸 부엌문을 잊지 않고 잠그면 되는 것이다.

그런데 웬 아이들이 그렇게 많으냔 말이다. 가난한 사람들이 먹고서 아이만 낳는다더니 정말 많기도 했다. 판자촌 그 많은 조무래기들이 허구헌 날 이 방 앞 세 갈래 길에 모여 노는 것이었다. 아침 나절 학교 가는 시간만 조금 빤하고는 온종일 짝자꿍을 벌이는 것이었다. 딱지 먹기, 구슬치기, 자치기, 비석 치기, 밤이 깊도록 그저 와글와글이었다. 귀가 멍멍할 지경이었다. 그러나 실은 아침 나절도 조용한 것은 아니었다. 언제고 보면 아직 학교 안 가는 어린 손자들을 한 사람마다 둘 셋씩은 업고 끌고 한 할머니들이 대여섯 명씩은 끊이지를 않았다. 울음소리, 악다구니가 떨어질 새가 없었다. 뿐만이면 또 좋았다. 쉴 새 없이 똥 오줌을 싸놓고, 벽문짝에 별의별 칠갑을 다해놓았다. 무엇이나 손에 잡히는 대로 문짝 벽을 쾅쾅 치기도 했다. 마치 이 자식 빨리 나가지 못하느냐고 시위라도 하는 것 같았다.

"아무리 생각해두 안 되것어유. 방을 욍겨야쥬."

일주일인가 지나서 아내가 걱정스럽게 말하는 것이었다.

"무슨 소리여. 눈 딱 감고 살아요."

"글쎄 말마유. 당신언 안 봉께 그렇지. 저녁때 구경 좀 해보란 말유. 세상에 넋이 빠져 살 수가 있너냔 말유."

"그 돈 가지고 어데 가면 별 수 있담. 그냥 저냥 참구 살야지."

인석이는 귀머거리가 되고 벙어리가 되어 살라고 아내를 윽박 질렀다. 아예 바보가 되어 살라고 했다. 하긴 그렇게 살 수밖에, 옴짝달싹할 수 없는 형편이기도 했지만. 인석이도 말은 그렇게 하면서도 몇 번 일찍 오는 날 본즉, 저절로 이마가 찌푸려지긴 했다. 그러나 참고 견디라고 했다.

그러던 며칠 후 마침 일요일이어서 집에 있게 되었다. 시골에서 올라온 후 처음 집에 있는 날이기도 했다. 아침 식사 후 빌려온 책을 읽으면서 발췌 기록을 하고 있었다. 앞으로 오급 공무원 시험이나 한 번 치러볼까 하고. 곁에 있는 아내도 마음에 거리껴서 내보내고 부지런히 책장을 뒤적이며 메모를 하고는 했다. 그런데 아내 말마따나 과연 정신이 소란해서 견딜 수가 없었다. 아침부터 모여들어 극성을 부리기 시작했다. 동네 조무래기들은 한 놈 빠지지 않고 전부 몰려든 것 같았다. 너무 소란해서 내다보았더니 한 이십 명은 되는 성 싶었다. 크도 적도 않은 고만고만한 또래들이 딱지 내기, 구슬 치기 등을 하면서 울고 웃고 악다구니를 떨고 있었다.

"얘들아, 좀 조용히들 해라. 대체 귀가 맥맥해서 못 견디겠다."

참다 못 해 들창으로 고개를 내밀고 좋게 말했다. 그러나 너 무어라고 하느냐였다. 어쩌면 고렇게 들은 성도 않고 저희들 볼 일만 보는지 몰랐다. 원 어른의 대접은 못 할망정 말값으로라도 잠시 후에나 그 이상 떠들망정 그럴 수가 없었다. 그러나 참아야 했다. 남의 집 산다는 사실을 또 한 번 상기하며 박형이 한 말을 다시 한 차례 되씹으며 꾹 참았다. 순간 시골 생각이 간절했다. 방이 서너 칸 되고 널찍한 마당, 아랫방으로 윗방으로 사랑방으로 얼마나 자유롭게 살 수 있던 집인가. 얼마나 따뜻하고 속이 시원한 집이었던가.

'벌써 뜯어다 돼지막으로 졌겠지? —— 지금쯤은 그 널따랗던 방에서는 돼지가 꿀꿀대고 있겠지. 질척한 악취가 풍기는 막에 커다란 암돼지가 자빠져서 새끼들에게 젖을 빨리고 있겠지 …… 그 따스하고 시원스럽게 넓은 방마다에서 …….'

그러고 보니 현재는 인석이보다 시골 돼지가 나은 편이었다.

'그래도 서울 아닌가. 험한 일 하지 않고 매일 출근만 하면 만 삼천 원씩, 딱딱 만 삼천 원 …… 꾹 참아야지. 편하게 일년 세월만 보내면 삼사 년 농사가 아니냐. 아무렴 꾹 참아야지.'

귀를 손으로 틀어 막고 앉아서 부지런히 책을 읽어 내렸다. 그러나 독서가 진전될 리가 없다. 읽은 줄을 번번히 두 번씩 읽어야 했다. 아니 세 번 네 번을 되풀이해도 헛수고였다. 한 구절을 몇 번 되풀이해도 머리가 받아들이지 못하는 바람에 다시 신경질이 발끈 고개를 들곤 했다.

314

　“애, 이놈들 떠들지마──.”

　참다 못 해 다시 들창을 열고 좀 역한 음성으로 주의를 넘어선 혼구녁 비슷한 말을 했다.

　“우리 노는데 무슨 상관여요? 아저씨가.”

　곽 속에 딱지를 그득 담아가지고 있는 매꼬롬해보이는 녀석이 흘끔 쳐다보며 말하는 것이었다. 그러고는 빨리빨리 하라고 곁엣 놈들을 재촉했다. 여전히 몇 패로 몰려 앉아 아귀다툼을 하고 한 옆에서는 뛰고 싸우는 놈, 와쌰와쌰였다. 인석이는 슬며시 화가 치밀었다. 이쯤 되고 보니 독서 못 하는 문제는 여차였다. 위신 문제였다. 일종의 모욕감마저 없지 않았다. 나아가서는 없어서 셋방살이를 하니까 어린 놈들까지 업신여기는가 싶었다. 그것은 또한 시골의 가난한 농민을 멸시하는 도시인에 대한 반감으로까지 감정의 추이는 기민 신속했다.

　“예끼, 고연 놈들. 어른이 말하면 들어야지. 집에 가 공부는 않고 대체 무슨 짓들여, 이놈들아. 가──가──너의 집에 가서 떠들든지 쌈을 하든지 하란 말야.”

　인석이는 부엌문이자 대문인 판자 문짝을 벌컥 밀고 나서며 혼뜨러미를 주었다. 아이들은 찔끔해서 세 갈래로 뿔뿔이 달아났다. 그런데 아주 저의 집으로 달아나는 것이 아니었다. 저만큼 가서는 멈칫하니 몰려 서 있는 것이었다. 너댓 놈, 예닐곱 놈씩. 그리고 서서는 저희끼리 무어라고 조잘대며 깔깔거리는 것이었다. 아무래도 인석이만 들어가면 다시 몰려들 기미가 충분히 엿보였다. 인석이는 잠시 망설이지 않을 수 없었다.

　“못 가, 이놈들. 어──ㅅ …… 또 와서 떠들었단 봐라.”

　인석이는 다시 한 번 위협을 주고서야 들어왔다. 그런데 인석이가 미처 방에 들어서기도 전에, 돌을 던져서 흩어졌던 고기떼같이 와 몰려들었다.

　“대체 요놈들이 누굴 놀리나? 어──.”

　이렇게 큰소리를 치며 다시 뛰쳐나가 한 대씩 앵기고 싶었으나 꾹 참았다. 아이들은 다시 몰려들어 왁짝거리는 것이었다. 대체 무슨 서툰 수작이냐고 비웃기라도 하는듯 조금 전보다 더 극성을 부렸다. 인석이는 방에 들어가지도 않고 잠시 서 있었다. 섣불리 다뤘다가는 도리어 놈들 놀림감

만 될 것 같아서였다. 생각 끝에,

"어흠."

큰 기침을 하며 태연하게 아무렇지도 않은 것같은 태도로 부엌문을 열고 비교적 점잖게 나갔다. 부엌문 앞에 선 채 잠시 놈들 동태를 살펴보았다. 조금도 화 낸 것 같지 않은 평범한 태도로. 몇 놈이 흘끔흘끔 쳐다보았다. 이어 저희들 노는데 참척해지는 것이었다.

"애들아…… 애들. 나 좀 봐."

인석이는 온건하게 놈들의 주위를 끌었다.

"왜요?"

한두 놈이 대답은 하면서도 당장 딱지를 빼앗기느냐 뺏느냐의 이해 문제 때문에 고개도 돌리지 않았다.

물론 그럴 수도 있겠지 …… 생각되면서도 어른 말을 무시하는 것이구나 싶은 마음 때문에 더 불쾌했다.

"이놈들아, 어른이 말하면 이쪽을 좀 봐야 할 게 아니냐?"

결국은 또 역한 소리가 나오고 말았다.

"엣 속상해, 이 아저씨 때미 석 장이나 잃었네. 왜 그래요?"

얼굴이 말끄름한 놈이 도리어 화를 내며 똑바로 고개를 치켜들었다. 그 어린 녀석 얼굴에서는 대체 뭔데 이렇게 성가시게 구느냐는 뜻을 넉넉히 읽을 수가 있었다.

원 그런 버릇없는 녀석이? …… 싫었으나 좋게,

"애들아, 느이들 모두 학교 다니시?"

"예, 왜 그래요?"

몇 놈이 고개는 돌렸지만 따져 덤비는 놈은 역시 고놈이었다.

"이놈들아 그만큼 놀았으면 집에 가서 공부를 해야지. 그래 이렇게 모여 놀기만 하면 되겠니? …… 인저 집에들 가서 공부들 해. 응?"

"엄마 아빠한테 놀다오겠다고 승낙 받았는데 아저씨가 무슨 상관여요. 걱정 마세요."

좋게 이르면 들을 줄 알았더니 천만에였다. 고놈 말 뜻보다 쳐다보면서 똑바로 뜬 눈이 너무 당돌하고 불손해서,

316

“예끼놈. 어른이 좋게 일르면 옳게 생각해야지. 어데 그런 법이 있니? 가, 이놈들.”

“놀다 갈 테요.”

“아, 이 녀석 보게. 어데다 눈을 똑바로 뜨고…… 가——가——.”

인석이는 성낸 얼굴로 때리려는 시늉까지 해보였다.

“못 가요. 이게 왜 아저씨네 길여요? 이 동네 길여요.”

“이놈아, 가라면 갔지, 무슨 잔말여.”

인석이도 저 모르는 사이 뿌듯이 속이 치밀어올랐다. 그 녀석 팔을 끌어 일으키며 다른 놈들에게도 눈으로 호통을 쳤다.

“못 가요, 여긴 우리 놀이터여요. 아저씨네 땅여요, 왜?”

“이런 괘씸한 놈. 누구한테 겨먹어. 가란 말여, 이놈아. 시끄러 살 수가 없으니 떠들지 말고 가.”

인석이는 앙칼지게 달려드는 고놈을 억지로 떠밀었다.

다른 놈들도 한쌈에 몰아 혼뜨러미를 주어 완강하게 쫓아버렸다.

달아나면서 놈들은 흘끔흘끔 불평들이 많았다. 앙칼지게 달려들던 녀석은 눈물까지 찔끔거리며 유난스럽게 투덜거렸다. 녀석들이 물러가는 것은 시원했으나, 불평들을 하며 더욱이 찔끔거리며 돌아가는 것을 보니 벌레라도 깨문 듯한 심정이었다. 어쩐지 어른답지 못하게 아이들을 때려 울린 것 같기도 했다. 얼마간 녀석들의 뒷모습을 지켜보며 언짢은 생각을 뒤슬리다 들어왔다. 들어와 책을 읽으면서도 활자 위에는 녀석들의 얼굴이 쉴 새 없이 스쳐갔고, 놀이터가 없어 길가에서 살아야 하는 아이들, 그런 위치에 셋방을 얻어 살아야 하는 자신, 이런저런 생각에 읽는 뜻이 머리 속에 박히지를 않았다. 그런 심정으로 이십분도 채 지나지 않아서였다. 느닷없이 부엌문이 요란스럽게 열리며 뒤 이어서 풍신 좋아 보이는 노파가 불문곡직 들이닥치는 것이었다. 들어서면서 첫마디부터가 가시 투성이었다.

“어디 어떤 사람인가 꼴 좀 보자구, 대체 어떻게 생긴 사람이기에 남의 자식 노는데 간섭야.”

노파는 쌍콤한 눈에 입술을 한껏 후둘거리며 방 안으로 얼굴을 불쑥 들이밀었다. 물어보나 마나 뻔한 사실이었다.

"할머니, 너무 흥분 하시지 말고 제 말 좀 들어보세요. 들어보세요."

인석이는 비교적 침착한 태도로 일어나 맞으며 말했다.

"들어갈 것 없어. 당신 얼굴 보기 좋아 온 게 아냐. 당신이 대체 누군데 남의 자식 노는데 가라 마라 때려 울려? 왜 그래, 왜."

노파는 침까지 튀겨가며 서둘러댔다. 보아하니 이해시킴도 설명도 씨에 먹지 않을 것 같았다. 언뜻 생각에 중언부언 사실을 늘어놓는다는 것은 도리어 창피만 받는 결과임이 뻔했다.

"할머니 참으시고 제 말 좀 들어보세요."

"들어보구 말구. 뭐 때미 남의 자식을 때려 울리냔 말야. 뭐 때미?"

"네네, 잘못됐습니다."

"잘못된 줄은 알아…… 셋방을 살면 고이 살았지. 왜 동네 애들 간섭하냔 말야. 당신이 뭘 하는 사람인데——."

"할머니 잘못됐나 봐요. 애들이 너무 떠들기에 집에 가 공부를 하라고……
…."

"옷자락도 넓기두 하네. 공불 하든 말든 당신 앞이나 잘 닦아 살다 가. 참 벨놈의 꼴을? ……."

"그만 두시고 돌아가셔요."

"그럼 가지. 여기서 살까 봐 걱정야. 그러는 게 아냐. 아직 젊은 사람이 그만 경운 알만 하면서. 아, 그래 당신이 남의 동네 셋방을 살았으면 살았지, 동네 애들 노는 간섭을 왜 해——."

"예, 알겠어요. 미안하게 됐어요. 돌아가세요. 함머니."

"앞으로 또 한 번 이런 일이 있으면 그냥 안둘 테야. 우리 아들한테 일러서 혼을 내주지——."

"네 네. 잘 알았습니다. 앞으로는……."

권력깨나 쓰는 모양 아주 당당한 위협이었다. 순간 인석이는 순경을 생각하며 몇 번이고 고개를 숙여 사과를 했다. 그렇게 한 연후에야,

"부디 조심하란 말야."

하며 노파는 크게 봐주는 척 돌아갔다.

인석이는 생후 처음으로 짭짤한 모욕을 받았다. 서울은 과연 이런 것인

318

가 싶었다. 옳은 말도 통하지 않는 것이 서울이냔 말이었다. 그래도 시골에
서는 어엿한 동네의 청년 유지였다. 생각할수록 모양이 아니었다. 마침 아
내가 없기에 망정이지 아내가 있었다면 무슨 꼴이란 말이었다. 박형이 하
던 말 '셋방살이 첨이면 곤란한 때 많을걸…….' 이 귓전에 새롭기만
했다. 아예 감정을 빼어 선반에 얹고서 또 며칠을 지냈다. 그러나 직장에를
가나 집에를 오나 그 노파의 얼굴이 그 위협적인 당당한 말 소리가 생각키
워 항상 꺼림해 견딜 수가 없었다. 그럴 리는 없으리라 생각하면서도 어마
어마한 권리를 가진 노파의 자제가 곧 찾아오는 것만 같아 불안하기 짝이
없었다.
　할 수 없이 인석이는 아내와 상의할 것도 없이 퇴근 길에 현재 사는 근방
에 방을 물색해보았다.
　며칠 후 그보다도 못한 방을 얻어 방을 옮기기로 되었다.

　아내는 부엌에서 살림을 꾸리고 인석이는 방에서 이것저것 허줄한 것들
을 꾸려 싸고 묶고 했다. 어쩐지 쫓겨나는 것 같아 동네 사람 보기에도 수
통스럽고 해서 새벽부터 서둘렀다. 하긴 새로 들 사람을 아침 일찍이 오라
고 일부러 부탁을 했던 것이다. 살림이라야 이부자리, 솥단지, 냄비, 그릇
몇 개, 이 정도였다. 리어카 하나에 실을 살림도 못 되었다. 그래도 꾸리자
니 심난하니 시간이 걸렸다.
　약속한 대로 날이 밝으며 새로 들어올 사람이 삼륜차에 살림, 가족까지
태워 가지고 들이닥쳤다. 일찍 온 것이 무척 반가웠다. 어서 떠나고 싶었으
니까 그럴밖에.
　좀 떨어져 있는 차도에서 젊은이 세 사람이 살림을 날라다 문 앞에 놓고,
칠십객 노파가 어린 손자와 날아오는 살림을 지키는 것이었다. 그들은 인
석이네에 비해 살림이 우수했다. 인석이는 새로 이사갈 방을 어서 비워 달
래라고 아내를 보내고 혼자 꾸려놓은 것들을 밖으로 들어 내놓았다. 살림
곁에 앉아 오종종 떨고 있는 노파와 어린 것이 딱해 어서 들어가라고 서둘
러 내놓았다. 문 앞으로 살림을 말짱 옮겨놓고 젊은이는 인석이 곁으로 오
더니,

"형씨, 미안합니다. 방값이 조금 부족한데 …… 열시쯤해서 만 원은 드리겠습니다. 일찍 서둘러 오느라 그만."

하는 것이었다. 그러면서 주인 입회 하에 계약금을 포함한 오만 원을 내놓았다.

"그렇게 합시다. 형편이 그렇다는 데야. 열시요?"

"네, 틀림없이 열시입니다."

인석이는 쾌히 승낙하고 어서 살림을 들여놓으라고 했다. 그들이 살림을 들여놓은데 방을 비워 달라고 연락간 아내도 왔다.

리어카꾼에게 짐을 실려서 새로 얻은 방으로 갔다. 일 마장도 안 되는 가까운 곳이었다. 짐을 부리고 리어카꾼을 돌려보내고, 인석이도 이쪽에서 받은 오만 원을 내놓으며 만 원은 열시쯤 주겠노라고 했다.

"그건 안 됩니다. 육만 원 다 주셔야 비워줘요."

방을 비울 술집 색시(그러나 이 집에서는 학생이라 했다) 같은 아가씨는 한 마디로 거절이었다. 인석이는 너무나 의외의 거절을 당해서 잠시 학생을 빤히 건너다보았다. 괘씸하기 짝이 없었다.

"아니, 열시엔 틀림없다니까——."

"글쎄, 안 돼요."

냉정한 말씨였다.

"너무하지 않나? 학생——. 사람을 그렇게 못 믿는단 말요. 돈없이 방 얻었겠소."

"내가 아저씰 어떻게 믿이요. 나는 육만 원 안 가져가면 방을 들 수가 없어요"

원, 세상 인심이 이럴 수가 있는가. 이렇게 못 믿는 것이 바로 서울인가 싶었다. 그러나 경우가 있는 만큼 어찌도 할 수 없었다. 할 수 없는 것이 아니고 당장 만 원을 마저 내라고 저쪽에 갈 방이 낭패되면 손해를 변상하겠느냐고 가당찮게 따지고 드는 것을 사정사정 열시까지만 참아 달라고 했다. 여학생은 살림을 묶어놓은 채 방에 차근히 앉아 있고——. 인석이는 뜰에 내려놓은 짐 곁에 우두커니 서 있었다. 아내는 안 집에 가서 주인 마누라와 무엇인가를 지껄이며 어린애 젖을 먹이고 있고——. 정말 시간은 더디기도 했다. 열시까지 불과 두 시간이 한 달 세월만같이 지루했다. 인석이는 시간을 몇 번이나 확인하며 맹판 이삿짐 주위를 어싯거리고 있었다. 따분한 생각 같아서는 훌 나가고 싶었지만 그래도 이산데 이같이 짐을 들여놓아야지 그럴 수가 없었다. 시골집 생각이 간절했다. 아니, 돼지가 우글대는 장면을 생각해보았다. 아랫방 자리에는 큰 돼지가 있을까, 작은 돼지가 있을까, 이런 생각을 해보았다.

"어떻게 되는 거죠?"

딱 열시가 되자 여학생이 방에서 톡 튀어 나오며 약간 거친 말로 물었다.

"열시 됐나…… 글쎄."

인석이는 이렇게 말은 하면서도 만 원 받으러 간 아내를 벌써부터 기다리고 있었다.

"열두시 지나면 저쪽에 준 계약금 만 원 뗀단 말여요. 그 돈을 누가 떼는겐지 아시죠?"

여학생은 심각한 표정이었다. 그러면서 돈 떼는 것이 문제가 아니고, 이사 못 가게 되는 손해를 어쩌겠느냐는 것이었다.

"사람 갔으니 곧 오겠지. 좀 기다려보자구."

인석이는 한길 쪽을 연신 돌아보며 참은 김에 조그만 더 참으라고 사정했다.

이때 마침 아내가 들어섰다. 어찌나 반갑던지 들어서자마자,

"받아왔으면 얼른 내줘, 엣."

하며 아내 곁으로 다가섰다.

"되긴 웨 돼유. 당신같이 어리석은 사람이 워딨어유…… 모두 그라던디 돈 안 받구 방 내준 게 잘못했지 뭐유. 굼매 에구. 참."

"아니, 그럼 오만 원 가지고 육만 원짜리방 얻을냈다는 거야…… 안 돼. 그래 어떻게 한다는 거야. 허 참, 살다가 벨꼴을 다 보지."

"가질러 갔응께 쪼굼만 더 기다리라 잔어유…… 젊은 사람두 움꾸 노인네가 그러구 하니 뭐래유——."

말하며 아내는 인석이를 못마땅한 눈으로 흘겨보았다. 왜 돈도 다 안 받고 방만 덜렁 비어주었느냔 항의겠지.

정말 생각지도 않았던 불시의 변이지 뭐냐. 바로 이것이 서울이냐 싶었다. 그러나 좋게,

"그럴 수도 있겠지. 좀 기다려보자구……."

인석이는 이렇게 말하고 학생한테 또 한 차례 극진한 사정을 해야 했다. 조금만 더 참아 달라고. 학생은 심히 마땅치 않은 표정이었으나 할 수 없는 모양이었다.

"아저씨 손해 안 볼라면 알아서 하세요. 난 손해까지 물릴 터이니까요."

학생은 아주 차근하게 방에 들어가 문을 닫았다. 드러눕는 모양이었다. 그런데 이 조금이란 시간이 나절이 지나고 해가 지고 밤이 깊도록이었다. 아내와 번갈아 노파한테를 몇 번을 갔는지도 몰랐다. 갈 때마다 젊은이는 아직도 오지 않고, 곧 올 것이라는 노파의 말이었다.

"미안해서 어쩌면 좋대요. 글쎄 아침에 나갈 때 곧 들어오마든 애가…… 대체 무슨 일인지 모르겠네요."

해가 지면서부터는 이쪽에서 말하기도 전에 노파가 사과를 하며 어쩔 줄을 몰라 했다. 그러니 노파를 졸라보아야 아무런 소용도 없고…… 맹랑치도 않았다.

"글세, 돈두 덜 받구 덜렁 방을 벼 줄게유. 이게 무슨 짝유, 그래."

아내는 뾰로통 해가지고 그저 치천구였다. 그러나 원체 잘못된 일이어서 무슨 소리를 들어도 유구무언이었다. 그러니 범에 물려갈 줄 알면 누가 산에 가겠느냐고 이렇게 될 줄이야 꿈엔들 생각했었느냔 말이다. 열시에 돈도 가져올 줄 꼭 믿기도 했지만, 노인과 어린 깃이 부르르 한길에서 떨고 있는 것이 보기에 뭣해서 그렇게 한 일인데 누가 이렇게 야바위에 빠질 줄이야. 그렇기는 하면서도 셋방살이 하는데 좋은 경험이 아닐 수 없었다.

해가 지고 보니 젊은 사람한테 속은 것이 진정 억울했다. 괘씸한 생각뿐이었다. 해 지기 전만 해도, 오죽하면 아내도 없는 홀애빈 모양인데 늙은 부모와 어린 자식을 들여 앉히고 그렇게 하랴 싶어 도리어 동정이 갔는데, 이젠 그런 인정으로 해석할 시각이 아니라고 생각되었다. 인석이 자신들이 당장 잘 데도 없이 되었으니 말이다. 온종일 편하게 앉아보지도 못하고 길거리 왔다 갔다, 젊은 계집애들한테 무수한 고통을 받아가며 대체 무슨 꼴

이난 말이다.

"나이도 자신 분이 동생 같은 사람에게 뭐냔 말여요. 이젠 나는 저쪽에 갈 수 없으니까 방 빌 수 없어요. 나도 저쪽에서 만 원 계약금 떼었으니까, 아저씨에게 받은 만 원 줄 수 없어요. 난 여기서 도로 살 터이니 아저씨도 먼저 살던 집으로 가세요."

학생은 경우지게 분명히 말하고 쌓아놓았던 이부자리를 펴고 잠자리를 보았다. 정말 어이없는 일이었다. 그러나 제 방 제가 쓰는데 무어라고 말을 하겠나. 그리고 보니 계약금 떼인 게 되고 방은 방대로 빼앗겨 당장 잘 데도 없는 신세가 되고 말았다.

"내 맘이 나빠서가 아니고 저쪽 사람 때문에 그만……."

인석이는 이 말을 종일 너무 많이 해서 이젠 더 이상 사과할 용의도 없었다. 학생한테 실언이 된 것이 미안하고 꺼름할 뿐이었다. 그런데 미안하고 뭐고 당장 잘 데가 없게 되었으니, 어떻게 하느냐가 문제였다. 밤은 어두워진지 한참이고 살림은 밖에 그대로 놓여 있고, 그렇다고 그 노파를 어떻게 할 수도 없는 일. 게다, 한술 더 떠서 빗방울까지 듣고 있었다. 위선 사정사정해서 살림을 처마 밑에 들여놓고 아내가 또 노파한테로 달려갔다. 인석이도 아내 뒤를 곧 따라갔다. 젊은 사람은 역시 오지 않았지 뭐냐. 인석이도 이상 참을 수가 없었다. 노파만 들여 앉히고 고의로 한 짓이 뻔했다. 하여간 젊은치를 보기나 해야 따지든 두잡이를 하든 하겠는데 필하고 오지를 않으니 말이다. 그저 보기만 하면 이유 불문하고 멱살을 잡고 보기 좋게 귀쌈이라도 몇 번 후려주면 속이 후련할 것 같았다. 그러나 볼 수가 있느냔 말이다. 밤은 점점 깊어만 가고 길 거리에서 무슨 꼬락서니냔 말이다. 어떻게든지 해야겠는데 대체 어떻게 하느냔 말이다. 사세가 이쯤 되고 보니 노파에 대한 호의도 이상 보아줄 수가 없었다. 노파하고라도 따지어서 어떤 해결을 지을 수밖에 없었다. 그런데 인석이 차례까지 돌아오지도 않았다. 앞에 달려간 아내가 노파에게 냉정하게 따지고 있었다. 어린애를 둘쳐 업은 채 소리소리였다.

"무슨 소리구 이젠 듣고 싶지 않어유. 당장 벼내란 말유…… 살림을 어서 꺼내란 말여유…… 우리 갈 집 학생두 이전 못 비워주겠다는 거여유.

사정은 딱하지만 할 수 움써유.”

아내는 방문을 열고 선 채 조르기 시작했다.

“댁네들 속일래서가 아니고 우리 애도 돈 줄 사람이 안 줘서 그런 모양이요.”

“다 쓸디움넌 소리랑께유. 인자 더 안 속을 테유. 우리두 자야겄응께, 당장 방을 벼 달란 말유. 어서유——.”

“그럴 게 아니고 들어오소. 같이 잡시다. 오늘 밤만…… 우리애 곧 올끼요.”

“다 쓸디움던 소리랑께유, 어서 벼내라면유. 살림 꺼내란 말유.”

“그라지 말구 들어오라면요. 하마 올기요. 우리 애 그렇게 나쁜 애가 아닙니다.”

“나쁜 사람 아니문 이렇게 해유…… 아침 열시에 준단 사람이 밤 열시꺼정 안 와유. 더 어떻기 봐준단 말유…… 우리두 인자 저쪽에두 갈 수 움꾸어서 벼줘유 금매.”

아내가 맞잡아 서두는 바람에 노파는 어린 놈을 재워놓고 밖으로 나왔다. 자기가 아들 직장에 다녀올 터이니 조금만 기다리라며 감자밭 사이로 난 길을 부지런히 걸어갔다. 인석이 내외의 말을 들어볼 것도 없이 달아나버리는 것이었다. 인석이 내외는 닭쫓던 개 울 쳐다보듯 희미한 외등 불빛을 받으며 허우적이며 걸어가는 노파의 뒷모습만 지켜보고 있었다. 노파가 멀리 상록수 묘목밭으로 사라진 후에도 두 사람은 그냥 그곳만 바라보고 있었다. 얼마간의 시간이 시나도록 피치 입에 떼지 않고 그냥 그러고 서 있었다. 정말 을씨년스럽기 짝이 없었다. 그러고 보니 싸우면서라도 노인이 있어야 한다는 것을 비로소 깨달았다. 누구에겐가, 아니 온 세상에서 따돌림을 받은 것 같아 외롭기 짝이 없었다. 그렇다고 어느 한 곳 갈 데도 없는 입장이 아닌가. 공연히 노파를 가게 두었다고 후회가 되었다. 노파라도 있어야 그 방에서 앉아서라도 새울 것이 아니냐고——노인도 없는 남의 방에 가 앉아 있을 수도 없고——. 그렇다고 이사갈 학생한테 가 같이 자자고는 더구나 할 수 없는 일이고……. 밤은 점점 깊어가고 맹랑치도 않았다. 안 되는 놈은 넘어져도 코가 깨진다고 부슬비는 점점 돋우고 있었다.

처마 밑에 나란히 서서 노파가 간 상록수밭만 열심히 지켜보고 있었다. 순간 인석이 눈앞에는 또다시 시골집 상하채가 뚜렷이 떠올랐다. 널따란 아래윗방——쇠죽을 끓이기 때문에 언제나 뜨끈뜨끈한 사랑방.

"우리 시골집언 벌써 뜯어 갔을껄?"

아내도 시골집 생각을 했던 모양, 이렇게 물었다.

"왜 새통맞게 시골집 얘기는——."

인석이는 이렇게 말은 하면서도 돼지가 득실거리는 장면을 눈앞에 그려 보았다.

"아마 벌써 뜯어다 져서 돼지가 우글우글 할게여 …… 우리가 자던 아랫방에두……."

"원 별 쓸데없는 소릴 다 하고 있네."

인석이는 이렇게 말은 하면서도 좀처럼 우굴대는 돼지의 환상은 지워지지를 않았다. 비는 여전히 내리고 있다. 부슬비는 빗낱이 점점 굵어갔다. 두 사람은 멀리 외등 불빛을 통해서 부옇게 내리는 빗줄기를 멍청히 보고 있었다.

"어떻게 하지?"

인석이가 조용히 입을 열었다.

"…… 기다려야쥬 워떡해유——."

"노파 오면 여기서 같이 자란 말여?"

"여섯 사람 들어 안두 못 할 텐디유."

"그럼 어떻게 하지?"

"……."

인석이는 처음으로 아내를 돌아다보았다. 멀리에서 비치는 외등 불빛에 겨우 얼굴이 식별되었다. 어린 것은 등에서 세상 모르고 자고 있다. 아내도 인석이를 마주보았다. 서로가 아무 말도 하지 않았다. 제가끔 시선을 외등으로 보냈다. 처마에서 낙수물 듣는 소리가 들렸다. 그리고 보니 어느 사이에 비는 제법 내리고 있었다. 밭가 옥수수 잎에 듣는 빗소리가 제법이었다. 인석이는 또 한 차례 아내를 살며시 살펴보았다. 엉덩이까지 느신하게 늘어진 어린애를 두 팔을 돌려 엎고 선 채 멀리 시선을 보내고, 그리고 서 있

는 아내. 숲속을 통해 비치고 있는 맞은편 별장들의 형광등불을 열심히 지
켜보고 있었다. 인석이는 무슨 말을 할까 하다 그만두고 아내와 같이 맞은
편 별장촌으로 시선을 던졌다. 그러나 실은 좀 가까운 곳 전주에 삐뚜름히
매달린 외등에 눈이 팔려 있었다. 빗줄기가 무수히 사선을 긋고 있다. 작고
큰 날파리들이 외등을 둘러싸고 어지럽게 난무하고 있다. 어디서인가 벌써
부터 청아한 피아노 소리가 들려오고 있다. 높았다 낮았다, 끊어졌다 이
었다…… 맞은편 멀리에서 커브를 돌아 별장촌으로 들어가는 자동차 헤드
라이트의 불빛이 이쪽을 잠깐 휘언히 비춰는가 하는 사이 방향을 바꾸어 정
원수들을 비치며 사라졌다. 처마에 낙수물이 일정하게, 그러면서도 뚝뚝
소리를 내고 있다.

“언제까지 이러고 있을 테야?”

인석이가 벽에서 등을 떼며 다시 입을 열었다.

“그럼 워떡해유. 갈디 있남유.”

아내가 고개도 돌리지 않고 힘없이 말했다.

“노파를 괜히 가게 됐어…… 같이 방에 앉아 있을걸.”

“설마, 올 테쥬.”

“언제…….”

“열두시 전에야 올 테쥬…… 지금 멧시유?”

“열한시.”

“벌써 그렇게 됐나유?”

“어둔 지가 언젠데.”

“그러기유.”

“노파도 안 오면 어짜지?”

“글쎄유.”

“온대두 여기서 잘 수는 없잖어…… 여섯이 앉지도 못할 텐데.”

“하여간 오기나 하야주…… 그런디 정말 왜 이렇기 안 온댜.”

“이러구 있을 게 아니라 여관으로 가지. 진즉에…….”

“돈언 낼 받구유?”

“천상 그러야지머…… 여관에두 지금 가야지. 차 끊어지면 못간단 말야.”

어서 가자구——.”

“참 살다가 별꼴 다 보겠네요. 잘 디가 움따니——.”

아내는 투덜거리며 인석이 뒤를 따라 나섰다. 바람도 없이 보슬비는 여전히 내린다. 감자밭 사이길을 잠시 걷자 머리가 촉촉히 젖었다. 인석이는 러닝셔츠 바람으로 윗도리를 벗어 어린애 머리에 씌워주었다. 두 사람은 상의라도 한 듯 말없이 걸었다. 빗속을 걷는 사람같지 않게 평범한 걸음걸이로 잠자코 걸었다. 아내가 앞에 서고 인석이가 뒤따르고 감자밭을 빠져나와 별장 담장을 끼고 얼마간을 걸었다. 별장 이층, 외등 불빛들은 오늘따라 찬란휘황했다.

“어떻게 하지?”

인석이가 잠깐 발길을 멈추고 뒤돌아보았다.

“뭐유!”

“우리 살림…… 그냥 가서 괜찮을까?”

“일움써유. 울 안에 있넝 게 워떨나구유.”

두 사람은 또 걷기 시작했다. 빗속을 헤치며 띄엄띄엄 자기 집을 찾아드는 늘씬한 승용차를 피해가며 별장촌을 벗어나 차도로 나왔다. 아직도 종점 주차장은 한참 더 가야 했다. 수건으로 벌써 몇 번이나 얼굴과 머리를 문질렀는지 몰랐다.

“이런 때 자식 만나기만 했음 그냥…… 대체 이게 무슨 고생여, 엣.”

인석이가 울화가 치민다는 듯이 기어이 한 마디 하고 말았다.

“왜 아뉴. 나두 그냥 안 있겠시유.”

아내도 어린애를 추스리며 말했다. 아스팔트 길 바닥에는 벌써 잔잔한 물기가 깔려 있다. 차가 지날 때마다 피한다고 해도 길이 좁아서 물이 튀어오기 마련이었다. 시간은 벌써 열한시 반에 들어가고 있었다.

“빨리 가야 막차 타겠어.”

두 사람은 걸음을 재촉했다. 바로 이때였다.

“아구, 난 누구라고요…… 어데를 가느라 이렇게…… 이게 미안해 어쩝니까. 정말 면목이 없습니다.”

말하여 앞을 막아서는 사람은 다른 사람 아닌 예의 노파였다. 노파는 비에 흠씬 젖어 행색이 초라했다. 부들부들, 몹시 추운 모양이었다. 노파 뒤에는 그 아들 젊은이가 따라오고 있었다. 젊은이도 발길을 멈추고 연신 고개를 굽히며,

"무조건 죄송합니다. 그저 죄송합니다."

무어라고 할 말이 없었다. 젊은이는 손을 내밀어 인석이 손을 덥석 잡으며 거듭 사과를 했다.

'도대체 뭐야. 하는 수작이 짜식아——. 돼먹질 않았잖아——.'

인석이는 만나는 즉시 보기 좋게 해붙이려고 미리부터 준비했던 이 말과는 엉뚱한 말이 튀어나오고 말았다.

"아, 천만에요. 수고가 많으십니다."

하고, 실은 젊은이보다도 비에 흠씬 젖은 노파의 행색을 볼 때 오직 '안 됐다'는 생각뿐 조금 전의 감정은 깨끗이 사라지고 말았다.

"정말 형씨한테 뭐라고 할 말이 없습니다. 제 맘이 나쁜 게 아니고 돈이 그렇게 하는군요. 이해하십쇼. 미안합니다."

젊은이는 잡은 손을 거듭 흔들며 진실로 미안해 어쩔 줄을 몰랐다.

"무슨 말씀을…… 하여간 할머니한테 너무 심하게 해서 도리어 미안합니다. 어린 놈 혼자 자는데 어머님 모시고 어서 들어가쇼."

인석이는 눈 앞에 선 기름투성이 작업복 젊은이가 바로 자기고, 자신이 바로 그 젊은이로 여겨졌다. 그런가 하면 비에 젖어 오돌오돌 떨고 있는 노파는 자기 아내고 아내는 바로 노파로 생각되었다.

"시간이 없는데 지금 어델 가신단 말여요."

젊은이는 인석이를 빤히 건너다보며 물었다.

"우린 어데가 자고 낼 아침에 댁에 들릴 터이니 어서 어머님 모시고 들어가요."

"아니지요…… 저, 그럼, 어머니, 그 아주머니 하고 먼저 들어가세요. 우린 술 한 잔씩 하고 가겠어요."

젊은이는 인석이의 의사를 들어볼 것도 없이 자기 어머니와 인석이 아내 등을 밀어 집으로 보내고 인석이를 끌고 종점 어느 왕대포 집으로 갔다. 싫다고 해도 무조건 끄는 것이었다. 잠시 후 두 사람은 딱딱한 목나무 걸상

에 머리를 맞대고 앉았다. 젊은이가 막걸리를 청하고 안주를 시키고 했다. 인석이도 출출한 김에 해롭지 않았다. 두 젊은이는 비슷한 생활을 서로 얘기하며 술잔을 거듭 주고 받고 했다. 젊은이가 두 되 사고 인석이가 한 되 샀다. 홍어회까지 한 접시 내놓고 두 젊은이는 흠씬 마셨다. 인석이는 젊은이 잔에 따라주고, 젊은이는 인석이 잔에 부어주고 서로 권하며 지금까지 살아온 얘기, 앞으로 살아갈 계획을 주고 받으며 진탕 마셨다. 마치 오래 전부터 친한 사이 같았다.

두 젊은이가 삥삥하게 취해가지고 술집을 나왔을 때는 인적도 없이 쓸쓸한 거리에 부슬비만 내리고 있었다. 질척질척한 주차장에는 버스만 꽉 들어 차 있고 운전수와 차장 계집애 몇이 무슨 소린가를 서로 지르며 버스 사이를 바쁘게 뛰어다니고 있었다.

"형씨 이게 바로 사는 거 아녀요…… 갑시다. 고생스럽더라도 한 방에 가 끼어 같이 앉아 샙시다."

젊은이는 인석이 어깨에 팔을 얹으며 허청거리는 발걸음을 가누어 옮겼다.

"아, 좋아요. 아무렴 이렇게 사는 게 인간이지. 하하——."

두 사람은 어깨동무를 하다시피 하고 질척대는 주차장을 건너 한길로 나왔다. 비는 여전히 내리고 있다. 전주에 외롭게 매달린 외등 불빛이 비틀대는 어깨동무 그림자를 길 바닥에 길게 뻗쳐주었다.

"이렇게 사는 거야, 이렇게. 무에 걱정야. 정말 살기 존 세상이지, 하하하——."

"맞았어요. 세상은 정말 무던히 재미있는 세상이지. 막걸리가 없나, 홍어회가 없나, 그렇다고 잘 데가 없나, 인생은 바로 이렇게 사는 거야 이렇게…… 삐꺽, 어허허, 삐꺽——."

"우린 살아서 움직이고 있단 말야! 삐꺽, 허허허."

별장을 찾아드는 승용차가 미끄러져 지나간다. 빗물이 두 사람 아랫도리에 튀어 박힌다.

"비켜줘야지. 윽, 어——하하——."

"아무렴. 썩 비켜야지. 삐꺽——허——."

두 사람은 아주 넉넉하게 비켜주었다.

어설프게 어깨동무를 하고 비틀비틀 자꾸만 걸었다. 인적도 없다. 부슬비는 계속 내리고. 우렁찬 통금 사이렌이 울렸다.

"아, 저 싸이렌 소리. 울어라. 더 큰소리로——. 목이 터지도록 울어라. 울어——."

"……그렇지. 온 천지가 뒤흔들리게 크게 울어라. 맘껏 울어라."

두 사람은 비틀비틀 자꾸 걸었다.

——1972년

柳承畦의 《농지(農地)》
─ 농촌 현실을 집요하게 추구한 농민 소설 ─

─ 文學評論家 ─   尹 柄 魯

1. 농민생활을 체험한 특이한 작가

작가 유승규(柳承畦)는 전후 50년대인 1957년 〈자유문학(自由文學)〉지에 단편 《예순이》《빈농(貧農)》이 추천되어 문단에 등단했다.

그는 1921년 충북(忠北) 옥천(沃川)에서 태어나 37세의 늦깎이로 소설을 쓰기 시작하기까지 줄곧 농촌에서 농민생활을 체험한 작가로 특이한 존재이다.

그의 소설적 특징은 데뷔작 《빈농》을 비롯 거의 모든 작품들에 일관되게 농민의 서글픔과 뼈아픈 심정을 생동감 있게 드러내고 있다는 점이다.

그의 농촌소설들은 5·16 후 급변된 농촌 현실과 관련된 것으로서 우리 사회의 고도성장에 따른 산업화 과정에서 농촌이 어떻게 피폐화되고 있는가를 예리하게 파헤쳐 주목된다. 그는 농촌에서 영농에 전념하면서 창작생활을 지속한 셈인데 1993년 73세로 타계(他界)하기까지 남달리 많은 창작집을 내놓았다.

그의 대표적 소설집으로는 《흙은 살아 있다》(1976)를 비롯 《꿈이 있는 사랑》(76) 《익어가는 포도송이》(76) 《춤추는 산하(山河)》(77) 《농지(農地)》 등을 꼽을 수 있을 것이다.

2. 이농(離農) 현상을 다룬 《농기(農旗)》

작가 유승규의 농민소설은 70년대에 들어와서 크게 각광을 받게 되는 셈인데 특히 장편 《푸른 벌》(71) 등을 발표하면서 소설계의 각별한 주목을 받게 된다.

실제로 유승규는 낙향해서 농촌의 절실한 현실을 집요하게 탐색하면서 문제작들을 출산해 갔다. 몇 해 동안 침묵을 지켜왔던 그는 1970년에 단편 《농기(農旗)》와 《미친 녀석》 등 일련의 중량있는 농촌소설을 내놓아 문단의 이목을 끌었다.

특히 《농기》는 도시의 경기가 좋다고 해서 자식들은 도시로 훌훌히 떠나버리고 텅텅 빈 집과 농토를 지키고 있는 노농(老農)의 서글픔과 뼈아픈 심정을 감동적으로 보여준다.

이 소설은 논 열 마지기의 농사를 짓는 '윤호 영감'을 주인공으로 등장시킨 것으로 이농(離農) 현상을 작품화시킨 것이다. 모두가 떠나버린 고향을 외롭게 지켜온 직가의 심정이 '윤호 영감'의 허탈감으로 동조되고 있다. 《농기》의 끝장에서 농악을 치고 춤을 추는 젊은 패거리들이 그려졌는데 그것은 재즈 음악에 〈농자(農者)는 천하지대본(天下之大本)〉이라는 농기(農旗)를 몸에 감고 비틀거리며 춤을 추는 큰 아들 '원내'의 모습이었다. 《농기》는 당시 소설작단의 문제작으로 크게 거론되었던 것으로 기억한다.

또 《농기》와 같은 해에 씌어진 《미친 녀석》은 구수한 대화 속에서 풍자적인 사건을 엮은 것이다. 60을 바라보는 '조지게'(조가(哥)에다 지게란 별명이 붙었다)의 아들 준철은 학비 조달이 막혀 대학을 중도에 폐지

하고 집에 들어와 틀어박혀 있게 된다. 고민 끝에 미쳐 가출한다는 비화(悲話)가 서술되고 있다.

특히 여기서는 도시와 농촌의 격차를 생생하게 구사하려는 작가의 열망이 투시되고 있다.

 '명색이 어엿한 중농의 한 사람인 조지게는 천 평의 농토를 가지고 오륙 명의 가족이 허구한 날 새벽에서 밤까지 노력을 해도 뒷바라지를 못하니 농민도 분명한 이 나라 국민인데 이럴 수가 있는가, 이럴 수가. 필연 무엇이 잘못되지 않고서야. '

이런 투의 비분강개가 문장 도처에서 쏟아진다. 오늘의 산업화 현실에선 감상적인 넋두리라고 묵살될 수 있겠지만 심각한 농촌현실의 일면을 심각히 고발한 것이기도 했다.

유승규의 문제작《농기》와《미친 녀석》뒤에 72년 〈현대문학〉지에 발표된《곡예(曲藝)》는 몹시 날카로운 풍자소설로서 그의 특유한 해학성이 유감없이 드러난다.

농촌에 고속도로 공사가 벌어짐으로써 연쇄적으로 일어난 여화(餘話)가 재미있게 전개된다. "쥐구멍에도 볕들 날이 있다구. 사실 사람 팔자 모르닝기여, 아무렴." —— 이렇게 되뇌던 '삼봉이'의 화려한 꿈은 순간에 무너졌다는 것, 자기 집에 기숙했던 공사장 책임자가 외딸인 '복자'와 배가 맞아 깊은 관계를 맺고 덕도 톡톡히 본다. 그런데 결혼하기로 기약하고 훌쩍 떠나버린 사나이는 처자식이 멀쩡하게 있는 사기한이었다.

이같은 피해는 복자에게만 그치지 않았다. 온 동네 사람들이 고속도로 공사 덕에 살판이 났다고 흥분하는 동안 많은 여인들이 놀아난 것이다. 이를테면 배나무집 며느리 넙순이, 기계남포장이를 따라간 갑쇠 여편네 등이다.《곡예》가 단순히 재미있는 농촌물이라기보다도 몹시 씁쓸한 독

후감을 안겨준다.

유승규의 농촌소설에서 70년대 후반에 씌어진 《사월(四月)》(〈현대문학〉 77년 7월)은 간과할 수 없는 문제작으로 평가된다. 이 소설에선 극히 우울하고 비탄의 4월의 얘기가 전개된다. 줄곧 농촌소설로 각광을 받아온 작가가 한 기구한 농군 내외를 등장시킴으로써, 그들이 겪어야 했던 이농(離農)과 귀농(歸農)의 시말이 소개된다. 특히 여기선 도시와 농촌을 하나의 유기적인 생활 현장으로 설정해서 어느 곳에서나 안주할 길 없는 서민의 하소연이 연발된다.

60 고개를 바라보는 마누라의 악다구니를 조석으로 들어가면서 언제나 불만에 찬 화풀이로 일관하는 '군백이' 영감의 화상이 측은하게 부각되지만, 두 노부부(老夫婦)의 애정은 결코 파극으로까지 몰고 가질 않는다. 유일한 살림 밑천인 밭 한 뙈기를 팔아 상경해서 산비탈에 50만원짜리 무허가집을 샀지만 철거되어야 할 판국에서, 월남전에 참전했던 외아들의 전사통지서가 날아들었을 때 마누라의 악다구니는 좀처럼 감내하기 어렵게 쏟아지고 군백이 영감에겐 외면할 수 없는 현실이 더 절박하게 다가온 것이다. 철거보상비 15만 원을 받아 쥐고 다시 시골로 낙향(落鄕)해서 움막집을 짓고 안간힘을 써보지만 그 상황은 더욱 절벽에 부딪치게 되는 셈이다.

　"회오리바람, 미친 바람, 티끌……"
자신도 모르는 사이 이런 소리를 중얼거리며, 바람부는 대로 날리우고 뒹구는 티끌을 놓치지 않고 지켜보았다. 보고 있는 사이 그것은 티끌이 아니고 군백이 자신이었다. 아니, 그것은 마누라장이었다. 아니, 그것은 마누라장이가 아니고 상철이었다. 아니, 상철이었다.

《4월》의 최종 장면에서 파밭 파던 군백이 영감의 실소(失笑)와 넋두리에서 이 작품의 주제는 충분히 상징화되고 있다고 하겠다.

3. 농촌 문제를 예리하게 파헤친 《농지(農地)》

작가 유승규의 농민소설에서 가장 뛰어난 역작으로 꼽히는 것은 중편 《농지(農地)》(〈상황〉 72년 겨울호)이다. 여기서 작가는 그동안 추구해 오던 농촌 문제를 가장 예리하게 파헤쳐 착실하고 순박한 농부가 다시 바람이 나있는 아들 때문에 아끼던 농토를 모두 잃게 되는 얘기를 펴고 있다.

'백첨지'는 왜놈 지주 '모리카미(森上)'에게 도조(賭租)가 밀려서 논을 잃게 된다. 그는 아들 '봉수'를 불러놓고, 잃어버린 논을 꼭 찾아 소작인 신세를 면하라는 유언을 남긴 채 세상을 떠난다. 봉수는 아버지의 유언을 받들어 온갖 고초와 배고픔을 참으며 소작인의 신세를 면하고자 애쓰지만 다시 일본의 심한 공출과 수탈로 가난을 모면할 길이 없게 된다.

'봉수'는 징용으로 끌려나가던 중, 기적적으로 탈출, 갖은 고경을 겪게 되는데, 광복이 되어 다행히 자기 논을 되찾게 된다는 것, 그러나 둘째 아들 '돌쇠'가 서울가서 미군부대의 쓰레기를 취급하는 사업을 하다가 실패하여 논을 저당잡힌 것이 그만 기한이 지나서 공매에 붙여질 날이 다가온다. 봉수는 절망 속에서 아카시아 한 짐을 지고 오다가 쓰러지며 "그 땅이 어떤 땅인데."를 연발한다.

이 《농지》는 우리의 농민 반세기의 수난사를 그대로 생생히 형상화한 것으로서 한국 농촌이 겪는 고난의 상을 헤아리게 해준다.

한편 유승규의 전형적인 농민소설과는 대조적으로 도시가 배경이 된 서민생활의 애환을 해학적으로 그린 단편 《있을 수 있는 일》(1978)을 뺄 수 없다.

작중 주인공으로 등장하는 '찔숙이'는 매사에 불만과 불평을 가진 인물로서 별로 대수롭지 않은 일에도 트집을 잡아 꼬치꼬치 따지는 습성이 있다. 그는 이미 환갑이 넘은 늙은이지만 극성스럽게 자기 동네에 대한 불평을 일삼고 좌충우돌로 시끄러운 존재이다.

찔숙이 노인은 시골에서 군서기 20년 생활로 힘겹게 장만한 농토를 처분하고 자식들을 공부시키겠다는 일념으로 상경한다. 간신히 마련한 집이 고지대로 식수와 오물 처리가 어려웠고, 설상가상으로 철거 문제로 골몰하게 된다. 그에게 아들 형제가 있었지만 큰 아들은 월남전에서 전사했고, 남은 작은 아들마저 기대와는 달리 깡패가 됐으니 그의 속은 불만으로 가득했다.

그 노인의 말상대는 오로지 '맹공복덕방(孟公福德房)' 주인인 '맹꽁이'인데 두 사람의 말 싸움은 그칠 날이 없었다. 그 뿐 아니라 맹공 복덕방 주변엔 언제나 시비와 싸움이 그칠 날이 없다.

하루는 이 골목에서 부부 싸움이 벌어졌는데 여자를 한달이 멀다 하고 갈아들인 요꼬 짜는 김서방과 여인의 싸움이 진풍경을 이루었다. 한참 싸움 끝에 일단 맹 복덕방 영감네들한테 가서 해결을 보자고 김서방이 아내와 몇 여인들을 데리고 복덕방에 들어왔다.

그 여인의 사언인즉 목구멍의 풀칠을 위해 뜻하지 않게 정조까지 버렸다는 것이다. 친정 부모에다가 남편의 치료비까지 떠맡아야 할 여인은 묵장사를 하다가 끝내는 홀아비 김서방에게 유혹되어 살림까지 하다가 들통이 난 것이다.

이들 부부 아닌 부부 싸움을 놓고 공연히 찔숙이와 맹꽁이는 갑논을박의 입씨름이 벌어졌다. 그것이 확대되어 아침 뉴스의 화제에까지 번졌는데 그 어느 편이 옳고 그르다고 할 수 없이 논리가 분명했다는 것.

문제는《있을 수 있는 일》의 귀결인데 바로 그날 찔숙이는 반장으로부터 한 통의 통지서를 받게 되는데, 기한내에 철거하라는 통지서이다. 찔숙이의 표정은 갑자기 굳어졌고, 갈 곳을 찾아야 하는 그의 인생애환이 부각된다.

평론가 장백일(張伯逸) 씨의 말대로 이 소설에서 찔숙이와 맹공 복덕방 주인의 대화를 통해서 서민생활의 애환을 노정함으로써 새로운 가치 질서의 확립을 촉구하고 있는데 그것이 작가 유승규의 해학적 언어 구성을 통해 잘 그려졌다고 할 것이다.

한국남북문학 100선

일신서적출판사

(121-110) 서울 마포구 신수동 177-3호
공급처 TEL. 703-3001~6 FAX. 703-3009

■ 유승규 연보 ■

1921. 1. 4. 충북 옥천군 군북면 추소리 207-4에서 유홍렬 씨와 정모정 씨 사이에서 장남으로 태어남. 본명은 재만, 아호는 초무(樵霧). 학력은 별로 없으며 영농생활 20년의 경험을 살려 농민 소설 창작에 전념.

1935. 3. 25. 옥천공립보통학교(현 죽향초등학교) 24회 졸업(졸업증서 1128 호). 16회~24회 생활기록부 6·25 때 소실.

1940. 20세까지 향리에서 영농.

1945. 북한과 만주 등지를 방랑하며 독학으로 문학 수업. 소설가 이무영 선생에게 사사.

1956. '자유문학'지에 단편 《예순이》 당선.

1957. '자유문학'지에 단편 《빈농》을 이무영 선생에게 추천 받아 문단 데뷔.

1958. 단편 《만세》(자유문학), 《폭우》(단원), 《눈보라》(자유문학) 발표.

1959. 단편 《농토》(신태양), 《웅덩이》(수협지), 《암벽》(신문예), 《경칩》(자 유문학) 발표.

1960. 단편 《독수리》(신문예), 《창조》(자유문학) 발표.

1961. 단편 《심판》(자유문학), 《세농들》(자유문학) 발표.

1962. 중편 《기연》(교육자료) 발표.

1963. 장편 《흙은 살아 있다》(새농민) 발표. 향리에 가서 1968년까지 농업 에 종사. 1969년 다시 서울로 가서 집필 생활.

1969. 단편 《지주》(자유문학), 《판쇠》(농업연구), 《농기》(현대문학), 《뱀》 (월간문학) 발표.

1970. 단편 《풋머슴애》(현대문학), 《미친 녀석》(월간문학), 《천형》(세대), 《현옥이》(여학생), 중편 《아주까리》(자유공론) 발표.

1971. 단편 《치욕》(현대문학), 《두더지》(신동아), 《돌개바람》(월간문학), 《바 보》(현대문학), 《종가래》(신문학), 장편 《푸른 별》(우리들) 발표.

1972. 단편 《망념첨지》(다리), 《종점》(신동아), 《산막골 이변》(여성동아), 《열연은 계속되고》(한양), 《열아흐렛달》(세대), 《천수골 뙤약볕》

(창조), 《곡예》(현대문학), 장편 《흙은 대가를 준다》(새농민), 중편 《농지》(상황) 발표.

1973. 단편 《기도》(현대문학), 《패연》(자유공론), 《봉쇄》(세대), 《개구쟁이들》(독서신문), 《복사골 내력》(농촌근대화) 발표.

1974. 장편 《애향곡》(충청일보), 중편 《중원에 떨치다》(민족문학대계), 단편 《배말양반》(농촌근대화), 《착오》(신동아), 《지나간 얘기》(현대문학), 《순례》(여성동아), 《모우비정》(한국문학), 《집요》(전국소설가협회 신작 33인집), 《자승자박》(미상), 《자작지얼》(미상), 《멍에》(월간문학), 《원두막 인연》(여원), 《모녀》(주부생활), 《우직의 결실》(북한), 《감나무골 리장》(새마을), 《초라한 종말》(시문학) 발표.

1975. 단편 《질서》(월간문학), 《마쇠》(현대문학), 《개간작업》(새마을), 《철딱서니 없는 녀석》(신동아), 장편 《충절일념》(전우신문) 발표.

1976. 단편 《뿌리와 노농》(현대문학), 《광풍》(단원), 《주부》(교육세계), 《농군입대생》(새마을), 《인간수표》(동광), 《새 출발》(선경홍보), 《도마름과 견공》(한국문학), 《까치집》(현대문학) 발표.

1977. 장편 《굴욕일지》(월간문학), 《춤추는 산하》(새마을), 단편 《사월》(현대문학), 《향방》(한국문학), 《탈출》(신동아), 《망향》(미상) 발표.

1978. 단편 《고독》(국제사보), 《촌로 진노하다》(월간문학), 《있을 수 있는 일》(현대문학), 장편 《외롭지 않은 고도》(새어민), 《최치원》(소년동아) 발표.

1979. 중편 《한계》(신동아), 《느티나무》(현대문학) 발표.

1980. 장편 《당말 사람들》(월간양계), 《엉겅퀴 가시내》(서울우유) 단편 《짚신은 제날이 좋아》(주간한국) 발표.

1981. 장편 《유형장군》(전우신문), 《뚝발이》(새농민), 단편 《귀 먹은 항아리》(월간문학) 발표.

1982. 단편 《병충해 경보》(월간문학) 발표.

1983. 단편 《추자골 열기》(광장), 《고향에 온 처녀》(주간여성), 장편 《가래울 사람들》(축산진흥), 《격랑의 호반》(충청일보), 중편 《관리자》(월간문학) 발표.

1984. 장편 《금수의 맥박》(한국철도), 《말개미뜸 사람들》(품질관리분임조)
　　　발표.

1986. 단편 《모자》(예술계), 《새벽 얘기》(동서문학), 중편 《성전보》(현대문
　　　학), 《덫》(월간문학) 발표.

1987. 단편 《가풍》(농민신문) 발표.

1988. 단편 《영광의 미소》(동서문학) 발표.

1989. 단편 《신혼열차》(동서문학), 《복지마을》(월간문학) 발표.

1993년 9월 16일 오전 8시 50분 지병으로 향리 옥천에서 타계.

1993년 9월 18일 오전 10시 한국문협, 국제펜 한국본부, 한국소설가협회 공
　　　동 주관으로 문인장(文人葬) 거행.

1999년 5월 15일 충북 옥천군 관성공원에 '소설가 유승규 선생 문학비'를
　　　건립.

▶ 상훈 및 공적 내용
　　· 1978년 한국문인협회 이사
　　· 1979년 제3회 흙의 문학상(수상작 《외롭지 않은 고도》)
　　· 1980년 한국소설가협회 편집위원
　　· 1987년 제6회 일봉문학상(수상작 《덫》)
　　· 1987년 제5회 흙의 문예상
　　· 1989년 한국농민문학회 고문
　　· 1990년 제1회 옥천문화대상
　　· 1993년 제1회 한국농민문학상

▶ 작품집
　　· 《농토》(고려서적, 1975)
　　· 《춤추는 산하》(일신서적, 1976)
　　· 《흙은 살아있다》(여원사, 1977)
　　· 《사랑이 꽃피는 계절》(상문사, 1978)
　　· 《익어가는 포도송이》(한진출판사, 1983)

- 《농지》(교문사, 1988)
- 《농기》(진흥문화사, 1989)
- 미발표 유작 : 장편 《떠꺼머리》,
　　　　　　　　단편 《인동초》, 《추자골》, 《불구자》, 《가랫골 신화》

▶ 좌우명 및 가훈

사인자인(事人者人) - 사람을 섬기는 사람이 진정한 사람이다.

▶ 가족 관계

부인 - 김현옥(1997년 타계)

자녀 - 유인식, 유혜정

손 - 유기준, 유숙경

자부 - 이향화

사위 - 양만근

외손 - 양수진, 양형

▶ 장지

충북 옥천군 군북면 초수리 선영

▶ 문학비

1995년 5월 15일 충북 옥천군 관성공원에 '소설가 유승규 선생 문학비'를 건립함.

▶ 연락처

유재구

　충북 옥천군 군북면 추소리 207-4(Tel. 043-732-5623)

유인식

　경기도 시흥시 장곡동 진말우성아파트 115동 1201호(Tel. 031-317-5638)

　서울특별시 동작구 신대방동 470-13 수도여고(Tel. 02-2102-3538)

농 지

중판 · 발행　2000년 11월 20일　ⓑ 값 9,000원

■ 저 자 / 유　　승　　규
■ 발행자 / 남　　　　용
■ 발행소 / 一信書籍出版社

인지 생략

주 소 : 121-110 서울 마포구 신수동 177-3
등 록 : 1969. 9. 12. No. 10-70
전 화 : 703-3001~6
FAX : 703-3009
대체구좌 / 012245-31-2133577